三晋百部
长篇小说
文　库

晓夜　树梁——著

万里石塘

山西出版传媒集团　北岳文艺出版社
·太原·

图书在版编目（CIP）数据

万里石塘 / 晓夜，树梁著. — 太原：北岳文艺出版社，2020.4
 ISBN 978-7-5378-6173-1

Ⅰ.①万… Ⅱ.①晓… ②树… Ⅲ.①长篇小说-中国-当代 Ⅳ.①I247.5

中国版本图书馆CIP数据核字(2020)第046110号

万里石塘
晓夜　树梁 / 著

出品人 续小强	出版发行：山西出版传媒集团·北岳文艺出版社 地　址：山西省太原市并州南路57号　邮编：030012
项目负责人 陈学清	电　话：0351-5628696（发行部）　0351-5628688（总编室） 传　真：0351-5628680 网　址：http://www.bywy.com　E-mail：bywycbs@163.com
责任编辑 樊敏毓	经销商：新华书店 印刷装订：山西人民印刷有限责任公司
装帧设计 张永文	开　本：787mm×1092mm 1/16 字　数：416千字 印　张：28 版　次：2020年4月第1版
印装监制 郭勇	印　次：2020年4月山西第1次印刷 书　号：ISBN 978-7-5378-6173-1 定　价：88.00元

本书版权为本社独家所有，未经本社同意不得转载、摘编或复制

《三晋百部长篇小说文库》组织机构

策划
杜学文　张明旺　王宇鸿　梁宝印

专家审读小组
主任： 杨占平
副主任： 续小强
成员： 李杜　傅书华　徐大为　侯讵望
　　　　王保忠　郝汝椿　韩思中

编辑出版办公室
主任： 杨占平
副主任： 续小强
成员： 古卫红　陈学清　闫珊珊　王保忠

序:现代化进程中的山西文学

杜学文

从传统社会向现代社会的转化是人类发展进程中的重大课题。每一个国家、每一个民族都将面对,难以回避。个人,作为社会的组成细胞,也同样如此。这并不以我们自己的意志来转移。综观世界各国,在这种转化的进程中,都有了不同的选择,并表现出各异的特色。但总的来说,还是目前我们称之为"发达国家"的率先实现了现代化。其成功的转化有诸多原因,但从文化的角度来看,与其自然环境的特殊性、农耕文明的不发达,以及突出的个人奋斗精神、重利思想、实用主义等有极大的关系。而目前世界上的欠发达国家或发展中国家,则在向现代化转化的历史进程中,又表现出各自不同的特色。就中国而言,在其漫长的历史进程中,农耕文明得到了充分发展,并达到了最为繁荣的境界。现在的发达国家在转型早期的生存压力等表现得并不明显,从而一种自给自足、自得其乐的生活方式逐渐固化。向现代化转型的原生性动力并不强大。从某种意义来看,中国实际上进入了一种人类最美好的发展境界,那就是,依靠劳动来创造财富,与大自然和谐共处,有剩余的时间来体验人生的乐趣等等。中国从传统社会向现代社会的转化主要靠外部的强力推动。就是说,因为先发国家对财富、权力、欲望的强烈追求,在吸纳了东方文化,其中非常重要的是中国文化之后,骤然表现出突飞猛进的发展状态。其商业首先得到了快速的发展。特别是依靠对海外市场的分割,使过去形成的传统的世界市场在大航海时代变得更加活跃。同时,工业技术得到了快速的进步。人类的新发明成几何级数增长。新技术的出现使社会生产力得到了空前的解放,物质生产表现出前所未有的丰富。而与之相应的是社会制度的进一步变革。一种能够服务新的生产力发展的社会管理系统逐渐建立,并在血与火之中不断完善。在这样的变革转型中,东方古老的中国受到了西方先发国家的强烈冲击。传统的农耕文明与新发的工业文明之间出现了严重了错位,并引发了控制、占有与反控制、反占有的残酷斗争。中国从农耕文明的辉煌顶峰跌落,中国人开始睁开眼睛看世界,并反思自身文明存在的问题。在外力的冲击下,中国不自觉地开始了向现代化转化的历史进程。一代又一代的中国人筚路蓝缕、奉献牺牲,前赴后继、求索奋斗,就是要重新找到国家独立、发展、进步的正确道路,实现民族的复兴。在不同的历史时期,他们承担了不同的历史使命。不同的人们从自己所从事的事业中为这样一个艰难而宏伟的目标做出了自己的贡献。而中国的文学,同样没有疏离民族的历史追求,甚至在许多关键的历史时刻,承担了开启民智、传播思想、激发斗志、重塑文明的历史重任。在这样一个艰难的充满了探索的转型进程中,中国人民表现出了自己最大的智慧与韧性。一直到新中国的建立,才基本形成了主权统一、独立自主的现代国家形态,并以超人的勇气与奋斗精神、惊人的创造力与发展速度迈向现代化。在这样一个伟大的转化进程中,中国虽然经历了失败、屈辱、挫折,但终于创造了他人所没有的成就。而我们的文学,正是这一历史的亲历者、推动者、表现者。就山西文学来说,是中国文学的重要方阵,当然也是这一历史的组成部分。其努力与贡献非常突出。

首先是推动了现代汉语的大众化，为现代汉语从知识阶层走向普通民众，并使二者有机结合做出了积极的贡献。在中国追求现代化的进程中，经历了一个从"器"到"道"的转变。所谓"器"，就是中国人在最初以为是西方发达国家的技术、器物先进，因而倡导"洋务运动"，开办现代工厂，引进西方设施，等等。这些努力从历史发展的必然来看，当然是非常重要的。但是，事实很快证明，仅仅引进西方的先进技术并不能解决问题。之后发生了制度层面的改革，包括推翻清王朝，建立立宪政权，仿效欧美三权分立及选举制度等等。但是，这种形式上的制度变革没有使中国强大起来，反而使中国成了一盘散沙，四分五裂。于是，更多的人开始反思中国的文化。一方面，对中国传统文化中的落后部分进行批判；一方面引进国外的思想如无政府主义、新村主义，包括马克思主义等等。新文化运动成为当时风生水起的社会思潮。从今天来看，其对中国传统文化的批判有许多过激之言。但是如果我们回到具体的历史场景，就会感到这些批判背后所表露的急切心情及历史合理性。在新文化运动中，一个最为突出的问题，也是最为重要的成果就是把中国人使用了数千年的文言文转化为白话文。从文化发展传承的角度来说，以文言文为代表的中国书面语言具有其重要的历史价值、文化价值、文明意义。可以说，文言文的简洁、精炼、典雅，以及其表情达意的丰富性，是世界上任何语言都难以企及的。这也正是其生命力之所在。但是，从历史发展的现实来看，文言文也具有非常严重的局限性，难以适应现代社会的发展要求。首先是缺乏精确性。由于中国传统文化中思维追求整体感、人文感、艺术感，中国的语言缺少对事物的准确表述。这种特点虽然具有非常强烈的人文色彩，以及超越了具体现象的整体感，但是与现代工业技术发展中对事物精确性表达的要求有很大的距离。语言的背后体现的是思维方式。如果语言难以体现精确性要求，人们的思维同样将不能适应时代发展的要求。其次是书面语言与口头语言的分离。虽然任何语言都会表现出书面与口头的差别,也就是说,人们不可能把口头语言照搬为书面语言。但这种差别在汉语中表现得尤为突出。这就是作为书面语言的文言文与口头语言的"白话"之间的区别。这种区别使更多的普通民众与书面书写脱离,对开启民智、提升大众的文化素养产生了障碍。而现代化的实现并不仅仅是少数"文化人"的事,而是全民族的事。因此,语言的变革,使之更能够适应现代化的需要就成为一种时代的必然。20世纪的新文化运动,除了其在价值观方面的追求如"科学""民主"等之外,对语言的解放也是一种非常强烈的期待。一些有识之士率先放弃了对古代汉语的使用,积极采用白话文来构建现代汉语。这其中,出现了许多具有代表性的人物,如鲁迅、胡适等。今天我们仍然能够感受到鲁迅的语言中存留有古代汉语的元素。这是中国语文从古代汉语向现代汉语过渡的典型表现。而胡适等人则努力使自己的书面语言更加通俗化、口语化,也显示出某种过分倾向于白话的特点。另外一些具有欧美留学背景的人则企望借鉴外来语言对中国的语言进行改造,因而出现了许多非常欧化的表达方式。就中国现代汉语的成熟完善来说,这些努力都是非常珍贵的。但是,真正使新生的现代汉语从古代汉语中出走,并吸纳了民间语言的丰富、生动的特质,使之成为一种既有古代汉语的节制、典雅,又有民间口头语言的生动、活泼,从而使现代汉语能够成为一种具有完整的语法体系、鲜活的表现力,以及体现民族语言特色的"现代汉语"形态,则是以赵树理为代表的作家们做出了重要的不可忽略的贡献。

就赵树理个人的创作而言,其早期也是走欧美语法特色浓重的路线。但是当他发现这条路难以被普通民众接受后,其语言表达发生了转化,开始更加注重民族语言与现代性的融合。他的语言生根于中国古代汉语与民间语言的丰厚土壤。在保持语言典雅品格的同时,至少从这样两个方面进行了努力。一是更多地吸收了民间语言的表达方式,使普通民众能够走进这样的语言,使用这样的语言。也正因此,他的语言表现出非常鲜活、生动的状态,使语言的活力大大增强,表现力得到了拓展甚至突破。二是他的语言在规范性方面进行了重大的努力。一方面剔除了民间语言、方言中粗俗的、生僻的元素,使之更加典雅、庄重,另一方面,他保持并强化了以北方方言为主的结构形式,使之在语法形态方面更加完善严谨。所以,今天我们读赵树理的作品,其语言的流畅、生动、鲜活仍然非常突出。可以说,在中国现代汉语出现、发展、完善的进程中,赵树理做出了不可跨越的贡献。当然,这种贡献不可能是他一个人完成的,而是在特定历史条件下,由包括他在内的一大批作家共同努力,并在一代又一代作家的接力中实现的。赵树理丰富了现代汉语的表现力,并使这种获得新生的语言成为广大民众自己的语言。这后一方面的贡献更为重要。因为如果一种新生的语言难以得到民众的认可,其生命力是非常值得怀疑的。可以这样说,如果没有这些作家的努力,中国的现代汉语很可能成为一种"精英"的语言。也就是说,很可能成为一种少数有"文化"的知识分子的语言。这不仅将使语言的普及受到阻碍,也将因为得不到大众的认可而导致中国现代化的迟滞。

　　山西的作家受赵树理的影响甚深。除了创作理念、题材选择等方面外,在语言的运用上也同样如此。这也就是说,从赵树理以来的几代山西作家不仅坚持了赵树理的创作方向,也共同为中国现代汉语的进一步完善、发展做出了努力。尽管今天我们可以说,这些作家个人的成就不同,在语言表达方面风格各异,但是他们有一个共同的特点,即在坚持语言的民族化方面都进行了非常积极的实践。进入新时期,随着改革开放的不断深化,各种创作观念竞相显现。山西作家虽然与全国的创作相比更多地表现出固守的姿态。但是新的创作手法、元素等也在自觉不自觉地借鉴当中。其中就语言表达的追求而言,大体表现出两种特点。一种是仍然坚持语言表达的民族风格,并随着时代的发展变化使之更加丰富生动起来。他们的语言,不仅缘于题材选择的民间性、地域性,以及人物、故事的原生性,更缘于吸纳了民间语言的鲜活元素,在叙述、描写等诸多方面更多地体现了植根于本土的语言活力。另一种虽然也注重题材的地域性选择,但在语言表达中更多地呈现出一种开放的意识,比较侧重吸纳外来语言中的合理成分。如修辞的繁复,语句的长结构,象征意象的频繁使用等等。虽然这两种追求表现出各自不同的倾向,但他们随着时代的发展而推动现代汉语不断进步的努力是一致的。

需要我们重视的是,山西作家在自己的创作中表现了中国文化的原生态及其变化。这种原生态不是指文化最初形成的形态,而是指数千年来一直呈现出来的未经现代化浸染、改变的文化。从某种意义来看,它已经成为生活在这样的历史环境中每一个人不自觉的潜在意识,并支配着人们的思想与行为。文学的表达虽然是语言与形象的表达。但是隐藏在语言与形象背后的却是生成这种语言与形象的文化。如果一种文学性的描写没有隐晦地展示出某种文化及其价值观,我以为就是一种表面性的甚或肤浅的描写。山西作家在自己的创作中表现出一个非常突出的特点,即对自己生活的土地、家园有一种执着的关注。而就山西这一地域来说,其文化又具有某种典型性。这就是生根于黄土高原的农耕文化。在中国现代化的进程中,一个非常艰难的任务就是要改变这种文化,使之蜕变为一种新的文化:现代化。这一过程是非常艰难的,也是非常痛苦的。数千年的农耕劳作,已经形成了一种自足的完善的文明体系。但是,就在这种文明体系达到顶峰的时刻,我们突然发现她已经不能适应现代化的要求。于是,开始不自觉地改变自己。这一过程伴随着战争、灾难、屈辱、失去国土与家园等等。在经受这种外在考验的同时,还有我们内在的情感、思想、精神等诸多方面的考验。一方面,救亡与重生成为一种时代的必然使命。另一方面,精神与文化的重建、新生也面临着更大的挑战。就前者而言,山西作家的创作并不是真正的重点。而后者却是其在描写社会变革进步中隐藏的中心。山西是中国最早开始工业化、现代化建设的地区。但是我们很少能够看到山西作家所描写的这方面的作品。而曾经作为抗日战争敌后根据地中心的山西,实际上也没有太多的文学作品来表现。反倒是有许多作品在这样的社会背景下来描写当时的人们如何生活,并参与了这一影响世界文明进程的历史。可以说,这些作家们表面上看起来对社会变革更关心。但是一到拿起笔的时候,就情不自禁地流露出他们对于特定文化及其价值观的不自觉的关注。这实际上成就了他们,也局限了他们。如果就当代文学而言,最早的表达在于农民群体的觉醒。他们感受到了时代的变化,并参与、推动了这样的变化。比如小二黑,虽然具有了杀敌英雄的身份,但作家所要说的却是旧的文化观念,以及由此形成的生活方式对人性的伤害———当然是从爱情的角度切入的。作家的贡献不仅在于表现了时代变化中人性尊严的重新确立,更重要的是,作家生动地再现了这种旧的文化制约在人们劳动、生产、生活、情感,以及社会关系诸多方面的表现。也就是说,作家不是把一个关于追求自由恋爱、自主婚姻的故事作为一种孤立的现象展示出来,而是生动地表现了这种文化观念在旧的生活方式中的普遍性,以及其荒谬性。也就是表达了必须改变这种文化观念的必然要求。这当然是非常符合时代需要的,也是中国在现代化进程中必须跨越的。在山西作家的创作中,相当多地表现了劳动者——当然主要是农民,以及农民出身的、具有农耕文化背景的其他身份的人们对劳动的热爱,对土地的执着,对家庭的重视等等。从历史的层面来看,这些内容都构成了农耕文明的重要组成部分,也是这一文明能够发展、生长的原动力。但是从时代的要求来看,这种文化又成为那些最终必然要离开土地,不再是农民的人们内心世界与精神领域的时代痛苦。比如在改革开放之后,工业化的浪潮漫卷一切。在最具现代化特点的大型露天煤矿当工人的吴福却难以适应这种快节奏的标准化的生活方式。他无限怀恋地回到了自己的家乡。但是家乡已经不再是曾经的家乡,吴福也不再是过去的吴福。他身跨两界,无所归依,内心充满了痛苦。这是一种时代转换、文明更替的痛苦,是一种具有重大典型意义的内心再现。而在现代化程度日益加深的历史时期,农村也已不再是传统意义的农村。农民也不再是仅仅从事农业生产的农民。更大的市场与财富吸引了更多的农民,城市成为新的生活中心。虽然从某种意义来看,城市化可以作为现代化程度的一种标志。但是城市化也同时带来了传统文化的消失、传统生活方式的改变,以及传统人际关系的新建。老甘,这个仍然坚守在内心世界的"过去的农村"中的农民,痛苦地怀恋着昔日活色生香的农村及农村的生活。但是,过去的一切似乎已经义无反顾地过去了。他的农村已然不再。如果说这样的农村随着市场化程度的提高有新生的希望的话,也与过去的农村大不一样。老甘的痛苦同样是一种时代的痛苦,是我们在走向现代化进程中不可回避的痛苦。当然,山西的作家也描写了这种进程中人们的希望、新生,以及由此而来的快乐、自信。宋老大进城送公粮时那种发自内心的自豪感、主人感,那种终于直起了腰板的幸福感将永远感动我们。而在首都打工并学会说普通话的小雪也动人地透露出新一代农民美好的未来。

  山西的作家们也企图从比较宏大的层面来揭示中国文化的品格,以及由此而反映出来的中国精神。这些描写不在意于对现实生活具体人事的再现,而是企图通过某种具象化的人事具有隐喻意味地表达作家对民族性的理解。他们营造的人物生活环境不太具体,而是具有某种概括性,超越了具体的、实指的时间、空间。其中人物的行为,以及由这种行为所表现出来的文化内涵、价值选择体现出一种超越了具象的恒久性。由此可以使我们领略一种民族的生存状态与价值操守。其中的一部分作品甚至具有进行人生意义、价值意义探求的哲学性努力。这时,作家关注的不再是现实生活中具体的人事,以及其中透露出的社会文化内涵,而是超越其上的价值追寻。在临危受命的戴夫人身上,作者赋予她民族人格最为优秀的内涵。她不仅具有一般人所可能具有的大局观,以及人性的智慧,而且作为生命个体,她具有了一种古人所言的"浩然之气"。她在漫长艰难的商旅途中,没有感受到生命的渺小,而是站在太行山顶吟诵前人的诗篇。她感受到的是生命的博大、伟岸,以及大自然的神奇、浩渺,是一种天人合一、物我两忘的至高境界。这不仅是她个体生命的壮美华章,也是民族文化中价值体系的完美内化。张马丁的遭遇则从另一种角度表现了不同文化短兵相接所引发的一系列事件,以一种宏阔的视野描写了文化境遇背后各异的价值体系之间的交锋、错位、融合。还有许多作品通过对具体人物生命境遇的描写,表现了具有历史意味的在潜意识中特定价值观支配下的民族精神世界。

　　读山西作家的作品,事实上也可以看到中国从农耕文明的顶峰跌落到重新崛起,实现现代化的历史进程。在当代文学中为数不多的抗日战争题材的作品中,我们可以看到以中国北方农民为主的人们如何从屈辱中觉醒、抗争,并取得了历史性意义的胜利。抗日战争的胜利,不仅仅是军事的胜利,而且是中华民族在经历了无数的失败、屈辱之后终于走向独立、自主,重新以一个文明民族的形象自立于世界民族之林的标志;也是中国在经历了种种探索,尝试了不同发展道路之后,终于表现出走向正确发展道路,迈出实质性转型步伐的标志。尽管一直以来我们都有这方面的创作,但是具有宏观性、历史深刻性的作品还不多。新中国的建立是中华民族终于在百余年的努力之后有了自己独立政权的大事,也是中国开始以超人预料的成就向现代化迈进的起点。山西的作家以自己敏锐的笔触描写了这一关键时刻中国普通人内心世界的喜悦、自豪,以及对未来的憧憬。还是在1949年10月1日,诗人高沐鸿就创作了诗歌《这是我们人民自己的胎生》,为新中国的建立而欢歌。之后的一系列文学作品生动地表现了站起来的普通民众内心世界的巨大变化,特别是其人格世界的变化。他们实实在在地感受到了新社会的进步,以及当家做主的自豪。他们不仅在经济上得到了解放,在政治上得到了翻身,而且在精神世界上发生了积极的蜕变。一个新的时代带来了新的发展与进步。也正是这些作品成就了这个新文学史上一个最具典型意义、产生重大影响的文学流派——"山药蛋派"。他们有共同的创作追求,有共同的题材选择,有以赵树理为代表的领军人物。这个流派出现的意义,不仅仅是属于文学的,更是属于中国文化的。他们在尊重并表现中国优秀传统文化价值观的前提下,呈现在这种价值体系影响下中国民众,主要是农民如何生活、生产、思考、发展。读这些作家的作品,不仅使我们能够了解到特定历史时期中国发生的事情,而且将使我们了解中国人是怎样的一种生活方式,中国人在新的历史时期发生了怎样的变化。在20世纪70年代末、80年代初,山西的作家们非常敏锐地感受到时代将要发生的巨变。这种感受不是源于理性的分析研究,而是源于他们对现实生活的关注与热爱,是他们从具体的生活中感受、发现了时代变革的动力。其中有他们对极"左"路线的批判,以及对中国变革发自内心世界的呼唤。这首先是已经成名的一批被称为"老作家"的人们走上了历史的舞台。而另一批将在中国文学园地表现出勃勃生机的作家以自己的敏锐发现了生活的变化。至20世纪80年代中期,以《当代》发表一组山西作家的作品为标志,文学"晋军崛起"成为中国文坛的一个重要事件,引起了广泛关注。这批作家一进入文坛即表现出不俗的活力,显得生龙活虎,风生水起。他们首先成为对极"左"路线的批判者。通过一系列生动的、充满生活意蕴的人物形象来揭示中国曾经走过的弯路,以及即将出现的变革。而后,出现了一系列呼唤改革的优秀作品。一些小说被改编为影视作品,在当时传媒欠发达的条件下产生了极大的轰动效应,甚至有万人空巷之叹。其中的朱克实、李向南、李高成等成为新的历史条件下拨乱反正、推进改革的典型人物。这些作品既是文学的,更是时代的、历史的。它们表达了中国人内心深处希望变革的期待,也呼唤着一个新的历史时期的到来!

中国的改革是中国从传统的农耕文明出走,迈向现代化的重大事件。随着改革开放的不断深化,中国表现出强劲的发展态势。同时,也遇到到了许多需要解决的问题。一方面是现代化程度的不断提高,另一方面是这一进程的艰难演进。一个时期,那种充满浪漫主义色彩的乐观情调被现实生活中的艰难前行所生发的复杂性代替。改革并非一帆风顺,充满了困惑、曲折,有许多困难需要智慧与勇气来克服。这一时期,山西的文学创作沿两条主线展开。一方面是直面现实,表现新的发展时期人民的智慧力量,及时代的进步,如农村改革,国企改革,全球化背景下的商业博弈,以及反腐倡廉、环境保护、民主选举、基层生活、重大事件等等。总的来说,山西文学表现出社会的艰难进步,这种进步首先是积极的、正义的、人民的力量战胜了消极的、不义的、损害人民利益的力量。同时也表现出了中国传统社会在时代的发展进步历程中逐渐变化:如传统农村的式微与新盛;农村人口向城镇的转移;土地的工业化、商业化等等;商品经济的蔓延,城镇化的发展;以及身处其间人们内心世界的彷徨、痛苦、选择;人对土地以及建立其上的生产生活方式的依恋;对改革进程中传统国有企业的情感等等。从这些作品中,我们可以观察、感受到中国正在发生的翻天覆地的变化。另一方面,许多作家企图从超越现实的具有形而上意味的层面来探求中国的民族精神。一些作品甚至具有了某种哲学性品味。他们可能借助于某一历史事件,或者设计一个与现实生活隔离的故事来表现自己理解的民族精神。这一类作品可能表面上与现实生活没有直接的关联,但是对我们认识民族文化、民族品格具有积极的意义。事实上这些作品为我们提供了一种思想文化资源,是对现实生活中剧烈变革引发人的价值观的迷茫进行的某种文化性指引。它不涉及现实问题,不为我们思考感受现实生活提供具体的形象。但是,为我们提供观照现实、解决现实问题的精神力量、价值选择和思想资源。这其中也有一个如何认识人生、如何认识民族、如何面对个人价值的问题。

总之,不论是对现实生活的直接表现,还是以隐晦的笔法对现实生活提供精神资源,都可以看到山西作家对社会生活、人生价值的一种积极的态度。他们试图以自己的描写来表达某种具有积极意义的思想内涵,为今天的人们提供精神力量,以推动中国社会的发展、进步,以及在历史蜕变中人的完善。这些努力也可以视为是在现代化进程中对民族精神的一种回顾与追寻。读山西作家的作品,可以使我们从一个侧面感受到中国走向现代化的历史进程。

山西作家在艺术创造上也进行了积极的努力。就山西文学的当代面貌来看,表现出一种从一元向多样的发展态势。当代山西文学受以赵树理为代表的"山药蛋派"影响甚重。一代一代的作家不仅受到这一流派作家关注现实生活、关注社会民生的创作理念的影响,而且在表现手法上也多承续这一流派。因此,直至改革开放前,山西文学基本呈现出一种"山药蛋派"式的一元状态。但是,进入改革开放的新时期后,这种局面开始发生变化。一些人更注重语言描写、心理表达等等。不同于"山药蛋派"风格的作品开始大量出现。首先是题材选择表现得更加多样,其次是表现手法更加多样,再次是创作观念也呈现出多样化的格局。山西文学终于形成了从一元走向多样的创作态势。那些坚持以农村为主要创作题材的作家们也积极地吸纳了其他的表现手法,使农村生活的表现领域大大拓展。另一方面,山西也出现了典型的所谓"现代派"小说。心理结构、借鉴侦探小说手法的"悬念"结构、无情节结构、意象结构、寓言式结构等等次第登场,宏大叙事与个人化叙事并存一体。这些作品有的已经产生了比较大的影响。无论如何,他们都是山西作家对文学自身进步的积极探索。

从某种角度来看,山西文学似乎为我们呈现出了中国走向现代化的百年变迁史。这不仅表现在人们广为关注的小说创作之中,同时也更加丰富地表现在文学的其他领域,如诗歌、散文、戏剧,以及逐渐从散文文体中独立出来的报告文学及传记文学之中。当我们追寻这种变迁的历史时,不能割断由山西而表现出来的中国五千年文明史。山西是华夏文明的主要发祥地,从远古以来,这一文明代代相传,承续不绝,其中涌现出众多的仁人贤士。作为个人,他们有自己所处的具体的历史环境、成长条件,对人类文明的进步做出了自己的贡献。但是,作为一种文化现象,他们似乎勾勒出中国文明发展进程的历史脉络。在他们身上体现了中华文明的历史贡献、价值选择,以及思维模式。对他们进行研究,并用传记的方式表现出来,使今天的人们了解并感受他们所具有的闪光的人文价值,不仅对今天的改革发展具有积极的意义,对我们现代化进程中的文明重建同样具有非常重要的意义。这将首先使我们看到历史发展进程中文化的影响力,进而使我们能够进一步确立文化的自信心与自觉性。在这些如星光一般闪烁的先人身上,我们将体会到中华文化的魅力、价值和绵延不绝的生命力。承续山西文学的精神品格,创作出新的能够表现时代精神的优秀作品,是我们这一代人的使命。而对五千年文明发展进程中那些曾经做出突出贡献的英杰才俊进行文学式的描述,也将是我们传承民族精神的一种努力。因此,组织编辑出版山西文学"双百工程",有着非常积极的现实意义。

这一"工程"包含两个序列三个方面的内容。一是"百部长篇小说",其中一部分是已经发表出版并产生了较大影响的现当代小说。通过集中编辑出版,可以使我们比较全面地回顾审视山西文学某一方面的成就与贡献。另一部分是新创作的长篇小说。其目的是推动山西长篇小说的不断繁荣。把它们列入这一工程,即是对文学发展的新推动,也可以延续已有的成果,使人们看到山西文学创作的最新成就及更加生动的面貌。二是"百部山西历史文化名人传记"。山西的报告文学近些年来表现出非常活跃的态势。不仅参与创作的作家比较多,出现的作品比较多,而且产生的影响也比较大。其中一些作家应该说是中国报告文学领域的领军人物。同时山西也是华夏文明的重要发祥地,在五千年的文明发展历程中涌现出许许多多的对中华文化发展进步做出重大贡献的英杰先贤。以传记的方式把这些先人在中华文化发展进程中的贡献表现出来,有助于我们重新认识中华文明对人类的重大贡献,有助于我们进一步追寻中华文化的精神、操守、品格,并使我们从先人的风采中找到自己前行的楷模和动力,激励我们推动中国的改革发展进步。所以,这也就成为我们的一种责任。相信通过这一努力,既将促进山西文学的进一步繁荣,也将进一步增强我们的文化责任,重塑我们的文化形象,展示中华民族在漫长发展历程中表现出来的精神力量与智慧,为实现民族复兴的中国梦做出积极的贡献。

目录

三晋百部长篇小说文库

第 一 回　悲苦两世柔意缠绵　情仇爱恨肝肠寸断 …… 001
第 二 回　冷暖人间炎凉世态　贵门寒子逆境豪杰 …… 011
第 三 回　书山学海勤苦奋进　宝典奇经义赠英才 …… 026
第 四 回　华夷争雄血战金门　蛟龙无义杀妻戮子 …… 042
第 五 回　雾夜重夺马六甲　　乱局偶遇竺岚成 …… 053
第 六 回　淡马锡指点江山　　婆罗洲故人重逢 …… 065
第 七 回　石塘万里风景秀　　天高海阔疍家强 …… 082
第 八 回　爱丽丝总督澳门　　担杆岛群雄聚会 …… 095
第 九 回　德化母子喜重逢　　安平郑府酝风波 …… 113
第 十 回　重商贸谋划全局　　组舰队护航南洋 …… 125
第十一回　春日独闯热兰遮　　月夜密会郭怀一 …… 135
第十二回　褚人获卖身葬主　　寒山寺文豪聚首 …… 144
第十三回　苦重逢人鬼殊途　　恨离别相思无限 …… 159
第十四回　觅渡桥插翅难行　　芙蓉舫谈诗论词 …… 172
第十五回　聚丹徒谋篇布局　　韩武士问罪寻仇 …… 186
第十六回　千步廊事事艰辛　　顺天府步步惊心 …… 202

第 十 七 回	郑森殿试显神威	崇祯钦定探花郎	……………	*248*
第 十 八 回	醉仙楼奇闻多多	兵部堂怪事连连	……………	*263*
第 十 九 回	车驾司奇闻怪见	白云观群贤毕至	……………	*273*
第 二 十 回	寻芳阁莫测蹊跷	探冯府惊天密谋	……………	*286*
第二十一回	东公街母子鸣冤	妒英才龌龊狰狞	……………	*296*
二 十 二 回	太原城受辱隐忍	汾河畔降妖除魔	……………	*307*
第二十三回	苦县令冤魂难散	傅青竹驿馆扬善	……………	*317*
第二十四回	汾阳府单刀知己	杏花村杯酒天下	……………	*333*
第二十五回	入贼都处处灾星	陷阴谋事事揪心	……………	*351*
第二十六回	李监军丑态百出	洪总督老成谋国	……………	*378*
第二十七回	武当山前惩凶恶	千里单骑护巾帼	……………	*390*
第二十八回	羝羊触藩心彷徨	草堂闻谶梦徜徉	……………	*403*

主要参考资料 ……………………………………………… *420*

第一回　悲苦两世柔意缠绵
　　　　情仇爱恨肝肠寸断

天降大任勇争前,半生颠沛半生缘。

流水落花今安在,回眸一笑俱欢颜。

——《忆相逢》

　　话说万历末年,紫禁城内有一小宫女,唤作春儿。她祖籍扬州,祖上也曾做过小官的,可到了她父亲这一代,家业已败。母亲早亡,哥哥夭折,父亲潦倒绝望,终日与浊酒为伴,借酒浇愁。

　　万历四十二年(1614),皇宫内廷到扬州挑选宫女,年仅十岁的春儿被父亲送至主管太监处,换了几吊酒钱。就这样,苦命的春儿稀里糊涂地进了紫禁城,做了个小宫女。

　　诚然,历史上有些宫女因机缘巧合,被皇上相中,怀上龙种,生下皇子。从此,母以子贵,晋封妃嫔,颐养天年。

　　然后宫深深深几许……宫女成千上万,又有几人能沐浴龙恩,受宠一生呢?

　　何况,万历皇帝已经五十有二,年过半百。前半生纵欲过度,以致如今老态龙钟,昏聩荒诞。纵使姿色妍丽、才艺双全的年轻嫔妃,尚难得到君王临幸。更何况姿色平平、地位卑微的底层宫女了。

　　"一入深宫里,年年不见春。聊题一片叶,寄与有情人。"万历四十八年(1620),春儿已年方二八。入宫六年来,她虽见过皇帝几次,怎奈身材和相貌都不出众,终究没能引起皇帝的注意。

"芳心一片埋心底,幽静深宫锁相思。"情窦初开的春儿,反倒被一个名叫南宫阳的青年锦衣卫惹得春心萌动。

南宫阳系出南宫世家,南宫世家乃锦衣卫四大家族之一,本籍宁波府,后迁至江宁。南宫世家见证了南宋以来市舶司的兴衰成败,而市舶司的发展变迁正是当时海上贸易的缩影……

南宫世家的先祖,乃是两宋之交名将——南宫泽。北宋徽宗时,南宫泽被选为皇宫护卫。九皇子赵构长大后,被封为康王,开藩建府。南宫泽就被派往康王府,担任王府护卫总管。

靖康二年(1127),金军攻克东京开封府,将徽钦二帝、皇室宗亲、文武朝臣等三千余人掳往东北,囚于五国城。直系皇亲中,仅康王赵构一人带兵在外,得以幸免。在众人拥立之下,赵构在应天府南京(今河南商丘)称帝,是为宋高宗。后迁都浙江绍兴,最终定都于杭州,将其更名为临安府,取临时安顿之意,史称南宋。

南宋建国之初,因北方国土尽失,全国户口田亩不足北宋时期的一半。战祸兵灾频发,兀术南侵不断,洞庭民变不止。一方面,百姓流离失所,沃野荒无人烟,赋税大减;另一方面,朝廷养兵百万,军费开支巨大。国家财政入不敷出,捉襟见肘。

如何才能摆脱经济困境?朝野上下,众说纷纭……

正当宋高宗一筹莫展之际,南宫泽毛遂自荐,提出重商富强方略。南宫泽的家乡明州,是唐宋时期东亚贸易中心。族中亲属多海商,他自幼耳濡目染,对贸易兴国之道理,理解得最为透彻。

宋高宗采纳南宫泽之建议,委任其为三司副使,全权负责对外贸易事务。

南宫泽临危受命,对原有基层财税机构进行大刀阔斧之改革,先后在东南沿海设立大小市舶司四十八个,并不断扩大市舶司权限,诚招四海商贾前来贸易,全面对外开放。

到南宋中期,国家财政岁入一亿贯,其中船税厘金(即关税),就占财政总收入三成以上!乃秦汉以来历朝历代之最,空前绝后!

南宋天子感念南宫泽的旷世功勋，特许其后人在各市舶司萌荫官职。南宫世家凭此繁荣昌盛了一百五十余年。

蒙元灭宋之后，沿袭南宋旧制，虽然保留了市舶司机构，但规定市舶司各级长官只能由蒙古人和色目人担任。汉人和南人只能屈身为下层税吏，终生不得晋升为官。

南宫世家怎受得了此等欺辱？遂全族退出市舶司，在沿海各地从事走私贸易，与蒙元官府暗中对抗。蒙元后期，南宫世家投靠明教。利用明教组织的庞大网络，他们将沿海走私逐渐从秘密转为公开，几乎架空了元朝官方的市舶司。而走私贸易所获的巨额利润，大半都献于明教总舵，成为各路明教义军招兵买马的主要财源。

后来，明教内讧，朱元璋趁乱上位，继任教主。南宫世家对朱元璋忠心耿耿，誓死效命。怎料朱元璋统一全国之后，不仅没有恢复南宫世家管理外贸的特权，反而拉起海禁大幕，将全国的市舶司统统撤销，还将南宫一族编入锦衣卫，名为抬举，实为就近监视。

朱元璋死后不久，就发生了著名的"靖难之役"。建文帝火烧宫殿，出逃海外。永乐大帝即位后，密令大太监郑和，寻找建文帝。他深知南宫世家海外关系最多，故钦点其担当船队护卫。能够重归海洋，南宫世家欣然领命，精选族中高手拱卫船队。数十年间，船队七下西洋，南宫世家屡建奇功。

明宣宗继位后，封禁宝船，重启海禁，规定寸板不得入海。南宫世家的海洋梦想再次破灭。由于精通商贾之道，他们在南京又创办了镇南镖局。靠着锦衣卫的金字招牌，押镖贩货，行走江湖，在大江南北广开分号。两百年来，积累了好大一份家业，富甲一方。

南宫阳就出生于镇南镖局南京总部，自幼习武，内外兼修。十六岁时，他被选入锦衣卫北镇抚司，在诏狱当差；后调入大内，护卫宫禁。

吴越之地，自古盛产美女。南宫家族世代官宦巨贾，婚配妻妾多绝美佳丽，子女自然品貌非凡。到了南宫阳这代子弟，相貌更是俊秀绝伦。

南宫阳年方十八，也逢情窦初开之年。春儿一片心意，南宫阳怎能不知？两人真心相爱，男情女愿，一段孽缘就此展开。

几番偷食禁果之后,春儿的肚子渐渐有了动静,一天比一天大。

宫闱险恶,高墙怎能密不透风?春儿怀胎五月,丑事终于传到了皇帝那里。老皇帝龙颜大怒,密令缉捕二人,并将二人凌迟处死。

南宫阳的二叔南宫敬,时任禁卫副总管,得知此消息后,心急如焚,速告知南宫阳。南宫阳听后,急速潜入深宫,将春儿救出,出京向南逃命。

四名杀手紧随而至。南宫阳带着春儿逃至保定府外的一座破庙时,被四名杀手截住,再也行不得了。好一场恶战厮杀,南宫阳拼死御敌,无奈寡不敌众。身中十余刀后,重伤倒地,却仍旧死死将春儿护住。

命悬一线之际,一名黑衣高手突然而至。来人正是南宫敬。得知杀手尾随出京,他万分焦急,快马加鞭,一路南追,希图救下大哥这点骨血,没想到还是晚了一步……

此时南宫阳已浑身浸血,命若悬丝。南宫敬痛不欲生,一对参差剑使将出来,霎时刀光剑影,血肉横飞。

那参差剑乃南宫世家独门兵器,为先祖南宫泽所创。所谓参差,指的是这对宝剑一长一短。临阵对敌时,长剑进攻,短剑防御,攻守兼备,进退自如。三百年来,南宫世家凭借此剑,纵横天下,令无数英雄好汉折戟叹服。

四名杀手皆非庸手,但南宫敬技高一筹,几番交手过后,四人渐次倒地而亡。

此时,南宫阳已奄奄一息,鲜血从伤口汩汩涌出。他紧紧攥住春儿双手:"春……春……春儿——一——一定要……活下去……将……将……将咱们的……孩儿……养大……成……成……成人……"南宫阳用尽了最后一丝气力。

春儿伏在他身上,早已泣不成声,几欲昏厥。

南宫敬悲痛欲绝,默默站在春儿身后……待春儿稍稍平静后,他在庙外寻了处空地,用青石支起个灶台,拾了一大捆柴火,将侄儿尸身慢慢烧化。

春儿跪在灶前,熊熊火光在她瞳中闪动,仿佛瞬间火苗就能从眼里进出来。南宫敬进得庙来,在墙根处寻了一个瓦罐,用水洗干净了,拎出来放在春儿面前，预备着安放骨灰。他生怕留下痕迹，一把火把那破败古庙烧了个干干净净。

此时，南宫阳的遗体已化为灰烬，春儿正用双手一抔一抔将他骨灰捧入罐中。南宫敬心下凄然，默默将侄儿的一对兵器包起。待春儿收拾停当，二人一起上马，朝山东方向行去。

一路上，二人改装易容，晓宿夜行，只两日就来到了滨州地界。南宫敬自感已摆脱追杀，旋即将春儿安置在客栈中，留下银两，自己悄悄返回北京。

南宫敬昼夜兼行，到第三日拂晓，已到了通州。他在码头上寻了处饭铺用早点，蓦然见一队东厂番役也进了饭铺，临街而坐。南宫敬忙把头埋下，暗暗听那一众人言语。

只听得东首一人道："这南宫世家果真名不虚传，光京城这十几个当差的，就折了我们这多兄弟。此番南下聚剿，难怪李公公竟亲率上百名高手亲自前往。"

西首那人道："纵使东厂倾巢而出，也不见得就能将南宫世家一网打尽。更何况那南宫敬至今下落不明，厂卫中的高手，还得在京提防，尚不能尽数出动。"

此时，又一人道："皇上也未免过分，纵使那南宫阳罪不容诛，可南宫世家何罪？也不至于要诛灭九族吧？"

西首那人接话道："天子心思，我等怎知？独孤老弟，不必多想，安心办好差就是。"

原来此人复姓独孤，只听他又道："自本朝开国以来，南宫世家恪尽职守，绝无二心，死命效忠朝廷二百余年，没有功劳也有苦劳啊！因此等小事株连九族，实在过于薄情。东厂和锦衣卫中，像我们这样的世袭军户不在少数。今日之事，没准儿哪天就会落在咱们身上。"

东首那人道："独孤兄总爱多愁善感，天下哪有这么巧的事？此番遭难，自是他南宫一族命有此劫。你我皆大富大贵之相，日后自当飞黄腾达。"

那复姓独孤之人再道："我心中只是不平，男大当婚，女大当嫁。古时盛世明君，若逢此事，大都做个顺水人情，将两人成全了。做臣子的，自当感激涕零,终身以死相报。而今圣上之器量竟如此狭小,自己独霸后宫佳丽三千,却为了一个自己瞧都没瞧过的小宫女,诛戮近身侍卫,并连带全族千百人,真是令吾辈心寒啊!"

西首那人道:"独孤老弟,休再多言了,京城中密探众多,小心这话传了上去,枉自送了性命。"说着,环顾四周,双手作势在那复姓独孤之人脑后虚砍。

那复姓独孤之人长叹一声,再不言语。

此时南宫敬已知,这复姓独孤之人,定是出自锦衣卫四大家族之首——雁北独孤世家。只是此人年纪尚轻,名头还不响,自己并不认识。但适才他的一番言语慷慨激昂,可见此人见识非凡,算得上一条好汉。

南宫敬所料不错,这个年轻番役,正是雁北独孤氏后人。他今年二十五岁,单名一个燕字,凭得出身名门,武功高强,已跻身东厂一等高手之列。南宫氏与独孤氏同为锦衣卫中的名门望族,平日里竞争多,交往少,关系不过尔尔。此番南宫家族遭劫,独孤燕随队行动,眼见得南宫家族数百年基业顷刻间毁于一旦,不免有兔死狐悲之感。故在行动中,独孤燕始终没有出手,只走了走过场,敷衍了事。

南宫敬听闻此言,哪里还坐得住?好不容易挨到这班东厂番役离开,赶紧付了饭钱,匆匆往北京城而来。

明朝厂卫行事,多在法外施刑,缉捕断狱,自成体系,绝不与三司交流。故此番行事,并未大张旗鼓,朝阳门外也没有张贴告示。

他担心妻儿安危,心如火焚,径直穿过朝阳门,朝家中疾奔而去。

南宫敬的府宅位于东四十条胡同。

他冲到家门口,眼前的景象令他痛不欲生:大门口,赫然挂着三颗人头,正是妻子和一双儿女的首级。

霎时间,悲苦愤恨一起涌上心头,隐忍的泪水顺着脸颊滚滚而下。他纵身跃起,割断绳索,将三颗人头接在怀中,用外衣细细包裹起来,悄然出京南下。

南宫敬路过滨州,携了春儿,继续南下,最后在位于长江口的崇明岛隐居下来。

不久,南宫一族的惨事已在江湖上流传开来:京中当差的,连同家眷,统统被处死,首级悬于各家门前,以儆效尤。南京镇南镖局,被一举捣毁。族中老少,尽皆遭难,几无幸免。可怜那南宫一门忠烈,竟遭此灭族惨祸。

四个月后,春儿产下一女,取名宫不悔。勉强挨过孩子断奶,一日南宫敬外出,春儿留下血书三封,解下自己项中的猫眼石吊坠,挂在孩子的脖子上。

这块猫眼石极其名贵,是南宫阳先祖随郑和下西洋时,途径宝石王国锡兰(今斯里兰卡)时,花重金买来的。传到南宫阳手里时,已有两百多年。南宫阳将这块珍贵的猫眼石,精心制成吊坠,作为定情信物,送给心爱的春儿。

春儿轻轻摸着这块温润的吊坠,望着奇异的"猫眼",猛地抽出南宫阳留下的那柄参差短剑,毅然插进自己的胸脯……缓缓倒在孩子身旁,鲜血浸湿了怀中的骨灰盒……

南宫敬外出归来,忍痛收殓了春儿的遗体,然后持刀自毁面容,装聋作哑,隐姓埋名。除宫不悔外,他绝不与任何人说话,终日蛰居于崇明岛上……

十三年后……
崇祯六年,初春时节。
福建漳浦,乍暖还寒。
大海之水,朝生为潮,夕生为汐。潮涨汐落,随月升衰。每月初一、十五,逢卯时与酉时两个时辰,潮位升至最高;到子时与午时两个时辰,潮位又降至最低。往后潮汐涨落逐日后推约三刻钟,每半月轮回一次。

这日恰逢三月初一。黎明时分,天蒙蒙亮。朝阳从海平线上缓缓升起,金光万丈,璀璨夺目。

漫漫潮汐,缓缓退去。三间茅草小屋,孤零零立在岸上,分外醒目。小屋外,一个衣衫单薄、形容瘦削的男孩,正面朝大海练功习武。他扎着马步,上身笔挺,双手紧攥成拳,练得有板有眼,一丝不苟。

小男孩练着练着,隐约看见前方潮汐带上,似乎躺着两个人。好端端的怎么会有人躺着一动不动?他恐两人遇难,遂暂停练功,跑过去欲看个究竟……

确是两人,一男一女,均是农家打扮。男的是个老人,五十上下年纪,两鬓微白,满脸刀疤;女的是个小姑娘,约莫十三四岁,头发凌乱,脸色紫青。

小男孩见此情景，赶紧上前试探鼻息。两人均活着，但呼吸微弱，尤其是那个小姑娘，气若游丝，已危在旦夕。

　　人命关天，事不宜迟。小男孩先将小姑娘背回茅草小屋，复又出去，连背带拖，费了好大气力，才把那位老者也救了回来。

　　这被救起的一老一少，正是南宫敬和宫不悔。

　　原来这年春节过后，东厂番役和锦衣卫缇骑频频现身崇明岛。南宫敬生怕踪迹泄露，再遭杀身之祸，遂不敢留在当地。他带着宫不悔悄悄前往港口，搭乘一艘运茶叶的商船，经海路南下，欲在珠江口一带落脚。

　　不想那商船却是头一遭出海，经验不足，为赶时间，在航路海况都不明的情况下，冒险夜行。前十日侥幸平安无事，可行至福建漳州外海的这一晚，商船终于难逃一劫，在浮头湾触了暗礁。船底十间隔水的密舱，一口气被撞破六间。

　　海水喷涌激上，船身急速下沉。危难之际，南宫敬抽出宝剑，劈下一块十尺见方的木板，夹在腋下，拉起宫不悔，跳海逃生。好好的一艘大船，渐渐没入大海。转眼间，海面上只剩下了桅杆和风帆……

　　祖孙二人死死抱住木板，随波漂浮。初春时节的海水，冰凉寒冷，侵肌彻骨。

　　天意慈悲，怜悯苦命之人。这夜恰逢朔月，一过了子时，汐涨潮涌，层层波涛拍向海岸……

　　在海中漂泊了两个时辰后，二人终于被冲上海滩。此时，两人已力倦神疲，终于瘫倒在沙滩上，昏睡过去……

　　小男孩把二人救回草屋，赶紧熬了一锅热腾腾的姜汤，用勺子喂入二人口中。

　　南宫敬功力深厚，不出晌午便已醒来。宫不悔年少，功力尚浅，又在海中漂泊了半夜，伤寒发作，高烧不退。

　　小男孩从一个旧木匣里翻出些铜板，揣进怀里，拔腿就往城里跑去，抓了几服中药回来。他守在炉火旁，小心翼翼地把药煎好，给宫不悔服下。足足两日，宫不悔才渐渐退去高烧，转危为安。

宫不悔醒来后,望着眼前这个稚气未脱的小弟弟,阵阵暖意自心底而生,眼泪不由得顺着眼角流下……昏睡中,小男孩日夜侍立床前,悉心照料自己的情景,幕幕浮现脑海……

小男孩见她醒来,欣喜不已。他赶紧盛了一碗白米饭,夹了些自家腌制的咸菜和鱼虾,用粗陶盘子盛了一起端过来。宫不悔一连两日未进一餐,身子十分虚弱,腹中饥肠辘辘。她端起米饭,就着咸菜和鱼虾,一口气吃了个精光。小男孩见她食欲不错,心中愈发高兴,又揣些铜板儿,跑出草屋,到附近的渔村换了一袋小黄鱼回来。

此后一连数日,小男孩就用小黄鱼熬粥,给宫不悔进补身体。宫不悔心中充满感激,相处几日后,对他好感倍增。这个小男孩年纪虽然不大,可十分懂事,又十分好学。每天除了休息和做饭,其余时间他都在学习,要么伏案读书,要么练功习武。

这孩子的救命之恩,南宫敬很是感激。但种种迹象,不得不让他心生警惕:这茅屋虽然简陋,可墙上挂着的两幅字,却不简单:"书山有路勤为径,学海无涯苦作舟";"宝剑锋从磨砺出,梅花香自苦寒来"。二十八个楷体大字,笔法健劲,古拙质朴,绝对出自名家之手。这孩子如此幼小,读的竟是《资治通鉴》,还边看边做笔记。更叫人称奇的是,他练的武功,竟是少林拳法!

南宫敬在厂卫任职多年,同僚和部属中源自少林一派者甚多,对少林功夫,自是了然于心。少林立派千年,拳术传遍天下,习练者众多,原也并不稀奇。只是这小孩所练,乃是嵩山正宗!他年纪虽幼,可拳掌之间,气流风动,内力竟已不凡。

南宫敬心中满是疑惑,继续装聋作哑,缄口不语,只在一旁暗暗观察。饭好后便来吃,吃完后便又坐在一旁。小男孩见他满脸伤疤,举止古怪,也不敢主动接近,倒是每天会与宫不悔说会儿话。

如此又过去三五日。这日晌午,小男孩又忙着烧火做饭,宫不悔在旁帮衬。一位老年僧人,飘然而至,站在门口。

南宫敬大吃一惊,腾地站起身来:以他如今的武功修为,有人逼近茅屋,怎能觉察不到?可这老僧适才而来,全无半点声息,自己竟丝毫没有觉察!若非朝廷遣杀手而来,这东南海隅,怎会有如此高人?

想到此节,南宫敬登时惶恐万分,一把掀开木匣,抽出双剑。说时迟,那时快。只见屋内黑影一闪,南宫敬左手中短剑已经掷出,照着老僧心口疾飞而去……

变起仓促,情势危急,只见小男孩纵身跃起,奋不顾身扑上前去……

第二回　冷暖人间炎凉世态
　　　　贵门寒子逆境豪杰

年少寒微壮志凌，万水千山总温情。
紫气东来功成就，长空一剑任横行。

——《忆往昔》

　　话说那南宫敬见一老僧悄然而至，误以为是敌人追来，故一出手便是必杀绝招，定要置对方于死地。

　　小男孩见南宫敬短剑飞出，挺身而出，扑上前去，竟欲替老僧阻挡来剑。可终究还是慢了一步！不待小男孩奔至老僧身前，那短剑已飞了过去。

　　老僧眼见短剑袭来，竟无躲闪之意！只见他将袍袖一翻一卷，已将短剑接在手中。南宫敬见此情形，惊得目瞪口呆，立在原地，半晌才回过神来：他习武半生，在江湖中也算得上是绝顶高手。临阵御敌，在三十步内，还从未有人能躲过自己的飞剑。这老僧与自己相隔不到十步，竟不动声色，如此轻描淡写，就将自己的全力一击尽数化解，简直匪夷所思。

　　待心神初定，他才仔细打量眼前这位老僧：只见他六十岁上下年纪，须眉虽已全白，但整个人看起来神采奕奕、气度非凡，太阳穴高高鼓起，显然是内力深厚、身怀绝技之人。

　　小男孩见老僧安然无恙，顿时喜极而泣，扑上前去将其紧紧抱住。

　　老僧抚着小孩脑袋，柔声道："森儿，想师父了吧？"

　　小孩抬起头，用衣袖抹去泪珠，道："嗯，师父，我好想您。您怎么去了这么久才回来？"

老僧微笑道："为师受你达宗师叔之邀，上那东山岛筹划古来寺重建事宜，不知不觉已耗去十日。昨夜心中着实挂念，故今早四更就起身，急匆匆赶回来。这些天你可按时练功学习？"

小孩道："弟子谨遵师命，须臾不敢懈怠，请师父考较。"

老僧摆摆手，道："师父信你。森儿，这两位施主怎么称呼？"

小男孩一怔，挠头赧然道："师父，我也不认得他们。那日清晨，弟子见他二人蜷于海滩，昏迷不醒，想是海船倾覆，落水遭难，便把他们救了回来。这几日光顾着读书习武，也没有询问人家姓名。"

说罢，他双目瞪视南宫敬，心道："我好心救你二人回来，为何要伤我师父性命？"

老僧呵呵笑道："救人一命，胜造七级浮屠。森儿做得没错。只是要问问人家姓名，不要失了礼数。"言中之意是教导那小孩，以后救人之后，还要摸清底细，若是好人就留其居住，长久交往；若是歹人便礼送出门，避而远之。

小孩低头道："弟子知错了，今后必定注意。"说罢，朝着南宫敬深深鞠了一躬，道："晚辈失礼！请教前辈尊姓大名。"

南宫敬不答，宫不悔默默走上前来，却也不敢接话，静静立在南宫敬身侧。

见他并未作答。似有难言之隐。老僧扫了一眼南宫敬手中的长剑，又将自己手中短剑来回一看，微笑道："大小不一，长短不齐，谓之参差。天下使此兵器者，只宁波府南宫世家一门。老衲不知贵客临门，恕失远迎。寒舍简陋，茶饭粗淡，小徒如有照顾不周之处，还请多多包涵。"

只过了一招，南宫敬就知这老僧武功极高，强过自己何止数倍。他与小孩师徒相称，这孩子心地善良，知书达礼，想来老僧也不是歹人。何况人家已猜出自己底细，还有什么好隐瞒的？南宫敬想到此，终于开口道："在下南宫敬，船沉落海，幸得令徒救助，才捡回了性命。适才多有冒犯，万望大师见谅。"

老僧道："阿弥陀佛！原来是南宫大人莅临寒舍，失敬失敬。"

南宫敬苦笑道："承蒙大师抬举。亡命之人，何足挂齿……"

老僧叹道："唉……侍君如伴虎啊！南宫世家誓死效忠朝廷，掐指算来也有二百多年，竟也落了个灭门的结局……祸福相依，由福转祸，只在瞬息之间，实在可悲可叹啊！也难怪大人反应如此过激，一出手便要取老衲性命。"

南宫一族世代在厂卫中做事，甘为朝廷鹰犬，伤天害理之事，不知干了多少？适才那一剑，南宫敬虽为自保，可出手便要取人性命，厂卫之毒辣作风，尽显无遗。也正因如此，南宫世家的名头虽响，名声却不佳。遭逢大难之后，江湖上幸灾乐祸者居多，真心同情者却罕有。

南宫敬让老僧说到痛处，沉思了片刻，方才开口道："长老功力深厚，令吾辈大开眼界！冒昧请教大师法号？"

那老僧道："老衲不才，说出来着实辱没师门。"

南宫敬道："大师过谦了，这几日我暗暗观察。令徒武功路数，似是嵩山少林一派。大师神技惊人，定是寺中有名望的高僧。"

那老僧微微一笑，道："老衲不才，法号智通，离寺之前，曾在达摩院供职二十七年。"

南宫敬听罢，大吃一惊，智通长老位列北少林三大神僧之首，武功修为已臻化境！当今武林中能与其争锋者，屈指可数。南宫敬情知，以智通大师的身份和为人，绝不至于出卖自己，心中遂撤了戒备，连声道歉。

智通大师虽不喜南宫敬的为人做派，但他慈悲为怀，眼见落难之人，怎能不去扶助？二人围炉对坐，慢慢聊了起来。小男孩则坐在一旁，双手托起下巴，仔细听长辈们说话。宫不悔身子还虚弱，又回床上躺下……

南宫敬隐居十余年，近些年江湖上发生的大事，竟是一无所知。他此时最想知道的，乃是智通大师何故流落此地。长谈半日之后，方才知晓此中缘故。

原来大明开国以来，少林武当两大门派，雄霸武林，两百余年久盛不衰。与武当相比，少林立派更久，影响更大，天下门派，三分之一皆源于此。近二十年来，少林一派，乃"智"字辈群领风骚。而这一辈分中，又以智通、智弘、智聪三位长老最为出类拔萃。三人武功修为，不在住持空灵禅师之下。

在寺中，三位长老分掌达摩院、罗汉堂、藏经阁，成三足鼎立之势。三年前，空灵长老突发急恙，都没来得及指明接班人，就撒手西去。一场风波，就此兴起。

三位长老，各有所长，又各有所短。

智通大师德才兼备，谦和厚道，颇具一派宗师风范。其实以空灵之本意，也是欲让智通长老接班，只不过认为他拙于授徒，心存顾忌，未公开指定他为继承人。可空灵早已将镇寺之宝《易筋经》传与他。《易筋经》乃少林历代方丈住持所掌，传经之举，言外之意，便是要将住持之位传与他。对于此事，全寺僧众，无不心知肚明。其实智通并非不擅长授徒，只是坚持择优而教。弟子入门，考核极严，以致门徒稀落。

智弘长老虽然在武功上与智通大师不相上下，难分伯仲，却志大才疏，气量有限，胸中容不得人。他看似长于授徒，实则不分良莠，照单全收。虽门下弟子无数，却鱼龙混杂、多是滥竽充数之辈，着实有辱师宗。

三人之中，以智聪长老最有心计，为人也最不正派。他心地奸邪，本欲图掌门之位，无奈武功和德行，都与智通大师相差甚远，实难服众。他心知智弘长老门生众多，势力最大，却有勇无谋，若推举他继任住持，日后事无巨细，势必倚重自己。到那时，自己虽无住持之名分，却可行住持之实权。因此他处心积虑，为智弘担任掌门四处奔走，而且还主动找智弘表明心迹。

少林住持，地位几如武林盟主，谁不眼馋？智弘见连智聪都支持自己，更加信心满满。二人沆瀣一气，串联阖寺僧众，设计在老方丈出殡之日，召集大会，公开选举住持，逼走智通。

空灵大师圆寂之后，超度道场照例在少室后山举行。一连七日，智通忙前跑后，料理丧事，对智聪的阴谋诡计，丝毫没有察觉。出殡前夜，智通为老方丈守灵，一夜未眠。待到五更，他亲自带队，抬着灵柩前往塔林，主持下葬仪式。待一切都安排妥当，方才回寺。

怎料此时大雄宝殿内，已是人声鼎沸，热闹非凡。智通扯过一个小沙弥询问，竟是在召开全寺大会，公开选举掌门方丈。智弘得票最多，已当选新任住持！

智通听闻此言，脑袋登时嗡嗡闷响。他情知遭人暗算，可事已至此，纵使自己有天大的本事，也无力回天了。

原本应该顺理成章接任住持的智通,就这样稀里糊涂落了选,从此饱受众僧排挤,郁郁不得志。遂不久之后,他便离寺下山,云游四方。智通先后去了九华山、天台山、普陀山,满心以为凭自己在江湖上的声望,到了哪里都是座上嘉宾,岂料四处碰壁……

原来智弘一接任掌门,就受智聪撺掇,命人放出话去:智通不辞而别,背叛师门,谁若敢收留他,便是与少林为敌!

嵩山少林在江湖中势如泰山北斗。不出一月,智弘此言已人尽皆知,在武林中传得沸沸扬扬。

那少林派在江湖上何等威名?各门各派,哪个对其不是敬若神明?谁敢公然违命,与之为敌?

常言说得好:世间好语书说尽,天下名山僧占多。那江南遍地名山古刹,佛家门派林立。可方丈住持大多怕惹麻烦,纷纷推辞,竟无一家寺院愿意收留智通!

智通无奈,只得翻越群山,经仙霞关入闽,欲在少林南宗众寺,寻觅一栖身之所。

福建乃少林南宗所在地,历朝历代多有北少林高僧来到这八闽山区落脚。他们所建寺庙,多以少林命名。故福建一省,名为少林的古刹,竟有六座之多。

这六座寺庙,分别是泉州少林寺、莆田少林寺、福清少林寺、仙游少林寺、东山少林寺、诏安少林寺。

其中泉州少林寺、莆田少林寺、福清少林寺皆始建于唐代。而另外三座寺院,则建于大明开国之后。仙游少林寺又名九座寺,诏安少林寺又名长林寺,东山少林寺又名古来寺。三座寺院皆因百年倭患而兴,亦因百年倭患而衰。

眼下六座少林寺中,莆田少林寺规模最大,僧众最多,自诩为南派正宗。该寺位于九莲山下,倭乱时期,一代名将俞大猷常年驻兵于平海卫,就近在此练兵,莆田少林寺自此日盛。培训出的武僧成千上万,在抗倭战争中大出风头,获封良田万顷,佃农数万。此后数十年间,莆田少林寺几经扩建,屋舍相连,殿宇成片,蔚为壮观。眼下阖寺僧众,接近万人,几有与北少林分庭抗礼之势。

智通来到这八闽大地,便先奔那莆田少林寺而去。

可怎料这里的住持竟也不愿收留。倒不是因为畏惧北少林的威名,而是生怕智通盖了自己风头,威胁其住持之位。智通感慨万千,人情冷暖,世态炎凉,凄然于心。

要是无处挂搭,自己纵使一身本事,也只能做个无名无分的野和尚,成何体统?无奈之下,智通大师只得继续南下,来到泉州府地面。

刚进了泉州城,智通竟意外遇见郑芝龙。那郑芝龙本是台海一带的大海盗,最近刚被朝廷招安,虽说名义上当了朝廷的五虎游击将军,可一时半会儿也难改江湖习气。

智通武功盖世,在江湖上威名赫赫,郑芝龙对其仰慕已久。得知智通大师所遇困境之后,郑芝龙当即提笔挥毫,写了一份荐书,差人送至泉州少林寺。翌日,泉州少林寺住持便回信答复,表示愿意接纳。

在莆田少林寺兴盛之前,这泉州少林寺,才是少林南宗正源所在。该寺位于清源山中,始建于唐高宗龙朔元年(661)。建成之后,曾两度被毁,又两度重建。明朝洪武年间,泉州南少林寺第三次兴起,但财力有限,规模仅为南宋时期之十分之一。抗倭名将俞大猷,当年就是在此学艺。

为何智通找寻落脚之地,苦觅半年而不得。郑芝龙只一封书信,反而就办成了呢?

原来那郑芝龙,少年时期曾在泉州少林寺习武。他发迹之后回到家乡泉州府,经常给寺里捐钱捐物。而泉州少林寺培养出来的僧俗弟子,在郑芝龙军中任职者颇多,不少人自此步入官场仕途。故泉州少林寺与郑芝龙的关系非同一般,他的面子,住持自然要照顾的。

智通谢过了郑芝龙,便奔清源山而去,不到半日便到了这泉州少林寺。一路上,他心想:"这泉州少林寺开寺之祖,法号智空。他也是'智'字辈,乃当年北少林达摩院首座,因受排挤而离开山门,与自己如出一辙。真是'冥冥之中天注定,屈指千年又轮回。'"

可怎料这泉州少林的住持永济和尚,竟也是个心胸狭隘之人。郑芝龙的面子他虽然不敢驳,可心中仍暗自担忧:这智通武艺高强,在江湖上名气那么大,若久居本寺,日后难免威胁到自己的地位。因此在智通来寺之前,他就打定了主意:绝不能让智通常住在寺内,务必要将他排挤出去。

智通刚刚踏进山门,还未坐定,就吃了个下马威。那永济和尚先给智通讲了半天清规戒律,又说这里寺院太小,连个达摩堂也没有,闽中山水,冠绝天下,希望智通大师不问寺内俗事,只管四处游历。

智通听闻此言,心中又是一阵凄然,真是"龙游浅水遭虾戏,落架的凤凰不如鸡"!

智通虽心中不快,可嘴上什么也不说,全依了那永济和尚,挂搭在泉州少林,准备云游四方,化缘为生。他本是和善之人,不管结果怎样,心中还是感念郑芝龙恩情的,故离别之前,专程到泉州道谢。

郑芝龙在官邸摆下一桌素宴,接待智通。席间他挽留道:"长老武功盖世,倘能降贵纡尊,屈就府中,教犬子练功习武,自当感激不尽。"

智通自感无处可去,随即应允:"将军信得过老衲,那就恭敬不如从命了。"

时值崇祯四年(1631)正月,当日下午,郑芝龙便带着智通,一起返回他位于安平县的府邸。

郑芝龙祖籍在安平,离泉州府还不到五十里,骑马只一个时辰的路程。被朝廷招安后,他属下数万海盗,全被改编为明军水师。水师督军衙门,就设在泉州府内。白日里他多在泉州办公,晚上便回老家安平。

闽南当地习俗:谁要是在外混出了名堂,当了大官,或是发了大财,必定要在老家大兴土木,建红砖阔宅,以显示身份和财力。郑芝龙乃台海巨盗,富甲闽南。他归顺朝廷之后,荣归故里,衣锦还乡,在老家安平建起好大一片宅邸。

郑芝龙共有子嗣五人,此时均在安平。这五子里头,有两个尚在襁褓之中,另外三子年纪均到了习武的年纪。当晚,郑芝龙便让这三个儿子拜智通为师。从此之后,智通便住在这安平郑府,教三个孩子练功习武。

智通初时并不知道,这三个孩子虽是兄弟,却是同父异母。

最大的唤作郑森,出生于日本平户岛。他的母亲姓翁,是当地华侨之女。

另外两兄弟则是一母同胞,哥哥叫郑渡,弟弟叫郑恩,他们的母亲姓颜,是大海盗颜思齐的女儿。这郑芝龙能有今日,全凭继承了颜思齐的衣钵。

常言道:"母以子贵。"可是,在儿子年幼之时,妻妾众多的大户人家却是"子以母贵"。那翁氏一族,在平户岛上顶多算个小康之家,怎能与呼啸台海的颜家相比?正因为此,三兄弟在家中的境遇大不相同。

郑渡和郑恩两兄弟,天天穿的是绫罗绸缎,食的是肴馔珍馐,身边有一大群人伺候。而郑森和母亲翁氏,二人则相依为命,日日布衣麻裙,粗茶淡饭,连个供使唤的丫鬟都没有。

花开花落,春去秋来。
一年光阴,转瞬即逝。

三兄弟虽是同门学艺,可情况却大相径庭。郑渡郑恩二人,天天迟到早退,练功时心不在焉,心猿意马,事事浅尝辄止,敷衍应付。而郑森则日日坚持不懈,习武时全神贯注,心无旁骛,时时勤思勤问,刻苦钻研。

这一年下来,郑森已身手不凡,虽不能临阵御敌,可防身自卫,料理一两个村夫野汉,已经不在话下。而郑渡郑恩兄弟俩,却还没能入门,与郑森是天壤之别。

郑森求知心切,求学若渴;智通自是有问必答,有求必应。师徒二人,一个学得上心,一个教得起兴,相得益彰,其乐融融。

崇祯五年(1632),正月十五。安平郑府,张灯结彩,喜气洋洋。

但凡节庆假日,郑芝龙都不敢懈怠,这天一大早就赶往泉州,值班巡查。日薄西山之时,方才返回安平,还带回一位贵客。

此人名叫黄道周,祖籍福建漳州府漳浦县,天启二年中的文进士,入翰林院,任修编。崇祯登基之后,调詹事府,任右中允。崇祯二年,袁崇焕获罪被剐,朝野内外,牵连甚广。到崇祯四年,株连还在继续,就连黄道周的恩师钱龙锡,也因曾举荐过袁崇焕而被牵连,定为死罪。

钱龙锡获罪将斩,此事冤屈,谁不心知肚明。然满朝文武,竟无一人敢言。只黄道周一人,彻夜草拟奏疏,拂晓入阙叩阍,冒死直谏。

奏疏慷慨激昂,一针见血,直陈崇祯帝过失:今以莫须之名,屈杀宰辅重臣,不光有损国体,更自断其臂,自毁长城。

崇祯读罢,龙颜震怒。黄道周又上一疏,直言力谏,奏疏中以龙逄比干自比,欲青史留名。如此一来,把个崇祯箍得进退不得。他若不杀黄道周,难以平复心中愤怒;可他若杀了黄道周,则势必被天下人视为夏桀商纣,成了个彻头彻尾的无道昏君。

崇祯被气得怒不可遏,可又无可奈何,只得以抗疏治罪,将黄道周的官职连降三级。岂料那黄道周风骨相当坚韧,仍不屈服,再上一疏,指出眼下士庶离心,寇攘四起,天下骚然,不复乐生,乃朝中小人柄用,怀干命之心所致。劝崇祯皇帝摈退小人,任用贤能。崇祯读罢此疏,再忍无可忍,大笔一挥,将其削籍为民,驱逐出京。

黄道周连上三疏,虽被贬为庶人,但因救下宰辅钱龙锡一命,从此名扬天下,成为举国士大夫之楷模。他被逐出京,已是腊月,一路南归。途经浙江,当地名士再三挽留,希图留其在浙江,收徒讲学。

黄道周婉言谢绝,他志在故土,欲凭一己之力,振兴闽南国学。他勉强挨过春节,便辞谢众人,搭上南下商船,一路往家乡漳浦而来。

商船昼夜兼行,一路南下。正月十五这日,已到了泉州港外。商船靠岸停泊,补给物资。黄道周在船头休整,碰巧遇见在码头巡查的郑芝龙。

郑芝龙归降之后,生怕别人因其海盗出身而瞧不起,处处附庸风雅,巴不得想和文臣名士攀上关系。今日偶遇名动天下的闽南大儒,怎能轻易让他离去。郑芝龙再三挽留,相邀其去自己安平的府邸。

黄道周思乡心切,原本并不打算逗留,可盛情难却。好在漳泉两地相隔咫尺,家乡已近在眼前,走陆路也很方便。他就此谢过船东,收拾行李上岸,自己随郑芝龙一同返回安平。

当日晚间,郑芝龙大摆宴席,款待黄道周。他原本是礼聘黄道周为西席,教自己的儿子们学习文化,可黄道周人虽在低谷,心志却丝毫未挫。如此一位心高志傲的博学鸿儒，怎甘心屈就在郑府当家教？

出于礼貌，黄道周勉强在安平待了三日后，向郑芝龙言明心迹，表示要回家乡办学，广收弟子，传道授业。郑芝龙见黄道周心意坚决，遂改变主意，决定送儿子们去漳浦。他奉上白银千两，派人护送黄道周回乡。

郑芝龙希望儿子们文武兼修，征求智通大师意见，盼其也能和孩子们一同前去漳浦。智通大师不假思索，欣然答应。

智通对郑渡郑恩兄弟早已失望，之所以答应郑芝龙，是因其心中挂念郑森。他已年过花甲，天慧聪颖的孩子也见过不少，但像郑森这般自觉好学的弟子，却是头一遭碰到。

这孩子虽说出生在日本，可他外祖父翁氏一门，多年来从未放弃中华国学，文化底蕴非常深厚。众人精心培养，郑森在小时候便受到了良好的启蒙教育。回国这两年来，母亲翁氏依旧对他的学业常抓不懈。郑森也不负众望，勤奋好学。

人到晚年，能收到这么个好徒弟，智通心里自然喜欢得紧。然而，"玉不琢，不成器"。他生怕如此一块荆山璞玉，得不到名家雕琢而瑜瑾难现。

因此，为了让郑森日后文武双全，成就大器，智通对郑芝龙的这一要求，自然不会推辞，爽快答应了。

那颜氏心疼自己的两个儿子，觉着他们过于年幼，舍不得让其外出受苦，怎么也不同意让哥俩去漳浦。郑芝龙好说歹说，大大小小的道理，列举了一箩筐。那颜氏终于被说服，勉强同意让郑渡郑恩两兄弟去漳浦学习。

黄道周办学心切。他雷厉风行，回乡还不到一个月，就在漳浦县城里买了一处宅子，把书院开了起来，取名为"紫阳书院"，并正式收徒授业。黄道周的祖宅，本在东山岛。东山岛是福建第二大岛，乃著名海防基地——"铜山水寨"所在地。

东山岛距离漳浦县城，水陆共计四十里。"紫阳书院"开办以来，黄道周就住在书院。他教书授业，一如为官从政，严于律己，恪尽职守，怕耽误了孩子们的学业，就连过节也待在紫阳书院，极少回东山岛去。

没过几日，郑家三兄弟也来到漳浦。三人的日常用度，本来都一样。可郑家的账房由颜氏把持,她安排把钱全给了那郑渡郑恩兄弟,郑森连一个铜子也没有。甚至给紫阳书院的学费,都得郑森自己想法子。自此,在生活上,郑森与郑渡郑恩兄弟便天壤悬隔。

那颜氏花了一千三百两银子,给郑渡郑恩兄弟在漳浦县城里买了好大一座宅子,智通和郑森也住在这个大院里。

五进的大院,装饰得极其奢华。伺候兄弟俩的小厮仆从,连同厨师、丫鬟、保姆,一共是三十七人。抛去日常吃住费用不算,光这些下人们的年例,一年就得八百两银子。此外,马车、软轿一应俱全,颜氏甚至还从郑芝龙水师中拨出一艘军舰,移驻于与漳浦一水之隔的铜山水寨,随时听候郑渡郑恩哥儿俩调遣。

条件如此之好,可这郑渡郑恩兄弟,却只图享受,不思进取:顿顿大鱼大肉,餐餐山珍海味;读书吊儿郎当,一日打鱼,半旬晒网,要么干脆连书院去都不去,旷课逃学。读书尚且如此,练功习武更无从谈起。哥俩儿整天斗鸡戏狗,夜夜嬉戏不睡,日日懒觉不起,玩物丧志。

两兄弟不仅不学无术毫无弟子之礼,而且还经常奚落取笑长兄,伙同其余学生欺负郑森。郑森人虽小,却很懂事,从不与他们计较,只认认真真把自己的书念好,功练好。

智通大师见这兄弟俩离家在外,无人约束,越发不成气候,自己作为长辈,若不管教,恐有失职之嫌。可怎料那郑渡郑恩哥儿俩,非但不理解他良苦用心,反倒时常跑回家向母亲颜氏打小报告。颠倒是非,混淆黑白,说智通和郑森一老一少这也不好那也不好,总和他们哥儿俩过不去。

那颜氏护短,本就看着这老和尚不顺眼,听了儿子们的话,对智通的厌恶更是有加无已。她每晚都给郑芝龙吹枕边风,添油加醋,定要把智通和郑森描得炭黑。郑芝龙初时不信,只道颜氏嚼舌。可他天生耳根子软,成天听颜氏这么叨叨,慢慢竟也信了,对智通也不如从前那般恭敬了。偶尔出公差路过漳浦,也对智通和郑森爱理不理,态度冷淡。下人们眼睛活得很,见主人如此,他们便心领神会,有事没事就指桑骂槐,对智通和郑森冷嘲热讽,摔摔打打,茶饭也日渐粗糙,一顿不如一顿。

智通见此情形，心里委实堵得慌，让那郑渡郑恩兄弟搬弄是非混淆黑白也就罢了，还给一群龌龊小人骑在脑袋上，真是虎落平川被犬欺！为了不再受这腌臢鸟气，智通携了郑森，到漳浦海滩上，搭了三间茅草屋子住下，彻底远离了凡夫俗子和市井小民，倒也清静。

智通与郑森刚一搬走，就有下人们传信回安平，告与那颜氏。颜氏早就懊恼智通赏识郑森，见他二人一起出走，索性一不做二不休，连智通的聘金和斋饭钱也给断了。郑芝龙风闻此事，却睁一只眼闭一只眼，佯装不知，任由那颜氏母子胡来。

于是，自此之后，师徒二人便再没人关照，日子过得异常拮据，连吃饭糊口都成了问题。郑森尊敬长辈，咋也不让师父动手，做饭洗碗之类的杂事，全由自己包揽。

每日晚上，他便淘两碗糙米，撒一把盐，用慢火将其熬成一锅粥。到第二日黎明，粥已凝固成块儿，郑森便将其反扣在陶盆中，切做八块。他先练功一个时辰，直到动身去书院时，才与师父各吃两块。

白天在书院，中午休息时，别的孩子大多都有干粮吃。郑森什么也没有，一瞥见别的孩子吃东西，就默默咽一口唾沫，悄悄躲到角落里，独自念书学习。他中午也不休息，节省一切时间，用心攻读。晚上放学回来，先练功一个时辰，然后蹲着马步，再背书一个时辰，这才与师父各吃两块粥，待肚子稍稍有些饱意时，才美美睡去。

智通看着心疼，等到夜深人静，常常抚着郑森的头，自言自语道："唉……本以为你出身豪门，衣食无忧。谁知竟与为师一样，同是天涯沦落之人。师父期望你以古今圣贤为楷模，穷且益坚，不坠青云之志。"

一日晚上，智通看他可怜，忍不住问道："森儿，你吃得饱吗？"

郑森非常懂事，不想让师父担心，一脸憨笑道："师父，我确实时常肚饿。但我觉着，吃饱了容易犯困，饿着反倒精神，读书写字，可带劲呢。有时候饿点儿也是个好事。孟子曰：'天将降大任于斯人也，必先苦其心志，劳其筋骨，饿其体肤，空乏其身，行拂乱其所为，所以动心忍性，曾益其所不能。'黄老师也常讲：只有年少时吃得苦中苦，长大后方能为人上人。"

智通大师听罢,摸着他头道:"唉,真难为你了,小小年纪就受此磨难。人常说寒门出贵子,可你名义上生在富贵之家,却连寒门都不如!师父望你贫贱时志不移,他日纵使富贵,也不要忘本,处处为贫苦黎民着想。"

郑森道:"师父教导的是,弟子定会牢记在心。"

岁末年初,郑森回家过年。翁氏见他瘦削单薄,便询问生活起居之事。郑森不愿母亲担忧,只捡着读书习武的话题与母亲述说。对颜氏克扣之事,他绝口不提,也不去找郑芝龙诉苦。他生怕郑芝龙追究起来,那颜氏恼羞成怒,寻母亲发难,打骂撒气,使母亲的日子更加不好过。

翁氏看着面黄肌瘦、筋骨如柴的孩子,心中如泣血般疼痛不已。她把自己平时省吃俭用攒下的月例积蓄,统统给了智通,含泪嘱咐道:"森儿正在长身体的时候,还望大师给他买点肉吃,劳烦您了……"

智通心知郑森不愿提起二人艰苦之事,更知翁夫人自己过得也不宽裕,便无多言,只默默接受了。翁夫人所给的银子,虽然不多,但节省着花,勉强还能交上学费。

俗话说得好:世事如棋局局新,人情似纸张张薄。智通自打离了泉州少林,就没再去寺院挂搭,以免自取其辱。

可巧妇也难为无米之炊。没有什么经济来源,师徒二人怎么生活?智通只能瞒过郑森,趁他日间去紫阳书院读书的时候,包了头在附近渔村做些苦力。或在码头修理船只,干些体力活;或帮渔民们结结渔网,罟些鱼贝虾蟹,罱些海苔紫菜。挣些个铜板零钱,换一些糙米和海菜。

村中渔民不知这一老一少的底细,但看着他们怪可怜的,便常常施舍其一些小鱼小虾。糙米熬粥,小鱼虾腌了,做成小菜,给郑森下饭。智通不食荤腥,郑森也舍不得多吃,每顿只夹上一小筷子。一小罐子腌渍鱼虾,竟也能吃上二十来天。

"宝剑锋从磨砺出,梅花香自苦寒来。"郑森勤勉用功,天天如此。如此日积月累,久而久之,学问和武功自然大有长进。早在东瀛之时,外公就教他读书识字,回到中土后,母亲也始终督促他看书学习。这一年来,又得到黄道周这样的博学鸿儒点拨,学艺更是突飞猛进。经史子集,都已略晓一二,尤其是历史方面,更是十分精通,绝非同龄少年所能及。

十日之前,智通大师则应长林寺住持达宗长老之邀,一起去了东山岛,勘察古来寺,商讨修缮事宜。

这个东山古来寺,也是少林南脉,始建于成化年间,上一任住持乃是智通禅师的师兄智广禅师,三十年前离开嵩山少林后受聘来此,训练僧兵,后来升任住持。智广禅师已于十年前病逝,后继无人。

大海盗李旦和颜思齐相继去世,郑芝龙接受朝廷招安,台海一带自此安宁了许多。无海盗可打,僧兵不必太多,古来寺也便日渐荒废。常言道:福无双至,祸不单行。人气稀落也就罢了,好端端的一座古刹,三年前又遭雷击,一场接天大火,把个寺院烧去大半。

前年八月,这漳州府来了个新知府,名叫李建泰。他祖籍山西曲沃,天启二年中的进士,先后在翰林院、都察院、浙江布政使司和国子监供职。担任漳州知府之前,他已官至国子监祭酒,从四品的文职京官。知府官阶是正四品,其转任漳州,算是升了一级。

这李建泰虽出身官贵之家,却申明通义,是个和善之人。他上任之后,四处考察,体恤民情,功德无量。境内百姓,有口皆碑。

李建泰担任漳州知府之后,访得长林寺和古来寺本为少林南宗,眼下却连个住持都没有。两座寺院,长林情状较好,便请达宗长老前来,扶为住持。

达宗长老原在五台山南禅寺出家,已做到知事长老,地位仅次于住持方丈。他本是李建泰的舅舅,青年时婚姻不顺,遂看破红尘,遁入空门。当年智通云游至五台山,在灵鹫峰下邂逅达宗,二人一见如故,谈经论道,切磋武艺,不知不觉竟过了十余日。达宗为智通的盖世神功所折服,智通也敬重达宗的人品德行,二人最终结为莫逆之交。

来到诏安长林寺后,达宗长老果然不负众望,励精图治,大加整饬。不出一年,已把个长林寺弄得有模有样,重振昔日风采。去年腊月,他偶然得知智通就在漳浦,心中大喜,赶紧登门拜访。

诏安与漳浦是邻县,相距不过五十里,骑马一个时辰便到。达宗长老是个谦和慈善之人,他见智通师徒过得如此清贫,便时常差人送一些粮食过来。师徒二人的日子也稍稍宽松了些,总算是吃得饱了。只每日仍是两餐,顿顿依旧简单清淡。

智通感念长林寺僧众的救济,每逢黄道周紫阳书院放假,就携了郑森,到长林寺小住几日,教那里的僧人们习练武艺。

达宗长老觉着东山古来寺也是千年古刹,荒在那里怪可惜的,遂向李建泰提议重建。李建泰亲自上东山岛考察之后,同意了达宗长老的请求。怎奈官府库银紧张,并无余钱可供拨调。后来还是幕中师爷出了个好主意,召集起漳州治内颇有名望的富商士绅,募捐了白银三千六百两,作为修缮经费。特请达宗长老坐镇,全权主持修缮工程。达宗长老也不推辞,欣然从命。领命之后,他赶忙差小沙弥星夜赶至漳浦,请智通大师前来,为的是借此机会,给智通大师寻个安稳的落脚之地。

他心知李建泰通情达理,明辨是非,又是自己的外甥,定会择贤而立。只要智通在修缮时出谋出力,定能赢得百姓认可。这样一来,待佛寺建成,智通大师便能顺利担任住持。

智通大师见达宗用心良苦,处处为自己着想,虽不愿当什么住持,可达宗一番好意,着实盛情难却。他心想自己总归得有个落脚之地,不能老这样没名没分,常年漂泊在外,能有一座名刹栖身,多教授些徒弟,也不至于枉费余生。想到此节,智通便立即启程,直接赶赴东山岛,与达宗相会。

智通走后,郑森一人独自留守草屋,每日读书习武,一如既往,按部就班,与师父在时全然无异。

宫不悔此时方才知晓:眼前这个好心救人的小男孩,名字叫作郑森,今年只有十一岁。她望着郑森,心中暖意阵阵,不知不觉便出了神,思绪缥缈……昏昏欲睡之际,猛地听见一阵脚步声急促而来……

第三回　书山学海勤苦奋进
　　　　宝典奇经义赠英才

　　　　滴水恩受此中情，心忧连雨盼天晴。
　　　　古道忠魂君悲切，他乡埋骨不虚行。

　　　　　　　　　　　　　　——《忆石斋老人》

　　来人气喘吁吁："郑森，黄先生让你赶紧去书院一趟。"
　　郑森一看，原来是黄道周的家仆李安，道："此刻吗？"
　　李安道："嗯，就现在，赶紧随我前去。"
　　郑森匆匆拜别师父和两位客人，随李安上马，一路疾驰，直奔漳浦县城而来。
　　郑森已有九日没去书院了。就在智通大师受邀去了东山古来寺的第二天，江南四大名士便来到漳浦，专程拜访黄道周。这四人分别是徐霞客、林轩、陈天定、陈杨美，他们虽不是官场中人，却凭着文章学识和人品德行，早已名扬天下。时人津津乐道，称他们为"江南四大名士"。
　　贵客临门，黄道周自是喜出望外。他深知徐霞客等人最爱山景水色，便与隐居漳州开元寺的好友张燮一道，陪着四人在漳州地界游览观光。登灵通山、天峰山，观云动岩、风动石……书院无人主持，黄道周临走时布置好作业，便给学生们放了假。
　　作业不是太多，郑森还想多看些书，挑了一本书后，兀自在书房徘徊不走，在书橱前辗转半天，放下这本，复又拿起那本。黄道周见此情形，微笑着拍了拍他脑袋,特准他此番多借几本书。郑森欢喜不已,总共挑了六本书,高高兴兴回家自学。南宫敬所见《资治通鉴》,就是郑森这次借回来的。

郑森好学,视书籍为珍宝,爱惜如命。可他师徒二人连吃饭都成问题,哪里还有闲钱买书?于是只能到书院去借。

黄道周在这紫阳书院里,设了好大一座书房,整整三面墙壁,全部做成书橱,满满列着上千本藏书。诸子百家、诗词曲赋、史学著作、散文集锦……应有尽有,琳琅满目。

郑家虽说算不上什么达官显贵,高门望族,可毕竟是这八闽大地上数一数二的富庶巨贾。只不过郑芝龙海盗出身,虽积累了亿万家财,却始终为士大夫所瞧不起。他常因学识浅陋、位不尊贵而自卑,因此处处巴结名士,希望子嗣日后能走上科举正途,步入官场,彻底扭转世人对郑家的看法。

黄道周系出世家名门,一身浩然正气。无论郑芝龙如何恭敬,在内心深处,黄道周总是瞧不起他的。寡廉鲜耻、唯利是图的商人本性,以及朝秦暮楚、拥兵自重的海盗习气,均是誓死捍卫封建纲常伦理的黄道周所不容的。

可常言说得好:吃人家嘴短,拿人家手软。紫阳书院开办这一年来,郑芝龙前前后后捐助的白银,竟有三千两以上。黄道周虽自命清高,可就算他是孔孟再世,也要食人间烟火。自己罪臣一个,被贬之后,俸禄早已断绝,上有老下有小,一大家子人总得吃饭,仅靠开书院的微薄收入,怎么能维持生计?

像郑芝龙这种既想附庸风雅、又天不怕地不怕的暴发户毕竟屈指可数。除了郑芝龙本人,赞助紫阳书院的,只有他的部将蓝锐一人。

蓝锐不是汉人,而是当地土著。五胡乱华之后千余年间,汉人不断大举南迁,徙往东南一带。漳泉潮汕一带,土著居民人丁稀少,怎能挡得住源源而来的汉人?汉人定居后,繁衍生息,势力日渐壮大。最后,这些汉人竟反客为主,把原来的这些当地土著,赶进山区,并称这些人为"山哈"。"哈"乃客人之意,"山哈"意思就是居住在山区的客人。从蒙元时起,官方文书中将"山哈"定名为畲,这些生活在闽南粤北山区的山民,就被称为"畲民"。

这个蓝锐,就出生于畲民聚集的漳浦县赤岭山区。在畲民中,蓝氏与盘氏、雷氏、钟氏并称为四大姓氏。黄道周的鼎鼎大名,蓝锐老早就听说。随郑芝龙一起被朝廷招安后,蓝锐被派回老家漳浦,率领本部人马驻扎在东山岛上的铜山所。他见主帅如此看重黄道周,便把儿子蓝昊天也送到紫阳书院来,还时常赞助书院些银两,只不过不似郑芝龙那般出手阔绰罢了。

黄道周每年得郑家这么多银子,对这郑氏三兄弟,自然就要高看一眼。可无奈郑恩郑渡两兄弟,天生的一对花花公子,根本就不是学习的料。

漳泉两府世风浮躁,人心势利。平民百姓因为家境贫穷,大多念不起书;商贾子弟虽念得起书,却大半受不了此中辛苦,宁可经商挣钱,也不愿寒窗苦读;书香门第世族大家,虽知黄道周乃博学鸿儒,可他毕竟是因讥讽皇上而被贬回原籍的罪臣,大都心存顾忌,不愿送孩子前来。

故紫阳书院开办一年多,勉强只收了二十七八个徒弟。对其中九成弟子,黄道周都不满意。余下的一成学生,考个秀才中个举人估计不成问题,但要说日后出个封侯拜相的大人物,恐怕只有郑森一人有此希望。倒不是因为郑森有多么聪明,而是这孩子求学的精神,实在难能可贵。

郑森每日来得最早,又回得最晚,手不释卷,夙兴夜寐。听课时聚精会神,课间也从不玩耍,而是抓紧时间温故知新,奋发图强。

书院藏书如此丰富,却鲜有人借阅。唯有郑森一人嗜书如命,废寝忘食。一本刚还,赶紧再借一本,焚膏继晷,通宵苦读。

这黄道周书生气很重,难免有些古板迂腐,终日在书院埋首伏案,两耳不闻窗外之事。对郑森的家事,他从未主动过问。但这孩子的悲苦遭遇,他还是有所风闻,知道他过得十分艰辛。他几次找郑森谈话,委婉求证。不想这孩子总是借故岔开话题,对自己眼下的境遇闭口不谈。

黄道周见他如此,心中更加感慨:经历如此悲苦,生活如此贫寒,却不坠青云之志……

郑芝龙虽然资助书院颇多,但每次和黄道周交谈,总是希望郑渡郑恩二子成才,对郑森竟不闻不问,好像郑森不是他亲子一般。而郑家账房先生也是听从颜氏安排,每季度来交学费时,只交郑渡郑恩两人的。

虽是同父兄弟,德行却大相径庭。郑渡郑恩两兄弟的表现,为黄道周所不齿。而郑森的表现,却令黄道周赞不绝口。常言道:吃得苦中苦,方为人上人。

黄道周遍览群书，博古通今，深知自古逆境人杰，无不先苦后甜。少时贫贱努力，日后方能富贵成名。郑森这孩子若能持之以恒，日后必成大事。

此后，黄道周便时常在课堂上提醒学生"时光如白驹过隙，易逝而难返"；告诫他们"一年之计在于春，一生之计在于勤"。还常给学生们讲一些吃苦成才的名人励志故事：诸如孙敬头悬梁，苏秦锥刺股，匡衡凿壁借光，祖逖闻鸡起舞，李密牛角挂书，欧阳修荻草练字……

郑森身处逆境，自然听得最为上心，也深知黄先生的苦心，把这些全都默默记在心上。

郑森酷爱读书，日夜期盼着能有一本属于自己的书，遂壮着胆子恳求黄先生送他几本书。黄道周听后，慈父般笑道："孩子，不是为师舍不得赠书与你，而是这书非借不能读也。自古成才之人，多是少年贫寒，无钱买书，只能找旁人去借。读书时，若有不懂之处，就用笔记下来，日后找先生请教，力求甚解。"

听了先生所言，郑森豁然开朗，自此更加注重笔记，勤借勤还，勤学勤记……

九日未去书院，听说黄先生终于回来了，郑森欣喜难耐。一路上，他满脑子都是黄先生讲课的情景……想着想着，不知不觉已进了城，来到紫阳书院。直到此时，李安才告诉他，之所以匆匆唤他前来，乃是今晚有贵客临门。

这位贵客，便是名动天下的辽东副总兵茅元仪。

话说这茅元仪，可是一位了不起的人物，四海之内无人不知无人不晓。他祖籍浙江吴兴，是大文学家茅坤的孙子。茅元仪博览群书，满腹韬略，一生功名都建在辽东。他从幕僚做起，逐渐成为大学士孙承宗的心腹干将。他长期与孙元化、袁崇焕共事，一起创建关宁军，打造"关宁锦"防线，推进"以辽人守辽土"战略。到天启末年，茅元仪已升为从二品辽东副总兵，总管全军后勤保障并兼领水师。

崇祯皇帝登基以来，北方局势风云突变！毛文龙被杀，皇太极兵临京师席卷京畿，满桂和赵率教战死，袁崇焕被捕下狱，祖大寿率军出关，孙承宗起复，袁崇焕被千刀万剐,大凌河惨败,吴襄被捕押回北京,孙承宗解职回乡,祖大寿降而又归,孔有德和耿精忠造反,孙元化被处决……

短短四年多时间,战火从辽东烧到北直隶再烧到山东,生灵涂炭,死难者数以百万计……眼见着老战友老同事们一个个接连出事,身在旋涡中央的茅元仪怎能独善其身?前年,因部将尚可喜叛变投清,将辽东水师大半家当都送给了皇太极,茅元仪牵连获罪。此后,尚可喜的水军每进攻明军一次,茅元仪就官降一级。今年七月,清军奇袭旅顺,明军全军覆没,辽东半岛全部沦陷。又是尚可喜的水军打头阵!崇祯皇帝震怒不已,茅元仪的官职自然再降一级,被贬为正五品漳浦守备。

官职连降数级,还被赶出了东北,茅元仪的心境可想而知!他失意南下,低调赴任,又是经海路而来,沿途并无讯息传来。黄道周这几日忙着陪客人游览名胜,对茅元仪守备漳浦一事,全然不知。

倒是茅元仪早在被贬之前,就知黄道周触犯天颜,被削籍为民,遣回原籍。他敬重黄道周的人品和风骨,一到漳浦,还没有进守备衙门,就先到紫阳书院登门拜访。不想事不凑巧,黄道周陪客览胜,外出不在。茅元仪一连三次来访,都未能谋面。只得留了封书信,细述此中情由。

待送走了徐霞客一行,黄道周才回到书院,把管家递来的书信拆开一看,着实意想不到。他赶忙安排家人置办酒席,遣人往守备衙门递送请柬,请茅元仪前来,为其接风洗尘。

一切安排妥当,黄道周方才落座,端起瓷杯,正待饮茶,脑中蓦地腾起一个念头:这茅元仪乃当世奇才,文武全才,今日虽然落难,说不定何日便又起复,何不借此机会举荐良才,将郑森介绍与他?

想到这节,他忽地站起身来,把管家李安唤进来,派他速去把郑森接来……

话说郑森下了马,进了紫阳书院。此时,黄先生正与一位客人在客厅对坐品茗。这位客人一袭灰布长袍,四十上下年纪,两鬓隐隐斑白,但器宇轩昂,眉宇间不失英武之态。郑森没有作声,走上前去,提起茶壶,将二人杯中茶斟到八分满,然后退至门口,垂手而立。

黄道周微微一笑，道："森儿，这就是我时常与你提起的当世豪杰茅大人，快快过来拜见。"

郑森赶紧上前，对着茅元仪深深作了三个揖。

茅元仪见这孩子年纪不大，谦逊有礼，举止得体，心中颇为喜欢，便问黄道周道："这孩子可是令郎？"

黄道周道："不是。这孩子名叫郑森，是郑芝龙的长子。"

茅元仪一听"郑芝龙"三个字，脸色微变。他虽是新来乍到，可"郑芝龙"三字却是耳闻已久。这些年来，郑芝龙在东南的势头，丝毫不亚于横行中原的匪首李自成。若不是辽东战事吃紧，恐怕自己的舟师队伍，早已被抽调南下，与郑芝龙刀兵相见了。好在不久前熊文灿巡抚福建，把郑芝龙集团全部招安，才算平息了这场持续数年的祸乱。

黄道周见茅元仪面色有异，已猜中他心思，便道："这孩子虽是郑芝龙长子，却生于日本平户，自幼悲苦，绝无纨绔骄躁之气。我在漳浦办学一年，这孩子乃我最得意的学生。这几日我外出陪友，给学生们都放了假。今日能邀您大驾光临，特地唤他前来与您相见。"

说罢转头对郑森道："茅先生乃盖世英雄，森儿要仔细听先生讲话，多长些见识。"

此时酒席尚未备好，黄道周与茅元仪继续品茗畅谈。

茅元仪笑问："这孩子既然是幼平兄最好的学生，我可否考校考校他？"

黄道周笑答："难得茅大人有此雅兴，能指点指点小徒，在下倍感荣幸。"

茅元仪道："先考考诗词如何？"

黄道周道："这孩子虽然年幼，可诗词记得尚可。"

茅元仪道："古人诗词，不计其数。我今日考校，全系名家所作，不知意下如何？"

郑森见黄道周看着自己，目光中尽是和善鼓励之色，便微微点头。

那茅元仪一连问了三十多首诗，或要求对句，或要求背诵全本，上自秦汉，下至元明，郑森无不对答如流。茅元仪心中极是满意，脸上微微一笑，低头略一思忖，又问道："关山难越，谁悲失路之人。"

郑森道:"萍水相逢,尽是他乡之客。"

茅元仪道:"时运不齐,命途多舛。"

郑森道:"冯唐易老,李广难封。屈贾宜于长沙,非无圣主;窜梁鸿于海曲,岂乏明时?所赖君子见机,达人知命。老当益壮,宁移白首之心。穷且益坚,不坠青云之志。酌、酌、酌……"

郑森背到此处,一时接不下去,赶忙鞠躬抱歉,道:"这篇文章我诵了好多遍,仍旧不能通篇默背,让大人见笑了。"复又跪倒在黄道周面前:"弟子学艺不精,请师父责罚。"

茅元仪哈哈大笑:"文章本天成,妙手偶得之。我等也常做诗词。一首诗词,往往因某一时刻触景生情,情之所至,有感而发,偶得一两个佳句,浑然天成。其余数句都是为了成诗成词,凑韵配套而作。"

茅元仪啜了一口茶,继续道:"作者本人尚且是为平仄押韵牵强附会,你我何必过于在意,非要硬生生背诵下来?古今佳作,莫不如此。正是那一两句肺腑之言,情真意切,脍炙人口,终究成为名言警句,千古流传。像东坡居士《水调歌头》那般,通篇皆是名句,实属罕见。"

说罢,茅元仪抚着郑森脑袋,温和道:"我向来注重实际,择优而诵。为了背那些劣句而枉费精力,真真徒劳无益。故今日我考你诗词,只重名句,不必过于自责。"

郑森听他这么说,心中宽慰,只听茅元仪又道:"读书本是修身之道,增进学识,陶冶心性。若不去理解内在真意,一味死记硬背,还有什么意义?适才你对答如流,且语气波折起伏,舒缓自如,与诗词中情感节拍暗合,着实了不起,自是对其理解得相当透彻,否则怎能如此从容自然?来来来,叔叔再和你切磋一下史学如何?"

接下来半个时辰,二人又是一番对答。前二十二史所载,大事名人,小郑森竟都能答得上来,甚至还能评论几句。

末了,那茅元仪发问:"你小小年纪,学艺已如此精纯,非同小可,不知志向如何?"

茅元仪的事迹,黄道周曾经在课堂上讲过。郑森心知茅先生志在辽东,心忧社稷,遂略一思忖,答道:"如今朝廷日渐式微,女真人崛起于白山黑水,叩关不止。我愿像茅叔父一样,却胡虏于东北,复中华之故土。"

茅元仪赞道:"十岁孩童,能有如此豪情壮志,着实不可多得。我年幼之时,人皆称赞为神童。这孩子笃志博学,真知灼见,远在我当年之上!若非刻苦上进,万难如此。"

黄道周见茅元仪已认可郑森学问,有心再推荐一下郑森,便道:"止生兄有所不知,这孩子文武兼修,每日放学回家,还要习武练功。"

茅元仪听了这话,倍感意外,转头问郑森道:"你还会功夫?"

郑森不好意思,腼腆地点了点头。

茅元仪一下子来了兴致,起身离座,走到郑森面前,道:"来来来,让叔父试你一试。"

茅元仪说着,用手去推郑森。三年来,郑森一直蹲马步,下盘相当稳重。茅元仪一连推了三下,郑森纹丝不动。

茅元仪虽是文官出身,可少年时立志从军,也拜师父习练过武艺,入仕后久在军中,常常与属下好手们切磋比试,求教个一招半式,日积月累,也进步不小。虽然算不上什么武林高手,可料理个三五个成年壮汉,还不成什么问题。可怎想眼前这个瘦小单薄的娃娃,自己竟推不动。

茅元仪颇为惊异,心知再推也无益,便让郑森双手来推他。郑森摇头不肯,双眼巴巴地望着师父黄道周。黄道周点点头,微笑中透出鼓励。郑森才打消顾虑,平出双手去推茅元仪,只是才用了一半力气,没敢使出全力。

茅元仪只觉两股奇大无比的力道瞬间袭至,势如半大的牡牛(即公牛)疾冲,哪里还站立得住?连连倒退,眼看就要摔倒,郑森不知所措,赶紧伸手去拽茅元仪,总算是拉住他衣襟,不至摔倒。

茅元仪大惊失色,心想这孩子小小年纪,竟有如此功力,定是师从名家,忙问道:"教你功夫的师父是何人?"

郑森觉得刚才有些失礼,正要鞠躬道歉,听茅元仪问话,答道:"恩师法号智通。"

茅元仪追问道:"可是嵩山少林寺的智通大师?六十多岁年纪?"

郑森道："恩师确是出自少林,只是三年前便不在少室山了。"

茅元仪道："我带兵十多年,常听军中武功高强者说起江湖上的事情。当今武林,首推少林武当两派。天下门派,半数源于此两派。而眼下少林派,老掌门空灵禅师圆寂之后,又以三大高僧为宗,智通智弘智聪,三人相较,武功德行,都以智通为最。怎想智通大师,竟也在漳浦,他日定要亲自登门拜访。"

此时晚宴已整备齐整,黄道周与茅元仪二人入席就座。郑森侍立在侧,把酒照应。茅元仪喝得高兴,胸臆直抒,畅谈无忌,直到戌牌时分,方才打道回府。

当晚郑森回到茅屋,用过饭后,继续学习。智通静静打坐,宫不悔靠在床边,双手托着下巴打瞌睡。只有南宫敬心神不宁,坐卧难安。他生怕朝廷杀手追至此处,大仇未报而身先殒。

智通看出他心事,安慰道："南宫大人大可放心,我等自会守口如瓶。如今外头到处都是朝廷耳目,如无确切安身之地,倒不如先在这里将就些时日。周围虽有渔村,但与我等素无往来。眼下咱们四人同住三间茅屋,确是有些拥挤。还须再搭上三间茅屋,方能住得开。"

南宫敬转念一想,也确如智通所言,就依了他。

此后数日,郑森白日依旧去书院上学,智通去置办材料,回来与南宫敬一起搭建茅屋。宫不悔在一旁打下手。到第六日黄昏,三间新房已盖好,南宫敬祖孙二人搬了进去。

此后智通依旧往来于诏安、东山、漳浦之间,郑森白日里去书院,晚上回来练功。宫不悔日夜随南宫敬习武,间或照顾郑森,下厨做饭。女孩子心思细腻,所做饭菜,味道自是强过郑森许多。南宫敬感念郑森的救命之恩,心想自己不知哪天就要死于非命,祖传的技艺终归要传递下去,在征得智通同意后,经常教郑森些招数。

如此一晃又是三月。忽一日傍晚,郑森放学回家,在海滩习武,忽见海平线上遥遥一片白帆,帆船渐行渐近,不多时就驶进港湾。几名东洋装束的人改乘小船划向海滩,小船上当先一位老人,身材略胖,头发花白,郑森定睛一看,正是自己的外公翁昱皇。另有一位中年女子,素颜高髻,布衣和服,竟是自己母亲翁氏!

郑森惊喜万分,扑上前去,拦腰抱住翁昱皇。翁昱皇慈眉善目,满面欢容,将郑森高高举过头顶。自从崇祯三年(1630)回国,郑森已整整三年未与外公见面了。

去年底,郑森生怕耽误学业,直到腊月二十八才回家。勉强过了春节,正月初三一大清早,便匆匆乘船赶回漳浦,前前后后在家总共才待了五天。这短短五天里,翁氏见孩子瘦弱单薄,心中泣血不止。

常言道:儿行千里母担忧。郑森走了之后,翁氏终日心神不宁,惴惴难安。她把衣物和钱财包好,欲托人捎到漳浦。

碰巧半月之前,父亲翁昱皇从平户起航,借着季风扬帆西来。他在泉州港登陆,打算先到安平郑府看望了翁氏,然后去漳浦看望郑森。

能与父亲同去看望郑森,翁氏自然欢喜得紧,父女二人便一同赶往泉州港,乘船南下漳浦。

他们所乘海船,乃是西洋船型,唤作"福江"号。翁昱皇从日本西来时,乘得并不是这条船。及至泉州南下漳浦,才换乘此船。"福江"号本名"圣玛利亚"号,在葡萄牙首都里斯本建造完成,下海后便来到远东,往来于日本九州和中国澳门之间,从事转口贸易。

常言说得好,覆巢之下,安有完卵?葡萄牙被西班牙吞并后,葡萄牙人在海外受西班牙人排挤,殖民活动和国际贸易都备受影响。西班牙人处处使绊,或是阻挠葡萄牙人与东亚各国贸易,或是直接武装抢夺葡萄牙商船。东洋航路上自此恶浪滔滔,风波重重。

葡萄牙商船无法正常经营,渐渐从东洋海路消失。"圣玛利亚"号也不例外,船东濒临破产,船员四散谋生。好端端一艘西洋船,停在长崎港内一动也不动。翁昱皇往来于平户与长崎之间,眼瞅着这么一艘正宗的克拉维尔大帆船,竟困在港湾里,心中甭提有多难受了。他说服妻子,倾尽家财,另举债黄金八十两,终于买下这艘船,将其更名为"福江"号。满心打算加入李旦的商船队,横渡东海与祖国大陆进行远洋贸易,怎料这承载厚望的"福江"号,一次买卖都还没做,就成了逃命之船……

祖孙三人久别重逢，郑森心中甭提有多开心了，赶忙请外公和母亲进屋休息。翁氏走进茅屋，见家徒四壁，陈设简陋，她虽知儿子贫寒，可怎想竟困苦至此，一把将郑森搂在怀里，潸然而泣……

当天晚饭，由翁氏亲自来做。翁氏烧得一手好菜，尽管清淡些，可郑森却最喜欢吃。开饭时，郑森招呼南宫敬和宫不悔一起过来。

翁氏见宫不悔衣衫褴褛，蓬头垢面，心中顿生恻隐之心。晚饭用毕，她便整备木桶热水，招呼宫不悔沐浴。

翁氏见宫不悔项中带着那块猫眼石，知其极为名贵，却用平常麻线串着，心下不忍，于是把自己的金项链摘下来，把猫眼吊坠小心翼翼串起来。

约莫半个时辰，宫不悔浑身洗净了，翁氏取了自己几件衣服与她穿了。

翁氏一边为宫不悔梳头，一边自言自语道："多俊俏的闺女啊！长得跟刚出水的莲花似的！将来森儿要是能娶上这么好看的姑娘做媳妇，做娘的该有多高兴呀！"

宫不悔听着，脸颊发烫，直红到脖子根，把头深深埋下。

翁氏见状，隐隐约约知其心意，微笑着转过话题，问道："孩子，你叫什么名字？"

宫不悔低声答道："我姓宫，叫宫不悔。"

翁氏又问："小名呢？"

宫不悔摇摇头，沉默良久才道："没有小名。"

翁氏道："你若没有小名儿，我就叫你莲儿吧。我膝下两子，没有女儿，你若不嫌弃，便认我做个干娘，以后与森儿姐弟相称。"

宫不悔听闻此言，心中先是暖洋洋的，接着是一阵酸楚。她自幼失怙，刚断奶时，母亲便撒手西去，十几年来，她多么企盼有一份真挚母爱啊！有了妈妈，自此之后，就会有人疼有人爱，再也不用孤单再也不用受怕了。宫不悔双手轻轻摸着翁氏精心给她串起来的项链，不禁鼻子一酸，两行热泪顺着脸颊汨汨而下。朦胧的目光里，翁氏慈祥的面容、和蔼的神色倒映在眼前的镜中，真如无数次梦境中妈妈的幻影一般。宫不悔一句话也说不出来，一头扎进翁氏怀抱，呜呜咽咽哭个不停……

东南无战事,海军基本上成了郑芝龙私家武装,漳州守备府纯粹就一摆设,能有什么事情?茅元仪无事可做,闲得发慌,便常去紫阳书院与黄道周饮酒吟诗,偶尔从府中挑一两本好书,带过来送予郑森。

郑森每获赠书,都爱不释手,欢喜异常,心中对茅元仪充满感激之情。

除了赠书,茅元仪还经常点拨郑森:不但要学思践悟,学做结合,知行合一;而且要悟懂通透,内化于心,外化于行……对茅元仪这些教导,郑森默记在心,读书时勤思善悟,活学活用,决不死读书,读死书。

如此一过又是三个月。忽一日,朝廷诏书送至紫阳书院,竟是撤销黄道周先前一切处分,要其官复原职。原来辽东接连失利,崇祯皇帝自感用人失察,以致边患愈演愈烈。他虽不愿公开承认错误,却暗中举措补救,对当年冒死直谏的黄道周,自然要大加重用。故在罢免茅元仪半年之后,决定重新起用黄道周,撤销先前处分,让他回朝任职,入职都察院,官拜正四品左佥都御史。郑森知道此事后,自是欣喜,他回去告诉外公、母亲和智通大师。大家商议后决定,要一起护送黄道周北上。

黄道周起复的消息霎时在漳浦县城传得沸沸扬扬,人尽皆知。平日里从不来往的远亲近邻,一下子都冒了出来……有道贺的,有攀亲的,有巴结的,络绎不绝,原本冷冷清清、门可罗雀的紫阳书院,顷刻间熙来攘往,门庭若市。

黄道周心中不快,他受不了这些人的虚情假意,自己犯事被贬时他们避之而不及,如今刚刚起复就都来阿谀奉承,真是让人又好气又难过。

茅元仪自然也得知这个消息,他亲自登门,邀请黄道周来守备衙门做客。同时将一封请帖交予郑森,让他去请智通大师一同前来。

当日中午,众人如期赴约。

开席时,座中主人共有六位,除了茅元仪外,还有他的两位夫人。

说起茅元仪这两位夫人,那可非同一般。一人唤作杨宛,一人唤作王微,均是江南名妓,不仅有倾国倾城的容貌,更有风韵无双的才情,琴棋书画无不精通,诗歌曲赋无不擅长。

茅元仪自幼生性洒脱,再兼家境宽裕,游学南京的数年间,常流连于秦淮河畔。他倜傥风流，一掷千金，引无数歌女竞折腰。

当时已是青楼头牌的杨宛和王微，也对茅元仪倾心不已，而茅元仪更是对两位美女倾慕日久，一心要独占花魁。

尽管家人反对再三，但茅元仪终于冲破世俗羁绊，千金抱得美人归。痴男靓女，终成眷属，一时被传为佳话。二人虽以妾身嫁入茅家，可茅元仪自此再未婚娶，府中并无正室，故杨宛与王微二人，并列为茅府女主。

此时午饭尚未准备好，大家先喝茶闲聊，说着说着话题就转到郑森身上来。

茅元仪神情颇为严肃，对智通道："我有一言，长老莫怪。"

智通道："大人但讲无妨。"

茅元仪道："森儿是个好孩子，这多年来，文武兼修，成就斐然。可我觉得，他还应该学一门学问。"

智通和黄道周齐声问道："什么学问？愿闻其详？"

茅元仪起身离座，缓缓踱至窗台，兀自沉思半晌，方才回过头来，望着满脸疑惑的众人，铿锵道："兵法。"

"兵法？"智通与黄道周二人不解。茅元仪坚定地点了点头，正色道："武功练就再高，只能胜数人，最多胜数十人。纵使无敌于天下，也终究是个侠客。行侠者，只能救数人于危难，却不能拯万民于水火。若深谙兵法之道，则外可以抵御侵略，却鞑虏于国门之外；内可以戡匪平叛，成就霸业于乱世之中。"

他略微顿了顿，回头望着郑森，接着道："欲成大事者，须有指挥千军万马，运筹帷幄决胜千里的本事。自古王侯将相，本人武功高强者，虽然也有，但毕竟屈指可数。而成为大帅名将者，必定是精通兵法，熟知用兵之道者。从上古姜太公，春秋管仲、孙武，战国乐毅、吴起、白起、尉缭子，汉初张良、韩信，三国诸葛亮，南朝檀道济、陈庆之，北周韦孝宽、北齐斛律光……直至本朝中山王、鄂国公、戚太保、俞武襄，莫不如此……"

"只有为帅为王，方能普救天下苍生。望你轻比武，重兵法，不逞一时之英雄，不凭一己之微力，而凭靠天时地利，巧用兵法，扶危助困，匡扶社稷。"一席话说得慷慨激昂，直听得郑森心潮澎湃，豪情激荡。

智通连连点头称是，道："将军所言极是，但我虽知兵法之重要，却并无此能耐，无法教授森儿。"

黄道周已猜中茅元仪心思，忙接口道："大师无须多虑，茅大人既如此说，必有奇书馈赠。"说着转头对郑森道："森儿，还不赶紧给茅大人叩头，谢过大人。"

郑森赶忙俯身跪在茅元仪面前，当当当连叩三个响头。

茅元仪连忙将他扶起，道："好孩子，不必多礼。好马当配好鞍，好书当赠英雄。"说着，从窗台下一个黑色大木箱中取出一个锦囊来。

那锦囊用上好的绸缎包裹，足足有五层之多，里边是一个乌木匣子。茅元仪先是将绸缎一层层解开，然后小心翼翼打开木匣。大家上前看时，只见内有十本青皮厚书，每本书封面上印着三个大字：武备志。

茅元仪双手把十本书捧出来，望着郑森，郑重道："此书集我十五年心血乃成，崇祯元年编纂完成，从未刊行天下，只雇人手抄了四部：一部赠予恩师孙承宗，一部赠予我师兄袁崇焕，一部献于当今圣上。不想我却因此招致奸佞忌恨，恶意中伤，说我倨狂傲上，暗讽当今圣上不懂军事不谙用兵之道。这三部书都被东厂密探收缴，当众焚毁于太和殿外的大铜缸中。我亦被锦衣卫廷杖二十，皮开肉绽，险些丧命。"众人听他说得凄然，无不摇头叹气。

茅元仪低头看着手中的十本书，脸上稍现一丝宽慰之色，接着道："好在还有一部未被厂卫探知，我始终带在身边，从未示人。"说罢，沉默良久。

过了好一阵子，茅元仪才抬起头，望着窗外天上的乌云，缓缓道："当今圣上自幼长于深宫，见识短浅，喜怒无常。他听不进别人劝谏，刚愎自用，一意孤行，急躁多疑，宁肯相信监军的阉宦近侍，也不愿重用有才干的将领，虽有戡乱中兴之壮志，却无鸿鹄远翔之才略。自古兴亡变迁，王朝更替，皆是命数，非人力所能及。大明王朝走到今天，也是命中注定，天道使然。我心中真正顾虑者，并非这朱家江山，而是这普天之下的亿万百姓。一旦边境不保，清廷鞑虏势必蜂拥入关，长驱而至，华夏金瓯，又要失于外族之手。眼下朝廷上下，尸位素餐，中原民变愈演愈烈，已成燎原之势，大变在即。改朝换代，近在眉睫。不出二十年，若无奇迹出现，大明必亡无疑啊。"他说的情绪激昂，众人无不惊惧。黄道周久在官场,深知茅元仪适才所说,句句都是实情,绝非杞人忧天,危言耸听,不由得点头赞同。

茅元仪又道:"我宦海沉浮十余载,几起几落,早已看透红尘。今已过不惑之年,身困东南一隅,失意官场,起复无望。只是眼见辽东烽火依旧,中原匪乱愈烈,空有一身本事,却报国无门,实在难以甘心。"

他长长叹了一声,回过头来,摸着郑森的脑袋,道:"世上无难事,只怕有心人。望你好好研读此书,掌握精髓,总结规律。万变不离其宗,读兵书也如你练武功一样,要重其里而忽其表,结合实践,边学边用,学活用活。等你把书读薄了,将这洋洋二百万言,浓缩成千字以内,藏于脑中,定能成为一代贤将,名垂千古。"说到动情之处,竟不自禁流下泪来。

郑森听他说得悲戚,郑重承诺道:"请叔叔放心,我一定发愤研读此书,学习匡扶社稷的真本领!"

茅元仪用衣袖拭去眼泪,道:"我少年时家中富贵,半生放荡,竟无子嗣。常言道:不孝有三,无后为大。年龄越来越大,身染沉恙,绝嗣已成定局。我多想有你这么个儿子呀!孩子,能认我做干爹吗?"此言一出,众人大惊。然茅元仪绝非一时冲动,而是思虑多日的肺腑之言。

相识三月有余,郑森对茅元仪的人格品性,自是了然于胸,心知他虽狂放不羁,却铁骨铮铮,一身浩然正气,更兼才华横溢,学识广博,旷古绝今。

茅元仪此时已动真情,目光中满是慈祥与诚恳。郑森自幼随母亲生于平户,长于东洋,七岁方才见父亲第一面。可郑芝龙何时给过他一丝父爱?在安平郑府,他与母亲忍气吞声,地位甚至不如府中的小厮童仆。茅元仪深情的目光,正是郑森十年来日夜苦盼而从未得到的父爱……

郑森看着看着,终于不能自已,抱住茅元仪,呜呜咽咽哭个不停,口中道:"义父……"

茅元仪躬身弯腰,也抚住郑森道:"好孩子,从此义父视你如己出。等你此去归来,义父教你本事。"

只是杨宛与王微,表情怪怪的,脸上竟无丝毫感动之色。好似无关痛痒。泪光中,二人表情都被郑森看在眼里。

茅元仪道:"自古英雄出少年!三个月来,我始终在观察你,知你志存高远,刻苦勤勉,日后定能成就大事。这《武备志》虽不是什么奇书,但毕竟凝聚茅家三代夙愿,积我半生心血乃成,当今天下只此一部。望你不辜负义父厚望,处盛世则为忧国忧民之贤臣,居乱世则为救国救民之英主。"

郑森双手捧着十册《武备志》,扑通一声跪倒在地……

开席既晚,觥筹交错,酒过数巡,不知不觉已近黄昏。黄道周面色微红,情绪激动,正欲长篇阔论,忽闻院外一阵马蹄笃笃,紧接着一名信使飞奔入内,将一封书信呈递黄道周。黄道周不敢怠慢,赶紧拆开来信,仅仅扫了一眼,便泪流满面,泣不成声……

第四回　华夷争雄血战金门
　　　　蛟龙无义杀妻戮子

> 黑云压海海欲崩，万炮争鸣万籁腾。
> 虎毒尚不食亲子，怎料恶龙弃旧恩。
>
> ——《忆金门旧事》

　　黄道周拆开来信，登时老泪纵横，悲不自胜……原来恩师徐光启病危，盼临终前能见他一面。

　　徐光启乃南直隶省松江府上海县人氏，自幼勤奋，曾拜葡萄牙传教士利玛窦为师，学贯中西，通天文，识地理，尤擅西洋火器铸造。徐光启学富五车，蜚声海内，早年却科场不顺。直到四十三岁，方才考中进士，坎坷入仕。好在此后一帆风顺，官至礼部尚书兼文渊阁大学士，在内阁中担任次辅，位极人臣。徐光启一生著译作品颇丰，其中《农政全书》《几何原本》二书更是流传天下。崇祯五年（1632），已过古稀之年的徐光启向皇上进献《崇祯历书》前七十五卷后，终于告老还乡，在其出生地法华汇置了百亩农庄，归隐田园。

　　当年黄道周北上京城参加会试，主考大人便是徐光启。徐光启十分喜爱黄道周的文章，尤其欣赏他那笔好字，心中暗赞纵使颜柳再世，也难写得这般刚毅坚韧，大气磅礴。

　　得到主考大人的赏识，黄道周自然金榜题名，高中进士，入选翰林。然而，毕竟是新科入仕，黄道周收入微薄，生活上十分拮据。徐光启深知年轻翰林在京城的不易，便频频接济，处处照应，帮助黄道周度过艰难时期。正因为此，黄道周对徐光启感恩戴德,始终执弟子之礼。

　　黄道周满腹经纶,胸怀天下,前些天收到朝廷诏命,他踌躇满志,恨不得立刻启程北上,重归京师,一展雄图抱负。此刻又听闻恩师徐光启病危,哪里还坐得住,便匆匆告辞离席,直往紫阳书院而来。一家人连夜收拾行囊,整装待发,并派管家李安赶往码头,告知"海龙"号船长明日起航之事。

　　当晚,郑森一直在黄道周身边帮忙。直到戌牌时分,方才收拾停当。黄道周站在天井中,望着正堂门楣上"紫阳书院"四个大字,感慨万千……

　　过了良久,黄道周方才抚着郑森的头道:"孩子,万般皆下品,唯有读书高。我此番重归庙堂,不知何日才能返乡。本想带你一同赴京,可政务繁忙,唯恐耽误了你的学业。这一年来,学费之外,我半分未取。令尊所赠金银,虽是收下了,可都买了书。这满屋藏书,便都是用令尊资助的银两所买。古人云:'万卷藏书宜子弟'。他本来希望你两个弟弟能读书成才,怎奈他二人……唉,罢了,这个主为师还是做得了的,今日将这一屋藏书全部赠与你。当年宋真宗曾言:书中自有黄金屋,书中自有千钟粟。你务要好好读书,莫负为师厚望。"

　　……

　　郑芝龙归顺朝廷之后,所属部队分驻于闽南五大水寨。东山岛上的铜山所,正是五大水寨之一。"海龙"号乃是郑芝龙水师主力战舰,原驻于中左所(即厦门),后应颜氏要求,移防于东山岛,以供郑渡兄弟随时差遣。

　　这几日,黄道周起复高升的消息,早已传遍闽南。郑芝龙虽未登门拜访,但已修书一封,遣人送至紫阳书院,信中说已拨出主力战舰"海龙"号,专门护送黄道周北上;同时传令蓝锐,让他将"海龙"号物资补足,移至漳浦港外,只等黄道周准备妥当,便即启程北上。

　　那郑渡郑恩听说黄道周要走,便也嚷着要回老家安平。管家拗不过他们哥俩儿,只得依了,当天收拾好了行李,一行人晚上就住在船上。

　　好不容易挨到第二日黎明,寅初时分,众人便在码头聚齐。南宫敬和宫不悔依旧谨慎,混在东洋水手中间,早早上了"福江"号。智通大师、翁昱皇和郑森三人,一直等到黄道周来了,帮着将行李搬上"海龙"号,方才登上自己座船。

两船收起铁锚，扬起风帆，结伴向北而行。

才刚驶离，只见一位身体敦实的少年风风火火赶至码头。他满头大汗，拼命朝两船挥手。

这位少年乃是蓝昊天，他前一天夜里才听说黄道周和郑森今日启程，故一大早就往码头赶，既为送别师父黄道周，也为再见郑森一面，岂料还是晚了一步。

蓝昊天学习成绩一般，但豪侠重义，明辨是非，对勤勉刻苦的郑森十分敬重，从未轻视过他。郑森也看重蓝昊天的憨厚正直与豪爽大气，在他心中，紫阳书院近三十名同学们里，只有蓝昊天一人称得上真正的朋友。

此时郑森正站在船尾，见蓝昊天为自己送行，感动不已。他擎起右手，朝着蓝昊天使劲挥舞。

两船渐渐驶出浮头湾，蓝昊天的身影越来越小，最终从视线中消失。郑森放下手臂，离情别绪涌上心头……直到母亲过来召唤，方才回到船舱。

漳浦与泉州相距不过百里，乘船沿着近海航线北驶，中途须经过漳州港外的金门和厦门。金厦两岛，原是大明水师的基地。崇祯元年（1628），郑芝龙率领"十八芝"，集结海船千艘从台湾启程，横渡海峡，进犯福建沿海，全歼大明水师。闽南五大水寨，尽数落入其囊中。那郑芝龙鸠占鹊巢，蟹寄螺壳，只用了短短数月，就将这大明水师的母港，改造成郑氏集团的大本营。

时值七月，东南季风劲吹，两船侧向顺风，迤逦而行，仅仅半日，便到了金门岛外。

此刻正值未末。暑天日毒，上午水汽受热上升，凝聚成云。晌午之后，日过中天，云彩渐渐低沉，气温也随之降低。云中水汽便遇冷凝结，化作点点雨珠，倾泻而下。

今日亦是如此。黑云沉沉，压在海面上，暴雨顷刻即至。此时两船距金门港，只剩二十来里航程。

就在此时，只见东北方向海面上，茫茫一片白帆若隐若现。定睛看去，似是一众海船，渐行渐近。

转眼间,众海船已从雨幕中穿出,密密匝匝,结队成群,足足有七八十艘之多,好不壮观。当先十几艘海船,艏艉高耸,桅帆巨张,乃是西洋船型,全系三桅大船;余下五六十艘,也是三桅大船,却是中华船型。众舰船头直指西北,朝着金门港方向,疾驰而去……

每年六月至九月,台风频发,东南海疆,台风说来就来,气候瞬息万变。每逢这一时期,无论商船还是渔船,大都泊于港内,不敢贸然出海;就连大明海军水师,也绝不去远洋征战,只每日上午在近海巡逻,到了中午留一艘小船负责警戒,其余全部退入港内。

故此时金门港内,停泊着上百艘海船,超过半数都是海军战舰。这几日,闽南沿海频频有陌生船只出没,来历不明,形迹可疑。身为主帅,郑芝龙心中七上八下,忐忑难安,他生怕有什么闪失,一连几日都住在金门,不敢回家。至于他为何如此,还得慢慢道来……

在欧洲西海岸,有一块面积与浙江相当的沿海洼地,唤作尼德兰。自14世纪起,就处在西班牙王国统治之下。大航海时代开启后,文艺复兴和宗教改革在欧洲方兴未艾,资本主义经济飞速发展,沿海商业繁荣,出现了好多巨型港口和城市。然而,西班牙王国的殖民统治和天主教会的压制迫害,成为制约尼德兰发展的最大障碍。

在宗教改革的冲击下,嘉靖四十五年(1566),以"破坏圣像运动"为导火索,尼德兰人民掀起了争取民族独立的反抗战争。历经数十年努力,北方十余个省联合组建"荷兰共和国",南方九省则依旧信仰天主教,继续服从西班牙统治,后来成为比利时王国。

荷兰独立之后,刚刚在欧洲站稳脚跟,就迫不及待扬帆东来。公元1602年3月,荷兰东印度公司正式成立,迅速侵夺了爪哇岛西北部的巴达维亚,并以此为大本营,在东南亚地区的商业贸易和殖民扩张,与西班牙展开海外争夺战。

同时,荷兰东印度公司的商船开始袭扰中国东南沿海。荷兰东印度公司窃据澎湖列岛,在岛上修筑城堡,试图与大明王朝开展贸易。可大明王朝并不买账，反而出动数百艘战舰，将荷兰人驱逐出澎湖。

退出澎湖的荷兰人无处容身，直到几年后"十八芝"同盟瓦解，在刘香和李魁奇的帮助下，登陆台湾西海岸，在大员（今台湾省台南市）修筑城堡，建立贸易据点。并以大员为基地，与漳州豪强许心素建立合作关系，进行丝绸瓷器走私贸易。

然而，郑芝龙海商集团日渐强大，不久后便一举消灭了许心素集团，荷兰人在中国失去了稳定的供货商，自此对华走私贸易，只能看郑芝龙脸色。然而郑芝龙为人苛刻，坐地起价，刁难荷兰人，还经常许诺一些空头支票，谎称可以奏报朝廷，开放东南沿海商埠。作为一个正四品的游击，中等武官，郑芝龙怎会有此权限，决定国家贸易大事？这不过是他欺蒙荷兰人的幌子罢了。

可荷兰人不明就里，苦苦等待数年，始终无法实现直接对华贸易，白白让郑芝龙大赚差价。直到几年后，荷兰人才明白自己上了当，他们怒不可遏，决定用武力报复，迫使大明取消海禁，开放福建广东沿海商港。

不久前，荷兰东印度公司秘密集结数十艘战船，与刘香集团结盟，并策反尚在郑芝龙军中的李国助为内应，趁夏季华商海船大举返回中国沿海之际，对金门港实行偷袭，企图一举歼灭郑芝龙集团，迫使大明政府接受对外开放的条件……

于是，就在郑森一行即将抵达金门之际，荷兰舰队疾扑而至，霎时间出现在金门港外。

顷刻间，料罗湾万炮齐发，轰声隆隆。炮弹一经射出，就变成火球，拖着浓黑烟尾，呼啸着飞向港内船只。港内水面刹那间如开水般翻滚沸腾，炮弹有的落在海中，几丈高的水柱腾空而起，浪花四溅开来；有的击中战舰民船，碎片纷飞，满空狼藉。

港外那艘负责警戒的巡逻船只，当值的船长是李国助手下，早暗地里反了水，投靠了荷兰人，引得敌人悄然而至，以致郑氏水师猝不及防，阵脚大乱。

变起仓促，情势危急。可那郑芝龙毕竟久经战场，临危而不乱。他在一队黑人侍卫的保护下冲出营房，将被打得蒙头转向的水兵组织起来，起锚扬帆，开窗架炮，出港迎敌。

当先一艘大船，巨帆招展，气势雄壮，硕大一面战旗在海风中猎猎飘扬，上面迎着金光闪闪一个"郑"字，正是郑芝龙旗舰座船。船头指挥塔上，一人锦衣明铠，正是郑芝龙。

此时"福江"号已处在战场正中。郑芝龙傲立船头，一眼就认出了"福江"号。他生怕看错了，举起从荷兰人手中缴获的望远镜，仔细看去，确认战场正中的那艘船就是"福江"号。而在船头摇旗求救之人，正是他的岳父翁昱皇。

对郑芝龙而言，这艘"福江"号是他的救命之船。十年前，正是靠着这艘船，他才摆脱追捕，九死一生逃离日本。他自幼皈依天主教，熟悉《圣经》故事，视这艘"福江"号为挪亚方舟，发迹后将其留在军中，保养得崭然如新。

翁昱皇抵达泉州港那日清晨，郑芝龙瞥见翁老，他自觉惭愧，想多予岳父些金银，可一则账房始终在颜家手中，钱财支领不便；二则深知翁老刚直自重，给他金银，定遭拒绝，弄不好脸上难堪，自讨无趣。他定夺了半天，最后命手下把"福江"号开出来，还给翁老。

正诧异间，郑芝龙见另一艘船上令旗闪烁，旗语显示，船上有自己至亲要人。郑芝龙猛然醒悟，知是儿子郑渡郑恩与黄道周同乘"海龙"号归来，而那"福江"号上，定有翁氏父女和长子郑森。

千钧一发之际，郑芝龙不假思索，赶忙调派数艘战舰去救"海龙"号。可对于"福江"号，究竟是救还是不救？

他双手擎着望远镜，呆呆立在船头，虽置身于炮火纷飞的战场，内心却似在冰火两重天地中煎熬挣扎，一幕幕往事如过电般在脑海闪现……

在明朝末年的海盗世界里，郑芝龙本是个小角色，既无殷实的祖业可以继承，亦无显赫的背景可以凭借。刚满五岁时，他就被舅舅黄程带到澳门抚养。黄程做的是外贸生意，天天与来自天南海北的各国洋人打交道。郑芝龙从小耳濡目染，竟学会了好几国语言，十四岁时就被荷兰东印度公司选中，聘为船队翻译，自此常年奔波于东洋南海之间。

当了翻译的郑芝龙，收入极其微薄，自己又好赌，有一次在日本平户港靠岸补给时，被荷兰商船上的水手合伙抽了老千，欠下了五十两黄金的巨额赌债。荷兰水手限时三天，让他还清所有赌债。若是还不上，就要剁掉他双脚，剜掉他双眼。

初来乍到，人地两生，郑芝龙上哪里去借这么多钱？三天时限转眼即至，荷兰水手见郑芝龙还不上钱，便把他捆成粽子，拖曳到码头上准备下手。也怪荷兰人过于嚣张，光天化日之下恃强行凶，恰好被在港内整饬"福江"号的翁昱皇瞅个正着。

红毛番要残害华人？翁昱皇怎能袖手旁观？海外华人虽无朝廷庇护，可也容不得外国人欺凌作践！

翁昱皇手按倭刀，挺身而出，刷刷两刀剁了两名荷兰人的右手，将郑芝龙救了下来。

虎口脱险的郑芝龙，自此投在翁昱皇门下。翁昱皇虽出生于日本，却是地地道道的华人。他祖上乃是浙江宁波府人氏，也是华人商团成员，百年之前随了海商盟主王直，迁至日本平户岛上定居。翁家世代都是铁匠，尤以兵器锻造最为擅长。凭着祖传的手艺，无论在双屿港、烈港时期，还是后来的"倭寇三岛"时期，翁家都备受海商首领青睐。

郑芝龙在平户待了小半年，翁昱皇见他精明强干，便将女儿许配于他。在岳父翁昱皇的引荐下，郑芝龙加入当时在日本规模最大的华人商团，给首领李旦担任亲信随从和翻译。

后因利益分配问题，李旦与日本幕府将军德川秀忠发生冲突。李旦生怕报复，星夜兼程，从江户逃回九州，率领部属亲信，仓促出逃。郑芝龙也受此事牵连，被德川幕府通缉。他因事耽搁，未能跟上李旦大队，危在旦夕。好在翁昱皇一家老小舍命掩护，他才得以乘船偷渡，只身逃至台湾，投靠了大海盗颜思齐。

颜思齐号称开台先驱，在历史上堪与大海商王直比肩。他本是福建漳州府海澄县人，生性豪爽，武艺高强，精于商道，仗义疏财，乃台海地区商盗领袖，也是明朝历史上最早组织大陆移民开发台湾之人，经营台南地区二十余年。全盛时期，颜思齐集团共有岛民二十万，海船千余艘，势力煊赫一时。

投靠颜思齐后，郑芝龙刻意隐瞒已婚之事，对颜思齐唯一的女儿苦苦追求，竟致其未婚先孕。好在颜思齐喜欢郑芝龙的精明能干，以为他对自己女儿爱得真诚，便招他为上门女婿。就这样，做了陈世美的郑芝龙，并没有遭遇什么天谴，反倒否极泰来，转运崛起。

李旦逃至南洋后，受到西班牙人和荷兰人的百般排挤，始终打不开局面，甚至连落脚之处都难以寻觅。属下逃散不断，势力日渐衰微。李旦彷徨无策，郁郁成疾，在吕宋岛海域猝然离世，商团登时群龙无首。李旦的独子李国助，此时年纪尚轻，又志短才疏，难以服众。在钟斌等元老的坚持下，船队调头北上，也来到台南地区，投靠了如日中天的颜思齐。

自此，天启年间两大华人海商集团正式合流。虽然实力迅速壮大，但问题也随之而来。两派人马龃龉不合，摩擦不断，冲突日渐升级。

精于权谋的颜思齐及时出手，在他的主持下，两大集团的头面人物共计一十八位，歃血为盟，义结金兰。这一十八人，就是日后搅动四海的"十八芝"。

凭着颜思齐女婿的特殊身份，以及先后在两大集团中任职的特殊经历，郑芝龙在"十八芝"中排名第一。而从大陆投奔他而来的四个亲弟弟，也位列"十八芝"中，虽然排名靠后，可兄弟齐心，其利断金。郑家五兄弟同心共力，如龙似虎，逐渐自成一派，无人能敌。

同年底，颜思齐暴毙而亡。颜思齐膝下还有两子，可过于年幼，尚未成材，作为女婿的郑芝龙抢先继承了颜思齐的财产，共得大小船舶四百五十艘，人口七万余，自诩为商团新的掌门人。

颜思齐的蹊跷离世和郑芝龙的粉墨上位，激起许多人的不满，好不容易才稳定下来的商团又面临新的分裂。郑芝龙使出浑身解数，威逼利诱，软硬皆施，将"十八芝"中绝大多数的首领收归帐下。然而，仍有几位首领拒不合作，他们带着各自属下，改投荷兰人或西班牙人去了。

因郑芝龙表字一官，这伙由他领导的海商，被西洋人称为"一官党"。此后两年间，郑芝龙率领"一官党"，同大明水师正面交锋，夺澎湖，克闽侯，袭海坛，攻厦金，掠泉州，占东山，六战六捷，声震四海。

经此六战，福建水师全军覆没，官兵非死即降，仅主帅俞咨皋一人乔装泅海，侥幸逃回。这个俞咨皋说来也非等闲之辈，他乃一代名将俞大猷之后，曾亲率水师渡海远征，将荷兰人赶出澎湖列岛。

福建水师乃大明王朝之精锐,历经几代辛劳,苦心经营百年乃成,各类舰船五百余艘,总吨位占全国海军一半以上,怎想眨眼间便灰飞烟灭,作为主帅,俞咨皋难辞其咎!

时值改元之年,天启既殁,崇祯登基。新君朱由检得知此事,怒不可遏,当即遣锦衣卫南下拘捕俞咨皋,将其押解回京,定为死罪,枭首示众,以儆效尤。

败军之将虽斩,可福建水师却无法起死回生。崇祯皇帝无奈,只得派熊文灿巡抚福建,全权处理善后事宜,是剿是抚,可随机应变,自行决断。

熊文灿到任后,审时度势,将郑芝龙招安,并奏请朝廷,授予其从三品游击将军武职。就这样,郑芝龙摇身一变,成为朝廷官员。身份转变之后,郑芝龙的野心急剧膨胀,不仅把屠刀指向其他海商,而且对"一官党"内部进行大规模清洗。当年生死与共的战友,瞬间沦为敝屣。此外,郑芝龙还不断排挤荷兰人和西班牙人,几乎垄断了东海商路上所有进出口贸易。

就这样,郑芝龙在短短数年,就从一个寄人篱下的小角色,一跃成为茫茫东洋上数一数二的海商首领。日本幕府闻讯之后又惊又惧,赶紧撤销了对他的通缉,转而将其奉为上宾。此后,郑芝龙本人和他所属的船队频繁出入日本,权势直逼当年的海商首领王直。

德川幕府同时撤销了对翁氏一族的管制。原来,当年郑芝龙虽然逃了,可翁氏一家却被幕府缉捕入狱,受尽毒刑。好在翁家名声极好,在平户岛主松浦有信和当地华人的多方营救之下,总算脱离险境。虽说不用再受牢狱之灾,但人身自由遭到管制,德川幕府规定他们只准在平户岛活动,未经允许,不得擅自离岛。

郑芝龙逃亡时,翁氏已有孕在身,后被捕下狱,历经折磨,又惊又惧,孩子险些流产。好不容易挨到孩子出生,可苦于身在狱中,缺衣少食。孩子营养不良,险些夭折。这个苦命的孩子,便是郑森。

对郑芝龙而言:翁昱皇既是自己的老丈人,更是自己的救命恩人。而翁氏,则是自己生命中的第一个女人。当年他虽然一无所有,但翁氏却以身相许。后来翁氏因为他受尽委屈,历经磨难,仍旧不离不弃,生死相随。长子郑森,从小乖巧懂事,好学上进,乃是自己儿子们中最有出息的。

郑芝龙无法回避这些事实，但他更清楚，相比翁氏父女，颜思齐父女对自己的帮助更大。没有颜氏父女，就没有他的今天。

郑芝龙飞黄腾达，衣锦还乡之后，满心欢喜以为自己能主了大事，便将翁氏和长子郑森一应接回。就连在澳门偷偷纳的小妾陈氏，也接了回来。

怎料那颜氏自幼娇生惯养，颐指气使，长大后性格自然飞扬跋扈，盛气凌人，遇事蛮不讲理，动不动就撒泼骂街。家里大事小事，都由不得郑芝龙，全由颜氏一人做主。

颜氏视翁氏母子和陈氏为眼中钉、肉中刺，对他们百般刁难，千般凌辱，无所不用其极。不仅如此，颜氏还经常提起当年落难入赘之事，让郑芝龙十分窝火。

那陈氏没有子嗣，了无牵挂。她受不了颜氏的明枪暗箭，一气之下便回了澳门，到教堂做了修女。

可翁氏却没有这般硬气。她含垢忍辱，就是为了让郑森求学成材，将来在大明王朝走科举正途，出人头地。

郑芝龙夹在中间，不但给翁氏母子做不了主，反而因此频遭颜氏羞辱。长此以往，郑芝龙焦头烂额，不胜其烦。在他看来，这翁氏和郑森，俨然已成为自己的包袱和累赘。

就在这两军恶战之际，也许是海盗天性使然，蓦然间，郑芝龙的脑海中闪现出一个罪恶的念头：何不借着今日之乱，把这爷仨儿彻底剪除了，一了百了，永绝后患！

此时，郑森和郑渡两兄弟的座船，正好夹在两军之间，置身战场之内。炮弹破空，从船身两侧呼啸而过，惊险异常。

翁昱皇遥遥望见郑芝龙独立船头，举着望远镜朝这边看来，心中以为有救了，遂举旗招手，振臂高呼。眼见得旗舰临近，船上令旗闪动，定是来救无疑。

岂料他眼睁睁看着郑渡座船被郑芝龙舰队掩护撤走，脱离险境。而对咫尺之隔的"福江"号，郑芝龙却视而不见，弃之不管。

不仅不理，反倒见郑芝龙令旗舞动，旗语暗示，竟是要将"福江"号彻底击沉！那"福江"号乃他郑芝龙救命之船,供奉在军港中多年,终日相见,岂能不识?!他旗舰已至近前,况且手举望远镜眺望,船头祖孙三人,怎能不认得?!

大敌当前,胜负尚且难料,反倒把炮口对准自己的恩人、妻子和亲生骨肉!

郑芝龙啊郑芝龙!就算要乘乱屠戮亲戚骨血,也不至于连借刀杀人都等不及,非得要自己出手才算痛快?虎毒尚不食子!可你郑芝龙,却比虎狼都凶残,比蛇蝎还歹毒!

翁昱皇先是惊愕,转而悲愤,泪花胀满怒目,似要迸出眼眶。

顷刻间,旗舰与其后数艘战舰已至,众炮起鸣,炮火已如疾风暴雨般骤然疾至。船身震荡摇晃,霎时千疮百孔,甲板船舱,一片火海。

紧接着,又一颗炮弹化作火球呼啸而至,击穿船头护栏,势犹不减,钻进船艉高楼。只听得一声惊雷般的巨响,好好一座艉楼,顷刻间支离破碎,化作木片碎屑,纷纷扬扬……

宫不悔先是被一块弹片击中左肩,紧接着被强劲气浪掀起,抛向大海……

郑森心急如焚,他情知宫不悔不习水性,当下不及细想,一跃奔至船舷位置,双脚在栏杆上用力一蹬,纵身跳入大海。

他双臂前探,眼看就要抓住宫不悔右手,可终究还是差了一点。宫不悔先坠入海面,郑森紧随其后,破水而入,眼前霎时一片漆黑……

第五回　雾夜重夺马六甲
　　　　乱局偶遇竺岚成

经年阔别弹指间，梦回中土夜难眠。
九死一生天涯困，子卿终守心志坚。

　　　　　　　　　　　　——《忆归途》

　　七年后的一天，满月之夜。
　　静谧的月亮孤零零的挂在漆黑的夜空中，俯视着大地……
　　马六甲总督府内，乐声欢动。一群衣着华贵的西班牙官员正围坐在大厅内。大厅中央，数名波斯美女翩翩起舞。只见这些舞女个个脸蒙薄纱，容貌若隐若现，下身灯笼长裙，曼妙身段凹凸有致；上身仅一抹胸，小腹丰满，脐镶金环，腰肢蛇动，肚皮前后左右扭动不停，妖娆多姿，极尽妩媚。各个眼波流转，眼神更是摄人心魄。那些西班牙官员双目直勾勾盯着这些波斯舞女，垂涎三尺，连眼珠子都要飞出来了。
　　子夜时分，城外海面上大雾弥漫，几十丈外便是茫然一片。水门城楼上，几个守门的西班牙士兵昏昏欲睡。
　　浓雾中，三只小船悄然逼近马六甲古城，在距南城水门三百米处停下，每只小船上都载着十名黑衣武士。他们各自口衔吹管，背负刀剑，悄悄潜入水中，顺着水下暗道朝城门而来。
　　这马六甲城堡临海而建。南门面向大海，靠一条水道连接内外，白日里镂空铁门吊起，五百吨大船可自由进出；夜里铁门放下，深入水中三米，底下铁杆长伸,尖如长矛。

这三十名武士水性极好,悄无声息摸进城来。他们挥起武器,一阵手起刀落,便结果了守门士兵。当先一人站在城楼上,劈空一掷,一枚信号弹划破暗夜……随后号令众人猛摇轱辘,拉起水门。

十余艘西洋战船,陆续穿出浓雾,逼近马六甲城……

才一刻多钟,十余艘战船已相继驶入城中。靠岸停稳后,数百名士兵蜂拥而下,有的身着荷兰东印度公司制服,有的身穿葡萄牙军装。两队人马在当先潜水入城的三人带领下,径直往总督府而来。

这当先三人,分别是佩雷拉、博斯滕、郑森。佩雷拉是葡萄牙复国之后最新委任的马六甲总督,博斯滕是荷兰东印度公司上校军官,郑森则是历经七年曲折之后,受仇奥公爵委派,护送佩雷拉来马六甲上任。任务完成后,便能赶回阔别已久的中华故土。

博斯滕是比利时人,祖籍安特卫普。在"尼德兰革命"中,博斯滕家族遭受灭顶之灾,九成以上的族人都被西班牙人屠杀。他的祖父逃到海上,才幸免于难,自此加入"海上乞丐"游击队,亡命天涯。"尼德兰革命"胜利后,博斯滕的祖父参与筹建荷兰东印度公司,是公司的创始人之一。

博斯滕从荷兰海军退役后,就加入荷兰东印度公司,奉命驻扎在位于马六甲海峡西口的大尼科巴岛,为过往的荷兰船只提供补给,并拦截劫掠他国商船。半个月前,他接连收到荷兰东印度公司总部的两封加急密信。前者是明信,要他率领本部海军,协助葡萄牙人光复马六甲;后者是绝密,信封中竟是一张马六甲总督的委任状,上面盖着荷兰东印度公司的鲜章。

老奸巨猾的博斯滕当即心领神会,迅速点起本部海军水手八百人,分乘三艘战舰,与进入马六甲海峡的葡萄牙舰队会合,商定袭击马六甲计划。四日之后,联合舰队就抵达马六甲城外海域。

今夜行动之前,博斯滕密令手下,待总督府攻占之后,须将城中居民屠杀殆尽,不留活口。对荷兰人如此重大的阴谋,即将担任马六甲总督的佩雷拉竟丝毫没有察觉。

两队人马攻入马六甲城中，前锋直逼总督府。此时总督府内众人，依旧围着场子，一边饮酒一边欣赏歌舞。坐在主位之人，正是西班牙委任的总督大人。

西班牙侵夺马六甲二十年间，前前后后共派了五任总督。现任总督名叫巴拉克，乃是巴伦西亚人。此人上任之前，原是海军军官，因在尼德兰进剿不利，被连降三级，后在国王近臣那里使了好些银子，才谋了个马六甲总督的职位。

这个巴拉克上任后，为弥补自己买官之亏空，横征暴敛，鱼肉人民，境内怨声载道。此人平生最好美酒美女，天天喝得醉眼蒙眬，日日须有歌姬陪伴。前一阵子，巴拉克花重金买来数名波斯美女，从此更是夜夜笙歌，欢饮达旦。

这些天来，关于葡萄牙收复锡兰的消息不时传来，可巴拉克傲慢自负，骄狂大意，只是加强了白天和夜间的城防巡逻，其余一如从前，俾昼作夜，醉生梦死。

眨眼间，葡荷联军已冲进总督府，一阵激射猛劈，便干掉了大院内守军。府中那些西班牙官员，还没从醉梦中反应过来，就跟着总督巴拉克共赴黄泉了。

不一时，总督府内外的西班牙官兵就被全部杀死，只留下那些波斯舞女和伴奏乐工。

博斯滕右手搭在佩雷拉肩上，说道："从现在起，您就是马六甲总督了，让士兵们出去清理战场吧，你我被西班牙人压迫这么久，今夜大功告成，咱哥俩好好快活快活，不醉不休。"

佩雷拉当即应允，安排手下把总督府内外的死尸清理了，便和博斯滕一起饮酒作乐去了。

战事尚未停当，诸多大事急需安排，而佩雷拉竟自逍遥快活去了。郑森见佩雷拉如此德行，真是难堪大任。仇奥国王竟委此人接管马六甲，真是朝中无大将，廖化当先锋啊！

郑森摇着头走出总督府，往船队而来。

沿途所见，触目惊心：那些荷兰士兵满城里抢劫放火，见人就杀。郑森正在街上奔走,忽见一名老者被一脚踹倒在地,正好跌在自己面前,两个荷兰水兵迎面而来,不由分说,挥刀欲砍。郑森恼怒荷兰人嗜杀,眼见老者命悬一刻,立即探出双手,死死握住二人手腕。

两个水兵只觉手腕一阵剧痛,双手酥麻,双刀脱手。郑森随即松手,接住双刀,顺势猛掷而出,双刀插入街边店铺门柱,直没至柄。

两个水兵眼见郑森如此神勇,吓得屁滚尿流,落荒而逃。郑森扶起老者,生怕他再遭毒手,不及细想,背起老者径直奔向总督府。

郑森一头撞进总督府正堂,只见佩雷拉正和博斯滕对坐饮酒,身后立着一排侍卫,屋内音乐欢动,那几名波斯美姬赤膊露腹,裙带飘飘,在血迹未干的大厅中翩翩起舞,仿佛刚才的杀戮从未发生过。

郑森心中懊恼,放下老者,抢到二人面前,道:"总督府是拿下了,可那些荷兰兵既不分军人平民,也不分西班牙人还是葡萄牙人,在城里见人就杀,到处劫掠。你们二人倒好,在此处饮酒逍遥,可知有多少平民百姓死于非命?"

博斯滕见郑森闯入,在众人面前一番抢白,心中又惊又恨,不待佩雷拉说话,当即就起身站立,挥挥手示意歌舞暂停,回首对身后卫士道:"你们赶紧去看看,通知士兵们只准追捕西班牙军人,绝不能伤害城内居民。"

然后回过头来对郑森道:"多谢小将军提醒,我一时大意,忘了宣布纪律约束部下了。"虽强颜欢笑,心中却恨不得一刀将郑森捅死。自己处心积虑设下的这条毒计,竟被这小子给搅黄了。

此时佩雷拉虽未对博斯滕起疑,但也深知城中还有好多葡萄牙居民,就是西班牙人中,与葡国居民通婚者也甚多,绝不能肆意枉杀。全城居民若被杀尽,自己这个总督还当得成吗?

想到这里,佩雷拉惊出一身冷汗,酒也醒了大半。他赶紧起身,遣散舞女乐工,亲率近身侍卫到各处传令,尽快制止荷兰军人的屠杀行为。

郑森待众人都离开,才转过身来,细细打量自己刚刚救下的这位老者。只见此人五十多岁年纪,身形高瘦,精神矍铄,文质彬彬,身上虽穿着西洋服饰,长相却是地地道道的中土汉人。而且此人的鼻梁上,还架着一副眼镜。

郑森在西洋之时也见过有人佩戴眼镜,但毕竟是个稀罕之物,佩戴者多为欧洲大学里饱学之士,平日里在社会上极为罕见,更别提在这刀兵相见之地。郑森大为疑惑,遂上前用汉语问话:"观老先生长相,好似中土之人,不知先生可会汉语?"

那老者道:"我幼时在大陆,汉语自是会的。"

郑森道:"老先生可有家眷,今夜是否也在城中?"

那老者道:"老朽家眷就在城中,适才小将军救我之地,便是我家门前。今夜我正伏案读书,忽闻外面喊杀声震天,情知大事不妙,便赶忙叫醒家人,催促着躲入自家地窖。自己也正待进地窖避难,荷兰水兵已在街外砸门。我恐全家遭难,嘱咐他们无论外面发生什么都不要出来。然后封住地窖,朝屋门外夺路而出,欲引开敌人,不想一出门就被踹倒在地。幸好小将军路过,救了老朽一命。"

郑森道:"老先生言重了,城中混乱,赶紧回去带上您的家人,随我到安全之地吧。"

那老者道:"如此甚好,多谢小将军。"

郑森也不多言,为了节省时间,当下又背起老者,直奔大街上来。到了老者家门前,郑森将老者放下。那老者匆匆进了内屋,在角落里掀开一块石板,朝内喊道:"现在安全了,都出来吧!"

地窖内众人听得老者声音,便一一爬上来。一个四十多岁的妇人,看模样也是中土人士,另外还有两男两女四个孩子,大的不过十六七岁,小的只有四五岁。郑森不敢久留,当下携了六人,朝南门水道快步而来。

此时舰队众船只已停在河道码头。郑森寻见"苍龙"号,将众人引入正舱。

舱中本有二人相对而坐,此时见郑森引一干人进入船舱,二人均起身迎立。这二人正是郑森师父智通大师和外公翁昱皇,二人听郑森略述情由,均感惊异。

翁昱皇问道:"敢问先生尊姓大名,何故在马六甲城堡中。"

那人答道:"鄙人姓竺名岚成,浙江嵊泗人,少年时拜利玛窦为师,在耶稣教会研习西学,后随恩师南下,定居在马六甲。"

翁昱皇惊道:"阁下莫不是四海先生?"

那人道："正是在下。"

翁昱皇道："我在东洋之时，就听说利玛窦门下有两位华人高足，一位名曰徐光启，官至大明礼部尚书。另一位唤作竺岚成，学贯中西，行迹遍布南海东洋，苦心钻研地理气象，编订一十八卷《海岛图志》，自号四海先生，名动宇内，老夫倾慕已久，今日偶然得见，着实三生有幸。"

竺岚成道："老先生过奖了，在下不才，只是家乡嵊泗，孤悬海外，常受台风侵袭，乡邻出海贸易或捕鱼，因不懂自然规律，常有去而无回。故立志行遍南海东洋，苦心钻研地理气象，希望借自己的微薄之力，让大家免遭灭顶之祸。"

事实也确如竺岚成所言，这些年他编订了好多地图，将海岛确切位置一一标注其上，出海之人凭借这些地图，危难时可就近寻觅避难之所；此外，大家还根据竺岚成归纳的气象规律，及时预见台风暴雨，使海船及早避入海港，免受天灾。

翁昱皇道："先生志存高远，一生治理实用之学，造福天下苍生，功德无量。森儿，快快过来拜见四海先生。"

郑森疾步上前，毕恭毕敬，给竺老先生行礼："晚辈有眼无珠，识不得老先生，适才多有怠慢，万望先生见谅。"

竺岚成躬身扶起郑森，微笑道："刚才若非小将军挺身相救，老夫怕早成了刀下之鬼，我应该答谢小将军救命之恩。"说着俯身便拜。

郑森急忙制止，道："先生折煞晚辈了。老先生请上座，待慢慢叙谈。"当即将竺岚成请到上位，又到舱外唤来水手，将竺老家人带到二层船舱休息。

竺岚成款款坐下，道："竺某少年时醉心西学，追随先师活动于苏沪一带。大明万历三十年春，在长江口得遇老人，姓徐名有勉，自号豫庵。他祖籍江阴，出身书香门第，家业富庶，却远离科场，不愿与官宦结交，终身往来于江南各地，寄情名山大川，立志编绘大明地图，纵贯南北东西，涵盖陆地海洋。徐老与我一见如故，言谈间甚是投缘，遂引为知己，后又将小女许配与我。岳父壮志未酬，便撒手仙去……"

竺老先生回想起先前往事，几度哽咽，眼眶泛红："唉，他老人家临终之时，嘱托我与内弟，要完成他未竟事业。我和内弟便分头行动。他在陆地，我在海洋，相约三十年为限，共成天朝全图。我与爱妻相携出海，在天主教耶稣会的支持下到四海考察。今三十年期限已过，大功也已初成，正欲乘船北上，与内弟相会。"说到此处，他稍作停顿，语气渐渐变得凄凉："我本人漂泊四海，妻子儿女一直安置在吕宋。谁承想去年西班牙人在马尼拉大肆排华，无辜华人，惨遭屠戮，死于刀枪之下者，足足有五万人之多。成千上万个家庭，横遭灭门之祸，连个收尸的都没有！马尼拉湾百余里水面，原本碧绿的海水，变得血红，尸体漂在水面，腥臭扑鼻，十余日不绝，简直惨绝人寰……我们全家幸得皈依了天主教，妻儿才躲过一劫。耶稣会的朋友暗中帮忙，将他们送到这马六甲。本想等船回归大陆，可无奈西班牙侵夺马六甲后，南洋海路始终不畅，苦苦等待半年，至今仍未如愿，唉！"说罢，摇摇头，瞬间老泪纵横。

智通大师道："四海先生莫愁，我们正欲扬帆北上，回国路上，可结伴同行。"

竺岚成抹掉眼中的泪水，百感交集道："如此甚好，如此甚好，多谢诸位。惊魂一夜，还不知各位英雄姓名，斗胆请教。"

智通大师双手合十，道："老衲法号智通，原在嵩山少林寺出家，后遭变故，栖身福建南少林。这位翁老，祖上本是宁波商人，后旅居日本，乃当地华侨领袖。这位小公子，乃是在下的徒弟，翁老的外孙，姓郑单名一个森字。因七年前的一次遭遇，大家流落西洋，历经千难万险，方才得返。"

竺岚成听闻此言，慌忙起身行礼道："老朽有眼不识泰山，不知英雄之庐山真容。智通大师传承少林正宗，南派武林唯您独尊。翁老乃东洋铸剑名家，庇护流亡华人，高风亮节，侠骨善心，海内共仰。二位鼎鼎大名，四海之内，谁人不知，谁人不晓？"

翁昱皇接口道："智通大师乃一派宗师，确如先生所言。至于老夫，不过是旅居东洋的一个铁匠罢了。老先生适才所说，实在担当不起。"

竺岚成道："翁先生不必过谦。这位小将军英姿勃发，气宇轩昂，莫不是一官将军之子？"

此言一出，三人脸色微变，默不作声，屋子里气氛也瞬间变得异常压抑沉闷。沉默了好一阵子,智通大师方才开口道:"老先生所言不错,小徒正是郑芝龙长子。"

竺岚成也注意到三人表情变化,但也不好意思细问,只得兀自叹道,"七年前金门一战,三位蓦然失踪,江湖上传言你们葬身鱼腹,老朽深感惋惜。不想今日在此幸会,真乃天意。"

翁昱皇接口道:"唉,此间曲折,一言难尽。北上之路漫长,途中与先生慢慢讲述吧。"

三人又拣其他话题畅谈一阵。郑森手持茶壶,为三人沏茶添水,周到伺候。待五更时分,方才作罢,各自回房休息。

郑森回房只睡了一个时辰,便即起来,洗漱完毕,就到船头照例练功。辰牌时分,智通大师和翁昱皇也起了床,只是竺老仍在休息,想是昨夜惊魂,身心俱疲,大家不忍将他叫醒。三人上了岸后,将港内停泊的西班牙船反反复复勘察了好一阵子。将每艘船的名字型号和状况,暗暗记在心中,然后才往总督府而来。

三人一边走一边商议,合计再三,待会进了总督府,要如此这般这般。一路上,郑森特别留意荷兰军队动向,沿途所见,尽是荷兰士兵搬运行李物资进城,似要在城中安营久住。

郑森随手拉过一人便问:"你们这是做甚么?"

那人答:"奉博斯滕将军之命,驻军城内,加强防卫。"

郑森听罢,不禁眉头紧蹙。

他们三人均是内力深厚之人,脚力自然轻快,不过一盏茶时候,就进了总督府。

此时总督府内,十分热闹,爱丽丝、佩雷拉、博斯滕都在,另有大大小小数十位首领和船长,为利润分成一事,高声吆喝,相持不下。爱丽丝瞅见郑森一行三人,赶紧招呼过来,让他们坐在自己身边。与会众人,大多都想多分些金银,众愿实难满足,佩雷拉搔首挠耳,不能决断。

爱丽丝起身,对众人道:"安静安静,不要吵了。昨夜破城,多亏了郑森率队潜水偷袭,方能如此顺利。按例先由他挑,也该分得最多。"

众人听了爱丽丝一番言语,细想事情的确如此,那马六甲城防坚固,若非郑森想出妙计,又涉险泗水潜入,这马六甲城下,不知得死伤多少士兵水手。众人遂点头默许,不再言语,会场陡然安静下来。

郑森见此情景,知道此乃西洋海盗惯例,虽然好似赤裸裸的坐地分赃,但见怪不怪,当下也不退让,依着事先谋划,走到黑板前,寻见早已选好的三艘舰船的名字,在后面打了个勾。

那众人都是想多分些金银,原本担心不已,眼睛直勾勾盯着黑板,生怕郑森把那金银珠宝勾去大半,不想郑森弃金银而取舰船,均长长吁了一口气。只是博斯滕心中懊恼,通过几日交往,他已觉察,这郑森乃是未来潜在对手,今日分成一事,更加坚定了自己的判断:眼下此人虽未与荷兰为敌,但日后必为荷兰征服东方一大障碍。

佩雷拉见郑森分完,便回头对爱丽丝道:"公主殿下,我想在场各位,只有您的地位最为尊贵,而且行事最为公平。郑森已经分了船,余下的事情,就由您来主持吧!"

爱丽丝精明强干,从不含糊,当下依着各头领的战功,并征求各人意见,将财产分割开来。分成公平,众人心中皆服。最后剩下两艘船,无人挑选,便留给自己。

待分成结束,想起城中发生的种种,还有刚才博斯滕看自己的眼神,郑森更觉蹊跷,不免心生疑虑。而且适才又听说佩雷拉竟允许荷兰军队常驻于城内,还美其名曰加强城防,这不是引狼入室吗?兵无常势!想到这儿,郑森顿感不妙。

众人逐渐散去,博斯滕回自己船队安排诸事,爱丽丝也到码头找船去了。佩雷拉回到内堂,郑森心中有话,他先让师父和外公去码头,招募水手,置办补给,自己则紧随佩雷拉,进了内堂。

郑森见屋内除了自己与佩雷拉再无旁人,便凑到他近前,压低了声音悄悄道:"昨夜乱军劫掠纵火之事,我觉得十分蹊跷,阁下要多加提防,小心祸起身侧。"

佩雷拉鼻子哼了一声,满脸不在乎,道:"他是我最好的朋友,岂会算计我。你太多虑了！还是管好自己的事情吧,我们两国亲如兄弟,我们两人也亲如兄弟。你是中国人,理解不到的。"

郑森听了他这话,摇头不语,起身推开房门离开了。

佩雷拉望着郑森离去的背影,道:"哼！想离间我们两国的关系,莫不是你们华人也盯着马六甲这块肥肉。"

此时郑森并未走远。他内功深厚,听力卓绝。佩雷拉的这些话,都传至他耳中。郑森听罢,心里着实不是滋味。他失意而出,回到码头,与爱丽丝一同准备起航之事。他从其他船上分出些水手,另从十个大副中,挑了三名年长稳重的,任命为新的船长,又另行招募了三五十名葡萄牙籍水手。然后安排众人上岸,采购物资,贮备食物,修葺船舶,待万事皆备,已是三日之后。

智通大师和翁昱皇七年间未见一名华人,好不容易碰上竺岚成,自是有说不完的话问不问完的事。在马六甲停留这三日内,大家畅谈无忌,竺岚成的情况也日渐清晰起来。他之所以姓竺,乃是因为祖上本是天竺僧人,南北朝时,追随法显和尚,从天竺渡海而来。后还俗娶中土女子,以"竺"字为姓,繁衍后代。元初,蒙古大军南侵,竺氏族人为躲避战乱,乘船入海,定居在嵊泗岛上。

长辈们说话,郑森从不去插话打扰。只是隐隐约约觉着竺岚成似乎特别关注自己,暗暗观察自己言行,另外还有意无意通过智通大师和翁昱皇了解自己。郑森愈加疑惑,百思不得其解,越发觉得这位老者古怪。

这日清晨,两支舰队均在港口整装待发。郑森船队一十三艘,均是三桅大船;爱丽丝舰队共计海船九艘,也全是三桅大船。两队水手都不愿耽搁停留,当即扬起风帆,结伴驶向东南。

中土虽在正北,可从欧洲西来,马六甲海峡乃必经之路。海峡本无名字,只因当年葡萄牙人东来之后,侵夺马六甲城,才在航海图上用其冠名海峡。

若不走海峡,绕行苏门答腊全岛,迂回千里不说,还得穿行大洋外海,浪巨风劲,暗礁密布,航途更加凶险,不到万不得已,绝无水手会走那条路。

然而这马六甲海峡,走向却是从东南至西北。故无论西来还是东去的海船,都必须在马来半岛的最南端掉个头,再折转向北。

从马六甲城起航,太阳西落之时,就到了海峡东口。按航海图所指,这里密密匝匝有数十座海岛,统称为廖内群岛。

如何安全穿过廖内群岛,顺利北上,郑森还未拿定主意,只得让船队暂停至一座荒岛岸边,自己去找爱丽丝商议。

登上"公主"号后,郑森才知道,爱丽丝并不在这艘船上。原来从马六甲起航时,爱丽丝就上了"凯撒大帝"号,这半日都在那艘船上。

这艘"凯撒大帝"号,本不在爱丽丝船队中,郑森和爱丽丝一行收复锡兰之后,方才加入,一起结伴东航。这艘船上共有七十多人,除去船长、大副和水手,另有二十一名传教士,他们全部隶属于罗马教廷一个极其隐秘的组织——耶稣会。

葡萄牙人虽复国成功,但仍是铁杆的天主教徒。葡萄牙人反的是西班牙王室,对罗马教皇,永远俯首帖耳,对这一队耶稣会传教士,他们自然敬若神明。

这一群传教士共有二十一人,其中有一位巡阅使,还有四位司铎,其余一十六人,均是神父。

巡阅使名叫马尔蒂尼,是个意大利人,十三岁时就入耶稣会,是德国数学家基歇尔的关门弟子。他从小倾慕东方文化,精通汉语,在中学时期就起了个中国名字"卫匡国"。他是这队传教士的首领,全权负责耶稣会在中国的教务。

四位司铎分别是安文思、卜弥格、柏应理、南怀仁。安文思是葡萄牙人,乃是航海先驱麦哲伦的六世孙。卜弥格是波兰人。柏应理和南怀仁都是比利时人。

郑森自幼仰慕真才实学之人,对于这些耶稣会传教士,他更是尊崇至极。在郑森看来,这些传教士几乎无所不知无所不会。无论天文地理数学美术,抑或机械物理冶金探矿,他们几乎样样精通。

郑森登上"凯撒大帝"号,向传教士们行过礼,寻见爱丽丝,把眼下困境告诉她。可爱丽丝手中的航海图,与郑森的并无二致。葡萄牙被西班牙吞并六十年间里,航海事业几乎停滞,国内能找到的,只有这些旧航海图。这些航海图无一例外,在目前舰队所处方位上,都只标注要折向北航,却未交代如何穿越廖内群岛,以及如何北上中国。

正踌躇时,巡阅使卫匡国走上来,递过一卷航海图,在桌子摊开,道:"我这里有最新的航海图,可指示到中国的航路。"

郑森上前一看,只见此图果然不俗,上面对南洋航路,确有明确所示。依图所示,海峡出口最佳航道,位于群岛北侧。只是几处地名,竟用汉字标注。郑森心中不禁咯噔一颤,刚才的激动与喜悦,顷刻间荡然无存。

他用目光快速扫完地图,和爱丽丝商议了几句,便匆匆告辞,乘小船往"苍龙"号而来,脑海中思绪联翩……

第六回　淡马锡指点江山
　　　　婆罗洲故人重逢

　　极目沧海水茫茫,烟波浩渺心彷徨。
　　鹏举万里封侯志,破浪乘风定南洋。

——《忆凭栏远眺淡马锡》

　　不知不觉,小船已到了"苍龙"号下,郑森攀绳上船。此时天色已暗,水路不明,夜里行船危险重重。郑森上船后,遂指挥水手就地下锚,计划第二日天亮再行。

　　话说那晚救起竺岚成老先生后,郑森得知他也是耶稣会中人,故几次提议要介绍其与"凯撒大帝"号上众传教士相见。可竺老每次都是借故推托,似不愿相见。

　　一夜无话……

　　翌日黎明时分,海天相接的东方泛起鱼肚白,金灿灿的太阳从海平线下冉冉升起,万丈光芒,霎时点亮天边。无论是悠然飘飘的云彩,还是波光粼粼的海面,都被罩在一片璀璨夺目的金色中。

　　船队早早拔锚起航,十六艘海船扬起巨帆,依卫匡国航海图所指路线,迤逦而行。

　　海上飞鱼成列,奋力纵跃。空中白鸥成行,振翅翱翔。正所谓:大海从鱼跃,长空任鸟飞。

　　郑森独立船头,凭栏远眺。只见西北方向出现一块陆地,似是一座大岛。

炊烟袅袅,若隐若现。郑森颇感好奇,举起单筒望远镜,正欲仔细勘察,忽见竺岚成也来到船头。郑森行过礼,指着远方,开口问道:"老先生,此为何岛?"

竺岚成微微一笑,道:"此岛谓之星洲,又名淡马锡。沿岸港阔水深,地理位置较马六甲更为关键。自南宋起,就有华人移居到岛上,元朝汪大渊游历南洋,曾著《岛夷志》。言当时该岛男女皆中华侨民,只是岛上向来淡水匮乏,不足以支撑城市消耗,故至今仍是个小渔村,通商贸易,还须到马六甲去。"

郑森对照地图看了一番,道:"此岛位置绝佳,恰位于海峡出口,且在主航道沿线,不仅扼海峡之咽喉,而且掐南洋之颈项,只要开发得当,应比马六甲更具潜力。"

竺岚成捋着长须,切理会心,道:"小将军所言极是,淡马锡之症结,乃在水源。倘若能从马来半岛开掘沟渠,引淡水而至,淡马锡必成南洋之商贸中心。"

郑森皱了皱眉,道:"引淡水渡海而至?岂是人力所能及?"

竺岚成沉思片刻,道:"此岛地处赤道,降雨丰沛,又无四季之变化,每日午后,大雨如期必至。倘若开挖蓄水池,用石料砌筑,堵漏防渗,亦可解缺水之弊。同时修渠灌溉,屯垦种粮,犹可自给自足。倘若此岛能开发,我南洋华人便有安身立命之处了。"

郑森听罢,暗自佩服竺老先生知周乎万物而道济天下。他转过身,快步走到船头右舷,指着正南一片陆地道:"老先生,这座大岛呢?岛上可有人居住?"

竺岚成也转过身,面南而立,顿了一顿,道:"此岛名曰巴丹岛,方三百里,岛上淡水充沛,森林茂密。巴丹与淡马锡两岛隔海对望,相距不过四十里,此间水道为马六甲海峡之中最窄之处。"

郑森听罢,若有所思,道:"这么说来,这里确是海峡最关键之处!"

竺岚成道:"不错,控制这两岛,就等于扼住了南洋水路之咽喉。称霸南洋,指日可待。"

郑森听了,沉默不语,过了良久才开口道:"老先生,晚辈昨日看过卫匡国的地图后,尤感沧海桑田,物是人非啊!"

竺岚成转过头,双目炯炯望着他道:"小将军何以见得?"

郑森望向远方，深思远虑道："欧洲各国虽战乱频频，但科学创造、技术研发虎跃龙腾，一片欣欣向荣。我大明自诩天朝上国，看重的却是些务虚之学。西洋七年间，此感颇深。远东之情形，我们虽近在咫尺，却知之甚少；欧洲人虽远在天边，却了如指掌。长此以往，唉……"

竺岚成听罢，神情也变得凝重起来，却又不再言语，转身缓缓踱回舱中。

郑森呆呆立在船头，望着竺岚成背影消失处，思绪万千……

入夜，郑森虽早早躺下，却总想起竺岚成日间所言，辗转难眠，索性披衣下床，往竺岚成所住船舱而来。

因"苍龙"号船舱有限，竺岚成妻小都被安置到"天狼星"号上，只有竺岚成一人仍留在"苍龙"号上。

郑森轻声走到竺岚成舱外，正欲敲门，就听见竺岚成道："无须敲门，进来吧。"

舱门没有闩，郑森径直推门而入。只见竺岚成正伏在案前，设计地图。看此情形，他似乎早已料到郑森今夜必来，遂特意在此等候。

还不待郑森开口，竺岚成已起身，从架子上取出一卷地图，轻轻放在桌上，小心翼翼铺开，道："这便是我集三十年心血所成之作，定名为《中华海舆全图》。"

郑森细细审视这幅地图，在中华之南的大洋上，有好大一片岛屿，密密匝匝，岂止成百上千，着实壮观，不禁啧啧称奇。

竺岚成微微一笑，又道："这也是地图有限，仅能标注一些大岛。这香料群岛，共有大小岛屿一万七千余个，这一带被欧洲人统称为东印度群岛。盖因其位于印度以东而得名，同时又与美洲新大陆近海的西印度群岛相区别。西印度群岛之得名，乃是因哥伦布失误所致。他坚信地球是圆形，当年执意向西航行，寻找香料群岛，历经千辛万苦，到达加勒比海，见岛民也是黄种人，误以为已经到了印度，故称这个群岛为印度群岛。后来，麦哲伦环球航行，终于发现了真正的香料群岛。因位于印度以东，故称东印度群岛。而原来的纰缪，大家都习若自然了。人们索性将错就错，将其称为西印度群岛，将当地的土著称为印第安人。"

竺岚成顿了顿，呷了一口茶，又道："在香料群岛以北，另有吕宋、棉兰老岛等大小岛屿七千个，西班牙称其为菲律宾群岛。无论是东印度群岛，还是菲律宾群岛，都位于我中华天朝之南洋，故我将它们统称为南洋群岛。"

郑森道："这些欧洲人本是后来者，如今却以主人自居。"

竺岚成长叹一声，道："唉……匹夫本无罪，怀璧则有罪。这南洋沿海百姓，本来都是些淳朴山民，与世无争，偶尔出口些特产，与中华天朝互市贸易，从不招惹是非。怎料先有达伽马绕过好望角发现航海新路，后有麦哲伦环球航行，自此东西航路畅通无阻，欧洲人如鲸鲵般扬帆东来，抢建殖民据点，觊觎香料群岛。而我大明，则因朱纨等人愚昧无知，海禁锁国，故步自封，编造百年倭患之弥天大谎，敕令寸板寸帆不得下海。自此，东南亚各国人民则再无中华天朝庇护，航海华商也再无朝廷支持，他们逐渐被欧洲人欺压排斥，以致今日之被动局面。"

郑森忽地站起身来，双手攥拳，关节咯咯作响，道："难道我堂堂中华，真要舍了这南洋大小三万岛屿不成？"他顿了顿，又道："老先生，眼下南洋形势如何？"

竺岚成摇摇头道："眼下这东南亚，共有大大小小邦国数百，另有未开化之野蛮荆棘之地若干。其中近一半国家，为华人所建。"说着指指地图，无奈道："你看，这里是金岛，也就是欧洲人所说的苏门答腊岛。梵语和马来语之所以称其为金岛，盖因岛上盛产黄金之故。金岛主岛面积方圆五千六百华里，相当于十四个台湾岛，若加上周边大小数千座附属岛屿，面积更是不可小觑。金岛走向从西北至东南，濒临印度洋一侧是山脉，横贯全岛；濒临太平洋一侧是平原，雨林广布。全岛伊斯兰教盛行，我绘此图时，西北部是亚齐王朝，中部是马来苏丹国，东南为旧港苏丹国。现在情形已变，一言难尽。眼下，金岛共有岛民三百多万，其中三成以上是华人后裔。"

竺岚成复又指着图中一处大岛道："此岛谓之婆罗洲，婆罗乃梵语叫法，因唐宋时岛上佛教盛行而得名，欧人称之为加里曼丹岛。该岛方圆七千华里，比二十个台湾都大。内陆为雨林覆盖，人迹罕至，岛民大多居于沿海。15世纪伊斯兰教传入之后，北部的勃泥国日渐崛起，曾一度统治全岛。但不久后全岛再陷分裂。自14世纪起，华人就大规模移居该岛，在北部的那巴打岸河流域居住。华人定居开发之前，岛民不过数十万。华人迁居至此后，开垦土地，种植胡椒和西谷，岛上人口渐增，如今已超百万。该岛南部全为雨林湿地，除了少数野人，无人敢深入。荷兰虽在这一带活动，但仅仅占领几块沿海据点而已。"

竺岚成指着大明以南一片大陆道："按欧洲地理学理论，这一大块陆地被归类为半岛，因其位于中华天朝以南，师父利玛窦将其定名为中南半岛。这里乃我中土大陆之横断山系南脉，山高沟深，河谷纵行，地形独特，正所谓'道道山向北，条条水南流'。中南半岛沿海多平地，乃河流冲击泥沙淤积所成。眼下这中南半岛，并存东吁王朝和暹罗王朝两大强国，此外还有澜沧、安南、高棉三国。"复又指着南海东侧两个大岛道："这就是吕宋岛，此岛曾经也有古国，参政文臣多是华人华侨，历史上最著名的国王名曰罗阇。公元1571年，该国为西班牙攻灭，至今亡国已七十年。你看这个大岛，在吕宋之南，唤作棉兰老岛，此名也是华人海商所起。棉兰老岛地势崎岖，雨林密布，至今人迹罕至，乃一大荒岛。如今，仅南部三宝颜地处半岛，条件较好，为流亡华人所据。"

竺岚成指着加里曼丹岛东面一座大岛道："你看这个岛，诡形怪状，犹如一只张牙舞爪的大海星，名字音译为苏拉威西岛。西南有古国望加锡，自古乃香料群岛贸易中心，直到大明海禁欧人西来之后，才逐渐被安汶岛取代。该岛北部绝大部分为吉布人所据。"

"再看这里。"竺岚成指着加里曼丹岛正南一座岛道："这里就是爪哇岛，面积虽然只比福建大一点点，可自然条件极好，火山密布，火山灰乃最佳肥料，故岛上土壤肥沃，自古为华人聚集之重地，开发较早，农业发达。'尼德兰革命'还未结束，荷兰人就盯上了这座爪哇岛，占据该岛西北角，建起殖民据点，取名巴达维亚。1619年，荷兰东印度公司将总部从安汶岛迁于此地，成为其在南洋的大本营。"

郑森道："今日听老先生所言，晚辈实乃受益匪浅。此前南洋旧事，只是听闻，依先生地图所示，这南洋数万全岛原来皆是我中华天朝疆域，而绝非欧洲人所有？"

竺岚成道："小将军所言甚是。这些群岛原本都是未开化的烟瘴之地，奇虫怪兽横行,几乎无人居住。来自中华的越人和汉人陆续南迁至此,不畏艰险,世代开发,才有了今日之欣欣气象。"

竺岚成顿了顿,接着道:"在南洋开发过程中,海上丝绸之路功不可没。这海上丝绸之路,自两汉就繁盛不已。一千二百多年前,东晋法显远赴西天取经,去时走的是陆路,返回时却是搭乘商船。当时海运之发达,由此可见一斑。自唐宋以来,北方战乱频频,汉人逐步南迁,经济重心也渐渐往东南方向转移,南宋国都,就定在临安,背山而面海。这一时期,这南洋大小三万座岛屿上,华人遍及,垦荒定居,开埠通商,与当地岛民杂居通婚,建起大小邦国无数。后来伊斯兰教东传至群岛,群岛居民大多皈依了来自阿拉伯半岛的伊斯兰教,成了苏丹王国。但这些岛国无论大小,都奉中华天朝为宗主,自唐宋元明,莫不如此。"

说罢,竺岚成掏出怀表,放在图中苏门答腊岛东南一处,道:"小将军,你看这里。这里就是我今天上午提到的旧港,也被称作'巨港'。大明立国之初,沿袭元朝旧制,对南洋诸岛,委托当地侨领管理。这个旧港,乃三佛齐的首都,三佛齐虽是南洋大国,但怎可与我中华天朝相比?故自南北朝时,便向我中华称臣纳贡,两国人民交流频繁,贸易昌盛。到元朝时,国中上层人士,半数以上都是华人。元朝末年,天下大乱,三佛齐国势衰微,亡国在即。危难之际,当地百姓拥立广东人梁道明为国王,重振三佛齐。自此,三佛齐便由华人当政。我大明建国后,在此设立宣慰府,南洋三万座岛屿,皆由其统一管辖。"

竺岚成又道:"郑和七下西洋之后,朝廷下令自毁宝船,同时颁布禁海令,严禁国人出海。但民间外贸从未停止过。然本朝以八股取士,用儒教庸念治国,重农而抑商,严格士农工商四级体制。到嘉靖时期,朝中保守派势力达到顶点,他们极度仇视对外贸易,竟闭关锁国,强行用武力摧毁沿海商埠,彻底断绝沿海居民的生计财路。自此旧港宣慰府,虽有统御辖属之名,却无日常管理之实。正是因此,扬帆东来的西洋人才得以肆无忌惮,横行南洋。他们极尽卑劣手段,仅仅用了不到一百年时间,就殖民掠夺,垄断贸易,霸占港口数百,窃取岛屿无数。我南洋千万岛民,自此深陷水深火热之中。"

说到这里,竺岚成再也按捺不住内心的激动,他起身离座,走到窗前,望着月光下一望无际的海面,长叹道:"看看今日之南洋,数百万华人,竟无共主,朝廷坐视不管,西洋人船坚炮利,我等岂是对手?遥想当年,大海商陈祖义,在旧港外呼啸一聚,便是舰船三百,水手五千,何等的威武气派。像此等规模的海商集团,当年在南洋群岛,何止百千?"

说到这里,竺岚成长长叹了口气,久久没有作声,郑森也觉怏怏不乐,沉默不语……

过了良久,竺岚成才回过头来,望着郑森道:"我知你心有疑惑:我身为耶稣会中人,为何却极力避免与其接触?"

郑森点点头,答道:"晚辈数日来始终疑惑不解。"

竺岚成道:"我知你特别尊崇'凯撒大帝号'上那些传教士,可你知他们为何不远万里艰辛跋涉而来?"

郑森答不上来,只得摇摇头。

竺岚成道:"三十年前,我同你一样,也觉得这些传教士无所不知,好生崇拜,故而投在利玛窦门下,入了耶稣会。一边学习西方科技,一边在耶稣会提供的经费和人员支持下,绘制《中华海舆全图》。可越到后来,越觉得情形不对,孰料他们都是些口蜜腹剑之人。"

"老先生何出此言?"郑森听得一头雾水。

竺岚成压低声音,愤然作色道:"耶稣会派遣传教士源源东来,名为传教布道,实为刺探情报,为欧洲人殖民扩张充当马前卒!"

郑森听闻此言,犹如平地跳雪山,晴空下霹雳,过了好久才道:"老先生所言当真?"

"千真万确。"竺岚成一字一句,斩钉截铁地答道。"此图从恩师利玛窦来华开始酝酿,前前后后历时数十年,耶稣会为此投入巨额经费,消耗人力财力无数。利玛窦去世后,绘图工作由老朽主持,但后来我发现他们另有所图,因此每每耶稣会派人催要时,我只是借故推托,以地图尚未完成搪塞他们,可这终非长久之计。"

说到此,竺岚成把桌上地图卷起,双手摩挲着,像是抚摸自己心爱的孩子。最后,竟将地图紧紧抱在怀中,用脸颊贴住,两行热泪从眼镜后面流下来,用颤巍巍的声音道:"百无一用是书生!老朽精研地理气象,自负学贯中西,却只能眼睁睁看着西番东来,列强环伺,不仅束手无策,还得屈心抑志甘为其下,苟全妻小性命于乱世。我时常扪心自忖,故不求闻达于诸侯,可毕生所学,终究要有个托付。此图积我半生心血乃成,旨在造福亿万华人!怎能任其流落异乡,成为欧洲列强侵夺我中华疆土之罗盘?"

说到这里,竺岚成抬起头来,用慈祥而无助的眼神看着郑森。郑森目光与之相遇,心里猛然一阵酸涩。

只听竺岚成道:"倘若局面始终如此,再过百年,我万里石塘,欧人来去无阻;南洋诸岛,必为西番掠夺殆尽!那晚我命悬一线,承蒙你出手搭救。五日来朝夕相处,又间接打听过你的身世。知你虽生于豪门,却自幼贫寒,刻苦上进。宏图抱负,远见卓识,更是世所罕见。日后定是太平盛世之能臣,烽火乱世之诸侯。苍天保佑,老朽一生所学,总算是有了寄托之处!毕生心血不致枉费!"说罢躬身就是一拜。

郑森赶紧上前扶住竺岚成,道:"老先生言重了!我郑森何德何能,怎能担此大任。"

竺岚成推诚相见,道:"小将军不必过谦,老朽这几日观察得仔细。其实成功之人并非天生骨骼清奇,关键在于后天努力。你本已技艺学成,武功文化,皆臻化境,却依旧刻苦上进,早晚习练,一丝不苟。老朽所言,绝无恭维之意,句句发自肺腑,字字言及真心。昔年姜太公毕生钻研兵法,编撰《六韬》,直到八十三岁方始出山,终于辅佐武王成就八百年大业。今我头虽白,然心不老,但愿余生侍立小将军左右,辅弼你成就一番大业。愿你不负众望,以拯救南洋三千万苍生为己任,成就大业,造福天下,积功德于万世,留英名于青史!"说罢,双手捧起地图,赠予郑森。

郑森见竺岚成情真意切,伸出双手,郑重其事接过地图,道:"老先生请放心!郑森虽无经天纬地之才,但疾恶如仇,执意大同,定会以天下苍生为念,纵肝脑涂地,亦万死不辞。"

……

偶来相就谈,日落久未去。这一晚,直到漏尽更阑,老少二人方才安歇。

第二日清晨,船队扬帆起航,缓缓驶离淡马锡海域,折向北航。

依据卫匡国手中的航海图,从淡马锡到中国大陆,有西东两条航线。

西线乃海上丝绸之路古道,贴着安南(今越南)近海一路北上。自两汉时期,来自中华的商人们,就是沿着这条航线,往来于南洋各地。但这条航线有个致命缺陷,即过于靠近陆地,近海泥沙淤积,暗礁密布,十分凶险。尤其是七洲列岛(位于海南岛东北部)和昆仑岛(位于越南南部湄公河入海口)两处必经海域,更有"鬼门关"之称。中华传统海船风帆落后,无法逆风而行,只能依靠季风每年往返一次,而且船体结构单薄,破浪能力不足,无法应对远海大洋中风疾浪劲的恶劣环境。所以尽管西线海难不断,也必不得已冒险而行。

东线乃欧洲人东来时开辟的新航线。自公元15世纪起,西方造船技术突飞猛进,日新月异,最终超过了中国。克拉维尔风帆系统、北欧维京风格的船体结构以及用经纬线标注的航海图,使洲际远洋航行成为可能,大航海时代也就此开启。这条由葡萄牙人和西班牙人共同开辟的新航线,沿着加里曼丹岛西岸航行,在婆罗洲北部折向正北,穿越南沙群岛,直抵珠江口外的澳门。这条航线沿途水道深阔,几无暗礁暗沙。但这条航线也有风险,即要一口气航行五千里,纵贯万里石塘,其间无岸可靠,一旦物资补给出现问题,当真叫天天不应,叫地地不灵。

郑森船队一路东来,什么大风大浪没见过,甭说一口气航行五千里,就是像当年麦哲伦那样,横穿数万里的太平洋,都不在话下。既如此,大家只简单合计了一下,就确定选择东线航行。

此后一连五日,船队便贴着加里曼丹岛海岸航行。

这几日风平浪静,一路无事,竺岚成便教郑森研习地理。原来竺岚成所绘地图,不单是一份大图,另有小大地图册共计一十八卷。竺岚成所讲之地理,包罗万象。山河形胜,自然气候,风土人情,无不涉及。各地各国之历史沿革,讲授得细致周到,从何而来,如何演变,交代得清清楚楚。

人生在勤,不索何获。郑森精神抖擞,如饥似渴般认真学习。竺岚成见此情景,也浑不知倦,老少二人一个刻苦求学,一个真心赐教,昼夜不辍。如此一连四日,不知不觉间,船队已行至婆罗洲岛北部。

这日清晨，师徒两人一夜无眠，旭日东升，曙光初照，海面上微波粼粼，金光灿灿。

竺岚成走出船头，指着对岸遥遥一片陆地，对郑森道："这是婆罗洲岛北部，乃是苏禄王国领地。这苏禄苏丹国，主体在北婆罗洲，强盛时期疆域包括巴拉望岛、苏禄群岛。当年郑和下西洋，返程时在此地逗留多日。苏禄三王之一巴都葛叭哈喇，也称东王，仰慕天朝多年，执意要随郑和回到中国，他携带家眷、官员一行三百四十多人，到了中华之后，受到永乐皇帝礼遇接待。他为大明天朝沃土所倾倒，在名山大川间流连忘返，最后病死在中国，安葬在山东德州。他的一些后代不愿回国，自此定居山东，成为后来当地回民祖先。"

郑森望着远方，触目兴叹，不禁叹道："当年万国朝觐之盛况，不知何日再现？"

竺岚成又指着东北方向道："这些年，我在吕宋（今菲律宾吕宋岛）待的时间长。当地华人之中，有位高人，名叫辜正义，乃烟草专家，为西班牙人经营烟草种植园，同时兼理烟草生意。去年大屠杀中，那西班牙兵杀红了眼，辜家好多人也死于非命，辜正义心寒不已，便举家迁至棉兰老岛，在三宝颜附近定居，名为开发蛮荒之地，实则有逃离吕宋回归中华故土之意。"

"莫不是公甫先生？"一个苍老的声音突然发问。二人循声而望，原来智通大师走上船头，翁昱皇紧随其后。

竺岚成行过礼，答道："正是，他表字公甫，祖父辈迁往吕宋，祖籍就在今天泉州府惠安县。您识得他？"

翁昱皇接口道："识得识得，当年我们三人落难，流亡吕宋，多亏了辜家周济，还赠予我们一十五担吕宋烟草，我们将其转卖给丹麦人，换了好大一笔金银。若非人家施手相助，我们早就饿死在这茫茫西洋海路上了，哪里还有今日！受人滴水之恩，当涌泉相报。可恨那西班牙人暴虐残杀，公甫先生一家流落蛮荒，也不知如今可安好？"

郑森道："外公，我们何不改变航线，先去三宝颜寻访辜先生，再绕道回国？"

翁昱皇摇了摇头道："自当年金门海战，我们漂泊西洋，至今已整七年。七年来,千难万险,九死一生,方才有回国希望。如今船队已驶入万里石塘,中华大地近在咫尺。为山九仞,切莫功亏一篑!风暴无定,海盗无常,怀抱数百万金银穿行在茫茫大海上,犹是燕巢幕上。这一路走来,无一天不提心吊胆,惶惶难安。最近一个月来,又在锡兰和马六甲经历了两场恶战。咱们虽然分得了五艘大船,但也新募了三百余水手,直逼咱们原来的水手总数。新人底细不明,难免良莠不齐,如若这些人见财起意,只消几个奸恶之人挑头,顷刻间就会祸起萧墙。刀兵一起,胜负谁能料到?眼下当务之急,乃是火速穿越万里石塘,赶回到中华。待安全靠岸登陆,妥善安置好,再去寻访公甫不迟。"说罢,扭头朝竺岚成望去。

竺岚成突然听说这些船上载有巨额珍宝,不自禁转过头去,正好与翁昱皇投过来的目光相交。只见翁昱皇坦然自若,绝无防范之意。

竺岚成心中暗道:适才祖孙二人对话,言及机密事宜,竟不避讳自己,想来是对自己信任之极,心中倒不由腾起一阵感激之情。只是对财宝来由,有些心存疑虑。

这笔财宝,乃是郑森一行这七年来的全部所得,日后回国发展,全指望这些金银珠宝做资本。翁昱皇见竺岚成有所疑,便把他领进船舱密室,足足花了一个时辰工夫,才把事情讲完,最后叮嘱竺岚成,切要守口如瓶,免得横生祸端。

听了翁昱皇的话,郑森打消了前去寻访辜正义的念头。他原来还打算和辜正鸿联手,奇袭马尼拉,率领流亡三宝颜的苦难华人重返家园,但当下自己的命运尚且充满变数,自驶离索马里海域以来日渐松懈的神经,复又紧张起来。

船上的淡水和食物所剩无多,无法穿越万里石塘,必须在北婆罗洲靠岸补给。就在翁昱皇和竺岚成密室详谈之时,郑森已指挥船队,驶入亚庇港,两支船队二十二艘海船,陆续停泊在码头,好不壮观。

话说这亚庇港,乃是华人开发南洋的又一杰作。亚庇是华人的叫法,当地人称这里为"哥打基那巴鲁"。"哥打"乃城市之意,"基那巴鲁"则是当地一座神山的名字,这座神山乃是加里曼丹岛第一高峰。

"基那巴鲁"乃是音译,只有按意义翻译过来,才能理解其含义。"基那"是当地土著人对中国的叫法,"巴鲁"则是寡妇的意思。这座被当地土著人尊为神山的东南亚最高峰,本意竟然是"中国寡妇"。

这个匪夷所思的名字背后,蕴含着一个曲折感人的传奇故事。

大约在隋唐时期,一位年轻的华商来到此地,邂逅了当地一位美丽的土著姑娘。他们结为夫妻,日子过得幸福美满。后来这位华商离乡太久,思乡心切,故乘船北上,回国探情。两情相悦,临别时,他许诺爱妻日后一定还会回来与之团圆。岂料,这位华商一去不返,音讯全无。美丽的土著姑娘,登上这座海拔四千多米的神山,日日夜夜眺望北方,期盼夫君归来。然而,这位华商却再也没有回来,美丽的土著姑娘,最终变成了一块石头,永远站立在神山之巅,守望着北方的万里石塘。这座神山也因此得名"中国寡妇山"。而地处山脚下的商港,也就被称为"哥打基那巴鲁"。华人嫌这个名字拗口,更习惯称这里为"亚庇港"。

眼下这亚庇港内,除了五艘小吨位帆船外,再无他船。郑森见这五艘帆船尽管破旧不堪,却是西班牙设计风格,心中遂有些疑虑。他一面安排二十几名得力船员上岸去补给粮食和淡水,一边打量着这五艘船。

这五艘帆船皆为西班牙风格,但并未悬挂西班牙国旗,船上风帆千疮百孔,邋里邋遢;为数不多的几尊火炮也锈迹斑驳,老旧不堪。难道是周围的海盗,也在亚庇上岸补给?

就在这时,前面不远处的市场里,突然传出一阵吵嚷声,接着一阵预警号角急促响起。采购粮食的那队水手才进市场不久,莫非遭遇了凶险?郑森没有多想,赶紧安排各船原地警戒,然后带了三十名水手朝市场疾奔而去。

一进市场,只见上百名衣衫褴褛的华人,眼泛凶光,人人手持刀剑器械,将自己派来的二十几名水手团团围在中间。

这些水手追随郑森一路东来,历经千难万险,都是九死一生存活下的精英骨干。在这样的情形下,也丝毫不慌乱。领头的瑞典巨人安德烈举起号角朝天吹响,其余各人都抽刀在手,背靠背围成一个小圈子,与这上百名华人对峙。那些华人虽人数占优,但见对方沉着镇定,临危不乱,倒也心存忌惮,只是围着圈子,没人敢冲上前去。

郑森一队援兵赶到,这些华人眼见腹背受敌,顿时有些慌乱,一个声音突然响起,声如洪钟:"大家莫慌,集结待命。"

只听得这一声令下,那些华人刷刷刷排作十几排,退在一位瘦高老者身后,站得整整齐齐,列队候命。郑森觉得这声音不知在何处听到过,竭力在脑海中搜寻。眨眼间,刚才高声号令的老者,已站在人群前方。郑森定睛看去,只见这位老者一身中土人士打扮,手持银杖,长身挺立,两名中年人横刀在手,护卫在老者左右。

那老者见这些欧洲水手的首领,竟是个华人少年,也自有些诧异。他上前一步,厉声喝道:"来者何人?"

郑森听他再次发声,七年前的一幕蓦然浮上脑海,眼前这位老者,可不正是自己日思夜盼的辜正义老先生?真是喜从天降。郑森连忙收起兵器,伸出双手朝老者走去。

护卫老者的两个中年人见郑森表情怪异,竟孤身朝老者走来,也不细想,举起刀便朝郑森砍将下来。

郑森见双刀来袭,也不躲闪,只将伸出的双臂猛地外翻,双手已抓住二人手腕。二人登时连声大叫,双刀应声而落。

郑森将二人推在两边,径直走到老者面前,双手抱拳,道:"世伯在上,请受小侄一拜。"说罢深深鞠了一躬。

辜正义听得稀里糊涂,他一时想不起眼前这位少年是谁,便将郑森扶起,问道:"老夫眼拙,竟不识得小将军,敢问阁下是……"

郑森这才抬起头来,"老先生不曾记得,晚辈却终生不能忘却您的大恩大德。七年前我与外公师父落难马尼拉,全凭您雪中送炭,我们三人才得绝处逢生。"

辜正义皱着眉冥思半晌,终于想起当年旧事,紧紧握住郑森的双手,激动道:"你是郑森?翁老先生的外孙?"

郑森:"正是正是。老先生,我外公感念您的恩情。最近刚刚得知您移居棉兰老岛,打算回到大陆把事情安置妥当,就去三宝颜看望您。没想到竟在此与您相遇,真乃天意啊。"

辜正义:"翁老先生现在何处,可安好?"

郑森道:"我外公身体尚好,现在就在船上,请老先生上船一聚。"

两队人马见自己的首领竟是故知,收刀入鞘,冰释前嫌。辜正义和郑森各自发号施令,让手下继续采购粮食。一老一少携手同行,款款往码头而来。途中经辜正义详说,才知道适才误会的缘由。原来郑森派去采购粮食的水手不懂汉语,与市场内的华人商户发生争执。正好辜正义一行人也在市场中,也要采购粮食,他们本来对欧洲人就心存愤恨,眼见这些高鼻深目的水手携带兵器进入市场,误以为这些水手是吕宋总督派来的,故刀兵相见。而这些水手几乎都是来自北欧的维京人,西班牙语说得并不纯正,况且对方人多势众,又都亮明兵器,只道是遇上了海盗,一个劲儿连发求救信号,同时列队抵御,固守待援。而刚才被郑森夺取兵器的两位壮士,一位名叫黄穆沙,一位名叫萨名卿,都是三宝颜当地华人中的佼佼者。

说话间,几人已登上"苍龙"号。翁昱皇和辜正义得遇故知,欢笑情如旧。

三宝颜和烟草的故事,辜正义娓娓道来……

公元1603年和公元1639年,西班牙人在吕宋岛掀起两次排华浪潮,迫使大批华人离开吕宋岛,渡海南迁,向棉兰半岛的三宝颜一带聚集。短短四十年间,这一隅之地,竟聚集了十万多华人。辜正义在第二次排华浪潮中逃离马尼拉,来到三宝颜。由于他在吕宋华人中威望极高,影响巨大,故被流亡华人推举为领袖。三宝颜人稠地窄,生存环境恶劣,生产资料和生产工具又极度匮乏,各方面发展受限,华人生活困顿不堪。留得青山在,不愁没柴烧,何况有十万华人在此。面对窘迫,辜正义决心以烟草种植和烟草贸易打开局面,在三宝颜大规模推广烟草种植。

然而,烟草的主要销售地在日本和朝鲜,渠道为西班牙人垄断。虽然种植并烤制出大量的烟草,但由于西班牙人百般阻挠,烟草无法北运,销售不出去,不能给当地百姓带来实实在在的利益。

经辜正义一番讲解,众人对这种神奇的烟草才慢慢了解。这烟草本是美洲新大陆之物,由玛雅人培育而成,分布于墨西哥和西印度群岛。当地人将其晒干后磨碎,点火吸食。哥伦布一行登上美洲大陆后,对印第安人吸食烟草吞云吐雾的景象感到惊奇,遂将其带回欧洲。早在嘉靖年间,烟草便已传入中国,但只将其作为药材,中医用其镇痛压惊、解困提神,需求量很小,全部依赖进口。但在日本和朝鲜,烟草却逐渐在上层社会流行开来,成为一种奢靡的时尚。

为了保证贸易的垄断性,西班牙殖民当局只出口烟草制成品,严禁引种,同时抬高价格,赚取暴利。故时至17世纪中叶,亚洲的烟草产地,只有吕宋岛一处。

辜正义从马尼拉逃亡时,秘密将烟草种子带了出来,并在三宝颜培育成功,今年第一批烟草已丰收,经加工获成品八十担,却无处销售。

辜正义迫不得已,才把烟草装船,冒险来到亚庇港,希望在这东线航路必经之地寻找买家,不想正好碰上郑森船队。

翁昱皇紧紧握住辜正义的双手,道:"公甫先生,南洋凶险,您速速去接家眷,随我们回大陆吧。"

辜正义望着翁昱皇,语气凝重,道:"我辜某今年已过花甲,扪心而言,宁可今生今世不回中土,全族客死异乡,也要守住南洋沃土!不为大明朝廷,也不为朱家皇脉,只为千百万华人华侨及数千万南洋百姓。无论华人还是南洋土著,皆同根同缘,乌发黄肤,血脉相连。而欧洲人则是西番,红发碧眼,非我族类,岂能真心对待我们?西班牙人在马尼拉两次排华,我十万同胞惨遭屠戮!十万条鲜活的生命啊!就这样被他们杀害了!"说到此,两行老泪顺着脸颊滚滚而下,声音也变得哽咽难续。

郑森听得悲愤填膺。辜正义抬起手臂,拭了拭眼泪,顿了顿,转过头望着郑森,又道:"朱家皇帝自诩天子,却弃南洋万岛如敝屣,视南洋岛民如草芥。南洋芸芸众生,翘首苦盼救世之主。一别七年,小将军历经世间万苦千辛,飒爽英姿如此,果如老夫当年所料。愿你拯南洋百姓于水火,却西欧列强于诸岛之外。"说罢已一揖到地,给郑森重重施了个礼。

郑森忙上前,扶起辜正义,郑重其事,道:"郑森定当殚精竭虑,倾尽全力而为。"心中感慨：辜正义与竺岚成一样，都是久居南洋之华人中的佼佼者，西班牙殖民者倚重他们多年。此等人物都悲苦至此，平常华人生活之艰辛困难，可想而知。

郑森以高出一倍价钱，把辜正义的八十担烟草尽数买下。并感念当年雪中送炭，执意要送辜正义一箱金锭。

辜正义坚辞不受，道："你我倾盖如故。今虽一别，终有相见之日。今日你以高价收我八十担烟草，已远超我当年对你的资助。这些黄金，我断不能收！我辜某绝非贪财好货之人，今日冒死留在三宝颜，就是为了保全十万华人性命生计。只求你组建商队后，能来三宝颜贸易，为烟草找个销路，给十万华人谋个生路。"

此情此景，郑森也不免黯然，脑海中蓦然浮现出竺岚成所讲的昔日华商呼啸南洋之盛况。组建商队进行海外贸易，事关南洋千万华人和两千万土著的生存，刻不容缓！他暗自下定决心：此番回国，务必加紧发展，增强实力，抵御西番，经略南洋！

与辜正义一道上船而来的还有一人，此人名叫周锢。此人乃名将周友之后，曾在南少林习武多年，后在福建水师为官。福建水师覆灭后，周锢流亡海外，为辜正义收留。

临别时，辜正义唤过周锢，对郑森道："周锢跟随老夫多年，精通烟草。小将军若不嫌弃，让他助你一臂之力。"

郑森铭感五内，道："老先生如此厚爱，那晚辈就却之不恭了。但不知周前辈意下如何？"

周锢应声道："我孤身一人流亡海外，全家老小都在福建，梦寐以求重归大陆，与之共享天伦。怎奈求之不得，若能跟随小将军，自当感激不尽。"

郑森道："前辈如此心意，那就随我一同回国吧。"

"老夫还有一事相托。"说罢，辜正义从怀中掏出一封信，嘱咐郑森："我们辜家祖籍潮州府海阳县，我堂兄辜朝荐于崇祯元年考中进士，如今在北京礼部为官。以前我在马尼拉时，每年通信一两次。后来流亡三宝颜，就彻底断了联系。你若有机会去北京，帮我把此信转交于他。"

郑森接过信,和辜正义道别:"晚辈定当不负重托,老先生后会有期。"

辜正义带领手下,乘船先行。郑森等众人站在船头,目送辜正义一行离去,直至五艘船都消失在海平线下,方才作罢。

船队全部补给完毕,八十担烟草也分别装船。待一切就绪,郑森下令,船队扬帆向北,横穿万里石塘……

第七回　石塘万里风景秀
　　　　天高海阔旌家强

　　石塘万里碧海空，江山北望气如虹。
　　寥廓苍茫腾巨浪，星夜银河月弯弓。

　　　　　　　　　　——《归国途经勃泥苏丹国》

话说郑森一行自亚庇港启程，穿越万里石塘，一路上天晴气爽，波平浪静。虽仍有风自西北吹来，可风势轻微，无关大碍，船队迤逦北航，航速甚快。

到第二日中午，正前方出现一处怪异的景象……

只见远处海水下，隐隐有一片环形礁盘，色如翡翠，状如银带，与周围海水颜色迥然不同，差异分明。这个奇异的礁盘虽未露出水面，但在透明的海水中仍清晰可见，既不像岛屿，也不像沙洲，说它是暗礁吧，又与寻常近海的珊瑚礁完全不同。郑森行遍四海，却从未见过此等景象。他站在船头，远远望着这个如翡翠般的绿色礁环，叹为观止。不光是他，整个船队上千名水手，都被眼前的美丽景色所吸引，纷纷跑上甲板，争相欣赏。

竺岚成走上船头，指着前面的奇景道："这一片礁群，统称为郑和群礁，乃是纪念当年航海先驱郑和的。你自幼漂泊四海，郑和应很熟悉吧？"

郑森道："他是穆斯林，本名马三宝，乃永乐大帝亲信大太监，统领宝船舰队七下西洋，东方航海先驱。"

竺岚成又问："他下西洋之事，你了解多少？"

郑森道："郑和下西洋，始于永乐三年，即公元1405年，前后共七次。按我义父《武备志》中所载,船队共有宝船二百四十艘,船员二万七千四百人。"

竺岚成点点头,道:"这个郑和群礁,整体呈环状,自北至南,绵延一百二十里;自西向东,跨度四十里。礁群绝大部分位于水下,露出水面的地方很少,最大的一块陆地位于群礁的西北角,面积不过七百余亩,还不及一个小渔村大,可在这茫茫万里石塘中,已是弥足珍贵。这郑和礁群周遭,水色黑蓝,其深度定在千尺开外。身处深海腹地,能形成这么个小岛,已属不易。此岛名曰'太平岛',岛名相传为郑和所起,取'四海一统,天下太平'之意。'太平岛'不仅是万里石塘第一大岛,也是这万里海疆中唯一有淡水的岛屿。我在南洋日久,听到许多西洋水手说起:他们的帆船在这万里石塘航行时遭遇风暴,淡水用尽,多亏在'太平岛'上及时补给,否则定要葬身在这茫茫南海之上。"

竺岚成指向前方又道:"此处东北方向,还有一座岛,名曰马欢岛,你可知这岛名字由来?"

郑森道:"难道是因马欢前辈?"

竺岚成微笑道:"正是。此岛乃南沙群岛最北之岛,如此命名,正是为了纪念马欢前辈。马欢与郑和一样,都是回民。他祖上乃突厥人,原本生活在中亚,蒙元时举族内迁中原。在郑和的船队中,马欢是总翻译官。后来船队停航,宝船全被拆毁,马欢被迫上岸定居,赋闲在江南的家中,将二十八年间的航海见闻苦心编撰成书,取名为《瀛涯胜揽》。"

二人正谈得起兴,主桅瞭望台值勤水手指着前方的"太平岛",高声喊道:"那小岛上有人。"

郑森不假思索,赶紧顺着桅杆攀缓而上,来到瞭望台,举起执勤水手递过来的望远镜,仔细观望:果然见西北方向太平岛上,隐隐约约有几个人影,似在挥手奋力呼救。

每有患急,先人后己。郑森当即下令"苍龙"号改变航向,慢慢驶近太平岛。

太平岛虽小,可水下礁盘极大。"苍龙"号船大身重,吃水太深。郑森怕其搁浅,不能让其过分靠近,于是下令放下小船,让两名壮硕水手齐力划桨,不一会儿便将被困五人接上"苍龙"号。

岂料这五人上船之后，竟不敢抬头，只战战兢兢躬立在船舷边。众人定睛打量，只见他们头戴尖顶竹笠，赤膊袒胸，上身被阳光灼得黑黝黝的，下穿打补丁的黑土布裤，赤着双脚。

竺岚成走上一步，问道："你们是疍民？"

话音刚落，五人竟扑通一声跪倒，如捣蒜般不住叩头，连声道："我们虽是疍民，可一向行善，从不作恶。我们五人在此已被困多日，几乎性命不保，家中尚有老小。万望老爷们救我们性命，莫要逐我们下水。"

周锢脸色阴沉，神情严肃，厉声道："既是疍民，谁见了都要驱逐。你们赶紧下船吧，不要逼我们动手。"

郑森迷惑不解，道："周将军，眼下逐他们下船，必将断其生路！"

周锢义愤填膺道："当年倭寇穷凶极恶，嗜血成性！他们成群结伙，袭扰江浙闽粤四省沿海，烧杀劫掠，无恶不作。官军剿镇不利，百姓流离失所，生灵涂炭，好在南北少林弟子齐心共力，组建僧兵，在俞大猷和戚继光将军统领下，历时二十余年，才将倭乱平定。"

郑森更为疑惑，道："既是倭寇作乱，与这些疍民有何相干？"

周锢道："舵主有所不知，倭寇自日本越洋而来，人地两生，频频偷袭内地，之所以屡屡得手，全赖这些疍民充当眼线，暗地相助。疍民以船为居，牧海为业，对中华沿海之情势，自是了如指掌。此辈甘当汉奸，祸国殃民，人神共愤，人人得而诛之！"

周锢顿了顿，双目死死盯着眼前这五个疍民，道："倭寇大乱，前后连绵百年不绝，南北少林以及源自少林的江湖门派，僧俗弟子埋骨海疆者，数以万计……如此血海深仇，岂能善罢甘休！舵主，切莫错施仁义，去救这些蛇蝎心肠的汉奸卖国贼！他们如今遭逢海难，正是上苍天谴报应，速速将他们赶下船去。"

郑森正要接话，只听一直保持沉默的翁昱皇突然开口道："周将军此言，恐失偏颇！若适逢嘉靖倭患时期，我等以海为生之人，都算得上'倭寇'。"

一语未毕，众人皆不可思议，郑森更是不解。他想不到外公竟把自己归为罪大恶极的倭寇之列，一脸疑惑道："外公，此话怎讲？"

翁昱皇望向周锏道:"适才所述倭寇的诸般劣迹,周将军可曾亲眼所见?"

周锏迁思回虑,表情茫然,最后摇摇头。

翁昱皇接着又道:"嘉靖倭乱,始于'双屿之役',终于'隆庆开关',掐指算来,已是七八十年前的事了。眼下亿万国人,对倭寇之事,只是耳闻,谁也未曾亲见,以致世世代代以讹传讹。"说着,翁昱皇已站起身来,往船头走去。

乌云夭矫风作恶!原本蔚蓝色的天色和水色,都渐渐暗了下来。劲风吹动之下,平静的海水也慢慢躁动不已,一排排黑沉的浪头不期而至,船身在海浪中急剧摇摆。

翁昱皇双手紧紧按在船舷上,望着恶浪翻滚的海面,胸中腾起一阵莫名的悲愤。他表情肃然道:"嘉靖倭患,一个诳时惑众的弥天大谎!"

郑森见外公如此神情,心中更加迷茫困惑,问道:"外公,朝廷平倭人尽皆知,难道此事非实?"

翁昱皇长吁了一口气,目眥心忱道:"嘉靖中后期,朝廷下令平倭,并重金悬赏。参战官军以此作为生财之道,屠戮沿海百姓,冒功请赏,欺上瞒下。浙东沿海州县,有海商经历者,多被擒杀灭门。森儿,七十五年前,我宁波翁氏全族老小八十三口,除去你外曾祖父,都被官军残忍杀害。官兵们把每个人的双脚都捆上巨石,投进大海。你外曾祖父当时只有十四岁,为了保住翁氏这点血脉,他父亲母亲拼死挣扎,用牙齿咬断绳索。直到嘴上血肉模糊,才救下他性命。他在海上漂了三天三夜,最后被王直救起,随船队到了日本,在平户定居下来。可与亲人们永别的悲惨一幕,深深印在他的脑海中。此后的一生中,几乎每一个夜晚他都要被噩梦惊醒。提及这些,每每都垂涕……"说到这里,翁昱皇哽咽不能语,不断涌出的泪水滑过他沧桑的脸颊,在腮边凝聚成珠,重重坠在甲板上,碎玉般飞溅开来……

此时,乱云如兽出山前。暴风狂怒,宛如梧丘之魂,在空中呜呜咽咽,哀号不止。恶浪拍击船身,船颠簸得更厉害,甲板上已无法站立。郑森劝大家进船舱坐下来再说。

翁昱皇满腔悲愤强忍心中,随众人走进船舱,却不入座,望着竺岚成道:"四海先生,您世居海岛,博古通今,对这段历史,自是融会贯通。还是您来讲吧。"

竺岚成道："大明开国之初,确有方国珍等大海盗,勾结日本大名,招募流亡武士,为祸中华沿海。据说当时方国珍的军队中,确有来自日本的倭人,但只占总人数五分之一左右。后方国珍海盗集团覆灭,'倭寇'也就彻底消失。"

郑森道："倭寇消失?"

竺岚成道："正是,真正的倭寇彻底消失了!'倭'是中国对日本的称呼,既然没有日本人,何以称其为倭寇?"

郑森道："可史书记载,倭寇一直为乱,从未根绝。"

竺岚成道："永乐之后,所谓'倭寇',实指'海盗'。"他顿了顿,锁了锁眉头,继续道："平心而论,此间所谓'倭寇'抑或'海盗',都是以毛相马。其中日本人很少,大多是为利益而拼命的闽粤海商,还有被逼上绝路的疍民。"

竺岚成又道："尤其在'双屿之难'(1548)到'隆庆开关'(1567)的数十年间,除真正海盗外,凡与海相关以海为生的大明子民,都被诬为'倭寇'。"

智通听罢,豁然开朗道："嘉靖年间'大倭乱',莫不是'海禁'所致?"

竺岚成道："大师所言极是。朝廷狼戾不仁的海禁政策,加之各级官署、各类衙门在执行'海禁'政策中暴戾恣睢、滥捕滥杀……把原本明公正道的对外贸易,硬生生变成偷偷摸摸的走私行为;将东南沿海世代以海为生奉法守制的良民百姓,硬生生变成所谓之'倭寇'……"

竺岚成起身踱至船舱口,望着前方末日般的景象,道："我先祖本是天竺僧人,东晋末年追随法显经海路来到中华,还俗后娶妻生子,传下了这支后代,我们以"竺"为姓,就是取"天竺"之意。自南宋建炎元年(1127)起,便定居在嵊泗岛上,耕海牧渔为业,间或也与过往海商做些小买卖。嵊泗乃是一座海岛,地处舟山群岛北部,与翁先生的故乡宁波府隔海相望,相距不过百里。'嘉靖倭乱'以来,嵊泗地处冲突中心,如漩涡般经历了'倭乱'全程。无论是族里族外的亲戚,抑或身边的乡里乡亲,真正受日本人之害者,寥寥无几。而受战乱之祸者,却数不胜数,其受害之深,遭难之重,惨不可言啊。'倭乱'结束之后,我竺氏全族,较之'倭乱'之前,幸存者十不足一。嵊泗全岛,情状大致相同。"

几道闪电划破天际，紧随其后的是一连串炸雷，惊天动地，震耳欲聋。在闪电中若隐若现的雨丝似乎也被这怨怨的狂风拧成无数条长鞭，狠命地抽打着海面。原本骄傲雄壮的大海，变得幽暗漆黑，在上帝的惩罚面前，痛苦地挣扎着……

天气骤变，无法继续前行，郑森下令船队围着环礁，就地下锚，暂避风暴。同时吩咐给这些疍民找些吃食。转瞬工夫，食物已端入船舱，无非是腌鱼、肉干、面饼之类，品种虽然少，可分量极大。五位疍民不住用眼角余光打量众人，不敢动箸。

郑森看他们有些局促不安，便发话："诸位不必拘谨，快快吃吧！"

断粮数日，他们腹中空空，早已饥肠辘辘。听得郑森发话，便放开胆子，狼吞虎咽般将满桌食物一扫而空。

郑森见他们吃饱，才开口询问各人情况。五人是拜把子兄弟，分别叫作谭明辉、冼福禄、霍春生、曾家林、宋鸿翔。谭明辉来自七洲列岛，冼福禄来自川山群岛，霍春生来自马祖群岛，曾家林来自洞头列岛，宋鸿翔来自澎湖列岛。他们所居的这些群岛，都是孤悬海外的蛮荒僻屿，极不适合生息。五人中，宋鸿翔年纪最长，被尊为老大。他们平时浪迹东南，靠采砗磲为生，与海盗海商交往颇多，熟知沿海情形。上个月初，他们结伴来到这郑和礁群捕鱼，不想遭遇风暴，渔船被毁，五人弃船跳海，漂在这太平岛上。

"哦？你家在澎湖，那里的疍民日子可好？"七年前翁昱皇从东洋前来福建，途中曾在澎湖停留，对那里很感兴趣，故开口发问。

宋鸿翔长叹一声，答道："以前还凑合，十年前，颜思齐暴毙于台湾，他的女婿郑芝龙率群盗，乘船弃台，横渡海峡而来，闽南沿海战乱再起，后来被朝廷招安，盗匪一眨眼都成了官军。这郑芝龙可不像颜思齐那般和善，他对疍民极其残虐，强征渔船税和人头税。疍民以船为家，一船就是一户，每年每船平均摊派税银二百两。再加上军纪败坏，匪气横行，竟要疍家妻女陪酒陪寝。孩童少年一旦被掳，即卖予荷兰人，或到台湾为奴，或到巴达维亚做苦力。我们疍民糊口尚且不易，哪里交得起税啊？卖儿鬻女、家破人亡者不计其数。"

听闻此言，翁昱皇须发俱张，怒道："七年不见，原以为他会收敛一些，怎料越发变本加厉,简直无法无天!"说着一拳重重砸在桌子上。

郑森默默无语,神色木然,七年前金门海战情状幕幕浮现脑海……

风停雨收云断,天空云开雾散。大家走出船舱,来到船头。郑森命令船队起航,向马欢岛方向进发。

刚刚经历了狂风骤雨的海面一时还难以恢复平静,起伏的波涛不时拍打着舰船……

竺岚成望着郑森道:"小将军,论理你身上也流着疍民的血液。"

只听得翁昱皇缓缓道:"竺先生说得不错,翁乃疍民大姓。我宁波翁氏,亦是起源于疍家。森儿,你身上确实流着疍家先民的血液啊!"

郑森道:"外公,咱们祖上不是给海商服务的铁匠吗?跟疍民有什么关系?"

翁昱皇道:"唉,一言难尽啊。疍民本是百越之后,水上居民之统称。疍民生活本就悲苦,本朝自开国以来,频频海禁,对疍民更是歧视。王法规定,疍民只能住在船上,不准上岸定居,也不准与陆上人通婚,不准入学读书,不准参加科举考试……在国人眼中,疍民就是贱民,他们偶尔上岸汲水买布,便会遭到谩骂侮辱,甚至群殴毒打。"

他顿了顿,又道:"若非祖上下海从商,发家致富后,用银子贿赂地方官吏,脱了贱民疍籍,咱们世代便永无出头之日了。当年若无百万疍民舍命支持,那王直怎能呼啸东洋,四海无敌?后来的李旦和颜思齐雄霸一方,疍民亦功不可没。"

竺岚成也赞同道:"疍民强悍好斗,自古有云:山高皇帝远,海阔疍家强。"

郑森若有所思,问竺岚成道:"竺老先生,疍民有多少人?"

竺岚成:"浙闽粤三省沿海,两百万老夫虽不敢保证,但绝对在一百五十万以上。"

郑森道:"这么多疍家人,难道就没个领袖吗?"

竺岚成道:"自东晋孙恩卢循之后,疍家人就再没出过自己的领袖。大明开国以后,疍民寄希望于海商领袖方国珍,他虽叱咤四海,可最终仍是降了。

嘉靖时，王直崛起，势力如日中天，却遭朝廷诱骗残杀。再有李旦，东渡扶桑，却去而不归。好不容易盼来了颜思齐，却壮年早逝，带领疍民移居台湾之义举，亦半途而废。短暂的辉煌好比过眼云烟，镜花水月……如今的疍民，活得比以前更加凄苦悲惨。"

郑森听罢，低头沉思，良久不语。

竺岚成见他不语，又道："疍民乃百越后裔，尊大禹为祖先。虽无领袖，却有一个关于禹皇临凡的传说，在疍民中流传了上千年。"

翁昱皇接着道："'凄苦千年代代难，浊海飘萍世事艰。百万疍家问苍天，何日禹皇返人间？'我之所以取名昱皇，就是取'禹皇'的谐音。半世拼搏，就是为给疍民们争得一席之地。如今我已老矣，壮志难酬。森儿，你身上也流淌着疍家的血液，盼你能成为疍民心中的再世禹皇，给这百万疍家人做主！"

竺岚成道："疍民牧海为生，个个精通水性，如能降服疍民为你所用，等于养了百万水师雄兵。御却西番，光复南洋之大业，定能成功。"

郑森意有所极："先生所言极是。眼下当务之急，是给他们寻一块安身立命的根本之地。"说罢，他抬起头，望着竺岚成道："先生通古今识地理，还望您指点迷津。"

岂料竺岚成脸上闪过一丝诡谲的笑容，道："小将军莫急，三日之后，定有分晓。"说罢竟不告辞，转身回舱休息去了……

夜幕低垂，郑森攀上主桅，借着满天的繁星辨别方位，指挥船队夜航。船队缓缓驶过马欢岛，然后折向西北，逆风而行。各舰水手齐心协力，操纵巨帆，沿"之"字形路线北上，横渡万里石塘……

从郑和礁群起航后，第四日清晨，船队已抵近海南岛。

晨光熹微，爱丽丝早早起来，登上"苍龙"号。此时郑森、智通大师、翁昱皇、竺岚成四人已在船头。

五人伫立船头，凭栏远眺，只见碧波浩渺，云淡风轻，白云飘飘如絮，飞鸥欢鸣盘旋。美景如画，叫人心旷神怡。

遥遥望去，海平线上，一片陆地隐隐若现，似无边际……

爱丽丝手指前方，拉着郑森，欢声叫道："郑森郑森，快看，这就是你阔别七年的中华大地，咱们终于到了。"

竺岚成面露微笑，摇头道："公主殿下，这不是大陆，此乃海南岛。"

爱丽丝回过头来，面色疑惑，问道："既不是大陆，区区海岛何以如此无边无际，气势磅礴。"

竺岚成微微一笑，转头问郑森道："此岛方圆一千八百里，小将军，你儿时长在平户岛上，对岸九州可有印象？"

郑森道："平户对岸，似是好大一片陆地。"

竺岚成回首对翁昱皇道："还请翁老言明。"

翁昱皇接口道："森儿在平户七年，因其年幼，未曾带他出过远门，故不知九州实情，只遥遥眺望，以为其是大陆。其实九州也是一座海岛，只因其过于广袤，隔岸近观，怎能见其真容？我等年长之人，行商差旅，多有外出，才知其海岛真容。"

郑森道："我自幼常听外公说起九州，竟从未想其也是一座海岛。"

竺岚成道："不只九州是海岛，四国、本州两地，亦是海岛。日本立国，就在这三个大岛之上。加上周边近海小岛，地理上统称为'日本列岛'。"

爱丽丝道："那为何也叫'九州'？郑森常对我说，'九州'代指华夏大地，日本国的一个海岛，怎也妄称'九州'。"

竺岚成道："公主有所不知，此九州非彼九州也。中华九州之名，最早见于《尚书》。其中《禹贡》一篇记载，大禹治水之时，分天下为九块：冀州、兖州、青州、徐州、扬州、荆州、豫州、梁州、雍州，是为九州。治水功成，海内平定，大禹继袭舜之王位，开夏一朝，封亲信为牧，管理九州事务。"

爱丽丝道："那日本的九州岛因何得名？"

竺岚成道："日本的九州岛上，曾有筑前、筑后、丰前、丰后、肥前、肥后、日向、萨摩、大隅九个藩国并存，故得名'九州'。眼前这座海南岛，方圆一千八百里，与日本九州岛相比略小一些，自古就有'南疆要塞，海上堡垒'之称。岛上山高林茂，野兽出没，两千年前只有些生黎聚居此处。秦汉之际，赵佗割据岭南，建国南越，与大汉王朝分庭抗礼。到武帝时期，十万大军南征，南越灭国。

汉军前锋直抵雷州半岛海滨,登高远望,只见正南方向有座大岛。找来当地居民问之,皆称不知其为何地,只因其位于大海正南,故名'海南岛'。原来适时当地生产落后,不似北方发达,造不出越洋海船,是故千百年来无人登上此岛。"

郑森又问:"那此后呢,汉人何时登上该岛?"

竺岚成道:"汉武帝得知海上有此大岛,故从北方招募能工巧匠,远赴岭南赶制海船。巨舰完工之日,大军即乘船渡海,登岛查勘,发现该地并无汉人,岛上只有当地生番,茹毛饮血,依靠采摘渔猎维持生计,被汉民称为黎人。汉军发动攻势,将土著生黎赶至岛中央的深山,占领该岛北部平原,设立儋耳、珠崖两郡,随后大肆迁徙汉族移民,屯垦戍边。此后历朝历代,中央朝廷始终统辖该岛。大唐以来,此岛开发加速,黎区特产,既作为朝觐贡品,又作为贸易商品。北宋时,一代文豪苏东坡贬官至此,在儋州授徒讲学,播撒中华文明。到蒙元时期,此岛初成气候,黄道婆流落此地四十年,学习黎人纺织技艺,回乡后,改进棉纺工具,革新织布技艺,终成布业之祖。本朝以来,禁海锁国,海南物资流转不畅,经济逐渐凋敝,人口流失不断。"

此时翁昱皇接口道:"海南之大,与台湾不相上下。然与台湾相较,海南岛无巨大海峡隔阻,与大陆联系更为紧密,且已开发一千七百余年。南宋之后,海上巨贾大盗皆以其为龙兴之地,只是五百年来从未出过真龙英雄。"

竺岚成道:"老先生所言极是。东汉末年,天下大乱,群雄逐鹿。江湖传言,卧龙凤雏,得一可安天下。因一两个名士而勘定天下,未免尺水丈波。自古得天下者,必有稳固根本之地,钱粮兵民,方可取之不尽,用之不竭。秦失其鹿,天下共逐之!当今中原大地,流民四起,兵灾战祸不断。若欲背倚海洋而并吞八荒,则台湾抑或海南必居其一。"

郑森望着远处一望无际的海南岛,豪情满怀道:"欲为商为盗,则据沿海小岛;然欲图天下,则必经营海南和台湾此等大岛。"

竺岚成听罢,像心称意,点点头道:"你游历西洋,对西欧各国的人口和土地了解多少?"

郑森道:"彼时年幼,颠沛于欧洲各国,只感觉那些国家面积很小,人口也甚少。"

竺岚成微微一笑道："这几日南洋形势应已了然于中，今日晚上，咱们学习学习欧洲地理吧。"说罢转身返回船舱。

相处几日，二人自是心照不宣。郑森自知竺老有话要说，待爱丽丝返回"公主"号，赶紧到舱中寻找竺岚成。

竺岚成见他进来，从身后架子上，抽出一卷地图，摊开在方桌上，指点道："这是耶稣会所绘欧洲地图。你看，欧洲各国，面积大多很小，还不敌中国一个行省大，人口也不多。近年来，英格兰和荷兰两国相继崛起，势头虽猛，可英格兰人口不过七百余万；荷兰声名煊赫，全国人口也不足三百万。这也全拜美洲高产作物所赐，近百年来人口还翻了一番，才达到眼下的规模。一百年前，这两个地区的人口总和，也比不上咱们中国一个行省人多。"

郑森点头不语，慢慢踱至窗前，深思半晌，方才回首道："英格兰和荷兰都是蕞尔小国，尚能跨海越洋，呼啸全球。而我们坐拥九州沃土和亿万黎民，却连家门前的南洋群岛也守不住，着实愧对列祖列宗。那日谈到如何安置疍民，您说三日后自有分晓。今日听您指点迷津，恍然顿悟。眼前这座海南岛，正是我们梦寐以求的根本之地。凭此安顿疍民，招徕流民，经年累月，定能得人口百万，水手十万，最终与西番一决雌雄，收复南洋故土！"

郑森正值斗志昂扬之际，怎料竺岚成话锋一转："海南虽必取，可眼下却不是时候！"

郑森困惑不解，追问理由。竺岚成不慌不忙，捋了捋胡子，慢慢道来……

原来这海南岛，在行政上叫作琼州府，隶属广东行省，下辖三州十三县。琼州府治所位于正北海口，与雷州半岛隔海相望，领琼山、澄迈、临高、定安、文昌、乐会、会同七县。儋州位于岛西北，管理宜伦、昌化两县。万州位于岛东南，管理万宁、陵水两县。崖州位于岛正南，管理宁运、感恩两县。

然而，全岛七成以上土地，不由官府掌控，而是掌握在卫所世袭军官手中。这些土地不缴税不纳粮，不对外买卖，只在卫所军官们之间流转。

明太祖朱元璋一统天下后，在全国实行卫所军制，将无主荒地，赐给军户。这海南岛地处南疆边陲,又孤悬海外,本就人烟稀少。又因元末战乱不休,海贼频频袭杀岛民,沿海百里土地,全部荒废。故洪武元年(1368)大明军队登岛之后,发现全岛土地,一成在山地汉民手中,两成在土著黎民手中,其余七成,都位于环岛沿海,竟废弃荒芜,空无人烟。明太祖得知此等情形,当机立断,命大军就地复员,并将这些土地分给他们,就此安置下来,成为镇守南疆的前沿军镇。初时全岛设一卫五所:一卫即海南卫,五所分别是前所、后所、中所、左所、右所。此后,根据海防需要,又增设清澜、昌化、南山、儋州、万州、崖州六所,共一卫十一所。

后来,琼州府衙和儋崖万三州衙门也陆续建了起来,可怎奈先有军后有民,与军政相比,民政先天不足,形同虚设。儋、崖、万三州虽固有城址,可早就被千户所占据。更有甚者,许多县竟有治而无城。卫所驻地防御完备,许多县衙便迁往防御千户所在地,如陵水县与南山所同城,昌化县与昌化所同城,建立墟市,进行商业贸易。

最后,竺岚成总结道:"要想安置疍民,必须在沿海择港湾而建村落。可这些土地,都在卫所军官手中。这些军户老爷,一股兵痞子劲儿,不但孤傲不群,而且冥顽不化,瞧不起疍民。他们要是得知咱们买的港湾安置了疍民,非来寻衅滋事不可。那就真如寝关曝纩,不得须臾安宁了。到头来,竹篮打水一场空,不仅疍民未安置下来,买地的银子也全得打水漂。若没个管事儿的卫所军官罩着,就休想在海南岛上立足。"

郑森听罢,暗自盘算了一下,以目前自己的实力,还不具备开发海南这般大岛的力量。他告辞而出,回舱后,躺在床上,夙夜心忡忡……

却说船队贴着海南岛东海岸,一路北航。到次日傍晚,驶进七洲列岛,停靠在最北面的北崎岛畔,将五人中的老大谭明辉送下。这七洲列岛中,就数这座北崎岛最大,也只有这座岛上有淡水。故流亡七洲列岛的疍民,都住在北崎岛沿岸。

谭明辉乃族长的独子。靠岸后,族长感念郑森一行的救子之恩,率全族老小前来答谢,奉上海产与淡水,并将祖传的宝书献给郑森。这本宝书名曰《更路薄》,是本手抄的航海指南,书中详细标注着往来万里石塘的数十条航线,以及数百个岛屿。

郑森得此书后,爱不释手,来到竺岚成舱中,通宵达旦研究,黎明方才掩卷。这本泛黄的小册子,粗糙无奇,犹如一个历经沧桑洗尽铅华的老者,让郑森百感交集。他的目光,似乎穿透了时空,看到了谭家几十代人呕心沥血、舍命换取航线记录的幕幕情形……

五更时分,船队自七洲列岛起航,折向东北方向,朝珠江口而去……

第八回　爱丽丝总督澳门
　　　　　担杆岛群雄聚会

　　日暮途穷风景异,群雄欲动觅海利。
　　云开雾散金龙现,纵横十万八千里。

　　　　　　　　　　　　　　——《忆万佛朝宗》

　　经过半月学习,这南洋大势,郑森已了然于胸。

　　船队昼夜皆行,一连三日无事。到了第四日清晨,终于到了珠江口,澳门已近在眼前。

　　话说这珠江口,却是与众不同。原来那珠江并非一条河流,而是西江、北江、东江与珠江三角洲诸水系河道之总称,流域地跨滇、黔、桂、粤、湘、赣六省区和越南东北部,网状水系纵横交错,像毛细血管一样密密麻麻分布在岭南大地上。正由于这样,珠江并无统一出海口,各水系各河径流汇集于三角洲后,通过八条水槽注入南海。各水道之出口被称为"门",珠江出口共有八个,称之为"八大口门"。东边注入伶仃洋的口门有四个,从东向西为虎门、蕉门、洪奇沥和横门;西边直接注入南海的有磨刀门、鸡啼门、虎跳门和崖门。这种奇特的入海口景观,被誉为"三江汇合,八口分流"。

　　众人走出船舱,竺岚成指着珠江口两岸道:"其实眼前这片陆地,数千年前还是汪洋一片。"众人聚精会神,细细听竺岚成讲解。

　　竺岚成接着道:"自古陆海相争,大江大河入海,从上游中游携带大量泥沙,入海口流速舒缓,泥沙沉,才有了这珠江三角洲。《尚书》有云:'汤汤洪水方割,荡荡怀山襄陵,浩浩滔天。'《孟子》也云:'当尧之时,水逆行,泛滥于中国。龙蛇居之,民无所定。'当时五岭以南,皆大海,后来才渐渐有了岛洲,成了乡井。直到宋代之后,大量流民涌入珠三角地区,筚路蓝缕,胼手胝足,将岛屿洲滩,渐渐变成平原丘陵,城镇星布其间。"

说到这儿,竺岚成指着左首方向几个小岛,道:"大家看,那就是澳门。"

众人极目望去,只见珠江口西南端,有块突出大陆的小小半岛。目测面积,方圆不过数里,大家本以为澳门有多大,原来竟是个"弹丸之地"。

竺岚成接着讲解:"这澳门,本是个海岛,距海岸仅数百尺,方圆总共不过三十里。直到唐宋时期,才成为陆地。虽罕有人迹,但已是舟船随季候风寄泊之地。南宋倾覆之际,几十万南宋军民从福建败退乘船长驱到此,汲取淡水、寻找食物,许多人不愿离开,将这片荒僻地辟成藏身之所。澳门半岛上有一座名为'永福古社'的沙梨头土地庙,便是建于当时。自此以后,澳门始稍有人烟。但由于地方小,耕地缺,物产少,立足生活繁衍后代并不容易。直至16世纪中叶,明世宗嘉靖年间,澳门仍是荒凉一片,人烟稀薄,只有舟船寄泊。嘉靖三十六年(1557),葡萄牙人通过贿赂广东地方政府官员,取得澳门的租住权。经过海湾泥沙淤积,此时的澳门已与对岸接连,成了半岛,另有氹仔、路环两岛,全为葡萄牙租借。葡萄牙本土虽被西班牙吞并,可澳门的葡萄牙人始终坚守,宁死不屈。"

说话间,舰队已抵近澳门港。葡萄牙复国的消息早已越洋而至,澳门当地葡萄牙人,天天悬悬而望,枯苗渴雨般等着新任总督到来。看见高高飘扬的葡萄牙国旗,卫戍港口的士兵还不等舰队靠岸,便迫不及待地乘了小船前来迎接。

船队在小船的引导下,驶进港口,靠了岸。

整整半日,爱丽丝都在听汇报。

原来,自公元1579年葡萄牙被西班牙吞并之后,海外殖民地大多也被西班牙接管,或武力攻取,或恐吓降服。非洲沿海据点、印度沿海据点、锡兰沿海据点、马六甲及其周边区域,均被西班牙人夺取。在远东地区,只剩下澳门和帝汶岛,各自为战,撑门挂户,岿然独存。

怎料前门拒狼,后门遇虎。"尼德兰革命"爆发之后,又生突变:荷兰正式建国,在取得本土政权稳固之后,迅速向海外进军,到处抢占殖民地。不仅与西班牙人的斗争愈演愈烈,而且还觊觎上了葡萄牙仅剩的几块殖民地。在亚洲,荷兰人起初立足未稳,不敢对西班牙人发动大规模战争,而是把主要精力先放在了香料群岛。对于葡萄牙人拼命固守的帝汶岛,更是垂涎三尺。1616年,荷兰人正式入侵帝汶岛,当地葡萄牙人无力抵抗,退守帝汶岛东部,派人赴澳门求援。在澳门的葡萄牙人倾巢出动,前往帝汶参战,战争遂转入僵局。荷兰人付出惨痛代价,却无力夺取全岛;葡萄牙人亦损失惨重,但无法收复全岛。双方僵持难下,最终签署停战协定,裂土而治。

交易而退,各得其所!无论对荷兰人,还是葡萄牙人而言,停战都是权宜之计。一旦时机成熟,实力复苏,荷兰势必要夺取全岛,葡萄牙人也定要收复全岛。

旷日持久的战争,再加上为了掐断帝汶战争的补给线,断绝澳门和帝汶之间的联系,荷兰人数次兵临澳门港外,炮轰全城,使得在澳门的葡萄牙人损失惨重。帝汶战争结束之后,澳门葡萄牙的成年男子从八千下降到一千不到,战舰从四十艘下降到五艘。

爱丽丝来葡萄牙上任后,掣襟肘见,面临着一个百孔千疮的烂摊子。就是这么一个烂摊子,看似人口庞大,两万有余,实则一万多名寡妇,伶仃孤苦,无以为靠;一万多名孩童,面黄肌瘦,嗷嗷待哺。粮食奇缺,饥荒蔓延;物资匮乏,百业凋敝;断壁残垣,满目疮痍。

澳门原本没有总督一职,西班牙吞并葡萄牙后,对如何能够统治澳门,煞费苦心。由于澳门葡萄牙人宁死不降,故西班牙假托葡萄牙王室名义,设置总督一职,欲凭此实现对澳门的统治。1616年,葡萄牙人卡洛被任命为第一任总督,从吕宋出发前往澳门。可当地居民早已识破了西班牙人的阴谋,根本没让他上岸。直到1623年,葡萄牙复国运动领袖马士加路也(音译人名)远涉重洋,辗转来到澳门,才被当地居民推举为总督,主持半岛防务。为就近指挥,总督府就设在大炮台。然而不幸的是,上任仅一年,马士加路也就病逝,此后澳门仍处在无奈的自治状态下。

石可破也,而不可夺坚。爱丽丝生性坚强,面对此等困境,绝不会中道而止。

义气照耀千古,羞煞须眉男子。爱丽丝亲自带头,和水手们一齐动手,将自己船队上的食物和物资搬下来。郑森率船队众人,群策群力协助她安顿诸事。"凯撒大帝"号上的传教士也齐心协力,帮助爱丽丝恢复行政,接管天主教务,稳定军心民心。

如此停留整整四日,见澳门总督府运行正常,郑森一行才启程北上。出发那日清晨,在澳葡萄牙人都来到码头,目送郑森船队离去。

爱丽丝站在人群最前面,身着一袭白裙,皎皎兮似轻云之蔽月,飘飘兮若回风之流雾。

千秋无绝色,悦目是佳人。郑森望着爱丽丝,心中荡起涟漪。从初识到现在,虽已整整两年,可这却是他第一次认真注视这位葡萄牙公主:戴上了皇冠发箍的爱丽丝,宝髻松松挽就,铅华淡淡妆成,清素若九秋之菊,碧绿如宝石般的瞳孔,伤感而忧郁的眼神,传递出依依不舍的儿女态;端正而恰到好处的五官,姣好而轮廓分明的面容,美得浑然天成;亭亭玉立的身姿,在那件白色公主裙的衬托下,尽显端庄典雅,雍容华贵。

爱丽丝的外貌与绝大多数的葡萄牙人都不同,这与葡萄牙长期处于战乱中有极大关系。

葡萄牙地处欧洲最南端的伊比利亚半岛西南部,与非洲大陆隔海相望,中间仅有一个狭窄的直布陀罗海峡相隔,自古就是各方蛮族争夺的要地。历史上,葡萄牙先后被腓尼基人、日耳曼人、摩尔人占据,而且整个中世纪不断遭到来自北欧的海盗侵略。多灾多难的民族演进,不同民族间的杂居通婚,使葡萄牙人的血统相当复杂。各地葡萄牙人体型和外貌上差异极大,但大体上基本可以分为南北两种类型。南部居民身材矮小,皮肤较黑,头发乌黑略带弯曲,眼球呈黑色,面部轮廓较为扁平,是典型的北非人与拉丁人的混血后裔。北部居民则身材高大,皮肤白皙,头发金黄如波浪般自然弯卷,眼球呈蓝色或绿色,鼻梁高耸,面部轮廓立体感极强,明显具备北欧人种的特征。

爱丽丝所属的布拉冈萨家族,就是来自北欧的斯堪的纳维亚半岛。在维京海盗肆虐欧洲沿海的公元10世纪，爱丽丝的祖先远涉重洋来到葡萄牙北部重镇波尔图。尽管与当地居民杂居通婚了数百年，但布拉冈萨家族仍保持着浓重的北欧血统。

刚刚取得复国运动胜利的葡萄牙百废待举，百业待兴。由于被西班牙统治了整整六十年，国内的经济发展几乎停滞不前，民不聊生，积贫积弱。除了尽快收复海外殖民地，重振海外贸易以提振国民经济之外，别无选择。

作为仇奥国王的妹妹，爱丽丝肩负着恢复葡萄牙远东殖民版图的重要使命。担任澳门总督，正是她执行这一艰巨任务的开始。

这一年多来，郑森虽与她结伴而行，可万里海路，危机四伏，凶险异常，二人几乎天天提心吊胆，与死神为伴。多少次枪林弹雨中并肩而战，多少次怒浪惊涛中绝境逢生，多少次灾祸忧患中生死与共……一次次的风雨同舟，一次次的劫后余生，使得二人之间竟隐隐产生了一种不可名状的情愫，从一开始的相敬相重，到后来的相依相守。只不过重任在肩，二人始终保持着一种既美妙又神圣的矜持……

所谓伊人，在水一方。郑森就这样站在船尾的甲板上，望着站在码头最前面的爱丽丝，秀外慧中的倩影渐渐模糊，慢慢地成为一个小白点，直到最后彻底消失在海平线上……

"前方有海盗！前方有海盗！"

瞭望塔上的哨兵一阵急促预警，把郑森从思绪中拽了回来。原来从澳门启程，已整整过去一个时辰，不知不觉已到了珠江口北端。

郑森一气疾奔，赶至船头，举起望远镜看去。只见正前方十里开外，乃是一列小岛。环岛近海，密密麻麻一片海船，高桅林立，风帆高悬，至少有百艘以上，正好挡在郑森船队的航路上，虎视眈眈。

变起仓促，大出郑森意料。他当机立断，下令船队各舰停航下锚，原地待命。同时命人去舱中去请三位长者和宋鸿翔。不多时，众人都走上船头，竺岚成把手中地图展开，指点道："此地距离澳门不足四十里，乃广州府新安县境。眼前这一列小岛，名曰担杆列岛，主要由三座小岛组成。三座岛屿从小到大，分别唤作担杆头、担杆中、担杆尾。此三岛位于粤东主航道上,自古就是海盗出没之地。"

翁昱皇道:"眼前这百十来艘海船虎视眈眈,看样子来者不善。"

郑森眉头紧蹙,转头问宋鸿翔道:"宋兄就在粤东沿海,应该对这担杆列岛极为熟悉,请问这岛上平日里可有海盗?"

宋鸿翔道:"担杆列岛土地贫瘠,几乎没有耕地,给养困难,海盗一般只将其作为临时落脚之地,不能作为长久基地。再者这些年令尊数次出兵广东沿海,追杀海盗,自李魁奇集团覆灭后,粤东一带再无大海盗。虽仍有些小股海盗,可形单影只,势力微弱,无一家超过十艘海船的。眼下这担杆列岛外,百船云集,着实不合常理,看来这其中大有蹊跷。"

郑森盯着宋鸿翔,又追问道:"以阁下估计,眼前会是何人?"

宋鸿翔皱着眉头,想了片刻道:"或是海商集会,或是海盗聚义,除此之外,绝无其他可能。"他顿了一顿,又补充道:"只是我们不小心碰上,怕是难以顺利通过。"

郑森正要答话,哨兵又来急报,对方派出使者,正乘小船前来。说话间,那小船已驶至"苍龙"号下,那使者登船而上。只见他身强体健,肤色黝黑,一看就是久居海船饱历风浪之人。那使者昂首挺胸,环顾四面,将眼前众人打量一番,最后把目光定格在郑森身上,高声道:"请问阁下可是郑森?"

郑森上前一步道:"正是。"

那使者微微点了点头,又高声道:"广东一十三家海商头领,在此恭候郑大少爷多时。众头领得知你不远万里,荣归中土,路过粤东,特备薄酒数杯,聊表地主之谊。还请郑大少爷赏光,随我上岛小坐片刻。"

众人听了此言,不解其意,面面相觑。翁昱皇迈前一步道:"我等万里归来,海途劳顿,身心俱疲,只求早早赶回闽南,休整歇息。诸位首领的好意,我等敬谢不敏。今日就不劳烦了,日后重来广东,定亲自到各位首领府上登门道谢,万望见谅!"

那使者鼻子哼了一声,侧着身子,指着海面上那一片海船,厉声道:"恐怕这上不上岛,由不得你们吧?这一十三路海商首领,每人带船都在十艘以上。

加上来自北方的一些江湖朋友,今日这担杆列岛海面上,共有大小海船一百八十六艘,火炮千门,水手万人。你们要是这般不识抬举,可休怪我们不客气!"

众人心知此人所言不虚,一时束手无策。

此人出言不逊,可眼下敌众我寡,郑森不想惹来祸端。这一十三路海商首领,来者不善,如若真打起来,胜负着实难料。况且敌我本是同根生,不管对方有何居心,无论如何都不能打起来,权且跟他走一遭。想到这里,郑森整了整衣衫,泰然自若道:"既然各位海商头领如此盛情相邀,那郑森就恭敬不如从命了。劳烦大哥领路,上岛拜见各位头领。"

那使者哈哈大笑,道:"有胆识有志气,果真名不虚传!请了。"说罢溜索下了"苍龙"号,坐上来时那条小船。

翁昱皇道:"森儿,万万不可,如此恐堕其术中!"众人也都极力劝阻,不让郑森亲临险境。

郑森道:"多谢诸位。我乃舰队统帅,眼下敌我众寡悬殊,舰队身处险境,理当挺身而出,力避战火兵戎。若能以一己之力保全大家,纵使龙潭虎穴,我也要闯它一闯。"

翁昱皇深谙郑森秉性,知他主意已定,再劝下去也徒劳无益,只得道:"森儿,你若执意要去,就把咱们的黑人卫队带上,有他们在侧保护,外公心里也踏实些。"

郑森摇头,道:"外公,无须兴师动众,对方若有敌意,再多护卫也是杯水车薪,反倒让他们小觑了咱们,就我跟师父去吧。"

竺岚成道:"护卫不带可以,但老夫定要随你前去。"

智通大师摆手道:"先生不会武艺,若刀兵相见,恐有性命之忧。"

竺岚成坚持道:"生死攸关,愿尽绵薄之力。"

宋鸿翔也赞成道:"四海先生名满天下,在航海华商中威望甚重。有您老人家在侧,定能助小将军一臂之力。"

郑森见竺老先生决意要去,不好推脱,遂道:"竺老先生洞察秋毫,定能大事化小。那就有劳先生与我一同前去。"

于是，翁昱皇留守"苍龙"号，总管船队一切事宜。郑森、智通、竺岚成三人坐了那使者小船，往担杆列岛划来。

在担杆列岛中，位于西面的担杆头岛面积最大，眼下这粤东十三家海商，就在担杆头岛上设宴等待。所谓设宴，实是挂羊头卖狗肉。这些海商的真实目的，在于劫持郑森，逼迫郑芝龙放开海禁，让大家重返东洋。

原来自隆庆开关以来，华人海商虽名义上能从事对外贸易，但形势已大不如前。经历了两百年海禁以及百年"倭患"之后，与西方欧洲人相比，航海技术大大落后。风帆系统简单、严重依赖季风、无法逆风航行的中华海船，根本无法和配备克拉维尔风帆系统并装备了先进火器的西洋帆船相抗衡。

短短数十年间，通往南洋的远洋商路，就被葡萄牙、西班牙、荷兰等欧洲人彻底控制。广东沿海的商人们，只能在西方列强还没有全面争夺的东洋航路上，借助季风乘船远涉，与日本和朝鲜做些买卖。

可郑芝龙接受朝廷招安后，假借朝廷海禁之名，伙同荷兰东印度公司，封锁了台湾海峡。广东沿海的商人们，自此南下不能，东去不行，彻底被挤出了远洋贸易的行列，只能往来于近海各港口，做些本小利微的小买卖，再也无法扬帆东去，去经营那些一本百利甚至万利的远洋贸易了。

这些原本风光无限的广东海商，如今却潦倒落魄，艰难竭蹶。他们中的好些人为了养家糊口，竟在暗地里做些没有本钱的买卖，从此半商半盗。提起郑芝龙来，自是咬牙切齿，恨不得食之肉寝其皮。

他们得知郑森从西洋远道归来的消息后，便密谋将其劫持，逼迫郑芝龙放开东洋海禁。故集结了上万人众，于两日前啸聚在这担杆列岛周遭，专等郑森一行前来。

这些海商，其中十三路来自广东沿海州府，分别是广州四大家族（陈氏家族、梁氏家族、李氏家族、张氏家族），雷州府的黄氏家族，琼州府的沙氏家族、阳江的曾家、惠州的林氏家族，汕头的封氏家族，汕尾的麦氏家族，揭阳的蔡氏家族，梅州的吴氏家族、潮州的叶氏家族。

另有三支非广东籍的势力。

一支来自福建，为首的名叫洪旭。此人祖籍福建同安，曾是颜思齐手下一员悍将,也是郑芝龙结义兄弟,在"十八芝"中位列第十。被郑芝龙排挤追杀,流落在广东近海,亦商亦盗,这个担杆列岛,正是他的巢穴。

一支来自山东,为首的名叫东方戎,两个副手,分别唤作金鑫、石磊,他们祖籍都在登莱一带,曾经在茅元仪的水军中当差,后来水师裁撤,流落至南方,做了海盗。

另一支来自辽东,为首的是个女子,名叫江森,年纪不足三十,是辽东抗清领袖江鹄和江鹤的侄女。江鹄和江鹤这支队伍,是大明王朝在辽东地区仅存的水军力量,他们的船只大多较小,只能近海巡航,活动范围只限于鸭绿江。江森投奔两位伯父时,带了三艘大船,凭此可以南下,变卖东北特产,采购战备物资。江森船队中,有百余名朝鲜人水手,衣装奇特,甚是显眼。

不到一顿饭工夫,两艘小船便先后来到担杆头岛。郑森三人下了船,随使者登岛步行,不一时就来到群商设宴之所。

这担杆头岛,全岛皆山,地势崎岖,洞穴密布。这宴会场所,便是半山腰一个天然石洞。郑森一行走到洞外,只见两排护卫肃然挺立,手持排刀,杀气腾腾。走进洞来,只见石桌石凳一应俱全,众位头领端坐在石桌前,身后站着带刀护卫,气象森严。正中有块空地,大约一亩见方。

郑森款款走到场中空地,对着在座诸位首领施礼道:"在下郑森,见过各位首领。"

洞内众人哄堂大笑,七嘴八舌道:

"这郑森被人们传得神乎其神,我还以为三头六臂呢,原来竟是个黄毛小儿!"

"嘴上连毛还没长全,能有多厉害!"

"本以为要大费一番周折,没想到这小子竟自投罗网。"

"就一个孩子和两个老头,连个侍卫也没有,这下可省事儿多了。"

"哈哈哈,先把这三个为首的一举拿下,然后把那一十三艘西洋船都夺了。"

海商头领身后的护卫已蠢蠢欲动,数十人手持利刃,逼近场中。

郑森眼见对方充满敌意，他临危不惧，神情凛然，一个箭步抢到洞厅最里处的高台上站定，凝聚全身内力，将一口真气自丹田提起，朗声道："众位头领既要留我，晚辈自不敢推辞，只是有一事不明，请众位头领明示！"

声音亮如洪钟，穿云裂石，在洞厅石壁的反射下，久久不绝。场内场外数百人，耳鼓嗡嗡作响，无不胆战心惊，半天定不住神。他们自幼以船为家，以海为生，或商或盗，闯荡四海，纵横五洋，大多通晓武艺，心知能发出如此声音之人，内功定是极深极强。刚才的嚣张气焰，瞬间荡然无存。

洞内登时悄然声息，逼近场中的数十人也如钉子般呆立原地，畏葸不前。

郑森见对方不再陆梁放肆，继续道："我与在座诸位并不相识，远日无仇，近日无怨，众头领如此大张旗鼓，兴师动众与我为难，不知何故？"

场内仍是静默无声，约莫过了半盏茶工夫，终于有人打破了沉寂。只见西北上首位置一位头领站起身来，此人名叫陈春雷，乃广州府广源行的大掌柜，亦是新安县（今深圳）陈氏家族的族长。

只见他欠了欠身子，略微施了个礼，皮笑肉不笑地道："小将军年纪轻轻，内功已如此深湛，想来定是豪爽之人，我们也就不遮掩什么。我等海商首领，在此恭候足下多时，只求你暂缓回乡，在广东小住些时日，再行回去，可好？"

郑森心中豁然，这些人此举真实目的，乃是劫持自己借以逼迫郑芝龙开放台湾海峡的航路。

郑森灵机一动，提高中气，义正词严道："众位前辈英雄欲劫持郑森而要挟家父，我以为不妥。"

人群中当即有人高呼道："为何不妥？我们倒要听听！"

郑森微微一笑道："其一，众位头领都是这广东沿海数一数二的英雄人物，集合济济数千人，齐聚于此，苦等数天，竟只为劫持我一个黄发少年。晚辈虽涉世未深，但也知此既非光明正大之举，也非英雄好汉之行径。"

听了他这般言语，台下众人登时面红耳赤，无地自厝。

郑森见众人满面羞惭，遂见机而作，接着道："其二，我郑森七岁之时，才从日本归来，孤母弱子，向来不为家父所重。家中真正掌权者，乃二娘颜氏也。她才是正室，她所生的儿子，才为家父所看重。至于我与母亲的生死有无，家父毫不在乎。诸位前辈若想劫持了我去要挟家父,只会竹篮打水一场空!"

郑森母子遭遇悲苦,东南航海之人,多有所闻,今日听郑森亲口验证,想来定是不错。此时众人已不是尴尬羞愧之色,而是大失所望之容了。

郑森炳若观火,目光微微一扫,众人表情一望而知,情知说到对方要害,当下一鼓作气,又道:"家父乃台海枭雄,一番家业全是刀尖上闯出来的,这些年来又有朝廷撑腰,奉皇上诏命维护东南海疆安宁。倘若今日诸位真的绑架了我,不仅台海商路开禁无望,反倒给了他发兵进剿的理由。他定要上奏朝廷,说尔等名为海商,实为海贼,请旨出兵。朝廷不明真相,定会准许。到时候诸位损失的,恐怕不单单是生意受损,兴许还要搭上身家性命。"

郑森言至此处,众人早已诚惶诚恐,骚动不已。大家本是出来谋个生路,寻个挣钱的买卖,怎肯搭上身家性命?无论是有名有望的商帮领袖,还是闯荡江湖的船东豪强,都给郑森说得没了主意,心似已灰之木,身如不系之舟。

智通大师将众人表情觑得真切,趁热打铁道:"这孩子自幼跟我习武,知书达礼,宅心仁厚,义薄云天,最是少年英雄。大家身处乱世,须要追随英主,方可安身立命。此番从西洋归来,沿途华人才俊无不尊郑森为首,这位老先生,便是人称四海先生的竺岚成,海外第一大学者。众位都是以海为业之人,不会不晓吧?"

众首脑一听"竺岚成"三个字,更是舌挢不下,均想此等人物竟也对郑森剖胆倾心,其此后必定如月之恒,如日之升。

竺岚成眼见时机恰好,接口高声道:"老夫已年过花甲,自诩识人甚准。小将军曾随黄道周和茅元仪学习,文韬武略。近几年又叱咤商海,领袖群雄。倘若大家能团结一致,推郑森为首,定会不负众望。"

群雄听罢,经过一番深思熟虑后,揆情审势。十几家海商首脑,以及其下数百名大小头目,大都心折首肯。

眼见峰回路转,一行人即将转祸为福,怎料风云突变。只见一人跃入场中,高声叫道:"我乃一介武夫,听不懂什么大道理。只知那郑芝龙不顾当年结拜情谊,挥刀指向金兰兄弟。别人拜服,也就罢了。要让我姓洪的心服口服,须胜得了我手中这口大刀。"说着走上高台,举起手中宽刃长刀,使劲晃了晃。

情势急转直下。郑森听他姓洪,又是郑芝龙的结义兄弟,心知其定是"十八芝"中排名第十的洪旭。洪旭与郑家本来就有过节,一旦动武,万一拿捏不住分寸,伤了他些许,定要结下更大的梁子。正自左右为难之际,郑森看到智通微微点头,遂打消顾虑,决心当众人之面,亮一两手,好让大家心悦诚服。他上岸时并未携带称手兵刃,自忖即使赤手空拳,也能取胜。但未免过于托大,有不敬对手不尊长辈之嫌。他思虑片刻,情急智生。

只见郑森走到货架跟前,顺手抄起一卷五尺长短的棉布,浸在池中蘸足了水,然后走回洪旭面前,深鞠一躬,道:"晚辈得罪了。"顷刻将内力催动至布上,那软软一卷棉布,刹那间亦刚亦柔,收放自如。

洪旭见郑森彬彬有礼,心中颇不自在,不待郑森礼毕,便挥刀上前,刷刷刷连进三招。

郑森眼疾手快,用那卷布避开刀锋,朝着长刀侧面,连击三下。只听得嘭嘭嘭三声,已将三招尽数卸去。

那洪旭纵使猖狂,霎时也知道郑森厉害。束湿成棍,以布代剑,便是当世一流高手,都未必能行。况且其轻描淡写便化解自己三记杀招,着实厉害异常。亏得是手下留情,点到为止,倘若再稍稍用力,自己手中长刀,恐早被震飞。

洪旭心下无计,但刚才挑衅之时如何狂妄,当着这多英雄之面,如何能弃刀投降。眼下也顾不得那许多,只埋了头,疯也似的直扑而上,手中长刀又直掼而出。

郑森挺身而立,竟不闪避,他双目炯炯,觑得真切,就在洪旭扑至近前一刹,手中匹布旋甩而出,连递两招。只听得"当啷"一声,洪旭手中单刀已重重跌落在地,再看那匹棉布,竟已绕在洪旭颈中。

这一回合疾如劲风、迅如闪电,在场众人无不高声喝彩。这"束湿成棍"的绝技,相传为武功高深,内力精湛之人方能施展。大家以前只是听说,从未亲眼见过。今日竟有幸目睹,着实叫人大开眼界。

郑森也不跟进,只抱拳赔礼道:"小侄多有得罪,万望叔父见谅。"

洪旭一诺千金,抱拳上前道:"洪某粗鲁,适才多有得罪,万望小将军见谅。将军小小年纪,武功之高强,实乃当世罕见。洪某班门弄斧,输得心服口服。从今往后,便视您为主公,赴汤蹈火,在所不辞。"说罢倒头就拜。

郑森抢上一步,将那洪旭扶住。

台下掌声雷动,众人无不拍手称快。

这担杆列岛本就是洪旭的地盘,他当即招呼手下摆酒设宴,做东赔罪。岛上气氛旋即大变,原本杀气腾腾紧张凝重,登时喜气洋洋一片祥和。众商家也纷纷将船上的炊具灶具搬下来,帮着东道主一起大办宴席。

郑森令小船水手回船队报知平安,同时安排船队驶入港湾,停靠在码头,并请翁昱皇一起上岛,参加宴会。

趁着海商们准备宴席的空当,竺岚成将郑森唤去,低声道:"众海商所关注者,仍是台海与东洋。南洋路途漫长,航道凶险,西番海盗出没,商品销路不明,众人皆不愿去。先去东洋?还是先下南洋?你意下如何?"

郑森道:"此事我已考虑多日。跟您学习地理之后,中华外海形势日渐清晰。先下南洋,再图东洋。矢志不渝!"

竺岚成道:"何以如此坚定?"

郑森道:"南洋局势复杂,各派势力交错,看似凶险异常,实则千古一时。依我之见,咱们可避害就利,利用各方矛盾,回旋于各派之间,纵横捭阖,乱中求胜。而东洋局势早已定型,由家父和荷兰人共据之。初始便与家父翻脸,与强敌结怨,绝非成功之道。"

竺岚成听罢,点头称善。

此时宴席准备停当,主桌之上,洪旭做东,广州府四大商帮首脑作陪。这四位首脑分别是广源行大掌柜陈春雷、天宝行大掌柜李虎臣、同泰行大掌柜梁行道,兴昌行大掌柜张士杰。郑森、翁昱皇、智通大师、竺岚成四人按次入座。

洪旭举杯致辞,宴席正式开始,众位头领不断前来敬酒。

郑森虽不善饮酒,可遇上今天这场面,无论谁来敬酒,都不推辞,皆一饮而尽,生怕驳了众人面子。

不多时,一位面容消瘦的中年人上前敬酒,洪旭在旁介绍,此人乃琼州府沙家商帮首脑沙千驹。沙家祖上是南宋时经海路来到中国的阿拉伯商人,后定居在常年受台风侵袭荒凉贫瘠的海南岛东北部。大明王朝建立之后,为了表彰其垦殖开拓之功,赐其汉姓"沙",并将这片土地赐给沙氏家族,封其为海南卫清澜所(在文昌县)世袭领军千户。沙千驹既是文昌县最大的地主,又是琼州府最大的海商,坐拥土地万顷,手下丁勇千余。

郑森听罢,不禁眼前一亮。自己正为疍民安置之事而一筹莫展,如能得到眼前这位沙大掌柜的支持,何愁疍民入琼安置?真是踏破铁鞋无觅处!

然而此时沙千驹心中,却是另外一番盘算。他虽是世袭军户,却是文人出身,虽然没有文进士的功名,但十七岁就已中举,在文化落后的海南岛上,仍是鳌里夺尊。他读书庞杂,涉猎广泛,学了一肚子经世致用的学问,并凭此成为富甲一方的大商人。

沙千驹心知,欲成大事之人,武功高强还在其次,关键是要有文化有见识。他此时心中盘算:适才郑森出手,乃是凭武力降服众人,至于学识如何,谁也不知。郑森儿时在紫阳书院刻苦求学的经历,虽被传为佳话,但毕竟只是风闻,大家都未曾亲见。更何况一别七年,西洋海路,凶险漫长,他又怎能静心读书?十岁之前识记再多,恐怕早已忘得一干二净了。

沙千驹有意考校一下郑森,他趁着敬酒的机会,高声道:"自古英雄豪杰,大半出自少年。我等都是些粗人,读书没成气候,才下海经商。沙某久闻郑公子学识渊博,精通史籍,今日可否给我们这些商人们好好说道说道。"边说边环顾四周,有意引起众人关注,给郑森造成一个如临大考的阵势。

郑森虽饮酒不少,可脑子还十分清醒,他听出沙千驹语中之意,心想今日情势,绝非谦虚内敛之时,不出手则已,一出手必要让众人心服口服。武功已技压群芳,学问更要折服众人。想到此处,他款款站起身来,环顾四周,将丹田之气提至胸腔,确保在场众人都能听见,缓缓道:"晚辈不才,学浅识陋,海外历险七年,于学问上又多生疏。诗词曲赋、吟风弄月的本事,自是不行。但在这历史上,还是能说道上几句。适才沙大掌柜所言自古英雄出少年,确是实情。甘罗十二岁出使赵国立盖世奇功,获封上卿;孙叔敖幼年义斩双头毒蛇,舍生除害;霍去病十九岁挂帅北征直捣匈奴汗廷,封狼居胥。就是那历代帝王之中,又岂乏大器早成之辈?唐宗宋祖,哪个不是少年成名?唐太宗李世民,十七岁募兵勤王,大破突厥十万骑兵于雁门,十九岁坚定其父决心,起兵于晋阳,横扫中原,最终得取天下。宋太祖赵匡胤,二十出头就成名于军中,扬名于天下,终成一代明君,开辟两宋三百二十年之基业。一代天骄成吉思汗,少年时历经苦难,一十八岁起兵于漠北,二十二岁便光复蒙古乞颜部,奠定一生事业之根基。只不过晚辈郑森,才疏学浅,习艺不精,虽立志高远,但恐终生难入这少年英雄之列。"

引经据典,侃侃而谈;信手拈来,滔滔不绝。一番高论,气势磅礴,几乎囊括华夏四千年之少年英雄,更喜年份背景,精确无误。在场众人,无不点头叹服,就连沙千驹本人,也不禁暗暗佩服,心道:"这少年周密细腻,文武双全,真乃当世之英雄,日后定国安邦,必成大业。"

郑森见众人全神贯注听他说道,便乘此机会提出同下南洋的计划。只听他接着又道:"关于开放台海商路之事,我可极力奉劝家父。但家父身为朝廷命官,又顾忌荷兰人之威慑,未必能如大家所愿。"郑森此话说得极为委婉,他深知父亲近十年来,为了垄断台海商路之所作所为,对广东海商伤害颇深。有些本钱小的海商,甚至由富返贫,衣食无着。但郑芝龙毕竟是自己的亲生父亲,按三纲五常之约束,做儿子的连父亲名字都不能提,背后指摘更是不孝之举。

听完这话,众人大为失望,心中一沉,和容悦色的脸上瞬间冷若冰霜。

郑森最擅相机而行,见此情景,话锋一转,道:"但是,我久历西洋,如今有一十三艘西洋大帆船和上千名水手船员,还有诸多海外朋友,愿为众商家护航,重开南洋商路!"

失之东隅,收之桑榆。在座大小海商,谁都知道南洋商路一本万利,乃唐宋元三朝海上丝绸之路东线。只是这数十年里,在西番排挤之下,南洋海路基本断绝。如果能在郑森率领下,重开南洋商路,着实叫人摩拳擦掌。群雄交口称赞,百喙如一,欣然应允。

下南洋一事,众人询谋佥同,郑森如释重负。

此时洪旭已喝得醉眼迷离,觥筹交错间,突然冒出一句:"小将军,你父亲与我乃结义兄弟,他的为人,我最清楚,反复无常,两面三刀。万一你回到闽南,将今日之事,抛到九霄云外,那该如何是好?"洪旭说得虽是醉话,可这正是席间众人所最最担心的。他们均放下手中酒杯,欲听郑森如何作答。

郑森缓缓站起身来,环顾四面,抱诚守真道:"我知众位掌柜所虑,怕我今日之承诺,只是一时权宜之计。待回到泉州老家,复又站在家父那边,与诸位为敌。我郑森年纪虽小,可自信为人光明磊落,言出必践。"

说罢斟了满满一碗酒,道:"我郑森今日所言,披肝沥胆。日后如有半句食言,五雷轰顶。"说罢,抽出随身匕首,划破左手心,鲜血一点点滴入碗中。

郑森端起酒碗,对着众人又道:"郑森先干为敬,愿与众位叔叔歃血为盟,重返南洋!"说罢,仰头咕噜噜一饮而尽。

众豪杰见他赤心相待,豪侠尚义,皆肃然起敬,纷纷起身,干了自己碗中酒……

席间高朋满座,热闹非凡。直到黄昏时分,众位首领方才散去。沙千驹和雷州商帮首脑黄万金二人,还有要事相商,遂随郑森登上"苍龙"号,随行还有一个人。

此人四十五六岁年纪,一身黑缎长袍,身形瘦高,精神矍铄,一看便是个精干练达之人。

经过一番介绍,郑森方才知晓此人底细。

此人名叫叶子明,客家人,乃潮州商帮领袖叶子星的兄长。他虽不在"十八芝"之列,却是"一官党"核心成员,祖上三代都是经营丝绸生意的大商人,目达耳通、精明强干;他本人又是郑芝龙商团第一谋士,心思缜密多谋善断。三年前,接替考中武进士留京担任锦衣卫的郑芝凤,出任"凤"字营水军营官,驻守南澳。

他听闻广东商帮意欲劫持郑森,遂假扮成叶子星的随从水手,秘密潜入担杆岛,参加了这次群雄聚会。他对郑芝龙胸无大志和种种倒行逆施颇感不满,且梦寐重返台湾。于是,三人就随郑森上了"苍龙"号,意欲和郑森推心置腹,交谈一番。

叶子明摸着长须,指着地图,率先道:"就中国对外贸易而言,主要是两个海域。一个叫南洋,一个叫东洋。台湾海峡以南,为南洋,古称万里石塘,周边全是半岛陆地,如同一个大袋子,上下两个口子,北边一个口子在台湾海峡,南边一个口子在马六甲海峡。东洋在台湾海峡以北,有琉球岛链环绕,直抵日本列岛。东洋也似一个口袋,北边一个口在对马海峡,南边一个口在台湾海峡。因此,台湾海峡既是东洋和南洋天然分界线,又是两洋连接的通道。犹如一件通体长袍,上下均宽肥,只是中间被一条皮带拦腰紧束。"众人听了,点头称是。

叶子明顿了顿,望着郑森道:"一想起此事,老夫就痛心疾首。你父亲目光短浅,故步自封,终将误国误民。西班牙人南据马六甲,北据台北,才能独霸南洋四十年。那荷兰崛起后,也认准了这个命门,坚持按此布局,北取台南,南据巴达维亚,且图谋台北和马六甲多年,一旦阴谋得逞,南洋又要易主了。"

郑森十分赞同他的观点:"叶先生所言极是。一路上我们多次谈论此事,只是不及您这般一针见血。"

叶子明又道:"在这华人之中,只有你父亲有实力与西番争夺。可他虽得天时地利,却志不在此。发迹之后,他想的不是如何出洋贸易,而是如何封锁台湾海峡。先后数十战,终于控住了闽南沿海。岂料荷兰人退居台南,西班牙人占了台北,东洋南洋水路,从此不再经福建近海而行,而改为台湾西海岸。所谓每船交税白银三千两,仅是针对我们华人,对取道海峡西侧通行的欧洲商船全然无用。"叶子明说到此处,不禁一声长叹。众人听了,也连连摇头。

叶子明望着郑森,道:"万幸这华人世界,又出了你这么一位少年英才。你志向远大,心思缜密,今日牛刀初试,便降服广东全省海商,日后再接再厉,定能领袖东南,成烽火乱世之英雄。"

郑森自谦道:"叶先生言重了,今日多蒙众位前辈抬爱。日后发展,还得仰仗诸位叔伯鼎力相助。"说罢起身,朝叶子明、沙千驹和黄万金三人一揖到底。

叶子明上前一步,扶起郑森道:"路遥知马力,日久见人心。今日看似你已降服广东群雄,可大家究竟能否真心共事,还须假以时日考验再三,方能知晓。时间紧迫,还有众多要事须你亲自去办,请速速随我赶回闽南。"

郑森抱拳,郑重道:"有劳先生带路,事不宜迟,咱们稍事休息,黎明就动身。"

众人亦起身离座,各自返回座船休息。翌日,待晨曦初露,郑森便早早与诸位商帮首脑道别,在叶子明带领下,扬帆起航,朝闽南而来……

第九回　德化母子喜重逢
　　　　安平郑府酝风波

　　半生悲苦少英雄,心境不与众生同。
　　只手力拯明社稷,倚天斩尽世间凶。

　　　　　　　　　　　——《忆踌躇壮志》

　　话说翌日清早,船队离了杆担列岛,继续北上,朝闽南而来。
　　黄昏时分,夕阳西斜,船队已接近南澳海域。叶子明走出船头,指着正前方近在咫尺的一座岛说:"这就是南澳岛,福建水师'凤'字营驻防之地。'凤'字营营官本是你四叔郑芝凤,三年前他考中武进士后留在京师,入锦衣卫当差,'凤'字营便由我代管。"
　　叶子明略微顿了顿,捋了捋胡须,又道:"这南澳岛面积与金门岛大致相等,虽然不是很大,可正好位于广东与福建两省交界处的海面上。自古以来,南澳岛就是东南近海航路的必经之地,是重要的商船补给基地和物资中转站,有'海商互市'之称。今晚咱们就在南澳岛停泊休整,还有一位老朋友,需得一见。"
　　南澳岛海岸线曲折,环岛尽是深水港湾。在叶子明的指引下,船队驶进一处偌大的港湾,在码头靠岸停泊。郑森一行随叶子明登上南澳岛,沿山路而上。此时虽已暮色朦胧,但沿途军容齐整,甲兵森严,郑森不禁佩服叶子明治军有方。过不多时,就来到位于山上的中军大帐。
　　辕门外,一名老人带着两名少年,早已迎上前来。老者须发皆白,满面沧桑。两名少年皆体魄壮硕,浑身精悍之气。一名唤作林凤,另一名唤作林斌。

只见那位老者与翁昱皇一见如故,相拥而泣。

一阵过后,翁昱皇才止住了眼泪,转头对郑森道:"森儿,这就是你钟伯伯,你母亲的救命恩人啊!赶紧给你钟伯伯磕头。"

郑森双膝跪地,毕恭毕敬给老者磕了三个响头:"钟伯伯在上,请受小侄郑森一拜。"

这位钟斌,本是李旦旧部,在日本时就与翁家交好。钟斌的年纪介于翁昱皇和郑芝龙之间,比翁昱皇小十岁,比郑芝龙大十岁。

李旦病逝于南洋后,钟斌辅佐其幼子李国助,执掌李旦集团。李旦集团抵达台湾后,与颜思齐集团合流。一十八位海商头领,义结金兰,钟斌排名第四,地位仅次于郑芝龙、杨天生和施大宣。金门海战后,他听说郑芝龙忘恩负义,战场屠亲,怒不可遏,带人出海,不遗余力地搜寻,却只救起翁氏一人。

钟斌扶起郑森,抚着他肩膀,语气沉重道:"我们钟家,与颜家是表兄弟亲戚,五服之内的至亲。按着辈分,那颜家二娘子,还得叫我表叔。碍着这层亲戚关系,郑芝龙没有对我下毒手,但还是将我逐出军队。老夫德薄能鲜,也无别处可落脚,烧瓷的技艺倒是略懂一二,无奈只好回老家德化,盘下一座瓷窑,勉强度日。"

林凤霍地站起来,为钟斌打抱不平道:"想当年,钟老爷子在'十八芝'中排名第四,手下海船百艘,水手五千。却因救起夫人一事,深遭郑芝龙和颜氏忌恨,屡遭迫害打击,手下部属全被郑芝龙兼并。一家人潦倒难活,最终流落德化县,靠着瓷工锔瓷手艺,养家糊口。"

"落难凤凰不如鸡!当年之事,不提也罢。"钟斌举起左手摆了摆,示意他不要再说,转头对着郑森道:"你母亲以为你们爷儿俩全都遇难,悲痛欲绝,天天以泪洗面。好几次要寻短见,都被我们救下。吉人自有天相,众人都说你二人虽然落海,但说不定也被人救起,尚在人世。你母亲听了,心中才略感宽慰,她对郑芝龙恨之入骨,回安平收拾了行李,带着贴身丫鬟,来到泉州港住进一座小客栈,天天到码头上打听,希望能得到你们的音讯。"

郑森听到这里,鼻子一阵酸涩,泫然欲泣。

只听得钟斌接着又道:"后来,你们远赴西洋的讯息传回福建,你母亲得知你们死里逃生,心中重燃希望,索性也去了德化县,刚开始就住在我的瓷窑里。你母亲自食其力,凭着一手过硬的'浮世绘'手艺,常年给德化的瓷窑绘图样子。德化乃闽南瓷都,有专门出口东洋的瓷器,虽然本地画工也能描画,但是总不如你母亲画得这般正宗这般传神。你母亲笔下的绘画,无论人物风景还是鸟兽虫鱼,均栩栩如生,一如东洋本土之物。这七年来,她不仅成为德化数一数二的画师,而且还盘下了两座瓷窑,平日里和瓷工们同甘共苦,丝毫没有官贵之气,深受雇工爱戴。"

钟斌说着,取出几包衣服,递到郑森手中,道:"这些年来,她昼思夜想盼你归来。白天画图烧瓷,晚上伏在灯下,估摸着你的身形,一件一件缝制衣服。这些衣服都是你母亲七年来所制,虽大多已穿不下了,但都是她的一片心意,你收起来吧。"

郑森颤巍巍伸出双手,将衣服接过,涕零如雨。泪眼蒙眬间,仿佛看到了母亲借着油灯微弱的光线穿针引线的情景。"谁言寸草心,报得三春晖。"母子情深,虽远隔万水千山,却是连绵不断。他恨不得马上到德化去和自己魂牵梦绕的母亲相见……

次日四更时分,船队从南澳岛起航,由叶子明指引一路北上,途径东山岛、厦门岛、金门岛,直朝泉州港而来。

这日中午,艳阳高照,泉州港内,一片寂静祥和。郑森船队在叶子明座船的引导下,徐徐驶入港内。一十三艘西洋大船同时入港,难得一见啊!无论是守卫港口的水军官兵,还是定居港内的商人百姓,纷纷来到码头,争相目睹这一盛景。郑森船队中的水手来自世界各地,外貌长相千奇百怪,围观众人看了,啧啧称奇。

叶子明率先下了船,与负责泉州港防务的郑彩交割了手续,安排所有船舶在港内停靠。然后与郑森和翁昱皇一道,骑了马,跟着钟斌,沿着东溪河岸,一直往德化县城而来。

德化县属泉州府管辖,地处山区。境内瓷土密布,制瓷产业发达,自古享有瓷都美誉。唐代时德化瓷就凭借羊脂玉瓷成名海内,深得一代女皇武则天的喜爱。进入明代,德化所产的"建白瓷"更是蜚声海外。建白瓷以佛道两教人物造像为主,胎体晶莹洁白,釉彩温润静雅。大明中前期行销海外的瓷器中,九成以上都是来自德化的建白瓷。从万历朝开始,受景德镇影响,好多德化瓷窑都改行烧制青花瓷。目前在德化县,建白瓷和青花瓷平分秋色,产量不相上下。

郑森的母亲翁氏,就经营着两家瓷窑,一座生产建白瓷,一座生产青花瓷。

这两座瓷窑都不在城中,而在城外的九仙山下。这里地处大樟溪畔,山清水秀,风景宜人,又临近瓷土矿脉,取土汲水都十分便利。郑森和翁昱皇都觉翁氏眼光独到,选址极佳。郑森扬起皮鞭,在马臀用力一抽,双腿夹紧马腹,那马吃痛,撒开蹄子,奋力疾奔,眨眼间已至山麓。

两座瓷窑都依山而建,相距不过里许。翁氏的小院,就在两窑之间的山坡上。

"近乡情更怯,不敢问来人。"郑森望着眼前的景象,心中五味杂陈。他策马上了山坡,翻身下马,直奔小院。

小院篱墙柴扉,茅屋数间。虽然简陋,可花径芬芳,兰草满庭,收拾得整洁清新,静谧幽美。

院中有个女子在修剪花草,但她并不是自己的母亲,而是母亲的丫鬟小玲。

小玲好奇地望着郑森,没有认出他来。郑森急如星火,上前抓住她衣袖道:"小玲姐,我是郑森,我母亲何在?"

小玲一听"郑森"二字,激动地都说不出话来了,连连用手指着山坡上的一座瓷窑道:"夫人……夫人在瓷窑里……在瓷窑里……"

郑森忙松开手,转身奔出小院,朝小玲所指的瓷窑而来。

郑森一口气奔到了瓷窑,果见翁氏就在瓷窑中,正坐在木桌前,聚精会神为一只阔口双耳瓷瓶绘制底图。夕阳的晚霞从窗户上照进来,映在翁氏脸上。翁氏素颜布衣,端庄贤淑,宛如一尊慈祥的菩萨。

望着日思夜想的母亲,郑森的眼泪如决堤一般,夺眶而出:"娘……我是森儿,我们回来了……"

翁氏闻声转过头来,同样望着朝思暮想、牵肠挂肚的郑森,喜极而泣:"森儿,真的是我的森儿!"起身踉跄着朝郑森走来,郑森也急切奔向母亲。

分别七年,方始重逢,这种时刻,谁能自已?母子抱头痛哭。"为娘想得你好苦啊!……"翁氏抚摸着郑森的头,泣不成声;连翁昱皇、叶子明、钟斌三人走进来,都未察觉。

大家正自享受团聚后的喜悦,怎料大门"哐"的一声。众人惊了一下,循声望去,只见一位不速之客,大摇大摆地走了进来,后面还跟着十几个小厮。

此人名叫颜卿,是大海盗颜思齐的幼子,郑芝龙家真正的女主人颜淑(即颜家二娘)的亲弟弟,郑芝龙的小舅子。仗着钱多势大,颜氏给颜卿在德化县买了个典史的职位。

所谓典史,其实是个不入流的小吏。但颜卿却依仗这个职位,欺行霸市,为害一方……

善者不来!众人走出门去,大家不明情况,翁氏站到前边首先发话:"前几日你们不是刚来过吗?银子都给你们了,今日又来做甚么?"

颜卿满脸痦子相,道:"省里的布政司衙门有新规了,以后咱们德化的瓷税不按户征了,一律按销量计件征收!你家瓷器销量最好,不但今后要多交税,以前的欠税也得补上!我等也是秉公办事而已。"说罢,掸了掸身上的土,生怕脏了他的新衣裳。

翁氏哭笑不得道:"这么多年来,咱们德化的瓷器,从来都是按户收税,从没听说过按销量征税的。"

面对翁氏的一再追问,颜卿无言以对,即刻恼羞成怒:"哪儿这么多废话?不给就给我砸!砸到给为止!"

十几个小厮纷纷上前。当先一个小个子,嘴里不干不净,骂骂咧咧,抡起棍子就要砸落……

还没等他的棍子落下,郑森就一个箭步跨上前去,左臂长探,左手成爪,掐住小个子脖子,忽地将他提起。

后面又来一个，抡着棍冲上来。郑森头也不回，右腿从侧后飞踢出去，一脚端在那人胸口。只听"哇"的一声惨叫，整个人向西飞出两丈开外，砸中大水缸，把水缸砸了个稀烂。

郑森将左手一甩，小个子跌落在地，脑袋耷在一边，"呱呱呱"，脓血吐了一地。

此时又有个胖子，拎着水火棍从后偷袭。郑森猛地转身，劈手夺过长棍，顺势用膝盖猛顶。一根水火长棍，登时断成两截。

胖子见郑森如此神勇，吓得骨软筋麻，魂飞魄散，瘫倒在地。

郑森将胖子丢在一边，几个箭步，眨眼间又有三四个小厮被打得满地找牙。

"森儿，别打了，再这么打下去，会出人命的！"翁氏朝郑森喊道。

颜卿见情况不妙，适才又听得翁氏喊"森儿"：想必是郑森回来了！原本阴云密布的脸上，瞬间晴空万里，涎皮赖脸道："哎呀！原来是……是郑森啊，都长这么大了，自己人自己人，论辈分我还是你二舅呢。真是大水冲了龙王庙了，一家人都不认识一家人了，有话好好说，有话好好说……"

翁氏怕郑森刚回来就惹出祸端，马上跟着说："森儿，这是你颜家二舅。"

郑森这才手下留情："快滚！别让我再看见你们！"

众人吓得屁滚尿流，听见郑森让滚，跌跌撞撞爬起来，落荒而逃……

处理完颜家二公子的事情后，大家又重新坐在一起，讨论起郑森的前途来，看是否要参加今年的武科会试。

郑森道："我之心志，在万里石塘，茫茫南洋之上。商贩贸易，通航海外，经略海岛。"

叶子明道："此言差矣！你自幼东漂西泊，岂知中华国情？自两汉以来，社会便分作四阶：士农工商，'商'为最末。居首位者，永远是'士'；各级官员，才是主流。无论秦汉晋魏，还是隋唐宋元，商贾纵使富可敌国，在官员面前，也只能唯唯诺诺，卑躬屈膝。富而不贵，豪而不强，终不能昂首与官贵比肩。"

郑森犹豫道："我此番回国，船队纵越南洋，沿途所见所闻，数百万华人无依无靠,被西番欺凌。前些天在担杆岛,当着众人的面,应许大家要带他们重返南洋。眼下,赴海南岛买地建港安置疍民,买战船建船厂组舰队,都是当务之急。"

叶子明劝道:"纵使十万火急,也当以此事为先!那武科会试,三年才举行一次,你能赶上今年的大考,已是千载难逢,万不可错过这个机会。倘若你不在官场而图谋南洋,终生都是海寇海贼。如若跻身官场而经略南洋,则可与冼夫人齐名,流芳青史。"

郑森道:"叔父说得在理,可撇下船队和水手,我一人去北京考试,船队发展且不说,就是这一千多号人的吃穿用度,该怎么解决?"

始终旁听一言未发的翁昱皇站起身来,道:"在海外漂泊七年,历经艰险方才回到中国。我本欲隐退,回日本久住,安度晚年。森儿,外公知道你的心思,但你叶叔叔说得更在理。官贵而商贱,在咱们中国,数千年来亘古不变。要是没个官宦身份,想在中国出人头地做成大事,直比登天还难。眼下这官场上,处处都得银子开道。倘若没有强大经济做后盾,你既不能安心从政,更难以飞黄腾达。你外婆去世早,你舅舅又早早成家,在哪我都是一个人。为了助你成就大事,我决定留下来。你只管定好规矩,随才器使,生意上的事儿,有我和众人帮你打理,你就安心备考吧。"

郑森有些勉为其难,面色凝重不置可否。此时翁氏开口道:"森儿,我知你心有不甘。但当今世道,你自认是个海商,可在别人看来,所谓海商,却是与海盗无异。他们商盗不分,认定海商就是海盗。你纵有万贯家财,也终被世人瞧不起。在中国要想出人头地,还得走科举正途。你自幼飘零,八股文章,不一定胜得过他们。可习武十年,技艺自是了得。考他个武进士回来,日后建功立业,才能更好地保护你想保护之人!"

郑森考虑再三,觉得母亲的话说得更有道理。只有自己更强大,才能护国佑民,保护千百万无依无靠的华人,遂答应道:"好,我去考!"

叶子明见郑森答应了,喜不自胜,忙对郑森道:"事不宜迟,速速随我回安平,见过你父亲一官,准备赴京应试。"

话音还未落,郑森霍地抬起头来,一脸肃然,道:"试我去考,但他我坚决不见。"

叶子明道："一官再坏，也是你父亲。郑芝龙与你母子之间的恩恩怨怨，终究只是你们家事，外人并不知悉。时人眼中，你就是郑芝龙长子。初回中华，势单力薄，欲成大事，还须仰仗你父亲这面大旗。"

翁氏也劝道："孩子，我可以一生不见他，可你却不行。我不见他，世人都笑话他，指责他战场屠亲的禽兽之举；你不见他，世人却要笑话你，说你不贤不孝器量狭隘。在大家眼里，一个与自己父亲势同水火、形同陌路之人，能成为旷世英雄吗？能干出一番惊天动地的事业来吗？"

听了母亲的话，郑森点了点头，自忖叶子明和母亲说得确实有理，也就改变了主意。

叶子明见郑森明辨是非，深明大义，心中大悦。他久历江湖，毕竟想得周到，又提醒郑森道："你师从名家，自幼习武，武功技艺业已大成，可凭此争取功名利禄。然当今武科取士，也有文科试题。今年又有大考，夏闱临近，迫在眉睫。见过父亲后，你就得赶紧启程北上，先赴江南，到钱谦益大人那里学习文化，苦学三个月，准备今夏大考。"

……

却说大家在德化住了一夜，第二日黎明，郑森早早启程，骑马随叶子明赶赴安平。德化与安平相距百里，二人快马加鞭，不到两个时辰就赶到安平郑府。

一别七年，此时郑森眼前的郑府，与他当年离家时的情形已大相径庭。

只见门楼高大宏伟，两扇大门朱红艳丽。门口两侧各有一头用整块大理石雕成的雄狮，左右两旁旗杆高耸，五色彩旗迎风飘展，门前空地竟也用汉白玉石砖铺就，大门正中高悬金匾一块，上书"郑府"二字，着实气派了得，奢华异常。想是郑芝龙这些年越发富贵了，便将这府邸大肆翻新扩建。

郑森所料不错，就在他们一行流落西洋的七年间，郑芝龙对内扫清障碍，排除异己；对外扩张地盘，增编军队。眼下正如中天红日，势力强劲，俨然是割据闽南的一方诸侯。

他参考大明军制,结合自身特点,对旗下军队重新编制。五人为伍,设伍长一名;五伍为一队(西方称排),每队二十五人,设队长一名;五队为一哨(西方称为连),每哨一百二十五人,设哨长一名;五哨为一总(西方称营),每总六百二十五人,设把总一名;五总为一营(西方称旅),每营三千一百二十五人,设营官一名。

郑芝龙集团眼下共有兵马十三营,其中亲军三营,内军五营,外军五营。

朝廷担心郑芝龙贼心不死,归降不诚,除给他本人一个从三品的"五虎游击将军"空衔外,对郑氏海盗集团的其他头目,未授一个武官实职。故郑氏海盗集团之大小头目,有实而无名,有兵而无职。

既无职务和名分,就没有俸禄和军饷,郑芝龙凭借水师优势,割据漳州泉州两府十七县,截留大半财税,资作军费。同时垄断对外贸易,控制对日对朝海上商路,所获甚巨。

郑芝龙亲兄弟共有五人,他是老大,四个弟弟分别是郑芝虎、郑芝豹、郑芝凤、郑芝莞,五人合成"郑家五虎",当年熊文灿上奏请封其为"五虎游击将军",就是取此意。

郑芝龙发迹之后,安平郑氏一族大多追随,从军为业。其中三位后辈最为露头,分别为郑彩、郑联、郑泰。三人非亲兄弟,都是郑芝龙的宗侄。三人均被郑芝龙认作养子,乃郑芝龙铁杆心腹,以营官身份,统帅亲军三营,分驻泉州、漳州、安平三地。

内军五营,营官原为"郑家五虎"。后郑芝龙不再兼任营官,"龙"字营便由姐夫杨耿统帅;老二郑芝虎在消灭刘香的海战中阵亡,"虎"字营名义上由其嫡子郑昭统领;老四郑芝凤改名郑鸿逵,三年前考中武进士后留在京师,在锦衣卫中当差,他的"凤"字营由军师叶子明代管。

外军五营,营官原为施大瑄、钟斌、黄廷、洪习山、蓝锐,后郑芝龙擢施大瑄为副手,他的"瑄"字营由弟弟施大福接管。钟斌被排挤出军队后,"斌"字营由他的部将林察统领。

大明福建水师虽全军覆没,但陆军实力尚存。为了防止郑芝龙反叛朝廷,从崇祯八年(1635)起,大明兵部右侍郎沈犹龙转任福建巡抚,总管全省民政军政,同时任命黄斌卿为福建军镇正二品总兵,协助其管控福建。

沈犹龙乃松江府人氏,自幼拜徐光启为师,与孙元化乃同窗好友,是大明文臣中罕见的将才。他心思缜密,老成持重,精通兵法,擅用火器。出京前,沈犹龙领受崇祯皇帝密谕,来福建上任后,将全省兵员扩充四倍,总兵力达十多万,在陆地上对郑芝龙集团呈包围之势。

那黄斌卿祖籍福建莆田,乃平海卫世袭军户,他的父亲乃是俞大猷的关门弟子。黄家子弟也深得俞大猷《剑经》真传,剑术棍术皆独步天下,更有三百六十路疯魔棍神技,名动江湖。黄斌卿精通海军,年轻时曾在福建东山岛铜山所任职,后调往浙江为官,官至正三品参将,镇守舟山群岛。

郑芝龙击败福建水师后,俞咨皋(抗倭名将俞大猷之子,莆田少林代表人物)被朝廷处决,俞氏一门一蹶不振。此后,黄斌卿家族便继承了俞家的衣钵,莆田少林寺两万五千名僧兵,全划归黄斌卿统领。为了钳制郑芝龙集团,朝廷调黄斌卿回福建任职,官升两级,任正二品总兵,成为郑芝龙的上司。

郑芝龙深知沈犹龙和黄斌卿的厉害,他掂量自己的实力,自忖尚不能侵占福建全省,只好规规矩矩待在闽南。沈犹龙心知皇上的心思,只要郑芝龙按兵不动,福建全省太平无事,自己就立了奇功一件。于是也不太为难郑芝龙,默许他在漳泉两府的特权,双方相安无事,面子上都还过得去。只是如此,全省军费开支巨大,藩司衙门所征税银便无法上交户部,全用来供养了十多万陆军。

安平郑府内,郑森回来拜见父亲,神色泰然,仿佛七年前的事情没有发生过一样。郑芝龙却诚惶诚恐,忐忑难安。

那颜氏得知郑森回来,更是怒不可遏,大发雷霆。郑芝龙听取叶子明的建议,压根就没敢告诉颜氏让郑森赴京考试,只哄她说让郑森给郑渡替考。怎料那颜氏仍是不依不饶,咆哮道:"他郑森有啥本事,让他去替考?我可信不过,他万一从中作祟,故意考不上咋办?就算找人替考也找个别人,犯不着给我找个窝心火的!"

叶子明见颜氏在场,再争执下去,也是徒然无益,领着郑森告辞而出,安顿他住在自己安平的亲戚家中。

次日拂晓,叶子明不等天亮,老早便候在郑芝龙府门前。郑芝龙自幼闯荡四海,睡不得懒觉,比颜氏要早起许多,雄鸡一打鸣,就起来散步。

叶子明见他出来,跟进上前,支开了随身的黑人卫兵,二人并肩而行,朝镇东的围头湾码头走去。

叶子明边走边道:"一官,也不是老兄说你,这手心手背可都是肉啊!对颜氏而言,森儿与他确无血脉渊源;可对你郑芝龙而言,那可是你的亲骨肉啊!"

郑芝龙听了,满面羞愧。叶子明看他听得进去,接着道:"郑渡、郑恩兄弟,自幼娇生惯养,你虽花费重金,遍投名师,可亦是劳而无功!郑森打小就乖巧懂事,勤奋好学,知书达礼,又师从名家,刻苦练就了一身本事。东来的荷兰人和葡萄牙人,传回了多少英雄事迹,可歌可泣。上月我在杆担岛上,亲见折服广东群雄,英姿飒爽,气度非凡。"

郑芝龙道:"此事早已传回闽南,我也有所耳闻。"

叶子明又道:"诸子之中,这森儿才是你未来的依靠!你可要三思啊!切莫听从妇人之言,断送了孩子一世前程!"

郑芝龙道:"叶兄莫怪,我家娘子虽然霸道,可这件事,我还是做得了主的。只是扪心自问,我也不愿这孩子太有出息了,到时候尾大不掉,养虎为患。"

叶子明剑眉倒竖,正言厉色,斥道:"山野村夫,尚且懂得望子成龙,宁可自己劳形苦心、忍饥挨饿,也要供孩子读书。而你自诩豪杰,怎么就茫然不解呢?一官啊一官,你真是糊涂啊!"

郑芝龙被叶子明一番话说得面红耳赤,无地自处:"我懂我懂,只是我心中还有一事,仍是放心不下。"

叶子明赶忙追问:"何事?你倒是说呀!"

郑芝龙吞吞吐吐道:"七年前金门海战,混乱之中,形势危急,我救了阿渡而没有救他,险些害他命丧九泉。郑森自幼心思缜密,我怕他因此忌恨,日若发达了,兴许还要报复于我。况且这些年,你也是知道的,因那颜氏从中作梗,我待他娘俩,实在太薄太薄!"

叶子明听他说完,突然哈哈大笑道:"我道是何事,容你这么惶惶不安。你呀你,都这么多年了,家业倒是越来越大,可你这心眼儿,咋就变不大呢!割不断的,是血脉!舍不弃的,是亲情!就算是闲夫野汉,尚且懂得孝敬父母,那森儿英雄少年,能跟你计较这些吗?就算日月颠倒,乾坤逆转,你也是他的亲爹。俗话说得好,知子莫如父!可你倒好,这么个好娃娃,不仅不疼不爱,而且还胡乱猜度,我都替你害臊!"

郑芝龙此时更是赧颜汗下,连连道:"就依你,就依你。此事你全权负责,赶紧带郑森去福州,补考个武举回来,准备着六月入京大考。"

叶子明大功告成,如释重负。

东方欲晓,晨光绚丽;朝阳初升,金光万道;阳光普照,万物生辉……

第十回　重商贸谋划全局
　　　　组舰队护航南洋

十年一剑俊才郎，不惧艰险傲冰霜。
乘龙直上云霄外，四海长风纵天翔。

——《忆雄心豪情》

　　叶子明费尽周折，说服郑芝龙后，就立即带着郑森赶往泉州港，登上"苍龙"号启程北上，朝福州而来。竺岚成则怀揣着钟斌所写的私信，登上"黑龙"号，赶往林察驻守的平潭岛，秘密考察闽北沿海，为造船厂选址。

　　选拔武举人的考试已于数月前结束。亏得叶子明精明强干，他带着郑森赶到省府福州城，上上下下使了银子，尤其是重金打点了福建学政郭之奇，给郑森争取了个补考机会。郑森不负众望，补考艺惊四座，顺利拿到了武举名额。

　　就在郑森随叶子明到福州考试这几天，竺岚成在林察的协助下，也完成了考察。事情结束后，两船在闽江口会合，一同南下，返回泉州港。

　　此时，爱丽丝也已安顿好澳门的事务，率领整个舰队，赶至泉州港，与郑森共商发展大计。

　　葡萄牙人给船起名，喜用古希腊神话人物。除了爱丽丝的座船"公主"号和传教士所乘的"凯撒大帝"号，其余七艘船分别命名为"波塞冬"号、"哈迪斯"号、"雅典娜"号、"维纳斯"号、"阿波罗"号、"狄安娜"号、"普罗米修斯"号。

　　翁昱皇常劝导郑森："君子爱财，取之有道。郑芝龙则四处投靠，横抢硬夺,不改海盗习气。虽腰缠万贯,可丧尽天良,臭名远扬。森儿日后则要以诚信赢天下,秉持商道商德,方能青云万里。"

分别几日,再次相见,两人眉眼之间生出了别样的情愫。面对这个多事之秋,郑森和爱丽丝还是选择以大局为重。两情若是久长时,又岂在朝朝暮暮……

郑森和爱丽丝商讨再三,思来想去,觉得还是参照西方先进经验,组建公司为好。这么一来,股权构成也明晰,利益分成也合理。"公司"这种商业组织,并非舶来品,而是中国自古有之。公者,众人也;司者,管理经营也。"公"与"司"合在一起,就是众人出资统一经营管理运营之意。

组建公司需大量资金,爱丽丝与郑森两家各出一半,每家出资三百万两,须在数日筹齐。郑森心知,虽然船队上所有的金银财宝,按白银估值,足以抵得上三百万两,可自己和外公手中的,不过十分之三,其余全部分予众人。上自船长大副,下至船员水手,人人有份。尤其是最初入伙的维京人,手中掌握着近一半的资本。大家愿不愿意将积蓄都拿出来,还未可知。

郑森踯躅不下,他将大小头目召集到"维京海盗"上开会。自己刚把想法说出来,想不到大家竟慨然允诺,无一人反对,都愿倾其所有,入股筹建公司。

郑森望着这些来自世界各地的船员们,百感交集,他们既是自己的下属,更是自己生死与共的长辈和兄长。七年来漂泊西洋的点点滴滴,历历在目……

眼下郑森的船队共有十三艘船,而去年圣诞节从里斯本起航时,只有四艘船。在西印度群岛大战海盗,获得盖伦船一艘,然后在骷髅海岸、好望角、莫桑比克、摩加迪沙、科伦坡协助爱丽丝为葡萄牙收复殖民地,各得西班牙制式克拉维尔帆船一艘,共有五艘。再加上从马六甲获得的三艘,共是一十三艘西洋帆船,船员水手共计一千零九十二人,其中半数以上来自欧洲,此外还有不甘为奴或是混迹在海盗船上的两百余名非洲黑人,另有一百多名阿拉伯人,剩下的一百多人则是客居海外的华人。

郑森的座船名叫"苍龙"号,这是一艘精致的西班牙快帆船,船龄不过五年,是西班牙海军排名前三位的主力战舰,原名"圣劳伦斯"号。1639 年 10

月,郑森随荷兰海军统帅老特罗普将军,在唐斯海战中大显身手,亲自带领敢死队跃上"圣劳伦斯"号,并最终将其俘获。凭借在三十年战争后期的出色表现,郑森被称为"中国小子",名扬西欧。为了奖励郑森在唐斯海战中的英勇战绩,老特罗普将军将此船赠予郑森,并将其更名为"苍龙"号,船员大多是经验丰富又不愿意被西班牙奴役的意大利人。

第二艘船名叫"维京海盗"号,第三艘船名叫"奥丁神"号,第四艘名叫"北极星"号,共有三百八十名船员,全部是来自北欧的维京人。

"维京海盗"号的船长名叫彼得森,是丹麦海军少校,1639年在罗卡角海战中被郑森降服;大副名叫索尔,是来自冰岛的职业雇佣军头领,手下有一支三十六人的敢死队,是郑森船队中战斗力最强的武装力量。敢死队的二号人物是个萨米族女人,名叫诺蒂娅,来自北极圈内的冰原上。

"奥丁神"号的船长名叫安德烈,是瑞典皇家陆军的一名上校,长期担任瑞典国王古斯塔夫的近卫队长。古斯塔夫战死疆场后,瑞典军事法庭认定安德烈严重失职,缺席判决其死刑,并将他全家十余口人全部处决。安德烈悲愤不已,自此亡命天涯,做了海盗。他体壮若牛,力大无穷,擅长使用一把长达一点六米的德意志双手剑。大副名叫捷古弗里特,出生于北冰洋沿岸的悬崖上,是斯堪的纳维亚半岛上最出色的猎熊人,即使赤手空拳也能杀死一头成年北极熊。后被芬兰贵族举荐加入瑞典陆军,在三十年战争中重伤被俘,为郑森所救,自此入伙。

"北极星"号的船长名叫特雷德,是一位来自挪威的大海盗,在波罗的海被郑森击败,正式加盟;大副是造船名家哈拉尔,他出生于芬兰的卡累利阿地峡(今属俄罗斯),自幼远离家乡,辗转于波罗的海沿岸。

第五艘名叫"复仇者"号,是在加勒比海域、海盗大本营龟岛所获的大帆船。船长麦克唐纳,出生于爱尔兰东北部的贝尔法斯特,长期流亡海外,是一位游荡在新大陆的大海盗。大副名叫劳伦斯,出生于捷克首都布拉格,曾是华伦斯坦军中首席火器专家,精通步枪和火炮制作工艺。华伦斯坦被暗杀后,他的军队随之解体。劳伦斯流亡海外,在加勒比海域为麦克唐纳收留。

第六艘船名叫"幽灵船"号,来自骷髅海岸,船长名叫黑格。他虽出生在德国汉堡,但从小在非洲长大。大副名叫汉斯,也是一位德国人,出生在波西米亚(今属捷克),是当地最著名的玻璃工匠。威尼斯商人为了窃取绿森林玻璃的制作工艺,派人将汉斯绑架回意大利,并将他囚禁在孤岛上。汉斯后来被郑森解救,正式加盟。由于"幽灵船"号以德国水手为主,所以派他来担任大副。

第七艘船名叫"野蛮人"号,来自好望角,船长名叫戴维斯,出生在南美洲的圭亚那。他从小在卡宴岛(法属圭亚那首府)上长大,父亲是被法国政府流放于此的白人,母亲是一名黑奴。戴维斯长大后加入职业雇佣军,为守卫南非的葡萄牙人服务。大副名叫摩西,犹太银行家。

第八艘船名叫"赞比西亚"号,是艘产自英国的盖伦船,船长是一位名叫阿丹的黑人,船上的水手全部都是非洲黑人土著,肮脏的三角贸易彻底改变了他们的命运。五年前,被英国人抓捕,准备贩卖到北美洲当奴隶。他们奋起反抗,以百分之九十同伴牺牲为代价,才夺取了这艘船的控制权。郑森船队途经莫桑比克时,阿丹带着"赞比西亚"号全船水手,加盟入伙。大副名叫赫巴,来自白尼罗河上游(今南苏丹共和国达尔富尔地区),是个丁卡族巨人,身高近两米。

第九艘船名叫"天狼星"号,来自索马里,船长名叫亚辛,出生于也门,是一位混血人,兼有阿拉伯和东非土著双重血统,既是一位商人,也是一位资深的什叶派穆斯林学者。大副名叫阿萨姆,出生在埃及,他虽是奥斯曼帝国上层贵族,却是地地道道的库尔德人,中世纪伊斯兰世界最著名领袖萨拉丁的后代,因奥斯曼突厥统治者压制马木留克集团,流亡非洲东海岸。

第十艘船名叫"蓝宝石"号,来自科伦坡,船长意大利人亚当斯,从小生活在威尼斯,三年前被扣留在锡兰,既是一位银行家,也是一位数学家。大副名叫阿奎多,来自希腊首度雅典,不满奥斯曼帝国的统治,流亡印度洋。

第十一艘、第十二艘、第十三艘,都来自马六甲,原来都是西班牙战船,按天主教惯例,取名为"圣玛利亚"号,"圣加里维亚"号,"圣卡洛斯"号,并入船队后,郑森将其更名为"恶龙"号,"暴龙"号,"黑龙"号。为了方便华人识别,郑森命人抹去拉丁文写的船名,另用红漆把新名字写在船身两侧。船长由三名北欧籍资深大副担任,索尔为"恶龙"号船长,捷古弗里特为"暴龙"号船长,哈拉尔为"黑龙"号船长。

最初入伙的北欧人,都是郑森的嫡系,为郑森的非凡见识和盖世武功所折服,心甘情愿受他领导,漂洋过海,希望鸿业远图。后来入伙的船员和水手,虽来自不同国家,但情况都大同小异——要么来自弱国,要么来自殖民地。与西班牙人、荷兰人、英国人不同,这些来自弱国或殖民地的水手们,基本都是一个小团队。既无称霸海洋的强大祖国做后盾,也无势力雄厚的商业组织可以倚靠,大多势单力薄,孤军拼搏。

独木难成林!他们都需要在郑森的领导下精诚团结,和衷共济。

资金问题迎刃而解,公司组建之事得以顺利开展。郑森本人必须北上应试,分身乏术,只得由外公翁昱皇作为代表,与爱丽丝通力合作,共同掌管新公司。

在新公司的命名上,各执一词。以爱丽丝为代表的西洋人,坚持西方向例,使用"东印度公司""中葡远东公司"之类的称号。而以郑森为代表的华商却坚持按中国惯例,使用"南洋公司""南中华公司"之类的称号。退一步海阔天空。最后,郑森和爱丽丝从中斡旋,才取了个中西合璧的名字——"远东南洋公司"。用汉字书写时,"远东"二字写作"中华"。

事不宜迟,随之乃是迅速编组舰队,护航广东海商通贩南洋,打开南洋商路。

工欲善其事,必先利其器!增加船只数量,扩充船队规模,既是当务之急,更是公司未来的基业所在。在远东地区,谁的船队规模大,谁的战舰实力强,谁就能主宰海洋,成为海洋霸主。

增加船只数量的法子有二:一是买船,二是造船。前者虽轻而易举,但终非长久之计;后者举步维艰,但却是长算远略。郑森心知肚明:欲与荷兰、西班牙、英国一决雌雄,争夺南洋制海权,必须拥有自己的船舶工业。

公司兴办,大家举觞欢庆。

晚间席罢,已过戌时,郑森回房就寝。心中始终惦记编制一事,辗转反侧,久不能寐。窗外皓月高悬,屋内皎光明洁,郑森愈渐清醒,索性起身下床,点起油灯,提笔挥毫,笔走龙蛇,将心中所想记录下来。

次日天微亮,一群人便在"维京海盗"号上开会,商议护航舰队组建之事。

说起这艘"维京海盗"号,可是鼎鼎有名。它是丹麦海军的第一主力战舰,是丹麦海军历史上第九艘继承此名号的战舰,代表着维京人的荣光,承载着北欧海盗的军魂。

该舰共有三层甲板,后甲板和前船楼上,都未装备重型火炮,仅有负责清扫敌舰甲板的轻型火炮。最上层甲板,也只装配轻型火炮。一百二十门重型火炮,全部位于侧舷,装在下面两层船舱。

大航海时代开启之前的数百年里,丹麦始终是欧洲第一海洋强国。

直到全盛时期,西班牙拥有的商船和军舰总数,才勉强超过丹麦,但造船工业仍难以望其项背。以丹麦为代表的北欧联盟,依旧是欧洲造船工业的中心。

丹麦是以维京人为民族基础建立的联盟国家。整个中世纪,维京海盗恃强凌弱,成了整个欧洲的梦魇。维京人力大无穷,孔武有力。在冷兵器时期,丹麦军事实力根结盘据,航海技术独步一时,造船工业更是登峰造极,海陆两军战无不胜,攻无不克,所向无敌。

从公元1468年开始,瑞典独立战争爆发,历经五十五年艰苦斗争,终于在1523年实现国家独立。此后,为了争夺波罗的海及其周边地区,瑞典不断挑起与丹麦的战争,丹麦疲于应付,步步退缩。

三十年战争爆发后,丹麦为对抗瑞典,与西班牙结盟,将自己的舰队加入西班牙舰队。这一大错特错的决策,终于引火上身,在列强的联合打击下,丹麦海军几乎覆灭。

在罗卡角海战中,因海况不明,"维京海盗"号误入浅滩搁浅,郑森率众将其解救。从此"维京海盗"号便成为郑森船队中的主力战舰。

开会时,郑森提议,既要多买船,立即恢复南洋古商路;又要多造船,放眼未来,建立基业。

但买船一事,须同谘合谋,方能定夺。

广谋从众,最常见的荷兰船首先被否决,原因有三:

首先,荷兰以"商"立国,唯利是图的本性,也影响到造船业。荷兰所造之船,虽能最大限度装载货物,但却因此牺牲了坚固性和防护性。荷兰舰船木料单薄,船身不够坚固,舰载火炮数量少,威力弱,一旦遇上强敌攻击或海盗袭击,便岌岌可危。

其次,荷兰造船厂大都位于欧洲本土的北海沿岸,距中国迢迢万里。时不我待,如购买新船,从订货到交付,时间太久,周期过长。

再次,荷兰人抱团从商,很少孤军作战。游弋在远东地区的荷兰商船,基本上都控制在荷兰东印度公司手里,为了垄断香料贸易,他们视船如命,二手船出售的概率也微乎其微。

葡萄牙船、法国船和英国船也很快被否决。

葡萄牙被西班牙统治了整整六十年,西班牙人为保护本国造船业,并削弱葡萄牙人的实力,极力压制葡萄牙造船工业,以致葡萄牙造船产业凋敝,技术落伍。眼下葡萄牙刚刚复国,百废待举,短期内造船业的元气难以恢复,根本无船可卖。

作为欧洲老牌强国,法兰西的重心始终放在欧洲大陆,对海上贸易重视不够。法兰西在远东地区的殖民地很少,驰骋在大洋上的法国船只并不多。国内的造船业本来就不太发达,维持自己的海军尚且不足,对外出售更是无从谈起。

英国在亚洲的殖民地多集中在印度沿海,当地造船业尚未成形。活动在马六甲以东海域的,基本上都是持有"皇家私掠许可证"的海盗船。因此,想要获得这些船只,必须将海盗剿灭。但眼下"远东南洋公司"尚在组建阶段,护航商船本就青黄不接,捕获那些来无影去无踪的英国海盗船更是力所不及。

最后只剩西班牙船可以考虑。西班牙造船精益求精,又有两百多年的航海实践,积累了宝贵的经验。西班牙船用料考究,所需各种木材大多从北欧地区进口,船体大而坚固,巡航性能稳定。近年来,西班牙在海上战事不利,多次被英国舰队和荷兰舰队击败。但究其原因,并非船不行,而是火炮和战术落后所致。

上得天时,下得地利。西班牙在远东地区最大的殖民地菲律宾,船厂比比皆是,而且能建造三桅以上的大船。去年(1639),西班牙先是大败于法荷联军,接着又丧失了对葡萄牙的统治权,国力大损,对菲律宾军舰的采购处于停滞状态。两次大规模排华的恶果也日渐显现,菲律宾人口锐减,百业凋敝。西班牙殖民当局财政捉襟见肘,苦不堪言,遂出售舰船以换取资金迫在眉睫。

此外,在"尼德兰革命"期间,被荷兰人俘获的西班牙舰船很多,其中好些被调拨给荷兰东印度公司。荷兰人利析秋毫,爱财如命。因西班牙船装载货物较少,运行成本偏高,往返一次创利甚微。因此,荷兰人更喜用自己国家生产的快帆船。眼下南洋和东洋的制海权基本控制在荷兰人手里,东印度公司的船队可以肆无忌惮地航行在远东海域。那些笨重的大家伙,在他们眼里一无是处。

可在郑森和爱丽丝看来,这些坚固耐用的西班牙大帆船,却是百不获一的至宝。事业起步之初,决不能爱财如命,将生死置之度外。不求堆金积玉,但求布帆无恙!

如此,就需派出两拨人手:一拨去菲律宾,购买当地所造新船;一拨去巴达维亚,购买被荷兰人俘获的西班牙旧船。

带队去菲律宾的人选很快敲定。此人名叫安文思,既是耶稣会中的司铎,又是航海先驱麦哲伦的嫡系后代。因此,安文思在信仰天主教的西班牙人中众望攸归。由他出面去吕宋岛,以教会名义与西班牙人洽谈船只订购事宜,最合适不过。

带队去巴达维亚的人选,最后定为爱丽丝。荷兰此时虽然居心叵测,但毕竟还没有与葡萄牙反目成仇,两国仍是盟友关系。爱丽丝既是葡萄牙公主,又是澳门总督,由她出面与荷兰人商讨买船事宜,胜算最大。郑森担心她的安危,遂将索尔担任船长的"恶龙"号拨出来,护卫爱丽丝南下巴达维亚,并让诺蒂娅率领三十六名敢死队员,负责爱丽丝的安全。

买船之事已安排妥当,造船一事还未着落。

初始,郑森对造船之事一筹莫展。对着竺岚成提供的地图和情状,他整晚研精覃思，方才大悟：

当时福建沿海，能造千吨以上大船的，只有郑芝龙位于泉州石狮的"龙虎豹"造船厂。但郑芝龙只求垄断台海而不求通贩远洋。因此，该厂所造皆"福船"样式，只能做近海战舰，并不能做远洋商船。而福建广东沿海的民间船厂，只能生产两百吨以下的小船，且技术落后，根本无法与西洋船相提并论。

如按爱丽丝所言，把船厂建在澳门一带，虽西洋技师众多，可当地并无造船产业，原料全部需要运进，成本颇高。

眼下，沿海最理想的造船基地，还在闽北闽江口一带。这里离武夷山区不远，且闽江水运发达，木材运输便利。自南北朝时起，这里就是造船基地，风帆、缆绳、烤漆、铁器等配套产业无一不备。且家家户户都会木匠，招工自是不在话下。大树底下好乘凉。有郑芝龙的名头担着，大明各级官吏自是不会摄威擅势，地头蛇们也不敢寻衅滋事，外国海盗也不会轻易来犯。万事俱备。只要让自己船队中那些西洋工匠定居于这里，立马就能开工造船。虽然郑芝龙可能反对，但还不至于去主动破坏船厂。

钟斌走后，林察统帅的"斌"字营，被郑芝龙排挤，远离闽南，正好就驻扎在平潭岛上，扼守着闽江口。

此外，大家又对另两件事做了商议。

首先，是如何将船队带回来的财宝变现。虽然大家万口一辞，将各人手中的资本都筹集起来。但这些资金大都是黄金和珠宝，白银所占比重，还不到十分之一。

若是此时变现，只能换白银三百万两。若是操作得当，这些黄金和珠宝所兑白银，至少可翻一番。

到中国不足十天，郑森和爱丽丝已发现，在大明一两黄金可兑换十两白银，与当时两大贸易体系的金银比价迥然不同。

由于政治、宗教等原因，17世纪中叶的世界贸易，分成两大体系。在西班牙贸易体系中，来自美洲殖民地的白银数量巨大，银多金少，一两黄金可兑换二十两白银。而在荷兰（包括英国、法国、日本）贸易体系中，一两黄金兑换十五两白银。

精明的犹太人和意大利人看出其间奥妙,开设汇兑业务,凭此赚取巨额利润。他们与西班牙人交易之时,用的是黄金,换回大量白银;而与荷兰等国贸易之时,用的则是白银,换回大量黄金。如此一来,黄金数量陡然增加。

郑森船队中,有为逃避"三十年战争"而从德国出逃的犹太人摩西,以及从意大利威尼斯而来的亚当斯。此二人都是金融老手,多年来一直从事银行汇兑业务。在返回中国的万里海路上,郑森和爱丽丝从他们那里学到了很多金融知识,明白了利用汇率差赚取高额利润的汇兑业务。

于是,郑森和爱丽丝决定同时在澳门和南澳兴建两座银行,分别由摩西和亚当斯主理,专门从事金融汇兑业务。黄万金则带着珠宝北上长三角,在大明王朝经济最富庶、商业最繁华的地区开店零售,并开办银行钱庄。

其次,就是人员的分工和安排。经过一番认真的筹划,终于达成了共识。翁昱皇坐镇南澳,代表郑森纵览全局。叶子明竭尽全力,解囊相助。沙千驹协助智通大师,负责海南岛疍民安置和移民开发,"幽灵船"号常驻海南岛,负责五大疍家港口的安全防务。黑格和汉斯上岸,负责玻璃器皿的生产,生产名扬四海的"莱茵河玻璃杯"。中国人喜欢玻璃,西洋人喜欢瓷器,投其所好,两头赚取差价。之所以在海南岛设厂,一则因这里原料充足,二则可防技术外泄。

哈拉尔率"黑龙"号,驻扎平潭船厂,负责安全守卫和造船厂改扩建。钟斌赶回德化,协助翁氏夜以继日,赶制瓷器,为下南洋的船队准备商品。洪旭以担杆列岛为基地,组织广东各商帮舰船来此编组。

众人分工明确,各自分头行动。大家有约在先,务必于阴历十月初二之前齐聚澳门,进行第一次武装护航。

从十月初一起,季风就会转向,改刮北风,中国帆船便可顺风南下。但这天乃"冥阴节",是中国人祭奠亡灵的日子,不太吉利。因此,后推一天,船队定于十月初二正式起航……

第十一回　春日独闯热兰遮
　　　　　月夜密会郭怀一

扬帆起始水仙宫，天高风劲羡孤鸿。
暂忍西番非我愿，蹈海腾空戏双龙。
　　　　　　　——《公元1640春渡海赴台》

待诸事安排妥当，已是黄昏时分。郑森走出船舱，站在船头，望向天边……

远处海平线上，夕阳已有一小半沉入水下。光芒虽不及晌午时分那般耀眼，但依旧璀璨明亮。

"到处皆诗境，随时有物华"。无论是广阔无垠的天空，还是波光粼粼的海面，都是一片金灿灿的颜色。好似西洋名家笔下的油画一般，秀色可餐，让人流连忘返。偶有几只海燕，在这梦幻般的图画中顺着舒缓的气流上下盘旋，动作柔美而自然，让眼前这美妙的景色更添几分生动。郑森痴痴地望着眼前的美景，沉浸在这种不可名状的温暖与柔美中，连日来的紧张与压抑消失殆尽……

人们大多离船，甲板上只剩下叶子明、竺岚成和钟斌三人。他们似乎不愿打扰这位难得放松的年轻首领，默默站在他的身后，随他一起遥望着天边。

不知过了多久，性急口快的叶子明率先打破了沉寂，他开口道："北上南京学习之前，还有一事须由你亲自去办。"

郑森回过神来，思绪从幻境拉回了现实，问道："何事？"

"去一趟台湾,你必须亲自去!"叶子明语气郑重。

郑森疑惑,问道:"眼下万事开头,正自用人之际。况商团初建,立足尚且不稳,去台湾恐分身不暇?"

郑森话音未落,叶子明就急切地打断他道:"此言差矣!成大事者,必谋全局!四海先生常说,欲图万里海疆,台湾、海南必居其一。至于台湾与海南孰重孰轻,让四海先生给你讲讲吧。"

"你们来看。"竺岚成把大家招至地图前,指着台湾海峡的位置道:"这里既是东海与南海的分界处,也是连接南洋和东洋两大贸易体系的枢纽。西番常言:'谁占据了台湾,谁就控制了远东。'"

他顿了顿,接着道:"海南地势中高周低,台湾地势东高而西低,中央山脉自北而南,纵贯全岛。这种地形,使台湾岛西部气候相对稳定,对早期的移民开发十分重要。此其一。"叶子明和钟斌听了,点点头。

竺岚成往前走了几步,双手按在船舷栏杆上,望着台湾所在的正东方向道:"台湾与大陆相距六百里,水深浪高,洋流湍急,两岸往来,非大船不能行。海南与大陆相隔不过六十里,琼州海峡最窄处,只有四十里,水浅浪缓,冬春两季,乘小船顺风漂流,即可到达。如今大明内忧外患,大命将泛。若有海峡天险阻隔,我千百万华人,即可免遭战火兵燹。"众人听了此言,心中佩服不已。

竺岚成微微顿了顿,接着道:"其三,眼下海南仍在朝廷管辖之内,无外番殖民之患;而台湾则岌岌可危,台南平原为荷兰所据,台北平原为西班牙所占,两国殖民者野心之大,扩张速度之快,超乎你我所想。如不及早驰援,与之对抗,势必全岛沦丧。台湾归属,所系不仅国家领土得失进退,更是中华民族之兴衰荣辱。"

郑森听及此,掷地有声道:"如此,晚辈明早就动身!"

叶子明快人快语,道:"台湾扼东亚航线要冲,关系重大,须提早布局,谋划长远。如若再不出手,东洋海贸之主业,十年内必被西番鲸吞。事不宜迟,待商议周全,立即动身。"

一直闭口不言的钟斌终于开口道:"一官做事,过于功利,再兼反复无常,过河拆桥。只能同患难,不能共享福。他得罪人颇多,既不顾当年金兰情分,屠戮结义兄弟,又不顾岛民当年对其落难时的恩泽。 闽南本就人多地少,近年来,他为了兼并土地,趁闽南大旱之机,诱骗灾民移台垦荒,谋划欠周详,居心也叵测,移民死于烟瘴湿热者,不计其数。滞留台湾的岛民头领,尤其是李国助、何斌、郭怀一之辈,恨不能食其肉,寝其皮。你若孤身登陆台湾,亲涉龙潭虎穴,恐有去无回。"言毕,满脸尽是忧色。

叶子明笑道:"钟老所虑极是。然阴阳本无定式,适时即可互换。只要谋划得当,定能化敌为友,转危为安。"说着伏在郑森耳边,交代片刻。郑森仔细聆听,默记在心。

翌日,在叶子明和钟斌的帮助下,郑森采购了些能与台湾贸易的闽南特产,满满装了一船,又雇了几位熟悉台湾海路的向导,还讨来一面郑芝龙海军令旗,高高挂在船桅顶端。

一切准备停当,到第三日子初时分,叶子明披星戴月,前来码头相送,将一只训练数年的信鸽和一卷《台湾全图》交给郑森。郑森接过信鸽和地图,与叶子明郑重道别,然后登船。"苍龙"号拔锚起航,扬帆东去。

金门距大员港(今台南市安平港)水路五百五十里。适逢早春,西北风劲,一路顺风而行,再兼"苍龙"号风帆系统性能卓越,航速极快,途径澎湖列岛也未做停留,到当日下午,已到大员港外,热兰遮城隐隐就在眼前。

郑森攀上主桅顶端,举起单筒望远镜,静观默察。只见这热兰遮城位于潮汐带之上,择高地而建。城堡乃西洋式样,目测周长不过六百来米,基座依地形而建。城东数里之外,遥遥有一座两层小楼,典型的荷兰风格,定是赤崁楼无疑。码头位于西城门外,此间水深港阔,沿岸一大片空地,已被辟为货场。场内有一座木头搭建的瞭望塔,零零落落几间石屋,想是看场士兵所居。两道竹木编制的长墙沿海岸蜿蜒而去,极目之处,尚不见尽头。

荷兰人窃居此地之后,垄断一切特产买卖,对岛民外贸悬为厉禁。为此荷兰人不惜一切,修建木栅长墙,绵延五十余里,将岛民与海洋彻底隔绝。同时规定非荷兰船只寸板不得下海,连渔船都被殖民当局统统没收。颜思齐时期苦心经营的渔盐产业全部废弛。

郑芝龙遣送之闽粤移民,也全由此登陆上岸,在热兰遮城内登记户口,造册留档,再发往台南平原各地。因荷兰殖民者对华人移民按人头课以重税,移居华人苦不堪言,皆以为被郑芝龙诓骗。故台湾十万汉民,言及郑家兄弟,无不恫心疾首,恨不得将其寝皮食肉。

转眼间,"苍龙"号已驶入大员港内,靠着码头停泊下来。郑森安排水手们卸下货物,自己亲自进入货场,走马观花般选了些台湾山货,与荷兰东印度公司贸易。

要务在身,郑森无心细选,只想尽快抽身,但又怕荷兰人起疑,交易时装模作样一番讨价还价。约莫过了一顿饭工夫,终于把带来的货物与采购的货物交割清楚。待把所购货物分类装船,置办妥后,已是未申牌时分。郑森移缓就急,不待船员们起灶做饭,自己便先到厨房寻了两块干粮填了肚子,随后将叶子明所赠的那卷《台湾全图》放入包裹背在身上,又将叶子明所赠信鸽轻轻藏进怀中,匆匆下船,穿城而过,奔永康村而来。

行不过半个时辰,郑森便到了永康村外,抬眼望去,只见数百幢高脚竹楼,比屋连甍,密密匝匝,与海峡对岸的福建民居相比,风格迥异。台湾岛虽气候宜人,沃野千里,但自古几未开垦。到明朝末年,依旧是湿瘴之地。生番席地而居,从小染风寒之气,多不长寿,鲜有活过四十之人。汉人精明强干,见经识经,移居台南平原后因地制宜,就地取材,砍伐毛竹建高脚楼,隔绝地气。由此人人康健无忧,户户安居乐业。

郑森找乡邻打听了郭怀一相貌,并探得村西最大一幢高脚竹楼便是郭怀一居所。

两岸关山阻隔,华人本就寸步千里。孰料荷兰人还恐其此呼彼应,一直东拦西阻。为避免荷兰人发现,郑森在村外一片树林匿影藏形,屏声敛息。待夜幕降临,便藏踪蹑迹潜入村中,趸至郭怀一所住院落。

竹扉虚掩,郑森轻推而入。跃上竹楼,厅内空无一人,挂席为门;插烛板床,油灯高悬,贴墙一个兵器架,列着刀枪剑戟四样长兵器。

此时郭怀一正在里屋翻看账本,忽觉外厅有人进来,便撩起帘子,走出里屋,将郑森从上到下打量一番,问道:"你是何人?何故深夜至此?"

郑森定睛端详,见此人四十左右年纪,国字方脸,浓眉大眼,美髯垂胸,与此前众人描述一致,知是郭怀一无疑,躬身便拜:"晚辈郑森,途径台湾,受家父郑芝龙嘱托,特来拜见叔父。"

郭怀一听"郑芝龙"三个字,一股无名怒火蓦地从心底蹿起,二话不说,抄起兵器架上一杆花枪,噌的一声朝郑森扑面刺来。他少年时家贫,曾在南少林出家数年,习练得一身好武艺,尤擅使枪弄棒。

说时迟,那时快!眼见枪尖已袭至面前,郑森不慌不忙,脑袋微微一偏,已避开来枪,同时右手长探,向枪杆抓去。

郭怀一猝不及防,待要撤回长枪,已然不及。长枪早被郑森捏在手中,如同被铁钳锁住一般,纹丝不动。郭怀一连抽了几次,均未成功,积羞成怒。

郑森忙探出左手,搭在右手背之上,打揖作恭道:"叔父莫要激动,容小侄慢慢与您道来。"

这郭怀一也自诩高手,二十年里在这台湾岛上从未遇过对手,连荷兰人都忌惮三分。不料今日交手,一招之内便被郑森制住,进退两难,狼狈不堪。他情知自己绝非郑森敌手,继续僵持下去,也徒劳无益。倘若郑森欲害自己性命,直如探囊取物一般。想到此节,他便松了手,弃了兵器,包羞忍耻走到床边坐下。

郑森待郭怀一坐定,双手捧起花枪,恭而有礼将其放回兵器架上。

郭怀一双手扶膝,万念俱灰,冷冷道:"哼!郑芝龙六亲不认,赶尽杀绝。是他派你来取我性命吧?"

郑森不语,降跪谢过,号啕大哭。

这一哭不要紧,直哭得郭怀一丈二和尚摸不着头脑。

既觉横竖都是一死,郭怀一索性自顾自道:"七年前,郑芝龙在金门一战称雄,不但垄断了台海贸易,还默许了荷兰人在台湾的特权。不仅如此,他还甘当朝廷鹰犬,对当年结义兄弟穷追猛戮。七年间,闽南沿海,一片腥风血雨,杨天生、刘香、李魁奇、杨六、杨七、陈衷纪相继被杀,阵亡和被绞杀的水手船员,数不胜数。我与何斌虽身困台湾,好歹保了条性命。无奈进退维谷,为了保全家人,只得委身于荷兰人,受其庇护,供其驱驰,得了个汉奸的恶名。"言语间藏怒宿怨,愤愤不平。

郑森听得郭怀一不再言语，遂停止哭泣，哽咽着抬起头道："叔父有所不知，家父确有难言之隐，无辜蒙冤受屈。家父割舍台湾，并非真心实意，而是情势所迫。荷兰人所虑者，非我郑氏水师，乃家父身后之大明朝廷也。然我等深知，大明王朝已病入膏肓，貌似兵多将广，实则强弩之末，虚张声势。倘若真与荷兰人兵戎相见，起初或可倚多取胜，天长日久，终有技穷之日。金门一战虽侥幸获胜，但荷兰毁损战舰，仅寥寥数艘，海军主力尚存。茫茫南洋，游弋的荷兰船只，岂止千艘？且火炮精良，兵士勇悍，若真的大动干戈，必为其败。荷兰乃海上猛虎，主动议和谈判，实属不易。何不顺水推舟，长计远虑。家父虽名义上与荷兰人签订合约，默许其在台南沿海自由活动，然暗地里频频借闽南饥荒为名，移民台湾。今仅台南沿海，汉族移民已逾五万，全台各地，虽无确切统计，但总数定在十万以上。而岛上荷兰人总计不足三千，就算再强，也无法占据全岛，不得不倚重汉民。假以时日，台湾宝岛终归我中华所有。起初晚辈也以为家父只图一己私利而置道义于不顾，使得天怒人怨。直到前些日子在安平老家一夜长谈，方知家父负诟忍尤，用心良苦。忍一时豪情义气，换十年海岛安宁！"

郭怀一听了这番言语，过了好久才道："嗨，倘若真如你所言，便是我错怪一官了。"

郑森又道："家父每提及叔父，必万分愧疚。他在朝被尊为民族英雄，尽享荣华富贵。您却孤身海外，委曲求全，被家乡亲故斥为汉奸国贼。今我虽受四海先生点拨至此，更是为家父戴罪赔礼而来。万望叔父深明大义，心向中华，继续潜伏敌营，与家父内外联手，共图宝岛光复大业。"说罢伏地又拜。

郭怀一心中疑忌仍未消尽，他沉思半晌，突然又开口道："既如此，那你父亲为何还要将刘香李魁奇等人斩尽杀绝呢？"

郑森道："江湖人言家父屠戮结义兄弟，但李魁奇与刘香是何为人，叔父应心知肚明。他二人与家父反目成仇，与叔父您就肝胆相照吗？"

郭怀一听罢，沉默不语，心中思忖道：李刘二人的确乃虎狼之辈，自己也险遭其害。若非郑芝龙将其剪除，自己兴许早已是刀下之鬼，先前一味用金兰大义评断情仇大事，未免过于冷漠苛刻。

过了许久，郭怀一才喃喃问道："那些从福建移民台湾的百姓，都说你父亲不顾饥民死活，贩卖人口，给荷兰人为奴，乘机圈地侵田，这又做何解释？"

郑森见郭怀一情念已转，听他再次发问，胸有成竹，侃侃道："台湾汉民如此说道，实不知家父苦衷。七年来，家父官阶未升半级，田园未增半亩，全族上下，及手下四万将士，全靠经商为业。他始终是个正四品游击，在福建官场，只是个不入流的小官，被人摈诸门外，屡遭言官非议，饱受朝廷猜忌。保全身家性命尚且不易，更遑论上疏提议移民大计。故出此下策，假借转嫁饥荒名义组织台海移民。家父冒天下之大不韪，而行忠义之举。寻常百姓不明就里，赤口毒舌也就罢了。倘若连叔父您这样深明大义之人，也听信流言，人云亦云。家父若是得知，必定痛心拔脑。"

郭怀一看他说得感人肺腑，且理正词直，不禁长叹一声，道："原来一官有如此雄心抱负，郭某不知其良苦用心，妄自怨怼，惭愧惭愧啊！贤侄此来，不知令尊有何吩咐，敬请言明，我自当竭尽全力，肝脑涂地，万死不辞。"

郑森心中窃喜，上前又拜道："家父命小侄全权主管复台事宜，望叔父鼎力相助，共举大事。"

郭怀一扶起郑森，慷慨允诺道："你我心志相同，休要道谢。若能亲见台湾光复，郭某死而无憾。"

郑森道："叔父久在台湾，稔知地形民情。光复大略，恐早已成竹在胸？"

郭怀一道："大略谈不上，依老夫之见，此时毛羽未丰，绝不能轻举妄动。岛上虽有汉民十万，对付两千余荷兰人，看似稳操胜券，可一旦荷兰大军前来镇压，我们全无胜算。他们凭借海军优势，顷刻就能封锁海峡。若无来自大陆的援军，岛民独木难支，无异于待宰之羔羊。起义之事重大，关系到十万移民生死存亡，当从长计议，沉谋重虑。切不可暴虎冯河，贸然起事。"

他顿了顿，又道："台湾全岛，方两千余里。荷兰人和汉民所居之处，不过台南一隅。全岛可移民辟垦之处，何止百千？荷兰虽兵强马壮，但毕竟国小人少，关山迢递，鞭长莫及。而闽粤汉民，横渡海峡便可至此。长此以往，待岛上华人突破百万，定可不战而屈荷兰之兵！"

郑森喜不自胜，又郑重行了个大礼，道："叔父雄才大略，思深虑远，真如四海先生所言!来台之前,我等谋划多时。复台方略,与叔父所言全无二致,实乃天意也。"

郭怀一起身,从里屋寻了一坛米酒,倒在两只碗中,端出来放在木几上,用匕首割破手掌,将血滴在酒中。郑森接过匕首,也滴血入酒,对天盟誓:"皇天在上,后土在下。我叔侄二人,愿为光复台湾,肝脑涂地,死而后已。"旋即共饮血酒。

誓毕,郭怀一取出台湾全图,郑森也将自己的地图取出,两图平摊在桌上,相互对照。郑森凑前细看,见郭怀一的图上已圈出十处移民地点,与叶子明图上标注的毫无二致。

眼前地图乃郭怀一与竺岚成、张燮共同绘制。当时荷兰人尚未上岛,北台湾也无西班牙人。他们三人在全岛考察半年,通力合作绘制了台湾全图,山丘河湖,一应俱全。竺岚成还按西洋做法,用经纬网注了坐标。地图共绘三份,三人各得一份。后张燮那份赠予叶子明,叶子明又转赠郑森。至于这十处登陆地点,则是列强入侵之后所标。可见两岸华人光复宝岛之志,虽山海阻隔,但仍心心相印,一心同体。

"窗外月高悬,但愿人如天上月。"郑森望着这些用朱笔标注的地标,心中毅然决然。

郭怀一道:"地图绘成之后,我便与两位先生约定,组织大陆移民开垦台湾。先是寄希望于颜思齐,后寄希望于你父亲郑芝龙。唉,傍人篱壁,终究一枕黄粱……时隔廿载,岛上情势,今非昔比。荷兰人占据台南平原,西班牙人先是占了台北平原,六年前又把东海岸的蛤仔滩(今宜兰平原)也占了去。如今可登陆的地点,仅余四处:花莲位于东海岸,地窄滩险,又劈面迎海,多受台风侵袭,移民开垦多有不便。高雄和嘉义,邻近台南,恐被荷兰人发现,于你我都不利。只中间一块平原,尚无名称,我们姑且叫它台中平原,能移民戍垦。"

郑森听了,心服首肯。郭怀一不遗巨细,又讲了好多,把如何避开荷兰人和西班牙人,以及要特别注意的细节,都做了详细部署。最后相约三月之后,即六月望月之夜,由郑森组织移民,在台中平原的一个河口秘密登陆,郭怀一安排接应,并负责上岸后的警戒与安置。郑森将登陆坐标默记在心,并标注在自己的图上。郑森还将怀中信鸽赠予郭怀一,约定飞鸽传书,互通讯息。

相识虽只半日,可郭怀一对郑森已是极为器重,尤喜他雄心壮志,武艺超群。郑森也敬重这位身在曹营心在汉的开台先驱。

"相逢情便深,恨不相逢早。"二人一问一答,彻夜长谈,言无不尽。直到东曦既驾,方才作罢。

最后,郑森问及何斌近况,还望郭怀一代为引见。岂料何斌早在五年前就已离开台湾,前往巴达维亚。据说已接替当地华侨领袖苏鸣岗,出任甲必丹,全权总管当地华侨事务。

既然何斌不在台湾,又担心荷兰人起疑,郑森便匆匆辞了郭怀一,照原路经热兰遮城返回码头。

刚到码头,便见一个荷兰装束的白发老者,在"苍龙"号前左顾右盼。郑森快步上前,仔细打量,发现老者竟是中土汉人,六十岁左右年纪,精神矍铄,神采奕奕。

那老者见这位少年气势不凡,想必他便是"苍龙"号船长,当下抱拳行礼道:"老朽不才,敢问小船长此番启程,欲往何处?"

郑森不知头脑,反问道:"老先生有何要事?"

那老者道:"我本是福建同安人,早年下南洋谋生,定居巴达维亚,被荷兰人任命为'甲必丹',侨领当地华人。三年前退休,搭乘荷兰军舰来到热兰遮城。本想取道台湾返回泉州,却不想两地贸易早已断绝,偶尔过来一两艘船,均是郑芝龙遣送移民之兵船,随后便去日本贸易,拒不让老朽搭船。路遥旧梦难成!老朽本想落叶归根,却不想羁绊于此,一住便是三年。'停船暂借问,或恐是同乡。'还望小船长行个方便,如回大陆,但求带上老朽,定当感激涕零。"

郑森猛地想起凌晨与郭怀一的对话,不禁问道:"莫不是苏鸣岗老先生?"

那老者一脸喜色,道:"正是在下。"

郑森道:"原来您就是苏老先生!晚辈郑森,久仰大名,快快随我上船。"说罢扶着苏鸣岗,一起登上"苍龙"号,拔锚起航,朝闽南而来……

第十二回　褚人获卖身葬主
　　　　　寒山寺文豪聚首

　　春花三月雨烟蒙，天纵娇姿色倾城，
　　顾盼流连情不已，九天仙子落红尘。

　　　　　　　　　　　　——《忆初识寇白门》

　　从台湾归来，郑森马不停蹄，置办物资给养，准备出发北上。
　　此行北上，选用的舰船，是"赞比西亚"号。船上载着急需变现的海外珍宝，由黄万金负责，赴南京开办商行。有船长阿丹和百余名黑人水手护卫在侧，保其安全。竺岚成全家也搭乘此船，以期实现回国夙愿，既为姐弟重逢，亲人团聚；也为与徐霞客相见，海陆两图合二为一，共成《天朝海陆全图》，完成岳父未竟之志。
　　临出发前，郑森才得知钱谦益并不住在南京，而是住在苏州。他之所以移居苏州，竟是为了一个女人。此女姓柳，名隐，字如是，乃江南名妓，在大名鼎鼎的"秦淮八艳"中排名第二，应天府方圆千里之内，无人不知，无人不晓。
　　所谓"秦淮八艳"，指的乃是江南八位色艺双绝的名妓，她们分别是马湘兰、柳如是、陈圆圆、李香君、董小宛、寇白门、卞玉京、顾横波。这八人千娇百媚，艳压群芳，又精通诗词曲赋、琴棋书画，被时人誉为"秦淮八艳"。
　　"赞比西亚"号昼夜兼行，第三日晚上，便行至六横岛外。
　　次日一大早，"赞比西亚"号拔锚起航，横穿杭州湾外海。郑森面西而立，凭栏远眺，望着眼前壮阔的杭州湾，怔怔出神。

离乡数十载,唯有泪千行。竺岚成站在船头,望着近在眼前的嵊泗岛,难掩激动之情,喜极而泣。片刻之后,他抬袖拭干眼泪,对照手中地图,指指这里,点点那里,扬眉奋髯,声情并茂。其中最耐人寻味的,便是大禹治水的故事。

原来,自古汉族正统史书,皆以为当年大禹治水,治理的是黄河水患。其实不然,大禹并非炎黄后人,而是百越领袖。他当年治水,并非治河,而是治海。

远古之时,曾有一场浩浩荡荡的大水,海平面大幅上升,淹没了无数平原良田,到处汪洋一片,世界各地莫不如此。只有居住在高原山地之居民,才幸免于难。其年代已无法考证。《旧约》中挪亚方舟的故事,就是真实写照。百越地势崎岖,山谷交错,海水渐渐退去之时,形成诸多堰塞湖沼,每逢阴雨,便水患连连,摧毁良田,祸害百姓。

大禹受命于危难之际,带领民众,疏浚河道,足迹遍布江浙各地,三过家门而不入。历经十三年辛劳,终于引水归海,还百越黎民一方乐土。而大禹本人,也因此成为百越共仰之神。直到如今,疍民们都仍对其顶礼膜拜。

汉初,太史公司马迁作《史记》,将大禹在越地引水归海一事,与华夏神话中氏族领袖鲧巧妙嫁接,演绎为"鲧禹治水"——父子二人先后在中原治理河患。且说他接受舜的禅让,继位为天子,后终结禅让制,传位于儿子启,建国大夏。使原本部落之共天下,变为天子一家之天下,开四千年世袭王朝之先河。

然而,夏朝是否存在过,还尚待考证。《史记》本就非纯史著作,尤其春秋以前之事,多半为神话。大禹之传说,或是太史公演绎之作,借用百越之神,上承"三皇五帝",下启华夏开国,为炎黄子孙寻根觅祖。

"人生到处知何以,应似飞鸿踏雪泥。"《史记》中,大禹虽贵为华夏天子,拥九州四海,可死后却远葬于绍兴会稽山。会稽山地处浙东,濒临海湾,在夏商时仍是域外之地,直到秦汉才纳入中华。堂堂华夏天子,死后魂归越地。太史公如此安排,既是对禹皇之崇敬,更是对百越先民之感激。

故事听毕,"苍龙"号也到了嵊泗岛西,即将驶离杭州湾。郑森心细,力劝竺岚成回家乡看看。

望着暌违三十余载的故乡,竺岚成摇首道:"父母仙逝已久,家中早无近亲。时间紧迫,你大考在即,眼下当从速驶入长江。你先随老夫去江阴寻访徐霞客,再赶去苏州找钱大人补习。"

郑森听罢,便不再坚持,只命众水手齐心协力,全速北上。当日夜里,就驶入长江口。

"赞比西亚"号乃海船,底尖帆高,在大洋上乘风破浪自是不在话下,可一入长江口,航速就大大降低。一则溯江而上,逆水行舟。二则看似辽阔浩瀚的长江口,实则只一条水道可通航,宽度不足百米。其余江面下全是漫漫黄沙,水深不足三米,根本无法行船。这一地理奇观,就是著名的"长江口拦门沙"。

而那条唯一的狭窄水道,水深也不过六七米。"赞比西亚"号稍有不慎就会搁浅,故其左支右绌,行进艰难。足足用了两日,才到了太仓州刘家港。

望着漫漫江面,郑森心焦如焚:如此速度,至少还需三四日方能到达江阴。就算到了江阴,免不了还得耽搁几日。如此辗转到了苏州,定在十日之后。时间紧迫,距离京师大考已不足三个月,若复习不周,恐文科策论有失。时不我待,郑森决定先行一步。

竺岚成与郑森二人心照不宣,遂商议决定:郑森就在刘家港登陆,步行前往苏州。

竺岚成全家继续搭乘"赞比西亚"号,沿水路溯江而上,去江阴寻访徐霞客。黄万金和船长阿丹则赶赴南京。众人相约五月廿日镇江府丹徒县再会。

当晚"赞比西亚"号靠岸停泊,次日曙光初露,郑森就背起行囊,跃上江岸。只见港口淤塞,码头破败,颓垣废址,野蔓荒烟。

此乃郑和七下西洋起航之港,遥想当年群帆遮天,千船竞行,气势何等恢宏!如今却荒废至此,满目凄凉……郑森不禁长叹一声,摇摇头转身向西,运起轻功,发足疾行。

从刘家港到苏州,共是一百六十里的路程,一路上要经过太仓和昆山两地。大明一朝,太仓为州治,昆山为县治,全归南直隶苏州府管辖。

郑森脚步虽快,可徒步赶路,难免精疲力损。故途径太仓时,花三两黄金,在城内买了一匹乌黑骏马。如此沿官道一路纵马奔驰,逢镇不停,遇村不歇,还未到巳末时分,便至苏州城外。

郑森驰马高岗,抬眼望去,偌大一座城市映入眼帘:方圆不下三十里,城楼高耸,画阁飞檐,气象雄浑;城墙矗立,青砖斑驳,绿藤盘壁。

他纵马下岗,匆匆进得城来。但见街道上车水马龙,熙熙攘攘;街道两旁店铺林立,琳琅满目;坊市内外酒肆栉比,座无虚席。难怪乎自古有云:"上有天堂,下有苏杭。"郑森自幼漂泊四海,除去安平和漳浦两县,在中国见过最大的城市,便是泉州府。可东南海隅之边城,哪里有眼前这般繁华气象?

那钱谦益虽说被贬为庶民,但他乃东林党首,门生故吏遍布朝野,威望声势,实与当朝宰辅不相上下。甭说这苏州城,就是整个江南,也是家喻户晓。郑森随便找了几个路人,就问清了钱谦益府宅所在,牵着马寻路而来。

才转过两个路口,途径濂溪坊和干将坊交界处,十字街头的情形,与这富庶升平的苏州格格不入:一个少年低头跪在道旁,约莫十三四岁年纪,身形瘦弱,衣衫褴褛,蓬头垢面,背插一根草标,身后一卷草席,席中似有一人。

路人多衣冠楚楚,油头粉面,看罢此情景,有的指指点点摇头叹息,有的袖手旁观视若无睹。

郑森走到街角对面,找了个摆摊儿卖箩筐的老人问道:"老人家,这位少年有甚苦楚,何故落魄在此?"

老人摇了摇头道:"唉……一言难尽啊!说来这孩子也是有情有义之人,他家主人潦倒病逝,他为了葬主,不惜卖身为奴,如今已有三日。这苏州城天天人来人往,达官显贵络绎不绝,却无一人肯出手施救,如今草席中的尸身都快腐臭了。老汉我实在是收入微薄,自顾不暇。只能每天施舍他几个馒头,别给饿死了……"说罢又长长叹了口气。

听了老人的话,郑森心寒不已:这苏州富甲天下,却罕有心善慈悲之人!他当即从包裹中摸出一个银元宝,上前给了那少年。

那少年抬头望着郑森,感激涕零道:"多谢贵人出手相救。小生无以为报,便追随公子,侍奉左右。"

郑森将他扶起,拍着肩膀安慰道:"莫哭了,安葬你家主人要紧。"

那少年又欲磕头道谢,郑森连忙制止。此时人群渐渐散开,郑森正欲离开,却见一个丫鬟模样的女孩快步走过来,对着自己大声道:"你这人,好不知趣,我家小姐要做的善事,你却做个程咬金,半路里横生出来。赶紧收起你的银子,这少年我家小姐买定了。"

郑森见她牙尖嘴利,出言不逊,愤愤不平道:"这位少年在此已三日,你们迟不救早不救,偏偏在我刚施援手之后,也要跳出来要救人,究竟何意?"

"公子一番好意,翠儿休得无礼。"

郑森循声望去,只见那个丫鬟身后,两位年轻小姐亭亭玉立。一个年长些,约莫二十多岁年纪;一个年幼些,约莫十一二岁年纪。二人袅袅婷婷,容貌极其相似,想来应是姊妹二人。

妹妹满脸失望之色,只眼巴巴望着姐姐。姐姐伸手抚着妹妹肩膀,轻言细语安慰道:"妹妹莫要失望,善随心生,心诚则灵。你虽未亲手救了那少年,可积德施善之心,佛祖已知,定会承天之佑。"

妹妹听了姐姐的话,脸色渐渐转喜,望向郑森的目光中充满了和善。

姐姐接着又道:"能结识这位好心公子,亦是缘分。"说罢对着郑森莞尔一笑,欠身施礼。

郑森见这位小姐知书达礼,心中不快渐渐消散,双手抱拳还了礼,便告辞离去。

约莫又行了一盏茶工夫,郑森终于到了钱府门前。钱谦益这座宅邸,位于苏州城西南角,依河傍水而建,乃江南园林中的精品。府中古树葱郁,奇花异草点缀其间;假山错落,画阁廊庑回环其间,恬美静谧,曲径通幽。

郑森把马拴在府外,敲开大门,禀明来意。那门子脸色阴沉,冷冷道:"钱大人正在会客,你下午再来吧。"说罢就要关门。

郑森急忙上前,掏出二两碎银,悄悄塞进门子手中:"劳烦小哥,通融一下。"

那门子掂了掂分量,微微点了点头,脸上闪出一丝满意神色,一招手道:"随我来吧,先在这儿稍等片刻,随后给你安排。"郑森随他走进门房,坐在板凳上等候。

岂料这一等,竟足足有一个时辰。此间,又一少年在大门外求见,嚷嚷着来此寻人。门子依旧拦着他不让进。这位少年虽心急如焚,却不似郑森这般灵活,不懂得用银子疏通,脸涨得通红,兀自搓手顿足,同热锅上的蚂蚁一般。

郑森看他可怜,心生恻隐,正要走出帮忙,却见一个书生模样的中年人也来到钱府门前,一把推开门子,将少年领入。

此人芒屩布衣,乱头粗服,胡子拉碴,邋里邋遢,乍一看好像岁数挺大。可细瞧他面目,其实也不过三十几岁。郑森正自打量,那书生却盘问起那位少年来,问他因何事非进钱府不可。那少年先是扭扭捏捏,答非所问;后来吞吞吐吐,支吾其词。

那书生见他藏头露尾,板起面孔,激将道:"你纵使不说,我终究也会知道。这里只有我一人来去自如,你不告我,自有别人告我。可你却不然,我若不带你进去,你就继续在这儿撅耳挠腮吧。"说罢,摇起扇子,摇头晃脑道:"唉……天下本无事,庸人自扰之。"

那少年憨实口讷,况年纪又小,听了中年书生之言,六神无主,当下便一五一十,将事情说明。

原来,这少年名叫夏完淳。他之所以如此着急,乃是因为自己的师父陈子龙来此寻仇。

这个陈子龙,也是江南名士,乃松江府人氏,比钱谦益小二十六岁,他的父亲陈所闻与钱谦益乃缟纻之交,只不过日后钱谦益加官晋爵,青云直上,而陈所闻不及罢了。后钱谦益被贬回乡,闲居江南,两家常有来往,钱谦益与陈子龙二人叔侄相称。

陈子龙与黄道周一样,都出自徐光启门下。他二十三岁中举,三十一岁才通过殿试,与夏完淳的父亲夏允彝同榜,获三甲同进士出身,选为广东惠州府司理。陈子龙尚未就职,继母就病亡,故回家治丧,其间整理并修订恩师徐光启的《农政全书》。该书于崇祯十二年付梓出版,正式刊行天下,举国瞩目。陈子龙也凭此声名鹊起,跻身江南一流名士之列。

陈夏两家既是同乡又是世交,夏允彝钦慕陈子龙之才学,故令独子夏完淳拜其为师,成为其门下大弟子。

其时,江南名士大多风流成性,陈子龙一般无二,与江南名妓柳如是男来女往。二人似水如鱼，已到了谈婚论嫁的地步。那钱谦益处尊居显，富垺陶白，竟横刀夺爱，将柳如是包养在苏州的府中，金屋藏娇。他还安排下人们将位于老家常熟城外虞山脚下的红豆山庄买下，修葺改造，并在其中新建小楼一座，取名"绛云楼"，预想着一旦修好，就和柳如是搬回去居住。

这个柳如是，祖籍扬州，生于万历四十六年，原本姓杨名爱，是个孤儿。她身世不详，自幼便沦为孤儿，辗转于人贩子之间。十岁时被卖到松江府（今上海），为徐佛收养，成为花月之身。徐佛平素喜扮道姑，但却是大名鼎鼎的江南名妓，还开办青楼，调教歌妓，与著名的晚唐女道士鱼玄机颇有几分相似。

十五岁时，杨爱被卖给致仕返乡的大学士周状元纳为妾，不久后便被其他妻妾赶出周府，重入花门柳户，不久便名噪天下……至此，杨爱改名柳隐，字如是。"如是"二字，出自宋代大词人辛弃疾《贺新郎》中"我见青山多妩媚，料青山见我应如是！"

柳如是虽名声在外，看似抹月批风、孤标独步，实则也是水性杨花、见异思迁。能得到钱谦益这等大人物垂青，当然求之不得，自会投怀送抱。她大张声势，移居苏州，住进钱府。

叔伯夺侄所爱，陈子龙气不过，丢下几百号学生，从南京一路追来。不怨柳如是移情，却径直来寻钱谦益晦气。岂料那钱谦益也恬不知耻，二人竟为个路柳墙花，反颜相向，弃两代世交于不顾。

郑森听罢，心中不禁一沉：原以为钱谦益贵为东林党首，又做过朝廷重臣，人格操守定是不同流俗，却不料竟如此寡廉鲜耻。

当时王道衰微，世风日下。所谓江南名士，大多名过其实！只不过文人喜好互相吹捧，互戴高帽，假誉驰声。

那中年书生听闻事情原委，忍俊不禁，拊掌大笑。笑罢，满脸鄙夷，不屑道："什么礼部侍郎，什么江南名士，全是扯淡！一帮酒色之徒，看上去道貌岸然，徒有其表，空有其名！这种人也配做你师父？来来来，既然你怕陈子龙出事，哥哥带你闯一闯这钱府。"说罢，瞥了一眼郑森，以为他与夏完淳一样，都是陈子龙的学生，也不细问，左手拉起夏完淳，右手扯了郑森，大大咧咧走出门房，强行入内。

那门子见状，欲加阻止，中年书生狠狠瞪了他一眼："瞎了你的狗眼！连你金大爷也不识得了？他钱谦益现在有钱有势，我这个穷外甥就要冷眼相待了吗？！"

门子见他飞扬跋扈，哪里还拦得住，匆匆奔入府内报信。三人加快脚步，循着门子往后院而来。绕过照壁，拐了好几拐，又转了好几转，方才在后院花庭见了钱谦益。

钱谦益坐在花庭边一把太师椅上，满脸羞愧之色，头扭在一边。陈子龙怒气冲冲，背对着钱谦益，面朝花庭，怒形于色，一言不发。花庭一角，一扇小轩窗内，一个浓妆艳抹的妙龄女子，昂首天外，旁若无人。

陈子龙正在气头上，正愁没处发作，忽地瞥见夏完淳寻来，更是火冒三丈，劈头盖脸道："不成器的东西！你不待在松江好好读书，跑来这里做甚？给我收尸吗？"

夏完淳扑通一声跪倒，战战兢兢道："听王总管说您在此，弟子担心不已，故匆匆赶来。"

陈子龙气急败坏道："担心什么？怕我这做师父的殉情而死，尸首撂在这钱府，给你们丢人现眼吗？"

夏完淳不敢接话，只一个劲儿叩头谢罪。还是那书生仗义，只见他伸手将那把脏兮兮的折扇从颈后抽出，三步并作两步走上前去，啪的一声打开来，对着陈子龙一顿乱扇，口中还念念有词道："陈大人好大的火气，当心伤了脾胃！我给您好好扇扇，败败火……"

陈子龙猝不及防，顶上幞头险些被刮掉，他双手护头，惊慌失措道："何人在此撒野？"后退几步，才发现是一书生。他将书生自上而下打量了一番，见他蓬头垢面，衣着寒碜，一副潦倒落魄模样，当即抬高了声调，轻蔑道："偌大的钱府，一点规矩也没有！连要饭的穷秀才都能闯进来？下人们都死哪儿去了？还不赶紧把这厮轰出去！"

那书生听他如此作践自己，竟不气恼，反倒仰天狂笑。笑过数声，戛然而止，一个箭步朝陈子龙而去，还不待众人反应过来，一口唾沫已吐到陈子龙脸上，诟骂道："呸！好一个徒有虚名的江南名士！在你金大爷看来，倒不如烟花贱质！有种你再骂一句！看爷爷我今天不扇死你！"说罢右手扬起，一把折扇眼看就要打将下来。

陈子龙压根就没想到那书生来这么一出，低了头转身就跑，边跑边用双手在脸上一阵乱擦。"好你个钱谦益，竟让此癫狂之人羞辱我！"

钱谦益正自束手无策。这么一来，倒给他解了围。眼见陈子龙如此狼狈，钱谦益心中窃喜不已，表面上却不露声色，对着书生厉声喝道："金圣叹！陈大人乃贵客，你休得胡来！"

陈子龙一听"金圣叹"三字，霎时哭笑不得，心中叫苦不迭：眼前这个貌不惊人言辞犀利的穷酸书生，竟是讽遍天下、骂断古今、号称"江南第一狂生"的金圣叹！大江南北的文人名士，无不谈之色变，闻之丧胆，避之若浼，怎么今儿就被自己撞上？真是晦气至极！

金圣叹听到钱谦益训斥，忽地转过头来，骂道："好个忘恩负义口是心非的钱大人！外甥我给你解围，你不道声谢就罢了！还盯衡厉色的充甚么好人？若非你是我亲舅，今天非搅你个鸡犬不宁！"

本想顺风使帆，借坡下驴，怎料竟弄巧成拙，引火烧身。钱谦益面红耳赤，无以自容。作为亲舅舅，钱谦益对自己这个外甥了如指掌，他心知金圣叹伴风诈冒风张风势，什么事都做得出来。万一真把他激怒，再想收锣罢鼓，只怕难如登天。他正自进退维谷，管家前来禀报，说门外两位小姐求见。钱谦益听罢，好似绝境中找见救命稻草一般，忙不迭丢下一句"老夫先去会客，回头再谈"，匆忙起身离开花庭，朝前院会客厅而去。

岂料金圣叹不依不饶，紧随其后。郑森目睹适才一切，忍俊不禁，随即也跟着金圣叹往前院而来。

刚转到前院，就见两位年轻小姐亭亭立在院中，正是郑森早上在街上所见的那一对姊妹。

这两位年轻小姐，一位是夏完淳之姊，名叫夏淑吉；一位是夏完淳之妹，名叫夏惠吉。

江南世风开放，社会主流思潮中并不压制女性。有学问的女子，尤为受人尊崇。身为江南名士领袖，钱谦益更是这种思想风潮的引领者。他在自己创办的寒山书院中专门设立女子学堂,取名为"黛碧馆",聘请夏完淳寡居的姐姐夏淑吉来此担任首座,夏惠吉也因此随姐姐迁来苏州,常住寒山书院。她二人得知夏完淳来苏州钱府寻找陈子龙,忧心挂念,故速速赶来。

钱谦益将夏氏姐妹让进会客厅内,又吩咐仆人去后院把夏完淳请过来。夏氏姐妹也认出郑森,朝他嫣然一笑。钱谦益顺着二人目光看去,终于注意到郑森,开口问他缘何来此。

适逢其会,郑森赶忙上前行礼,说明来意,并将叶子明代郑芝龙所写书信呈上。钱谦益懒懒将信接过,随手放在桌角,眉低眼慢道了句:"知道了。"随即又漠然置之……尽管这些年他收了郑芝龙不少财宝礼物,可对郑芝龙还是嗤之以鼻。再加上那个郑渡不求上进朽木难雕,钱谦益对郑家更是不屑一顾。在他心里,海盗永远是海盗,就算被招安,骨子里也是贼,一代代鄙陋粗俗,不堪造就。

时已晌午,钱谦益吩咐厨下,设宴款待众人。钱谦益之意,设宴只是招待陈子龙和夏家姊弟三人,至于金圣叹和郑森,打发到伙房里随便吃点东西就行,所以桌子上只摆了六副碗筷。

那金圣叹乃何等人物?早把钱谦益这点小心思看穿。待宴席备好,大家即将入席之际,金圣叹阴阳怪气道:"钱大人果然知书达理,女人都能上桌,我等两位真名士却要蹲在伙房里,胡乱吃些残羹冷炙。"

"识时务者为俊杰。"钱谦益聊以慰藉。他生怕金圣叹再生出什么事来,只得委曲求全,赶紧吩咐仆人再摆两副碗筷,让金圣叹和郑森一起入席。乘金圣叹不注意,伏在夏淑吉耳边悄声道:"此人虽是我外甥,却是个疯子,不思进取,怪诞荒谬。至今仍是个诸生,整日疯头癫脑,胡言乱语。你们莫要见怪,休理他便是。"

夏淑吉听罢微微一笑,她主持的"黛碧馆"在寒山书院内,与金圣叹寄宿的寒山寺仅一墙之隔,与这么个大名鼎鼎的狂生咫尺相隔,岂有不识之理?她熟知金圣叹的脾性,故对钱谦益所言不置可否。郑森虽难以为颜,可眼下情势,由不得自己,只好默不作声。

陈子龙见金圣叹也在席间,本不愿落座,可一想起金圣叹的厉害,只好谨言慎行,生怕招风惹草,再遭其辱,只得忍气吞声,挨了钱谦益坐下。郑森挨次坐在下首。

待众人都已坐定,柳如是才在两个丫鬟的搀扶下姗姗而来,一入厅便惹人注目。只见她衣香鬓影,金钗钿合,搔首弄姿,卖弄风情。

这柳如是位列"秦淮八艳"第二,果然名不虚传!难怪乎万千男人被她迷得神魂颠倒……如此妖艳女人投怀送抱,只怕没几人能坐怀不乱!那陈子龙更是凝瞩不转,馋涎欲滴。

陈子龙那副神不守舍失魂落魄的样子,直叫郑森作呕。他心想此人号称当世名流,竟是这副德行!居然为了个青楼女子争风吃醋,闹得天翻地覆。外有清军叩关犯边,内有流匪祸乱中原。这些个文人名士,毫无忧国忧民之心,不去效死疆场,反倒偏安江南,在温柔乡里挥霍年华,真是恬不知耻!

郑森不愿再看陈子龙那副嘴脸,掉转头去,没想到夏惠吉正温情脉脉盯着自己。四目相交,郑森颇感意外,顿觉不尴不尬,一时不知所措,遂将目光偏转至别处。

那夏惠吉天真烂漫,浑不知今日纠葛。她见郑森竟也在席间,满心欢喜。夏惠吉人虽年幼,可毕竟系出名门,乃大家闺秀,矜持有度。她见郑森被自己盯得浑身不自在,遂感失礼,赶紧把头转过另一边,缠住柳如是东拉西扯,问这问那。

大家不期而会,各自貌合神离。陈子龙整个心思都在柳如是身上,虽几次想跟钱谦益发作,但一想起金圣叹的凶狂,就不寒而栗,只好作罢。钱谦益更是缄口结舌,如坐针毡,生怕再生事端。夏完淳更是没了主意,一头是名满天下的东林党首、文士楷模,一头是锋芒毕露的授业恩师、江南名流,他想开口相劝却又顾及二人颜面,生怕话不得体,适得其反,几次嘴巴翕动,欲言又止。

夏淑吉秀外慧中,早看出此中猫腻,有意以"匪乱中原"为题,让大家各抒己见。

金圣叹兴致勃勃,高谈阔论,滔滔不绝。他对朝廷意冷心灰,难免言辞偏激。

郑森心知在这种场合,自己着实不便发言。但金圣叹似乎存心试探他和夏完淳之学识，几次指名道姓让他二人作答。夏完淳所答差强人意，不外乎忠君报国那一套滥调陈词，金圣叹听了直摇头，时不时还用"名师果出高徒"、"有其师必有其徒"之类的反语挖苦他几句。而郑森的回答却标新立异，尤其是在"国""君""民"三者关系上，论述得鞭辟入里，剖析得入木三分，听得金圣叹不住点头，连连拍手叫好。夏氏姐妹虽是女流之辈，也觉出郑森出类拔萃，卓荦不群。

此种场合，柳如是自是不胜其烦，早早离席而去。她一走，陈子龙便气呼呼地盯着钱谦益。他二人虽再未吵起，但对大家所论之国家大事，漠不关心，自始至终闭口不言。

午宴不欢而散，大家相继离去。

临出门，金圣叹拍着郑森肩膀道："后生可畏！我就住在寒山寺内，你孤身前来，若没个去处，便住到我那里！"郑森想，还是先到郑渡住处瞧瞧再说，便郑重道谢，告辞离去……

从钱府出来，正值未末时分。郑森找路人打听，转过了几条街道，终于在城西一条大街上，寻见郑渡的住宅。

这是一处园林式豪邸，五进的深宅大院，另有假山流水，亭台楼榭，交错其间，大气精致，美不胜收，乃苏州园林中的上乘佳作。

钱谦益被贬还乡后不久，就从老家常熟迁至苏州。郑渡郑恩兄弟俩，也随之来到苏州。颜氏生怕儿子受苦，亲自赶来苏州，千挑万选，足足花了两万两白银，才买下这座园子。

后来郑恩随母亲颜氏返回安平老家，这里仅剩郑渡。可伺候他的下人，一个未少。奶妈、丫鬟、女仆、杂役，多达百人，开支用度，每日都需白银千两以上。

那颜氏从小富贵，骄纵惯了，对自己的孩子更是有过之而无不及。郑渡虽只比郑森小一岁，二人经历却截然不同。郑森自幼四海漂泊历经磨难，刻苦上进勤俭节约，刚过束发之年便已文武兼修名动海外；郑渡却从小锦衣玉食挥金如土，不学无术不务正业，整日纸醉金迷花天酒地，除了吃喝玩乐，别无所长。

郑渡虽从小八珍玉食，日日美味佳肴，却是身材五短。一则不愿习武，锻炼太少，筋骨虚弱。二则过早沉湎酒色，以致精亏阳虚，元气不足。双目突兀，步履滞涩，哪似郑森这般体魄精壮，神采奕奕！

满屋子脂粉味儿，熏得郑森头昏脑涨。郑渡摇摇晃晃走到郑森面前，伸手搭在郑森肩上，扭头对着身后一班艳冶女子怪笑道："这便是我大哥，以后就跟咱们同住。"

浓烈的香气阵阵袭来，郑森浑身难受，恶心欲呕。他猛地想起离别时金圣叹之邀，遂推辞道："我从小东飘西泊惯了，在此恐惊扰众位弟妹，还是到外面寻个住处吧。"

郑森话音刚落，众女子一阵淫语荡笑。其中几个衣冠不整，搔首弄姿，竟伸手在郑森后背撩拂起来。郑森神色自若，从容不迫。

"好个榆木疙瘩！"一女子娇嗔道。

众女子听罢，用丝绸手帕遮了脸，笑得前仰后翻。

郑森朝屋内众人抱拳告辞，转身出门，望寒山寺而来……

金圣叹果在寒山寺内。他见郑森前来，鞭然而笑，先去知客僧那里讨了一床铺盖，安顿郑森住下。接着又去厨房盛了两碗素斋，二人边吃边聊。

金圣叹道："别人笑我太疯癫，我笑他们看不穿！小兄弟，你可看过《三国演义》《水浒传》《西游记》？"

郑森答道："都说那是说书人之戏言，不足为信。我却不以为然，倒更觉这些书脍炙人口，字字珠玑，实乃千古绝唱。"

金圣叹道："哎呀，英雄所见略同！待哥哥给你慢慢道来……自隋初至宋末，科举取士命题灵活，内容涵盖《经》《史》《子》《集》四大部类。高中进士之人，虽亦有弄虚作假、滥竽充数之徒，然绝大多数为满腹经纶、博学多才之士。正所谓'非文人不能入仕，居显者多为名士'。"

郑森点头称是："生逢盛唐富宋，实乃文士之幸。"

金圣叹道："兄弟所言甚是。饱学之士，多居庙堂，食朝廷之俸，享官家之禄，名利皆得……唐诗宋词，方能流传至今，久盛不衰。然本朝开国之初，太祖生怕文人学多而心多,故采用八股取士,自此将文人所学之重点,局限在四书五经之内。而诗词与史集,反倒成了与应试无关之末端学问,入不了主流。可这种死板的八股体例,诓害了多少才子名士?本朝开国已两百六十年,然宗匠大师,却寥寥无几。偶有几人,为时人所重,可其文章辞赋,岂能与大小李杜比肩?如何与苏辛王范媲美?欲济无舟楫!真正博学鸿儒,反倒流落草莽,难入仕途。好在迁客骚人志在千里,呕心沥血,苦学力文。微而显,志而晦,婉而成章。"

言及此,金圣叹又道:"当今之真文学,不在朝廷庙堂,而在草莽民间。兄弟你可看过《三言》与《二拍》?"

郑森道:"看过。乃短篇话本小说之集锦,大匠运斤,笔翰如流。但多述怪恋奇情,多载市井民俗。"

金圣叹道:"兄弟所言极是。然世之读者听众,多为凡夫俗子。市井杂侩,奇闻怪轶,才为百姓喜闻乐见。是故,此等通俗小说,方能传诵不绝,经久不衰。"

郑森细想,也确实如此,真如金圣叹所言,不禁点头称是。

金圣叹又问:"兄弟可知《三言》作者是谁?"

郑森略一思量,答道:"冯梦龙。"

金圣叹追问道:"冯老先生乃当今文坛巨擘!兄弟可想一见?"

听闻此言,郑森喜形于色,道:"莫非冯老先生也在苏州?"

金圣叹开怀大笑,道:"冯老先生不仅在苏州府,且就在这寒山寺中。来来来,这就随我去见他老人家。"说罢拉着郑森的手,出门望后院而来。

二人来到后院西侧一座木质高楼前,门匾上"枫江楼"三个烫金大字,笔力刚劲,入木三分。金圣叹领着郑森直上四楼,驻足在一间房前。纸窗上,一人奋笔疾书的烛影历历可辨。

门并未闩,金圣叹轻轻敲门。得到应允后,二人推门而入,只见一位老人正在窗前挑灯疾书,他便是名满江湖的冯梦龙!

相见恨晚,三人相谈甚欢。说到《三国演义》,冯梦龙娓娓而谈:书中七分乃是史实,历史上确有其人其事;三分则是虚构,但并非不经之谈,也有其历史原型,只不过这些人和事并非三国所有。

如"赤壁鏖战"之所以荡气回肠,扣人心弦,皆因其取材于元末明初的"鄱阳湖大战"。而"草船借箭"的故事,则源于"安史之乱"时期,张巡"草人借箭"死守睢阳之事。而《三国演义》中的诸葛孔明,则是以刘伯温为原型塑造的。诸葛武侯的历史形象,才一步步由"鞠躬尽瘁,死而后已"的忠贞宰辅,演变为中华文明的智慧化身。

冯梦龙正在编撰的新书,名叫《新列国志》。自《三国演义》之后,本朝效仿三国体例而作的章回体小说,两百多年间流传在世的有数十部之多,然佳作却如颔下之珠,百不得一!当下流行之《列国志传》,乃福建人余邵鱼所作。该书鄙言累句,胡编滥造,着实亵渎祖先,误人子弟。冯梦龙有感于此,故立誓重写,目前已成书二十万字。

又说起《三言》,不经意间就转到青楼女子和柳如是身上。冯梦龙长叹一声,道:"唉……小兄弟有所不知,这些青楼女子,薄情寡义,除了银子,什么都不认。如今那柳如是肯安心住在钱府,说到底还是他钱谦益有权有势。倘若他亦起复无望,家业衰败,免不了和茅元仪一般下场!"

郑森一听"茅元仪",顿生不祥之感,赶忙问道:"您识得茅大人?可知他当下如何?"

冯梦龙微微摇了摇头,回答道:"相识算不上,他喜我之书,有几次书信往来。他自负多才,倜傥风流,终身未娶,买了两个江南名妓,厮混半生。后来他仕途终结,家业败光,两个名妓先后弃他而去。茅大人还为此挨了一顿毒打,下身瘫痪,卧床不起。这几年来潦倒凄凉,贫病交加,生不如死,身边只剩个小书童做伴。唉!"冯梦龙说着,不住叹气,连连摇头。

郑森听得凄入肝脾,扑到冯梦龙面前,攥住他双手,吞声忍泪道:"那他现在何处?在何处?"

郑森此举,冯梦龙大惑不解,又长叹了口气,道:"唉……死了,就在这苏州城里。三天前的事儿,连副棺材都买不起。他的书童颈后插根稻草,就在十字街头卖身葬主……"

郑森听到这里,心灵恍惚,不觉趔趄退了几步,顿时泣如雨下……

第十三回　苦重逢人鬼殊途
　　　　　恨离别相思无限

　　　　寂寞深锁小西楼,独步花径自忧愁。
　　　　相思无奈随风去,丝丝离落几时休。

　　　　　　　　　　　　　　　——《寂寞小西楼》

　　窗内烛光熠熠,窗外寒夜凄凄⋯⋯
　　冯梦龙和金圣叹二人面面相觑,皆觉郑森有些奇怪。
　　金圣叹按捺不住,问道:"茅元仪是你何人?为何你如此之悲痛?"
　　郑森心如刀绞,情凄意切,道:"茅大人,乃我义父⋯⋯"
　　二人听了,皆憬然有悟。金圣叹忙起身向外跑去,边跑边道:"快随我来,茅大人的遗体就在这寒山寺外。"
　　郑森急不可待,跟着金圣叹跑下枫江楼,奔出山门外。冯梦龙也随之而出。金圣叹停在照壁前,指着运河对岸,道:"快看,就在那里。"
　　郑森顺他所指望去⋯⋯
　　早春的苏州城外,春寒料峭。
　　寒夜森森,寒风萧萧。冷月高悬,冰水无声。
　　对岸江村桥下,孤零零停着一叶小船。小船破烂不堪,连个挡雨的乌篷都没有。凄冷的月光下,一个瘦小的身影伏在一卷草席上,在静夜的寒风中瑟瑟发抖。
　　寻寻觅觅,冷冷清清,凄凄惨惨戚戚。郑森步履沉重,失魂落魄般走过江

159

村桥，缓缓来到小船前。原来那个瘦小的身影，正是白日里卖身葬主的小书童。那书童见有人走近，警觉地抬起头来，立即认出郑森就是上午那个救助自己的好心人，连忙站起身来，俯身就拜。

郑森目不转睛盯着书童身后的那卷草席。草席百孔千疮，席角边缘早已磨破，在凄冷的寒风中微微颤抖。裹在草席里的，便是茅元仪的遗体。两条僵直的小腿袒露在外，赤裸的双脚枯瘦如柴，脚面乌青皲裂，伤心惨目！郑森哀思如潮，双腿一软，跪倒在地，泣数行下……

郑森忍泪含悲，颤颤巍巍伸出双手，将草席轻轻揭起，熟悉的面容映入眼帘……

"心期梦中见，路永魂梦短。"西洋漂泊七年，数次梦中相见。这个唯一让他感受过父爱之人，此时却如此陌生：花白而稀疏的枯发，干瘪而深陷的皱纹，灰白而龟裂的嘴唇，还有那一双永远不会再睁开的眼睛。

郑森紧紧抱住茅元仪，声泪俱下……

冯梦龙和金圣叹不忍打扰他，二人心照不宣，悄然离开。

过了许久，郑森才从悲痛中回过神来。那书童见他神情平复，忙擦干眼泪上前跪倒，紧紧握住郑森之手，激动道："你便是郑森？主人日思夜盼，想你想得好苦啊！"

郑森尚自沉浸在无限悲哀中，无心搭话，只微微点了点头。

那书童解下随身包裹，取出一个油纸信封，恭恭敬敬交给郑森道："我家主人临终之时，郑重嘱托我：'他年若能遇着郑森，定要把这封信交与他'。"

郑森接过信封，小心翼翼打开，里面一张小纸条，纸条上赫然写着十个刚毅遒劲的楷体大字："将相本无种、男儿当自强。"正是义父茅元仪当年激励自己之语。另有一封长信，内容多，字迹小，月色下难以分辨。郑森将信重新折好，小心放回信封，揣入怀中，抬头问那书童道："义父仙逝，你仍不离不弃，诚心谢过小兄弟！"说罢躬身便拜。

那书童忙将郑森扶住道："我自幼父母双亡，伶仃孤苦，主人养我育我，待我恩重如山！虽有主仆之分，却情同父子。"

郑森礼毕起身，问道："还不知贤弟怎么称呼？贵庚几何？"

那书童道:"我叫褚人获,就是这苏州府人氏,生于天启四年,今年一十六岁。"

郑森道:"我痴长你一岁。我义父视你如子,我便视你为兄弟。以后你我二人便兄弟相称,莫要见外。若不嫌弃,日后就跟着我,彼此有个照应。"

褚人获道:"承蒙大哥关照,你既是家主义子,便是我的小主人。今生今世,自当杖履相从!"

主仆一问一答,直至半夜。

直到第二声鸡鸣声起,二人才伏在茅元仪尸身上,昏昏睡去……

约莫过了一个多时辰,天已大亮。

河水冰冷彻骨,郑森简单洗漱,动身进城,买了一副上等棺木,雇马车拉回来。

此时褚人获已醒,金圣叹和冯梦龙也来到江村桥下,四人将茅元仪好生入殓,然后把灵柩抬上小船,朝太湖对岸的湖州府驶去。

小船沿着胥江古道西行,经胥口驶入太湖,朝位于南岸的湖州府而来。

一路上,郑森不言不语,只静静守在茅元仪遗体旁。褚人获不住哭诉,述说茅元仪生前遭遇的种种不幸。

原来茅元仪在漳浦守备任上还不到两年,朝廷就又下调令,让他携家眷属,改迁西宁卫。那西宁卫地处西北边陲,最是苦寒。当地羌藏蒙各族杂居,境内动荡不定。茅元仪获此任命后,意懒心灰。他不愿前往,索性挂印辞官,归乡赋闲。茅元仪虽为官多年,可他洁身自好,两袖清风,从不贪污军饷,中饱私囊,因此并无多少积蓄。前半生之所以潇洒风流,全凭老家父亲经商支持。

常言道:福无双至,祸不单行。茅元仪罢官回乡不到一年,老父亲就因病去世,遗产一分为六,由茅元仪和其他五个兄弟继承。自此之后,茅元仪经济上再无依靠,尝试着做了几笔买卖,可赚少赔多,屡屡蚀本,日子越过越拮据。兄弟姊妹、同族亲属、乡里乡亲都对茅元仪白眼相向,唯恐避之不及。茅元仪迫不得已,只得变卖余财,迁居到太湖对岸的苏州府,靠卖字画为生。

明末的江南,民风日浮,世风日下。倘若茅元仪仍在官场,身居高位,他所书的字画,定能贵比黄金,阿谀巴结之徒自然络绎不绝。可他如今已只一介布

161

衣,即使丹青妙笔,也只能换两三个铜板罢了!

那苏州城灯红酒绿,自唐宋以来便是纸醉金迷的花花世界。茅元仪的两个姬妾王微和杨宛,本就是江南名妓,过惯了挥金如土的奢华生活,岂肯安于清贫?二人不久便复入红粉青楼,重操旧业,名为茅家私妾,实为花魁美娘……

崇祯九年(1636),王微被江南巨富许誉卿相中。第二年,许誉卿丢给茅元仪一千两银子,要将王微纳为小妾。茅元仪宁死不辱,被许誉卿手下家丁一顿毒打,自此双腿残废,蜷居在三间破屋里,萎靡不振,终日以酒为伴,身边仅书童褚人获侍奉,不离不弃。

杨宛虽昼夜不归,但还算有良心,隔三岔五派人送些散碎银子过来。茅元仪主仆二人靠着这些接济,勉强度日。

可怎想,今年正月,当朝国舅田弘遇打着为皇上选秀的旗号,大张旗鼓南下搜罗歌姬美女。来到苏州后,他先是看上陈圆圆,不多时又看上杨宛,仗着皇亲国戚的贤身贵体,一分赎身钱未出,就将二人掳至北京。茅元仪闻讯后,痛心绝气,一病不起,终于在半月前与世长辞。

平时杨宛给的银子,刚够给茅元仪买酒买药,一个铜子也攒不下。故茅元仪离世后,褚人获只得在苏州城卖身葬主……

褚人获哭诉完,大家都黯然神伤。此时小船离湖州府还有三五里航程,郑森想起茅元仪留给自己的私信,打开来看……

小船驶至太湖南岸,茅家祖坟就在岸边的大雷山下。茅家户籍地虽是归安县,但祖坟却在乌程县境内大雷山下。之所以如此,是因归安县原本归属乌程县。太平兴国四年(979),吴越归降北宋。此后数年间,北宋政府逐步接收吴越故地,并调整行政区划以便统治管理。归安县应运而生,取"归顺即安"之义,以湖州府城为轴,划原乌程县东南十五乡而成。归安与乌程并称湖州府首县,两县同城而治,县衙都在湖州城内。

茅元仪活得潦倒,死得悲戚,大家未告知他的亲戚故友。众人心知肚明,就算告知,人家也未必前来,徒增不快罢了。郑森带头进坟,在茅父之墓下首,寻见茅元仪墓穴位置,架起引魂幡,烧了些纸钱,冷冷清清将茅元仪下葬。

"物是人非事事休,未语泪先流。"郑森长跪在坟前,扶着石碑,哭孝一阵,方才作罢,随众人离开坟园。

金圣叹见郑森茫然若失,想让他散散心,便提议道:"既已到湖州地界,顺道看望一下玄房先生吧。听闻他开了一家小店,咱找他打个秋风去。"众人都点头会意。

玄房先生便是大名鼎鼎的凌濛初,《初刻拍案惊奇》和《二刻拍案惊奇》作者。他与《三言》作者冯梦龙齐名,并称为当世两大小说名家。郑森幼年时便闻其大名,此时虽然心情沉重,但一听要去拜访他老人家,当即应允。

凌濛初也是湖州人,平日里就住在乌程县的织里镇上。织里镇也位于太湖南岸,离那茅家祖坟不到二十里。一行人乘舟东行,不一会儿就到了镇外。

凌家位于织里镇正北,依河而建。周围绿水环绕,翠竹掩映,一片春回大地之景。竹林外,一个硕大的酒旺子迎风招展。望竿下,两间简陋的草屋,外面摆着两张方桌。时值正午,宾客盈门,一位白发老者和一位妙龄少女打里照外,忙得不亦乐乎。

另有一个传菜的伙计,长相打扮与众不同,传菜的方式更是别具一格。只见他头顶一块长条木板,菜都放在这块木板上。宾客见状,无不拍手叫好。

这位鹤发老者,正是大名鼎鼎的草莽文豪凌濛初。而那位豆蔻少女,则是他的孙女,名叫凌雪。

凌濛初遥遥望见郑森一行,以为又来了吃饭的客人,赶忙上前迎接。走近了,方才看清金圣叹和冯梦龙二人面目。好友来访,凌濛初喜出望外,忙不迭和孙女又抬出一张桌子,招呼众人坐下。

众人眼见凌濛初祖孙二人忙得不可开交,均辞不就座,上前帮忙。大家一齐动手,端菜添茶,立谈之间,内外客人便全都安顿好。祖孙二人千恩万谢之后,方才与大家一起入座。

众人寒暄片刻,凌雪听闻郑森从海外归来,兴趣盎然,不断追问西洋商贸之事。大明国内,经商者本就少,女商人更是屈指可数。凌雪经营多年,经验丰富,所提之问,言必有中。

凌濛初见二人言谈甚欢,微笑着插话道:"我这孙女,虽说只有一十四岁,但自幼就喜经商,说起来头头是道,干起来更是井井有条。这个小酒馆虽说开在乡下,且只有七八张桌子,可天天宾客如云,生意兴隆,有时候一中午能坐两三拨客人。"

众人听罢,都不约而同望向凌雪,赞不绝口。

金圣叹问道:"为何不把酒肆开到城里去?城里人多,买卖会更好一些。"

凌雪叹了一声,道:"唉……也思虑过把饭馆搬进城里,开得更大一些。只是一来本钱不足,二来城里衙门多,税吏也多,哪里都得打点,各种关系全得疏通。爷爷和我祖孙俩,一老一少应付不来……"

郑森对凌雪道:"此番会试,若能成功,我定助你去北京,把酒馆开到紫禁城外。不过要开大酒楼,恐人手欠缺。"

凌雪道:"哥哥不必担心,眼下我们就有三个厨子,加我共是四人,个个技艺精湛。我们织里镇,自古就是香料和食材集散地,镇上精通厨艺之人比比皆是。大家常聚在一起,利用各地香料食材,创制新奇菜肴。若真能在京城搭起台子,自会有老乡前来投奔。"

这时,上菜的伙计正好走来。郑森望着头顶碟碗、穿梭自如的伙计,赞叹道:"这个伙计,身手可谓炉火纯青。"

金圣叹也扭过头来,插了一句:"这用头顶传菜的功夫,真是门绝活儿。"说着,竖起大拇指。

凌雪道:"这个伙计不是当地人,是我雇来的夷人。"

金圣叹不解道:"夷人?云贵川大山里的夷族人?"

凌濛初接过话题:"正是。除此男子外,还有一女子。"

凌濛初继续道:"他们是两口子。男子叫阿力吉,来自黔北;女子叫沙玛阿雅,来自川南。"

"难怪装束怪异,长相也与我等不同。"金圣叹道。

冯梦龙又问:"夷人们为何来此?湖州府一带,可是江南腹地呀!"

"还不是因为战乱!"凌濛初一边说一边摇头,"唉,这几十年,西南兵戈扰攘。朝廷派去的流官,大多贪赃枉法,残民害物,在当地巧取豪夺,作威作福,百姓怨声载道。各族大小土司,见朝廷日渐衰微,多心生贰志,纷纷起兵,以致烽鼓不息。到头来,受苦受罪的,还不是无辜百姓?光是'播州之乱''奢安之乱'两大兵灾,死伤就不计其数。像阿力吉和沙玛阿雅这些穷苦之人,虽锋镝余生,却颠沛流离,落入人贩之手,被卖至咱们江南……"

凌雪接过话头:"五年前来了一艘船,拉了一百多个夷族奴隶,等待买主,就停泊在前边那个码头上。爷爷于心不忍,把他们两口子赎了出来。"她顿了顿,又道:"为了凑钱,爷爷把老宅都抵押了,还欠了好多饥荒。"

凌濛初道:"唉……怎奈老夫心余力绌,半辈子积蓄,只够救两人。船上百十来号人,个个形容枯槁,衣不蔽体……每想及此,老夫就自惭形秽……"

大家听完,心如刀割,沉默良久……

凌雪又道:"为了还债,爷爷和我就开了这家餐馆。阿吉力和沙玛阿雅人都很好,淳朴善良,还特别勤快。饭店的事儿,他们两口子扛了大梁。"

说罢,她突然回过头来,对凌濛初道:"爷爷,等我赚了钱,一定给您捐个官儿做做。只有您这样的好人当了官儿,才能给穷苦的百姓做主!"

"一心万丈雄,何当壮志酬。"金圣叹听罢,忾然叹息道:"凌兄名满天下,怎想垂暮之年,却仍与我等一样,与功名利禄无缘。"

凌濛初叹息道:"唉!哪里还敢想什么功名利禄!能养家糊口,就不错喽。"

郑森听闻此言,半信半疑道:"《二拍》流传天下,已数十年,售卖无数。老先生何至为生计发愁?"

凌濛初无奈道:"唉,公子有所不知!《二拍》虽我所著,呕心沥血十年方成,刊行天下,售出何止百万册?可到手的银子却寥寥无几!只在首次刊印时,得过五十两银子。书刊印出后,日渐畅销,书商们眼见有利可图,争相翻印,还管你作者是谁?这些书商,散居各地,你又如何寻得见?话说回来,就算找见了人家,又能作何?哪个衙门会给我们这些穷书生主持公道?梦龙兄这些年著述无数,早已名满天下。可到头来还不是与我一样,潦倒蜗居于穷乡僻壤,与富贵无缘……"

冯梦龙感喟不置,大家愀然不乐,皆仰屋窃叹……

凌濛初苦笑数声,自嘲道:"还是做个平头百姓好,湖州籍名宦温体仁,虽官至宰辅,可到头来呢?还不是被撤职罢官,身败名裂。与他相比,吾等实乃优

165

哉游哉。"

凌濛初说罢,指着小河对岸,道:"你们看,那就是温体仁的坟冢。他返乡后孤苦伶仃,晚景萧疏,凄然溘逝。那些个门生故吏,都佯装不知。近亲外戚,亦置若罔闻。前几天清明,坟前也无人祭扫。毕生苦求功名利禄,到头来却是南柯一梦,一枕黄粱。"

"世事茫茫难自料,春愁黯黯独成眠。"大家顺凌濛初所指望去:一座灰突突的低矮坟头,前无石碑,四周亦无树木,孤零零蜷在山坡上,满目萧然⋯⋯

温体仁醉心官场,靠着阴谋权术起家,一路暗算政敌排斥异己,最终如愿以偿当上内阁首辅,权倾天下。可眨眼间劣迹败露,触犯天颜,被贬为民,落得个众叛亲离、身败名裂的凄惨下场。

郑森望着温体仁的孤坟,遂又想起义父茅元仪,忽又闷闷不悦起来⋯⋯

酒逢知己千杯少,不知不觉已近申末时分。郑森一行与凌濛初祖孙二人告辞,乘舟离去,赶在日落前返回苏州⋯⋯

却说从湖州回来,郑森便笃学不倦。白天在寒山书院苦读,晚上就住在寒山寺里,准备三个月后的武科大考。

明朝文进士会试,要比武进士早三个月,称作春闱。寒山书院的学生们,多是文举人,已去北京参加春闱。像郑森一样学习文科知识、备战武进士会试的并不多。

钱谦益自持身份贵重,岂肯降尊临卑,亲自授课?且眼下他的心思全在柳如是身上,成天忙着吟风弄月,哪里顾得上授课?因此,在寒山书院代他讲学的,是他的大弟子瞿式耜。

且说这个瞿式耜,也是苏州府常熟县人氏,与钱谦益同乡。

瞿式耜比钱谦益小八岁,万历四十四年考中进士后,先任江西永丰知县,后调回北京。崇祯元年(1628),钱谦益获罪被革职。时任户科给事中的瞿式耜也受到牵连,罢官回乡。钱谦益创办寒山书院后,瞿式耜便搬到苏州,代师父传道授业。

上课才两日,郑森之表现便令瞿式耜另眼相待。他万万没有料到,身为大海盗郑芝龙之长子、纨绔子弟郑渡的同胞兄长,郑森之学养,竟如此深厚!虽在"经""子"方面有些不足,但对"史""集"却轻车熟驾,着实令人叹服!若非博览群书,博闻强记,万难做到。武科取士,文化方面本来就是辅助,因此题目不会太难。而且所命题目,均选自《武经七书》。

郑森自幼攻读兵法,精研《武备志》,韦编三绝,《武经七书》更是烂熟于心。瞿式耜认为,眼下只需学会"八股"体例,熟悉破题、承题、起讲、入题、起股、中股、后股、束股之格式即可。于是,瞿式耜每日模仿朝廷命题习惯,给郑森出题,让他作一篇"八股文"。郑森每日按时交卷,聆听瞿式耜的教诲点评。每晚郑森还针对可能出现之命题,再作一两篇文章,第二日早上呈递给瞿式耜,让他阅评。如此勤奋用功,学业自是突飞猛进。还不到一个月,郑森就已熟悉"八股"体例,写起策论来得心应手。

却说这寒山书院隔壁,便是"黛碧馆",夏家姐妹平时就在这里。夏惠吉烂漫天真,隔三岔五往寒山寺跑。名义上是找金圣叹请教学问,实则是想跟郑森说几句话。

"黛碧馆"在江南地区赫赫有名,无论富家小姐,还是江南名妓,只要是才女,都是此地常客。

这几日,"黛碧馆"又迎来一位贵客,她就是传奇女子寇白门。她姓寇名湄,字白门,乃"秦淮八艳"中年龄最小的一位。寇白门深谙音律,精通乐器,能歌善舞,能熟练演奏多种乐器,乃各大戏班追捧的名角儿。

寇白门比柳如是小六岁,二人姐妹相称。与柳如是不同,寇白门身价虽高,但只卖艺不卖身,还誓天断发,非英雄不嫁!作为出身娼门世家、从小在青楼里长大的娼籍女子,着实难能可贵!

钱谦益对寇家姊妹也情有独钟,为其所作七绝传遍江南:"寇家姊妹总芳菲,十八年来花信迷。今日秦淮空相值,防他红泪一沾衣。"

寇白门此番来苏,是为探望柳如是。洁身自好,冰清玉洁,乃寇白门恪守之原则。为避流言,她没有听从柳如是安排,住进钱府,而是来到"黛碧馆",和夏氏姐妹同住。

虽只点头之交,夏淑吉和夏惠吉姐妹二人,皆对郑森肃然起敬。

夏淑吉常常感慨："郑渡和郑森二人，虽是兄弟，却差别天壤。一个是膏粱子弟，整天寻花问柳，醉生梦死。一个是文武双全，终日求学上进，奋斗不已。"

……

这日，隔壁寒山书院刚放学，夏惠吉又跑了过去。

寇白门不解，问夏淑吉："惠吉妹妹去隔壁做什么？"

夏淑吉道："定是去找郑森了……"

"郑森？郑森是何人？"

"闽南郑家大公子，郑芝龙的长子。"

寇白门一听是郑芝龙之子，郑渡之兄，眉头不禁一蹙，表情有些不屑道："既是郑渡的哥哥，想必德行也差不去许多。那郑渡不学无术，终日混迹在青楼之中，花花太岁一个。他哥哥又能好到哪里去？"

夏淑吉道："妹妹此言差矣！他二人虽是兄弟，却是同父异母。性格脾性，全然不同。郑渡从小娇生惯养，一身脂粉之气，十足一个酒色之徒。可那郑森，虽只年长一岁，却英姿勃发，雄健气昂，谈吐行事，稳重老成。虽不善诗歌辞赋，却满腹经世致用之学。更难得的是，他还练就了一身好武艺，文武双全，真乃旷世奇才。早听妹妹说非英雄不嫁。郑森这样的才俊，妹妹见了，定会魂牵梦绕。"

寇白门听罢，将信将疑道："要果真如姐姐所说，这般英雄了得，改天定要见他一见……"

夏惠吉稚嫩青涩，天真烂漫，童心未泯。

她难掩心中爱慕之情，喜形于色。每次一见到郑森，都激动万分，说东道西，问题接连不断……

她最喜欢坐在郑森对面，趴在桌子上，双手托起腮帮，听郑森讲海外的故事，无论东洋的还是西洋的，她都洗耳恭听……

金圣叹风趣横生，一向直言快语，发科打诨道："夏姑娘如此爱慕郑公子，赶紧回去跟你娘说说，早早聘到郑家去！"

"我哪有……才不是……"夏惠吉羞人答答，雪白的脸上泛起阵阵绯红，捂脸低头就往回走……羞归羞，可心里还是美滋滋的……

金圣叹家在南京,之所以在苏州住这么久,是因为他正对《水浒传》进行修订。金圣叹认为:先前流传的《水浒传》,版本虽不知凡几,但都美中不足。文字粗糙,语言粗俗,故事的逻辑性和思想性欠妥。尤其是"大聚义"之后的章回,都是败笔,完全是狗尾续貂。

为此,金圣叹打算用半年时间,修订《水浒传》。他平素住在南京,家中客人络绎不绝。为了安心治学,遂来到苏州,寄宿于寒山寺,和冯梦龙一起潜心创作。虽偶有朋友来访,但比起南京,这里算是清净多了。

金圣叹和冯梦龙常为作品修订之事争执不下,今日亦是如此。二人你来我往,互不相让。

金圣叹不厌其烦道:"自古传世佳作,多是众人数次修改而成。《三国》《水浒》之所以成为经典,莫不因此。"

冯梦龙却不以为然,愤愤不平道:"古今佳作,凡经你们之手,全都面目全非!"

金圣叹舌尖口快,又道:"你那是讳疾忌医!"

冯梦龙气得来回踱步,用手指着金圣叹,吹胡子瞪眼道:"你……你……"随之,拂袖而去。

冯梦龙一生自负,以为自己所做之《东周列国志》,强过《水浒》,胜过《三国》,决不让别人修订。一次,金圣叹翻看《东周列国志》,提出几点修改意见。冯梦龙板着个脸,半个月都没搭理他。

这些天,《水浒传》的修订工作已接近尾声,大功即将告成,金圣叹心情很愉悦,时常出来走走,顺便到郑森就读的书院里转转。

时值四月,春山如笑。草长莺飞,春风和煦,正是放风筝的好时节。

这日午后,夏惠吉拖着寇白门陪她放风筝,二人就在黛碧馆大院中,放起纸鸢来。夏淑吉婷婷立在门前,笑盈盈看她们玩。

突然,风向微变,一阵疾风,夏惠吉收线不及,风筝挂在隔壁寒山书院的树梢上,再也动弹不得。

夏惠吉和寇白门忙跑向寒山书院寻风筝。书院的学生们,本来都在自习,见风筝挂在树上,纷纷跑出来看热闹。这日下午,瞿式耜有事进城,临走时布置了作业,让学生们坐在教室里自习。

这是一棵参天古树,矗立在寒山书院的天井中。风筝挂在最高的枝杈上,离地五丈开外。学生们争先恐后献殷勤,找竹竿的找竹竿,爬树的爬树,折腾了两个多时辰,皆徒劳无功,悻悻而退。郑森却视而不见,听而不闻。整个一下午,他始终正襟端坐,专心用功,院子里虽然嘈杂,却丝毫未影响到他。

眼见夕阳西下,日近黄昏,夏惠吉忧心如焚,汪然欲涕。

夏惠吉伤心欲哭,并非全因风筝挂在树上。整个下午,郑森明明就坐在门口的桌子前,却对此事视而不见,对自己不理不睬。亏得还说让自己把他当哥哥一样看待,夏惠吉遂有些懊恼。

这么大动静儿,郑森绝非浑然不知。他之所以没有帮忙,一则因他性格内敛,沉稳含蓄,不愿意出风头。二则同学们个个抢着上前,争着献殷勤。众目睽睽下,自己若取下风筝,恐同学们乘兴而来,败兴而归。

他早打定主意,等到了夜里,院中无人时,再去把风筝摘下,放在黛碧馆的窗台上,送还给夏惠吉。

金圣叹午饭后就在寒山书院转悠。风筝挂在树上后,他一直歪在西墙根底的藤椅上,笑呵呵地看热闹。

斜阳即落,天色将晚。学生们渐渐散去。院子中央只剩下夏惠吉和寇白门。夏淑吉见风筝取下无望,从黛碧馆过来,劝她二人回去。

郑森仍在埋头看书,金圣叹高声戏谑道:"郑森,你若再不帮忙,夏姑娘可真要哭鼻子了!"又调侃他道:"人家小姑娘,害羞也就罢了!你一个大小伙子,怎么也扭扭捏捏?"

计无付之,郑森走出教室。夏惠吉见郑森出来,立即转悲为喜,摇着寇白门的胳膊,欢快道:"郑森哥哥出来了,郑森哥哥出来了"……

借着晚霞的余光,郑森将这株参天古树上下打量了几番,选准借力点,设好起降路径。接着调匀内息,催动内力,手攀脚蹬,如长臂猿般轻盈敏捷,噌噌噌几个纵跃,已身在半空,离风筝不足五尺。

此处已临近树顶,枝杈虽多,但全是末梢,过于柔软,无法借力!

郑森当机立断,在较粗的树杈上用力一蹬,整个身子凌空飞起,在空中划过一道弧线,探手将风筝取下。此时身体凌空,直线下坠,郑森眼疾手快,伸腿在厢房的屋檐和西墙上连蹬两下,缓解堕势,稳稳落在墙角!他走到夏惠吉面前,双手托起风筝,交给夏惠吉。

夏惠吉接过风筝,手舞足蹈:"郑森哥哥好厉害!多谢郑森哥哥……"

此刻,夏惠吉对郑森的崇拜,更是有过之而无不及。

寇白门也被郑森非凡的身手震惊,对夏淑吉所言深信不疑,顾虑尽消,好感油然而生,朝郑森莞尔一笑……

第十四回　觅渡桥插翅难行
　　　　　芙蓉舫谈诗论词

　　似缘非缘风弄影,落花有意水无情。
　　无限真挚埋心底,皓月繁星空自明。

　　　　　　　　　　　　——《静夜意中人》

　　转眼间,北上的日子就到了。按事先安排,郑森要和二弟郑渡一起出发。一想到那日去府上所见所闻,郑森心里就有些腻味。为了顾全大局,动身前一日,他勉为其难,去找郑渡。

　　苏州城西的园子里,郑渡躺在女人堆里,奢靡如前,荒淫依旧。他压根儿就没准备去考试,甚至连北京都懒得去,推托道:"'上有天堂,下有苏杭',你难道没听说过吗?那北京有什么好的?我在那儿待过,灰不溜丢的,就是个人多!哪有苏州这般逍遥快活?大哥,干脆你也甭去了,留在这里作乐寻欢吧!不就是个考试吗?有啥着急的?三年后再考也不迟。爹这些年攒下的家底儿,咱们几辈子也花不完!看你整天累哼哼地瞎忙活,也不知道图个啥?"

　　道不同,不相为谋!郑森听罢,一句话也说不出来。

　　郑渡若无其事,歪着脑袋朝身边那群妖艳女子道:"姐姐妹妹们,再过两天,我带你们去杭州西湖玩,坐画舫,喝花酒。"众女子听罢,顿时眉欢眼笑,叽叽喳喳叫个不停……

　　郑森摇着头,在一片刺耳的嬉闹声中,独自走出园子,返回寒山书院……

　　北上事宜,由瞿式耜统一安排。四十多天的朝夕相处,瞿式耜对郑森刮目相看,青睐愈加。他时不时在钱谦益面前提起郑森,对其赞不绝口。钱谦益虽轻世傲物,目无余子,但见自己的大弟子如此抬举这孩子,渐渐也对郑森另眼看待。

本次北上京师,郑森本想独行,可瞿式耜却另有打算。他思虑周到,安排郑森搭乘钱谦益的船;希望借此机会,让郑森和钱谦益多一些接触。

钱谦益此番起复,是要回京高就礼部尚书,并入阁参赞机枢。他本就好面子,凡事都要讲个排场,大肆铺张。此番赴京之前,更是大张旗鼓,在苏州钱府张筵设戏,热闹了好几天。

更荒谬的是,钱谦益在宴席上公然炫夸:此番进京,只携未过门的柳如是一个女人,正妻与两房侧室均不带。

消息一经传出,苏州府满城哗然!钱府上上下下数百口人,都觉不妥。可平日里钱谦益在府中一言九鼎,说一不二,那些儿孙和下人们,谁敢劝他?只有瞿式耜婉转谏了几句,钱谦益非但不以为意,且眉头一皱,大手一挥,让他不必再言。自此之后,众人皆缄口结舌。

俗话说:好事不出门,恶事行千里!消息没几日就传遍江南,自然也就传到了正在老家太仓赋闲的张溥耳中。

张溥号称"布衣宰相",虽乃一介平民,却有操纵朝政之能量!之所以如此,是因为他的另一个身份——"复社"首领。

说起"复社",就得先说说他的始祖——"东林党"。

"东林党"得名于"东林书院"。该书院位于南直隶常州府无锡县,始建于北宋正和元年(1111),由著名学者杨时创办。杨时就是成语典故"程门立雪"中的主人公,乃北宋理学泰斗程颢、程颐的嫡传高足。

万历末年,无锡籍官员顾宪成、顾允成兄弟罢官回乡,重修东林书院;且邀请一大批知名学者来此讲学,讽议朝政,评论官吏;并制订《东林会约》,定期集会,逐渐在朝野上下形成一个势力强大的政治集团。这个集团,被称为"东林党"。

到了天启年间,遍布朝野的"东林党"成员与魏忠贤为首的"阉党"针锋相对,展开殊死较量。天启皇帝驾崩,新君崇祯登基,魏忠贤倒台,"阉党"失势。

"东林党"权倾朝野,盛极一时。

"复社"成立于大明崇祯二年。那一年,在苏州府吴江县,被时人称为"娄东二张"的张溥、张采,组织召开了著名的"尹山大会"。参会者大多来自江南地区,且以出身地主官绅家庭的青年士子为主。在这场史无前例的大会上,活跃在江南地区的十几个社团达成共识,合并为"复社"。

"复社"成立之后,每年春秋定期集会。复社中的成员们,相继通过科举入仕从政,在朝廷中央和地方州府为官。到了崇祯末年,官场上尊张溥为座师的青年学者,成百上千。"复社"全部成员,已达数万之多!

"复社"与"东林党",二者大同小异。不同的是,"东林党"盛行于万历末年和天启年间,老一辈、老资历、身居要职、位高权重、担任或曾任高级职务的中老年士子,大多属于"东林党"。而"复社"则盛行于崇祯时期,小字辈、资历浅、担任或即将出任下级官吏的青年士子,大多属于"复社"。

"复社"成立初期,为了本固枝荣,成员们多依托在朝野影响巨大的"东林党",喜欢自称"小东林"。崇祯中期,"东林党"已日过中天,日渐式微。而"复社"却如日方升,欣欣向荣。随着越来越多的成员进入官场,逐级或越级升迁,"复社"的羽翼日渐丰满。到了崇祯末年,"复社"已基本脱离"东林党"的庇护,成为一支独特而强大的政治力量。

眼见实力此消彼长,"复社"成员情随事迁,他们有意与"东林党"区别开来,标新立异,独树一帜;某些问题上,更是与其泾渭分明,公然对立。

对饱受党争之苦的大明王朝而言,出于"东林"而胜于"东林"的"复社",成为又一道"催命符"……

身为"复社"成员的陈子龙,那日从钱谦益府中悻悻而返。但他并没有回南京教书,而是直奔太仓,投在张溥门上诉苦。张溥迅速召集身在江南的"复社"骨干,赶至太仓开会。三天前,会议在张溥家中秘密召开。众人谋划如何围堵钱谦益,给陈子龙出气;并利用柳如是借题发挥,大做文章,让钱谦益声名狼藉,从而达到打击"东林党"的政治目的……

原来,张溥心里还有一个不可告人的秘密:这个柳如是,曾是他的小情人。当时的柳如是名为杨爱,乃松江府女道士徐佛之养女。多年之前,他们二人有过一段情缘……

那是崇祯六年的事情……

张溥去松江府,拜访老情人徐佛。徐佛虽是女道士,却风流成性,与江南江北许多名人过从甚密,活脱脱一个"当代鱼玄机"。她与张溥的暧昧关系,人尽皆知。张溥抵达松江府时,徐佛碰巧外出,只有养女杨爱在家。

杨爱身姿曼妙,娇艳欲滴;张溥玉树临风,倜傥风流。二人干柴烈火,郎情妾意,颠鸾倒凤,同谐鱼水之欢。

过了几日,徐佛回到松江府。得知此事后,恼羞成怒,雷霆大发。不仅和张溥反目,而且把杨爱卖给年逾花甲的周状元为妾。

张溥焚舟破釜打击钱谦益的原因之一,便是他与柳如是这段鲜为人知的露水情缘。

寸阴若岁,终于等到了启程的日子。

这日清晨,钱谦益和柳如是分乘两顶绿呢子大轿,从钱府出发,前呼后拥,鸣锣开道,结驷连骑,光行李就拉了五六车。沿途彩旗飘扬,相送者络绎不绝,声势浩大,场面壮观。

郑森穿着朴素,看上去就像个普通仆役,跟在柳如是所乘轿子后面。队伍出了苏州城,又行了大约一刻钟时间,停靠在觅渡桥码头那艘气派的大船,已遥遥可见。

这艘大船便是钱谦益为北上进京,特意为柳如是置办的,还美其名曰"芙蓉舫"。船上色色俱全,有大小舱房十余间。

寇白门也要回南京,她与柳如是约好,搭乘"芙蓉舫"一起走。在苏州这些日子,寇白门一直与夏家姊妹同住于"黛碧馆"。"黛碧馆"与"寒山书院"相邻,离觅渡桥码头很近。寇白门早上从"黛碧馆"直接出发,早早登船,此时她正站在"芙蓉舫"上,目睹着码头上发生的一切。

钱谦益、柳如是和随行众人,此刻也已来到觅渡桥码头。眼前景象,令他们始料未及:数十名江南士子齐聚码头,严阵以待。

陈子龙站在最前头,畅叫扬疾。"复社"骨干徐孚远和顾绛紧随其后,拦在送行队伍面前。众人同情相成,同欲相助,钱谦益和柳如是根本无法登船。

那些江南士子抬着十几个大竹筐,里面装满瓜果蔬菜;另外还有几个小竹篓,里面全是鸡蛋鸭蛋。他们个个怒目圆睁,蠢蠢欲动。

山雨欲来风满楼,一场大闹眼看无法避免!郑森心中盘算:倘若贸然出手,势必开罪江南士子,自己日后如何在华东立足?如若不出手,势必又得罪了钱谦益,落得个见死不救、袖手旁观之名。唯有万全之策,才能让钱谦益履险如夷,又不至引火上身。

正寻思间,只听人群中嘈嘈杂杂,也不知谁带头起哄:"打死这对狗男女。"

"就是,打死他们。"

众人闻声附和,纷纷响应,摩拳擦掌,蜂拥向前。

钱谦益见这些士子们来势汹汹,缩头缩脑,躲在前面的轿子里,连帘子都不敢撩开。柳如是也有些害怕,不过她心想自己是个女儿家,且钱谦益马上就要入阁为相,这些江南士子就算胆子再大,也顶多嘴上咋呼咋呼,谅他们也不敢把自己怎么样!柳如是想到这里,刚刚悬着的心也就放了下去,遂下了轿子,朝前面钱谦益乘的那顶轿子走去。

柳如是边往前走,边白眼相看道:"嚷什么嚷?也不拿镜子好生照照,那一个个穷酸相!本姑娘爱跟谁就跟谁,你们管得着吗?"

士可杀,不可辱!柳如是之言,犹如一块冰碴子丢进了油锅里,霎时炸了锅!数十名士子们心中郁积已久的嫉妒和仇恨瞬间被引爆,个个恼羞成怒,气急败坏,脸色非乌即青,纷纷把手伸进竹筐竹篓,争相摸索准备好的东西,争先恐后朝钱谦益和柳如是投掷而去……

漫天瓜菜禽蛋疾飞而来!直把个柳如是吓得花容失色,她忙不迭赶紧钻进钱谦益的轿子里……

情势突变,已不容郑森细想。他箭步上前,双手抓住柳如是刚才坐的那顶花轿的抬杠,双臂用力将轿子平平举起,急转半周,背对着数十名士子,连退十几步,到了离前面轿子不足三尺之处,双足骤停,腰部使劲疾扭,用力把轿子平甩而出。花轿半旋飞起,凌空一个大角度平转,已横在钱谦益轿子之前,将飞来的鸡蛋瓜菜尽数挡下……

而郑森此时已隐入钱谦益那顶花轿下面的空格处。他双手用力托起轿身,朝着拦路人群一路疾奔。

数十名士子看得眼花缭乱,还未弄清刚才花轿缘何平地横飞,花轿就又长了腿似得急冲过来。士子们人数虽多,可毕竟都是些文人墨客。眼见这花轿如脱缰野马般朝自己奔来,直吓得魄荡魂飞,双腿发软,纷纷抱着脑袋伏倒在地。

郑森趁此机会,擎着花轿,一鼓作气穿过人群,奔至码头尽处。他双足蹬地,双臂发力,将钱谦益、柳如是连人带轿抛向"芙蓉舫"。

抛掷花轿的一刹那,郑森双足点地,凌空飞纵。他后发却先至,竟先于轿子落在船尾,伸出双手把花轿牢牢接住,然后稳稳放在甲板上,自己复又隐在轿子背后。

郑森武功着实出神入化。刚才穿过人群时,他双足疾驰如飞,只在空隙处落脚,竟未踩伤一人!场面惊心动魄,郑森始终用轿子作掩护,并未暴露自己。江南士子们饶是人多,但谁也没瞧见郑森面容。

众人心有余悸,好在有惊无险。待心情稍加平复,大家心里都犯起嘀咕:适才何许人也?竟有如此盖世之神力!

情势陡然逆转,钱谦益和柳如是大喜过望,虽还面热心跳,但毕竟已化险为夷。二人松了口气,小心翼翼钻出花轿,走到船头,朝岸上送行的人群挥手道别。

他俩这个举动,再次将数十名江南士子激怒。伴着滔天骂声,鸡蛋瓜菜又疾飞而至……

钱谦益和柳如是犹伤弓之鸟,捂着头一边后退,一边急令船夫开船。岂料为时已晚,两枚鸡蛋已飞将而来,避之不及……

形势危急,间不容发。柳如是抱头闭眼,"啊呀"叫出声来……

只听咚咚两声闷响,鸡蛋并没有打在自己头上。柳如是睁开眼睛,只见两枚鸡蛋竟被两根长钉贯穿,钉在船舱门柱上。

这种长钉名曰透骨钉,钉长六寸,尖细锋利,乃郑森独门暗器。两枚透骨钉径直穿过鸡蛋,蛋皮竟没有破碎!

船上众人见此情景,对郑森佩服得五体投地……

寇白门早听说郑森能文善武,半个月前见他飞身上树,替夏惠吉摘下风筝,已知其武艺超群。可那毕竟是在晚上,又是眨眼间的事儿,没怎么瞧明白。今日她一直身在船上,看得一清二楚:飞抛花轿,举重若轻;飞钉鸡蛋,精准绝伦。郑森莫测高深的武艺,着实让她大开眼界,叹为观止……

钱谦益惊魂稍定,赶忙下令开船。由于士子们阻拦,本应有二十八名船工登船,此时到位的却只有六人,其余二十二人尚在岸上。由于船体太大,须二十八名船工同时划桨,方可行进。此时只有六名船工,即使拼命划桨,也无济于事。"芙蓉舫"非但不进,反而不住后退。

郑森回首朝岸上望去,只见船锚仍拴在码头的桩台上,众士子早已冲至此处,拽着绳子拼命往回拉……

那缆绳乃亚麻编纺而成,韧性极强。郑森随身的暗器是透骨钉和丧门针两种,只能穿刺,无法切割。变起意外,钱谦益的行李都还没搬上船。郑森寻遍全船,竟连把菜刀也没找见!眼看着船一点一点被拖回岸边……

眨眼间"芙蓉舫"已被拖至浅水区。水深不足三尺,河中水草已依稀可辨。

他无暇细想,劈手从船工手中夺过一柄船桨,用力压住绷得紧直的缆绳,沿四十五度斜角使劲儿搅绕两圈,将缆绳紧紧缠在桨上,然后催动内力聚结于右臂,将木桨使劲掼入水中。桨头插进水下河床,没入泥沙两尺有余。以此为支点,暂时阻住了画舫的退势。

岸上数十名士子,只觉手中的缆绳忽然不听使唤,接连颤了几颤,随后便拽不动了。

郑森心知此乃权宜之计,小小一柄木桨,根本挡不住岸上数十人的拖拽。要想脱身,必须用计把对方箍住。

众人纳闷了片刻,随即又一齐用力,在徐孚远和顾绛的带领下,齐声高喊:"嗨哟嗨哟"……插在水中的木桨呲呲作响,不住向岸边方向倾斜,眼看就撑不住了!

郑森忧心如焚,眼见今日情势,自己若不施展全力,断无脱困可能。他回头望向柳如是和寇白门,道:"大家可否帮个忙?设置个比赛,让我跟他们拔河,一场定输赢!他们要是拽不过咱们,立即罢手放行,别再纠缠。"

柳如是被刚才飞来的鸡蛋吓得乱了方寸,半天回不过神来,脑子里一片空白。寇白门颖悟绝人,也心知郑森武功冠绝一时,但眼见对方人多势众,心中还是有些疑虑,低声问道:"岸上几十人,你一人能拽得过他们吗?"

郑森生性谨慎谦逊,虽胸有成竹,但还是不矜不伐道:"我有九成把握。只是……"

寇白门见他眼神中满是凝重与自信,随即把悬着的心放下。可见他欲言又止,心中似乎仍有什么顾虑,不禁催问道:"只是什么?"

郑森低声道:"只是眼下我刚回国,今日若与江南士子结怨,日后恐处处不利。咱们只求脱困,还请姐姐斟酌言语。"

寇白门冰雪聪明,立即会意。她点点头,略一思忖,便朝岸上高声道:"众位公子,奴家是金陵寇白门。前些日子在苏州游玩,今日搭乘柳姐姐之船返回南京。"

燕语莺声,洋洋盈耳,直把岸上众士子听得心神荡漾……

人群中一阵唏嘘,众人交头接耳,窸窸窣窣不停……

在"秦淮八艳"中,寇白门年纪最小,虽然名头不如柳如是那么响亮,但秀外慧中,恪守己心,谨言慎行,众人皆知。她虽从小生活在花街柳巷,却从不嫌贫爱富,巴高望上,因此颇受尊重。

得知寇白门也在船上,众士子一时没了主意。尤其是为首的徐孚远和顾绛二人,平日里就十分倾慕寇白门,此番来苏州闹事,本是给陈子龙出头,打抱不平,怎能节外生枝,为难自己心仪的女子?二人不由自主,松开手中缆绳。

寇白门何等聪颖明慧!她见微知萌,清声又道:"众位公子能来码头相送,小女子受宠若惊!奴家打小喜做游戏,尤其喜欢施钩拔河!平日里,只能在岸上玩,着实乏味。今天这情景,你们在岸上,我们在船上,正好来个拔河比赛。岸上的众位公子,大家一起来;我们船上人少,只这个摇橹的小伙子,还有点力气,就让他替我们拔河。不知众位公子意下如何?"

声音似水如歌,酥润人心。明明是江南士子为了柳如是这个江南名妓阻拦闹事,寇白门却对此事只字不提,欲悄悄冥冥了结此事。

众人听寇白门所言,竟是要小船工一个人与五六十名青年士子角力,脸上纷纷露出不屑的神情。陈子龙见大家被寇白门三言两语就说得松懈下来,心中早焦灼难耐:事已至此,怎能前功尽弃、功亏一篑?听完寇白门预设的比赛,不假思索,当即高声回话,允诺下来。

寇白门恐他们反悔,又追加了一句:"君子一言!"

岸上众士子齐声道:"驷马难追!"

赌局已设,寇白门转头朝郑森拈花一笑。

郑森趁此间隙,又收集到十八柄船桨,用力一一掼入水中。桨头牢牢插进河床泥土里,只有桨尾露在水面上,突出部分一尺有余。犹如十六个梅花桩,呈"‖"型朝岸上排列,桨尾与桨尾之间,刚好一步之距。

郑森手握缆绳,从船头跃下,踩着桨尾大步流星,眨眼间已站在离岸最近之处,双足各自踏在两柄桨尾上。他把缆绳往肩膀上一搭,整个身子全转过来,背对岸上众士子。万事已备,郑森朝寇白门点头示意。

寇白门见郑森已准备妥当,遂朝着岸上众人脆生生喊道:"开始。"

"一!""二!""三!""四!"……"十"……

郑森每跨一步,寇白门就数一声。

郑森施展神力,雷霆万钧,倒海排山!饶是岸上人多,就算五六十人都加起来,又哪里是他对手?众士子站立不定,身子纷纷前伏。徐孚远点子多,眼见情况不妙,忙弃了缆绳,匆匆绕到人群最后,指挥几个年轻人,跳进码头侧面浅水之中,迅速把绳子绕在下面基桩上,紧紧缠住。

那基桩乃码头根本,没入水中何止数尺,自是牢固无比!

眼见大功将成,郑森却突觉有异,一下子竟拉之不动。他心知此中必有蹊跷,定是对方动了手脚,可箭在弦上,既无法点破,也无暇点破!只得昂首朝天,对空连吼助威,竭尽全力,拼命向前。

郑森一口气又迈出七步,随即撂下绳索,立在"芙蓉舫"上,已是大获全胜。

岸上传来咔嚓嚓几声巨响,基桩立柱竟被硬生生拉断!小半个码头坍塌下来。数十名士子,来不及躲闪,纷纷跌落水中。好在水深刚及膝盖,众士子虽无伤痛之虞,却都狼狈不堪。

眼见败局已定,众士子愿赌服输,只好放船离开。唯有陈子龙一人,仍不甘心,双手紧攥缆绳末梢,蹲在水中,埋头抽噎,哭个不停。

众人好生劝说,才把他劝离。

陈子龙一步三回头,望着渐行渐远的画船,不停地用袖子抹着眼泪。

柳如是见状,朝陈子龙轻声啐道:"德行!"

郑森和船工一起摇橹,将船移至刚才插桨之处,探着身子,把水中的木桨一一取出。

那些木桨,原本高出水面一尺多。但刚才承重太多,此时大半只略高过水面。尤其最后那七柄木桨,已完全没入水面,只桨尾隐约可见。

虽刀过竹解,但郑森却也费了九牛二虎之力。只见他单衣已破,肩膀上被勒出好深一道血痕。

寇白门一直伴在郑森左右,她心细如发,这些细节都映入眼帘。敬佩感激之余,还莫名多出几分心疼……

待众士子离去,"芙蓉舫"靠在岸边,众人把钱谦益和柳如是的行李物品都搬上船。仆役、丫鬟及另外二十二名船工,渐次登船。众人整装待发,钱谦益下令开船。

离岸之际,只见远处一人不招自来,一阵狂奔跨上船来。他低头俯身,一手扶膝,一手擦汗,气喘吁吁道:"终于赶上了……"

钱谦益见状,愁眉蹙额……

究竟何人能让钱谦益如此愁云满面?

原来登船之人,竟是钱谦益的外甥金圣叹!

在百姓心中,金圣叹是江南第一才子;可在文人和士人眼中,他却是江南第一狂生!

对这个狂放不羁的外甥,钱谦益深恶痛绝,却又束手无策。金圣叹既已上船,此刻要再赶他下去,势必大动干戈。

一波刚平,钱谦益着实不愿再起风波,遂让他留在船上,和郑森、褚人获同住一间舱房。

当天夜里,皓月当空,蟾光皎洁。大运河水面平静,浮光跃金。

时值南国早春,运河边上菡萏浮波,含苞欲绽。

晚上视野欠佳,不宜行船。"芙蓉舫"在紧邻岸边的浅水处,停泊休息。

岁数不饶人,钱谦益出生于万历十年,今年五十有九,已是年近花甲的老人了。白天受了惊吓,染了风寒,胸闷气短,四肢无力。用过晚饭,他便早早躺下歇息了。

此刻才过酉时,柳如是风华正茂,且从小习惯了青楼里那种昼夜颠倒的生活,这么早哪里睡得着?她心中憋闷,索性走出主舱,去找寇白门聊天解闷。

寇白门也从小长在青楼,与柳如是习惯相近。寇白门日间写了一首诗,见柳如是前来,正好请其看看。因为一个字,二人反复推敲,斟酌再三,仍是模棱两可。柳如是遂提议次日让钱谦益帮忙看看……

钱谦益号称"诗坛领袖",但他墨守成规,诗风刻板,寇白门并不喜欢。柳如是见她不同意,又提议道:咱们去问金圣叹如何?

金圣叹才高八斗,尤擅作诗,大江南北,妇孺皆知。他才思敏捷,文思泉涌,出口即能成章,七步便可成诗。

除了诗词,金圣叹对对联的功夫,更是江南一绝,没人对得过他。

然而,金圣叹的诗词理论,却被钱谦益等官宦文人视为另类。他们认为金圣叹走的是草莽文人的野路子,所作之诗都是"打油诗",不登大雅之堂。

常言道:近朱者赤,近墨者黑。受钱谦益影响,柳如是一向对金圣叹鄙夷不屑。之所以提议去请教金圣叹,主要是想借此接近郑森。上午觅渡桥码头风波,郑森的绝世武功让她大开眼界。柳如是遂对郑森充满好奇:这么不起眼的一个小子,竟有如此功力!柳如是生性喜欢寻新鲜找刺激。既然充满好奇,她便想着以此为借口,会一会郑森。

寇白门心里有些顾虑,恐影响郑森复习备考。但柳如是一再坚持,自己拗不过，只得依了她。

郑森、金圣叹、褚人获三人住在一起。他们的卧舱，位于船尾西北角，是个极不起眼的旮旯。钱谦益是典型的老学究老官僚，满脑子封建伦理、道德纲常，对等级和礼数，尤为看重。在他眼里，凡事都要分个高下，人人都得分个三六九等。

对钱谦益的这个安排，郑森欣然接受。一来他本就不喜热闹，二来大考在即，他需要静下心来复习备考。金圣叹则不然，他对此安排牢骚满腹，要不是郑森从旁劝谏，他早找钱谦益闹腾去了。

且说柳如是和寇白门来到舱门前。舱门虚掩，二人轻推入内。舱内陈设简单，只有三张床和一套桌椅。靠窗放着的三个包裹，便是三人的全部行李。

金圣叹觉得在船上憋闷，浑身不自在，满心不痛快，早早便上床休息了。船舱正中，有张方桌，桌上点着油灯。郑森端坐桌前，左手拿书，右手执笔，一边看一边做笔记。褚人获已入睡，面墙蜷卧，鼻子里发出轻轻的鼾声。

二人深夜来访，郑森有些意外，起身让座。

金圣叹并未睡熟，听到动静，翻身下床。

寇白门说明来意，请金圣叹指教。金圣叹欣然答应，接过诗稿，沉吟章句。只片刻，便已改好。

一字传神，当真是画龙点睛！寇白门惊叹不止，啧啧称奇之余，不免感慨："金大爷才华横溢，却不想形单影只，被时人视为另类！"

"哈哈哈，别人笑我太疯癫，我笑别人看不穿。"金圣叹笑毕，忽地转过身子，搂住郑森脖子，对着柳如是和寇白门道："姑娘此言差矣！我可不孤独。'打油体'传遍江湖，老百姓们喜欢得很啊！这位兄弟，也是我们'打油派'！别看他年纪轻轻，诗文却如行云流水！"

郑森正自尴尬，欲收拾书本离去，孰料竟被金圣叹拽住。

此时褚人获也已醒，来到桌前，听大家讨论。说起作诗填词，金圣叹意兴盎然，口若悬河，滔滔不绝："鄙人以为：'诗者，志之所之也，在心为志，发言为诗'。本朝以来，所谓文人，居然不诵唐诗、不吟宋词，将'平水韵'奉为至宝，整天拼词凑句、游戏文字。"

听到这里,柳如是一脸阴沉。她对金圣叹本就颇有成见,进门之后,只听得金圣叹一个人絮絮不休,郑森在旁一言不发,自己也不知从何插话,遂闷闷不悦。又听得金圣叹所说,与钱谦益等正统文人之见大相径庭,更是忍无可忍,忽地起身告辞离去。

"酒逢知己千杯少,话不投机半句多。"虽柳如是早早离开,但寇白门却觉得金圣叹言之有理,听得饶有兴致。

寇白门不解:"'平水韵'缘何被奉为至宝?"

此事说来话长,只听金圣叹娓娓道来……

"平水韵"并非一部书籍,而是一套韵律系统,最初由刘渊编纂成稿。

刘渊乃金代山西平水地区一位私塾教师。靖康国耻之后,金瓯失缺,汉族百姓大规模南迁。女真人入主中原,中国北方处在金朝(包括伪齐政权)统治之下,各少数民族大举迁入华北。胡汉杂居,因此北方发音习惯也发生了重大变化。

刘渊根据实际需求,将北宋通行的《礼部韵略》中二百零六个韵部删减大半,保留了一百零七个韵部,遂成《壬子新刊礼部韵略》一书。后经刘渊老乡、平水地区管理图书印刷之小吏王文郁再次修改,又删去一个韵部,成《新刊韵略》,分一百零六韵。

此二书日后相继失传,但其所定一百零六、一百零七韵部,却为后世认同,传承至今。因刘渊和王文郁二人籍贯皆为山西平水,故二人所定韵部系统,被俗称为"平水韵"。

金代之后,蒙古人统一全国,建立大元天朝。其疆域之广阔,为历朝之最!由于与官话体系相匹配,"平水韵"系统得以大范围推广,无论蒙古人、色目人、汉人、南人,吟诗作赋,填词谱曲,都以"平水韵"为准。

本朝建国后,太祖洪武皇帝以"平水韵"为基础,组织编纂《洪武正韵》,定为官韵。此后官韵虽历经修订,但皆属"平水韵"系统。

听到此,寇白门问道:"为何钱大人和江南才子们经常批判前人,总说唐诗宋词不合格调,有违韵律?"

金圣叹道："姑娘所问，正中要害。"接着便说道起来……

原来历朝历代，都有与其对应之标准官话，而历朝历代所编撰之"韵书"，也定是与当时发声习惯相吻合，唐诗宋词也不外乎于此。那些被本朝官员和江南士子嗤之以鼻、所谓出格出律之唐诗宋词，若以当时之声韵评判，皆乃朗朗上口、脍炙人口之佳作。

如今文人，举着本朝"韵书"，对唐诗宋词品头论足：说李太白不懂格律，白乐天话粗语俗……种种这般，皆因他们想要证实自己才华横溢，文采斐然，强过前辈，胜过先贤……殊不知，这正是当代文人无知无识之表现。

"唉，都是些墙上芦苇、山间竹笋啊！"说罢，金圣叹摇摇头，寇白门也深以为然。

今夜相谈，甚为尽兴。不知不觉，已至戌牌时分。寇白门不便久留，遂起身告辞……

第十五回　聚丹徒谋篇布局
　　　　　韩武士问罪寻仇

　　黄昏残月愁愈愁，孤星冷夜寂生忧。
　　伶俜怎奈春寒早，芥舟一叶苦中游。

　　　　　　　　　　　　　——《寂寞苦中游》

　　话说五月廿日，"芙蓉舫"抵达镇江府丹徒县。这一带古称京口，地处长江南岸，乃大运河江南段与长江下游交汇之处。按此前约定，"赞比西亚"号上众人、竺岚成都已先期到达，在此等候郑森。

　　"赞比西亚"号此行从澳门起航，前往南京。搭载此船的五位传教士，得知郑森去北京赶考，竟要他带其北上。

　　这些传教士知识渊博，郑森自然十分钦佩。但对他们的行动，郑森却有十二分防备！按竺岚成所说，这些耶稣会骨干，是以传教为名，行间谍之实。传教士们提出北上时，竺岚成在一旁暗使眼色，提醒郑森。郑森当即会意，并借故推托："芙蓉舫"乃钱大人为柳姑娘精心定制，我和书童二人搭乘，已叨扰至极。再往船上带几人，恐有口难言。

　　传教士们听他说罢，便不予强求。他们决定先去南京，何时北上，再行计议。

　　三个月来，郑森把主要精力都放在复习和备考上。商团发展，全由总舵其他成员负责。为了避免耽搁行程，大家决定连夜开会。

　　会议就在"赞比西亚"号船艉主舱召开，众人向郑森汇报……

先说船厂筹建之事,由叶子明牵头,"黑龙"号船长、北欧造船名家哈拉尔具体承办。与船厂附近村民渔民之协调沟通,由郑森的大师兄万云龙全权负责。万云龙为智通大师的开山大弟子,乃福清当地之渠魁。当地百姓对他心悦诚服。

此外还要疏通各级官府,打通各路关节。

叶子明身为总舵军师,与福建官场打交道的事儿,平日里全由他负责。此番为了兴建船厂,他再次出马,用银子把沈犹龙(福建巡抚)和黄斌卿(福建总兵)等实权派都打点好。那黄斌卿觉得此事无碍大局,索性睁一只眼闭一只眼。沈犹龙作为一省父母官,正为财政和民政发愁。郑森大建船厂,衙门有税可收,当地成千上万的工匠们也有活儿可干。如此一来,一举两得,何乐而不为?

打点好关系,在万云龙和他的福清打手团协调配合下,收购、征地、招工等事宜,进展得基本顺利。哈拉尔以及"黑龙"号全体船员,就在福清安顿下来。公司出资三万两银子,收购了当地最大一座船厂——琅琦船厂。随即又斥资五万两,将周围一千亩滩涂尽数买下。船厂原有船坞十个,但规模都太小。在哈拉尔主持下,扩建工程日夜皆造,两个月内便已完成,眼下已可同时开建十艘千吨级大船。

再说买船之事。根据当时会议决定,买船之事由爱丽丝总负责,安文思协助配合。会议后,爱丽丝和安文思立即动身,分别前往马尼拉和巴达维亚。

安文思是麦哲伦的五世孙。麦哲伦是地地道道的葡萄牙人,在西班牙王室的资助下,他完成了人类历史上首次环球航行,为西班牙殖民扩张开辟了新的道路。麦哲伦战死于菲律宾群岛后,被追封为西班牙贵族。在西班牙人看来,整个菲律宾都是麦哲伦用命换来的。

作为麦哲伦的后代,安文思本就地位显赫。再者他又乃耶稣会司铎,身居要职,威望颇高。因此,当安文思乘坐"凯撒大帝"号抵达马尼拉后,菲律宾总督率领当地西班牙贵族,亲自赶往码头,倒屣相迎。

马尼拉位于吕宋岛西北部,湾阔港深,是西班牙殖民者在远东的大本营,造船业十分发达。安文思说明来意,总督径直带他去造船厂,实地参观。船坞上龙骨、桅杆、风帆等散落在地,触目皆是。光已停工的半成品,就有二十三艘。它们本为西班牙海军而造,由于近年来屡战屡败,西班牙政府无钱继续督造。这二十三艘尚未完工的战舰,只得烂尾在此。

总督正为此事愁眉紧锁,见安文思前来买船,霎时满面春风。

虽说葡萄牙复国以来,与西班牙龃龉不断。可这位马尼拉总督,却慧眼别具,从不囿于成见。

首先,虽然马尼拉、马六甲、圣多明各(今台湾省北部),都是西班牙在远东的主要殖民地,但各有各的总督。二十三艘烂尾船搁在船厂,马尼拉总督忧心如捣。马六甲总督和圣多明各总督会管他这些?不会!所以,马六甲丢没丢,被谁抢走,对他而言无关痛痒。正所谓"各人自扫门前雪,莫管他家瓦上霜",大家各自为政,各司其事。

其次,这位马尼拉总督的父亲是西班牙人,母亲是葡萄牙人。西班牙和葡萄牙同处伊比利亚半岛,且都在比利牛斯山脉以南,两国毗邻而居,唇齿相依。在他看来,西班牙人和葡萄牙人同根同源,语言和文化也相差无几。尤其最近六十年间,以皇室联姻为纽带,两国合而为一。所以,他自是不会与葡萄牙人有隔阂之异。

再者,西班牙人和葡萄牙人都是狂热的天主教徒,是罗马教廷的铁杆拥趸。即使两国之间有深仇宿怨,一旦涉及宗教,两国人民总能统一在天主教的旗帜下,为了捍卫罗马教廷并肩而战。

经过磋商,双方协定:二十三艘战舰折价一半售给安文思,安文思共需支付白银九万二千两。按照西班牙贸易体系中的金银比价一比二十,折合黄金四千六百两。安文思先支付一千两黄金作为定金,船厂在未来十八个月内陆续交货。

这些船都是西班牙大帆船,只能当主力战舰使用,无法改为民用。除西班牙海军外,再无其他买主。即使是敌国荷兰和英格兰,也嫌这种船笨重,不愿使用。而处于发展初期的南洋公司,这种大型军舰正中其怀!既能领航又能巡航,是护航舰队的首选。安文思此举,正好解了马尼拉总督的燃眉之急。双方互利互惠,一拍即合。

这二十三艘西班牙战舰,全是清一色的四桅大帆船。每艘船总长四十五米,最宽处宽十一米,满载时吃水四米,排水量六百五十吨,标配船员一百六十人,还能另外搭载二百名水兵。这些大船都还没有起正式名称,目前暂时都用"皇家骑士"号代称,为了区别,分别编为一号、二号、三号……

这些船,每艘需要装配三十二门重炮。若在马尼拉船厂装配,费用还需另行支付。但西班牙火炮射程近、性能差,整体工艺落后。舰队需要装配的,是英格兰和荷兰选用的新型火炮。这种火炮体积小、重量轻、射程远,是当时全世界最先进的火炮。葡萄牙人铸炮工艺闻名全球,爱丽丝船队中的好多船员和水手,都是铸炮高手。新型火炮的设计图已到手,只要铁矿和冶金跟得上,完全可以重启澳门卜加劳铸炮厂,仿造新式火炮。

有了资金注入,马尼拉船厂立马复工,申旦达夕赶工期。安文思顺利完成使命,返回澳门。

爱丽丝也从巴达维亚买回七艘旧船,花了十二万两白银,价格虽有些高,但船上装配一应齐全,马上就能投入运行。

郑森原有大船十三艘,爱丝丽原有大船九艘,又买来七艘大船,共计二十九艘。仅就舰队规模来说,总吨位还不到荷兰东印度公司的二十分之一。但在单舰火炮装备上,明显强于对手。按照此前计划,这些战舰既可以载货,也可以护航,单程共可护送华人商船三百余艘。就整体而言,加之华人商船,总运力可达荷兰东印度公司的五分之一。

时已入夏,东南风强劲,未来数月,台风频发,不宜远洋。

此间几个月里,远东南洋公司和广东商帮,都各自准备。根据集团发展需要,远东南洋公司方将十二艘大船调往各地。余下的十七艘,统一在澳门编组待命,准备护航南下。广东商帮方面,各商团都积极储备货物,改造货船的风帆系统,筹备南下之事。

农历九月底十月初,台风基本消停,季风也会变化,改刮北风,中国帆船便可顺风南下。但十月初一乃"冥阴节",是中国人祭奠亡灵的日子,大家比较忌讳。因此,后推一天,船队定于十月初二正式起航……

公司贸易遍及各地,所经营商品,多是贵重之物。安全护卫,必须桴鼓相应。智通大师回到东山古来寺,广招学徒,厉兵秣马,准备为各路商队保驾护航。

黄万金认为,眼下还应增设货栈,将烟草销路打开。末了,船厂来使又禀报了几件事……

开厂就得缴税,造船厂也不例外。开办船厂之事,动静太大,福建全省,人尽皆知。

明朝中后期,此类税收不进国库,只进皇家内库,成为只有皇帝才能支配的帑银。雀过薅羽,雁过拔毛,如此一来,可红火了这帮吃肥丢瘦的税吏们!一个个苍蝇见血般红着眼睛往船厂跑。他们在船厂吃五喝六,胡吃海喝,临走时还要这要那,令人深恶痛绝。

还是叶子明有办法,他直接找到在福建监军的大太监谢文举。虽说这些税种的征收,分属不同衙门,与谢文举并无关系。但谢文举的身份,是监军大太监;他所属的衙门,是大内御马监!这年头,要是得罪了御马监的监军大太监,叫你吃不了兜着走!不仅吃进去的肉都得吐出来,八成还要搭上官帽甚至脑袋!在福建活动的所有太监,包括常驻泉州港抽厘金的,都得看他脸色。有谢文举罩着,谁也不敢造次。

叶子明决定:从今往后,按时"上贡"。每逢中秋和春节,都登门拜访谢文举,把"保护费"交足。

郑森无奈,沉默不语。黄万金劝他:在咱们中国做生意,都是这样。民间的麻烦,能靠拳头摆平,有万云龙这类好汉就能搞定。可在官场上,那都得真金白银,凭你武功再高,任你本事再大,那都没用。明末的官场上,都是贪官墨吏,只认金银不认人!没有金钱开道,寸步难行……

商议直至黎明,诸事议定。这日恰是夏至,寅牌时分,旭日东升。一年之中,就属今天白昼最长。

太阳初出光赫赫,郑森走出船舱,舒展全身……

众人稍作休整,便分道而行。

黄万金、阿丹一行乘"赞比西亚"号,赶往南京。金圣叹和寇白门也搭乘"赞比西亚"号,返回南京。竺岚成返回江阴,继续和徐霞客编撰地图,整理日记。郑森、褚人获则随钱谦益一行,横渡长江,继续沿大运河北上。

昨日下午,"芙蓉舫"刚在京口码头靠岸,寇白门就注意到了"赞比西亚"号。她从未见过如此威风凛凛的西洋大帆船,便迫不及待携着柳如是登船参观。

上船后,令她们不可思议的是,几十个黑人水手,还有众多看上去都很了不起的人物,居然都奉郑森为首领,对郑森有礼有节,毕恭毕敬!而郑森却不露辞色,少年老成,囊锥露颖,领袖群雄的风采和神气,尽显无遗。

此时,寇白门越发确定,郑森就是她心中的那个盖世英雄,而柳如是也对郑森肃然生敬。

金圣叹也从未见过西洋大海船,昨日下午一见大船,就先于寇白门、柳如是登上"赞比西亚"号。看看这里,摸摸那里,觉得哪儿都新奇。他自个儿在大船上转悠,也不去打扰郑森。只让郑森跟船长大副安顿一声,说他与郑森情同手足,让大副好生照应。

临行前,柳如是和寇白门依依惜别。柳如是想让寇白门陪自己一起去北京,寇白门也恋恋不舍,因她从未去过北京,故而也很想去瞧瞧。但"芙蓉舫"苏州码头一幕,至今仍令她挂肠悬胆。士子们之厉害,她已领教。光是柳如是一人,就已风波四起。再加之她,后果更不堪设想。因此,她委婉拒绝了柳如是,并向钱谦益辞行。

在男女问题上,钱谦益向来不以为然,随心所欲。可江南士子苏州码头这么一闹,让他见识了什么叫人言可畏,钱谦益遂不敢再任性妄为。既然寇白门主动辞行,钱谦益便赶紧顺水推舟,让寇白门迅速离开"芙蓉舫"……

"赞比西亚"号乃大海船,高出"芙蓉舫"很多。两船并列,水手们放下木板,一头搁在"芙蓉舫"船楼的顶子上,一头搭在"赞比西亚"号第二层炮口上。他们又另外搭了个梯子,以便让众人从二层炮口上到顶层甲板。

寇白门登上甲板,一步三回头,朝"芙蓉舫"上众人招手,但眼睛余光却一直搜寻郑森的身影,望眼欲穿,苦觅而不得。剪水的双瞳渐渐变得黯淡无光,寇白门低回不已。

郑森和金圣叹道过别,将其送至"芙蓉舫"船楼顶上。

寇白门即将进舱的一刹,终于瞧见了郑森,瞬间烟视媚行……

却说"芙蓉舫"驶离京口,横渡长江,再沿高桥镇往东,从瓜州古渡重入大运河,继续北上。

途径淮安时,漕运总督朱大典并未安排迎送,钱谦益心中不快。好在淮安至徐州这截儿,淮徐兵备佥事何腾蛟热情恭迎,并一路陪同,殷勤招待。

别过何腾蛟后,"芙蓉舫"驶离徐州,不久便驶入"南四湖"。

微山湖、昭阳湖、独山湖、南阳湖合称"南四湖",因其位于济宁以南而得名,横跨南直隶和山东两省。因微山湖水域面积最大,"南四湖"有时也被称为"微山湖"。

此时,和风湄湄,"南四湖"上水光潋滟。

"芙蓉舫"尚未进入山东地界,登莱总兵刘泽清老早就候在湖中。

刘泽清祖籍山东,地地道道的曹州人。他出身行伍,早年在辽东打仗,与一代名将曹文诏有袍泽之谊,二人同为关宁军中的外籍骨干。他凭战功晋级,积军功擢升,三年前,就已官至漕运左都督。这个衙门,还是卫所军制的尾巴,仗着漕运的滋养,一直没被裁掉。总部设在通州,属下兵员两万,都是卫所军户,分散在大运河沿线,保障整个漕运安全。在军官们眼中,给漕运总督衙门提供军事保障的左都督,是个又能吃空饷又能享清福的肥缺,备受同僚艳羡。

俗话说得好:世间好物不坚牢。去岁以来,山东大旱,灾民起义,贼盗横行。朝廷命刘泽清离京,集结所部兵马,赴山东剿匪。他过惯了悠然自得的太平日子,不愿离开北京,对朝廷阳奉阴违,辗转推托,最后惹恼了崇祯皇帝,被革职降级,贬到胶州半岛镇守海防。

对这个新的任命,刘泽清虽满肚牢骚,但也得奉命唯谨。他先去登莱巡抚衙门报了到,然后又花了数月时间,乘船沿着海岸线转了一圈,将各个海防要地和水军营寨巡防了一遍,把自己的亲信心腹挨个儿安插下去。

一切安排妥当,刘泽清自个儿就逍遥起来,随意往来于胶东半岛和鲁西平原之间。大多数日子里,刘泽清并不在登莱沿海巡逻,而是候在大运河西岸的曹州老家,图谋东山再起。他派人四处活动,打探消息,巴结朝廷重臣。一个月前,他得知钱谦益起复北上的消息后,和幕僚们算计着日子,准备了好些礼物,又从水师调来好大一艘楼船,早早候在微山湖里,恭候钱谦益。

在他身边出谋划策者,名叫李化鲸。此人本是北直隶保定府人氏,后随父母逃荒至曹州府,定居在成武县。幼年时读过几年私塾,后因家境贫寒,无钱上学,为了谋生,在县衙做了个打杂的衙役。李化鲸粗通笔墨,又多谋善断,不久便被县令看中,提拔为胥吏,专事谋划。刘泽清回乡探亲时,亲朋故友向他举荐李化鲸,刘泽清遂聘请李化鲸为幕友。李化鲸追随刘泽清十几年,从辽东到北京,再到山东,是刘泽清的铁杆亲信,名副其实的总军师。此次在微山湖"偶遇",借机巴结钱谦益,就是李化鲸的主意。

刘泽清亲自登上"芙蓉舫",送上许多奇珍异宝,并邀钱谦益和柳如是搬到他的楼船居住。刘泽清的楼船高大气派,雕梁画栋,金碧辉煌。这艘船是刘泽清担任漕运左都督时的坐船,离职时他没有上交。甲板上的楼有三层,高度三丈有余;甲板下还有两层,高度也近三丈。

献给钱谦益的礼物中,有好多外域珍宝,西洋东洋的都有。尤其是给柳如是的那些首饰,簪、钗上面都镶嵌着白色珍珠与蓝红两色水晶。此等珍宝,中华罕有,郑森不免心生疑惑。

"欲穷千里目,更上一层楼。"柳如是就喜欢看风景,打看见这艘大楼船的第一眼起,就心痒难耐:"要是能坐在这艘大船上看风景,该有多好!"听到刘泽清主动邀请,柳如是心里早乐开了花,摇着钱谦益的胳膊倚姣作媚。钱谦益快六十岁的人了,哪里经得住柳如是这般娇媚,当下二话不说,携着柳如是,跟着刘泽清上了楼船。仆人们七手八脚,把二人的行李,从"芙蓉舫"搬到大楼船上,放进刘泽清特意安排的大客舱。

两艘船结伴北上,大楼船当先开道,"芙蓉舫"紧随其后。途经山东东昌府,这里本是肥沃繁华之地,却被无休无止的兵灾、战祸、大旱、饥荒蹂躏得不成样子。尤其是运河西岸临近河南的地方,前些年万木葱茏,绿草如茵。现如今,甭说枝叶野菜,连树皮都被剥得精光,草根也被掘地挖尽。

到处都是残缺的尸体,无数野兽野禽争相啃食。原本圈养的家狗,如今也和野狗为伍,恢复了狼的野性,常常为了争抢死尸,和乌鸦、秃鹫斗得一塌糊涂。有些尸体虽已下葬,却也是草草埋在沙土堆中,被野狗刨出来,撕扯得七零八落。有的已是森森白骨,有的还连着些薄皮带着些瘪肉,令人毛骨悚然。

一具女尸,跪倒在运河边的河堤上,应该死去不久,怀中还抱着个孩子。她面部塌陷萎缩,头顶的骨头都露出来了。

就在船只经过的这会儿,前后总共不到一刻钟工夫里,这具女尸脑袋上的肉就都被啃光,头发也被揪扯得七零八落,只剩下白森森一个骷髅头。

怀中的孩子早饿死了,但她的双手依然没有离开,死死护着怀中的襁褓。几条野狗仍在用力撕扯,连女尸的胳膊都拽了下来。准确说来,那根本算不上什么胳膊,说白了就是被几片破布烂絮包裹着的几根骨头而已。

死婴摔在地上,不知又从哪里飞来一只硕大的座山雕,扑棱棱用翅膀把野狗扇开,两个爪子插进死婴身体,一口啄下去,圆滚滚一颗眼珠子就被叼了出来。

目睹此般景象,众人怛然失色。柳如是更是寒毛卓竖,背过脸去,俯身呕吐不止……

沿途偶有几个活人,皆羸弱不堪,路都走不稳,如风中的稻草般摇来晃去。

又行了片刻,眼前一幕,更加触目惊心:饥民们在烂陶盆煮的好像是人的胳膊和小腿!

此时正好有个刘泽清手下的小兵站在一旁。这个小兵是东昌籍的,他看出郑森心思,凑过来低声道:"唉!为了多活几天,大家都在吃人。唯一的区别,就是吃活人?还是吃死人!"

真是骇人听闻!只听小兵又道:"去年东北的鞑子兵打进来了,从河北一直打到山东,沿途烧杀抢夺,百姓死伤无数。侥幸活下来的,根本熬不过今年的荒春。如果舍不得吃自己的子女,就去跟别人换,把别人家的孩子换回来吃。"

"易子而食!"《公羊传》里这个成语蓦地闪现在郑森脑海中。

这个小兵继续道:"仅东昌府一地,每天饿死之人就多达七八百!其中,三分天灾,七分人祸!老百姓本已被战火兵灾和大旱灾荒折腾得死去活来,而朝廷呢,不但不调粮赈灾,反倒强征'三饷',把老百姓推至绝境!额定征收的粮食,远远超过了每亩地全部的收成!各级税吏官员,带着衙役牵着恶狗到村子里强行征粮!他们丧心病狂,竟在朝廷的基数上,继续叠加!层层贪污,把从老百姓嘴里抢来的救命粮,在黑市倒卖,牟取暴利。"……

　　船行向北,两岸疮痍满目。行至临清,即将驶离山东省界。忽见运河右岸,一群人歪在岸边,男女混杂,男多女少。个个破衣烂衫,囚首垢面,显然是逃荒的难民。可他们装束奇特,与中原汉人穿戴截然不同。

　　男的穿着长袍或短袍,裤子极其肥大,有的头戴高帽或斗笠,帽檐极宽;有的头上裹着头巾,或白色或黑色。女的身穿短衣长裙,短衣斜领、无扣、以带为结;长裙宽松多褶,裙摆拖坠至地,遮住脚面。服装虽脏秽不堪,但素白底色依稀可辨。很少一部分男女上身还穿着绸缎做面的坎肩,颜色很深,或黑或蓝。

　　担杆岛聚会时,有几艘船来自朝鲜,船员们的奇异装束,郑森记忆犹新。因此今日一见,郑森就立刻认出此乃朝鲜人,但心中却疑惑不解:此地距朝鲜半岛何止千里?中间还隔着茫茫大海,何以会有朝鲜难民呢?

　　正自疑惑,那些朝鲜难民已望见这艘气派的楼船,纷纷起身,举起手臂,双手拼命挥动长巾,似是向他们求救。柳如是和钱谦益向来好奇尚异,此前从未见过朝鲜人,遂攀着船舷指指点点,兴奋地说个不停。

　　刘泽清和他的手下,却好像都认得这些是朝鲜人,见此情景,纷纷皱起眉头。刘泽清本人更是一脸鄙夷,朝难民方向狠狠呸了一口,骂道:"这些高丽棒子,真他娘的烦人。"

　　郑森还注意到个细节:这些朝鲜难民都背负着白布包裹,斜挎于胸前。包袱形状细长,看着并不大,却好像很沉重。

　　"里面莫非有兵器?"一个念头突然在脑海闪现,郑森心头不禁一颤!抱火卧薪十余载,让他养成了昼警夕惕的习惯。

　　此时柳如是又开始撒娇使性,她执意停船靠岸,要给这些朝鲜难民施舍些吃食。

　　柳如是此举,恻隐之心虽有,但好奇的成分更大些!

柳如是和钱谦益此唱彼和,刘泽清怎好违拗?只得下令右行靠岸,抛锚泊定。

听到主人发话,下人们七手八脚,赶紧收拾些杂七杂八的干粮吃食,装在竹篮里,送至船头。

柳如是凭栏玉立,准备将食物抛向岸边。

这一路乘舟北上,最令她乐在其中的,便是给沿岸的饥民抛掷食物。要说她无一点怜贫恤苦之心,也不尽然。只不过这并非她这么做的主要原因。

她之所以如此乐此不疲,一来是觉得好玩,捡起篮中的食物抛给人头攒动的饥民,如同在苏州园林里闲游时,用馍馍碎屑戏弄水中鱼儿一般。二来作为出身青楼的风尘戏子,虽说名噪一时,引无数男人竞折腰,却终究不过是有钱有势男人们怀中的玩物!只有在抛食的过程中,她才能讫情尽意……安抚自己极度卑微的自尊心,填平自己极度扭曲的精神沟壑。

想到眼前的朝鲜难民即将争抢自己抛出的食物,柳如是脸上似笑非笑,更加急不可待,催促船工摇橹靠岸。

果不其然,郑森敏锐的直觉又一次被残酷的现实所验证……

就在楼船靠岸的一刹那,形势骤变!

只见那些朝鲜难民,突然把手中挥动的长巾就地一抛,纷纷解下背负的包袱,迅速取出暗藏的兵器:弩机、弓箭,还有几杆罕见的日本铁炮。当然,其中最多的,还是朝鲜环刀!当先一人,头戴高帽,脸上蒙着一层黑色的薄纱,只露出两只眼睛。只见他反手持刀,一阵疾奔跑至船前,凌空纵起,跃上船头。还不待众人反应过来,已用极其怪异的手法,砍翻两名拦路的兵士。

接着他大步上前,再度跃起,在立柱上猛踏一步,右手挥动环刀,腾空转身,朝刘泽清砍去……

刘泽清大惊失色!他人品虽差,好歹身经百战,应变还算及时。眼见长刀破空袭来,他一把扯过身边的侍卫,自己拼命往右侧闪避。

只见一道炫目白光劈空划过,那个可怜的侍卫已被劈成两爿,做了刘泽清的替死鬼。鲜血喷射四溅,刹那间染红了甲板。

刘泽清侥幸逃生,惊魂难定。他丝毫不敢懈怠,顺势连打三个滚翻,坠至下层甲板。

那名朝鲜武士眼见仇人逃脱,岂肯善罢甘休?他将死尸一脚踹翻,随即纵跃飞奔,紧跟着刘泽清,跳下船楼,继续追杀……

另外十几个朝鲜人,也个个身怀绝技。他们在船上左突右冲,占尽上风,手中的环刀使得密不透风。

此时已近晌午,阳光刺眼。锋利的朝鲜环刀,招招挥进,反射出道道耀眼白光,化成无数光柱,晃得人睁不开眼!刘泽清的手下虽然不少,护卫亲军多达百人,可大多武功平平,根本不是人家的对手,被接二连三砍翻在地。

除了追杀刘泽清的那名武士,还有一名僧人武功颇高,在战阵中格外惹眼。那名僧人居然没有左脚,但勇悍丝毫不减。独脚僧使用的兵器,乃是一对灿铜短钉狼牙棒槌!这种兵器,在中国有个特殊的叫法——盘龙棍。尾部都带银钩,可以挂在一起。上马时,可装配长约一丈的木柄,变成长兵器,挥砸自如;下马时,可双手各持一柄,作为短兵器,专砸敌人后脑,招招毙命!如若不出所料,这个独脚僧人,应该就是这些朝鲜人的首领。

郑森断事如神,这个独步僧人,正是这些朝鲜人的首领。此人本是朝鲜军官,他自幼从军,一直在朝鲜大将姜弘立帐下效命,镇守鸭绿江。公元1619年,"萨尔浒之战"爆发。时任朝鲜国王的光海君,任命姜弘立为都元帅,统兵一万二千余人,北上参战。朝鲜大军跨过鸭绿江,协助明军四路主力,共同进击后金,结果全军覆没,战死者五六千人,其余全部被俘。独步僧当时也在被俘之列,被押至赫图阿拉。因誓死不降,他被女真人施以酷刑,一只脚被生生剁掉。

后来,后金(清)与朝鲜的关系稍稍缓和,独步僧和战友们被释回国,仍在军中任职。此后十余年间,历经"丁卯""丙子"两次胡乱,独步僧身残志坚,率众御敌。朝鲜国王投降后,独步僧仍不屈服,组织义军继续抵抗,宁死不降。三年前,为了躲避清军和朝奸追杀,他隐姓埋名,遁入空门,绰号"独步僧",秘密往来于朝中两国,联络各路仁人志士,共同抗清。

眼见朝鲜武士步步紧逼,刘泽清已无路可逃。他汗洽股栗,脚下一绊,跌扑在甲板上。就在这刹那间,朝鲜武士已追至近前,腾空跃起,右手反持钢刀,左手按住右腕,朝刘泽清后背扎去……

几日来,刘泽清种种行径,为郑森所不齿。可眼看他就要命丧当场,郑森心下不忍,决定出手施救。他身形微晃,已闪至朝鲜武士身后,左臂微耸,前凸寸许,撞在朝鲜武士身上。朝鲜武士眼看就要得手,却不料遭此重撞,整个身子平飞而出,跌到一丈开外。

朝鲜武士挣扎着站起,揉了揉关节,瞅准郑森,挥刀而来。郑森顺手抄起一柄木桨,避开刀锋,只贴着刀面,格挡闪避。斗了二十余合,郑森已摸清对方路数,取胜之计已定。他故意卖个破绽,撤桨回身。那朝鲜武士不知是计,挥刀直进。他以为郑森武功不过如此,心中窃喜,双手紧握刀柄,倾尽全身气力,朝郑森斜劈而来……

郑森身形疾闪,避过凌厉杀招,左手长探,钳住对方手腕;右手成拳,朝朝鲜武士后脑勺击去。

郑森力道拿捏得恰到好处,朝鲜武士中招后,虽立即昏厥,但却无性命之虞。

那些朝鲜人分不清钱谦益一行和刘泽清一伙儿,以为大楼船上的人,都是刘泽清同党,他们见人就砍。有个朝鲜杀手,竟冲着褚人获扑去。

郑森及时出手,将其制伏,忖道:若再无良策,过不多时,就会伏尸满船,血流成河。

常言道:蛇无头不行,兵无主自乱!郑森深知:欲凭一己之力,在最短时间里制伏这么多朝鲜杀手,必须抓住他们的首领,也就是独脚僧人才行。

擒贼必先擒王!郑森当机立断,把昏厥的朝鲜武士交给褚人获,向那名独脚僧人扑去。三下五除二,便把那对灿铜短钉狼牙棒槌夺下,顺势将独脚僧擒住。

果如郑森所料:制伏独脚僧后,形势立刻逆转。朝鲜杀手看见首领遭擒,立即住手。船上众人,才得以死里逃生。

刘泽清转危为安,即刻拿班作势,对钱谦益道:"钱大人受惊了!今日之变,纯属突然!这些朝鲜强盗,太过猖狂,必须正法处决,以儆效尤!"

钱谦益也心惊胆慑,道:"刘大人所言极是。光天化日,在咱们大明腹地公然行凶,狼突鸱张,万死犹轻!"

事出反常必有妖!此时郑森却是另一番盘算:这些朝鲜人指敌忘身截杀刘泽清,事情绝非那么简单!

此时,褚人获看守的朝鲜武士刚刚转醒,独脚僧人悲愤填膺,双目似要喷出火来,却无奈被数名士兵死死摁住,动弹不得。他抬头望向同伴,声嘶力竭,用朝鲜语大声呼喊。

朝鲜人心领神会:其中一名女子立即将包裹行李的白色布条抖开,横铺在甲板上;一名朝鲜男子伸出右手,用食指蘸着左臂伤口渗出的鲜血,在白布条上写了偌大几个汉字。随后,众人将白布条高举过顶,个个瞋目切齿,怒视着刘泽清。

"杀人越货,天理难容!"八个大字,字迹殷红,字字诛心。

众目共视,其意彰明较著!

刘泽清如芒刺在背,不由自主后退了几步。

郑森见状,心中全然明了,遂朝刘泽清道:"刘大人,这些朝鲜人并未劫财,想必是来寻仇的。"

一语道破天机!刘泽清瞬间恼羞成怒,厉声道:"小子,休要多管闲事!我说这些人有罪,他们就是有罪!快快回房去,这里我来处置!"

郑森追问道:"刘将军执意处死这些朝鲜人,难道是想灭口吗?"说着朝钱谦益望去。

孰料钱谦益却杜口吞声,转过身去,面朝运河。他吩咐下人,找两把椅子搬出来,自己去拉柳如是欲吟诗论词!

柳如是被刚才的厮杀吓得面如死灰,魂不附体,经钱谦益这么一拉,方才回过神来。

怎料她把衣袖从钱谦益手中挣开,快步上前,立在船楼,冷嘲热讽道:"刘大人真是贵人多忘事,您水还没喝完,就想把打井人撂一边去?刚才若非郑森出手,你早与他一般无二了!"说着左手捂嘴,右手指向一具横在甲板上的尸体。

那是刘泽清的贴身侍卫,刚才被朝鲜武士劈成两爿,血肉模糊!内脏器官散了一地,和着污血,分不清哪些是残心碎肺,哪些是断肠烂肚……

柳如是对郑森的好感与日俱增,大是大非面前,比钱谦益要明白得多。

刘泽清看了一眼尸体,虽心有余悸,但还是钉嘴铁舌道:"我说他们是山贼,他们就是山贼!来自朝鲜的山贼!你这小子,别敬酒不吃吃罚酒!"

"好。既然刘大人这么说,那今天这事儿我就不管了。我只保钱大人和柳姑娘安全便是。"说罢,让褚人获先把朝鲜武士放了。

那朝鲜武士见郑森如此说道,便朝着刘泽清一步步紧逼过去。

船上和船下的朝鲜人见带头武士得释,也纷纷擎着兵器,移步上前,个个跃跃欲试……

剑拔弩张,杀气腾腾,情势复又紧张起来。

眼见局势对自己越来越不利,刘泽清为了活命,终于服软,拔腿跑到郑森跟前,几乎用乞求的口气道:"小兄弟,你大人有大量,刚才是我不对,我不会说话!不对,是没说人话!今天这事儿,你说怎么办,就怎么办!"

那些朝鲜人见刘泽清跑向郑森,也不敢轻举妄动。

郑森没有搭话。

刘泽清见状,又道:"真的,小兄弟,你说咋办,就咋办,我全听你的。"

郑森仍旧不语。

此时,朝鲜人已来到近前,各自拉开架势,眼看就要动手了。

刘泽清愁眉苦脸,急得如热锅上的蚂蚁,朝柳如是求助道:"柳姑娘,你面子大,你劝劝小兄弟,可怜蝼蚁贪生之意。今天的事儿,就这么罢了吧。"

柳如是听了,朝郑森道:"郑森,刚才你也瞧见了。再打起来,吃亏的还是刘将军他们,咱们也得跟着遭殃。不然,就此罢了吧?"

郑森不好驳了柳如是面子,遂朝刘泽清道:"既然柳姑娘开口,大人须应我一事!"

刘泽清见他应允,眉开眼笑,语无伦次道:"甭说一件事,就是十件,我也答应。"

郑森道:"君子一言九鼎。"

刘泽清颤声道:"说到做到,驷马难追,驷马难追!"

郑森遂又道："放这些朝鲜人走,他们的国家都被八旗军蹂躏了两回!五六十万人被掳到东北,给满洲亲贵为奴!做牛做马,生不如死!若非事出有因,他们绝不会冒死前来。"

好汉不吃眼前亏,刘泽清虽腹诽心谤,但却不得不尔,只得依了郑森,放这些朝鲜难民走。

郑森又让人放了独脚僧人,并让褚人获将自己包裹取来。他从里头取出六个金元宝,双手捧起,递给朝鲜武士和独脚僧人。

"这些钱你们带着,当盘缠用!不成敬意!"

郑森立在船头,目送朝鲜难民离去。

朝鲜难民们走出几十米远,独脚僧人和领头武士忽地转过身子,二人一瘸一拐踅了几步,深深弯下了腰。

身后十几个朝鲜难民,也面朝郑森,深鞠三躬……

恰在此时,临清新任知县金堡前来拜见。

刘泽清又羞又忿,遂把气都撒在金堡身上。

金堡正端着个盘子,里面放着三百两银子。猛不防被刘泽清一脚踹过来,盘子被踢飞,银子散了一地。

金堡倒在地上,惊心吊胆,不敢起身。

刘泽清大骂道："狗日的,你这知县怎么当的?看看这临清都成啥样子了?强盗横行,死人遍地,我看你这个官儿是当到头了!"

金堡首下尻高,连连磕头："刘大人息怒,刘大人息怒,下官刚到临清,上任不足两月。您消消气儿,卑职定将强盗缉捕归案。"

"息你个头!限你在半年之内,把所有朝鲜强盗缉拿归案!倘若破不了案,我把你这个七品芝麻官的帽子革了去!"转头朝李化鲸道："化鲸,先把折子拟好,半年后,这小子要是破不了案,立刻上奏朝廷!"

……

经此之后,钱谦益心有余悸,忙与刘泽清别过,携众人重回"芙蓉舫",继续北上……

第十六回　千步廊事事艰辛
　　　　　顺天府步步惊心

>　　落寞寒宵欲逞强，雕弓银箭射天狼。
>　　一念思尽天下事，策鞭鲲鹏任翱翔。
>
>　　　　　　　　　　　　——《落寞北京城》

　　却说"芙蓉舫"驶离山东，继续北上。

　　运河两岸都是从山东、直隶逃荒而来的百姓。他们衣敝履空，埋头徐徐前行，向北京而去。郑森不忍卒视，心酸难耐。

　　一朝被蛇咬，十年怕井绳。在临清遇袭之后，钱谦益一见难民，就局蹐不安。眼见沿途满是逃难的百姓，他心惊肉跳，命令船工奋力划桨，全速北上，须臾不敢懈怠。

　　"芙蓉舫"昼夜皆行，到第三日黎明，终于驶入顺天府境内。通州码头，遥遥在望。

　　这通州码头，就设在县城外，距离城门不足一里。运河沿岸，靠近县城一侧，原先都是集市，如今却破败不堪。

　　时值盛夏，日出很早。但今早却天色阴沉，密云不雨。

　　今日靠岸进京，船上众人都起得很早。钱谦益和柳如是更是早早梳洗打扮，步上船头。

　　"芙蓉舫"尚未靠岸，郑森就遥遥望见前方码头上有两顶巨大的华盖。每顶华盖下，分别立着一人，皆高官装束，锦衣绣袍，蟒带华冠。二人身后，数十名侍卫列队整齐,昂首肃立。

"咦?这不是戏里头的钦差嘛!"站在郑森身边的褚人获不禁脱口道。

褚人获所言不错,这些人正是朝廷派来的钦差。当先二人,乃司礼监随堂大太监方正化和吏部左侍郎李明睿!

钱谦益此番来京,过于大张旗鼓。大运河沿线到处是东厂耳目,"芙蓉舫"一路上的情况,全在其监控之下。他们早算准了钱谦益抵京的日子和时辰,并密报司礼监,司礼监再知会吏部。于是两大衙门便各自派员,早早候在码头,专待钱谦益一行靠岸。

钱谦益望见岸上官员手捧圣旨,满心欢喜。以为皇上要加封自己为大学士,钦命内监与外臣,共同宣读圣谕。他侧过身来,让柳如是认真端详,帮忙修饰仪表,将衣冠又好生整理一番。

船刚一靠岸,尚未泊稳,钱谦益就忙不迭走上码头,满脸堆笑,跟两位钦差作揖行礼。孰料方正化和李明睿脸上却罩着一层寒霜,态度颇为冷淡,礼都未还。

李明睿双手端着黄金托盘,恭呈于方正化面前。方正化从盘中取出圣旨,缓缓展开,微微晃动脑袋,吊起公鸭嗓,高声道:"钱谦益接旨!"

"臣,钱谦益,接旨!"钱谦益急忙跪倒在两位钦差面前,等候降旨。

"奉天承运,皇帝诏曰:新任礼部尚书钱谦益,言行不检,狎妓招摇,德道皆亏,甚负朕望,辱损国颜。特收回成命,革除钱谦益礼部尚书之职,贬为庶人!钦——此——"

几句话顿如晴天霹雳,劈得钱谦益头晕目眩,四肢酸软,瘫坐在地。他万万没有料到,还不到半月时间,事情就变成这样!自己被贬还乡,闲居十年,好不容易起复还朝,怎的还未重登庙堂,却又堕入深渊?

事出突然,钱谦益始料未及。他双手撑地,摇摇晃晃,勉强直起身来,颤抖着双手接过圣旨,反复看了好几遍。犀牛角轴,金黄绫锦,天头瑞鹤凌云,两畔银龙翻飞。圣旨上赫然钤盖着"崇祯之宝"四个篆字,色泽朱红,鲜艳醒目。没错,是圣旨,千真万确,毋庸置疑!钱谦益万念俱灰,只觉地动山摇天旋地转。他全身哆嗦、嘴里结巴道:"臣……臣……钱……谦……益……谢主……主……隆……"言未毕,钱谦益眼前一黑,栽倒在地!

方正化鼻子一哼,微微转头,朝身后使个眼色。两名侍卫闪身而出,箭步上前,把钱谦益架了起来。

短短一个月里,钱谦益起而复落。此事看似是因其携柳如是进京而起,殊不知,背后却是大明王朝高层之权争利斗。礼部尚书最终人选,必定乃各方势力掰腕博弈之结果。

所谓"柳如是事件",不过是条导火索罢了。这个把柄一旦到了政敌手里,便会如利剑一般,直插对方要害!

崇祯皇帝登基之甫,决心铲除以魏忠贤为首之阉党。可未过多久,他就发觉:阉党虽被惩肃,但原有的政治平衡也随之被打破。没了阉党制约,东林党人遍布朝野,把持朝政。他们上通下联,飞扬跋扈,无论大事小事,都要按其意思去办。崇祯皇帝要是同意也就罢了;倘若不同意,东林党人便会众口一辞,不厌其烦上疏奏事,逼迫崇祯收回成命。如此,一而再,再而三,弄得崇祯脸上无光,心中郁愤。

对这种朋党比周、欺世盗名、威胁皇权、倒逼皇命之行为,崇祯忍无可忍。为了扭转这一被动局面,在阉宦们提议下,崇祯皇帝重新扶持亲信太监,牢牢掌控特务机构,密切监视朝臣动向。同时,在人事任免上,有意压制东林党,对朋党色彩浓重之官员,能不用则不用。十年前钱谦益被免下台,正是政治风向转变之体现。

其后,礼部尚书一职,便逐步淡化朋党色彩。由非"东林"之内阁首辅温体仁长期兼任。后温体仁被罢免,礼部尚书更迭频繁,三年间换了三个尚书——薛国观、程国祥、蔡国用,皆非"东林"。

多年来,钱谦益无论在朝为官,还是在野为绅,都处处标榜其"东林"身份。尤其近几年,更常以东林党魁自居!之所以如此,乃是希望凭此给自己增加政治砝码。有庞大组织做后盾,远胜独自拼争。如此积淀数十年,到崇祯末期,天下官宦士人,公认其为"东林"党首。

为借此机会扳倒钱谦益,打击东林党,张溥亲自出山,披挂上阵。陈子龙、顾亭林、徐孚远等人在苏州围堵钱柳二人失败后,张溥居中调度,运筹帷幄,务要趁机将钱谦益置于死地！

"复社"处心积虑，钱谦益插翅难飞。故其携江南头号名妓柳如是北上，且在苏州码头遭到江南士子围追堵截之事，飞速传遍全国，闹得沸沸扬扬。江南士子对钱谦益是又羡又妒，无不非议斥骂，参劾折子如利箭般飞向朝廷！朝野上下公愤四起，众怒难平。

一石激起千层浪。汹涌澎湃的舆论潮流，将钱谦益彻底淹没。

因此事有违道德有损清誉，影响极其恶劣，东林党成员怕惹火烧身，皆绝口不道。整个舆论，完全被"复社"把持，将矛头指向钱谦益，不达目的决不罢休！

大明王朝尊儒重德，礼部居六部之首，论地位论权势，比吏部、兵部、户部这些实权部门更尊隆更显赫。到明朝后期，历任礼部尚书几乎都能入内阁拜相，总理或协助总理天下政务。

东林党人欲谋此要职，必定阻力重重。

以大内总管高起潜为首之司礼监怏怏不服。在其影响下，御马监、东厂、锦衣卫都持反对意见。这些机构行事隐秘，看似无口无舌，对朝廷高官之任免，亦无权谏议。但其手眼通天，耳目无处不在，眼线遍布天下。故钱谦益之一举一动，皆在其掌握之中。他们只需将消息抖搂出来，通过各种渠道传递至各级御史或六科给事中，那些言官们便会给其当喉舌，替其出头出面，如此神不知鬼不觉达到其目的。

以首辅薛国观为首之内阁，对钱谦益复任礼部尚书一事，亦心存芥蒂。他们生怕钱谦益入阁后，会削弱其权力，危及其地位，故顺势推波，借题发挥，暗中引导朝廷言官大肆弹劾。

以张溥为首之"复社"，更是群起而攻之。尽管此时"复社"里，论资历论声望，还无人能竞争这一职位，可这并不代表"复社"不参与此事。其理想人选，乃闲居在家、已与"复社"秘结同盟之前内阁首辅周延儒。周延儒虽出身"东林"，却极力淡化其朋党色彩，刻意与"东林"保持距离，亦未暴露与"复社"之勾连。为确保周延儒上位，复社成员尽心竭力，积极运作；四处奔走，不遗余力。

对钱谦益这个"东林"头子,崇祯皇帝本就不满,只不过受朝廷内外"东林"势力左右,且眼下确无更好人选,才迫不得已让其起复。国难当头,钱谦益来京上任,不带妻子家眷,反倒携了个江南名妓!且扬铃打鼓,兴师动众,弄得满城风雨,成何体统!

而今事情闹了这么大,钱谦益声名狼藉,斯文扫地。就连那些原本明里暗里支持他的东林党徒,此刻亦销声匿迹,唯恐避之不及。

如此,乐极生悲,乐尽哀来。钱谦益起而复落,滞留在京。

一路上,几经波折,多亏郑森,大家才平安抵京。柳如是对郑森的看法,亦有所改观。

临别前,钱谦益独自上岸,跪接圣旨。

郑森和褚人获在房中整理行李,准备辞别。出乎意料,柳如是竟来到门前。她寻了个借口将褚人获支开,让他去船头打一壶水来。褚人获爽朗应承,转身出去打水。

柳如是走到郑森面前,两人相距不足两步。

二人近在咫尺,柳如是身上的胭脂粉气都能嗅见。郑森不知所然,后退一步,淡淡道:"师母请坐。"说罢,埋头继续收拾行李。

过了许久,柳如是并未坐下,亦一言不发。郑森有些诧异,不禁抬起头来。却见柳如是云娇雨怯,低着头,双手捧着一张叠得方方正正的白丝手帕,朝他递过来。

柳如是这般神情,郑森还是头一次见。她比郑森大六岁,平素心高气傲,几乎不用正眼瞧人。今日却脉脉含情,涩涩含羞。与郑森印象中那个江南头号名妓相比,简直判若两人。

郑森虽有些莫名其妙,但其举止自若,伸手接过手帕,面不改色道:"多谢师母。"边说边转过身去,径直将手帕放入随身行囊。

柳如是见郑森接过手帕,立马转身,一脸娇羞跑出船舱。

褚人获打水归来,正逢柳如是低头而出。"您要的水……"却见柳如是一声未吱,头也未回,径自而去。褚人获疑惑不解,摇着头走进船舱。

钱谦益下船前,郑森已与其道过别。待一切收拾妥当,郑森携了褚人获,背起行囊,跳上码头,朝北京方向而去……

上岸后,郑森决定从通州城里走,以免绕路。他带着褚人获,从东门进,西门出,穿城而过。

通州古城因大运河而兴。县城临河而建,北城略呈圆形,南城略成方形,燃灯塔高耸,宛似一艘泊在大运河畔的单桅大船。后西城扩建,向外延伸数里,便形成如今规模。

城中情景,令人目不忍睹。难民比目皆是,街道拥挤嘈杂、脏乱不堪。郑森触目伤怀,领着褚人获快速走出通州,朝北京而来。

郑森本次来京,还想顺道探望一下恩师黄道周。回国之甫,就开始打听恩师下落。七年前"金门海战"之后,黄道周回京上任。他先在詹事府待了一阵子,旋即调入都察院。此时已是副都御史,正三品大员。

不知不觉间,二人已进了北京城。郑森找路人问了情况,决定直奔承天门一带,感受一下大明皇城之威严。除此,兴许还能赶上官员退朝,遇见黄道周。想到此,郑森不由加快脚步。褚人获不会武功,脚步本就不快,再加上上岸后已步行二十余里,此刻更是有气无力,寸步难行。

这时天已大亮,为节省时间,郑森决定先行一步。二人约定,中午大明门前再会。

郑森健步如飞,朝承天门方向疾行,想在官员退朝前赶到紫禁城外。黄道周与百官一起退朝而出,师生二人欢喜重逢之景,不时浮现脑海。

然而,此景不过南柯一梦罢了!

是时,紫禁城内,气窒神凝。

皇极殿上,一位皓首苍颜、年近花甲之朝臣,为了社稷安危,竟跟崇祯皇帝针锋相对,吵得不可开交……他身着正三品朝服,须发俱张,据理力争,昂首立在丹陛下,冒死净谏。此人正是大明都察院副都御使黄道周!

崇祯皇帝怒发冲冠:"给我拖出去,廷杖三十!廷杖三十!不对,五十!"

七八个锦衣卫立刻上前,动作麻利娴熟,将黄道周双臂反缚,拖向殿外。

黄道周木强敦厚,刚正不阿。虽出夷入险,却依旧奋不顾身,坚持己见,高声呼号:"奸佞不除,大明将亡!大明将亡啊!"

一位大学士毅然跪倒在地,为黄道周求情。此人身着正二品朝服,乃内阁大学士兼工部尚书范景文。

范景文以清正廉洁著称,声望可与海瑞比肩。他一带头,两班朝臣哗啦啦跪倒一片。

崇祯皇帝本就在气头上,众臣此举,无异于火上浇油。崇祯皇帝气得浑身发抖,在龙椅前踱来踱去,满腔怒火更加按捺不住,指着众官员威胁道:"胆敢求情者,统统拖出殿外,廷杖五十!"

求情众臣深知崇祯皇帝脾性,纷纷起身归位。

范景文兀自跪地,纹丝未动。其身后,只一年轻官员还跪着。除他二人之外,再无旁人坚持。

崇祯皇帝见此情形,怒不可遏。但心中似有顾忌,竟未处置这位大学士,而是命锦衣卫将那位年轻官员拖走,拉到殿外廷杖。

范景文双手执笏,奏道:"圣上,请三思啊……"

崇祯听罢,暴跳如雷,指着正被拖曳之年轻官员,厉声道:"八十!廷杖八十!往死里打!往死里打!"

盛怒之下,崇祯甩手而去。范景文担忧黄道周安危,起身快步走向殿外。

且说郑森脚下生风,大步流星。未过多时,便已进入北京,来到皇城之外。郑森头一回进京,对大明王朝之都城,充满期待。

然而,沿途所见,却令其大失所望:流民入京,乞丐满城,满目皆是断壁残垣,黑檩焦椽。

与想象中繁华富足之景象全然不同。

从通县到北京,一路上,乌云蔽日,天色黯淡;郑森闷热难耐,挥汗如雨。

崇祯二年起,来自东北的鞑虏们,便开始绕过辽西走廊,取道坝上草原翻越长城,兵临北京城下,劫掠畿辅重地。

八旗军这般来去几次,京畿周遭,惨遭蹂躏。

最近一次,始于前年秋,睿亲王多尔衮以及成亲王岳托统帅十余万大军,分兵两路,横行华北。直到去年三月,才陆续撤走。北直隶和山东两省被掳人口,高达六十万;被掠牲畜、财物,不计其数。

战火四起,烽烟千里。家园尽毁,百姓流离失所,背井离乡。到京师之逃难者,接踵而至,不绝于道。

北京城里,与通州县城里相差无几。乞丐触目皆是,拖家带口,倒街卧巷。

郑森本想去紫禁城一看,未曾想根本进不去。他不懂皇城布局,绕来绕去,从东边的长安左门,踅至正南的大明门前。

大明门乃大明王朝之国门,位于北京城中轴线上,高大气派,庄严肃穆。歇山顶,飞檐崇脊,下有三阙;威武石狮左右各一,各配下马石碑一块。大明门乃皇城与市井之分界。门内,乃朝廷各大衙门之办公区,名曰"千步廊";门外,乃车水马龙之繁华市井,名曰"棋盘街"。这大明门,只在重大节庆之日开启。皇家帝后之龙凤车辇,才能从中穿行,经皇家御道,进出紫禁城。其余官员,到了大明门外,必须下马下轿,步行通过。

郑森在此徘徊半天,三座大门紧闭,没什么看头。只一处属人耳目:一中年妇人,披头散发,鹑裳百结,携一幼子,对着大明门,口中唱着:"老天爷,你年纪大,耳又聋来眼又花。为非作歹的享尽荣华,吃斋行善的活活饿杀。老天爷,你年纪大。你不会做天,你塌了吧……"

妇人精神恍惚,反复哼唱,声嘶力竭,直听得人肝肠寸断。

古人尊天崇地,古籍中对天之称呼,一般都是"天公"。"老天爷"这种叫法,郑森还是头一次听说。越听越窒闷,郑森不愿久留,又沿着厚实的高墙,往西北方向绕去,不多时便至长安右门前。

长安右门又名"白虎门",券门三阙。券门平日均不开启,官员下班时,都走南侧小门。此小门名曰西公生门。与此相应,在长安左门南侧,亦有一小门,名曰东公生门,为官员上朝之通道。

此时,长安右门外,空地上人山人海,全是来京鸣冤之难民。他们来此,是要击登闻鼓告御状。几百名锦衣卫，一字排开，列成人墙，横亘在难民与登闻鼓之间。锦衣卫们个个身着飞鱼服，腰挎绣春刀，双手平举烫金雕龙长棍，将难民们阻拦在外。

一中年士绅，身材矮胖，趁着混乱，弓着背、猫着腰，迅雷不及掩耳从锦衣卫胳膊下的缝隙中钻了进去，一口气冲到西公生门旁的登闻鼓前，提起鼓槌，奋力向鼓面敲去……

蜂虿作于怀袖。事出突然，通政司衙门大小官员，被吓得不知所措。

通政司正三品通政使徐石麒，此时就站在西公生门口，距离登闻鼓不过几十步。他惊慌失措，颤声叫道："快，快，快拦住他，拦住他！鼓槌，鼓槌！"

周围其他官员方才醒悟，急三火四一拥而上，将中年士绅摁倒在地，七手八脚去夺鼓槌。

士绅紧揸鼓槌，死不松手。众人东揪西拽，连打带踹，险些将士绅手指掰断，才夺下鼓槌，抛掷一边。

徐石麒火急火燎小跑而来，俯身捡起鼓槌，紧捂于胸前，转头就往西公生门跑，边跑边朝门口接应之人道："快快拿进去！拿进去！"

恰在这时，西公生门大开，一队锦衣卫拖着一满身布血之官员，从里头走出来。原本嘈杂之人群，逐渐安静下来。前面几名锦衣卫抡起棍棒，厉声呵斥，百姓纷纷后退，让出道来。后面几名锦衣卫拖着那位官员，缓缓前行。所过之处，地上一道殷红。

范景文手擎象牙笏牌，紧随其后。

徐石麒慌不择路，竟一头撞在范景文身上，四仰八叉跌倒在地，鼓槌散落一边。范景文后退数步，差点摔倒。

他见徐石麒挣扎着坐起，忙去找鼓槌，怒目道："你在做甚？撤了谏木换成华表还不够？还要藏鼓槌？"

这长安右门外，通政司衙门朝外的窗口前，原先架着一排谏木。这些谏木，本是供黎民百姓呈递状子、上达天听的。徐石麒主政通政司之后，以修葺为名，将谏木撤得干干净净，换成高耸的华表。这汉白玉盘龙大柱，精雕细琢，巧夺天工，美轮美奂。

范景文见徐石麒脸涨得通红,无言以对,故苦口婆心道:"百姓要的是谏木,而非歌功颂德之华表!"

徐石麒低着头,缓缓挪动脚步,急欲脱身。

范景文见其漫不经心,复又正颜厉色道:"登闻鼓乃我朝典制,专为百姓鸣冤而设!大明开国二百多年来,未曾听说谁敢藏鼓槌!没了鼓槌,要登闻鼓何用?撤了谏木,要通政司何用?"

徐石麒脱身不成,反驳道:"嗷呦,我说范大人啊,像我们通政司这种衙门,受理百姓申诉,这差事本就有过无功,不加官不晋爵,又不多挣一个铜板的啦。多一事不如少一事。只有拦住这些刁民,不让他们乱告状,我这通政使的位子,才保得住哎!至于通政司衙门,有没的事做,我管不了那么多咪。"徐石麒生于嘉兴,长于松江,口音很重。

范景文与黄道周一样,一身浩然正气,很少去琢磨为官之道。今日见闻,更是新媳妇上轿头一回,令其惊耳骇目。

范景文怒目道:"糊涂,一群糊涂蛋!"

徐石麒又道:"您老可别这么说!今日之事,我最明白。就算将这通政司大门给锁喽,也没什么大不了的!若是惊动了圣上,我这官儿,一天都当不成!"范景文狞髯张目:"歪理谬论!一派胡言!"

俗恬风靡,积讹成蠹。范景文痛心疾首,拂衣而去。

阴云密布,一道闪电划过天际,接着一声炸雷,轰得人耳鼓嗡嗡乱响。

南洋地区濒临赤道,周围都是海洋,降雨很有规律,淡马锡(今新加坡)犹是,雷阵雨颇多,有时一天能下两场。一场出现在午后,未末时分;一场出现在日落不久,酉初时候。最美的便是午后那场降水,雨过天晴,碧空如洗,彩虹横跨天际,空气清新纯净,芳香馥郁,沁人心脾……

可这北京城的天气却不同,正午未到,空中就已彤云密布,电闪雷鸣;狂风大作,飞沙走石。这般异象,还是头一回见,郑森触目兴叹:北京城不愧是大明王朝之国都啊!连天气都异乎寻常,让人不可思议。

却说这个冒险钻过锦衣卫人墙、欲击登闻鼓告御状之人,名曰牛金星,河南宝丰人,虽还未到知天命之年纪,却已两鬓斑白。牛金星于天启七年中举,此后三次进京应试,皆名落孙山,至今仍是个举人。今年又逢大考,牛金星却未应试,而是在此等候告御状。

天还未亮,牛金星就来到长安右门外,欲乘间伺隙,敲击登闻鼓。

暑气逼人,牛金星面前的那名锦衣卫,忍不住用手擦拭额头汗水。如此一来,其胳膊自然要抬起来,烫金雕龙长棍亦要短暂收起。

投机之会,间不容缓。牛金星瞅准空当,从缝隙中钻了过去,却不料鼓槌被夺。为山九仞,功亏一篑!牛金星心里,直如刀剜锥刺一般。

今日负责拦截上访百姓的长官,名叫马吉翔,乃锦衣卫指挥佥事,官阶正四品。他们家是锦衣卫世袭军户,从永乐年间起,就生活在顺天府大兴县,乃"大兴帮"主要支柱。

眼见有个不要命的,竟敢钻过人墙,击登闻鼓告御状。马吉翔登时火冒三丈,几个箭步跃上前去,抢到牛金星身前:"哪里来的穷乡绅,敢击登闻鼓!不要命了?"

边说边揪住牛金星后襟,用力甩在一边。

牛金星重重跌倒,还欲挣扎着爬起,可马吉翔哪里肯给他机会!只见马吉翔飞起右脚,朝着牛金星肚子又是一脚:"死乡绅,看老子不踢死你!"

这一脚力道极大!牛金星被踢中后,身子接连滚了三滚,又平滑了一丈多远,直到撞在一名列人墙的锦衣卫腿上,方才停下。他双手捂肚,脑袋耷拉一边,哇的一声,吐出好大一口脓血。

眼见长官亲自动手,锦衣卫们哪敢怠慢,几个小缇骑赶紧跑过来,将牛金星架了起来。

牛金星此时已被踢得神志不清,隐约又见马吉翔赶上来。马吉翔这是要杀一儆百,让这些闹事的刁民看看,告御状的下场是什么!为让围观百姓都听见,马吉翔朝牛金星的方向边走边大声喝道:"告!告!让你告!看老子今天怎么弄死你!"说着,凌空飞起,朝着牛金星胸口猛踢过去。

可怜那牛金星,身子如断线的纸鹞子一般,先是向后飞起,然后又重重摔下,坠进人群,砸倒了一片难民。

郑森终于挤了进来,将牛金星慢慢扶起。被马吉翔连踢两脚后,牛金星内脏受损严重,胸前肋骨也断了好几根。腹腔和胸腔都已出血,浓血不断从口中涌出。

可那马吉翔仍旧不依不饶,流星赶月般纵出人墙,又扑到牛金星面前。十几个锦衣卫紧随其后,抡着长棍,朝百姓头顶砸去。难民们见其如此凶神恶煞,纷纷躲避后退,让出偌大一圈子。只有郑森扶着牛金星,仍在圈子里。一少年突然冲进来,抱住牛金星,痛哭流涕:"爹!……"这位少年名叫牛佺,乃牛金星之子,此番陪父亲一起来京告状。

马吉翔高声叫嚷:"打,给我往死里打!让这些刁民们看仔细喽!谁他娘的敢告状,就是这般下场!"

那些锦衣卫听到马吉翔号令,争相挺棍向前。其中一个锦衣卫,双手将长棍举过头顶,朝牛金星头上猛地砸下……

眼见就要血溅当场,郑森迅速将牛金星放到牛佺怀里,噌地站起身来。

长棍来袭,郑森扬起左臂格挡,同时反转右臂,右手五指伸开迎向棍梢。那长棍不偏不倚击在郑森胳臂上。只听咔嚓一声脆响,郑森左臂安然无恙,那棍却断成两截,前半截已握在郑森手中。

为在长官面前苟合取容,那锦衣卫刚才使出全身劲力,岂料长棍竟被震断!他顿时觉得双臂酸麻,双手虎口剧痛欲裂,竟连半截棍子都握不住。

形势突变,在场众人皆是一怔。原本争相打人的锦衣卫,都趋前退后,犹豫徘徊。马吉翔亦吃了一惊,迟疑片刻,又喝骂手下继续上前。

路见不平,挺身而出。郑森已打定主意,要帮助这对可怜父子,给告御状的百姓讨个公道。他单手持棍,拉开架势,欲与锦衣卫们一决高下。

就在此时,忽听得有人喊道:"哪里来的野小子,还不赶紧退后。"声音十分熟悉,郑森转头看去,岂料眼前这人,竟是自己的四叔郑鸿逵!他头戴无翅乌纱帽,身着秋色锦缎飞鱼服,腰间悬挂乌鞘绣春刀,标准锦衣卫千户军官装束。郑鸿逵不住朝郑森使眼色,让其赶紧离开这是非之地。

郑森正自犹豫,又见郑鸿逵朝马吉翔抱拳道:"马大人,这小子我认识,就交给卑职处置吧!"

马吉翔正为这事儿头疼呢,就凭刚才那一招,他已断定郑森绝非等闲之辈。当下自己身边,只有七八个手下,有无胜算,他心里全无把握。众目睽睽之下打群架,打赢了怎么都好说,倘若打输了……堂堂锦衣卫指挥佥事,带着一帮手下,连个毛小伙都料理不了。自己的一张老脸,还往哪儿搁?

天幸冒出个郑鸿逵,还要将郑森带走,马吉翔转忧为喜,当即顺水推舟:"随你的便,这些个不要命的,敢拦咱们锦衣卫的道儿,替我好好拾掇拾掇!"

郑鸿逵了解马吉翔心思,赶紧唱了个喏,应许下来:"马大人放心,交给在下,您老就放心吧。"

……

锦衣卫又将牛佺拖至一边,一顿乱棍狂殴,劈头盖脸打将下来。牛佺双手紧紧抱头,在地上痛苦挣扎。

马吉翔在旁大吼:"好个不怕死的!老子瞎告状,儿子也掺和进来!给我往死里打!对,对,照住腿,先废了他两条腿再说!"

锦衣卫得到指示,更加卖力,七八条长棍,都朝着牛佺下盘招呼!

……

郑森不知所以:"四叔,为何拦我?"

郑鸿逵压低声音道:"你不要命了!跟锦衣卫动手!活腻了吧?!"

郑森道:"这几人还不在话下,您放心就是。"

郑鸿逵有点生气,语气中有些抱怨:"放心?你武功高又如何?锦衣卫,那可是皇上的人!殴打锦衣卫,是惊扰圣驾、冒犯天子的死罪!那个带队的,是我们锦衣卫的头儿。你今天要真打了人家,不单你自己小命不保,咱们整个郑家都得跟着遭殃!"

郑森不语。人命关天,自己若不出手,那牛家父子,今天可能就命丧当场了。郑鸿逵似乎看出他心思:"放心吧,锦衣卫打人,一般不往死打,最多落个残废。像这种不要命的刁民,活该被打!"

郑鸿逵这话,郑森虽听着刺耳,但还是宽心许多。他转头问道:"四叔,您怎么在此?"

"我还想问你呢!这里乱糟糟的,你挤在人群里干吗?"

"我头一遭来北京,想看看紫禁城。"

"都什么时候了,还看什么紫禁城!赶紧去看看你师父吧!"

"您说的是黄老先生?"

"嗯,正是黄道周大人。"

"他老人家出事儿了?"

"出大事儿了!你别在这儿管闲事了,赶紧随我走吧!"

"快告诉我?他老人家怎么了?"

"别问那么多了,快快走吧。再晚就来不及了!"

郑森无暇细想,跟着郑鸿逵走出人群。

走出没几步,便听见牛佺一阵惨叫。郑森回头,只见牛佺两条小腿已被生生打断,瘫在地上,痛不欲生。

郑森知道牛金星父子命在旦夕,迁延观望,欲返回施救。

郑鸿逵见他转身,赶紧一把揪住,急道:"干什么去?你师父都朝不保夕了!"

郑森听四叔这么一说,方觉黄道周那边刻不容缓,遂随郑鸿逵快步而去。

路上,郑森听郑鸿逵讲述,方才知晓黄道周遭刑之事,心中一阵惊悸。

黄道周适才在皇极殿上和皇帝顶嘴,崇祯皇帝怒不可遏,下令廷杖。黄道周被毒打八十大棍后,崇祯皇帝还不解气,又下令将其关进诏狱,听候发落。于是郑鸿逵带着手下,架着已昏厥的黄道周,从西公生门出来,穿过人群,向北镇抚司而去。

北镇抚司乃锦衣卫内设机构,专管诏狱,办公地点就在锦衣卫指挥使司衙门大院内。锦衣卫指挥使司位于大明门内千步廊西侧,与刑部和五军都督府毗邻,占地广大,气派至极。

却说这郑鸿逵排行老四,比郑芝龙小九岁,本名郑芝凤。"郑家五虎"在江湖上名头太响,虽然富甲一方,但出身海盗,毕竟为世人所不齿。三年前应试时,郑芝凤怕引起朝臣非议,故更名为"郑鸿逵"。"鸿"者,大雁也,喻意志向远大;"逵"者,四通八达之道路也,寓意人脉多广。

三年前,在"十八芝"骨干施大瑄积极运作下,郑鸿逵考中武进士,直接入锦衣卫当差,担任从六品副百户,成为众人艳羡之京职武官。

郑鸿逵机敏灵动,勤劳踏实,有口皆碑,平日里银子使得勤,从不得罪人,各方面关系都维系得不错。锦衣卫上自总管骆养性,下至缇骑力士,都十分待见他。

因此,短短三年间,郑鸿逵就升至从五品副千户。今年年初,又升为正五品千户,跻身锦衣卫中层。

只是这种不次之迁,不知不觉触动了某些人的利益……尤其是今年这次提拔,担任正五品领军千户,不仅挤掉了东厂督副兼锦衣卫副总管吴孟明之心腹张名振,且让该所副千户李纯忠递补提升之希望破灭。

黄道周被廷杖后,还要被扔进诏狱。

诏狱乃皇帝直管监狱。关进诏狱的犯人,案子如何审理,如何定罪,如何量刑,全是皇帝说了算,连三法司都无权过问。

官员在被廷杖之后,如果还要被关进诏狱,通常情况下,应是出承天门,经千步廊抵达诏狱。各大中枢衙门,分列千步廊两头。

今日为了吓唬百姓,震慑这些告御状之人,大内总管高起潜下令,让锦衣卫拖着奄奄一息的黄道周,出西公生门,故意绕个大圈子,以便杀鸡儆猴:连黄道周这样的高官,都被打得鲜血淋淋半死不活。你们这些刁民,还闹什么闹?

就在郑鸿逵离开的这一小会儿,他手下的锦衣卫们,拖着黄道周继续前行。

从五品副千户李纯忠走在黄道周身后,他嫌黄道周走得慢,时不时在后面踢几脚。

眼见李纯忠左足欲抬,又要向黄道周后背踹去……郑森飞身上前,探出右足,向下猛踏,狠狠踩在李纯忠脚面上。

李纯忠左脚被死死踩在地上,阵阵剧痛钻心而来,转头朝郑森怒目切齿,叱道:"哪里的崽子,要造反吗?"同时挥起手中绣春刀,连刀带鞘朝郑森头顶砸落……

郑森眼疾手快,五指倏出,将其手腕死死钳住。绣春刀顿在半空,纹丝不动。

李纯忠感到自己的腕骨似要被捏碎,疼得撕心裂肺,鼓睛暴眼!他强忍着没叫出声来,生怕在这大庭广众之下,见笑于人。

郑鸿逵忙上前解围,一边扯住郑森衣袖,示意其赶紧松手;一边压低声音朝李纯忠道:"纯忠老弟,消消气。这个毛头小伙儿,是我大侄子郑森。性子太躁,又是头一次来北京,莽莽撞撞,尽惹是非。刚才多有冒犯,我先替他赔个不是,还请老弟多多包涵。放衙后,我定带他到你府上,登门谢罪。"

郑鸿逵如此低声下气,是因李纯忠乃"辽东王"李成梁之孙。郑森不知所以,明明是这家伙欺负黄师父,四叔却颠倒黑白,居然说出这般话来,处处回护李纯忠。他虽心里不愿,可还是松了手,撤了脚。

李纯忠一边磕蹴脚尖,一边揉着手腕。他虽是纨绔子弟,平日里傲慢不逊,目中无人,但毕竟出身将门,自幼习武,也算有两下子!刚才两番受制,已知郑森武功深湛,自己若再执拗,恐还要吃亏。

更让其始料不及的是,这小子竟是郑鸿逵的大侄子。早听说郑芝龙之子最近要来北京应试,未曾想竟在此不期而遇。对海盗出身的闽南郑家,李纯忠向来不屑一顾。可俗话说得好:官大半级压死人。瞧不起归瞧不起,谁让郑鸿逵如今是自己的顶头上司呢?面子还是要给的。再说了,郑鸿逵谦虚和善,话又说得那么得体。既然人家把台阶都搬来了,自己还是识趣点儿,顺着台阶赶紧下吧。

因此,李纯忠虽仍吃痛,却没再发作。他朝郑鸿逵抱拳还了礼,勉强挤出个笑脸,然后转过身去,继续前进。

郑鸿逵见事态平息,赶紧招呼手下,让前边的人把黄道周架得高点儿。

这时,郑森望着老师黄道周,只见他两鬓斑驳,白发皤然,气息奄奄,任由锦衣卫左拉右扯。可怜的老人,年近花甲,怎会遭此大难?郑森痛彻心扉,忍不住双眼肿胀。

郑森想上前亲自把黄道周背起来,让其少受点罪。谁料心思刚一流露,身子还未挨过来,就被郑鸿逵悄悄按住后腰,使劲推了回去。郑森回头望去,只见郑鸿逵朝他不住使眼色。郑森明白四叔意思,生怕受此牵连,惹祸上身,并连累整个郑氏家族。郑森迫不得已,只得作罢。

众人来到大明门前。

大明门内就是千步廊,此乃朝廷中枢所在,只有官员才能进出。郑森乃一介平民,没有资格入内。

郑鸿逵吩咐郑森道:"我还得一个时辰才散衙,你自个儿先顺着煤市大街往南走。斜街口子上有个茶楼,名叫'静心轩'。在那里等我一阵,我安排你歇宿!"

郑森看着恩师,忧心如焚:"我还得在这里等一下书童。四叔您先忙吧,不用管我。"

郑鸿逵道:"那也好,时间不急,你俩会面后,再去茶楼也行。"说罢,郑鸿逵带着锦衣卫们,押着黄道周,从侧门进入千步廊,直奔北镇抚司。

此时大明门外,围观的群众已被驱散,只剩下那对可怜母子。母亲仍在反复唱着那几句:"老天爷,你年纪大,耳又聋来眼又花……"

大明门固然气派,郑森却无心观光,此刻更是忧心忡忡。正忧虑间,褚人获赶至大明门前。郑森领着褚人获,遵照郑鸿逵嘱咐,一路寻访,往"静心轩"茶楼而来。

"静心轩"茶楼就位于斜街与煤市街交叉口。茶楼里人不多,很是清静。二人正要寻个位子坐下,忽见一其貌不扬的矮个男子,带着好多百姓,抬着重伤的牛金星父子,一起涌进茶楼。

茶楼老板见到矮个男子,赶紧迎上前去:"宋先生,您这是?"

只听那矮个男子道:"故人来京申冤,怎料竟被毒打,伤了筋骨,急需医治。特来叨扰,还望您海涵。"

茶楼老板赶忙道:"自己人,好说好说。"说罢,让小二腾出一块地方,并起几张桌子,将牛金星父子轻轻放在上面。

纷乱中,一老人背着药匣,拨开众人,走到桌前,取出纱布和木片,为二人接骨疗伤。

接骨用的木片，质地相当致密，看上去像是杉木。用杉树根木接骨，在中医里应用广泛。这位老人手法娴熟，干净利索，一看就是位经验丰富的老郎中。

人群中，一人与众不同。此人书生打扮，虽不修边幅，但看起来却品貌不凡。他坐在柜台对面，静听茶楼老板讲述宋先生之事。

郑森径直走到书生背后，挑了个座儿坐下！听他二人言语。

只听茶楼老板娓娓道来：

"这位宋先生，那可了不得！

"当今圣上登基后第三个年头，奴酋黄台吉（即皇太极）就带着十几万鞑子兵，翻过了长城，打到了咱们北京城下。将这北京城外头，蹂躏得一塌糊涂……女真鞑子走后，城外是尸横遍野，十室九空。房子烧的烧，毁的毁，连土地都不值钱了。城外幸存下来的村民，就把土地平整翻新，纷纷卖给城里人。我呢，就趁机在北沙滩这块儿置了十几亩荒地，建了一处农庄。平日里，我姐姐和姐夫则住在庄子上，帮我打理。别的都好，可就是一到夜里睡下，便浑身难受。我姐姐是肚子疼得要命，我姐夫是头疼得要死！找了好些个大夫郎中，可这病呢，就是不见好，连病根儿都找不着。

"最后呢，还是驴肉胡同那块儿，一位老郎中给咱指了一条明道儿。他说你姐和你姐夫这印堂啊，怎么黑成这样？这阴气也太重了！这病啊，不像凡间的，倒像是中了邪祟！

"听老郎中这么一说，我才突然想起来，自己茶楼门口，每天都有个姓宋的先生摆着个小摊儿，给人卜卦算命。我呢，当时就抱着试一试的心态，带着我姐和我姐夫，回到茶楼门前，让宋先生瞧了瞧。

"宋先生这么一端详啊，就把毛病给看出来喽！

"他说：你们两口子不是得了病，而是鬼上身！家里头有屈死的冤鬼，魂魄没有归天，一到太阳落山，就要出来闹腾。

"当时听了这话，我们着实吓了一跳，就赶紧请宋先生出城，去庄子瞧瞧。当天下午，大家就到了庄子上。

"庄子周围全是农田,只正当中盖着三间瓦房。

"宋先生手拿罗盘,绕着瓦房,正转了几转,又倒转了几圈。最后在屋子西南角,停了下来。屋里靠墙是一铺火炕,我姐和我姐夫,每晚就睡在这铺炕上。宋先生指着地上,嘴里念念有词:'兵属两军汉满拼,弓箭长枪死磕死。魂压墙底走不成,头朝里来脚朝外。'就此处,有俩冤魂,你们把人家给压住了,能不折腾吗?赶紧挖出来,好生安葬。

"我们按宋先生所指,掘了还不到两尺深,锹头就碰见了硬物。继续挖下去,一双鞋子露了出来……这下便知道宋先生不是信口胡诌。这病根子啊,总算是找见了!

"我们找了几根大木头,撑住茅屋外墙。然后小心翼翼继续挖,朝着炕底下不断掘进,果真挖出了两具遗骸。一具头发很长,外面套着咱们官军的铠甲,手里攥着一杆铁柄长枪。一具外面套着蓝色锦衣和牛皮铠甲,双手捂在胸前,死死握着一张弯弓,身后箭筒里,还有几支未全腐烂的雕翎箭。还有个地方非常特别,其后脑勺呀,留着一条长长的金钱鼠辫子!一看就是个来自东北的鞑子兵。这两具遗骸,便是起初我所讲那场战役留下的。

"当时,蒙古族大将军满桂,率领五千名关宁铁骑,跟八旗军殊死血战。最后双方都打得筋疲力尽,趁着夜色各自后撤,连战场都没顾上清理。这两个当兵的,当时就死在这地方。

"后来,为图省事儿,幸存百姓随便挖了个坑,将这二人遗骸就地掩埋,上面又复土平整。

"我们按照宋先生吩咐,将两具尸骨好生安葬,分别立了石碑,做了超度法事。打那以后,我姐和我姐夫,再也没犯过病!此事不胫而走,不久就传遍了北京城。宋先生呢,也因此成了咱们京师的大红人儿!

"其后我才知道,宋先生乃河南永城人氏。常言说得好:人不可貌相,海水不可斗量。别看宋先生其貌不扬,可他通天文,识地理,能掐会算,料事如神啊。先生两年前来到北京,也没个安生住所,晚上就在车马大店凑合。

"为了报恩,也为了给茶楼招揽生意。打那之后,我就在茶楼后院,腾出一间屋子,请宋先生搬来居住。白日里宋先生就坐在柜台旁的上座儿,给咱北京城的居民,卜卦算命,排忧解难。

"不过宋先生有个规矩,就是只给穷苦百姓看,从不接待达官显贵!凡是穿金戴银、骑马坐轿前来算命的,一律拒之门外。

"这点大家都想不通,只是宋先生执意如此,我们也不便言语。"

不等茶楼老板再开口,那书生就接话了:"老板,您说了这么多,我们还不知宋先生的尊姓大名呢!"

茶楼老板一拍脑门儿:"瞧我这糊涂的!先生姓宋名康年,也有人叫他宋献策。"

书生道:"我道是谁呢,如此神乎其神?原来就是江湖上闻名遐迩、被誉为天下第一术士的宋献策!鼎鼎大名,如雷贯耳啊。他自号'阅遍天下悲苦事,算尽世间薄命人'。听你适才这么一说,果真是人如其名,名副其实啊!"

茶楼老板道:"宋先生给穷人看卦,分文不取。每日饮食,亦非常简单,一日两餐,只吃些杂粮与素菜。荤腥不进,滴酒不沾。"

此时,老大夫已给牛金星父子医治完毕。二人已无大碍,只需精心休养,待断骨自行愈合。常言道:伤筋动骨一百天。此后三四个月,牛金星父子怕是没法儿动弹了。

见牛金星父子脱离危险,宋献策一直悬着的那颗心,也终于放了下来,随即转身朝柜台边而来。茶楼老板与中年书生的这几句对话,正好被他听见。

宋献策把话接了过来:"我出身佃农,父祖两代,都是被地主恶霸逼死的!我虽读书不多,却立志要把《占箕》和《破躁经》学透用活,做一名造福百姓的江湖术士!"说着已立在案前,将手中的晃签筒往桌上重重一放:"而且,这辈子只给咱劳苦人算卦,绝不给有钱人看相!"

话说这宋献策头大身小,吊眼刁眉,个子更是矮的可怜。此桌乃茶楼老板为其量身定做的,高低正合适。

宋献策站在桌前,摆好架势,继续道:"咱自个儿清楚。上天派我下来,就是为了解百姓之苦。吾必安贫守道,克勤克俭。金银百宝,抑或荤腥酒肉,都会使我双眼蒙蔽。"

宋献策话锋一转道："平日里,山人我就在这茶馆,给穷苦百姓算卦。这些天眼见十几万乡亲父老,都涌进这北京城里。逃难的逃难,诉冤的诉冤,还被毒打,痛心啊!"

宋献策长叹一声,复又指着那对受伤的父子道:"山人这位老兄,姓牛名金星,乃我们河南宝丰县一位了不起的人物。此番来京,本为告御状鸣冤叫屈,却怎想被锦衣卫毒打至此!方才多亏诸位帮忙,才将牛兄父子救了回来!"

说罢,朝人群深深鞠躬,以示感谢。

人群中有人高声应道:"先生言重了!"

宋献策起身,又转过身去朝着那位大夫,双手抱拳举过头顶:"谢过乐先生!您老医术高明,妙手回春,真乃一代神医!"

这位老医生姓乐名廷松,祖籍浙江慈溪。他们乐家本是岳飞后代,之所以改姓,也是迫不得已。南宋绍兴十一年(1141),岳飞蒙冤遇害。为躲避秦桧、万俟卨等人追杀,岳家后人逃至慈溪,隐姓埋名,改"岳"为"乐"。此后,族人不再从军从政,而是苦心钻研岐黄之术,云游四方,行医为业,悬壶济世。

乐廷松鹤发童颜,神采奕奕。只见他放下手中的纱布和竹片,还礼道:"宋先生过奖了!救死扶伤,乃老夫分内之事,不必言谢。"

今日茶楼热闹异常,宋献策近来跟着百姓一起请愿,目睹诸多不平之事,牛金星悲惨遭遇更让其义愤填膺。他转身对大伙儿道:"山人自幼钻研奇门八卦,精通管辂之术。今日借此机会,咱们给大明王朝算算命,可好?"

"好!""好!""好!"……

围观人群,霎时鼎沸。茶馆内外,欢声雷动。

消息不胫而走,一传十,十传百。

茶楼内外,一时观者如堵。

宋献策以刘伯温和太祖洪武皇帝之对话《烧饼歌》为开始,给大明王朝卜卦,大伙聚精会神,听其讲解。待讲到"木下一头了,目上一刀一戊丁"时,宋献策提高声调:

"木下一头了,说的还是个李字;目上一刀,是个自字儿;一戊丁,是个成字儿！三个字儿合起来，大伙一起念！"

"李——自——成——"

"对，正是李自成，搅动天下，推翻大明王朝。李自成就是咱们穷苦黎民之领袖。"

众人恍然大悟。

宋献策心不由主，站在椅子上，高声道："《烧饼歌》接下来的话是：'天下重文不重武，英雄豪杰总无春。戊子己丑乱如麻，到处人民不在家。'大伙眼下背井离乡，横竖是个死，为何不跟着闯王轰轰烈烈干一场！"

在场之人半数以上揎拳捋袖，少数百姓还有些瞻前顾后。毕竟这是在北京城，大伙乃逃难而来，从不从贼，还未打定主意。

宋献策见大家有些游移不定，遂从怀中抽出一本小册子，高高举过头顶，在空中使劲儿摇晃："《烧饼歌》已说完，大伙看，此乃卜者之至尊宝典，天下第一奇书《推背图》！预言王朝更迭，历史兴亡！"

《推背图》千载流传，妇孺皆知。众人仰首伸眉，耳不旁听。

"此书乃山人一位朋友，于太原府晋祠镇一古寨砖墙中发现的。山人的这位朋友乃江南人氏，不幸英年早逝。临终之前，他将此书送予我，望《推背图》造福百姓，流传千古！"

言及此，宋献策黯然神伤，围观群众亦恭默守静。他打开《推背图》，翻到其中一页，一边朝大家展示，一边高声道："此乃《推背图》第三十二象。红颜死，大乱止；十八子，主神器。"

"'十八子'，乃一个'李'字。'神器'呢，说的是朝廷，亦是天子之位。其意乃李姓皇帝将横空出世，统御万民，执掌天下！"

随即，他又指着图的右下角，道："此处还有四句颂诗：龙争虎斗满寰区，谁是英雄展霸图？十八孩儿兑上坐，九州离乱李继朱。"

言讫，宋献策收起书，继续高声道："乡亲们，不光如此，早在武王灭商时，姜子牙写过一篇《乾坤万年歌》，其中也有四句话，是说眼下大明的。'三百年来事不顺，虎头带土何须问。十八孩儿跳出来，苍生方得苏危困。'

"冥冥之中天注定，灭大明者，必是如今的闯王李自成！乡亲们，赶紧回咱们河南,投奔闯王去吧!闯王也是咱贫苦人出身,自当处处给咱穷苦人着想,事事为咱老百姓出头!"

一时间群情激昂,人群如鼎水之沸。

宋献策振臂高呼:"九州离乱……李继朱……十八孩儿……主神器……"

百姓们振臂响应:"九州离乱……李继朱……十八孩儿……主神器……"

声音飘出茶楼,响彻云表;回荡在古都上空,久久不绝……

时值明朝末年,距离李自成攻破北京,只剩不到五年时间。大明王朝的特务统治,已到了登峰造极之地步!北京乃大明国都,形形色色的密探、卧底、线人、便衣,不计其数,分属不同山头。其各自单线联系,消息互不相通。这些探子们,将所获消息,禀报其上级。再由其上级,分别向各自所属衙门汇报。地位最高者,能通联御马监、东厂或锦衣卫;地位中等者,能通联巡城御史或顺天府衙门;而地位最低之耳目,只能将情况密报五城兵马司。

于是乎,未过多久,御马监、锦衣卫、巡城御史、顺天府巡捕房、五城兵马司,都派人前来捉拿宋献策……

宋献策对此毫无察觉,仍慷慨激昂,侃侃而谈,号召走投无路的难民回河南,投靠李自成:"王朝兴废,皆是命数!大明开国已近三百年,气运消耗殆尽,如今苟延残喘,日薄西山。目下之世道,已是金玉其外,败絮其中。刘伯温曾说:鱼无定止,渊深而归;鸟无定栖,林茂则赴。良禽择佳木而栖,自古如此。所谓君臣大义,那都是哄咱黎民百姓的。大明开国之君洪武皇帝,不也是贫苦人出身、早年乞讨求生吗?他能揭竿而起,打天下坐江山。李闯王为何不能?等打下江山,坐了龙椅,一样是盛世英主、开国明君!"

……

各衙门公差先后抵达"静心轩"。

锦衣卫两位年轻军官,带队冲在最前头,想借此立个大功,出出风头。他二人乃叔伯兄弟,一个唤作麻天生,一个唤作麻天养,都是大同右卫世袭军户,"麻家将"后人。

二人一马当先,用皮鞭在人群中开道,须臾间便来到宋献策面前。

麻天生道:"不要命的矮子。你是得了失心疯？还是吃了熊心豹子胆？在此大放厥词！"

宋献策道:"身为天子,事事逆天而为！不顾百姓死活！天怒人怨,还怕人家说吗？"

麻天养道:"这里可是北京城,你竟敢大逆不道,在皇城根儿下妖言惑众,蛊惑人心,就不怕掉脑袋吗？"

宋献策浑身是胆,凛然道:"防民之口,甚于防川！如今天下大乱,民不聊生！战祸兵灾,连绵不断；枯骨遍野,生灵涂炭！我宋献策是死过几回的人了！一次次从死人堆里爬出来！奈河桥头、鬼门关前都未眨过眼,还怕在这紫禁城外掉脑袋吗？"

麻天生气急败坏,怒道:"好你个算命的矮子！赶紧磕头认错！否则老子立刻叫你脑袋搬家！"说着哗啦一声,将腰间的绣春刀抽出一半。

宋献策临死不怯。他面朝百姓,高声道:"乡亲们呐,这就是眼下之世道！大明将亡,此乃天意！此乃天命啊！"

"再说,再说老子剁了你！"麻天生恼羞成怒,狂吼道。

宋献策义正词严道:"但凡有一口气在,我就要说！大明将亡,闯王将兴！改朝换代,近在眼前！"

……

情势渐危,郑森打算暗中出手,搭救宋献策。他环顾身遭,只见不远处有个炸麻花的摊点。郑森缓缓挨过去,趁人不注意,悄悄探出两指,在砧板面团上掐了一下,揪下一点儿面来,搓成小球。

郑森此时位于宋献策正西偏南方向,二人相距至少十几步。只听"嚓"的一声,麻天生已将绣春刀全部抽出,照着宋献策的脖子砍将过去……

定谋贵决,机巧贵速。眼见宋献策命悬一线,郑森右手虚攥,蜷起中指,拇指轻扳,把手中那粒豌豆大小的面团,弹了出去。小面团从人群缝隙疾飞而过,不偏不倚,正中麻天生手腕,重重打在内关穴上！

内关穴位于腕横纹往上二寸处,被击中后,麻天生半条胳膊酸麻无力,竟连刀把都握不住。

几乎就在小面团打中麻天生手腕同时,一名身着一袭绛紫色长袍的中年人,倏忽出现于麻天生面前,将其刀刃掐在右手中。

出手掐刀时,此人已注意到疾飞而来的小面团,便用左手去拦。他出招已极迅捷,却还是慢了稍许,没能将小面团拦下,心里不禁咯噔一惊:何人武功如此之高?手劲儿如此之大,准头如此之好!

为掩人耳目,此人立刻变掌为爪,顺势握住麻天生手腕,拇指压在外关穴上,暗中为其解了穴道。

内关与外关两穴分处手腕内外,互为点解。那人撤掌收手,顺势将粘在内穴上的小面团掠下,悄悄藏进袖中。转头朝小面团飞来方向望去,犀利的目光在人群中一一扫过。

郑森一雷二闪,将身子隐于人后。

岂料为时已晚,那人已发现人群中稍许异动。虽茶楼里人头攒动,熙熙攘攘,水泄不通。可那人横眼斜睨,目光如炬,已将郑森锁定。

此人名叫独孤燕,现任锦衣卫从三品指挥同知。今日他身着便衣,隐在茶楼。

独孤燕是锦衣卫的指挥同知,但平日里在御马监衙门当差。二十年前,厂卫追捕南宫氏一族,他便在列。

麻天生脾气很大,武功很差。适才当世两大绝顶高手出招,瞬息万变,出神入化。像麻天生这等水平,根本无迹可寻。只道其手腕是被独孤燕擒住的,人家还趁势点了他的穴道。对郑森弹来打穴的小面团,丝毫没有察觉。

麻天生手腕吃疼,火冒三丈,转头就要骂人。他哪里会料到,钳他刀刃之人,竟是独孤燕!当即吓得魂不着体,顾不上手腕的酸麻,双腿一软,扑通一声跪倒在地:"小的麻天生,给……给独孤大人请安!"

他身后的麻天养也顺势跪下:"晚辈麻天养,给独孤伯父请安!"

紧接着,外面几十个锦衣卫,哗啦一下都单膝跪地,齐声道:"给大人请安。"

"好大的阵杖啊。"独孤燕摆摆手,示意他们起来,然后朝周围百姓道:"我有事请教二位百户大人,烦劳诸位后退几步,给个方便。"语气不怒自威,让人闻而生畏。

众人哪敢违拗,纷纷后退。只宋献策一人,昂然挺立,定足不动。独孤燕抬眼望了他一眼,并未怨怪,转头朝麻氏兄弟,压低声音道:"天生、天养,在北京城里,动不动就使刀子,好大的能耐呀!你们的父亲,就是这样教你们的吗?"二人头摇得拨浪鼓一般,心知独孤燕让众人后退,已是给自己留足了面子,忙不迭道:"不是不是,家父和伯父教导我们,在锦衣卫当差,要小心谨慎,低调为人。"

独孤燕道:"还说什么了?"

麻天生无言以对。麻天养吞吞吐吐道:"还有……还有……多听……多听独孤伯父的话……"

独孤燕音调陡变,怒斥道:"你俩听了吗?除了刚进北京那天晚上,跟着你们的父亲,来拜见过我一回。打那之后,你们兄弟俩就再没登过我家大门。"

麻天生哑口无言,麻天养不寒而栗道:"伯父息怒,我俩平日公务繁忙,实在抽不出空来……"

独孤燕鼻子一哼,呛道:"有空去青楼鬼混,没空来见我是吗?!"

兄弟二人吓得浑身哆嗦:"请伯父……请伯父放心,我们今晚一定过去,一定过去……"

独孤燕怒气稍散,不再理会麻天生和麻天养。他转过头,左手按住刀把,右腿踩住板凳,右手攥成拳头高高扬起,随时要往宋献策头上砸落。

围观众人见此情形,皆为宋献策捏着一把汗。

郑森沉着观变,断定独孤燕并无杀心。他作势要打,实是威胁宋献策,欲迫其低首俯心。

民不畏威,宋献策矢志不屈,昂然挺立。

只听呼的一声,独孤燕拳头重重砸下……

"啊……"人群中有人失声尖叫。大家目不忍视,闭眼扭头。

果不出郑森所料,独孤燕拳头虽然砸下,但路径突变。拳带劲风,从宋献策脸颊旁扫过,重重砸在桌面上。

只听轰的一声巨响,桌子已齑碎成粉!

那宋献策仍旧傲然屹立,神色凛然,眼皮子都未眨一下。

独孤燕嘴角微扬,心中暗赞:"是条硬汉!"转头朝向围捕宋献策的各路人马,高声道:"都散了吧!穷秀才一个,犯不着劳师动众!此等小事,交给五城兵马司处理就好!"说罢,带着几个随从,大步离去。

独孤燕言简意赅,效果却非同凡响。一来在这些衙门里头,论权势论地位,御马监位列第一。二来独孤燕本人非同一般,在御马监和锦衣卫里都挂着职,且位列最高层,乃厂卫里头拔尖儿的人物。他一放话,谁敢违拗?

听独孤燕这么说,各衙门的公人,以及麻氏兄弟手下几十名锦衣卫,都纷纷撤离。即便是巡城御史衙门的,亦不例外。

众衙门之人先后撤离,只剩五城兵马司十数名衙役。因独孤燕有言在先,这些人并未为难宋献策,只上前和言劝谏了几句,让宋献策跟其回一趟衙门。宋献策一言不发,朝人群拱拱手,转身随衙役们而去……

郑森初来乍到,不明就里,正自左思右想,郑鸿逵已挤至他身前。

原来郑鸿逵甫一放衙,就换了装,赶来"静心轩"茶楼。怎料宋献策正说得起劲,围观百姓挤得水泄不通。郑鸿逵虽早望见郑森,但见各衙门耳目、暗探潜进潜出,恐事态不妙,就未挤过来寻郑森,而是悄然无声隐于人群,不动声色暗暗观察。

直至人群散尽,他才过来找郑森,一见面就道:"这个算卦的矮子,真是狗胆包天!咱们闽南的乩童,假借神仙附体,也不敢这般狂语!"

郑森若有所思,道:"话虽不妥,但句句在理。"

郑鸿逵:"在理?今天算他命大,碰上了贵人,有意放他一马。若非如此,这个穷算命的,怕早已身首异处了。"

郑森还想探个究竟,孰料郑鸿逵道:"走吧,别操那闲心了。"

说罢,郑鸿逵拉着郑森,褚人获跟在后头,一起朝客栈而去……

路上,郑鸿逵将东西二厂情况,及午时茶楼一事,给郑森大抵讲了一下。

其实,东厂暗探早已得了线报,但处理此类事务,东厂从不露面。鹰犬们只负责把情况汇报上去,让锦衣卫抛头露面,他们在暗地里看热闹。

明朝末年,名义上西厂已不复存在。但实际上,崇祯登基后,对御马监进一步强化,西厂不仅秘密恢复,而且迅速崛起。崇祯时期,有关西缉事厂重建之事,秘而不宣,严禁私议!谁敢聚众谈论,一旦被告发,那可是掉脑袋之大事。京城里传说,凡私底谈论西厂之人,或离奇失踪,或死于非命。

听罢,郑森茫然不语……

郑鸿逵将郑森与褚人获安置于鲜鱼口街一家客栈里。这里距考场较近,也很安静,不像大栅栏一带那么喧嚣嘈杂,鱼龙混杂。

郑鸿逵让郑森先休整一会儿,自个儿出去置办礼物。稍后,叔侄二人要专程去李成梁府上,看望李纯忠,给他道歉赔礼。

如此一来,是非黑白全然颠倒!显然是李纯忠打人在先,且自己并未下狠手,那李纯忠仅皮肉之伤。郑森百思不解,不就是李成梁之孙嘛!四叔何以如此卑躬屈膝?

此刻最让郑森牵肠挂肚的,乃身受重伤之恩师。老师被打得皮伤肉绽,必是痛不堪忍,才晕死过去。此时又被关进诏狱,生死未卜。想到此,郑森不禁一声长叹……

而郑鸿逵可不这么想,他认为,上李府登门道歉,那是关系自己前途命运、关系整个郑氏家族兴衰荣辱之大事。今日过节若不及时化解,日后麻烦那可就大了。

郑鸿逵考虑周密,办事也精细。整个下午,他都在精心准备礼物:先是跑遍了北京城里的大小药房,终于买到了治疗跌打损伤和消肿解痛的两大名药——来自广东佛山的冯记跌打药酒和来自福建漳州的片仔癀。后又赶至福建会馆附近,置了许多闽南风味的上等糕点,茯苓膏和鲜花饼更是打包了好几打。

准备妥当后,郑鸿逵回到客栈,拉着郑森就往李府而去。刚走出几百步,郑鸿逵又觉得礼物不够重,于是又拉着郑森,往自家方向一路小跑。

一口气跑到家门口,郑鸿逵亦顾不得邀大侄子进屋坐坐,将郑森撂在大门外,独自跑进内室,来到桌前。瓦光锃亮的桌面上,放着一个红木托架,上面供着一把东洋倭刀。郑鸿逵立在倭刀前,出了阵神儿,有点恋恋不舍。但最后还是狠狠心,咬咬牙,噌地将刀取下,转身奔出门外。

郑鸿逵将手中倭刀交予郑森,长吁一口气,道:"这下礼够重了,应该可以了。"

郑森并未接话。一则,其非常抵触郑鸿逵之做法,心里不痛快。二则,郑鸿逵递过来的这把倭刀,着实让其惊诧不已。这可不是一般的东洋武士刀。郑森反复观摩:其竟是一把"村正妖刀"!一把如假包换之"村正妖刀"!

郑森一脸狐疑,转头望向郑鸿逵。

郑鸿逵早料到会如此,笑眯眯道:"识出来了?"

郑森惊道:"村正妖刀?"

郑鸿逵脸上尽显得意之色道:"好眼力,你小子这些年跟着你外公,没少学本事。"

郑森道:"村正妖刀乃东洋名刀之首,弥足珍贵,世所罕见。我只识得而已,您却藏有真品。"

郑鸿逵神情突变,遗憾道:"咳,有真品又如何?今日不也得送人!"

郑森道:"这也未免?"

郑鸿逵叹道:"唉,若非你鲁莽冒失,闯下大祸,招惹了铁岭李氏,你四叔我也用不着这么破费呀!"

郑森满脸困惑,道:"我不过踏了他一脚,捏了他一把,就将这稀世珍宝送与他?"

郑鸿逵无奈道:"东西再珍贵,亦是身外之物!倘若命都保不住,宝贝就算再好,又有何用?"

郑森陷入沉思,许久不语……

路上,郑鸿逵给郑森讲了此刀之来历。

此刀乃正宗"村正妖刀",原是日本水军大将来岛通总佩刀——"鬼影"。

物以稀为贵。"村正妖刀"品质极其精良,数量却极其稀少。

"村正妖刀"原本叫"村正名刃",因锻造者是村正家族而得名。"村正名刃"做工考究，程序复杂，锻造一把这样的名刀，往往耗时一到数年。正所谓：慢工出细活，历经千炼万锻的"村正名刃"，锋利无比，削铁如泥。在日本战国时代声名大噪，出尽风头。割据自雄的藩主和大名们，都以拥有一把"村正名刃"作为佩刀为荣。

然不幸的是，到日本战国末期，尤其是"安土桃山时代"，战争不断升级，规模愈来愈大，即将统一日本之德川家族中，诸多武士命丧"村正名刃"之下。其首领德川家康悲愤难耐，将罪责归咎于村正家族和"村正名刃"。他统一日本后，以幕府将军名义接连颁布"封刀令"和"锁国令"。将享誉盛名之村正家族，污蔑为恶鬼家族；将村正家族锻造的日本第一倭刀——"村正名刃"称为"村正妖刀"，严禁民间收藏使用。发现一把，就强行销毁一把。如此一来，本就寥寥无几的"村正妖刀"，变得更加珍贵。

"鬼影"乃来岛家世袭之传家宝。到来岛通总时，已传承了两代。此刀锻成于日本战国初年，由村正左卫门尉亲手锻造，历时三年乃成，属第一代"村正名刃"，乃"村正妖刀"之极品。来岛家后人们，只有继任大名者，才有资格佩戴此刀。

来岛家本姓"村上"，乃日本海贼世家，领地在濑户内海沿岸。来岛通总之父，名叫村上通康，乃日本战国时期名将。其运刀速度极快，只见刀影人影，不见刀形人形，人刀合一，如鬼似魅，人称"水鬼"。其佩刀，就被称为"鬼影"。

万历援朝战争期间，来岛通总在鸣梁海战中被朝鲜传奇名将李舜臣炮毙。一年后，统治者丰臣秀吉病死，日本再次分裂。来岛氏坚定地站在"西军"一边，在数年后的关原合战中一败涂地。其大名封号被获胜的德川家康革除，家族的领地也被幕府重新分配。失去了封号和土地的来岛家后人，大多归隐山林。来岛通总的这把佩刀，自此流落江湖。

不料，"鬼影"竟辗转到了郑鸿逵手里。

两年前，在日本九州岛西北部的岛原和天草一带，爆发了声势浩大的"基督教大起义"。参与者全是基督教徒，人数多达数十万。为平息叛乱，德川幕府从各地征召军队，先后将十余万人调往前线。此乃日本战国时代终结之后，国内规模最大的一场战争。

战乱持续的十几个月里,幕府军队逐步占据上风,并对基督教徒展开血腥屠戮。起义军渐渐失利,为保住性命,他们想方设法逃离日本。这时,身为基督教徒的"一官党"首脑郑芝龙,派船赶赴日本。但其并未支援起义军,反而趁着战乱大发横财。

郑家船队明码标价:凡想搭乘郑家船队逃出日本者,每人缴纳黄金十两!然而,这些交了黄金登上郑家商船之基督教徒,并未获得自由。

在西方文献中,郑芝龙集团被称为"一官党",但这个以郑芝龙表字命名的集团,却名不副实。集团真正的首脑,乃是其正妻颜家娘子。颜氏唯利是图,视人命为草芥。

在颜氏策划下,难民们被转运至西班牙在远东最大的两处殖民地:台湾岛北部之圣多明各和吕宋岛西部之马尼拉。

靠岸前,"一官党"的水手们将刀架在难民脖子上,继续勒索,要求每人再交黄金五两,上岸后才能为民。按颜氏的海盗逻辑,怎么也得再赚一笔。若是交不出钱来,就将其卖予西班牙人换钱。

这些难民,为了凑够黄金登船,大多已倾家荡产,此时哪里还拿得出钱来?其中好多人不堪其辱,不愿被卖做奴隶,举家跳海,一死百了……

那年岁节前后,回家过节的郑鸿逵,还专程跑趟日本,帮忙转运了几百名日本基督教徒。

保管"鬼影"的那位来岛通总后人,亦皈依了基督教,正好在那批难民中间。他拿不出黄金,为了活命,将这把世代祖传之名刀,献给了郑鸿逵!

郑鸿逵相当识货,高兴地收下"鬼影",将这位来岛家后人,连同十名家眷,运到圣多明各(今台湾省北部,淡水基隆一带)。

颜氏虽是郑芝龙第二位夫人,却是名正言顺的郑家女主人。扪心而问,郑鸿逵更愿与郑森之母翁氏打交道。翁氏虽是郑芝龙第一位夫人,却一直无名无分,日子过得十分艰苦。

郑鸿逵晓得,颜氏只认金银不认人。她要是知道,为了一把刀,自己就将人放了,日后必定没好日子过。为了留下这把刀,郑鸿逵只好自己垫了五十五两黄金。

此刀要是公开拍卖,至少价值黄金二百两。

为了不让李纯忠记仇,不与李成梁家族结怨,郑鸿逵竟决定将"鬼影"送出,真可谓不记血本。

郑森有些内疚,因自己一脚,害得四叔破费了这么多……但四叔这个锦衣卫正五品千户,当得也太窝囊了!

可郑鸿逵心里,却是另一番盘算——

他深知京城凶险,人言可畏。那李成梁家族树大根深,子孙后代不知与多少世家望族通婚,旧部和故交不计其数,遍布朝野,势力显赫。原本因自己当了这个所的领军千户,李纯忠就怨气满腹,处处掣肘使绊,事事阳奉阴违;再加上郑森这一出,若不付出点代价,这梁子恐怕就结大了。

在郑鸿逵看来,代价虽大,但只要不与李家结仇,就值!

郑鸿逵高中武进士后,郑家上下欢喜不已。为了整个集团利益,郑芝龙在四弟身上下了不少血本。对于这些,颜氏姐弟亦默许同意。

三年前武科大考时,施大瑄初始不知此中深浅,殿试前送礼不足,以致施琅和郑鸿逵连二甲都未进,只得了个同进士出身。按照惯例,郑鸿逵最多只能授正七品武官,就算进了锦衣卫,也只能从总旗干起。好在施大瑄很快就洞悉此中猫腻,及时亡羊补牢。他直接找到吏部尚书谢升,贿赠黄金千两,珍宝无数。

成绩不好,拿钱来补!多亏了这一箱箱黄金珍宝,郑鸿逵和施琅二人虽排名靠后,但分配职位时却都未吃亏,分别获授从六品和正七品武官职务。

此事过后,郑芝龙集团算是彻底摸清了朝廷选官用官之门道。只要金银使得到位,提拔升迁,根本不在话下。

此后三年,每逢腊月,郑芝龙便派施大瑄进京活动。别人也不找,只找主管人事的吏部尚书谢升。找对了路子,送足了金银,郑鸿逵和施琅自然平步青云。每年春节过后,二人就顺利晋升一级。升迁之快,堪称飞速。

至于二人的职位,郑芝龙集团也从整体利益出发,费了不少脑筋。

施琅入仕后一直留在闽北,于黄斌卿帐下为官,借机掌握福建水师情况。

郑鸿逵则留在北京，成为众人艳羡之锦衣卫，不但能及时了解朝廷动向，还可为郑氏集团协调各方关系……郑鸿逵先后担任从六品副百户、正六品百户、从五品副千户。

今年正月十七，谢升又得了郑家八百两黄金和两大箱车磲。按照惯例，谢升将其中八成献给大内总管高起潜。就这样，郑鸿逵顺理成章，再升一级，当上了正五品千户，跻身锦衣卫中层官员之列。

接下来，郑鸿逵又讲了些厂卫内幕：

此时的锦衣卫，已成了官宦子弟之乐土。郑鸿逵虽是千户军官，却不像锦衣卫最初的十四个老领军千户那样，有世袭的领地和部属。

万历年间新增加的这几个千户所里，都是官宦子弟和富家公子。郑鸿逵统领的这个千户所，亦不例外。其职责，就是巡逻紫禁城。

此所前任领军千户，乃是祖大寿三儿子祖泽洪。年初，祖泽洪刚被调往南京锦衣卫，负责镇抚司的差事。

说起祖泽洪这次调动，还得追溯到九年前。

那是崇祯四年夏天，祖大寿正带人修葺大凌河，后金大军突然出现，将大凌河围得铁桶一般。原来是皇太极得到情报，获悉祖大寿给养不足，随军携带粮草不多，最多支撑一个月。皇太极因此御驾亲征，奇兵奔袭，包围大凌河，逼祖大寿投降。

祖大寿起初并不愿降，军粮吃完了，就吃战马；战马吃完了，就吃城里的居民，硬是支撑了四个月。这四个月里，祖大寿未得到任何增援。到十月底，大凌河城里的百姓也全被吃光。祖大寿有心杀敌，却无力回天，万般无奈之下，将其副手、宁死不降的何可纲活活砍死，率领部众，开城投降。

祖大寿投降后，皇太极大喜过望。不仅拉了其手，还抱了其腰。要知道，此乃女真人最高礼节。

得到皇太极至高礼遇之祖大寿，却在不久后带着部分家眷，逃回大明。而其另一副手张存仁，长子祖泽润、次子祖泽溥、养子祖可法、侄子祖泽远等人，却留在了盛京，如今都在大清做官。

眼下东北局势危急，祖大寿勾结清廷之传言，甚嚣尘上。

崇祯皇帝本就疑心重重,舆论再起,他哪里还坐得住?心想这祖家老三天天挎着绣春刀在自己眼前晃来晃去,保不准哪天就会弑君犯上,血溅皇城!他赶紧命禁卫总管骆养性,将祖泽洪调往南京。名为提拔,去南京镇抚司担任从四品镇抚使;实则将其从自己身边支开,扔到南京软禁起来,以此钳制祖大寿,防止他通敌叛变。

南京锦衣卫官位很多,除祖泽洪外,其他与爱新觉罗氏关系暧昧的明军大将后代,如邓子龙之孙、陈璘之孙等,亦大都在南京锦衣卫当差。他们虽有官职,却无实权,一举一动,都在南京镇守太监严密监视之下。

郑鸿逵所在的千户所,关键职位有五:一个千户,官衔正五品;一个副千户,官衔从五品;三个百户,官衔正六品。

除郑鸿逵担任的正五品领军千户外,其他四个重要职位,由出自辽东铁岭卫的李成梁家族和出自大同右卫的麻氏家族把持。

李纯忠便是此所的从五品副千户。他是"辽东王"李成梁之孙,根正苗红的铁岭李氏。李纯忠之父名叫李如梅,乃李成梁第五子,此人精于骑射,是赫赫有名的神箭手。第一次抗倭战争期间,李如梅随大哥李如松入朝作战,在砺石岭战役中反败为胜,接连射杀十时连久和安东常久两员日军大将,一战成名,蜚声海外。

常言说得好:"虎父无犬子。"可常言也道:"富不过三代。"李成梁父子两代,都是身先士卒,征战沙场之名将。可到了第三代第四代,能拿得出手的人才却寥寥无几。就拿李纯忠来说,父亲是神箭手,能百步穿杨;他却从小娇生惯养,至今连父亲用过的强弓都拉不开。

虽说本事没多少,可李纯忠当官的欲望可不小。他一直在这个千户所当差,担任副千户都好几年了。得知祖泽洪要调离,他满心欢喜,以为有了升职机会。春节前后,他四处活动,破费了不少。但万万没想到,此位太过抢手,自己非但未能如愿,还要给出身海盗、资历背景皆不如己的郑鸿逵当副手,他岂肯甘居其下?

大明末期,官场上歪风盛行、诚信缺失。招权纳贿之官员,办事逻辑是:莫问结果,只看过程。事情办成办不成咱不管,只要这事给你办过,尽过心,出过力,就得了。这叫"周瑜打黄盖,一个愿打,一个愿挨"。事若办成,自然皆大欢喜。事若没成,想退钱?那叫:"出来进去走窗户——没门儿"!

因此,李纯忠升迁不成,反倒白搭了好些金银。当真是"哑巴吃黄连,有苦说不出"啊!为此,他憋了一肚子窝囊气,一看见郑鸿逵就七窍生烟,气不打一处来。

另三个正六品领军百户,皆系出名门。一个名叫李遵祖,乃李成梁长子李如松之孙。另二人乃大同右卫"麻家将"后人。一人叫麻天生,名将麻锦之孙,原大同镇总兵麻承恩之子;另一人叫麻天养,乃麻贵之孙,原蓟镇副总兵麻承训之子。今日带领锦衣卫大闹"静心轩"的,正是这兄弟俩。

二人终于来到李府正门前,只见烫金牌匾上,赫然写着"李府"两个大字。两扇大门都是朱红色,门上的铜钉,如同倒扣的小金碗,在夕阳的余晖下熠熠反光。两侧立柱上,写着一副楹联:"探笑敢言非胜算,梦中常忆跨征鞍。"其字铁画银钩,矫若惊龙。

郑鸿逵上前扣打门环。

敲了半天,大门才"吱呀"一声,开了一道缝。一门卫闪出半个脑袋,问:"找谁?"

郑鸿逵急忙回话,说明来意。怎料他话音未落,门卫就将大门闭上了。

又过了一刻多钟,两扇大门齐开,里面站着十几个家兵,分成两列肃立。领头的,是个二十出头的青年,英姿飒爽,品貌不凡,但其眉头紧锁,一脸阴沉。他简单询问几句,得知郑鸿逵来意后,转头往里走去。身后门卫,又将大门紧闭。"咣当""咣当"两声巨响,震得郑鸿逵耳鼓嗡嗡作响。

"好大的架子!"郑森心里已有三分不满。

过了好久,大门才又打开。

这次只开了一扇门,一个年轻人闪身出来。郑鸿逵定睛看去,原来是自己如今的下属领军百户李遵祖。李遵祖倒是挺客气,忙将叔侄二人让进来。

李遵祖在前带路,三人沿着回廊,绕过正院,朝李纯忠所在的五房住所走去。

按照李府惯例,各房轮流值守巡夜。九房子孙,每九天轮换一次。今夜,正好是二房李如柏后代值班。

李成梁共有九子,长子李如松、次子李如柏、三子李如桢、四子李如樟、五子李如梅、六子李如梓、七子李如梧、八子李如桂、九子李如楠。

李成梁父子两代战功卓著,后世子孙都受荫庇,大都是世袭锦衣卫。因担心其子孙通敌叛变,朝廷不敢让他们外派带兵。故自天启年间,皇帝就传下口令:李成梁子孙后代,只能聚居在京,不得分家另住。因此,李成梁门下所有子孙都住于北京城里龙潭湖附近这处府邸。李家人连同丫鬟、仆役,共有千人之多。

其府宅外沿皆筑起一丈高墙,与周边区分开来。万历皇帝赐的宅子本就很大,近二十年来,李氏子孙又置下周边许多院落,先后并了进来。夕照寺南边这一片,大都为李家府宅。目前共有大小院落七十余座,房屋八百多间,其规模比当初翻了几番。

三人过了无数大门小门,穿了无数大院小院,还未抵达李纯忠住处。李遵祖边走边介绍,脸上尽是得意之色。途经二房住处时,李遵祖道:"此处是我二爷爷家,今夜就轮他小儿子值守。"

郑鸿逵道:"是否方才开门的那位?貌相挺英武的。"

李遵祖道:"嗯,就是他,那是我二十六叔。"

郑森疑惑道:"二十六叔?"

李遵祖一脸平静:"嗯。在我们李家,同一辈儿的子孙,顺序都是大排。论岁数他比我还小三岁,但人家辈分高,我得喊人家叔。"

郑鸿逵道:"噢,记起来了。你以前跟我提过,是李易忠。"

李遵祖道:"嗯,不错。"

此时又经过一处大院,三人沿着回廊行走。只见大院正中,近百名丫鬟、女仆、老妈子,乌泱泱跪了一地。

一个年轻女子,衣着绮丽,正站在高处,朝着众人大声训斥,神态倨傲,刁钻刻薄。

三人继续前行,快走出此院时,距训人女子不过十几步远,郑森方才看清其面目。此女看样子不过二十几岁,虽面容艳若桃李,但神态却冷若冰霜。下人们个个战战兢兢、栗栗危惧。

李遵祖见二人好奇,低声道:"那是我二爷爷的小女儿,李易忠的亲姐姐。按辈分我们该叫她十八姑,她是我们的大管家。偌大的李府,七八百号下人,全由她管!十八姑人厉害,脾气大,私底下,我们都叫她'琪奶奶'!"

……

终于到了李纯忠住所。三人先进了一个大院,又朝西进了一个小院。李遵祖把叔侄二人带到正屋:"你们聊吧,我还有点事,就先出去了。"说罢,转身告辞。

李纯忠独自待在屋内,半躺于榻上,被踩伤的左脚搭在坐墩上,脚面裸露,乌青一片。看到郑鸿逵和郑森二人进来,他便开始哼哼唧唧,装模作样:"哎呦,疼死我了……哎呦……"

郑鸿逵见状,忙上前扶着李纯忠:"您慢点儿。"接着就是一连串道歉,还不时拉拉郑森衣角,示意他说几句,可郑森始终都未应声。

郑鸿逵见郑森无动于衷,只得加倍补救。他满面堆欢,又寒暄了好一阵。将带来的糕点怎么吃,药怎么用,絮絮叨叨又说了半天。

郑森向来冰炭不言,冷热自明。

昧心话终于说完了,郑鸿逵转头对郑森说:"郑森,你不是有宝刀要送给李大人吗?"

为化解矛盾,四叔将其心爱之物以自己名义送予别人,郑森感激不尽。但同僚之间的卑躬屈膝,对自己副手的低三下四,令郑森心里五味杂陈。

郑森慢条斯理将背上"鬼影"取下,单手递过去。郑鸿逵双手接过"鬼影",转呈李纯忠。

李纯忠虽武功平平,但其毕竟乃辽东第一将门之后,平日里最是喜欢名刀名剑。郑鸿逵刚把"鬼影"呈过来,李纯忠就被鞘上精美奇异的花纹所吸引。他急忙坐起身来,接过"鬼影",左手紧攥刀鞘,右手紧握刀柄,将刀身缓缓抽出……

质地精良，造型独特，光芒炫目……"村正妖刀！村正妖刀！"李纯忠欣喜若狂、失声尖叫，全然忘了自己脚上还有伤。

　　明朝时期，收藏东洋名刀，乃一种社会风尚。大明武将军官，大都有此爱好，李成梁家族之人，更是爱刀如命。第一次万历援朝战争时，李成梁长子李如松担任明军主帅。他最心爱的战利品，便是日本武士手中之倭刀。那些制作精良、削铁如泥的倭刀，让其神魂颠倒。

　　日本社会，等级森严。倭刀和武士一样，皆有级别。武士级别越高，所用倭刀品级亦越高。对世袭的日本武士家族而言，倭刀乃最为珍贵的传家宝。大名级的倭刀，更是世代传承，世代沿袭，外人几乎无法得到。李成梁家族收藏之倭刀并不少，但全是中下级武士佩刀。大名级别的倭刀，一把也没有。

　　万历援朝战争中，来岛通总乃唯一战死的日本大名。如此说来，来岛家之佩刀，收藏价值更高，意义也更为重大。

　　李纯忠将"鬼影"拿在手里，反复把玩，爱不释手。他自认为是刀剑收藏之行家，以他判断，此刀绝对是"村正妖刀"之上品。他慢慢将腿放下，探身向前，抬眉问道："大侄子，这把刀你当真送我？"

　　郑森嘴唇微启，挤出个"嗯"字来。

　　郑鸿逵连忙打圆场，补充道："那还有假？我这个侄子，自幼纵横海外。像这种绝世名刀，只有他能弄到。咱大侄子，人性极好，就是寡言少语。上午不小心冒犯了李兄，内疚不已，特来登门赔礼。李兄您大人大量，千万别往心里去。"

　　"哪里哪里，侄子年少，有脾气才有出息！堂堂七尺男儿，要是连架都不会打，那不成呆子了吗？哈哈……小侄子，你这礼物真贵重，哥哥我就收下了。"李纯忠得了宝刀，心花怒放，上午的不快，瞬间烟消云散。

　　郑鸿逵见状，如释重负，便顺势打趣道："哎呀，好我的纯忠兄，辈分也搞岔了。"转头对郑森道："看你李叔度量多大呀！上午那些个小事儿，你就甭放在心上了！"

　　李纯忠也哈哈大笑："对对对，差辈儿了，差辈儿了。鸿逵兄是你四叔，我与你四叔兄弟相称。这样，我们李家人多，在我们这一辈儿里，我排行十三，从今往后,你就叫我十三叔得了。"

郑鸿逵见李纯忠这么说,知道上午冲突引发的矛盾,算是彻底冰释了。他忙拽着郑森袖子,撺掇道:"还不快叫十三叔!有你十三叔和李家长辈们关照,你小子可有福气了。"

大丈夫能屈能伸!郑森明白,自己要是还不顺着四叔,给他补个台,此前所有努力,可就付诸东流了。

"十三叔在上,请受小侄一拜。"说罢,郑森毕恭毕敬,朝李纯忠鞠了一躬。

听了郑森回话,郑鸿逵长吁一口气:"这就对喽!"边说边朝其肩膀轻拍两下。

李纯忠此时,心思全然在"鬼影"上:"免礼免礼,都是自己人,不必多礼。小侄既有如此诚意,那我就笑纳了。"嘴里这么说着,眼睛却一直盯着那把"村正妖刀",生怕一眨眼,刀就长腿跑了似的。

郑鸿逵见其心不在焉,心思都在刀上,又东拉西扯了几句,便携了郑森,起身告辞。

李纯忠一瘸一拐,将二人送至小院门口。郑鸿逵千劝万谢,让其留步:"兄长好好在家休养几日。若有要紧之事,让遵祖传个话就行。"

李纯忠知道今日得了宝物,非因其个人能耐,而是因其家族显赫。郑鸿逵和郑森离开后,他把玩着"鬼影",陷入沉思……

十字街口西北角一酒楼,破旧沧桑,其上密密麻麻爬满了爬山虎,将整个酒楼罩得严严实实。

酒楼二层有个临街的雅间,是御马监用来监视李成梁家族之暗哨,亦是独孤燕常用的一处秘密接头地点。

独孤燕侧着身,贴着墙,透过窗缝儿,朝外观望。这里虽地处闹市,却十分隐秘。雅间里的人透过窗户向外看,街上情形一览无遗。

若非眼观六路耳听八方,根本注意不到那扇窗户。郑森眼尖心细,经过街角时,他习惯性地环顾周围,正好瞥见了独孤燕。郑森不动声色,跟着郑鸿逵向前走。

当然,与此同时,郑森和郑鸿逵二人亦进入了独孤燕之视线。他二人今夜拜访李府的之事,都将被潜伏在李府之耳目悉数记录,密报上来。

走出街角,郑森才跟郑鸿逵提及方才瞧见独孤燕之事。

郑森道:"四叔,适才十字街口酒楼,我抬眼瞟见了今日茶楼平息风波之人。"

郑鸿逵听罢,拉过郑森:"可确认是他?"

郑森道:"确凿无疑。"

"咦……这就奇了,他在李府附近作甚么?"郑鸿逵疑惑片刻,随即面色凝重,朝郑森道:"好了,此事就你我知道,万不可告知第三人,小心惹来杀身之祸!"

郑森道:"四叔放心,侄儿自当守口如瓶。"

郑鸿逵又低声对郑森道:"那是我们锦衣卫副总管独孤燕,平日在御马监那边。此人十分危险,以后见着他躲着点。"

……

话语间,二人已转过胡同口,来到花市大街上。

忽然,一名身着飞鱼服的锦衣卫赶上来,低头抱拳,朝郑鸿逵施礼道:"秉郑大人!传骆大人口令:命您火速赶回北镇府司,有要务差派。"

郑鸿逵心里嘀咕:晚上来李府这事,从未告诉任何人,这小子是怎么找见自己的?难道他暗中监视自己?这个小旗,官阶从七品,乃锦衣卫里下级军官。这么个小人物,怎会有如此胆量,监视其上司?想到此,他决定立威,给这个小旗点颜色看看!

想到此,郑鸿逵板起脸来,变了腔调道:"我记得你姓盖是吧?"

"秉千户大人,卑职确是姓盖。"

"哪里人啊?"

"秉千户大人,下官原籍山西潞州府,卫籍北直隶顺天府。"

"哦!你如何知道我在这里?"

"秉千户大人,下官不能说。"

"你在监视我？"

盖小旗脸上勉强一笑，没有作答。

郑鸿逵厉色道："你一个从七品小旗，居然敢监视上司！谁给你这么大的胆子？！"

岂料那小旗听罢，丝毫没有露怯，反而硬生生顶了回去："千户大人，我只不过是个传话的小旗。这锦衣卫里头，我确是品秩最低的小官。上司有几百个，您不过是其中之一。上头安排下来，我自得奉行。"

郑鸿逵本想给对方个下马威，没想到反碰了个软钉子。人家三言两语，就把他噎得胸闷气阻，无言以对。

郑森一直旁听二人对话。起初听到这个小旗说自己姓"盖"，郑森微微一怔，不禁回头，将这个盖小旗仔细打量一番。时辰未晚，街上店铺还未打烊，灯火颇多。虽光线没白天那么好，盖小旗容貌不是特别清晰。但其基本相貌，郑森已瞧清楚。只见他面色泛白，鼻梁挺直，眼窝深陷，帽檐下露出的头发微微泛黄，略带卷曲。又听他说到"原籍潞州府"，郑森心中已有定论。

此时见郑鸿逵受辱，郑森不禁插话道："小旗大人，你祖上是羯人吧？"

盖小旗大吃一惊，不禁抬头，望着郑森道："您如何知道？"

郑森见自己判断不错，笑而不答，继续问道："你们都信奉祆教吧，现在还拜火吗？"

盖小旗听罢，瞠目结舌，呆若木鸡。他先是立在当地一动不动，忽然扑通一声跪倒在地："我说，我说，我把知道的都说出来，只求您二位千万不要告发我。"

郑鸿逵文化不高，对历史知之甚少。既不知道什么是"羯人"，也未听说过什么"祆教"，只听得一头雾水，摸不着头脑。

郑森不紧不慢，缓缓道："快说吧，只要你回了千户大人，我们定替你保密！"

盖小旗连声道谢，朝郑鸿逵道："是吴孟明吴大人吩咐，让小的暗中监视您。"

郑鸿逵一听是吴孟明，浑身直冒冷汗！吴孟明与独孤燕一样，乃现任从三品锦衣卫指挥同知。在锦衣卫中,官阶仅次于正三品指挥使骆养性。其平日在东厂兼职,担任东厂督副。不知自己哪里得罪了这个活阎王,竟被他盯上?郑鸿逵冥思苦想,百思不得其解……他惶恐惊悸,再次问道:"当真是吴大人让你干的?"

"在下对天发誓,确是吴大人安排的差事!若非吴大人放话,我纵有天大的胆子,也不敢监视您呀!"盖小旗语气肯定,回答得斩钉截铁,不容郑鸿逵不信。

郑鸿逵默默点了点头:"起来回话吧。"但他此时心中却忐忑难安,有种大难临头之不祥预感……

盖小旗起身,见郑鸿逵面色凝重,赶紧安慰道:"千户大人,您在锦衣卫年限还不长,好多事情,您还不知情……在下觉得,这是例行公事,并非针对您一人。咱们锦衣卫从建立伊始,就有严格的内部督察制度。同僚之间互相监视,既是心知肚明之惯例,亦是心照不宣之规矩。"

郑鸿逵听罢,稍感宽慰。但其心中仍有疑惑,追问道:"这差事是锦衣卫的?还是东厂的?你给哪个衙门汇报?"

盖小旗把头凑到二人跟前,小声道:"东厂的……我只向吴大人一个人汇报。咱们锦衣卫长官并不知情……"

郑鸿逵道:"这么说你还给东厂做事?"

盖小旗继续低声道:"您二位有所不知,这锦衣卫里头,像我这样双重身份者,多了去了!明里领着俸禄,给锦衣卫当差;暗里拿东厂津贴,给东厂当眼线……"

锦衣卫官员之一举一动,竟都在东厂监视之下。郑鸿逵听罢,暗暗心惊。

既是锦衣卫指挥使骆养性大人下令,有要务吩咐,郑鸿逵自不敢怠慢。三人加快脚步,一起往锦衣卫衙门赶去。

约莫两盏茶工夫,就到了大明门外。郑鸿逵和盖小旗匆忙入内,郑森在外等候。

此时,大明门前,黑压压跪着几十号人。为首一人,便是"二不尚书"范景文……

且说崇祯皇帝,急躁乖戾,喜怒无常。他将如何发落黄道周,无人知晓……

黄道周耿直刚毅,一身浩然正气。他在都察院担任御史以来,与贪官污吏势不两立。过去数年间,被黄道周弹劾下台之官员,不计其数。

大内阉宦和朝中奸佞将黄道周视为眼中钉肉中刺,必欲除之而后快。今天黄道周在大殿上与皇上发生争执,对这些奸佞而言,不啻天赐良机。他们都希望借此机会,置黄道周于死地。将这个令其整天提心吊胆坐卧难安之人彻底铲除,一劳永逸,永绝后患!

为此,他们不断进献谗言,落井下石;在崇祯皇帝耳边危言耸听,推波助澜。

崇祯表面易躁易怒,实则色厉内荏。其性格软弱内心怯懦,遇事举棋不定毫无主见,既无太祖朱元璋那般的坚毅强悍,亦无成祖朱棣那般的果敢决绝。

因此,崇祯皇帝总是听信谗言,滥杀忠良,作茧自缚,自毁长城。

上午争吵过后,崇祯怒火中烧,始终未能平复,又兼居心叵测者火上浇油,遂决定采纳大内总管太监高起潜建议,下令命东厂监刑太监亲赴诏狱,将黄道周处决。处决方式,乃是高起潜轻车熟路之手法——剥皮!

高起潜剥皮方法与众不同,刽子手先将受刑官员绑缚于门板之上,后用长钉将其手脚死死钉住,再用滚烫沥青浇遍全身。待沥青凉下来,刽子手便用锤子将其一块块敲下来。此乃高起潜在辽东监军时所学,后常常用之,乐此不疲。凡受刑之官员,全身皮肤,顷刻全无。手法惨绝人寰,情状惨不忍睹!

黄昏,大明门前,狂风怒号,大雨如注。

范景文跪在地上,任凭狂风恫吓,暴雨威胁,毅然昂首挺身,岿然不动。

都察院的几个同僚故属,特地将工部衙门外立着的那块铁牌也搬了过来。铁牌上,"不受嘱、不受馈"六个大字一目了然。此乃范景文担任东昌府推官时,亲笔题写。当地百姓共同出资,将这六字刻在铁板上,并将其制成牌子,装了托架,以便随时搬运。

范景文虽调离了东昌府，但这块铁牌，却始终伴其左右，从山东到直隶、北京到河南、巡抚衙门到都察院再到工部衙门……

对范景文而言，此牌如同知己老友，与自己相知相伴数十载。那六个字，便是他为人为官之座右铭，刻骨铭心。

范景文正前方，平放着一块木牌，乃特制奏疏，既要上呈给皇上，亦要让天下共知。

范景文意志如铁，心细如发。他见今日天气异常，心知大雨随时可能降临。为了防水，他用小刷子，蘸着朱红色的油漆，将此奏疏写在一块木牌上。

巍峨肃穆的大明门前，木牌孤零凄楚，字迹殷红醒目：皇天后土，人神共鉴！臣等愿作龙逄比干，剖心沥胆……

范景文得知皇上对黄道周的处罚后，默默返回工部，制作了此奏疏，双手平举着来到大明门前，静跪请愿……

崇祯皇帝得知此事后，冲冠眦裂，有心连范景文一块处决。可范景文乃天下第一清官，举国上下万众敬仰，四海五湖有口皆碑。

防民之口，甚于防川。真要是对范景文痛下杀手，那就是与民为敌。必将民心尽丧，民愤沸腾。风雨飘摇的朱家社稷，能经得起这般风暴？崇祯皇帝心中无数。

范景文身后，下跪之人越来越多，个个浩然正气。到掌灯时分，为黄道周求情者，已有三四十人。其中，都察院御史们占了大半。

夜空中，电闪雷鸣。道道霹雳，划过天际。

一道闪电，从天而降，直至承天门前。金水桥畔的汉白玉华表，被击得焦黑。

目睹怪异天象，崇祯皇帝忐忑不安。他终于改变主意，忙把高起潜召回，撤销将黄道周剥皮处决之令，改为流放镇南关。

当夜，黄道周就被锦衣卫从诏狱提出来，连夜押往镇南关。

而郑鸿逵回锦衣卫衙门所领之命，正是安排押解黄道周之事。

一般流放，要么一千里，要么两千里，三千里都少见。十年前袁崇焕获罪，其家人也只流徙三千里。而流放黄道周，崇祯皇帝却在圣谕中注明地点——镇南关。镇南关地处南疆边陲，乃广西和安南之边界，距离北京，足足有五千里！

黄道周已是年近花甲之人，且刚又被廷杖八十，遍体鳞伤。流徙五千里，这不是秃子头上的虱子——明摆着要他命吗？

郑森央求四叔郑鸿逵，定得嘱咐押解者对黄道周多加关照。自己又从行李中取出好些金银，亲自交给那两个锦衣卫，千叮咛万嘱咐，请他们好生照顾黄道周，务必保其周全。

临别时，黄道周气若游丝，在郑森耳边道："今后若逢难事，找刘宗周和范景文两位大人。二人定会真心助你。"说着探手伸向腰间，吃力将玉佩取下，赠予郑森："官场险恶，人心叵测。你迟早要入仕为官，朝里要没个靠山，寸步难行！你将它收好，两位大人都识得。他们见了玉佩，就如同见我一样……"

郑森噙泪含悲，默然点头。

此时，半扇城门开启，又从城里出来许多人。正中间者，竟是宋献策。他昂首挺胸，赶着一辆大车。车上躺着两人，竟是牛金星父子。白天在紫禁城外申诉之难民百姓，簇拥在其周围。队伍松而不散，杂而不乱，绵延一里多长。大家浩浩荡荡，朝南而去。

宋献策今日在茶楼之言论，着实危言耸听。要是放在往常，掉十回脑袋都不止！真是苍天有眼，天佑英才，让其遇到了独孤燕。

与一般厂卫高官不同，独孤燕虽外表凛若冰霜，却心存仁德。非到万不得已，绝不会轻易起杀心，动杀念。

在独孤燕暗示下，五城兵马司接管起此事。他们高举轻放，大事化小，只当是聚众集会之寻常案件，将宋献策驱逐出京师了事。

眼下统领五城兵马司之人，名叫张兆圣，乃河南巡按御史高名衡之妹夫。其本意，乃是讨好独孤燕，借此巩固与御马监和锦衣卫之关系。

佛家常言：救人一命，胜造七级浮屠。做了此等善事，张兆圣竟还有意外收获。

这宋献策一走,在紫禁城外申诉之难民,竟跟着走了一大半。

让北京各级衙门头疼不已、棘手为难之"京控"大事,就这么轻而易举地解决了!

大内总管高起潜、禁卫总管骆养性皆像心称意。五城兵马司立了头功,张兆圣也受到嘉奖。

夜色深处,雨雾弥漫,迷失了前方之路。

大雨滂沱,路途坎坷,黄道周伏在骡车上,颠簸前行,消失在茫茫雨夜中……

第十七回　郑森殿试显神威
　　　　　崇祯钦定探花郎

> 雕弓执箭射天狼，豪气干云义衷肠。
> 昏君不识真英隽，空叹天朝无栋梁。
> ——《忆崇祯十三年殿试》

月上柳梢，夜静蝉鸣。

郑森端坐案前，争分夺秒，挟筴读书。

"哎呀，渴死我了。"此时房门并未关，一个虎背熊腰的中年大汉应声而入。

不待郑森转头，那人已大步迈进客房，毫不客气，大大咧咧掇了把椅子，在方桌前坐下，双手端起茶壶，对着壶嘴咕噜噜一气狂饮，眨眼间已将一壶凉茶尽数灌下。那人喝罢，将空壶往桌上重重一拍，用衣袖抹一把嘴，整个身子靠在椅背上，惬意至极。他稍稍抬起眼皮，瞥着郑森道："贤侄别来无恙。"

郑森早站起身来，定睛将来人打量了一番。只见他五十岁上下年纪，身高八尺，黑面虬髯，魁梧壮硕，好似寺庙山门殿内的金刚力士，虽似曾相识，却一时想不起来。

那人见他一脸疑惑，敢情是不认识自己，摆摆手不耐烦道："贤侄真是贵人多忘事，老夫施大瑄，可记起来了？"

郑森听他报上姓名，终于想起，眼前这位高大威猛的中年大汉，就是十八芝中排名第三，当年威震东南的海盗头子施大瑄。施大瑄乃晋江县龙湖镇衙口村人,早年离乡投拜武师,习练得一身好武艺,回乡后为族人出头,擒杀了恶霸地主,犯下人命官司。为躲避官府追捕,施大瑄孤身逃亡,渡海赴台,投在大海盗颜思齐门下。他武艺既高,又好勇斗狠,粗中有细,深得颜思齐赏识,逐渐成为颜思齐集团的台柱子。后来"十八芝"结义,施大瑄位列郑芝龙和杨天生之后,坐第三把交椅。

眼下,当年十八位结义的海盗,除去郑芝龙四兄弟(郑芝虎战死),其余或死或散,只剩他一人还在郑芝龙麾下。前些年郑芝龙位子没坐稳时,需要施大瑄及其手下的鼎力支持,所以对他礼遇有加,倚重颇多。后来郑芝龙坐稳位子,独霸闽南,就容不下这个位高权重的元老了,逐步削他兵权。眼下,施大瑄的水师被拆解,船只和水手划给别的营,仅剩陆军三千余人,缩编为一个营,营官由他的堂弟施大福接任,驻守惠安县,营旗也由"瑄"字改为"福"字。

那施大福虽是施大瑄的堂弟,可他入伙很晚,直到"十八芝"打回闽南,才投靠了郑芝龙。之后便一直在郑芝龙的亲兵营中担任侍卫,乃郑芝龙的嫡系心腹。

近些年来,施大瑄虽名义上还是郑芝龙的副手,郑氏海商集团二号人物,可却有名无实。手中无兵无权,充其量算个殷实的大地主,与当年呼啸台海的盛况相比,自是相去甚远,不可同日而语。

郑森刚从日本归来时,常在安平郑府中见他。只是七八年未见,一时竟没想起来。如此一位人物深夜造访,郑森赶紧躬身行礼道:"小侄不知叔父大驾光临,有失远迎,失敬失敬。不知叔父何故至此?"

施大瑄略微欠了欠身子,依旧半仰在椅子上,跷着二郎腿道:"应你母亲之托,来京助你一臂之力。"

郑森听罢,大感不解:"助我一臂之力?"

施大瑄脸上露出诡异的笑容,道:"三年前你四叔郑鸿逵和犬子施琅进京赶考,全因老夫陪同,才得以高中。你母亲深知此事,故请我再次出马,前来相助。我担心你父亲和你二娘因此怀恨,横生龃龉,本不愿前来。可眼见你母亲望子成龙,泪眼相求,情恳意切,心中终是不忍,故昼夜兼程,终于赶在大考之前抵达京师。"

儿行千里母担忧。郑森听到母亲遥在万里之外，仍旧为自己操心劳苦，不禁黯然神伤。过了一会儿，方才答道："多谢叔叔好意，我初来乍到，人地两生，有叔父在旁照应，自是方便许多。"

施大瑄大手一扬，道："你自管安心考试，其余诸般事务，全由我代办便是。"

二人又闲谈片刻，郑森得知施大瑄有两个儿子，长子名叫施琅，长郑森三岁，三年前考中武进士，只是不及郑鸿逵名次靠前，被兵部选为正七品把总，差拨至浙江水师效命。今年初才提拔为正六品千总，奉命驻防宁波府象山县。次子名叫施显，比郑森小两岁，今年无法应试，计划三年后进京大考。

不知不觉已到戌末时分，施大瑄仍无倦困之色。郑森生怕次日考试有失，借口旅途劳顿，劝他早点休息。

施大瑄听罢，鼻子微哼，淡然一笑，似乎不把考试当回事。他情知郑森心意，也不多话，回客房休息。

第二日五更时分，郑森早早起来，洗漱完毕，穿戴整齐，却仍不见施大瑄起床。他走到施大瑄房间外，只听得屋内鼾声如雷。郑森犹豫片刻，还是轻轻敲了敲门。

敲了好半天，屋内鼾声才住。施大瑄乍从睡梦中惊醒，咂嘴弄舌道："你自己先去，老夫随后就到。"说罢翻身又睡，顷刻便又鼾声大作。

郑森心中怃然，无奈摇摇头，转身朝大门走去。倒是褚人获忠实重义，早早候在大门口。他知郑森没有进食早餐的习惯，今日大考，怕他体力不济，一大早就起来，到驴肉胡同口的余记包子铺，买了早点，装在食盒子里保温，拎回来守在客栈大门口。他见郑森前来，忙把食盒递上。

郑森揭开食盒，取了两个包子，将其余的递还褚人获。主仆二人边走边吃，不多时就到了演武场外。

话说明代重文轻武，文官节制武将。武将看似官阶很高，俸禄丰厚，但却有职无权。调兵驻防，处处受文官制约。即使武科取士，也讲究"先之以谋略，次之以武艺"。

科考顺序，也是先文后武，文科取士在前，武科选将在后。

文科会试由礼部主管,叫作礼闱。初春就开始,分为三场,分别在二月初九、十二、十五举行。会试考中之人,称为贡士。文科会试之后便是殿试,明初在三月初一举行,成化八年(1472)之后,改为三月十五举行。

武科会试,也分为三场,定在五月初九、十二、十五进行。前两场靠技勇和射箭,第三场考策论武经。

崇祯皇帝自幼心气急躁,登基后嫌考试时间跨度过大,故恢复明初旧制,文武会试和殿试之间,由三十日压缩至十五日。三月初一殿试文进士,六月初一殿试武进士。

这日正逢五月初九,郑森参加第一场考试,考试科目为"技勇",主要考校的是膂力。分两场进行,上午下午各考一场。

上午考舞大刀。刀分为三号:头号一百二十斤,二号一百斤,三号八十斤,试刀者必须完成左右闯刀过顶、前后胸舞花等动作。刀号自选,一次完成为准。

轮到郑森出场,他不假思索,选了一百二十斤的头号大刀,先用左手,后用右手,把规定动作完完整整演练了两遍。场外围观百姓见郑森单手持一百二十斤大刀,兀自挥舞自如,不禁齐声喝彩,欢声雷动。郑森谦逊,只回头对着人群淡淡一笑,聊表谢意。

下午考举石蒂子。石蒂子乃是为考试特制的石块,呈长方形,两边各有一个浅槽,应试者刚好可以用手指头抠住。也分为三号:头号三百斤,二号二百五十斤,三号二百斤。此外,考场还备有三百五十斤的出号石蒂。应试者可自选石号,但必须将石蒂提至胸腹之间,再借助腹力将石蒂底部左右各翻露一次,叫作"献印",一次完成为合格。

轮到郑森出场,他想也不想,上去就挑三百五十斤的出号石蒂,噌地举了起来,也不借腰腹之力,甚至连衣服都不沾,双手协同使力,把个出号石蒂转得如团团生风,直把些场外围观的百姓,看得呆若木鸡。过了好久,观众们才反应过来,随即掌声、呐喊声此起彼伏,久久不断。场内考官却显得极为淡定,好像并不关心应试者的情况,对郑森的神技视而不见,只是互相间交头接耳,窃窃私语一阵,然后才埋头打分。

直到从考院出来，郑森才想起整整一日都没见施大瑄。郑森正自纳闷，心中虽极为不悦，可嘴上却不说什么。返回客栈，经过施大瑄客房，看见他一个人坐在房中，左手拎着一个坛酒，右手端着一个大海碗，就着一桌子好菜，兀自吃得起劲。

他瞥见郑森主仆归来，将酒碗放在桌上，招手道："贤侄，累一天了，快过来喝酒吃肉。"

郑森摇摇头道："叔父自吃便是，我二人一会让店小二煮两碗面就行。"

施大瑄听罢，也不再劝，复又端起酒碗，兀自山吃海喝起来。

郑森与褚人获各自回房，让店小二送了两碗面吃罢，各自早早歇息。

此后两日，褚人获陪着郑森，在城外小林中习练射箭。施大瑄整日喝酒吃肉，对郑森复习考试，不闻不问，漠不关心。

五月十二，第二场如期开考。郑森一如上次，在褚人获陪同下早早来到演武场。第二场考射箭，上午下午各考一场。上午考步射箭法，共发箭九支。下午考马上箭法，要求驰马三趟，发箭九支。三箭中靶者才算合格，排名高低依中靶多寡来定。中靶之箭越多，得分越高，排名也就越靠前。

对射箭之理论，郑森也仅学自《武备志》中的《射经》，虽讲解细致，终究纸上谈兵，与实战相去甚远。他自幼漂泊海上，除去在尼德兰经历过几场大战外，几乎没怎么骑过战马，更没怎么使过弓箭。况且欧洲各军种极为细化，弓弩手和重骑兵区分严格，骑马就不射箭，射箭就不骑马，十分呆板教条。郑森虽知当年蒙古骑兵横扫东欧，靠的就是一身令西番瞠目结舌的骑射技艺。可他自己对这骑射的技艺，却是从未亲睹。

上午步射，郑森丝毫不敢大意，摆定姿势，搭弓拈箭，好在九支箭全部上靶，顺利通关。

下午骑射，郑森更是小心谨慎。他翻身上马，策马前进，绕场奔驰，待进入射击区，双腿紧紧夹住马背，放开缰绳和马鞭，凝神屏气，拈箭搭弓，三圈下来，共有七支箭上靶。虽没得满分，但好歹顺利通关。

郑森翻身下马，回到自己的候考座位上，长吁一口气。他刚刚坐定，就见下一位选手出场，此人身强力壮，三十多岁年纪，中等身材，戎装黑甲，浑身上下透出精悍之气。这黑甲考生一出场,就与众不同,只见他先扬起马鞭,狠狠抽了一下马屁股。那马受惊吃痛,长嘶一声,撒开蹄子拼命就跑。他跟着马跑了几步,突然伸出双手,在马背上重重一按,身子已稳稳落在马背上,双腿紧紧夹住马腹。此时那战马已奔驰到射击区间,黑甲考生从容不迫,弯弓搭箭,只听得嗖嗖嗖三声,三支箭已正中靶心。场内场外登时欢呼雀跃,郑森也不禁击掌叫好。

转眼间,那黑甲考生已驰马转过一圈,准备第二轮发箭。只见他这回竟撒脱缰绳,直挺挺站在马背上,双手弯弓搭箭,只听得嗖嗖嗖三声,三箭又是命中靶心,毫厘未差。场内场外又是一阵喝彩,久久不绝。郑森甘拜下风:寻常人坐着骑马都难以保持平衡,他不但稳稳站在驰骋的马背上,还能搭弓射箭,百步穿杨,这等骑射技艺,真是超群绝伦。

正自惊叹之际,那黑衣考生又转了一圈,准备第三轮发箭。只见他这回单脚钩住马鞍,整个人都钻到马肚子下,左手平托长弓,右手搭箭拉弦,只听得嗖嗖嗖又是三声响,百发百中。

九箭九中,无论射术骑术,全都精彩绝伦。黑衣考生下马后朝人群挥挥手,在如雷般喝彩中走出考场,昂首雄健,英姿勃发。

只见黑衣考生背上号牌写着"左梦庚"三字。郑森钦佩不已,遂生结交之心。

左梦庚乃左良玉之子。左良玉拥兵二十万,乃当今朝廷最为倚重的大将之一。今年正月,左良玉在川陕边境大败张献忠,斩杀贼兵万余人,还擒获了张献忠之妻妾。督军大学士杨嗣昌将此事奏报朝廷,崇祯龙颜大悦,加封左良玉为太子少保,拜其为"平贼大将军"。

郑森虽回国不久,可左良玉的大名,自是早有耳闻。左梦庚此番也来京参加会试,此事在应试武举之中,无人不知。考场内外,郑森时常听人说起,早留心记下。今日一见,果真名不虚传,真是虎父无犬子啊!这"左梦庚"如此厉害,想那左良玉更是厉害非凡!

郑森目送"左梦庚"退场归座,起身走到他面前,抱拳行礼,恭敬道:"兄台适才骑射神技,着实让人大开眼界,不愧是名将之后,佩服佩服!"

岂料那"左梦庚"听罢，满脸惊讶无奈，一边摇头，一边指着胸前的名号，啼笑皆非道："这是左梦庚，我却不是！"

郑森听他如此回答，一时摸不着头脑，语塞了半晌，情状极为尴尬。

那人见他还不明白，又道："左大人上个月才过四十二岁大寿，他有我这么大的儿子吗？"

郑森听了，再次将其打量一番：眼前这位"左梦庚"，年纪纵使没有四十，也有三十大几。郑森仔细想想，也确如黑衣武士所言，那左良玉就算成亲再早，也不至于不到十岁就生子吧？这位中年考生，如何能是左良玉之子？郑森苦笑一声，自我解嘲道："智者千虑，偶有一失。"

此时，旁边一位考生听得实在不耐烦了，探过头来，插话道："这位老弟，你是真不知还是假不知？这里应试之人，有几个是亲自到场？大家都是来顶考的，拿人钱财，替人办事，干着婊子一样的勾当！老弟你是何门派的高手，竟能给郑芝龙的儿子替考？那郑芝龙富甲一方，财大气粗，所付酬金必定不菲！快跟兄弟们说说，让咱大伙也长长见识，回去跟东家抬个价儿！"语调阴阳怪气，尖刻刺耳。

此一番直言快语，直说得郑森哑口无言。他心中百感交集，又百口莫辩。他心中原本对科场选士的那种尊崇与敬畏，霎时间消失殆尽。那个插话的替考武士见他久久不答，兀自又絮絮叨叨说个不停。郑森嘿然不语，只是苦笑着摇摇头，慢慢踱回自己的座位前。

那黑衣武士见郑森面带愁容，怅然若失，已猜出他是本人应试，而非替考。故起身踱到郑森跟前，将这考试内幕，悄悄说与他听。

原来自大明朝自嘉靖之后，所谓武科选士，全是弄虚作假。一场"技勇"，聘得都是职业武师，多来自各大江湖门派或武术世家；二场步射骑射，聘的都是现役武将，多半是骑兵中的蒙回族军官。三场策论武经，大多是军中师爷上阵。因作弊过重，自万历末年，便改在紫禁城文华殿举行，由吏部尚书和礼部尚书共同主持。

明代重文轻武，往往以文化成绩决定三甲排序。因作弊过重，自万历末年起，策论武经改在紫禁城文华殿举行，由礼部尚书和吏部尚书共同主持。

如此一来，虽然师爷直接替考的情形少了，可道高一尺，魔高一丈，作弊者照样花样别出。往往殿内科目一出，就悄悄传到殿外。殿外早有文人待命，纷纷做好卷子，再悄悄传入考场，考生本人只需动笔誊抄一番。

郑森听他说完，虽豁然明朗，却怅然失落，心中好似打翻了五味瓶，浑不是滋味。他不愿在科场久留，匆匆告辞，带着褚人获返回客栈，准备三日后第三场策论武经。

转眼就到了五月十五。

这日清晨，施大瑄依旧懒睡不起，郑森和褚人获却早早就来到考场。郑森此次特别留意，果然见今天的考生，与前两场的人全然不同。他们脸上涂脂抹粉，身着锦衣秀袍，配具奢华，步履滞涩，分明就是些花花太岁，哪里有习武之人的英武之气？殿外南墙树荫下，早聚了好多布履青褴手摇折扇的文人，一看就是陪考的师爷，在场外候命答卷。

考试即将开始，应试者陆续入场，考官把考卷逐一分发。今日策论的题目是："君举有功而进飨之，无功而励之。"郑森从小精研《武备志》，对《武经七书》之内容，早已烂熟于心。他一看这个题目，便知这句出自《吴子兵法》，乃"励士第六"一篇的经典论断，讲的是物质或精神嘉奖与军队士气之间的辩证关系。在此前的复习中，郑森对这类题目，烂熟于胸。他思忖片刻，便提笔挥毫。不到一个时辰，一篇工整对仗的八股论文就已作成。郑森又从头至尾通读一遍，自觉立论文采皆臻上乘，便交了卷，到场外等待发榜。

此时场外，早已乱作一团，监考的吏部礼部官员忙里忙外，传递考卷。陪考的考生亲属一个劲儿地催促，做卷的师爷们则急得满头大汗。堂堂紫禁城内，文华殿外，亲贵考生竟如此肆无忌惮，公然作弊，令人发指。

郑森长叹一声，摇着头走到一个角落坐下，静静等待发榜。自隋炀帝时期，科举制度成型，进士榜便用黄纸书写，故称黄甲，也叫金榜。因此考中进士者，便被赞誉为"金榜题名"。

策论考试于午时三刻结束，因评阅考卷需要时间，还须汇总此前两科的成绩。所以正式发榜，至少要等到下午申牌时分。其间，任何人不得擅自离开。

到了中午，其他考生几乎都有人送饭，八珍玉食，色香味浓。郑森和褚人获一起,就着凉水,把早上带的几个白皮面饼吃了,凑合着当午餐。

申牌时分,金榜贴出,考生和家长一拥而上,榜前被围得密不透风。郑森拨开人群,对着金榜搜寻半天,终于在左边靠下位置,找见自己的名字,排名第七十六,并不靠前。郑森愤愤不平。他自知其中猫腻甚多,以致鱼目混珠,宝光难现,如果明日殿试不露一手,最多只能得个同进士出身,连个正七品把总也做不了。

郑森怅然转身,挤出人群,带着褚人获望客栈而来。

一进客栈大门,郑森就嗅到一阵酒肉味道,心想定是施大瑄又在自饮自酌。果不其然,郑森主仆路过施大瑄客房,只见房门大开,施大瑄袒胸凸肚,兀自吃喝得起劲。

施大瑄听闻脚步之声,已知郑森主仆二人归来,头也未转,撕扯着一条油腻腻的鸡腿,口齿不清地道:"对了,本次来京,你母亲还让把兵器给你捎来,说是你外公专门为你锻制的,也不知用的什么材料,重的离谱。那日我匆匆上岸,忘记拿了。今日方才想起,下午去码头寻了半天,好在纤夫船工给保管起来,才未遗失。我花了五两银子,雇了三个脚夫,费了好大劲才给你抬了回来。"说完,又把一大块肥鸡丢入口中,腾出右手,朝地上指了指。

今日科场之乱象,令郑森忧愤不已。听得外公和母亲不远千里捎来兵器,心里顿感宽慰,朝施大瑄抱拳施礼道:"多谢叔父千里迢迢为侄儿捎来称心之兵器。"

说罢,他走进屋内,嚯地提起兵器,摩挲一番,复又放下,朝施大瑄不解道:"叔父久在江湖,侄儿有一事不明。武科会试公然作弊,如此明目张胆,为何无人阻拦?"

施大瑄听罢哈哈大笑,随即抹了抹嘴,朝郑森道:"贤侄以为老夫此次前来是专程为你送兵器的吗?你能入围殿试,全凭你母亲的黄金。一个月前,你母亲专程到晋江请我出山,要我来京助你。每次大考之前,我都故意让你先去,然后揣着黄金去打点各级考官,总算让你进了殿试。要不是金子使得到位,你纵有登天的本事,也要被人家黑了去!前些天外场武科,今日内场文科,考官打分,全凭送钱多少。半月之后的殿试演武,也是走走过场,装装样子,糊弄糊弄就过去了。三甲排名,当今圣上说了都不算!考官们得谁的钱最多,谁就是状元!"

施大瑄之言,听得郑森张口结舌。

郑森道:"我自幼文武皆修,岂是那些滥竽充数蒙混过关之辈所能比。殿试演武,我定要在皇上面前大展身手。纵使不使银子,也要挣个头等功名回去。"

施大瑄听他这般说道,一脸不快:"你莫要固执,这十几日来,你在场内考试,我在场外疏通,前前后后已花了黄金五百两。尤其是那文科,就算你文章再好,也经不住人家鸡蛋里挑骨头。殿试前老夫务必要把金银送到,如若送不到,你就只能落个同进士出身,做个不入流的小官。三年前老夫就是不知此中深浅,送钱不足,以致你四叔郑鸿逵和犬子施琅,都未进头甲。今日起,你便安心习武,准备殿试。其余之事,就交与老夫。"

郑森执意不肯,道:"我倒要瞧瞧,这圣上能否慧眼识英,选贤任能。八仙过海,各显神通。明日殿试,我定要放手一搏,真刀真枪挣个功名。您断不可再使金银。若说再使,休怪侄儿无礼!"

施大瑄听罢,拍案而起,恼羞成怒道:"你这小子,不知好歹!我倒要看看,没了银子,你能落个何等功名?"说罢,怒气冲冲,夺门而去。

郑森鸡鸣而起,露重而息;朝乾夕惕,勤奋练功。

转眼就到了殿试的日子。殿试演武的地点,就位于皇城西北角外的小校场。

这日郑森早早起床,收拾齐当,他踌躇满怀,却又凄然若失,心中涌起一阵大战之前生死难料的悲凉。

郑森嘴角翕动,略微苦笑,提起外公为他特制的兵器,带了褚人获,大踏步往小校场而来。

翁昱皇此番为他特制的兵器,唤作"片镰枪",是旅日华侨中很盛行的一种长柄器械。"片镰枪"乃是东洋的叫法,在中国大陆,人们称之为"牛头月铓。"

铓这类兵器,起源于元末明初,是由起义军手中的狩猎工具"叉"以及农业器具"耙"演化而来。镋头正中有利刃,状如枪尖,称为"正锋";两侧各出两股,或弯或直;下接镋柄,柄长七尺至一丈不等。通常,镋头由铁制成,镋柄由木制成。虽基本形制一致,但镋头形状各异,除了牛头月镋之外,还有凤翅镋、雁嘴镋、九曲镋、十字镋等十数个品型。

翁昱皇所锻造的这杆牛头月镋,柄长七尺,镋头长一尺半,通身全用乌金锻造,重二百二十八斤,寻常武士拿都拿不动,更不用说挥动杀敌了。郑森使将起来,却灵巧敏捷,举重若轻。

应试者在殿外自选兵器,演练自己最擅长之武艺。进考场前,郑森把三个月来从未离身的六件白金护甲卸下来,让褚人获保管,自己安坐于候考席上,静待出场。

出场顺序,是按会试三场综合排名而定。第一位出场的,名叫高一鸣,此人乃是大内总管高起潜的侄子。

高起潜乃司礼监掌印太监。司礼监名列内务府二十四衙门之首,其最高职位,就是掌印太监,俗称"大内总管"。在这紫禁城中,除去崇祯皇帝朱由检,就属他位高权重。

高起潜少年时去势入宫,从小太监做起,深得崇祯信任,在外监军多年,数年前,被崇祯任命为大内总管,成为天下宦官之首脑。他虽不能生子,却仍在京置办了好大一座宅邸,气派规制堪比王府,养了一大群侍妾丫鬟。还将弟弟的儿子高一鸣过继自己膝下,名为侄子,实为养子。

第二位出场的,乃是左良玉的独子左梦庚。左良玉是山东临清人,出生于万历二十七年。他面红如血,身材魁梧,力大无穷,虽未读书,却习练得一身好武艺,马上功夫尤其了得。

左良玉从军之后,正妻留在山东老家。他在军中又纳了好多小妾。其中有一个来自江南,为他生了个儿子,取名为左梦庚。由于老来得子,左良玉对这个儿子十分宠爱,生怕其遭遇意外,舍不得将其留在军中,而是将其安置在江南,花巨资购买豪宅田园,雇了好多仆役照顾其饮食起居。左梦庚从小养尊处优,全无阳刚之气,活脱脱一个花花太岁。

今年初,那左良玉刚刚在川陕交界处的平利一带,大败张献忠,一跃升为朝廷正二品统兵大帅。这次儿子来京应试，左良玉做了精心准备，周密安排，派人将主考官员上上下下打点了个遍。尤其是在高起潜、谢升和王铎那里，各奉上黄金三万两，另有奇珍异宝无数。因此左梦庚内定为第二名榜眼，理所当然，无可厚非。

殿前演武，考生本人出场。从高一鸣、左梦庚开始，应试者个个弱不禁风，皆是勉强用双手擎起兵器，摇摇晃晃乱砍一气，哪里有什么章法可言？有的竟连钢枪铁剑都拿不动，自备些木刀竹棒，装模作样比画半天。

郑森看着眼前荒诞离奇的情景，简直不敢相信这就是为朝廷选拔贤能的科举殿试！他心想：靠这些花花太岁领兵打仗，焉有不败之理？唐朝末年，若非崔氏兄弟沆瀣一气，哪有黄巢咏菊怀恨起事，席卷天下，血洗长安？可见用人腐败，自古都是亡国之先兆。"内库烧为锦绣灰，天街踏尽公卿骨"的灭族大祸，恐怕很快就要临头。

崇祯皇帝虽不懂武功，却也能大致分辨出高低。他看得极不耐烦，如同坐在针毡上一般，左右侧身，哈欠连连，不住摇头叹气，兀自感慨国无栋梁。他久居深宫，足不出京，身边奸佞环伺，极尽欺瞒蒙蔽之能事，极目所见，全是障眼幻象。民间的真情实况，如何能上达天听？官场黑暗，科举腐败，天下英才，苦于报国无门，被迫流落江湖。他们或亡命天涯，造反起义，与朝廷作对；或投靠清廷，充当其鹰犬爪牙，违心为异族效命。

终于轮到郑森出场。他双手挺镋，长吸一口气，然后拔足飞奔，到场边时用镋头点地，噌地腾空跃起两丈多高，飞身纵入场中。立定后他用右手拄镋，单膝跪地，面朝崇祯皇帝行过大礼，朗声道："福建考生郑森，奏请为陛下表演劈波峥嵘镋法。"

崇祯萎靡了半日，蓦地看到如此精彩的出场，听到如此中沛雄厚的声音，一下子精神抖擞，直了直身子，应道："准奏，开始吧。"

郑森谢恩平身，挺起牛头月镋，提足真气运遍全身，将一套劈波峥嵘镋法使得有板有眼，虎虎生威。这套镋法相传为元末浙东起义领袖方国珍所创，在中国东南地区和日本朝鲜流传甚广，共有九式七十二招，每式八招，拍、砸、拿、滑、压、横、挑、扎，起承转接，一气呵成。郑森内功深湛，再兼手中这柄牛头月铑乌金锻造,劈空挥舞,势大力沉,竟能搅气成风,刮得场外众人脸上隐隐作痛。

崇祯此时虽与郑森相距百步之遥,却也感到阵阵劲风袭来,心下赞叹不已,兴奋之喜溢于言表。待郑森表演完毕,崇祯竟已情不自禁地站起身来,带头鼓掌。场外更是人声鼎沸,掌声雷动。

崇祯走下丹陛,内侍外臣紧随左右,一起来到场边,只听他意犹未尽,高声道:"小壮士可会使刀?能否再演一场?"

郑森欣然领命。此时侍卫们已将御座和华盖搬至场边,崇祯缓缓落座,命身边的禁卫总管骆养性把刀递给郑森,自己仍全神贯注,目不转睛盯着场内。

那骆养性乃锦衣卫最高统领,父子两代都是禁卫总管,他有意考校郑森,解下自己腰间的绣春刀,暗自加力,连着刀鞘朝郑森头顶飞掷过去。

郑森见绣春刀夹着劲风连鞘而至,来势迅疾,当即双足点地,一个凌空回旋,侧身转体,已将刀鞘插入腰间,宝刀稳握右手掌中。腾空、转身、抽刀、收鞘四个动作倏忽连贯,浑然天成,直把个骆养性佩服得五体投地,心中不住喝彩。

郑森抽刀在手,一套五毒盘龙刀法霎时便使将出来。这套刀法相传为抗倭名将俞大猷所创,因刀谱秘籍刻在福建平海卫五毒洞中的盘龙壁上而得名。该法本用苗刀演练,绣春刀虽与苗刀不同,但二者都属窄刃刀型,基本技法大同小异相差无几。

郑森内劲叠加,力贯刀身,出招迅如疾风,快若闪电,顷刻间只见刀光,不见人形,直把个崇祯皇帝看得呆了。

郑森演练完毕,崇祯皇帝迫不及待站起身来,拍着扶手高声道:"我天朝竟有如此英才,中兴有望!中兴有望啊!"说罢转头对身后的吏部尚书谢升和礼部尚书王铎道:"新科一甲头名武状元,就是这个壮士。朕点了!"

一语既出,场外顿时掌声四起,那谢升和王铎却大惊失色,汗流至踵。

原来那谢升担任吏部尚书已有七年,乃是此中老手;王铎却是刚刚出任礼部尚书,首次主持科举大考。他们早就收了左良玉的银子,又受了大内总管高起潜的嘱托。殿试演武前就早已议定,要擢高一鸣为一甲头名、武状元;左梦庚为一甲二名、武榜眼。

这二人自知郑芝龙虽官职不高,但出身海盗,富可敌国。三年前其弟郑鸿逵应试,当时礼部吏部,上上下下不知捞了多少银子,给他弄了个二甲武进士。今年大考,谢升和王铎二人得知郑芝龙长子应试,早准备好家私等着郑芝龙登门送钱,狠狠宰他几刀,多剜些油水出来。却不料直至今日殿试,二人身为主考大人,竟连一个子儿也没捞着,心中自是愤恨不已,暗忖定要灭了这个小子。

可怎想变起仓促,崇祯皇帝要点郑森为新科武状元!王铎、谢升心中暗暗叫苦:今日若不从中作梗,拼死阻拦,回头可如何向高起潜和左良玉交代啊!想到此处,不约而同偷偷抬起头来,朝高起潜望去。

岂料那高起潜也正乜着眼瞪视二人。二人目光蓦然与之相遇,登时浑身哆嗦,不寒而栗,心想今日若是办砸了此事,得罪了高起潜,日后定要吃不了兜着走。轻则革职查办,下狱流放;重则身首异处,满门无幸。

想到此节,那王铎心一横,上前一步,跪奏道:"启禀圣上,郑森乃郑芝龙之子,骨子眼里就是做贼的。他若是点了状元,只怕天下人都要反了当流匪。"

这句话犹如一瓢冰水,登时将崇祯心中的热情浇灭。自登基那日起,来自全国各地的匪乱奏报就如雪片般源源不断送至宫中,搞得他焦头烂额,疲于应付,竟没一天安生!崇祯一听"贼""匪"两字,登时眼冒金星,头疼欲裂。他久在深宫,如何能洞悉此中猫腻?朝廷这些个官帽职位奇货可居,早被权阉奸臣拿来待价而沽。

谢升见王铎一语中的,自不甘其后,也挺身而出,跪奏道:"启禀圣上,这郑森欺上瞒下,竟蒙混至此,此中大有蹊跷!还请圣上明察。"同时转过头来,朝郑森怒道:"你不学无术,斗大的字不识一升,如何贿赂考官,进了殿试,还不快快从实招来?"

谢升大致看过郑森档案,对其经历略知一二,想当然地认为其才疏学浅。武科会试,虽能凭着武功高强闯过前两场,但第三场策论无论如何也考不过。他能进入殿试演武,定是贿赂下级考官所致。

郑森不卑不亢,昂首挺胸,朗声道:"皇恩浩荡,苍天明鉴。我郑森自幼习武,少年时虽历经坎坷,但从未荒疏学业,诸位大人若是不信,可将我文章拿来,当面奏对,一试真假。"他本来还想言及师承,但心念闪动,意识到黄道周、钱谦益二人此时尚是罪臣平民,遂欲言又止。

崇祯思虑片刻,心想众人所言非虚。但郑森言之凿凿,也似成竹在胸。便下令将郑森文章传来,先是验证笔迹,确定是他本人所书无疑;又就策论内容接连提问,郑森神色自若,对答如流。

王铎和谢升见两计未成,六神无主,不知所措,不自禁望向高起潜,希望他亲自出马。

高起潜鼻子一哼,心中狠狠暗骂了句:俩酒囊饭袋,看老子完后怎么收拾你们。然后吊起公鸭嗓子,阴阳怪气道:"陛下,带兵打仗,讲究的是文韬武略。老奴监军半生,什么样的人都见过。像郑森这般花拳绣腿,不过是杂耍艺人的把式。瞧着好看,花里胡哨的;其实并不中用,在战场上只有挨宰的份儿。这样的江湖骗子在京城内外一抓一大把,皇上若是不信,老奴现在就去朝阳门外找些个来。"

崇祯听了此言,心想自己确实不懂武功,遂疑云渐生,犹豫愈增。

太监们的心思,不仅最多,而且最为阴险。高起潜身为大内总管,各方情报都要汇集到他手里,对郑森的底细,自然了如指掌。崇祯的表情全被他瞧在眼里,只见他扑通一声跪在地上,高声道:"皇上明鉴,这郑森可是大海盗郑芝龙之子啊!郑芝龙自幼为匪,勾结西番,祸国乱民,朝廷虽将其招安,可谁都知道那是无奈之举。论其本质,郑芝龙与张献忠李自成两个贼酋匪首全然无异。这个郑森,出生于日本平户!他外公家田川氏,祖上就是当年跟着王直祸乱闽浙之倭寇啊!这小子生在东洋,少年时又私渡西洋,结交各国夷狄!陛下开科取士,为的是选将任帅,早日荡平流匪。若是让反贼之子做了状元,势必让天下百姓心碎肝寒,万念俱灰。孰轻孰重,万望圣上三思啊!"

高起潜说得"义正词严""慷慨激昂",直把个崇祯皇帝说得气血上涌,勃然变色。他对郑森的身世,本就耿耿于怀;再加上高起潜撮盐入火,哪里还坐得住?噌地站起身来,撂下一句话:"点个探花罢了。"说完头也不回,拂袖而去……

第十八回　醉仙楼奇闻多多
　　　　　　兵部堂怪事连连

十年砥砺四海间,锋芒初露炫金銮。
冷月寒窗无人晓,一战成名万古传。

——《忆崇祯十三年殿试》

　　话说殿试结果,很快就在长安左门外张榜公布。

　　郑森挤进人群,见自己位列头甲第三名。他虽早料到那两个官贵子弟必在自己之上,但心中仍不免一阵凄然。郑森摇了摇头,转身挤出人群,低头往客栈方向而来。

　　刚转过一个街角,就见两位头戴忠静冠、身着素色燕服的中年官员站在便道上。二人已在此等候多时,见郑森前来,双手作揖道:"小将军今日殿试演武,技艺超群,着实令我等大开眼界。我二人聊备薄酒,请小将军赏光,小叙片刻。"

　　郑森赶紧还了礼,谦逊道:"花拳绣腿,雕虫小技,诚恐贻笑大方。二位大人见笑了。"

　　那二人呵呵一笑,年长的那人道:"将军小小年纪便已高中探花,我二人钦佩至极。此处不远有座酒楼,淮扬菜做得十分地道,贤弟若不嫌弃,咱们就过去坐坐,一则恭贺你金榜题名,名扬天下;二则畅饮几杯,交个朋友。"

　　郑森见对方诚心正意,慨然应允。三人并肩步行,转过两条街巷,来到了一家酒楼门前。

此楼名曰醉仙楼,在这北京城里极是有名。明朝末年,闽、浙、湘、徽菜系还未成型。粤菜和古典川菜虽然盛行于当地,但受原料和口味所限,在北方并不流行。因此,当时北京城里最时兴的,还是鲁菜和淮扬菜。醉仙楼之淮扬名菜,刀工精细,造型别致,食料鲜嫩,口味清淡,独步京城。

三人径直走上二楼,寻了一间临窗的雅间坐定。点了文思豆腐、水晶肴蹄、三套鸭、松鼠鳜鱼、荷花集锦炖、红蒸蟹粉狮子头六道菜,另要了荠菜春卷、淮安汤包、扬州炒米各一份,再加上好的绍兴陈年女儿红一壶。

堂倌道:"我家酒楼还有貌美如花的扬州瘦马,弹得好琵琶,唱得好曲子,专为大家饮酒助兴,三位客官是否需要?"

郑森心想朋友相聚,图个清静,正欲推辞,却听年长的那位道:"挑个清丽些的进来,我等喝酒说话,正好助助兴。"

待小二下楼置办酒席去了,年纪较轻那位开门见山,自我介绍道:"在下姓方名以智,表字密之,祖籍安徽桐城,现在礼部任职,在仪制司当着个从五品的员外郎。"说罢指着那位年长之人,介绍道:"这位兄台,姓朱名之瑜,表字楚屿,号舜水,在吏部考功司当差,跟我一样,也是从五品员外郎。我二人刚入仕时,都在户部当差,既是同僚,又是挚友。"

郑森听了,连忙起身,一揖到底,施礼道:"二位大人在上,请受郑森一拜。"

朱之瑜跨步上前,扶起郑森道:"郑公子休要见外,你我虽年纪有别,但仍应以兄弟相称。"

待二人归座后,方以智开口道:"兄弟那日在苏州码头锋芒初露,解救钱谦益脱困,耸动江南。今日又高中探花,着实可喜可贺!"

郑森听出他是"复社"中人,顿生疑云:自己那日坏了"复社"的大事。方以智此番前来,莫非是来兴师问罪?

方以智看出郑森心思,解释道:"我们'复社'上上下下,对你极是钦佩。恩师张溥特意来信叮嘱,让我们这些在京的同僚们好生照应你。"方以智此话倒是不假,"复社"本就以吸收青年才俊为宗旨,像郑森这样即将入仕的栋梁英才,自是笼络对象。更何况郑森那日出手解困,谋划得很周全,分寸也拿捏得很准,并没有让江南士子们太难堪。"复社"高层非但没有怀恨在心,反倒对他另眼看待。

郑森心下释然,只听方以智又问道:"即将出任何职,兄弟心中可有计较?"

郑森道:"在下不知,还请两位兄长明示。"

方以智摸着稀疏的胡子,微笑道:"大明武科取士,同样是头榜进士及第,待遇差别却是极大。朱兄见多识广,通晓典章制度,还是请朱兄给你说说吧。"说罢转头望向朱之瑜。

朱之瑜也不推辞,清了清嗓子,道:"我如今身在吏部,对此更清楚些。第一名武状元,授正四品武官衔,或在锦衣卫中任指挥佥事,或在戍边军镇中担任都司。第二名武榜眼,授正五品武官衔,或入锦衣卫任千户,或入六部担任郎中。第三名武探花,授正六品武官衔,或在锦衣卫中任百户,或在六部中担任主事。"

方以智补充道:"锦衣卫值戍宫禁,监视百官,位尊权重。近年来天下大乱,官军四处征伐,兵部已成是非之地,文官武将皆不愿去。兄弟虽一战成名,可也因此得罪了高起潜、谢升、王铎三位当朝权臣,锦衣卫恐去不了,兵部衙门倒是十有八九去定了。"

郑森听闻此言,忙问道:"兵部乃朝廷秘要中枢,为何竟成了是非之地?"

方以智不住地摇头,叹道:"兄弟有所不知,当今圣上登基以来,中原贼乱愈演愈烈,东北胡虏屡破边关,前方战事稍有不顺,皇上就拿兵部撒气。甭说底下当差的,就是尚书和侍郎,都不知被处决了多少!"

朱之瑜看郑森一脸迷惑,知他不解,补充道:"战事不利,受牵连的不光是兵部,前线统兵督抚将帅,也多因此获罪,或被处以极刑,或被缉捕下狱。密之贤弟,你给他数数。"

方以智接过话头,语气沉重道:"崇祯元年,辽东巡抚毕自肃因部下兵变畏罪自杀;太子太保东阁大学士刘鸿训被革职,发配代州充军,五年后死于任上。崇祯二年,追究当年萨尔浒战败责任,原兵部右侍郎杨镐被斩弃市;同年,清军围攻京师,兵部尚书王洽被革职治罪,不久死于狱中。崇祯三年,总督蓟辽都御史刘策被捕处决;同年秋,将兵部尚书兼辽东督师的袁崇焕被凌迟于北京西市。崇祯五年,处决登莱巡抚孙元化于回京途中;兵部右侍郎刘宇烈被捕下狱,流放边地。崇祯七年,逮兵部右侍郎陈奇瑜下狱,论罪当戍。崇祯八年,因皇陵失守,逮原兵部左侍郎时任漕运总督杨一鹏下狱,未几便被斩首弃市。崇祯十二年,原兵部尚书熊文灿被捕削籍,下狱待斩;诛杀山东巡抚颜继祖,另将祖宽等总兵内臣三十三人斩首弃市;将兵部尚书傅宗龙缉捕下狱,听候发落。"

郑森听罢,洞心骇耳。

朱之瑜见他沉思不语,安慰道:"我二人也不愿你去那是非之地,可眼下情势,由不得你我。"

酒菜陆续端上。一个容颜清丽、身姿婀娜的美女款款走进雅间,道过万福后,坐在临窗的长椅上,抱着琵琶边弹边唱。她十指纤纤,轻撩慢拨,曲声悠扬,歌声曼妙。

方以智出身富贵,倜傥风流,此时有美艳瘦马作陪,一时便来了兴致。他先是打听美女的姓名、贵庚与住址,得知她真名叫赵素雅,今年一十七岁,白天在这醉仙楼卖艺,晚上还得回隔壁的暖香阁卖身。方以智喜形于色,转过头来,兴致勃勃给郑森讲起"扬州瘦马"的故事来。

郑森不解,明明是年轻貌美的少女,为何要叫"瘦马"?听了方以智一番讲解,方才茅塞顿开。

原来,本朝嘉靖年间,土地兼并加剧,贫富差距拉大。在商业繁荣的扬州地区,逐渐兴起了一个奇色产业:将面容姣好姿色端丽的贫苦少女买下,对其进行琴棋书画吹拉弹唱等专业技能训练,然后高价卖出。这些女子被称为"瘦马",买卖和调教这些少女的产业,被称为"养瘦马"。

用"瘦马"一词命名这些少女,隐含多重意思:首先,体现了当时江南一带审美标准,即以瘦为美;其次,表明这个群体的卑贱,居然像马这种牲口一样,任人挑选豢养,在市场上买卖交易;再次,暗示这些少女悲苦的结局,或被卖给高官富商做妾做婢,或被卖至花街柳巷为娼为妓。总之,这些"瘦马"都是有钱男人的玩物,要么年轻时不堪折磨欺辱早早了断,要么一辈子忍气吞声挨打受骂,年老色衰后,被男人视之如草芥,弃之如敝屣。

讲完"瘦马"的故事,方以智意犹未尽。毫不介意朱之瑜和郑森二人在场,连珠炮般向赵素雅接连发问:晚上几时有空?"开盘"啥价钱?"拉铺"啥价钱?"住局"啥价钱? 能否"出局"?

句句都是青楼行话,一听便是此中老手。朱之瑜早习以为常,见怪不怪。郑森却觉得有些不尴不尬。

那赵素雅也未料到眼前这位中年官员竟如此直言不讳。尤其在酒楼里,还当着这么多人的面儿。她忸怩不安,手足无措。只低眉垂眼,继续弹唱。

方以智见她羞赧如此,越发起劲,竟起身走到赵素雅面前,单手托起她的下巴,想让她抬起头来。岂料那赵素雅蓦地把脸转向窗外。

注意到郑森脸色微变,方以智依然一脸满不在乎,笑嘻嘻地道:"哥哥我除了读书吟诗,就好这一口!不过话说回来了,男人们啊,就没有不好色的。越是看上去一本正经的男人,越是贪恋女色。他们成天装出一副道貌岸然的样子,其实呢,肚子里的花花肠子,比谁都多!"

方以智一边说,一边朝朱之瑜打趣道:"舜水兄,您说是不是?"

朱之瑜被他这么一说,脸涨得通红。

那赵素雅不知看到窗外什么情景,转过身来,抽抽噎噎哭个不停。众人见状,都莫名其妙。她这么一哭,把方以智的兴头扫了个干干净净。到底看见了什么?让好端端个扬州瘦马,一下子梨花带雨,哭得泪人似的。郑森疑云满腹,起身走至窗口,朝下望去。

只见街道对面,一群华冠丽服的男女老少,摆了好长一溜桌子。桌子上,大到文物古董、铺盖被褥,小到绣花枕头、瓷盘漆盒,琳琅满目,应有尽有。当先一个大腹便便的老男人,锦罗玉衣,银冠丝履,整个人都宛如绸缎包裹一般。

郑森正自纳闷,朱之瑜已踱至窗前,摇头道:"又是这个李国瑞,跟皇帝对着干,早晚死路一条!"

方以智也道:"人不作不死!这样闹下去,咎由自取!"

郑森对此一无所知,迷惑不解。方以智和朱之瑜见他在一旁打闷葫芦,便给他详细解释。

原来当街叫卖的那个老男人,名叫李国瑞。他是崇祯曾祖母李太后的亲侄子,爵位武清侯。他号称京城首富,在京畿有大大小小数十座庄园,另外还经营着绸缎庄和当铺。

去年年底,崇祯皇帝罢免了内阁首辅温体仁,擢升原礼部尚书薛国观为新任内阁首辅。

值此天下大乱之际,朝廷四处用兵,军饷严重不足,中央财政入不敷出,捉襟见肘。而皇亲国戚,则凭借特权,大发横财,饱其私囊,聚敛无厌。

薛国观上任后,奏请崇祯皇帝,向皇亲国戚"借助",不想却因此掀起轩然大波。三等以上王公贵族,个个善财难舍,一毛不拔,谁肯拿出自家金银给国家用?他们对薛国观群起而攻之,极力反对"劝捐借助"。更有甚者,李国瑞竟联合了好些帝室外戚,直接上书崇祯,说薛国观居心叵测,祸国乱政,离间皇家骨肉,请求将薛国观斩首示众,已谢天下!

身为内阁首辅、当朝宰相,薛国观上任的第一把火就烧成这样,岂肯善罢甘休?他认为只要能啃下李国瑞这块硬骨头,别的皇亲国戚,自会乖乖从命。

岂料这李国瑞竟来了这么一招!他故意装穷,把全家老小都组织起来,把家里的杂器摆到大街上,天天叫卖,闹得满城风雨,成何体统?更令崇祯始料未及的是,李国瑞竟公然指责他"坐拥内帑一亿多两,却舍不得拿出来赈济灾民,给军队发饷……"

李国瑞这话倒也不假。只不过他将这个天机抖搂出来,也算是活到头了!

李国瑞变卖家产之事已一清二楚。那赵素雅为何要哭呢?她与李国瑞是何关系?为何会触景伤情,潸然落泪?

原来,赵素雅本是良家闺女。父亲做绸缎生意,往来于北京和扬州之间。赵素雅跟着父母,一半时间在北京,一半时间在扬州。一家三口的小日子,过得也算殷实滋润。然而,五年前,这一切却被李国瑞生生毁掉。

那一年,他看上了赵家的绸缎铺子,几次试图低价收购,均被赵家严词拒绝。李国瑞恼羞成怒,竟买通顺天府衙门的知府,以莫须有的罪名,将赵父缉捕下狱。赵父受尽毒刑,惨死于狱中。赵母击鼓鸣冤,却被衙役们乱棍打死。

李国瑞丧尽天良,不仅奸污了年仅十二岁的赵素雅,还把她卖到了京城有名的青楼"暖香阁"。"暖香阁"的老鸨也是扬州人,她见赵素雅面容姣好,身材匀称,是个美人胚子,就把她悉心调教成"瘦马"。

听完赵素雅哭诉,朱之瑜一脸鄙夷,鼻子哼了一声,道:"要是人家那刚烈女子,见了仇人,定咬牙切齿,恨不得食其肉寝其皮!你倒好,见了仇人,反倒哭哭啼啼……要不是你说,我们还以为这李国瑞是你什么至近亲友呢!"

听完这些,郑森更是愁肠百结!

来北京之前,他雄心万丈,壮志满怀……

然而这些天的亲身经历和所见所闻,让他黯然神伤,大失所望……

临别时,朱之瑜提醒郑森道:"那高起潜乃阉党首脑,总管大内。此人以鼠肚鸡肠、睚眦必报而闻名。他若动了杀心,绝不会善罢甘休,谢升王铎二人,也必会暗中协助。弟弟定要加心在意,处处提防,些许失误过错,都恐招致杀身大祸。"

……

却说郑森与方以智、朱之瑜道了别,已是酉牌时分,便匆匆往客栈而来。

夕阳黄昏,暮色沉沉。他刚进大门,便见褚人获前来禀报,说有人来访,已在客房恭候了一下午。

郑森紧忙入内,见来人一袭武官打扮,正是那日外场骑射时为左梦庚顶考的神箭手。那神箭手见郑森进来,忙起身施礼。郑森喜出望外,回过礼后,赶忙将其让进自己房间,安排店家置备酒菜。

那军官有些不好意思,推辞道:"小将军多礼了。小坐片刻就行,无须饭食。"后来见郑森让得真恳,便依从了。

二人围桌对坐,寒暄了片刻,酒菜已至。郑森亲自把盏让菜,宾来如归。那位军官先未动箸,而是起身走向兵器架,端详起那柄牛头月铩来。他费了好大力气,才将这牛头月铩提起,翻来覆去掂量了半晌,方才放回,一脸疑惑地问道:"小将军今日殿试,使得可是这柄兵器?"

郑森道："正是。"

那军官道："小将军可否再演试一回。"

郑森痛快应许，把房门大开了，走下天井中，一板一眼使了一遭。他刚刚使完，那军官便上前，一揖到地，毕恭毕敬道："小将军神功盖世，在下佩服得五体投地。"

原来刚才他暗自掂了掂这牛头月镜分量，估摸着至少在两百斤以上，心中质疑那日殿前演武时，郑森是否暗藏猫腻，用的是轻兵器，假装沉重。以他看来，郑森小小年纪，不可能有如此神力绝技，故让郑森再演示一回。

岂料郑森提起二百多斤的牛头月镜，演练得与那日殿试别无二致。如此一来，黑云鹤确信无疑，主动自报姓名道："在下姓黑，名云鹤，祖上本是回民，世居甘凉道。本朝开国之后，全族投诚，自河西走廊一路内迁，最后定居于宣府镇，编为军户，世代为朝廷镇守边关。"

郑森道："哥哥这个姓，极是少见。我早年在漳浦，就曾听义父说起过：当年孙承宗、袁崇焕督师辽东时期，军中有一员大将，能在马上左右开弓，有百步穿杨之神技，名曰黑云龙，不知与阁下可有渊源？"

黑云鹤噌地站起，抱拳道："辽东名将黑云龙，正是家兄。家兄命有贵人，青年时便得遇辽东督军大学士孙承宗，不到三十便官至正三品参将。到了满桂时期，再升为从二品副总兵。崇祯二年，女真人兵临京师，家兄又凭军功升为昌平总兵。而我在左良玉麾下征战甘载，如今已三十有八，才只是个正六品千总。虽自诩明珠，却暗投庸主，郁郁而不得志。"

郑森问道："令兄今在何处？"

黑云鹤道："崇祯二年，皇太极亲率八旗劲旅，取道蒙古，突袭京师。关宁军主力星夜驰援，入关勤王。赵率教、满桂两员大将战死，袁督师则被朝廷凌迟，祖大寿降清。唯家兄一人宁死不降，孤身逃至长白山中。在凤凰岭一带，招罗当地绿林好汉，游击于敌后，仍领着正二品昌平总兵的名号。"

郑森听闻此言，不绝赞道："处逆境而志不摧，困敌阵而节不变，古有北海牧羊之苏武，今有辽东抗清之名将。令兄真乃当世英雄也！"

黑云鹤道："今日殿试，我陪侍在左公子身侧。眼见小将军艺压群芳，一把牛头月镋,使得缤纷璀璨,花团锦簇,着实英雄了得!不瞒兄弟,我们黑家祖传的马上兵刃,便是这镋。我哥哥使得是一柄凤翅鎏金镋,在下不才,使得正是这牛头月镋!我自负独步江湖天下无对,从军二十多年,历大小战阵数百场,从未有谁能在这般兵器上胜得过我。不想小将军今日一演,着实令黑某相形见绌,无地自容。"

郑森自谦道:"哥哥言重了。那日外场骑射,哥哥马上功夫着实了得,骑姿千变,尤能百步穿杨,令人叹为观止,佩服不已。"

黑云鹤道:"射术,说到底都是些技巧。贤弟武功底子厚实,若习练得法,不出半年,骑射功夫必在我之上。哥哥我虽不才,却想与你结拜金兰,不知意下如何?"

郑森道:"小弟我也正有此意。日后向哥哥讨教骑射功夫,自是方便许多。"

说罢二人便就在这厅前,面朝北向,手捧香火,义结金兰。

二人拜毕,各自起身归座。郑森道:"哥哥光明磊落,何故要为人替考?"

黑云鹤摇了摇头,叹道:"唉!若是不来顶考,日后在军中定有穿不完的小鞋!我此番来京,不求凭此晋级升迁,只求明哲保身!当年孙阁老督军辽东,任人唯才,在前线杀敌建功者,定能升迁。可这左良玉,一则任人唯亲,二则贪财好色。这些年里,能在他军中提拔者,除他的亲戚老乡外,就是阿谀奉承投其所好之辈。兄弟我知你是个忠义之人,有些话我也不瞒你,我们的军队,哪里是在剿匪?左良玉与张献忠二人狼狈为奸,杀人放火,图财害命,坐地分赃!他们窜到哪里,哪里的百姓就遭了殃!百姓若是从了匪,或许还有一线生机;倘如不从匪,铁定死路一条!脑袋和耳朵都要被割下来送往京师冒功请赏,连个全尸都留不下!所以这十多年里,左良玉官越做越大,而流匪却越剿越多。"

郑森听着,颇感震惊。

黑云鹤又道:"军中那些个同僚,残害百姓,抢夺民女,劫掠财物,用不义之财巴结贿赂上司,买官升迁。哥哥我不屑于此种勾当,故囊中羞涩,这些年始终未获提拔。如今我年近不惑,却仍是个不入流的卑微小官,在军中也被同僚视为异类,处处遭受排挤。"说着不住地摇头叹气。

郑森听罢,心中浑不是滋味。他十分同情眼前这个身怀绝技却郁不得志的中年武官,但更令他痛心疾首的,是左良玉军中的真实情状,一个被朝廷捧上天的平贼大将军,竟是如此心狠手辣丧尽天良之人,简直十恶不赦,罪不容诛!我大明百姓,竟生活在如此水深火热之中!

二人许久都默然无话。黑云鹤见天色已晚,便起身告辞。郑森送至客栈大门外,直到黑云鹤消失在街角,他才转身入内。

第十九回　车驾司奇闻怪见
　　　　　白云观群贤毕至

心临绝壁叹嵯峨，梦随魂归踏冰河。

负剑只影心徘徊，夕阳孤骑任蹉跎。

——《忆峥嵘岁月》

　　路过施大瑄房间时，只见房门大开，窗棂前点着一盏昏暗的油灯。郑森这才想起：自策论武经考完那日，好像再未见过施大瑄。

　　郑森疑惑间，抬脚朝里走去，定睛再看，那人竟是自己的四叔郑鸿逵。

　　此时郑鸿逵已起身离座，朝郑森走来。郑鸿逵一上来就搂住郑森双肩，边拍边道："森儿，真有你的！四叔没看走眼，你今天在殿试上大显身手，扬名天下，给咱郑家挣足了面子！"

　　郑森哭笑不得："四叔言重了，今日之事，纯属侥幸。咦！施伯伯这几日在何处？为何未回客栈？"

　　郑鸿逵一脸怪笑，哈哈道："半月前，他气呼呼跑到我家，说你不听他劝，硬拦着不让他给考官送礼。今日殿试，你定要名落孙山，先前的五百两金子全打水漂了。你施伯伯还让我转告你一声，说他有负你母亲重托，未能完成使命，自感羞惭。说罢，便独自一人直奔通州码头，乘船经大运河南归了。"

　　郑森听罢，无奈地摇了摇头，问道："四叔你几时来的？想必等了许久？"

　　郑鸿逵道："没等多长时间，也就半个时辰吧。我看你与那位武官畅谈正欢，不忍打扰，故在此屋候着。我今夜来此，一是祝贺你金榜题名，二是邀你到我家去。前些日子,你大考在即,本想邀你过去,又怕你不习惯,思来想去,还是觉得你住客栈清静些。如今大考已毕,你若还住在客栈,天下人可都要笑话我这个做叔父的了。"

郑森推辞再三,郑鸿逵一再相让。最后,郑森只得叫上褚人获,收拾起行李随郑鸿逵而去。

郑家五兄弟虽是一母同胞,可这郑鸿逵却与众不同。其他叔父眼皮子很薄,对颜氏郑渡母子一副嘴脸,对翁氏郑森母子却是又一副嘴脸。郑鸿逵为人忠厚老实,待人诚恳,从不去阿谀奉承违心巴结颜氏母子,从未苛待翁氏母子。郑森七年前刚从日本回国那会儿,就与他十分投缘,郑鸿逵对郑森青眼有加。

还不到一顿饭工夫,三人就到了郑鸿逵的府邸。这是一座普通的四合院,大门前连个红灯笼也没挂。两进的院落,在这偌大的北京城里毫不起眼,甚至有些寒酸。郑鸿逵和妻儿住在前院正房,下人们住在后院。郑鸿逵将前院西厢房收拾出来,让郑森和褚人获二人居住。

待一切安顿下来,已是戌牌时分。临睡之前,郑森向郑鸿逵打听朱之瑜和方以智二人的底细。郑鸿逵身在锦衣卫中,天天干的就是刺探情报监视官员的活儿,对这二人的情况,自是了如指掌。

郑鸿逵先从朱之瑜说起。原来那朱之瑜,乃大明宗室。他生于万历二十八年,祖籍浙江余姚,今年已过不惑之年。他们这一支朱姓乃皇族远亲,虽未封王,但一直以柱国将军的爵位享受朝廷俸禄,同时在漕运总督衙门中世袭官职。他的父亲朱正、长兄朱启明,都曾担任过漕运总督。而现任漕运总督朱大典,则是他的族兄。朱之瑜父亲早亡,自幼随长兄在松江府生活,拜名家为师,文武兼修,一肚子经世致用的学问,声名远播江南江北。真本事虽不少,可他的八股文作得却一般,因此在科场上屡试不第,三十四岁时仍是个秀才的功名。后来凭着宗室的特殊身份,朱之瑜才捐了个贡生,来北京入国子监读书。崇祯皇帝听说他有真才实学,特招他入宫。好一番刁钻尖刻的提问考校,朱之瑜都对答如流。崇祯皇帝大喜过望,破格批准他以贡生身份,直接入仕为官,在户部担任正六品主事。后来又将他调到吏部,擢升为从五品员外郎,格外重用。

说完了朱之瑜,郑鸿逵又介绍起方以智来。

方以智出身官宦世家,祖籍安徽桐城。在当地,方家乃赫赫有名的书香门第。方以智的祖父方大镇、叔伯祖父方大铉、父亲方孔炤、大姑方孟式、二姑方维仪、堂姑方维则,都是名噪一时的大文人!方以智的父亲方孔炤乃封疆大吏,挂右佥都御史衔,担任湖广巡抚,负责湖南湖北两省监察和政务。

方以智三年前高中进士,初为户部主事,与朱之瑜同署办公。一年前方孔炤被督军大学士杨嗣昌弹劾下狱,多亏了方以智在朝堂冒死进谏,才把父亲救下。

方以智的大姑夫,名叫张秉文,在山东承宣布政使司衙门,担任从二品左布政使。一年前,济南城被岳托、杜度统帅的东路清军攻破,张秉文战死于城头。方以智的大姑方孟式,率领二房陈夫人,以及侍妾婢女,在大明湖投水自尽……

朝廷的任命不久便至。果如朱之瑜和方以智所料,郑森被分拨至兵部,在车驾司担任正六品主事。第二日,郑森去吏部领了派遣文书,以及六品武官形制的朝服、常服、燕服各一套,径自往兵部报到。

他已来过紫禁城周边数次,长安右门、长安左门都很熟悉。只是此前自己还不是官员,没有资格走进去。尤其是位于紫禁城正南方向、承天门和大明门之间的千步廊,在自己心里是那么神秘、那么神圣……

现在,自己终于可以走进去了!

郑森心中百感交集,庄严肃穆地跨入大明门,进入千步廊。

这里乃朝廷中枢重地,六部、三法司、五府和总管军机事务的各大官署,都设于此。按文东武西的格局,文官在东千步廊,武官在西千步廊。

刚进了千步廊,郑森就碰上朱之瑜。朱之瑜热情洋溢,给他带路,往兵部而来。

承天门到正阳门之间的这条御街,总长一里多,两侧是望不到边的廊庑。廊庑之后,便是各大官署。

郑森供职的兵部，就位于千步廊的东北侧，西边挨着吏部和宗人府，东边挨着翰林院。

这兵部为何不跟刑部、锦衣卫、都督府在一起，而跟翰林院、吏部、宗人府设在一起。郑森一时想不明白。

兵部的南边，就是工部。路过工部时，见衙门口放着偌大一个牌子，上面写着"不受嘱不受馈"六个大字。

朱之瑜见郑森好奇，告诉他范景文是眼下最有名的清官。郑森恍然想起，黄道周离京时曾嘱咐他，日后若有困难，就去找这位范大人。郑森那时只知范景文高风亮节，并不知他是大明朝开国以来可与海瑞比肩的大清官。

工部门前，还挂着一副对联，那是范景文当年在都察院时，同僚们特地为他写的。郑森仔细观摩，只见上联写着："不受嘱，不受馈，心底无私可放手。"下联写着："勤为国，勤为民，衙前有鼓便知情。"横批是："清正廉明。"

朱之瑜继续给郑森介绍：万历四十一年，范景文就考中进士。按照当时惯例，他先在州部历练，担任东昌府推官。后来回到北京，历任吏部主事、员外郎、郎中。天启年间，受到魏忠贤压制，但他刚正不阿，从未屈服。崇祯皇帝登基以来，范景文长期担任监察官员。从崇祯二年起，挂右佥都御史衔，巡抚河南。后来调往南直隶，担任南京右都御史。崇祯十一年，范景文又回到北京，担任工部尚书，并以大学士身份，入阁参赞。

那天殿前诤谏，范景文为黄道周求情，得罪了当今圣上，被撤销了大学士，撵出内阁，只保留工部尚书的职务。

朱之瑜还给郑森讲了这么个故事：范景文担任正二品南京右都御使时，有个老乡在南直隶为官，因贪腐问题被人检举，案子由范景文查办。这个吴桥老乡给他送礼，想托他办事。还送上一位出自沧州境内的绝色美女，希望范景文看在老乡的份儿上，高抬贵手。岂料范景文铁面无私，严词拒绝，不仅未收那位玉人，还坚持要将这位老乡法办。

"那他这个老乡被严惩了吧？"郑森问。

朱之瑜摇了摇头，道："唉，这年头，惩治个贪官，比在辽东打个胜仗都难！范景文这个老乡，门路多的是。人家跑到了卫辉府，找到了潞王。通过潞王府的关系,直接在都察院找人,把这件案子压了下来!"

郑森道:"此人连潞王府都能买通?想必是高门大户?"

朱之瑜道:"非也。那位绝色佳人才是灵丹妙药。此女名叫乜紫寒,传说她沉鱼落雁,闭月羞花。乜紫寒的芳名,不仅在沧州,整个北直隶的人们都知道。她一进了潞王府,就艳压群芳,把个潞王朱常淓迷得神魂颠倒。朱常淓是当今圣上之叔父,宗室里头,就数他和福王朱常洛厉害。你想想,有潞王出面,都察院的人能不给面子吗?"

郑森听罢,若有所思,良久不语。

说着说着,二人就来到兵部衙门口。朱之瑜与郑森道别:"这里就是兵部,你自己进去吧,我就不送了。"

郑森连声道谢,送别朱之瑜后,转身进入兵部大衙。

话说这北京兵部,主管全国军事。大明建立之初,五军都督府和兵部共同掌管军事。到了明朝中后期,卫所军制日渐式微、名存实亡,五军都督府也随之渐渐失势,实权全划归北京兵部。

明代六部地位提高,六部主官,叫作尚书,为正二品大员。另设左侍郎和右侍郎,官阶都是正三品,左为上,右为下。兵部下设四个司,分别为武选司、职方司、车驾司、武库司。

各司首脑称为郎中,乃一等司官,官衔正五品。另设员外郎一人,为二等司官,官衔从五品。每司各设主事若干,一到六人不等,官衔正六品。另设司务一人,为从九品小官,负责本司杂务。

郑森去车驾司报到之后,首先拜访了兵部右侍郎李建泰。

当年郑森在漳浦县紫阳书院学习时,李建泰当时正好是漳州知府,郑森的师父智通大师和李建泰的舅舅达宗禅师乃是莫逆之交。昨天夜里,郑鸿逵特意嘱托郑森先拜访李建泰,希望凭着这层关系,跟李建泰套套近乎。

然而事情并未如郑鸿逵所料。郑森去拜见李建泰时,李建泰始终板着个脸,对郑森落落寥寥。漳泉两府地处闽南,名义上为朝廷属地,实则却是郑芝龙的地盘。李建泰在漳州知府任上,本想励精图治,干一番事业。可怎料郑芝龙这个地头蛇,处处使绊,事事掣肘,与李建泰龃龉不断。正因为此,李建泰对郑家人没什么好感。郑森已大概猜到缘由,因此没往心里去。

刚从李建泰的厅堂出来,郑森又去拜访兵部左侍郎陈新甲。与李建泰相比,陈新甲更是待理不理。半盏茶工夫里,他始终矜高倨傲,都没用正眼儿瞧郑森一下。郑森自我安慰道:人家陈新甲乃主持兵部工作的煊赫大员,自己不过是个刚刚入仕的卑微小官,遂也不觉心里堵得慌了。

最近一年半来,战争形势风云骤变:先有清军入关,劫掠京畿;再有张献忠谷城起兵,降而复叛;后又李自成流窜河南,东山再起。与之相应的,兵部高层持续动荡。两任兼职兵部尚书卢象升和熊文灿,一个战死沙场,一个获罪下狱。去年秋,崇祯皇帝下旨,命内阁大学士杨嗣昌代理兵部尚书。杨嗣昌上任不久,便出京南下,亲自前往川渝前线督战。正因为此,眼下的兵部仍然没有尚书,部内的日常事务,都由左侍郎陈新甲主持,右侍郎李建泰辅助。

郑森所在的车驾司,位于兵部衙门后院;兵部左侍郎陈新甲的厅堂位于前院,两间公廨正好背靠背。但郑森参见陈新甲时,注意到屋内的进深与外墙不一致,总感觉少那么一大截子。如果没猜错的话,中间应有夹层。

郑森所料不错,此处确是一间密室,只在商议军机要务时,方才启用。密室内陈设相当简单,除了墙上挂着得两盏油灯外,只有三张桌子和六把椅子。

车驾司隔壁的公廨很大,里面却只有一个人办公,他名叫张缙彦。

却说这个张缙彦,号称"兵部第一怪人"。小个子,长得黑瘦黑瘦,一脸络腮胡子,人倒是看上去挺精干。他特别爱干净,一个男人家,每天竟要梳洗数次,整天端个铜盆在兵部大院里乱晃。张缙彦为人清高自傲,性格内向孤僻,跟同僚们都合不来。

张缙彦之所以被称作"兵部第一怪人",倒也不全是因为他的个性。更重要的,还是他担任有特殊职务——兵科给事中。

在明代,给事中属于"言官"。大明王朝的言官体系,其支柱主要有二:其一为都察院,其二就是六科给事中。

明代的都察院,由汉唐以来的御史台演变而来,乃最高监察机关,通掌监察、弹劾及建言等,与刑部、大理寺并称为"三法司"。都察院设左右都御史(正二品)、左右副都御史(正三品)、左右佥都御史(正四品)。又设十三道监察御史一百一十人,为正七品官,分区掌管监察,称为"巡按御史"。巡按御史被称为"代天子巡狩",官位虽不高,但权势颇重,拥有"大事奏裁,小事主断"的特权。

除了都察院,明朝在中央还特别设立了六科。每科设给事中数名,专门监督六部的工作。他们相当于派驻在六部的专职监察官,拥有风闻奏事的特权。六科给事中的级别很低,不过是个正七品的文职小官,但手中的权力却非常大。他们经常弹劾六部官员,搞得大家人心惶惶,整天提心吊胆。

这个张缙彦,更是把言官的特点发挥到极致。在朝中,他投靠张溥,成为"复社"的一张王牌。张缙彦本就喜怒无常,动辄就弹劾兵部官员;再者有张溥和"复社"在后边撑腰,更是有恃无恐。

六科给事中这个言官群体,本来都在位于午门外的六科廊房办公,间或到自己所联系的各部巡察。张缙彦则不同,他被任命为兵科给事中后不久,就专门请示朝廷,要去兵部办公。获得准许后,直接搬进兵部大院。

兵科给事中原本有好几人。这些年来,张缙彦处心积虑,频频打击其他兵科给事中,把这些同僚统统排挤出局,最后只剩下他一人。张缙彦在兵部的八年间,兵部折了四个尚书、四个侍郎,平均一年一个。每次出事儿,背后都有他的身影。因此,大家对他望而生畏,避之不及。

因此郑森头一天上班,朱之瑜就提醒他:离张缙彦远点,千万别和他打交道。

下班时,郑森特地去锦衣卫衙门口,等郑鸿逵一起回家。

郑鸿逵路上跟郑森说:"以后放衙,各自回家就行,无须等我。千步廊里到处都是东厂的眼线,让他们瞧得多了,平白无故也能生出事端。"郑森听了,立即会意,脑海中还闪过盖小旗的那几句话。

待返回住处,郑森问:"四叔,您给我讲讲这东西厂和锦衣卫吧。"

郑鸿逵把手指放在嘴边,低声道:"嘘!东厂可明说,西厂重建以来一直保密,在外万不可提及。"

郑森道:"侄儿明白,那您就先说说东厂吧。"

郑鸿逵道:"东厂隶属于司礼监,下设三十六处总镇,一百零八个码头,多由资深太监统领。东厂组织严密,上下级之间一般单线联系。下属的密探、耳目、卧底等各类编制,共一万四千四百余人,分布朝廷内外,遍及全国各地。凡三代以内王公、三品以上官员,均在监视之列。"

郑森道:"那东厂和锦衣卫有何关系?"

郑鸿逵道:"东厂和锦衣卫,看似毫无瓜葛,实则表里相依。锦衣卫十四所,一万五千六百八十名缇骑力士,多受东厂节制差遣。"

郑森道:"那西厂呢?"

郑鸿逵道:"西厂我也知之甚少,只知其监视军队动向,刺探外敌军情。"

郑森道:"西厂与御马监又是何关系?"

郑鸿逵道:"西厂隶属于御马监,其根基全在御马监。"

郑森道:"那西厂为何如此神秘?"

"咳,为何?还不是因为权力太大,名声太差!"郑鸿逵继续往下说。

原来大明开国以来,西厂两度崛起,又两度被撤。其提督,都由御马监掌印大太监兼领。无论是成化年间的汪直,还是正德初年的刘瑾,都出身御马监,最终总管大内。

崇祯登基以来,在御马监大太监高起潜的怂恿下,重建西厂,但始终秘而不宣。有关西厂的一切信息,从不对外公开。谁敢公然讨论,一旦被告密,就会被逮到西厂的魔窟里,轻则剁手削指,以儆效尤;重则自此失踪,生死不明!

东西厂和锦衣卫中,派系林立。以前派系的划分,是以家族为单位,以血缘上的亲疏远近区分。后来,多以地域区分。眼下,势力最大的有三大帮,即"大兴帮""大同帮""南京锦衣卫"。南京锦衣卫虽隶属于南京,却也北上当差。当年的锦衣卫四大家族之一的南宫世家,就属于南京锦衣卫。眼下这一派之翘楚,是吴孟明和张名振。

听到此,郑森不解:"既同属一派,那吴孟明当年为何要对南宫世家赶尽杀绝呢?"

郑鸿逵道:"赶尽杀绝?谁跟你说的?"

郑森道:"小时候,莲姐姐(即宫不悔)提过此事。他们本来隐居在崇明岛上,后有人告密,东厂和锦衣卫便派人追杀他们!"

郑鸿逵道："呵呵，告密是真，赶尽杀绝却不可信！吴孟明家族军籍在浙江绍兴，南宫世家军籍在明州，也就是现在的宁波府。他们都是南京锦衣卫，怎会自相残杀？"

郑森道："既如此？那七年前追杀之事又做何解释？"

郑鸿逵道："当年告密者，就是张名振。他们家族虽也是南京锦衣卫世袭军户，但地位卑微，从未出过大人物。张名振告密后，东厂督副皇甫宝鉴亲自带队，南下追捕。吴孟明当时在东厂地位仅次于皇甫宝鉴，得知这个消息后，他主动向曹化淳请缨，前去增援。曹化淳当时是东厂提督，南宫敬多年未被缉拿归案，曹化淳脸上一直挂不住。皇甫宝鉴带队南下后，曹化淳生怕有所闪失。正好吴孟明主动请命，当即应允。"

郑森不禁叹道："如此，莲姐姐他们能死里逃生，真是吉人天相！"

郑鸿逵继续往下说："可后来之事，就有些蹊跷了。南宫敬没逮着，带队的皇甫宝鉴反倒死了！吴孟明命真好，不仅安然无恙，还因此捡了个大便宜！"

郑森道："此话怎讲？"

原来，吴孟明在东厂始终居于皇甫宝鉴之下。皇甫宝鉴出自四大家族，才比吴孟明大五岁，在锦衣卫里那可是出类拔萃的厉害人物！论武功论实力论资历，都在吴孟明之上。吴孟明若想再提拔，只有调离厂卫；想要在东厂晋升，绝无可能，除非发生奇迹。

奇迹终于发生，吴孟明心想事成！

皇甫宝鉴在那次行动中竟意外阵亡，吴孟明由此递补为东厂督副。非但如此，皇甫宝鉴一死，锦衣卫指挥同知的位子也空出一个来。吴孟明顺势晋升一级，兼任锦衣卫从三品指挥同知，跻身锦衣卫指挥使司最高层。

听到此，郑森问："那个告密者后来怎样？"

郑鸿逵道："这小子，命更好。那次行动虽然失败，但张名振却攀上了高枝儿，做了吴孟明的小跟班。你想他一个下级军户，祖上十几代，都是锦衣卫里的小人物，连个总旗都没做过。这下倒好，攀上了吴孟明，自此平步青云。你看看，这还不到八年，就做到了从五品副千户。要不是咱家资金雄厚，门子对路，我现在这个位子，兴许都是人家的！"

叔侄二人一问一答，不知不觉已是深夜。次日还需早起点卯，郑森遂告别四叔，回房休息。

如此又过了几日。

这天，在京的闽南籍高官首脑黄景昉设宴，款待同乡和好友，还有今年的新科进士，郑鸿逵和郑森都在受邀之列。

黄景昉乃晋江人，现任正三品户部左侍郎。他本次宴客的地点，就定在白云观。

白云观位于西便门外，本是长春宫的别院。长春宫始建于唐朝，曾名"天长观"和"太极宫"。元朝初年，长春真人丘处机奉蒙古大汗之命，驻于此主管全国道教事务，此观因此更名为长春宫。丘处机去世后，他的弟子尹志平在原址东侧又建道院，命名为白云观。后来，长春宫毁于大火，白云观就取而代之，成为全真派总坛所在。

黄氏家族精诚团结，乃东南名望。除了黄景昉外，出席本次宴会的，还有三位黄姓要人。

一位是黄鸣俊。此人出身于福建莆田，比黄景昉年长六岁，现任浙江巡抚。黄鸣俊每次回京，黄晋昉都要设宴，为他接风洗尘；每次离京，也必设宴，为黄鸣俊践行送别。

再一位是黄机。黄机虽出生于浙江钱塘，但也属福建黄氏。他与黄景昉一样，都是黄中庸之后代。黄机今年二十九岁，还未考取功名，眼下尚在黄景昉门下学习。

还有一位名叫黄锡衮，福建晋江人，论辈分是黄晋昉之侄孙，乃今年新科文进士。

宴会诸事，由王弘祚承办。此人是黄景昉的门生，刚由蓟州知州平调入京，回户部担任正五品郎中。对黄景昉而言，王弘祚既是心腹亲信，也是左膀右臂。

组织闽南同乡聚会，在崇祯时期还是很忌讳的。这种笼络青年才俊的事情，一般并不摆在台面上。既要提防东厂，又要提防言官们。

眼下崇祯皇帝已被"东林"和"复社"弄得焦头烂额,同乡聚会本就有结党之嫌疑,崇祯皇帝对此厌恶至极。

黄景昉身居高位,久在朝堂,对皇上的心思和官场的忌讳,心知肚明。为了避嫌,黄景昉想找个僻静之地,作为宴会场所。王弘祚依黄景昉要求,深思熟虑之后,将宴会定在白云观。

之所以定在白云观,最重要的还是因为姚启圣兄妹平日里就住在此地。黄景昉正好能借此机会,把黄锡衮和姚启圣家妹的婚事定下来。

出席本次宴会的,还有两位名德重望之人,即祖籍泉州府晋江县的林欲栋和林欲楫兄弟二人。在闽南,林家乃首屈一指的名门士族。哥哥林欲栋已年过七旬,弟弟林欲楫也年近古稀,二人同朝为臣,皆入阁拜相,官居一品。

席者中,还有一位非闽南籍的贵客,那就是本届文状元魏藻德。魏藻德乃顺天府通州人氏,极善言辞,却大器晚成,今年已三十六岁,才考中进士。不过后生可畏,不仅进士及第,且还是名列第一的状元郎。

郑鸿逵平日里就好走动,闽籍在京官员,无论文武,都是他结交的对象。黄景昉位高权重,郑鸿逵常往他那里跑,礼物送得很勤。郑鸿逵的母亲也姓黄,郑鸿逵便以此为由,常跟黄景昉套近乎。黄景昉对郑鸿逵印象也不错,此番设宴,郑鸿逵也在受邀之列。

宴会中,除黄锡衮外,卢若腾、叶翼云二人也是闽籍新科文进士。此外,还有一位落榜举子陈鼎。陈鼎在闽南名气很大,早在天启七年(1627),他就已考中举人。此后十三年里,四次赴京赶考,却接连不中。如今虽仍无功名,但也在被请之列。

大明世风,重文轻武。武将级别再高,也得受文官节制。

卢若腾也被分拨于兵部,在武选司当差,这些天里,始终佯装不认识郑森,故意保持距离。黄锡衮分拨至户部,目空余子,在千步廊里偶尔遇见郑森,亦佯为不见。

只有陈鼎一人,平易近人。他与郑森相邻而坐,主动凑过来扳话,二人相谈甚欢。

交谈中,郑森得知,陈鼎因屡试不第,已客居北京十余年。夫人从老家赶来陪伴,儿子也在北京出生。

此番落第,陈鼎亦无颜返回闽南,打算继续留在北京复习,准备三年后的大考。却因囊中羞涩,暂无落脚之处。

郑森见他穷且志坚,心中盘算着……

时值盛夏,屋中溽热。黄景昉授意王弘祚,将宴会设在白云观西北角小院内的花亭中。

只听黄景昉对黄锡衮道:"论辈分,你得叫我叔公!你父亲特地来信,让我代他张罗你与姚家小妹定亲事宜。"

黄家乃福建望族,而姚家却卑不足道,看上去门不当户不对。之所以结亲,皆因黄锡衮北上赶考途中,遭遇流匪,险些丧命。姚家兄妹路见不平,挺身而出,救下黄锡衮性命。

消息传回闽南,黄家感恩戴德。为报姚氏兄妹救命之恩,黄父决定与姚家结亲,让黄锡衮明媒正娶姚启瑛。并修书一封,让黄景昉代替自己,先给黄锡衮与姚启瑛定亲。

定亲仪式,由黄景昉和姚启圣共同主持。黄景昉是黄锡衮之叔祖,姚启圣是姚启瑛之兄长。他俩主持,自是合情合理。

姚启圣是绍兴人,此人志向远大,抱负非凡。他不喜四书五经,就爱兵书;不图功名,就好练武,从小在重阳宫习武。重阳宫位于绍兴府新昌县,也是全真道场。姚启圣在此习武十年,造诣颇高。为了更进一步,他在师父举荐之下,来到北京,在道教全真派总坛白云观继续深造。

在全真派中,姚启圣虽年纪不大,但武功却颇为不凡。他自恃武功高强,故意寻隙挑衅,想压一压郑森新科武探花的风头。定亲仪式刚结束,便端着酒杯,来到郑森桌前,抬高声音,怪声怪气道:"我给探花郎斟酒。"

郑森听他阴阳怪气,怕是不怀好意。姚启圣右手提壶,绕在郑森身后;左手拿杯,举在郑森身前。这哪里是斟酒?分明是要把酒浇在郑森身上!

郑森已瞧出端倪,不动声色。只见他身子纹丝不动,只把右手举起,压住姚启圣右手腕,逼他把酒壶往前移;左手抬起压住姚启圣左手腕,迫他将酒杯放在桌上。

那姚启圣直感到被两股无比强大的力量钳制,双手根本不听使唤,只能任由郑森摆布。

杯中酒早已斟满,姚启圣却不能停手,酒不断溢出,流得满桌都是。郑森凝神聚气,缓缓说道:"多谢姚兄!酒已满,不必再斟。"话虽说得漫不经心,但声音中夹带着上乘内力。庭中众人听来,着实震撼心魄。

那姚启圣脸涨得猪肝一般,可自己的内息全被郑森抑制,竟连半个字也说不出来。他狼狈万状,却又无可奈何。好不容易等郑森收了功,姚启圣只觉眼冒金星,双腿发软,一个踉跄差点摔倒。他有气无力,蹒跚返回自己座位,虚汗直冒。

偷鸡不成蚀把米!本想当众羞辱郑森,却不料把自己给赔了进去,姚启圣措颜无地。适才的骄狂之气,登时云消雾散,心中暗道:"果真名不虚传!名不虚传!我可看走眼了!这哪里是什么官贵公子?分明一个绝顶高手!若非他手下留情,今天可要颜面扫地了!"一边寻思,一边抬眼望向郑森,满是感激、钦佩之色。

郑森举手之间艺压姚启圣。今日在座各位,都是冰雪聪明之人。尽管懂武功的不多,但大家看姚启圣的尴尬表情,都已心中有数。那姚启圣习武十余年,名副其实的全真派高手。别说在座各位,就是整个北京城里,能胜过他的也屈指可数。岂料一出手就被郑森制住,且输得狼狈不堪。也正因为此,在座的这些达官显贵、耆老名宿,皆知郑森绝非浪得虚名,确有真才实学,身负绝世神功。

酒至半酣,一位不速之客悄然而至,众人见状,无不变色……

第二十回　寻芳阁莫测蹊跷
　　　　　探冯府惊天密谋

江湖险恶世事凶，人心叵测万丈冰。
银锤碎尽千足蚣，扬帆乘风驭艨艟。

——《忆险恶江湖》

　　话说席至半酣，一位不速之客不请自到。这位不速之客，名叫辜朝荐，官职是正七品礼科给事中。

　　今日聚会之情报，是蒋德璟"无意"间说出来。蒋德璟也是闽南籍高官，现任户部尚书，是黄景昉的顶头上司。闽籍在京官员中，蒋德璟目前官阶最高。此人言官出身，性格孤傲，为人阴鸷。他虽然也是晋江人，却是福全所的世袭军户。在闽南，这属于寒门中的寒门，小户中的小户。

　　正因为此，蒋德璟一向自惭形秽。入仕以来，他与老乡们走得不是太近。黄景昉深知蒋德璟不会赴约。本次宴会前，他考虑再三，最后还是向蒋德璟发出邀请。正如之前所料，蒋德璟借故推辞，未来参加宴会，但他却找了个机会，将此消息"不经意间"透露给自己的门生辜朝荐。

　　在那个年代，官场上尔虞我诈，钩心斗角。即使是福建老乡，哪怕都是晋江一个县的，众人之间也是貌合神离，互有提防。辜朝荐虽是蒋德璟的门生，却是地地道道的潮汕人。潮汕人和闽南人向来不睦，在对外贸易中，他们为了争夺地盘和利益，斗得你死我活。辜朝荐出身商贾世家，族中一半以上的亲属，都在海外。三宝颜华人领袖辜正义，就是他的族叔。

两天前,辜朝荐去拜访蒋德璟,听蒋德璟"无意间"说起黄景昉组织同乡聚会一事,便暗记在心。辜朝荐只比黄景昉小两岁,二人官阶品秩却天冠地屦。辜朝荐考中进士后在州县干了几年,然后就回京担任给事中。他担任言官十年间,虽立功无数,却也得罪了不少人。因此十几年间始终未获升迁,至今仍是个正七品小官。对黄景昉拉帮结派,结党营私之行为,辜朝荐一向深恶痛绝。得知今日他又要举行同乡聚会,辜朝荐遂前来搅局,并决定将此事汇报朝廷,参劾黄景昉,告他笼络新进官员,结党乱政……

辜朝荐的到来,不仅打断了宴会进程,且使宴会气氛发生逆转。给事中在侧,大家无法再畅所欲言。作为宴会的举办者,黄景昉更是坐不安席,他以解手为由,起身离席。须臾之后,郑森也悄然离席,候在茅厕门口。

等黄景昉出来,郑森把黄森屏后人的书信双手献上。黄景昉阅毕,觉得此事非同小可,特意嘱咐:宴席结束后让郑森稍候片刻。然后二人一前一后,相隔须臾,陆续归席。

话说那日途径亚庇港,郑森与辜正义道别之后,船队升帆待航。渤泥国黄氏后人黄穆沙匆匆小跑而来,也从怀里掏出一封信,交予郑森。望他回国后,将此信转呈于黄景昉。郑森得知今日黄景昉要宴请他和郑鸿逵二人,遂把信带着身上。但辜正义所托之信,来北京后一直未有机会送出。今日辜朝荐突然造访,郑森事前并无准备,未将辜正义的亲笔信带在身上。待众人散尽,郑森遵照黄景昉嘱咐,在门口一侧等候。

黄景昉出来后,邀郑森同乘一顶轿子,边走边谈。

黄景昉询问了那日在亚庇港与华人相遇情况,接着与郑森说起黄穆沙信中内容。

原来黄穆沙信中所说,乃渤泥国华侨现状:面对西番侵扰和土著排挤,客居渤泥国之数万华族,生活窘迫,处境堪忧。希望黄景昉上书天子,请求朝廷派使派兵,巡检万里石塘,宣慰南洋诸国,恩济海外华人。

之后,黄景昉又和郑森说起黄氏家族渊源。

原来福建金墩黄氏家族,自唐宋时便以文立业,但有两支除外。

一支乃渤泥黄氏。元末明初,黄森屏受洪武皇帝委派,以大明总兵身份,宣抚渤泥。他的妹妹和外甥女儿,是渤泥国两代王后。黄氏之血脉,遂延续至今,成为渤泥望族。

另一支为南京黄氏。太祖开国之后,在泉州市舶司(即海关)从政的黄氏宗亲,被编入锦衣卫,北迁南京下关,世袭百户军官。黄氏族人不忘先祖,将所驻码头更名为金墩台。这支黄氏弓马娴熟,武艺超群,历经二百年发展,成为南京锦衣卫中的名门世家。到了万历年间,还出了一位武状元,名叫黄钺。他戎马一生,官拜南京兵部尚书、加封太子太保,乃黄氏家族之楷模。

末了,黄景昉又对郑森道:"黄钺老前辈尚在人间,今年已七十四岁。我写一封荐信与你,他日若有机会,定要到南京拜访。"

却说这日郑森上班后,收到一个请帖。原来是黑云鹤专程邀请,到他的住处一聚。

郑森如期赴约,黑云鹤担心他寻不见地方,早早等在街口,领他一同前往。不到一刻钟,二人就来到黑云鹤下榻的住所。

郑森抬起头来,只见门头上挂着硕大一块乌金楠木牌匾,上面写着"寻芳阁"三个粉色大字,郑森不禁皱皱眉。

黑云鹤瞧出郑森心思,低头悄声解释道:"那左公子就好这一口,带着一大帮子人都住在这青楼里,我们也没办法。"

这"寻芳阁"在京城极是有名,乃金迷纸醉之所。那左梦庚财大气粗挥金如土,偌大一座青楼竟都被他包下。

进门后,二人穿过喧嚣嘈杂的一楼厅堂,顺着楼梯走上二层,在黑云鹤寝室外的一张桌子旁,临栏而坐。郑森转头朝楼下望去,一层大厅之情形尽收眼底。只见大厅正中央,左梦庚高坐主位,在一群浓妆艳抹的青楼女子簇拥下,放歌纵酒……

周围几张桌子,坐的都是左梦庚那帮跟班和亲随,个个喝得面红耳赤,满嘴淫言荡语,捧着左梦庚瞎起哄。

唯独门口临窗一张桌子,情况却截然不同,三人穿戴齐整,围坐在小圆桌前,皆面色凝重,就着几样小菜,边酌边谈。

郑森洞悉无遗：显然这三人醉翁之意不在酒，而是特别在意小圆桌正中一个小小的沙漏。虽然那沙漏极不起眼，但郑森已洞见底蕴。

郑森觉得这三人似曾相识，且就在武科大考之时。

黑云鹤看出他心中疑虑，便努嘴示意，悄声介绍："北首那位，乃是我们的大军师，唤作董源，左良玉对他言听计从，十万大军排兵布阵，进退攻防，全凭他运筹帷幄，居中调度……"

郑森道："他祖籍何处？"

黑云鹤道："辽东抚顺，当年左良玉在候恂手下为将，征战辽东，董源落魄，投入营中。因通晓兵法和奇门遁甲之术，逐渐成为军师。有他运筹帷幄、出谋划策，左良玉的部队越来越壮大……"

郑森又问："此人可会武功？"

黑云鹤道："辽人尚武。董源虽是文人，但武功也自不弱。尤其擅使单刀，造诣和水平都堪称一流。"

黑云鹤并不转头，继续道："西首那位，唤作李国英，是左良玉的副手。我们军中除去左良玉，就属他官儿大。"

郑森顺着他指示望去，只见李国英身形高大，坐姿挺拔，比另外两人足足高出一头。方耳阔鼻，浓眉大目，形貌极是英武。

东首那人，背对二人，郑森瞧不见他面目，只看此人身形消瘦，弓腰驼背。又听黑云鹤介绍道："此人唤作金声桓，辽阳六卫世袭军户。辽阳乃辽东首府，大明天启元年，被努尔哈赤攻陷，后金将首都从赫图阿拉迁至此地。金声桓全家被俘，拨给女真亲贵为奴。他孤身逃出，投到毛文龙帐下，逐渐做到偏裨佐领。"

郑森道："这人我听说过，义父以前总提及他，说自打他上了皮岛，江东镇便再无宁日。在辽东的边军眼里，金声桓就是个扫把星。"

黑云鹤道："可不是，家兄也这么说。他每次给我来信，总要叮嘱我，万不可与金声桓深交。"接着，黑云鹤给郑森讲了几个小故事，都是金声桓投到皮岛以后发生的。先是有关毛文龙的传言满天飞，惹恼了新任督师袁崇焕，最终导致毛文龙被冤杀，黄龙改任皮岛总兵。而袁崇焕本人不久后也被朝廷冤杀，此后皮岛军队哗变不断,孔有德、耿仲明、尚可喜先后叛国投敌,黄龙战死于旅顺,茅元仪被贬,沈志祥降清……煊赫一时的皮岛抗清基地被彻底摧毁。

郑森听到这里,又道:"这么说来,这三人都乃辽东人?"

黑云鹤道:"正是!左良玉这支队伍,就是当年在辽东拉起来的。莫说这三人,眼下军中的高级将领,七成以上来自辽东。多数人的家眷和亲人还在东北老家,被满洲人奴役。当年朝廷将左良玉部队调入关内,怕也是因此。毕竟他们与大清瓜葛太深,投敌的可能性很大。"

郑森听罢,若有所思,默默点点头。

二人聊到戌时,郑森告辞,他出了"寻芳阁",却并未返回郑鸿逵家,而是隐在对面一条小胡同里……

弦月弯弯,月光皎洁。

透过倒映在窗棂上的烛光人影,郑森静静观察,密切注意董源、李国英、金声桓动静……

果不出郑森所料!

亥牌时分刚至,三人便起身离座,各自拎着个小包裹,出了"寻芳阁"。三人先是拐进一条小巷,眨眼间又出来,各自披了一件黑色的斗篷,手中的包裹却都不见了,在夜色中向东疾行。

郑森心道:这三人鬼鬼祟祟,深更半夜悄悄外出,此中必有蹊跷。他不及细想,屏住呼吸,尾随在后。

只见三人出了街口,先拐了几拐,又转了几转,来到一处气派的府邸大门前。

他们并未敲门,回头环顾四周,确定无人跟踪后,为首的军师董源从怀中摸出一个布包,抛进院中。

没过多久,门"呀"的一声响,三人身形一闪,便消失在夜色中。

郑森寻至门前,只见上面写着"冯府"两个烫金大字。对京城官员,他尚未熟知,并不知这是何人官邸。

他未从正门冒进,而是蹑脚绕到东墙外,凌空跃起,探出双手,欲在墙头按落。忽觉指尖一阵冰凉,心中暗叫不好,急忙松手撤力,复又落回地面。

他后退数步,借着月色,定睛望去:只见墙头上布满倒插的狼牙箭头,在月光下闪着阴森森的寒光。

郑森沉思片刻,计上心来。他调匀内息,飞纵蹬墙,双手在两个箭头上一撑,借力翻身入内。就在落地之时,忽觉脚下空空,顿感不妙。

那墙根底下,竟是一条三尺宽、七尺深的深壕陷坑!里面倒插着六排滚刀,刀尖密密麻麻,白光森然!

郑森分神片刻,性命已在旦夕!情急之中,他左脚探出,在刀尖上轻轻一点,阻住身体下坠之势;随即屈起右腿,伸出右脚在墙上奋力一踏。整个身体借着强劲弹力,跃离陷坑;接着顺势在地上打了个滚儿,终于化险为夷,转危为安……

好在郑森轻功了得,如此一连串惊险动作,竟未发出半丝声响!他心有余悸,暗自感叹:若非自己轻功了得,又应变及时,此时怕早已成了刀下冤魂!

何人如此煞费苦心?郑森心念及此,再不敢有半分大意。他身子疾闪,已躲在一株大树后,只探出半边脑袋,静默观察院中情景。只见府中三步一岗,五步一哨,戒备极其森严。董源、李国英、金声桓三人,正在一名仆役带领下,沿着回廊往后院而来。

郑森见状,屏蔽内息,猫腰在院中魆黑的阴影处疾速穿行,终于先于他们抵达后院。他闪过垂花门,躲在照壁后,冷眼静看。只见后院进深不足三丈,正北方向,是一排五间正房,中门大开。厅内烛火通明,却无一人,门口立着一名仆役。

郑森趁其不备,偷偷闪进厅内。只听得脚步声越来越近,郑森竖起耳朵稍加分辨:除了那三人和仆役,似乎另有好几拨人朝后院赶来。

郑森忙环视四周,偌大的正厅内,竟无藏身之处。情急之下,他忽一抬头,只见房顶椽檩交汇之处,有个十字死角,看似可以匿伏。此时脚步声更近,郑森来不及细想,纵身跃起,蜷在梁上。

郑森刚匿影藏形,董源、李国英、金声桓就已跨进大厅。三人并未入座,只是垂手立在大厅西侧。

紧接着又进来六人,当先是一男一女。男的五十岁上下年纪,器宇轩昂,浑身透着精悍之气。此人名叫那位完颜大人,乃后金元老。近年来他化名"叶臣",往来于北直隶与辽东之间。女的二十多岁,一袭青衣,身姿婀娜,淡妆素颜,美貌绝伦。她名叫完颜冰冰,乃那位完颜大人侄女儿,大清侍卫处正三品头等侍卫。

其余四人,两名年长一些,约莫四十岁上下年纪,均着正二品武官常服,另外两人年纪尚幼,大约十四五岁,身材长相极其相似。

六人入内后,也不落座,垂着手立在大厅东侧。

最后又进来六人,前五均身披黑色带帽斗篷。当先一人,浓黑扫帚眉,倒吊三角眼,两缕鲶鱼须,面色阴白冷峻,如僵尸般毫无表情,让人不寒而栗。令人不解的是,这个"僵尸脸"手里竟玩弄着一副"马吊纸牌"。

"僵尸脸"身后二人,一左一右。左边那人,四十岁上下年纪,中等身材,慈眉善目,和蔼可亲。此人满名佟图赖,汉名佟盛年,乃大清侍卫处在北京的负责人。

右边那人,身形高瘦,头发散乱,满脸刀疤。郑森看他眼熟,琢磨片刻,终于想起:此人竟是南宫敬!

这多年来,南宫敬和宫不悔祖孙二人生死未卜,郑森始终挂念。如今见南宫敬毫发无损,宫不悔姊姊应也尚在人间。想到此,郑森心中备感安慰。

再后面的那两位,看上去像是贵公子,风度气质皆与众不同。他二人年纪看起来相差十余岁,但举手投足间,均显出几分王者气息。

最后那人,三十岁上下年纪,体型彪悍,满脸横肉。他头戴尖顶栖鹰冠,身着深蓝色绸缎长袍,一身蒙古贵族装束。

六人入内后,站在大厅南侧。当先五人哗啦一声除去斗篷。

只见两名王者气度的贵公子,年纪稍长的那位,身穿明黄色马褂,头戴金黄色小帽。另一人头戴黑貂花翎,身着红色补服,身前身后四爪行蟒各一团。从这华丽的装束来看,想必二人乃皇家子孙!另三人皆身穿大清武官朝服,胸前所绘图案各不相同。至于那些图案对应何等官职与品阶,郑森却不得而知。

"僵尸脸"一言不发,径自走到大厅北首,面向众人。从袖中取出一个精致的明黄色卷轴,哗啦一声展开。除董源之外,其余众人见状,袖子啪啪拍打两下,齐刷刷跪倒在地。那卷轴竟是大清皇帝的圣旨!

"僵尸脸"望着董源,道:"佟养甲接旨!"

董源闻言后并未立即跪拜,迟疑片刻,才伏在地上,沉声道:"臣,佟养甲领旨!"

郑森听闻此言,大吃一惊:堂堂左良玉兵团的头号军师,竟是大清间谍!

只听那"僵尸脸"继续念道:"奉天承运,皇帝诏曰。命佟养甲,于半年之内,统制左良玉大军,随时待命。钦此!"

董源直起身子,低声慢语道:"请圣上放心,左良玉军中一十五个总兵官,已尽数为臣掌控。一旦时机成熟,立刻动手。"说罢起身上前,双手接过圣旨,转身回到原位。

那"僵尸脸"又从袖中取出一卷圣旨,对着李国英和金声桓高声道:"李国英、金声桓接旨!"

李国英、金声桓二人跪伏在地,齐声应道:"臣领旨。"

"僵尸脸"念道:"李国英、金声桓二人,忠勇善谋,屡建奇功,特擢李国英为汉军正红旗从二品梅勒章京,擢金声桓为汉军镶蓝旗正三品甲喇额真。钦此!"

李国英、金声桓颤声道:"臣,谢主隆恩!"似是大为感动。

"僵尸脸"又道:"官服和顶戴不便带来,暂留于盛京。待你们大功告成,一并授予。"

二人刚起身,金声桓上前一步,低声问道:"冷大人,在下有一事相求。自天聪九年起,我已五年未通家信,不知父母可安好?"

那位冷大人鼻子微微一哼,冷冷道:"他们过得好不好,全在于你!你若赤胆忠心,他们自当荣华富贵!你若心生二意,他们随时身首异处!"

金声桓被这话呛得无言以对,只得低了头默不作声。

李国英看场面尴尬,忙上前解围,道:"金兄过虑了。有冷大人照应,咱们的家人还能不好吗?"边说边暗中踢了金声桓一脚。

那位冷大人根本不搭理二人,他转过头来,朝立在大厅东侧的那位老者道:"那位完颜大人,人都带来了吗?"

那位完颜大人没有直接回话,而是回过头去,朝身后那名正二品武官道:"许大人,冷大人问你话呢?"

这名武官刚站起不久,忽听冷大人问他,赶忙跨前一步,扑通一声跪倒,朗声道:"喳!在下许定国,见过冷大人!回冷大人的话,犬子许尔安、许尔吉我都带来了!到了东北那边,还望您多多照应。"

郑森在兵部当差已有半月,他所在的车驾司,主管全国驿站和军马调度,和各路军队都打交道。他记性本就好,又处处留心,对各地领兵将领的姓名,都熟稔于心。这个许定国,乃现任山西总兵,朝廷正二品的领兵大将。真想不到,连这样的高级军官,竟然也叛国投敌!

那位冷大人听罢,神情冷漠,一言不发,场面十分尴尬。那位完颜大人见状,赶忙打圆场道:"我说许大人,这事儿还用你说?令郎到了侍卫处,冷大人定会好好栽培。你看人家刘家老二(刘良臣,刘良佐的弟弟),十年前刚进侍卫处时,还是个毛头小子,如今都当上了正四品的二等侍卫!日后定当前途无量!"

那位完颜大人说罢,转过头又朝后望去。只见那位刘姓高官挺了挺身子,道:"完颜大人所说不错,我二弟刘良臣,在侍卫处当差十年,全靠冷大人照应。今年虽只二十五岁,却已做到正四品二等侍卫。"

听闻此言,郑森惊耳骇目!

眼前这个刘姓高官,竟是大名鼎鼎的刘良佐!此人绰号"花马刘",时任南直隶庐州总兵。他为了提拔,刚刚在北京找了关系。刘良佐是大同左卫人,乃大同帮重要成员,在行伍和厂卫中,都有靠山,朋友很多。诸如西厂提督王德化、锦衣卫指挥同知独孤燕、军中大将曹文诏、曹变蛟、王辅臣等,这些大同帮的军政要员,都与他关系密切。

那位冷大人轻哼一声,把头转向南边,朝那位面容和善的官员,道:"佟大人,洪承畴那边进展如何?"

那位佟大人道:"贺人龙军中内线来报,去年就已潜入洪府。眼下正欲百尺竿头,更进一步,争取策反个大家伙。"

冷大人道:"好!事儿一办妥,就让他把儿子送过来!咱们侍卫处可不是锦衣卫,不能讨价还价！别坏了规矩！"

那位佟大人道:"您老放心,此事我一定办妥！"

此时,那位完颜大人走到大厅中央,招呼众人道:"咱们别光顾着谈公事,赶紧过来拜见国舅爷！"说罢带头走到董源面前,俯身施礼:"参见国舅爷。"

听到"国舅爷"三字,郑森魂惊魄惕……

第二十一回　东公街母子鸣冤
　　　　　　妒英才龌龊狰狞

日暮途滞无归处，争锋怎奈群奸妒！
暂隐蛰伏茅津渡，尽斩群魔觅出路。

——《群奸环伺　芒刺遍背》

　　郑森万万没有料到，这个董源，不仅是清朝的大间谍，更是地位尊隆的皇亲国戚！

　　董源(佟养甲)大手一挥，道："免礼免礼，都是自己人，不必拘礼！"

　　那位面容和善的佟大人竟然扑了上去，双手紧紧抱住董源，道："九叔，可想死侄儿了！"

　　董源(佟养甲)道："盛年，我听说你来北京主事儿，不胜欢喜。咱们佟家世受皇恩，纵肝脑涂地，也要报效朝廷。"说罢转头朝那两位贵公子道："尼堪、满达海，你俩也来了？"

　　二人齐声答道："我二人潜入大明办差，还请舅姥爷多多指点。"

　　年纪稍长的那位，名叫尼堪。他是努尔哈赤的孙子，大阿哥褚英的第三子，杜度的三弟。二十五年前，本是皇位继承人的褚英，居然被自己的亲生父亲处死！当时，尼堪只有六岁。眼下他正处逆境，虽然也有贝子的爵位，却不能参与八旗事务，不穿八旗服装。年纪稍幼的那位贵公子，名叫满达海，身着正红旗高官服装，目前的爵位也是贝子。

　　不等董源(佟养甲)搭话，那位佟大人抢先道："我和满达海搭档，就留在北京。南宫大人和尼堪一道儿,即将南下湖广。至于分院设在武昌还是长沙,还望九叔指点。"

董源(佟养甲)老成持重,没有立即回答,道:"此事关乎重大,一时难以定夺。待我回去仔细斟酌,书信答复你们。"

此时大殿之中,一伙人围着董源(佟养甲),一伙人围着那个冷大人!只有南宫敬一人,独自坐在一处……

这边儿,只听董源(佟养甲)道:"尼堪,你大哥近来如何?病情可有好转?"

尼堪的大哥名叫杜度,是大阿哥褚英的长子,努尔哈赤的长孙。

尼堪听到此问,双眼一红,抹着泪道:"自打崇德二年,征伐朝鲜归来,大哥就染上了病!又听了朝鲜御医的鬼话,为了镇痛,天天吸食罂粟,由此染上了大烟瘾!去年和岳托打直隶,渡无定河时,从马上跌了下来,又摔断了一条腿!身子骨越来越差!如今瘦得只剩一把骨头了!听大夫说……听大夫说……"他泣不成声,哽咽着说不下去……

董源(佟养甲):"大夫怎么说?"

尼堪强忍着悲伤,抽泣道:"大夫说,残废瘫痪是铁定的了……恐怕……没几年活头了……"

董源(佟养甲)听了,心里极不是滋味。他身在敌营,对大明王朝之事,了如指掌。对大清这边儿,反倒知之甚少。他只听说,前年大军入关,席卷山东。打下济南后,岳托染上了天花,不幸病逝。怎料杜度也摔成这样,人命危浅,半死不活!佟家这些年时运不济,命途多舛!尤其自己大外甥褚英这门子人,更是多灾多难,家门不幸:褚英贵为皇长子,本是汗位继承人,却被父亲努尔哈赤亲手处死!身为皇长孙的杜度,自此从天堂坠入地狱,天天战战兢兢,如履薄冰……才四十出头,就已病骨支离,生命垂危!

想到此,董源(佟养甲)心里突然冒出个念头:对杜度而言,也许只有一死,才是最大的解脱……董源(佟养甲)不胜伤感,又问了一句家常:"你们从未离过东北,来关内还习惯吗?"

尼堪兀自伤心难过,没有回话。满达海见状,赶紧接过话头,答道:"别的都还行,就是这天气受不了,躁热!"

面对这么多大特务大汉奸,郑森本想出手袭击,为朝廷立个大功。可斟酌再三,最终还是打消了这个念头。此时敌情不明,厅内厅外高手云集,自己贸然出手,并无全胜把握。更何况心中疑窦,尚未解开。只得耐着性子,听他们继续讲下去。

他们接下来商议的,主要是如何策反更多的大明官员。策略之一,是策反现任的文臣和武将。绑架他们的亲属,押回辽东,以此要挟这些官员,让他们听任摆布。

策略之二,策反他们的子侄和后代。这些花花太岁,就知道寻欢作乐,只要投其所好,逗他们开心,就有机会混入他们家,伺机打探消息。

那边儿一伙儿聊着聊着,那位冷大人话锋一转,朝完颜楚(叶臣)道:"完颜大人,郑芝龙那个儿子是怎么回事儿?"

郑森听到他们言及自己,凝神屏息,倾耳而听。

只听完颜楚(叶臣)道:"这小子有些真本事!殿试那天露了几手,把我都给镇住了。此人不除,日后必为我大清心腹大患。"

那个蒙古贵族接话道:"这事儿用不着您二老操心,我自有安排。办这种事,用他们的刀更好。"说着,他朝外面喊了一声:"瓦尔喀,你进来一下。"

这个蒙古贵族,名叫吴惟华。他的先祖吴允诚,本名畲都帖木儿,永乐年间归顺大明。朱棣赐他汉姓"吴",并封其为"恭顺伯"。"恭顺伯"的爵位世袭了二百多年,传到吴惟华这一代,已无多少权势。都快四十了,吴惟华仍是个诸生,无法入仕为官。为了求得实惠,他暗中投靠了清廷,成为侍卫处在北京的间谍。

听到吴惟华召唤,门外那个值班的仆役赶紧入内。这个仆役名叫瓦尔喀,也属完颜家族,是完颜楚的族侄。瓦尔喀是大清侍卫处常驻北京的联络人之一,平日里给吴惟华当副手。

吴惟华朝瓦尔喀道:"郑森那事儿怎么安排,你给冷大人汇报一下。"

瓦尔喀正要回答,忽见完颜楚朝他使了个眼色。瓦尔喀当即会意,先毕恭毕敬朝冷大人行了礼,然后走上前去,俯在冷僧机耳边,悄声汇报。

郑森身在房梁上,一句话也听不到。

冷大人听罢汇报,微微点了点头:"好,这事儿你们办妥就成。这种人能争取就争取,如策反无望,就尽快除掉。"

吴惟华道:"请冷大人放心,包在小的身上。"

见两伙人各说各的,佟盛年(佟图赖)有心调剂,便寻了个话题,问道:"冷大人,木伦公主那边,不知是什么情况?"

冷大人很不耐烦,冷冷道:"把自己手里的差事办好!外贸处的事儿,你们不要打听!"

佟盛年(佟图赖)本来是好意,却不料热脸贴了个冷屁股。

董源(佟养甲)见侄子无端被斥,气就不打一处来!今晚冷僧机站在台上代传圣旨,那种倨傲无礼之态,让董源(佟养甲)窝了一肚子火!此时又被火上浇油,他再也按捺不住:"人家冷大人如今可是红人儿!谁让人家是叶赫那拉家的,能跟皇上和木伦公主沾上亲。又是外贸处的台柱子,又是睿亲王府的护卫总管。近期,又提拔成咱们侍卫处的散秩大臣,那可是从二品的朝廷重臣啊!冷大人,我就不明白了,您一个人,忙得过来吗?"董源(佟养甲)话里带刺,话中有话。

冷大人听了,竟无半点生气之色,依旧言谈自若地道:"佟大人,大家井水不犯河水!差事都是皇上和木伦公主交办的,在下只不过奉命行事,代传上谕。您老要是有什么不明白,自个儿可以回盛京问去,犯不着在这儿冷嘲热讽!"

只听"啪"的一声,董源(佟养甲)把手中的茶杯往桌子上重重一撂,道:"侍卫处是我们佟佳氏几代人流血卖命建起来的,什么时候轮到你们叶赫那拉氏发号施令了?冷僧机,你的手伸得太长了吧?"郑森听到这里才知道,这位面如僵尸的冷大人,名叫冷僧机,出自扈伦四部之一的叶赫那拉家族。

冷僧机依然阴着个僵尸脸,面无表情,冷冷道:"佟大人这话可就不对了!侍卫处是大清王朝内设机构,什么时候成了你们佟家的了?要不要我把这话带给皇上?"声音刺耳如锥。董源(佟养甲)被彻底激怒,一拳重重砸在桌子上,探身向前朝冷僧机怒吼道:"你个卖主求荣的狗奴才!背叛哈达格格才几天?就忘了自个儿是什么东西了吧?冷僧机!你不过是三贝勒爷用一条拴狗的麻绳,从叶赫牵回来的奴隶!有什么资格骑在我们的头上指手画脚!"

眼看局面不可收拾,佟盛年(佟图赖)赶紧上前劝说:"六叔,您老别说了。"

董源(佟养甲)正在暴怒之下,他将佟盛年(佟图赖)一把拉开,狂吼道:"为何不说?咱们在前头流血流泪拼死卖命!他们这帮奸佞小人,就会暗箭伤人!"说罢,指着冷僧机鼻子咆哮道:"告诉你冷僧机!记住你主子是怎么死的!因为你的告密,哈达公主在沈阳十字街头,被千刀万剐!受到株连被凌迟处决者,成千上万!盛京城里血流成河!"

董源(佟养甲)越说越激动,他三步两步跨到大厅中央,继续指着冷僧机鼻子,高声道:"冷僧机!你头上这个顶戴,是用人血染红的!"

受此奇耻大辱,冷僧机那张僵尸脸上,依旧面无表情。只见他抬头环顾四周,嗤之以鼻道:"敢问在座各位,哪个头上的顶戴,不是用人血染红的?"说罢转过头,对着董源(佟养甲),挖苦道:"佟大人,难道您老的顶戴,是用鸡血染红的?"

董源(佟养甲)听完,更加怒不可遏。他"刷"的一声抽出宝剑,噌噌冲至冷僧机面前:"狗东西敢跟我顶嘴!今儿个老子就让你瞧瞧!我们侍卫处的红顶子上,除了人血,还有你身上的狗血!"

双方剑拔弩张,眼看就要刀兵相见!佟盛年(佟图赖)慌得手足无措,上前张开双臂,挡在董源(佟养甲)面前,期期艾艾道:"六……六……六叔,有话……好好说……好好说。大家都是……爱……爱新觉罗家的忠……忠臣,为咱大……大清王……王朝尽……尽忠……效命,千万别伤……伤了和气。"

佟盛年(佟图赖)虽然打小就在侍卫处当差,却不似别的特务那般心狠手辣。人比较老实,性子也算柔和。一到关键时刻,就结结巴巴,紧张得说不出话来。

时值盛夏,北京城里闷热难耐。郑森伏在房梁上,一直屏着呼吸,燥热不堪,额头上满是细碎的汗珠。就在这个当口,一颗绿豆大小的汗珠,径自滴落下来。不偏不倚,正好落在大厅中佟图赖肩上。汗珠甫一落下,郑森心中只道不好,却为时晚矣。

佟盛年（佟图赖）武功不高，压根没有意识到这个小小的细节。可南宫敬却立刻察觉，他缓缓起身，朝冷僧机使了个眼色。冷僧机登时心领神会，知道房梁上有人藏伏。二人悄悄伸手探向腰间，摸取兵刃暗器。

郑森居高临下，注意到二人动作，知他们已起疑心。还不待郑森细想，南宫敬已从后腰摸出两柄短剑，反手向上，朝郑森甩来！

两柄短剑飞势迅猛，郑森身在横梁之上，回转困难。他无处闪避，也不敢冒险去接，只好伸出右手，瞅准机会，啪啪两下，把飞剑拍向旁边。两柄飞剑势犹不减，嵌进立柱，直没至柄。

那位冷大人紧随其后，右手一扬，一件奇大无比的骷髅飞爪，朝横梁疾飞而来。郑森担心形迹暴露，急于脱身。飞爪转瞬即至，郑森双手抱头，双腿猛蹬横梁，飞身跃起，破顶而出。

郑森飞速从屋顶掠过，身后无数袖箭劈风而过，绝对是武功精强之人所发。好在自己轻功了得，一溜烟越过半条街后，才从房顶跳下。

确定无人跟踪后，方才奔回郑鸿逵府上，从墙头跃进……

却说郑森住在四叔郑鸿逵府上，每日去兵部上班，必定从顺天府衙门前经过。

顺天府衙位于东公街（今鼓楼东大街路北），始建于蒙元时期。蒙元始建之初，北京城名曰"大都"，管理大都城的官署，就叫"大都路"署衙。这个衙门初始并无办公场所，官吏们只在一座大庙里凑合。后来朝廷才买下十几亩地，始建官衙。但因经费有限，房舍并未多建，衙门大堂周遭，皆是空地。

靖难之役胜利后，朱棣登基称帝，改元永乐，不久将首都从南京迁到了北京，为其与首都身份相称，他下令将全城重建大修。原来的大都路衙门，也更名为顺天府衙门，并修缮翻新。此后，正统、景泰年间，顺天府衙再次扩建，达到了如今规模，大堂、中堂、正堂、后堂，再加上大大小小的配房，房舍多达百十余间。

顺天府衙门前的这条小街，因位于皇城东侧，平常出入的"公家人"很多，所以被称为"东公街"。

半月来,郑森每天途径这里,所见所闻,大同小异:

喊冤告状者,成群结队,将衙门口围得水泄不通。

偌大的白布条幅上,写满大字。

有的是血红色,有的是墨黑色,描述着各种各样的冤屈惨事……

顺天府的衙役,个个凶神恶煞,腰挎铁尺,手持水火棍,在大门前站成一排。他们面前,是一条醒目的白线。上访的百姓谁敢越过白线半步,立马就被那些虎冠之吏一顿暴打。

郑森每次经过这个路段,都会驻足看一会儿:蓬头垢面的上访百姓,双手举过头顶的鸣冤诉状,触目惊心的血书血幅;衙役的残虐不仁,围观者的冷眼奚落,无一不激荡着他的内心。

这日,郑森依旧从这里经过,竟然遇到了进京那天在紫禁城外遇到的那对行乞母子。孩子依旧衣衫褴褛,单薄瘦弱;母亲依旧精神错乱,披头散发,口中还是翻来覆去唱着那首凄惨的民谣:"老天爷,你年纪大,耳又聋来眼又花。为非作歹的享尽荣华,吃斋行善的活活饿煞。老天爷,你年纪大。你不会做天,你塌了吧!"

民谣内容本就凄苦,再经这位乞讨母亲唱出来,听起来更加悲惨!母子身边,有一群路人围观,他们指指点点,说长道短。郑森驻足倾听,事情之原委,终于一清二楚。

原来这位母亲鸣冤无门,告状无果,以致精神崩溃,疯癫失常。她丈夫原本在顺天府当差,是一名捕快,父慈子孝,一家其乐融融。三年前,捕快携了老父妻儿去山西游览名胜,哪知刚进太原城就与值守城门的皂隶发生口角,双方争执不休。那个皂隶乃是当地无赖,不一会儿便唤来一群恶棍,一直追打这位捕快,最后竟将捕快和他的老父亲活活打死。

捕快的妻子领着孩子,披麻戴孝,在各级衙门上访鸣冤。不料,杀人凶手揹关打节,至今仍逍遥法外。可怜的孤儿寡母,从太原府告回北京城,仍未能给丈夫和公公讨回公道,自己反倒沦为落魄乞丐……好在为真观师太收留,每晚可寄宿于城南慈悲庵。

郑森听完,心中百味杂陈:来自大明京师的堂堂顺天府捕快,竟被山西太原的皂隶活活打死,这等证据确凿的人间惨案,竟然始终无人主持公道,至今仍无公断!究竟是何世道?公门小吏尚且如此,那些平民百姓该是何样呢?顺天府衙门外诸多奇冤大柱,何日才能昭雪?东公街上空那么多屈魂怨鬼,何日才能安息?……

这天,辽东吴三桂部申请大批军马,车驾司忙了一整天,到下班时候,别人都想早早回家,纷纷把活儿推给郑森。郑森无奈,只得照单全收,一个人埋头工作。

入夜,整个兵部静得可怕,只偶尔传来几声知了叫声。

郑森正自埋头核算,突然听到一阵轿子摇摆的嘎吱声,从衙门口传来。紧接着又一阵细碎的脚步声,愈来愈近。

火折子"噗"的一声响,两盏油灯陆续点亮。七人陆续步入密室,依次落座。

大内总管高起潜在主位坐定,吏部尚书谢升、礼部尚书王铎分列左右,立于高起潜身后。西首坐了一位大太监,名叫王德化,乃现任西厂提督。东首也坐了一位大太监,名叫王之心,乃现任东厂提督。王之心身后还立着一位高级武官,此人正是吴孟明,现任锦衣卫从三品指挥同知,兼领东厂督副。

最后一人,乃兵部左侍郎陈新甲。他跟在六人身后,一改平日里在部堂衙门面对下属时的傲慢神态,点头哈腰,让座沏茶。随后立在中央,垂手低头,听候他们发话。

高起潜坐在太师椅上,身子靠定椅背,跷起二郎腿,转头朝王铎使了个眼色。王铎立马意会,向前一步,昂起头对着陈新甲道:"老陈,郑芝龙那个小鳖孙儿,来你这儿报到没?"此人乃河南孟津人,虽入京多年,但口音未改。

陈新甲连声应道:"来了来了。"陈新甲祖籍重庆,川音很浓。

不待王铎发话,谢升抢先又道:"赶紧想办法,把他做掉!这个小子,不知天高地厚,竟敢在北京城撒野。"

陈新甲听罢,吃了一惊,抬头望向高起潜。岂料那高起潜双眼正直勾勾盯着他。他赶紧把头低下,沉思了片刻,答道:"此事关乎重大,那郑芝龙乃海上巨盗,手下亡命之徒数万。朝廷费了那么大劲儿,才让他消停了几年。若是长子被害,恐要激起兵变。眼下朝廷四处用兵,本已捉襟见肘,顾此失彼。倘若东南海疆再乱,谁也担待不起哟!"

高起潜扯起公鸭嗓,尖声细气道:"管他天下乱不乱,这小子得罪了公公我,他就得死!"

东厂提督王之心连声附和道:"就是就是,反正都乱成这样儿了,也不差他们这一伙海盗。"王之心乃北直隶保定府人氏,五十岁上下年纪,身子微胖,白白净净。他本在司礼监当差,乃高起潜心腹,在三大秉笔太监中排名最后。今年二月,掌管东厂整整十年的大太监曹化淳告假还乡,高起潜说服崇祯,让王之心暂时接管东厂。

西厂提督王德化插话道:"他郑芝龙胆敢造反,我就派人潜入闽南,把他干掉!"此人乃"大同帮"头号人物,满口大同话。

高起潜微微侧过脸,狠狠瞪了他一眼,道:"甭吹你那牛皮了,就你手下那些废物,连个小小的钦犯南宫敬都杀不了,还能做掉郑芝龙?"

王德化自耳朵红到脖子根,辩解道:"对对,公公教训的是,属下办事不力。那南宫敬如今身在东北,乃清廷侍卫处副总管,身边防范严密,手下高手如林。近年我接连派人潜入东北,组织了十几次暗杀,都未得手!我们西厂高手,却折损大半。高公公,属下确已尽力,要是追究责任,还是曹公公的事。倘若万历四十六年那次行动干净利落,将南宫世家斩草除根,也不至如今这么窘迫……"

高起潜听得不耐烦,不等他说完,就打断道:"王德化,今儿说的是怎么收拾郑森这小子,甭跟我扯这些没用的!"

王德化连声道歉:"属下知罪,属下知罪。"

高起潜转过头,朝东首那位道:"王之心,你如今掌管东厂,说说你的法子?"

王之心不会武功,而且才来东厂,情况不明,一时答不上来,脸涨得通红,只得扭头朝身后站着那人求助:"吴大人,这事儿还是你清楚,你说说看。"

吴孟明往前跨一步,双手抱拳,低头道:"秉高公公,在下以为,想要除掉郑森,非独孤燕不可!"吴孟明精悍英武,器宇轩昂,声音洪亮。

高起潜听罢,放下手中的茶杯,身子后仰,道:"为何这么说?别人不行吗?"

吴孟明抬起头,望着高起潜道:"从天启六年起,在下就奉命监视郑芝龙家族,至今已一十三年,对郑家每个人的情况,都了如指掌。那郑森虽是郑芝龙长子,却与父辈不同。他自幼师从名家,武艺盖绝天下。依在下判断,当今天下,能出其右者,屈指可数。那日殿试演武,大家都看到了,绝对名不虚传。眼下咱们厂卫中,论武功和心智,独孤燕排名第一。此事若非他亲自出马,此事万难成功。"吴孟明乃"南京帮"头面人物之一,此人的心眼儿,比马蜂窝上的孔都多。

高起潜听罢,颔首表示赞同。他缓缓转过头,朝王德化道:"独孤燕是你副手,又是你老乡,给他派差,用不着我出面吧?"

王德化洞烛其奸,道:"使唤个独孤燕,在下还有这个能耐,不劳公公费心!"说到此,他摸摸下巴,眉头微蹙道:"哎呀,只是属下略有担心,独孤燕杀得了郑森吗?不如让东厂请'中原六魅'出山,定能完成任务!"说罢朝吴孟明望去。

高起潜听罢,心知王德化又在推诿扯皮,转嫁责任。东西两厂明争暗斗,由来已久。若是碰上软柿子,都争得头破血流;若是碰上硬骨头,都想当缩头乌龟。不过此时他也确有疑虑,半个身子仰在椅子里,转过头来,望着吴孟明。

吴孟明见状,挺了挺身子,答道:"公公您也知道,'中原六魅'虽然厉害,但开价太高,不到万不得已,咱们谁都不想跟他们打交道。以属下之见,独孤燕应该能完成任务。倘若他真的失手,咱们再请'中原六魅'出手不迟!"

"中原六魅"乃杀手组织,与东厂并无隶属关系。虽然从不失手,但每杀一人,要价黄金一千两,少一两也不干!高起潜主政大内以来,也只动用过两次。他听吴孟明所言,觉得在理,欠了欠身子,道:"就按吴大人说的办。总之一句话,不能让这小子活过今年。"

众人齐声道:"请公公放心。"

吴孟明又道:"在下还有一事不明,那个郑鸿逵还在锦衣卫当差,用不用将他一起做掉？"

高起潜一听这话，知吴孟明还为张名振提拔一事耿耿于怀，遂道："那个郑森必须得死！至于郑鸿逵，暂时不要动他。要把他给弄死了，郑家那些个金银宝贝还怎么到咱手里？难道让咱们去抢吗？郑鸿逵很识趣，也懂规矩。哪像他这个侄子，纯粹找死！"

吴孟明抱拳道："在下明白！"说罢悻悻而退。

高起潜抬头环顾，目光在众人脸上一一扫过："今儿这事儿要严加保密，谁要是走漏了半点风声，休怪公公我翻脸不认人！"说罢起身离座。谢升赶紧走上前去，给他披上斗篷。

陈新甲毕恭毕敬，将六人直送到兵部衙门外。待高起潜的轿子转过街口，他重新返回密室，又待了小半个时辰，方才离开。

二十二回　太原城受辱隐忍
　　　　　汾河畔降妖除魔

> 巍巍太行飞狐陉，孤胆英雄入龙城。
> 只手公断诛群丑，长刀斩尽世间凶。
>
> ——《忆龙城义事》

话说那天夜里，郑森回到郑鸿逵家中。他辗转反侧，难以入眠，索性敲门叫醒郑鸿逵，把自己最近的种种遭遇告诉郑鸿逵。叔侄二人秉烛长谈，直至天明。

郑鸿逵长叹一声，道："唉……江湖险恶，人心叵测啊……"

郑森心下凄然，道："四叔，您也要多加小心！"

……

如此又过去几日，转眼便到了六月廿一。朝廷诏命兵部右侍郎李建泰，赴四川前线督查进剿战况，并沿途察访民情。吏部考功司从五品员外郎朱之瑜与兵部车驾司六品主事郑森陪同随行。

三人领命后，不敢怠慢，迅速收拾行装，带了一班随从，即日启程。碰巧杨嗣昌的夫人想去五台山上香，李建泰便安排她随队同行。

出了京，一班人并辔而行，过了紫荆关，沿蒲阴陉古道，经涞水、易县，进入飞狐陉。

巍巍太行，乃黄土高原和华北平原的天然分界。华北平原一带，原本为海洋，历经亿万年河流冲击，泥沙沉积，沧海终于变成桑田，形成广袤无边之华北平原。

这太行山，又叫五行山，相传集日月精华，吸纳金木水火土五行而成，自南向北，纵横八百里。在华北平原上远远望去，悬崖绝壁，如巍巍高墙，耸入云端，壮美绝伦。

这八百里太行，千峰耸立，百岭相连，自北向南，只有八条通道。分别是军都陉、蒲阴陉、飞狐陉、井陉、滏口陉、白陉、太行陉、轵关陉。陉之本意，便是山脉中断之地。货通东西，交流南北，全仗着这太行八陉。

一行人穿行在飞狐陉古道，接连翻越云彩岭和驿马岭，进入山西。到了大同府灵丘县地界，又往前走了二十里，过繁峙县城，便在沙河镇上分了手。

李建泰率大队人马，继续赶路。郑森则着了便装，驾着马车，一路护送杨嗣昌夫人，迢迢直至五台山显通寺内。此间早有官员守候。郑森与之交代清楚，遂匆匆告辞。杨夫人颇识礼数，对郑森千恩万谢，直恭送至山门外。

按照李建泰嘱咐，郑森又去了趟文殊阁，看望达宗长老。达宗长老是李建泰的舅舅，李建泰担任漳州知府期间，重建长林寺。达宗长老应邀从五台山迁往闽南，主持重修事宜。达宗长老和郑森的师父智通大师乃莫逆之交。七年前，在他二人努力下，长林寺和古来寺先后重建。两座南少林名刹，重现昔日辉煌。

如此一返一折，耽误去三五天时间。郑森驾着马车，昼夜兼程，疾行了两日，到第三日晌午，方才到了太原府城外。此时身心俱惫，心想今日要在太原城里寻个客栈，好好睡上一觉。

正思忖间，已从北门进得城来。这山西太原府，便是古城晋阳，因自古王朝多兴于此，故被誉为龙城。原址本在汾河西岸，北宋初年，太宗赵光义灭北汉，尽毁其城。此后山西百姓在汾河东岸往北二十里，筑建新城，乃为今日之太原府。

郑森自幼生活海外，只在福建沿海逗留过短短三年。北方风土人情，令他耳目一新。在京师天天供职兵部，事务烦琐，极少能忙里偷闲。今日进了这太原城，心中无事，免不了东瞧瞧西看看。

郑森正走马观花，左右顾盼，突然间马头被猛撞了一下。定睛瞧时，见一头黑驴拦在车前。黑驴旁边,一个老汉坐在地上,瞪着自己破口大骂:"球了个东西,瞎了你的狗眼睛,撞了你爷爷我,今天老子非剥了你的皮,抽了你的筋,操了你八辈祖宗……"

郑森听着老汉口里不干不净,莫名其妙朝自己大骂,当即下了车,道:"这位老人家,我一没招你二没惹你,大白天你无缘无故骂人,不知为何?"

岂料那老汉非但没有收敛,反倒腾地一下站起身来,一把抢过郑森座上马鞭,别在腰后,扬起右手朝郑森直打过来,口中骂骂咧咧:"老子当年在太原府当捕快,谁见了我不得远躲!你个小尿点,今天还敢还口,看老子不一耳刮扇死你。"

郑森左手架开,反手一推,那无赖向后踉踉跄跄连退数步,亏得身后路人搀了一把,才不至仰面摔倒。只见他一对三角眼瞪得血红,一头朝郑森面前又撞过来,仍骂不绝口,高叫道:"看什么看,还不都他奶奶的给我上啊,谁他妈的腿快,赶紧喊我儿子过来,打死这个外地来的小杂毛。"

郑森大惑不解:今日不知撞了什么晦气,大中午的碰上这么个腌臜东西。

眼见这无赖撞至,反手一拨。那无赖陡然变线,停不住脚步,一头撞向围观人群,只听得"哎哟"一声,那无赖扑倒在地,还压倒了两名路人。

此刻,郑森心想:"这厮如此泼皮耍赖,当地定有后台靠山。如今大势,本已天怒人怨,地方豪强贼来从贼,官来依官。山西贼乱刚定,人心本就不稳,自己若再出手,恐再生民变。且身在异地他乡,若真动起手来,纵使在拳脚上胜了对方,也终究要惊动当地官府。自己身在公门,若因此等小事身受牵连,着实不值。"

想到此,郑森后退三步,道:"在下今日公事在身,不便在此久留,还请老人家行个方便,留个名号与我,日后定登门拜访。"

岂料这老汉又挥拳再进,嘴里骂骂咧咧:"给你留个姓名?你是要咋了?还找我寻仇不成,我把人给你留下,有本事你杀了我?"说着已欺近身来,硬往郑森怀中撞来。

郑森无奈,只左手伸出,架起来拳,右手使力,将这无赖再次推开数步。

此时围观路人越来越多,皆指指点点,多是当地方言,郑森似懂非懂,心道:"这无赖毕竟乃当地人,若当街争斗起来,路人不明就里,这厮一嗓子吼起来,难免群起而攻,自己出手难以把持轻重,伤及无辜在所难免。"

郑森虽未着官服,但驾着印有北京兵部标志的马车,适才又说自己"公事在身",早已亮明官员身份。眼见年轻官员无端受辱,一位白发老人着实看不下去。他上前从中拨开二人,面朝郑森低声道:"后生你先住声,待我与你讨过马鞭。好汉不吃眼前亏,他是泼皮无赖,你休与他计较。权且给他几个酒钱,脱了身算了罢。"

郑森听老人之言,也觉在理,当下从身上取了一锭五两重官银,递在白发老人手中。

老人转身伸手搭在无赖肩上,在耳边悄悄说了几句。岂料那无赖听了,更是不依不饶,挣脱老人,高声嚷骂道:"五两银子就想打发老子,球的门儿都没有!今天没有个百八十两,休想了结此事。"

郑森心想:就算这无赖无法确定自己的品阶,定也知道自己是官府中人。眼见得他连官员都敢如此纠缠,可想他平日定是横行乡里,为祸百姓。

郑森摇头苦笑:权且吃点口舌之亏,遂不再言语。点头谢过白发老人,将手伸进马车车厢里,从包裹中摸出五个元宝,交予老人手中,道:"今日出门仓促,车上只有这些银两,还望老人家从中周全。"

那无赖接过元宝,边掂量着,边仍不住叫骂:"今天要不是看在这个老汉份上,老子非叫儿子们全来,弄不死你?"

郑森也不言语,当下跃上马车,坐在车夫位置,人群中登时让开一条道路。郑森驾车缓缓出了圈子,转过两三条街巷后,找了个僻静客栈,方停下来。把马拴在门口立柱上,掏了些散碎银子予店小二,嘱咐把马车看管好。自己则背了那随身包裹,施展轻功,急急往刚才争执之地而来。

此时围观路人全已散尽,那无赖昂着头,骑着毛驴扬长而去,扬扬自得。郑森悄悄尾随其后,远远跟着那无赖出了西门,过了石桥,往汾河西岸一处村庄而来。

郑森直望得那无赖进了自家院子,暗暗记在心中,方转头朝村口走来。

立秋已过,时近处暑。

村口大道旁,一家小酒店,偌大个"酒"字望旗迎风招展,甚是醒目。郑森进了酒店,在临街一张桌子前坐定。

酒保旋即凑过,道:"客官想喝点什么?"

郑森道:"有汾酒吗?"

酒保道:"有,上好的杏花村老酒,今早刚从汾阳送至。"

郑森道:"好的,先打一斤来。有甚好吃的?"

酒保道:"地道的黑山羊肉,刚炖好,还在锅里焖着呢。"

郑森道:"捡瘦的切二斤。有什么主食?"

酒保道:"也没个啥特别的。来了山西,就是个吃面。我家的刀拨面,倒是远近闻名。"

郑森道:"也好,就尝尝你们的刀拨面,来一大碗。"

酒保叫了声"好嘞!"旋即去后厨准备。不到一盏茶工夫,便掇个托盘出来,将一壶老酒、一碟羊肉、一大碗刀拨面摆在郑森面前。

郑森自酌自吃。过了片刻,酒保挨过来问:"听客官口音,好似南方人?"

郑森道:"在下祖籍闽南,因公差路经太原。对了,这村子可有名称?"

酒保道:"原来是福建来的客官,怪不得不识我们村儿呢!此间唤作北屯,往南三里地,还有一村,唤作南屯,两村彭姓人居多,其余皆是小姓。这彭家祖籍本是徐州,本朝初年,有许多参了军的,随恭王而来晋阳,在这汾河西岸屯守下来,娶妻生子繁衍生息。过了两百多年,就成了现在这两个村子。这北屯和南屯都是大村,各有人家五百多户,两村男女老少共有七八千号,平日里耕织为生,农闲时进城做工,日子过得还算滋润。"

郑森道:"那村西有个高门大院,看似挺富庶的,有位老汉骑一头毛驴出入,兄弟可识得?"

酒保道:"可是三角眼酒糟鼻五十多岁年纪?"

郑森道:"正是。"

酒保又道:"骑黑驴大嗓门满嘴脏话套话?"

郑森道:"正是。"

酒保道:"唉,此乃本村一个里长,名叫彭老虎。管着村西一百一十户人家,曾在太原府衙门做过十几年皂隶,平日最是泼皮无赖。酗酒成性,四处惹事,仗势欺人,蛮不讲理。"

郑森道:"不曾有人管束吗?"

酒保道:"管束?谁能管得了?衙门不出头,靠我们这些平头小民,如何扛得过人家?这彭老虎生养了五个儿子,都在这太原府周边县衙当差,虽是些下等公人,但诈唬乡邻百姓,已是绰绰有余。他们在乡里横行恶霸,侵夺了上千亩农田,聚起好大一份家业。三年前听说有个在顺天府做事的捕快,携了老父妻儿来山西游览名胜,刚入了太原城就与值守城门的彭家老二起了口角,双方争执起来。这彭老二吃了些亏,跑回去唤来一群恶棍,竟追至客栈门前,将捕快和他老父二人活活打死。捕快之妻领了儿子,披了麻戴了孝,在衙门口鸣冤。唉……"酒保说到此处,摇头不止。

郑森听到此处,在北京两度偶遇行乞母子之事蓦然浮现,急忙追问道:"那后来呢?这彭老二可曾偿命?"

酒保接着道:"咋可能呢?那彭家仗着在衙门人头脸熟,上上下下全用银子打点了一番。衙门差遣公人出来,连夜将那小吏父子两人尸身烧化了。骨灰全洒在汾河水中,弄了个死无对证。待第二日天明,将那弱妻幼子连打带扯轰出城外。可怜那孤儿寡母,今后可怎么生活?"

郑森心中一阵怃然,道:"北京也没差人下来拿办凶手?"

酒保道:"想是那彭家给京城衙门也送了银子,生生把这案子压了下去。那彭家老二还外出躲了一阵子,后来看着无事,便又回来了。这年头,'银钱买动黑人心'!京城小吏尚且无处申冤,何况我们平头百姓呢?此事之后,那彭家老少更是肆无忌惮。平日里要么在太原城里碰瓷讹人,专拣异乡人下手,过路客商吃亏受辱者,不计其数;要么在乡中摆起里长架势,替城里官员圈地夺田,鱼肉百姓,无恶不作。平日里那彭家兄弟来俺家叔叔小店吃喝,从不给钱!几年来赊挂在账的,难以计数。可我等也只能忍气吞声,苟且偷生罢了。哪还敢与其争论?免得平添祸端,性命不保……"

郑森听至此处,心中已是豁然。当时遇见乞丐母子,还道是胡编乱造,招摇撞骗。原来天底下真有此冤屈惨事!若非途经山西,亲身经历,焉知王法废弛,吏治腐败,豪强横行,竟到了如此地步!

此时掌柜尚在柜台之后,听那酒保絮絮叨叨说得多了,怒斥道:"你这小厮,如此多嘴。人家蛮横猖狂,与你何干?还不赶紧干活去,小心这话传到那彭家兄弟耳朵里,非打断你两条狗腿不可。"

酒保遂不敢再言语,转身奔入厨房,忙活去了。

郑森也不再言语,把剩下的半碟羊肉扒拉进碗里,埋着头就着面,和汤吃光,又端起瓷壶咕咚咚把酒喝干,起身去柜前付了饭钱,出了小店闪在一边。

不多时,那酒保出门倒泔水,郑森悄悄上前唤住,领至墙根僻静处,将五两纹银塞在他手中,压低声音,问道:"小哥不必害怕,但讲无妨。"

酒保道:"这位小官人要想听,我便和盘托出。今日你一进门,我就觉着你像官府中人。你若真是京城大衙门中的公差,定要替太原百姓做主!我本家境小康,可被那彭家五虎害得倾家荡产,如今一人流落在此。我不求金银,只求你能伸张正义,为民除害。"说罢把银子还与郑森。

酒保接着道:"前年早些时候,太原府换上个同知,唤作苏茂才。他本是太原人,照理说不能在本地为官。可这个苏茂才仗着家里有钱,先在山西费了好多金银,更改了籍贯。又去北京找关系,一路金银开道,捐了个从四品同知,竟然回家乡当了官儿!这彭家父子和苏茂才沾着点亲,仗着这层关系,彭老虎和他那五个儿子越发无法无天,甘当苏茂才的马前卒,助纣为虐,为虎作伥,欺男霸女,横行乡里。他们也不敢惹人家大地主大乡绅,专挑俺们这种小门小户下手,逼迫俺们贱卖耕地。那田地可是咱老百姓的命根子呀!谁舍得贱卖啊?一见不从,立马棍棒相加,一顿暴打。如此两年间,害了上百条人命啊。唉……"

酒保长叹一声,顿了顿又道:"就连咱南屯的彭大娘也没能幸免。这彭大娘还是彭老虎的本家长辈,孩子夭亡,老伴早逝。老大娘孤苦伶仃,无依无靠,全凭将十亩瓜田租赁出去,养老度日。怎料那苏老爷闲游到此,见这十亩瓜田枝藤茂盛,一眼就看上了,非要夺了去。

"可怜那彭大娘,被那彭老虎拖至瓜田,扔在事先挖好的坑中。故意当着全村老少的面,一镐背砸在头上。彭大娘脑浆四溅,一命呜呼。就这样,彭家五虎和苏茂才,侵夺了太原府周边数千亩良田。如今那彭家五虎和彭老虎本人,哪一个身上都背负着人命,少则七八条,多则数十条!尤其是彭家老二,恶贯满盈,人人咬牙切齿,恨不能将其千刀万剐。"

郑森听罢,告辞出村,往太原城而来。他先回到刚才寄停马车的客栈,谢了小二,就在此开了间客房。旋又转到街上去,多方打听,众人说起彭家父子,无不恨之入骨,全如酒保所述。

郑森义愤填膺:此等伤天害理、作恶多端之人不除,百姓将永无宁日。那苏茂才乃正式官员,自己出手,恐遭非议,需回京密报厂卫,让东西厂和锦衣卫来收拾他。厂卫头领最喜欢这等贪赃枉法之徒,谁要落到他们手上,纵使侥幸不死,也要掉好几层皮。不仅多年搜刮所得被抖得干干净净,还得另欠一大笔高利贷,终生再难翻身。而彭家父子乃乡间恶霸,厂卫也不屑管,就留给自己料理。

主意已定,郑森匆匆赶回客栈,从行囊中取出书本,静静翻看起来。

夏末秋初,日头落得早。待到酉牌时分,天色便已昏沉下来。郑森把窗户打开,到床前换了套紧身夜行装束,将钱财行李放至床下;反手将一柄匕首藏在袖中,又带了套飞虎爪,闩了房门出了客栈,在街上随便买了两个烧饼充作晚饭,径自出城往西,朝彭家而来。

只不多时,郑森就到了那彭家院外。此时天已大黑,郑森单耳贴在大门上听了一会儿,断定院中无狗,便纵身翻过院墙,轻轻落在院内。

这院落五进五出,很是气派。正房乃是一排七间,上下两层。郑森心中暗道:这年头真是礼崩乐坏!这等龌龊土豪,竟也敢僭越礼制,仿诸侯王爷开府建牙!造如此阔宅,若逢盛世,凭此一条,也要得尔等狗命。

但见二楼屋内烛光闪烁,嘈杂之音不时传出。郑森蹑脚上得楼来,移至窗外,沾了唾沫在纸窗上捅个窟窿,窥伺间隙。

只见屋内当地一张大桌,桌上猪羊牛肉、月饼果品摆得满满当当。那个老无赖就在正首上坐,口中唾沫飞溅,双手比比画画,似是模仿日间情形。另有五个中年男子围桌而坐,定是那无赖的五个儿子无疑。

郑森见此情形,不动声色,从怀中取出一块黑布蒙了面,先摸至楼下,到厨房点了众女眷的穴道。免得一会儿动起手来，这些女人听见了大呼小叫。

一切安排停当，郑森扯下脸上黑布，飞身上楼，咣当一脚踹开房门。六人大惊，纷纷站起身来！那老无赖定睛一看，见来人正是白日被自己折辱的年轻后生，当下哇哇大叫，招呼儿子们上前厮打。六人抽刀的抽刀，抢椅的抢椅，乱糟糟一拥而上。

郑森也不搭话，冲突上前，劈手夺过敌人单刀，几下手起刀落，六只右手和六只右脚便撂在地下，鲜血斑斑驳驳，溅得满墙皆是。

那彭家父子六人疼得满地打滚，郑森跨前一步，一脚将那无赖踏在地上，厉声道："谁是你家老二？"

那彭老虎早吓得魂飞魄散，用左手指了指墙根。郑森顺他所指，只见一人蜷在角落，兀自鬼哭狼嚎。

郑森正气凛然，左手揪住那彭老二胸口，劈空提将起来，右手单刀架住其颈，高声斥道："三年前你草菅人命，光天化日之下杀人行凶，残害京城官吏！你以为逃得掉吗？"说着，一刀斩下人头，踢至门口。

余下众人兀自在地上翻滚挣扎。郑森刷刷又是四刀，四颗人头应声落地。

郑森抬眼去寻那彭老虎，只见他蜷在屋角，早已瘫软在地。郑森随即抄起四人首级，一并扔到他面前，跟着劈脸就是一掌，厉声喝道："你这无赖，仗势欺人，教子无方。光天化日之下，纵子行凶，草菅人命。我饶得了你，天饶不得你！"说罢，抽出袖中匕首，将其首级割下。

郑森将匕首擦干，进里屋寻见金库，撬开了，取黄金一百两，顺手扯出一床被子，仔细包裹好了，负在身后。转身复至前厅，连同外屋地上五颗人头，一并包了用右手提着。腾出左手，出门时单将撂在门口的彭老二人头拎了，施展轻功，越墙而出，径直往太原城而来。

长夜寂静，月明星稀，阒无一人。眨眼间，郑森就来到了西城门外。

此时已是深夜，城门早闭。郑森将右手那包东西，弃至太原西城门洞。接着抛出飞虎爪，攀缘入城，行至客栈，也不敲门，飞身越至二楼，从窗户钻入客房，找块床单包了那彭老二的首级，弃在窗下。然后洗去血渍，脱去外衣，安然入睡……

第二日五更时分,郑森刚醒,就听得外面金锣鼎沸,喧嚣嘈杂,间或有打更的奔走四处,逢人便告说昨夜城西的北屯发生灭门血案,彭氏父子六人恶有恶报,全都身首异处,死于非命。

郑森起床洗漱干净,换了绯色练雀官服,收拾好行李,先去街边买了个桃木匣子,拿回来把首级和黄金一并放入;然后下楼结清房钱,赶着马车朝城南兴隆镖局而来。

本朝开国以来,山西贸易繁荣,商业渐兴。晋商一举崛起,与徽商并列成为海内两大商帮。商贸发达,金银物资流通速度日趋加快,以护款押货为业的镖局应运而生。山西境内之镖局,以兴隆镖局最为有名。该局乃神拳无敌张黑五所创,总号设在北京顺天府城门外,二百年间久盛不衰。

到了镖局大厅,郑森要了笔墨,修书一封,又要了套加急的火漆和封条,将木匣封好。郑森交了费用,又取出五两银子递给伙计,嘱咐他务必两日内送到北京城南慈悲庵,真观师太亲启。那伙计见郑森锦衣官服,又收了这多好处,自是不敢怠慢,当下怀抱木匣转入后院,安排快马速递,不在话下。

那郑森收起票据存根,本想就近从南门出城,可转念间改变主意,改投西门而来。

西门外,鞭炮齐鸣,锣鼓喧天,人山人海,堪比元宵舞狮之场面。年轻人更是围着彭家五颗首级,直当蹴鞠来踢。虽然彭老虎一家都是公门中人,但各级官员眼见有人替天行道,为三年前那桩血案索命寻仇,唯恐引火烧身,生怕再把杀手招来,哪还敢发榜缉捕?南北两村的乡亲们听闻彭老虎父子被杀,纷纷冲进彭宅,抢了财产,分了田地。群情激愤,彭家一门只剩女人孩子,手无缚鸡之力,哪里阻拦得住?这正是:善恶到头终有报,只是来迟与来早。

郑森略感宽然。他弃了车牵着马,穿过人群,出城上了官道,扬鞭往南而去……

第二十三回　苦县令冤魂难散
　　　　　　傅青竹驿馆扬善

淫雨霏霏四水湍，意冷无怨天地寒。
泪眼问君今何往？纵马扬鞭下三关。

——《忆烟雨江湖》

　　郑森从太原南门出城，沿着汾河谷地一路疾行。只消半日工夫，便到了汾阳城外。

　　中华地名，山南水北为阳，山北水南为阴。故有洛阳、安阳、当阳、濮阳，亦有山阴、华阴、江阴、淮阴之地名。这汾阳，便是因位于汾水北岸而得名。

　　汾阳虽是县治，但汾州府衙也设在城内，故而府县同城。县有县衙，设七品县令以管理民政；府有府衙，设四品知府，统辖一州六县全部政务。正因为此，这汾阳名为县城，实为府城。气象虽不比太原府那般壮观，但在这山西省内，仍是颇具规模：城池五里见方，人口十万有余，雄伟出众，气势非凡。

　　郑森早早下马，步行朝汾阳北门而去。远远望见门洞里，赫然吊着一个人。郑森走近细看，只见此人双臂被缚，双足悬空，离地五尺有余，耷拉的脑袋上戴着顶乌纱帽，身上穿着一套靛青色练雀官服，腰间系着一条乌角鸾带。依服饰的形制来看，此人乃七品文官，为何被吊在城门上呢？郑森心中疑惑不解。

　　郑森挤进人群，只见围观百姓揉眸抹泪，双眼红肿，却又不敢哭出声来。郑森正自困惑，远远望见一行数人自官道直奔城门而来。当先一人，四十岁上下年纪,头戴方巾,身着长袍,手持油伞,一副书生打扮。出乎意料,此人竟身负武功,只见他双足点地,腾空跃起,手中不知何时已多出一把小刀。不待众人反应过来,他已割断绳索,将七品文官接在手中,稳稳落在地上。

中年书生伸手朝七品文官鼻孔探去,又把他嘴掰开,只见里面尽是黑血,半截舌头赫然掉了出来。原来七品文官早已咬舌自尽,死去多时。

此时,与中年书生同来的数人,都聚在城门口,欲闯进城,却遭守门军校拦阻。

把守城门的小头目道:"知府大人有令:任何人不得惊扰朝廷钦差!尔等刁民,休要闹事!"说罢抽刀出鞘,挡在城门前。他身后的两名衙役也把水火棍举平,横在身前,拦住众人。

数人中有个彪形大汉,挺身而出:"哪里来的狗奴才,敢挡你雄大爷的道!"

此人姓雄名飞,今年二十九岁,乃沁州府武乡县人氏。他天生神力,体壮如牛。幼年便远赴蒲州府,投在姬际可门下,苦练六合枪法和六合拳法。出徒三年来,雄飞仗着一对铁掌铁拳,行走江湖,称雄三晋。

雄飞一边破口大骂,一边带头往城里冲。守门的小头目还没反应过来,已被雄飞一脚踹中胸口,仰面倒地,翻滚挣扎。小头目身后的两名衙役,也被雄飞一手一个,揪住后襟,拎猴一般,甩在一丈开外,疼得满地打滚。

雄飞已冲进城门,回头高声道:"大伙跟我来,找那帮狗钦差算账!给申大人报仇!"

大伙儿紧随其后,怒气冲冲朝驿馆奔去。

县衙里打更的老汉刚才就在城门口,他认得傅青竹和殷洪盛,激动得热泪盈眶,抹着眼泪,敲着铜锣,小跑着穿街过巷,沿途高呼:"大伙快来看呀,傅青竹先生、殷洪盛大侠找钦差算账了!给咱们申县令报仇来了!"

听闻山西第一才子傅青竹和山西第一高手殷洪盛,来给申县令报仇,整个汾阳城都沸腾了!大家忙把手中的营生撂下,纷纷往驿馆跑去。九街八坊,登时万人空巷;驿馆门外,瞬间万头攒动。

殊不知,大家都把钦差张冠李戴了:此时的汾阳城里,的确有朝廷钦差,而且不止有一队。住在驿馆里的钦差,是李建泰一行。而另一队钦差,是大太监李凤翔一行。

此时,李凤翔正由山西巡抚吴甡亲自陪着,在城里最好的"花满楼"里,搂着歌姬喝花酒呢。李凤翔虽是太监,却去势不净,嗜色如命,将女人奉为至宝。不仅中午就餐的时候得美女相陪,晚上就寝时也要左拥右抱,否则难以入眠。

这个吴甡,乃南直隶苏州府昆山人,时任山西巡抚。他之所以不在太原迎接李建泰,乃因李凤翔、独孤燕、方以智一行,已先期进入山西。身为巡抚的吴甡,全程陪着人家李大太监,哪里顾得上他李侍郎?

堂堂兵部右侍郎,途经山西时的待遇还不如个太监,着实叫人唏嘘……谁叫人家是司礼监的大太监、皇帝身边的红人儿呢?官职虽然不高,还是个太监,但后台太硬,谁都得巴结着。

明末的官场,就是这种状况。个个趋炎附势,争相攀高结贵。尤其是山西这地方,既封闭又落后,官员们观念迂腐,思想龌龊,见了宫里头出来的大太监,都挤破了脑袋往上贴,极尽阿谀、谄媚、巴结之能事……

正因为此,这李凤翔自打进了山西,就如同掉进了温柔乡,日日花天酒地,夜夜纸醉金迷。这般享乐奢靡,与眼下灾疫流行哀鸿遍野的民间景象,格格不入……

值得一提的是,方以智此刻却不在青楼,而是在驿馆。他原本是陪着李凤翔,但一路上受尽欺辱,抑郁不平。听说李建泰一行已到汾阳,便赶来驿馆相见。虽说方以智也喜欢风花雪月,但那也分场合。陪着阉宦们吃喝玩乐,哪还有什么快乐可言?故忙不迭跑过来,找朱之瑜聊天解闷。

傅山等人消息不灵,误以为李凤翔一伙下榻在驿馆里,故赶来讨要说法。误打误撞,碰上了李建泰一行。

郑森一路尾随,他万万没有料到,一行人要去的地方,竟是汾阳驿馆;要作践的人,竟是自己一路陪同护送的长官李建泰。

只见一群人围堵在驿馆门外,七嘴八舌叫嚷着:"狗钦差,还不赶紧出来,当什么缩头乌龟。"

"逼杀我们的父母官,叫他们拿命来顶!"

"宰了这帮狗钦差！给申大人报仇！"

……

李建泰深知此中误会颇深，他们昨夜刚到汾阳，虽目睹李凤翔鞭打申县令，但他仅是旁观者，并未参与其中。此时街外叫骂不断，李建泰茫然不知所措，朝朱之瑜和方以智望去，他二人也无计可施，躲在门里头，不敢出去。李建泰无奈，只得命人打开一扇门，硬着头皮，走出驿馆。

众人见李建泰一身高官装束，认定他就是逼死申县令的元恶大憝，顿时群情鼎沸。他们都在气头上，哪里还顾得上分辨到底有几队钦差？究竟是哪一队钦差逼死了申县令？

那彪形大汉不由分说，哪里容李建泰开口解释，扬起右手，化掌成刀，朝李建泰兜头劈去。

说时迟，那时快。眼见李建泰就要挨打，众人只觉眼前一晃，郑森已从人群中蹿出，把李建泰拽到一边。彪形大汉攻势丝毫不减，一掌击中李建泰身后的石狮子。只听"砰"一声闷响，狮子头竟被击得粉碎。

在场众人无不惊出一身冷汗：这个脾气火爆冒失鲁莽的彪形大汉，竟有开碑裂石之神力！

缓不济急，倘若刚才郑森出手稍缓，彪形大汉这一掌劈在李建泰头上，这个堂堂朝廷大员，早已命丧黄泉！

那彪形大汉一击不中，立即转过身来，瞪眼怒视郑森。正是这个少年出手施救，坏了自己的大事，彪形大汉懊恼无比，先是仰天"哇哇"几声厉吼，接着探身出掌，朝郑森直扑而来。

眼见对手来势凶猛，郑森心生一念，将计就计。他身形疾转，平出右手，用掌托卸去对方攻击的力道；顺势扬起右腿，朝着敌人脑袋踢去。

只听"哎哟"一声惨叫，彪形大汉的左耳被郑森脚踝击中，整个身子朝驿馆另一扇大门撞去。接着"扑通"一声，那彪形大汉已撞破门板，脑袋卡在门中，身子留在门外，四肢乱舞，挣扎了半天，也没把脑袋拽出来。

大家皆出乎意料：眼前这个不起眼的少年，武功竟如此精湛！

还是傅青竹反应及时，他朝雄飞大喊："雄大侠，万万不可乱动，用手撑住门板。"经此提醒,雄飞方才稳住心神,双手力撑门板,欲把头拽出。

岂料郑森又跨前一步,探掌朝他后颈猛击一下。雄飞四肢抽搐,立刻昏厥,硕大的身躯如烂泥一般,瘫在那里一动不动。

见此情景,围观众人尽皆大惊。一名瘦高汉子蓦地跳将出来,指着郑森大骂:"哪里来的小点子,不要命了?"话音刚落,人群中又闪出四人,各自摆开架势,将郑森团团困在中间。

郑森环睥四周,只见五人分持刀、剑、长枪、巨钺、流星锤,欲扑而上。郑森临危不惧,他俯身抄起一根木棍,掰成两截,双手各握一半。

五人厉声大喝,同时攻向郑森。郑森猫腰弓背,迅雷不及掩耳,朝敌人的手腕和脚踝接连攻去。只听得"啊啊啊"一阵惨叫,五人先后倒下,兵刃弃了一地,各自蜷成一团,痛苦呻吟。

眼见形势逆转,一直躲在门后的方以智和朱之瑜二人,壮着胆子走了出来。面对人群,方以智率先发话,一通直言快语:"我们乃朝廷钦差,你们这些乡野粗夫,休得无礼!"

话音未落,傅青竹刷地一声抽出长剑,只见寒光一闪,剑尖已抵在方以智鼻尖。

方以智一介书生,哪见过这等景象,登时吓得魂飞天外,双腿一软,扑通一声跪倒在地:"好汉饶命!好汉饶命!"

傅青竹一脸轻蔑道:"山人平生最恨的,就是你们这帮打官腔的!要力气没力气,要骨气没骨气。一见刀子就吓得尿裤子!"

说话间,郑森倏忽上前,提住方以智后领,将他搁在身后,自己挺在剑前,两指死死钳住剑尖。

傅青竹顿觉不妙,用力回抽长剑,已然无济于事。长剑仿佛被锁死一般,纹丝不动。傅青竹心中焦急,额头不禁渗出汗来。他向来自负,自诩文武双全。众目睽睽之下,倘若长剑被眼前这个少年空手夺去,日后还有何面目行走江湖?

岂料郑森朝傅青竹微微一笑,主动松手撤力,把剑尖往前轻轻一推,并未让对方难堪。

这时殷洪盛也看出端倪,及时上前圆场:"青竹兄稍歇,让我来会会这个小兄弟。"傅青竹正自尴尬,一面收剑归鞘,一面转头朝殷洪盛低声道:"殷大哥小心,此人非同小可。"

刚才吃亏的五个徒弟见师父下场比武,蓦地来了精神:

"师父亲自出马,打得他满地找牙!"

"师父乃天下第一高手,收拾不死这小子!"

"对,师父武功盖世,非打得他跪地求饶不可!"

"师父刀法精湛,卸他两条胳膊下来,剁碎了喂狗!"

……

这个殷洪盛,乃武当北派名宿,北武当(位于今山西省方山县)现任掌门。出道二十年来,殷洪盛纵横三晋大地,还没遇到过真正的对手。他虽已感到郑森武功非同一般,但却依旧过于自信。就连雄飞的师父——六合门掌门姬际可,都对自己甘拜下风。眼前这个瘦削的少年,能有多厉害?

殷洪盛擅长拳法,上场时并没有携带兵刃,欲与郑森空手搏击。

郑森暗忖:今天出手,只为保护上司,并不想将事情闹大,跟武林人士为怨结仇。遂决定点到为止,见好即收。不图克敌制胜,只求让对方知难而退。

双方礼毕,各自拉开架势。

殷洪盛的拳法,套路既多且杂,招式繁复,手型变幻频繁,或掌或拳或勾或爪,大多是模拟猛兽的形态动作,如龙似虎,若鹰类蚺!一招招疾速使将出来,看得人眼花缭乱,目眩神摇!人群中阵阵欢呼,喝彩之声此起彼伏!

郑森使的是少林拳术,招式四平八稳,中规中矩,远没有对方那么花哨好看。

郑森一边拆招挡御,一边鉴影度形,琢磨对策。他发现殷洪盛招式虽然繁杂,但万变不离其宗。看上去风驰电掣,下盘却不稳固。尤其是出招进攻时,破绽迭出。此外,殷洪盛拳掌劈空,虽呼呼作响,但其内力并不浑厚,似强实虚。

下盘不稳,是由于练武初期,基础没打好,基本功不扎实所致;内力不强,是由于后期习练时,太过注重表面,把重点放在外在的形式上,而忽略了内功的修炼。要知道,武功习练到一定程度后,必须注重内力的修行。后期功力的提升,全靠内力日积月攒!庸手对阵,耍巧取奇兴许管用;高手过招,花拳绣腿全然无用。依仗这种功力,殷洪盛称雄三晋也许不在话下;但若遇上绝顶高手,必定一败涂地。

郑森既已看出端倪,胜券在握。他将内力运于双手,招招势大力沉,刚猛雄浑。

百招过后,殷洪盛越打越惊,每过一招,都觉得手掌生疼。过不多时,殷洪盛胸闷气阻,动作迟滞,渐渐落了下风。眼见取胜无望,在家乡父老面前,竟连个年轻人都打不过,日后自己的脸还往哪儿搁?殷洪盛恶居下流,想到此节,他索性倾尽全力,搏命进击,出招越来越快。

殷洪盛心急如焚,下盘更加飘忽不稳,更是漏洞百出。郑森闪身躲避,将对方攻势轻松化解,同时瞅准机会,探腿在他脚踝一钩。

这一钩着实了得!殷洪盛重心顿失,眼看就要后仰跌倒……

败局已定,殷洪盛万念俱灰,绝望闭目,忽觉左手被人猛拽一把,他顺势用左足点地,复又恢复平衡。定睛看去,原来是郑森暗中出手,揪了自己一把。

殷洪盛兀自惊疑,还未回过神来,郑森已跳出圈子,抱拳道:"殷老前辈武功盖世,晚辈佩服佩服!"

殷洪盛惊魂未定,额头的汗珠涔涔而下,心道:刚才众目睽睽之下,倘若仰天摔倒,那人可就丢大了,不由得道:"多谢承让。"边说边跳出圈子。

多亏了郑森,殷洪盛才勉强下得台来。此中内幕,瞒得过围观的寻常百姓,却瞒不过傅青竹等习武之人。

他们眼见殷洪盛渐渐不支,无论在速度上或是力气上,都完全被对方钳制住。最后的拼死一搏,又破绽百出。尤其是殷洪盛的五个徒弟,知道他们的师父不仅输了,而且输得一塌糊涂!他们拜殷洪盛为师,习武已三四载,对本门武功的每招每式,都烂若披掌。平时个个踌躇满志,不可一世,满以为北武当功夫出神入化,所向披靡。怎料在个年纪轻轻的小伙子面前,连他们的师父、北武当掌门都败得这么快,输得这么惨,真是丢死人了!

他们五人从小浪迹天下,四海为家。投入北武当之前,已在江湖上混迹多年。四年前在塞北被仇家追杀,迫不得已才躲进边镇大同。本欲去河南登封投靠少林,却被殷洪盛说服,改拜他为师。这种师徒本就分浅缘薄,再者年龄相差无几,所以五人心里,根本没把殷洪盛当师父,只把他看作兄长大哥。

这些年来,五人同吃同住,情同手足。今日一战,方知北武当功夫不过尔尔,皆认为殷洪盛乃欺世盗名之辈。殷洪盛口口声声说少林功夫徒有其名,不堪一击;而怎想北武当的武功才是花拳绣腿。堂堂一派掌门,竟被个少年用最简单的少林拳法,打得落花流水,一败涂地。

他们五人皆性情火爆,平日里目空一切,目中无人。此时感觉受辱被骗,登时恼羞成怒,火冒三丈,哪里会给殷洪盛面子,纷纷高声怒骂道:

"什么破功夫,耽搁老子这么多年。"

"连个毛头小子都打不过,还当什么掌门!"

"就这三脚猫的功夫,老子不伺候了。"

"我们现在就去河南登封,上少林寺拜师求艺!"

……

殷洪盛万万没有料到,素昧平生的比武对手,都处处回护自己的面子;而他亲手带出来的五个徒弟,却绝情寡义,全然不顾情面,让自己当众出丑!

面对三晋父老乡亲,殷洪盛颜面尽失。

"赶紧滚开!"五个徒弟对着围观群众大声喝骂。大家见他们悍然不顾,纷纷后退,让出一条道儿来。五人一瘸一拐,互相搀扶着,愤愤离开。

殷洪盛正自尴尬,郑森上前,挽住他胳臂,退到一侧:"殷老前辈,适才晚辈多有得罪,万望见谅。"

殷洪盛抱拳:"方才多亏小兄弟手下留情,敢问阁下尊姓大名?"

郑森回答:"晚辈郑森,适才多有冒犯,失礼了。"

话音刚落,傅青竹凑上前来,惊问:"可是南洋郑森?"

郑森道:"正是晚辈,让各位前辈见笑了。"

傅青竹不禁竖起大拇指:"早耳闻兄弟通贩南洋,领袖华商;最近又殿前演武,更是耸动武林;没想到竟能在此与兄弟结识。"

郑森谦让未遑:"前辈过奖了。"

傅青竹道:"小兄弟,实不相瞒,在山西能胜过我们之人,还未曾有过。"

雄飞此时已转醒也揉着脑袋,粗声闷气道:"就是,我长这么大,没见过你这么厉害的。"

殷洪盛道:"我们三人一道也未必敌得过你。"

……

刚才差点被雄飞一掌劈死,李建泰惊惧万分,一直簌簌乱抖。此刻他惊魂稍定,蓦地看见为首的中年书生,竟是自己同窗好友傅青竹,栗声道:"别打了别打了,都是自己人,有话好好说,好好说。"说着挨到傅青竹面前,欲握住对方的双手:"青竹老弟,消消火,都是自己人,有话好好说。"

岂料傅青竹根本不买他的账,振臂上挥,把李建泰双手荡开,怒目圆睁,叱道:"手拿开!自己人?谁跟你是自己人!逼死我大兄哥时,你可曾想过是自己人?!"

郑森听到这里,朝身旁的殷洪盛问道:"大兄哥?他们是亲戚?"

殷洪盛道:"正是。申县令名叫申垣曲,祖籍潞州府,后随父亲迁至解州府垣曲县。他既是青竹兄的同窗好友,又是青竹兄夫人的表哥。"

面对傅青竹质问,李建泰急忙辩解:"青竹兄息怒。误会,都是误会。我昨天才抵达汾阳,住进驿馆,已是深夜。垣曲兄与我六载同窗,亲如手足,我怎会加害于他?"李建泰所言句句属实。但他真是时运不济,稀里糊涂当了冤大头,差点给大太监李凤翔做了替死鬼。

傅青竹听罢,一脸惊疑,问道:"那为何大家都说,是朝廷的钦差,吊打鞭抽垣曲兄的?"

李建泰道:"折辱垣曲兄的,确实也是钦差,但不是我们啊!眼下这汾阳城里,除了我们,还有一队钦差。"

"还有一队?谁带队?"傅青竹艴然不悦。

"带队的,带队的……"李建泰吞吞吐吐,欲言又止。

傅青竹赫然而怒,厉声喝道:"究竟是谁?快说!"

李建泰被吼得浑身哆嗦:"是,是大内的李公公。"

"哪个李公公?!"傅青竹已发雷霆之怒,李建泰吓得手足发麻:"是,是李凤翔李公公,大内司礼监随堂大太监。"

傅青竹一听这话,眉头微蹙:刚才盛怒之下,行事莽撞,以致出了差池。自己这帮江湖朋友,个个都是急性子,情况都未弄清,就跑到这里寻仇,误打误撞碰上了李建泰。可他向来心高气傲,当着这么多人,怎能认错?就在此时,他见李建泰眼神闪烁,心中疑窦又起:既然他住进驿馆,已是深夜,怎知还有一队钦差?想到此,声调陡升:"这么说,你压根儿就没见过垣曲兄?"

"这,这……"李建泰心慌意乱,张口结舌,一时竟答不上来。

"到底见过没有?"傅青竹又把声调提高,逼问道。

"见,见,见过……"李建泰惊慌失色,不住抬臂用袖口擦拭脸上的汗水。

傅青竹冷笑道:"哼哼,垣曲兄被吊打时,你也在场吧?"

"呃……呃……"李建泰支支吾吾,色若死灰。

傅青竹咆哮:"李建泰!你虽不是主谋,但比主谋更加可恶!"

李建泰听罢,慌得双手乱摆:"不是不是,青竹兄,我没有啊,我……我一句话没说呀!"

傅青竹裂眦瞋目:"为何不说?是不敢说?还是怕得罪了当朝大太监,不愿说?"

李建泰哑口语塞,无言以对。

傅青竹见他不语,愈加来气,额头青筋暴起,指着李建泰鼻子大骂:"告诉你李建泰!咱们当年同窗,就你官儿最大,也最属你窝囊!亏你还是兵部右侍郎,正三品的朝廷大员。身处庙堂,身居高位,却自私懦弱,唯唯诺诺!眼睁睁看着自己同学被宦官折辱,迫害致死,别说挺身相救了,居然连一句公道话也不敢说!"李建泰被说得无地自容,脸上红一阵白一阵。

傅青竹仍不解气,继续骂道:"李建泰,你个庸官!同窗好友你都见死不救,还能为黎民百姓做主吗?"

"我……我……"李建泰羞愧难当,欲寻语辩解,却被傅青竹生生打断,只见他怒发冲冠:"别说了!李建泰,你才是罪魁祸首!垣曲兄受辱屈死,你难辞其咎!"

一个乡野文士怒斥朝廷大员,众人虽觉不妥,可又觉得傅山所说句句在理,故而皆低头埋首,默不作声。

唯独方以智一人例外。他壮着胆子，轻声劝了一句："先生息怒，李大人也有苦衷。"

"苦衷？有什么苦衷？是官职没有太监高？还是权力没有太监大？"那傅青竹一听此言，猛地转过脸来，狠狠瞪了方以智一眼。方以智见他目光如电，盯得自己头皮发麻，心里发毛，忙低了头不再作声。

傅青竹一脸轻蔑："哼，这不是刚才一见刀子就两腿发软的那位公子哥儿嘛！对了，阁下怎么称呼？"

方以智战战兢兢，颤声道："在下……在下方以智。"

一听"方以智"三字，傅青竹怒不可遏，须发俱张："哼，你就是方以智？竟也是这般怯懦！一无骨气二无正气，言过其实，浪得虚名！大明江山，就是败在你们这些人手里的。一个个酒囊饭袋！领着朝廷俸禄，却钟鸣鼎食，碌碌无为。终日终夜四书五经，张口闭口孔孟朱陈，却从不执言仗义，伸张正义！你们这帮庸官怂吏，祸害更甚！与那些贪官恶吏相比，有过之无不及！我真不明白，百姓们用自己的血汗钱，供养你们这帮废物有什么用？难怪乎咱们大明王朝，成了这个样子！难怪乎咱们天下黎民百姓，过得这般悲苦！"

说到此，傅青竹拊膺长叹："泱泱华夏，何时才能涤奸荡佞，激浊扬善？巍巍神州，何日才能风清气正，海晏河清？"

这一番话说得围观百姓怆然泪下……

郑森听罢，对眼前这位傅青竹先生肃然起敬。

此时，一直站在殷洪盛身边的年轻人也忍不住插话道："申大人是我们山西官场罕见的好官，勤政廉洁，爱民如子，汾阳百姓有口皆碑，三晋父老人尽皆知。像他这样的好人好官，竟然遭此不幸！被阉宦活活折辱而死！这天底下还有王法吗？还有天理可言吗？"

这个年轻人，名叫于成龙，也算是殷洪盛的徒弟。他出生于永宁州来堡村，这个村子就在北武当山下。于家乃当地世家望族，景泰年间出过个于坦，考中进士，官至巡抚。

于成龙虽是读书人，但自幼生活在北武当山下，耳濡目染，也和同龄人一样，喜欢舞枪弄棒。十二岁时，拜殷洪盛为师，学过两三年武艺，练得一身好拳脚。

去年山西乡试,省城考场公然舞弊,考官徇私枉法,公开索贿受贿。于成龙未送钱送礼,自然榜上无名,名落孙山!他当时不明就里,后来才得知科场内幕,便四处搜集证据,申诉上访,告状鸣冤。

最近,于成龙听说朝廷钦差路过山西,巡抚吴甡一路陪同,眼下就在汾阳城中。他特地赶来,半路上正好遇上傅山、殷洪盛众人,故结伴同行,一起赶至汾阳……

此时围观人群,已渐渐松动。一名骑着马的军官挤了进来,来到殷洪盛面前。只见他翻身下马,快步上前,双手拉住殷洪盛道:"殷兄,别来无恙啊!"

殷洪盛定睛看去,来人竟是自己的老雇主姜瓖。此人乃现任大同总兵,挂镇朔将军印,正二品高级武官。姜家世居延川,虽属陕北,却与山西仅一河之隔。姜瓖的哥哥和弟弟,都是明朝高级军官。哥哥姜让,乃现任榆林总兵,与姜瓖一样,都是镇守九边的骁将。

与老雇主邂逅汾阳,殷洪盛不明就里:"姜大人,您怎么在这里?"

姜瓖摇头不止,无奈道:"唉,说来话长,一言难尽啊。"接着给众人讲起原委。

虽然李凤翔也途经山西,但入晋路线,却与李建泰一行不同。他出京后往西北方向走,绕道宣化、张家口,从大同府进入山西。

山西巡抚吴甡、山西总兵许定国二人得知李凤翔要路过山西,亲自跑到大同,早早候在神泉堡,等李凤翔一行过境。

其实吴甡最先得到的消息,是李建泰一行即将路过山西。但一个右侍郎过境,还不值得他大张旗鼓。尤其还是兵部那鬼地方,甭说正三品右侍郎,就是正二品尚书,都朝不保夕,有今儿没明儿的。跟他们套近乎,非但捞不着什么好处,没准儿还会沾染晦气,弄不好还会引火上身。按吴甡的设想,等李建泰一行路过太原的时候,请他们吃顿饭就算了,只要面子上过得去就行。

可吴甡万万没想到,仅一天之后,就又传来了李凤翔从大同入境的消息。司礼监大太监驾到,他哪里敢怠慢?赶紧叫上山西总兵许定国,二人各自带了一帮手下,忙不迭跑到大同,亲自恭迎。

这一来，可把姜瓖给折腾苦了！为了迎接大太监李凤翔，山西巡抚和山西总兵都来大同了，自己不出面也说不过去。他只好陪着吴甡和许定国，老早赶到神泉堡，一起候着。但姜瓖早对这些太监们怨气满腹了。尤其是被派到军队里的监军大太监，一个个仗着自己出身大内，成天耀武扬威，指手画脚，弄得军队鸡飞狗跳，让人不得安生！

好不容易在神泉堡接到了李凤翔一行，姜瓖满以为自己的使命就要结束了，顶多再在大同摆个酒席，好好款待他们一顿，就算圆满完成任务了。岂料那李凤翔不但好面子而且还讲排场，非要他这个镇朔将军带甲兵三百，亲自作陪，护卫左右。姜瓖心怀不满，但也万般无奈，谁让人家是皇宫里的大太监呢？得罪不起呀！

就这样，姜瓖带着三百亲兵，护卫着李凤翔和吴甡，从大同府一直陪到了汾阳府，整整护送了八百里！一路上，他怒气填胸，但还得强颜欢笑，真是苦不堪言啊！

三天前，刚到汾阳府时，姜瓖就向李凤翔告辞，说大同乃九边重镇，军情紧急，蒙古各部和大清间谍虎视眈眈，自己得回去镇守边关。可李凤翔依旧不肯放行。姜瓖无奈，只得继续陪着。

今日上午，姜瓖再次提出：离开大同已十几日，自己要是再不回去，随时可能出大乱子。三百名亲兵都给李凤翔留下，让自己的护卫队长王辅臣统领，确保万无一失。姜瓖声情并茂，好说歹说，终于说服了李凤翔，把王辅臣和三百亲兵留下，自己返回大同。

终于得以脱身，姜瓖长吁了一口气，如释重负。他赶紧收拾好东西，只带了心腹幕僚吴惟华一人，往汾阳北门而来。可怎想途径驿馆时，却被围观群众堵住去路，只得停下，驻足观战。直到打斗结束，人群散开，才走了过来。

姜瓖道："殷兄，随我回去吧。军中事务繁杂，还得请殷兄参赞谋划。"

殷洪盛看了一眼姜瓖身边的吴惟华，叹了一声，道："唉，姜大人，您如今有高人指点，哪里还用得着我周全！"

姜瓖道："殷兄说的哪里话？若有照应不周之处，还请多多包涵。"

殷洪盛道："我本山野粗人，军营里拘束得很。还是让我重返江湖，做个闲云野鹤吧！"

姜瓖知他去意已决,无奈道:"唉,看来殷兄执意要走,兄弟也没什么好礼相送。这里有黄金一百两,留作日后使用,还望殷兄笑纳。"

殷洪盛推辞了几次,最后还是收下了,道:"多谢姜大人,恭敬不如从命。这几年在您幕中,承蒙抬举,殷某不胜感激;大人厚爱,殷某铭记在心,日后若有机会,定当厚报！"

就在二人交谈时,姜瓖身边的吴惟华,引起了郑森的注意。此人体宽膀阔,圆脸细眼,好像在哪里见过。郑森眉头紧蹙,穷思竭索,终于想起:那天夜探冯铨府,清廷大特务聚会,就有此人在场！只是他当时一身蒙古贵族装束,穿着打扮与今天不同,但从容貌长相来看,确定是他无疑。

那夜此人一直跟在"僵尸脸"身后,二人似同属一派。想到此,郑森心中一凛:倘若真的同属一派,此人,不就是清朝间谍吗?想罢,又抬头看了一眼吴惟华。

吴惟华早注意到郑森,见他一直瞧着自己,本就警觉;又见郑森面色微变,似乎已瞧出什么端倪。他生怕行迹暴露,忙在姜瓖耳边低语数声,撺掇着赶紧出城。

姜瓖立即答应,都没上前跟李建泰打招呼,就带着吴惟华挤出人群,策马望城门而去……

郑森望着他们远去的背影,问殷洪盛道:"殷老前辈,与姜将军同行者是何人?看样子有些来头。"

殷洪盛道:"他叫吴惟华,北京禁卫军三大营的人,不知道受何人委派,去了大同。"

郑森惊疑:"禁卫军三大营?是神机营的人?还是五军营的人?"

殷洪盛道:"都不是,他是蒙古人,三千营的人。"

郑森心中豁然:"果然是个蒙古人,看来我没认错人。"

殷洪盛道:"怎么,你识得他?虽说他是蒙古人,可从大明开国那会儿,他们家就归顺朝廷了。"

郑森没有回答,反而继续问道:"如何归顺?可否与晚辈一说?"

殷洪盛答不上来。朱之瑜知晓详情，接话道："吴惟华是世袭的恭顺侯，他祖先吴允诚本是蒙古人，永乐年间归降，被安置在锦衣卫主要驻地顺天府大兴县。吴允诚曾数次潜入蒙古，刺探敌情、策反北元军官、绑架蒙古贵族，并追随成祖数度北征，由此获封'恭顺侯'。"

郑森道："原来是蒙古贵族，难怪看上去派头不小。"

殷洪盛愤愤道："派头不小？我看这小子是居心叵测！"

郑森道："居心叵测？"

殷洪盛道："不是排挤这个，就是陷害那个。这等小人行径，绝对没安好心！"

方以智也道："我也看不惯这小子，整天鬼鬼祟祟的！"这十几天来，方以智一直在李凤翔左右，跟吴惟华打了不少交道。

郑森听他们这么一说，想到那天冯府见闻，心里"咯噔"一下。

殷洪盛道："唉！我也是担心姜将军。他原本对我恭顺再三，礼遇有加。可是自打这个吴惟华来了之后，一切都变了！鬼迷心窍般，对吴惟华言听计从。只要是吴惟华说的，不论对错，姜将军都照单全收。"

郑森正要再问，傅青竹突然过来，问方以智道："听说那个阉宦在咱们汾阳，每晚要怀抱二女，方能就寝。不知可有此事？"

方以智道："千真万确。这一路上，夜夜如此。"

傅青竹不禁奇道："身为太监，竟也喜欢女人？"

方以智无奈，摇头道："咳！那李凤翔当年入宫时，去势未净，虽不能娶妻生子，可对女人还是……"

虽然方以智再没说下去，但大家都已心知肚明。

事情闹了这么大，李凤翔那边儿肯定已有提防。想找李凤翔算账，必定难上加难……不过，郑森还是决定要去一试。他悄悄离开人群，先是去了"花满楼"。

李凤翔此时已不在酒楼，而是带着歌妓，搬着食盒，回到了汾阳府衙。

原来山西巡抚吴甡得知有人大闹驿馆，要替申县令报仇，生怕闹出更大的乱子，遂编了个理由，劝李凤翔返回府衙。他派人四处传令，从附近府县里，抽调来数百名衙役和士兵,加强了府衙的戒备。同时封锁消息,不让李凤翔本人知晓此事,以免节外生枝。

郑森寻找未果,又赶到汾阳府衙。此时汾阳府衙已防卫重重,戒备森严。郑森本想翻墙入内,遂绕着大院转了几转。但大白天的人多眼杂,根本没有机会。他又徘徊了一阵儿,仔细观察了几遍,自感万无一失,方才返回驿馆。

郑森早早用过晚饭,便独自回房,闭了门,和衣而卧。

夜静更长,万籁无声。

当巡夜的更夫第三次经过驿馆,伴着打梆敲锣的声音,郑森翻身下床,迅速换上夜行衣,轻轻推开窗户,跃身而出……

第二十四回　汾阳府单刀知己
　　　　　　杏花村杯酒天下

彤云密布起征伐，黄风黑土漫天沙。

执槊力擎明社稷，落定尘埃尽浮华。

——《忆烽火江湖》

只不多时，郑森便到了汾阳府衙西院墙外。这墙高不过七尺，郑森正欲一跃而入，突然感到一阵劲风自身后袭来，连忙侧身闪避。刚转过身来，就见一柄长剑擦面而过，还未待郑森回过神来，那剑锋陡转，再次横削而来。郑森见其来势凌厉，自己身上只一把解腕尖刀，并未携带长兵刃，自忖不敢硬接，只得后跃退避。

岂料那使剑之人着实了得，出招既狠且快，后招更是连绵不绝。转眼间，便将郑森罩在剑光之中。更令人匪夷所思的是，对方不仅动作迅捷绝伦，而且招式繁多无穷，顷刻间两百余招已过，竟无一招一式重复！

郑森几次突围，均未奏效，心中盘算道：自己习武十年，临阵无数，却从未见过此等高手。今夜若不出奇招制胜，定死于对方剑下！郑森主意既定，再不迟疑，当下抽出短刀，反转刀刃，持于右手，左手腾出，伺机而动，如此又避过对方十余招。眼瞅着对方长剑又从自己右前方斜劈而至，心念一闪，右手持刀迎剑而上，只听得咣当一声脆响，已将敌人剑势格挡阻住，同时左手成爪，左臂长探，直向对方咽喉抓去。

交手数百招，对方始终占尽上风，怎料郑森陡然变招，反守为攻，是故猝不及防，待要撤剑回防，已然不及。高手过招，一旦喉头被锁，哪里还有生机？对方深谙此节，只得松开手弃了剑，向后纵跃推开。

郑森左手顺势一抄，已将对方长剑握在手中。他绝地反击，转败为胜，并未乘势追击，只抽空将手中长剑打量一番：只见这把剑长约三尺，剑身寒冷似冰，剑锋锐利非常，绝对是一柄罕见的名剑。

那人虽失了长剑，可并不善罢甘休，双足刚一着地，复又奋力猛蹬，整个人如大鹏般凌空飞起，双手做鹰爪状，朝郑森呼啸而来。

郑森此时虽有长短两件兵刃在手，但并不愿凭械取胜。他双足轻点，向后退跃三步，避开对方攻势，同时右手将短刀收入长靴，左手则将长剑朝侧方力掼而出。

那人一击不中，复又进招。郑森手中没了兵刃，便不再闪避，见招拆招。二人你来我往，斗做一团，眨眼间又过了六十余招。那人一套鹰爪擒拿手，使得大开大阖，气象万千。郑森不禁暗暗赞叹，但自己内功毕竟更胜一筹，招式上刻意夹带刚纯内力。对方渐渐不支，接招越来越吃力，待一百回合过后，胜负已无悬念。那人自知获胜无望，终于知难而退，瞅了个空当，跳出圈子，微笑着抱拳道："南洋郑森，果然名不虚传！"

月黑风高，郑森始终未瞧清对方面容，心中疑惑：此人怎知我姓名和底细？正待发话，听那人低声道："隔墙有耳，请借一步说话。"说罢，向侧方走出了几步，俯身去取自己的长剑。孰料长剑被郑森用力掷出后，竟插入墙根一块大青石中，直没至柄。那人费了好大劲，才把长剑抽出，然后施展轻功，望西城墙而来。

郑森提气拔足，紧随其后。汾阳城虽大，可二人轻功都十分了得，眨眼间就到了西城墙根底。此地本是小校场，府县两级的衙役和皂隶，依例都应在此操练。因人浮于事，训练荒废，场中杂草丛生，场周枯树稀疏。

郑森见四下荒僻，周围并无耳目，抱拳施礼，发问道："敢问阁下尊姓大名。"

那人抱拳回礼，道："独孤燕。"答得极是干脆。

郑森听了，豁然开朗。原来眼前这人，竟是大内第一高手、锦衣卫指挥同知兼西厂督副独孤燕！连忙道："在下不知独孤大人在此，多有冒犯，还望见谅。"

独孤燕道："你下午悄悄来府侦探，我便已知，故在此恭候多时。早听说南洋郑森师从名家纵横四海，殿试演武耸动天下，英雄事迹传遍江湖。今日幸会，果真名不虚传，佩服佩服！"说着拱手行礼。

郑森听他言语中并无敌意，当下抱拳还礼道："大人过奖了，适才剑下求生，全凭侥幸。"

独孤燕摇摇头，大手一扬，道："你不必过谦，我祖居塞北，向来直言直语。你年纪轻轻，就有如此修为，绝非池中之物，日后前途不可限量。只是今晚来此行刺，未免冒失了些。"

郑森眉头紧锁，沉默不语，过了许久才答道："今夜之举，晚辈也自踌躇不定。虽知谋杀大内太监，论罪当诛！可眼见得他李凤翔仗势行凶，欺男霸女，乃至辱杀朝廷命官。举止之龌龊，行径之卑劣，令人发指！如此大奸巨恶不除，天理难容！可我身在公门，处处受制，遇上此等奇奸大恶之辈，竟不能快意恩仇，除暴安良。今夜如若行刺成功，也注定犯下死罪，以致连累家人。静心权衡，是进则身死，罢则心死！然晚辈自知：宁愿身死，不愿心死！"

独孤燕听罢，抬头仰望夜空。

初秋之夜，凉风习习，寒蝉凄凄，偶尔几片树叶，随风飘落，触碰地面，发出沙沙之声。

适逢七月初旬，天空污秽浑浊，繁星黯淡无光，就连好端端一牙蛾眉弯月，也被黑云遮盖起来，只从云缝间透出微弱的光亮。

独孤燕立在凄凉的寒风中，望着沉闷的夜空，许久没有作声……

郑森行刺不成，废然而返。刚走进驿馆，回到自己房前，就见方以智寻来。

方以智昨夜目睹李凤翔作践汾阳知县，今日又被傅山大骂，以致郁郁寡欢，晚上辗转难眠。他索性起身，出门来找郑森聊天。郑森也正要寻他打听独孤燕之事，故将方以智让进房中，秉烛夜谈。

方以智博学多才，见多识广，听他一番讲解，郑森才知道独孤燕的家世背景。

独孤燕系出锦衣卫四大家族之雁北独孤世家,独孤世家乃北朝末期名将独孤信之后。独孤信因三女分别嫁与北周、隋、唐三朝皇帝为后,被史家誉为"三朝太师"。

独孤一族本是匈奴贵族,"五胡乱华"之际,全族归顺鲜卑拓跋氏,辅佐拓跋氏开创北魏一朝,位列八大功勋贵族之首。独孤世家久居雁北祖地,全族崇军尚武,武功渐渐自成一派。族人多为皇家禁军护卫,积功累迁,尽享荣华富贵。

到了两宋时期,赵家天子重文轻武,排斥异族,再兼自五代后晋时期,幽云十六州就沦为契丹国土。独孤世家便先投辽,后附金,再效命蒙元,始终为北方强族之王朝效命,成为夷狄天子腰间一把防身利刃。

明初,太祖朱元璋听从宰相刘基建议,吸取两宋排斥异族以致国家屡弱受辱的教训,宽容对待北方夷狄,并吸纳契丹、女真等强族武士充实军队,最终完成北伐大业,将蒙元朝廷逐回草原。

洪武十三年(1380),朱棣就藩于北平。藩府所在,就是当年蒙元故宫旧殿。原来侍卫武士,大多随元顺帝北遁,只有雁北独孤氏后人,真心归附大明,誓死效忠朱棣。

自古立长不立幼,传位嫡长子,乃朝野共识,朱元璋立朱标为太子,众望所归,自是无可厚非。朱棣虽说与朱标乃一母同胞,但朱棣从小就认为朱标乃等闲之辈,对其不屑一顾,始终胸怀不臣之心,窥觊非望。

洪武十五年(1382),朱元璋改革军制,要求各地藩府举荐武艺高强、品德高尚之名门望族编入锦衣卫,世袭千户或百户军官。朱棣暗藏私心,向父亲举荐雁北独孤世家。独孤家族自古名人辈出,武功自成一派,族人身手不凡,如有此等家族肯编入锦衣卫,将来号令出身夷狄的名门望族,自是省力不少。想到此节,朱元璋心里自然欢喜不已,当即封雁北独孤氏为世袭千户,所居祖地,改为千户所。

建文元年(1399)七月,燕王朱棣在北平起兵"靖难"。得益于独孤世家之精准情报,两年间接连挫败朝廷十余次进攻。然而朱棣藩域狭促,所辖领地,只北平周边三府四十八县。前线屡战屡胜,终不能弥补实力之差距,如此经久鏖战,绝非长久之计。朱棣为此事头疼不已。

安危之机,间不容发。建文四年(1402)正月,独孤世家信使抵达北平,密报南京应天府兵力空虚,独孤族人负责把守金川门。金川门位于南京城正北,乃金陵十三门之首。只要燕王大军渡江南下,独孤族人就会立刻大开城门,接应北军入城。朱棣遂大胆决策,孤注一掷,亲率精锐轻骑数万,绕过南军重兵集结之华北前线,取道山东,纵贯两淮。一路上遇城不攻,遇敌不战,只顾埋头急行。大军迂回两千里,飞渡长江天堑,直抵金陵城下,与独孤世家外合里应,一战而定乾坤。

建文帝见大势已去,万念俱灰,一把火焚毁皇宫,孤身出逃海外。朱棣继位登基,入承大统,改元永乐。直至此时,独孤家族乃燕王潜伏卧底一事,方才大白于天下。难怪"靖难之役"四年来,宫中决策刚定,诏令尚未传到领兵将领手中,远在两千里外的朱棣便已掌获。如此知己知彼,故能游刃有余,百战而百胜。

正因为此,自永乐大帝登基以来,独孤家族就世沐皇恩,成为锦衣卫四大家族之一。与其他三大家族相比,独孤世家地位略高,且最受皇上信赖。族人不仅在锦衣卫中世袭当差,且多被选入东西厂兼任要职。

独孤燕既是锦衣卫的从三品指挥同知,又是西厂督副,在西厂中仅次于提督太监。锦衣卫中,指挥同知共有两位,另一位名叫吴孟明,常年在东厂当差,乃东厂督副。眼下锦衣卫的指挥使名叫骆养性,自崇祯元年(1628)起就是禁卫总管,十三年来未曾变过。

从三品指挥同知以下,又设两位正四品指挥佥事。当年,南宫敬就是锦衣卫正四品指挥佥事。眼下锦衣卫指挥佥事,一位叫王世德,北京大兴人,世袭锦衣卫。另一位叫马吉翔,也是北京大兴人,武进士出身。马吉翔有个亲弟弟,叫作马雄飞,编制也在锦衣卫,却常年在大内承运库当差,是崇祯年间著名的税吏。他平时的主要工作,就是协助大太监们四处征税,把所获金银运回天子内库。半个北京城的商税,都由马雄飞管。

独孤燕所使的兵器,唤作"寒冰神剑",此剑乃雁北独孤世家祖传宝物。相传北周时独孤信远征柔然,在漠北行军途中,见一流星坠于天际。独孤信纵马疾驰三日三夜,终于在燕然山找到一块铁质陨石。独孤信得胜后班师回朝,将这块陨铁带回关中,请铸剑名家冶炼锻造,得宝剑五柄。五柄宝剑寒冷如冰,削铁如泥,故名"寒冰神剑"。其中四把已随独孤信和周隋唐三代独孤皇后下葬,剩下这一把则世代传承,为族中第一高手掌管。

方以智离开后,郑森洗漱完毕,躺在床上,静思默想。

今夜与独孤燕的生死搏杀,一幕幕浮现脑海,辗转反侧,难以入眠。他索性起身,披上外衣,在房间里踱来踱去。独孤燕今夜伏击,招招致命,显然是要置自己于死地。若非自己武艺更胜一筹,怕早已成了剑下冤魂!明明是冲着自己而来,可为何却说是要保护李凤翔?

郑森斟酌了半宿,其中缘由也不得而知……

秋风萧瑟天气凉,草木寥落露为霜。

翌日,天色微亮,城门刚开,傅青竹一行八人,赶着一辆大车,载着申垣曲的棺椁和几坛竹叶青酒,出城朝杏花村而来。傅青竹在前边带路,李建泰、殷洪盛、朱之瑜、方以智、于成龙、雄飞、郑森七人,跟着队伍,一起扶车前行。

申垣曲平生最恋杏花村,最爱竹叶青。他青梅竹马的妻子就葬在杏花村,每逢清明时节,他就拎一坛竹叶青酒,来亡妻墓前,对酌共饮。

杏花村名为村,其实是个古镇,位于汾阳府东北方向,离城三十里远。凭杜牧一首七绝《清明》,名扬天下,蜚声海外。竹叶青乃傅青竹所创露酒,在山西久负盛誉。竹叶青以传统的汾酒为基,佐以多味药材,秘制而成。

一场秋雨一场凉。山西本就苦寒,入秋以来,阴雨无常。一路上,无情的秋雨打在棺椁上,倍增凄凉。

等把申垣曲安葬完毕,已是晌午,八人就在附近的古井亭内坐定,边饮边聊。

丝丝连阴雨中,朦胧古井亭内。

众人悼念亡友,痛骨酸心。

傅青竹率先道:"今日为垣曲兄备的竹叶青酒,乃我亲手酿制,望垣曲兄一路走好。"

话音未落,怎料李建泰竟接口道:"正好借青竹兄的竹叶琼浆,大家冰释前嫌,重归旧好!"

傅青竹并未睬他,打开酒坛,一边给大家斟酒,一边自言自语道:"唉……山西官场就这么一个好人,就这么没了。"

李建泰赧颜汗下,低头不语。其余众人听罢,皆黯然神伤。

"出身寒门之读书人,只他入仕为官,十几年屈就下僚。始终是个七品小官也就罢了,最后竟落得这般下场!"傅青竹说到这儿,望着申垣曲的孤坟,顿了小半天……

"万历以来,科场腐败,卖官鬻爵,裙带泛滥,贪贿成风。看看如今的官场上,都是何等人也?"傅青竹说着,望向方以智:"要么像你方以智这样,出身官宦世家,靠着父辈祖辈有权有势,早早入仕为官,换得一身朝服冠带。"

说罢,傅青竹又抬眼望向李建泰,声色俱厉,道:"要么如他李建泰这般,出身豪富之家,处处银钱开道,事事顺风顺水……而像我们这般被褐怀玉之人,要家世没家世要金银没金银,任你朝乾夕惕,材雄德茂,也只能沦落民间。或漂泊江湖,或屈居皂隶,终身未有出头之日。唉!"

言及此,傅青竹又转头朝朱之瑜,疾言厉色道:"还有你们这些朱明宗室,皇亲国戚,一出生便吃皇粮,享俸禄,到了弱冠之年,还能入朝为官,占尽要职肥缺!论文才论武略,我傅青竹强过你朱舜水何止百倍?为何你高居庙堂为官,而我却混迹山野为民?"

"你们说说,这样的世道,还有何公正可言?这样的朝廷,还能天下归心吗?"

李建泰、方以智、朱之瑜听了闷闷不乐。但傅青竹所言,句句属实。

明朝末年,任人唯亲、任人唯权、任人唯钱……官场上尽是些得过且过的无能之辈,而无数有识之士国之栋梁,却流落江湖、漂泊四海。为政之要,唯在得人!用非其才,必难致治。

得人者昌,失人者亡。人心向背,关乎社稷存亡!因吏治腐败,大明王朝民心尽丧,摇摇欲坠。

于成龙接过话题："青竹兄见地精辟。我自幼勤学苦练，虽不及青竹兄这般登峰造极、出神入化，却也自信文武双全、才华出众，但被那些主持乡试的贪官墨吏黑了好几回，我喊冤无门，申诉无果，无奈流落江湖。"

傅青竹道："这年头，你若非官宦子弟、富家阔少，纵使满腹经纶，学富五车，也难入仕、难当官。"

于成龙道："人家官官相护，朋比为奸。唉！起初我也曾斗志昂扬，如今却心灰意冷。"

傅青竹和于成龙之言，令李建泰、方以智、朱之瑜三人羞愧难当，无言以对。

他们三人久在官场，对大明王朝洞若观火。如今，大明官场官以财进，政以贿成，吏治腐败，已到了无法收拾之地步。

整个官场上下，蝇营狗苟，贪贿成风。卖官鬻爵几乎就是公开的秘密，各级官吏不分大小，大多牵涉其中。军队也深受其害，积重难返。以致将无斗志，兵无战心，一触即溃。敌军攻至，不是望风而溃，就是闻风而遁，鱼惊鸟散，失地丧国。

见李建泰等三人沉默不语，傅青竹有些不悦，他招呼大家干了一杯，又道："当今天朝，危如累卵。当局者迷，旁观者清。我身在江湖，对朝廷种种积弊才能瞧得真切。"

说罢，傅青竹若有所思，回头对郑森道："听闻兄弟家大业大，为何也要挤进这纳垢藏污之处。"

郑森感叹道："唉！一则为了商团的发展，二则乃我对朝廷仍抱有希望，欲中兴社稷，救国救民。"

傅青竹道："唉！眼下这世道，没有个官场身份，寸步难行。尤其像你们这样，朝廷里要没个自己人，想办事更是难如登天。但兄弟芒寒色正，入了官场，势必处处遭受排挤。若是赶上个太平治世还好，朝廷选人用人，必定开明清廉，公正无私，能者上庸者下！生逢乱世，你纵有一身本事，又能如何？白鹤有才，孤立于鸡群而郁；鸿鹄有志，深陷于雀巢而亡……"

傅青竹又道："大明已病入膏肓，纵使太祖再世，永乐重生，也无力回天。

万历末年至今,苟延残喘二十多年,马上就要到头了。你若真有志向,就去拯救黎民百姓吧!休要救什么朝廷了。为这帮昏君庸贵、贪官污吏拼死卖命,值当吗?"

郑森听罢,良久无语。

随后,李建泰又谈到监军误国、残害忠良之事,令郑森震惊不已。

方以智道:"唉!你入仕不久,还未亲身经历。我等已入朝多年,此种事情,我们都已见惯不惊了。崇祯十一年,皇太极取道蒙古,进犯京畿,宣大总督卢象升因监军太监高起潜断绝后援,孤军奋战,与全军一同战死。"

李建泰道:"除了卢象升,还有马千乘。马千乘乃土家族世袭大酋长,堂堂白杆兵统帅,朝廷给他派了个监军太监,名叫邱乘云,他去重庆赴任时,马千乘正在病中,未接待周全。邱乘云竟怀恨在心,他密折上奏,诬告陷害。马千乘因此被捕,冤死于诏狱!"

朱之瑜接着道:"万历以来,战乱频发,朝廷四处用兵,财政几近崩溃。从万历皇帝开始,圣上便得陇望蜀,开始打国库的主意。"

于成龙一脸懵懂:"整个天下不都是皇上的?国库的银两,怎么就不能动了?"

朱之瑜道:"本朝开国之后,国库与内库分设。内库为私,为皇家用度。国库为公,乃天下共有,取之于民,用之于民。依太祖之意,天子要以身作则,公私分明。皇上只能花内库帑银,不可动用国库库银。"

于成龙道:"咳!官员们赃贿狼藉也就罢了,未承想连皇帝都这般贪婪无餍!"

朱之瑜道:"为了套取国库存银,圣上真是无所不用其极,奇招迭出:先是以各种名义,提取太仓银;后来竟直接用藏银,取换户部库银。"

于成龙问:"何为太仓银?"

方以智解释道:"太仓银乃专用来给朝臣发放俸禄的。"

于成龙又问:"那藏银呢?"

方以智继续解释道:"藏银本在西南藏区流通,后通过贸易传入中原。藏银成色极差,含银量不足三成,只比白铜稍稍强些。而咱们户部的库银,含银量高达九成。"

傅青竹道:"常言说得好啊:不怕小官胡来,就怕皇上贪财!这等行径,国库能不空吗?"

朱之瑜道:"唉,宗室多贪多占也就罢了,圣上本人竟也如此!真是难以置信!"

方以智道:"若非曾在户部当差,亲眼见,我亦不敢相信。"

李建泰道:"正所谓上行下效。天子若不能以身作则,如何以上率下?"

傅青竹道:"君且如此,不亡何待?!"

郑森道:"以前只听说爱江山更爱美人,还没听说过爱金山银山胜过江山的。"

雄飞未读过书,一直无从置喙,这时终于逮着个机会,粗声闷气道:"既然皇帝这么爱钱,干脆让他把天下让出来,自己搂着金银做梦去吧,多自在呀!"

众人听了,尽皆大笑。

朱之瑜苦笑道:"唉!我们朱家的宗室,人丁兴旺,吃皇粮的人是越来越多,国库已不堪重负。皇上还不自觉,老打国库的主意。皇家的开支,总舍不得用自己的内帑,内库的帑金帑银越攒越多。"

方以智道:"皇家内帑多得无处堆放,国库却空空如也。唉……"

李建泰道:"据闻都发霉了,也不知是真是假?"

朱之瑜点头道:"此话不假。我进过内库,角落处之白银,确是长了绿毛。"

郑森道:"都说天下财富,集聚皇天子内库。这皇家内帑,到底有多少?"

方以智道:"多少?说出来,必使你们目瞪口哆!"

傅青竹道:"别卖关子了。到底有多少?赶紧说吧!"

方以智道:"截止崇祯十二年腊月,光白银就有一亿零八百万两,另有黄金三百六十万两。"

众人面面相觑,皆叹:"如此?比财政税赋都多?"

方以智道:"可不是,这些钱足足抵得上户部三十年收入的总和。"

朱之瑜道:"除了黄金白银,内库里还有好些丝帛锦缎,堆积如山。"

李建泰插了一句:"恐怕还有其他宝贝吧?"

朱之瑜道："李大人说得对，除了这些，另有奇珍异宝不计其数。琳琅满目，价值连城。"

傅青竹讥讽道："内库里这么些好东西，怪不得皇帝事事'公私分明'！把自个儿的钱和朝廷的钱分得那么清楚！"

方以智道："嗨！说起公私分明，才叫气人呢！收入之时，就公私不分，假公济私，变着花样儿将赋税往内库里塞！发饷之日，就公私分明，损公肥私，宁肯借钱发饷，也不肯从内库里拿半两银子！"

朱之瑜道："唉，咱们圣上，整天抱着金碗讨饭吃！"

殷洪盛道："如果真没钱也就罢了！哼！这样的天子，谁会给他卖命？"

方以智又道："不仅如此，咱们圣上还成天叫着要'节其流、开其源'。这'流'是截不住，只能在'源'上打主意了。"

朱之瑜接过话头，道："从万历起，就不断加派赋税。先是'矿税'，派遣大量矿税监，横征暴敛，鱼肉百姓。"

方以智道："舜水兄所言差矣，收矿税的那可都是宫里派出来的太监。矿税收入虽不少，但都进了皇家内库，跟国库八竿子打不着。"

朱之瑜道："万历皇帝攒了那么多钱，矿税功不可没啊。"

方以智道："还有关税，主要是各大海关的厘金，也都进了内库，成了帑银。户部捉襟见肘，东挪西借，寅吃卯粮。眼看着白花花的银子都被太监们弄回皇家内库，却只能在那儿干瞪眼。"说罢转头对郑森道："尤其是你们老家，隆庆开关以来，泉州每年的厘金，多达数十万两，全入了天子内库，成了皇家私产。唉……"边说边摇头。

傅青竹举起酒杯："来来来，大家举杯，咱们干一盅。"

众人纷纷举起酒盅，干了一杯，此时更是慷慨激昂。尤其是朱之瑜和方以智，自打进了官场，便从未如此畅所欲言过。

李建泰也跟变了个人似的，主动道："都说'三饷'亡国，我在兵部多年，'三饷'之事，我最清楚不过。"他呷了一口竹叶青，道："最先开征的，是'辽饷'。万历四十六年就征过，当时努尔哈赤在东北称汗，复建大金国。为了一举歼灭建虏，朝廷征调大军数十万，赶赴辽东决战。岂料在萨尔浒一败涂地，除了辽西走廊,关外的领土,都成了女真人的地盘。万历四十八年,皇帝驾崩,次年才停止征收。前前后后总共征了三年,至于征了多少,我也不得而知,得去户部查档案。"

方以智道:"不用查档案,我都记得:辽饷开征三年,共得银五百二十万两。头一年每亩耕地征银三厘五毫,第二年又加三厘五毫,第三年再加二厘。三度加征,到最后一年,每亩征银高达九厘!"

方以智顿了下,继续道:"天启帝登基后,一则无力再战,采取全线防御战略,敌攻我守,敌进我退。二则辽饷开征三年,弊病横生。税吏横行,民怨沸腾;民变不断,星火燎原。如此,就把辽饷全停了。"

于成龙道:"都道天启帝昏庸,魏忠贤乱政,看来所言非实!果断停征'辽饷',真是拔诸水火,登于衽席啊!"

朱之瑜道:"兄弟所言何尝不是!所谓阉宦乱政,压制的是'东林党'。对黎民百姓而言,却无关痛痒。提起当年之'九千岁',只是'东林党'对其咬牙切齿,老百姓却无动于衷。"

李建泰道:"天启在位七年,'辽饷'停征,百姓得以休养生息。可辽东战事频频,胡酋步步紧逼。当今圣上即位后,听信袁崇焕妄言,委其总督辽东军政。皇上以为'五年平辽',指日可待。毕竟当年袁崇焕在'宁远大捷'中重创大金可汗,女真人对他颇为忌惮。"

李建泰小酌一口,接着又道:"忌惮归忌惮,孰料胡虏避实就虚,他们绕过辽东,取道漠南蒙古,从居庸关打了进来。八旗大军兵临北京城下,把咱们皇上也吓坏了。"

朱之瑜道:"不光吓坏了当今圣上,京畿百姓更是死伤百万,惨不忍睹。侥幸活下来的,大多都成了难民。"

李建泰道:"朝廷上下一致认为,对金用兵,乃头等大事。辽东不平,大明永无宁日。故崇祯三年,也即袁崇焕被千刀万剐那年,重征'辽饷'。为与之前'辽饷'相区别,美其名曰'新饷'。"

方以智接着道:"'新饷'赋额更高,不光按此前最高标准,每亩征收九厘,而且还得折成白银。如此一来,更将百姓置于水深火热之中。"

郑森问道:"征了几年?"

方以智道:"当时许诺说,辽东一平,'新饷'立停。可辽东迟迟不平,这'新饷',就得连年征啊!"

李建泰苦笑道:"平辽?就现在这形势,岂非煎水作冰!"

方以智道:"成天'平辽''平辽',这话都听了二十多年!结果呢?女真人越打越强,大金都成了大清,人家皇太极都称帝当皇上了!咱们呢,越打越惨,越打越穷!"

傅青竹道:"要不是这要命的'新饷',哪来那么多流匪?"

于成龙道:"老百姓过不下去,若投奔义军,兴许还能活命;若是继续待在村里,只有死路一条。"

李建泰又道:"因为'新饷',官逼民变。为镇压农民起义,财政入不敷出。为此,朝廷又接连开了两个新税,一个唤作'剿饷',一个叫'练饷'。大家说,这不是饮鸩止渴吗?"

方以智道:"纯属割肉补疮!"

郑森问:"'剿饷'?为剿匪而征收之税?"

方以智道:"正是,'剿饷'自崇祯十年起征,全国土地每亩摊派五厘,共白银二百八十万两。原定只征一年,可流寇越剿越多,匪乱愈演愈烈,此税连征不休,岁岁如此。"

郑森道:"七年前我在闽南时,只听闻陕西三边有匪患。未承想几年工夫,竟蔓延至中原各地。"

于成龙道:"我们这汾河谷地,本是沃土良田。孰料前些年流匪过境,以致满目疮痍,十室九空,至今仍是一片荒凉……"

郑森道:"我向来以为农民军是在豫陕间流窜,怎料山西也被他们蹂躏至此!"

殷洪盛道:"唉,快别提了,从崇祯四年一直到崇祯六年,折腾了整整三年。"

傅青竹道:"当时义军盟主,乃王嘉胤。为避明军主力,王嘉胤率军入晋,祸乱山西。此前各路义军东零西散,各自为战。入晋后,他们抱团取暖,互相策应。王嘉胤牺牲后,王用代理盟主之位,他联合高迎祥、张献忠、李自成、罗汝才等部二十余万人,号称三十六营,大破大宁、隰州、泽州、寿阳等城,席卷了大半个山西。直到崇祯六年冬,数十万官军入晋合围,义军面临覆没之险,这时才突围离晋,一口气跑到了郧阳府一带。经此一战,义军元气大损,只剩不到十万人。"

殷洪盛道:"那里四省交界,山高林密,七八万人隐进大山里,参加围剿的官军虽然不少,但都干着急没办法。"

李建泰:"孰料那兵部尚书杨嗣昌,志大才疏,可笑之至,竟认为匪乱之所以猖獗,清廷之所以日盛,乃是因为大明军队不够,执意编练新兵六十万,不顾天下百姓死活,非要为练兵加征专饷,唤作'练饷',每年需白银七百三十万两。其中八成要从田亩上出,全国耕地,每亩摊派白银一分。"

方以智接话道:"如此一来,三饷齐加,连同原来田赋,农户每亩土地需上税六分。基层税吏征税,假借朝廷名义,与当地士绅勾结,妄自添加,中饱私囊。实际征收数量,往往是朝廷规定数倍不止,远远超过农民收成所得。贫苦百姓卖儿鬻女,家破人亡,惨不可言,最后大半都从了贼寇。"

雄飞又听出些名堂,赶紧插话道:"等等,刚才你们说得都不错,就是漏了一点:这'三饷'啊,可只向我们农民收,乡绅地主从来不缴!"

郑森道:"果真如此?"

朱之瑜道:"也不是不向地主征税,是地主们隐匿土地,无法核算,赋税征不上来。"

李建泰出身地方豪强大地主家庭,急忙辩解道:"此话所言非实!地主虽有隐匿土地行为,但大多还在缴税。刨根问底,还是你们皇家宗室。眼下全国七成土地,都在你们宗室手里头,你们缴税吗?"

朱之瑜脸涨得通红,最后挤出俩字儿:"不缴。"

方以智补充道:"确是这样。'三饷'只对民间土地摊派,皇家和宗室之田庄,则不在征收之列。"

傅青竹道:"你们说说,皇家宗室连同勋贵、阉宦,手握全国七成土地,一分税不交。地主士绅,手握两成土地,隐匿田亩,贿赂税吏,将负担转嫁于百姓。可怜穷苦百姓,种着不到一成土地,却承担着所有税负,民不堪命啊!"

于成龙又插了一句话:"更令人发指的,还属那些个税吏!他们恃强凌弱,巧取豪夺,无恶不作!"

傅青竹听罢,指着雄飞道:"咱们雄飞兄弟,要不是在老家打死了税吏,犯下了人命官司,也犯不着流落江湖,东躲西藏。"

雄飞道:"也算不上东躲西藏,我这不也没离开山西吗?"

殷洪盛道:"反正不敢回家。"

雄飞道:"不是不敢回家,家都没了,我回去干什么?"说着,霍地站起:"我从小家穷,父亲早早没了,家里就个老母亲。这帮挨千刀杀的,把我母亲逼死了。此仇要是不报,老子就他妈不是男人!"说到激动处,雄飞悲愤交加,直掉眼泪。

众人纷纷起身,或劝或拽:"好兄弟,坐下来慢慢说。"

傅青竹自责道:"唉!都怪我,害你心伤难过!"

雄飞道:"青竹大哥,不怪你,是我自个儿心里头不痛快。"他用手背抹一把泪,继续道:"我娘多可怜呀,多好的人啊!一辈子连个蚊子都舍不得打。我们雄家是后迁的外来户,因小门小户,在村里常被欺负。我背井离乡出来学武,为的就是把拳头练硬,保护家人,不再被人欺负。可怎想,等我学艺归乡,看到的,却是母亲的一具尸首,连卷草席都没裹……"

雄飞不能自已,忽地站起身来,走到亭外,挥掌将一棵小树劈断,声嘶力竭道:"老子要是不把这帮王八羔子宰了,我誓不为人!"说罢放声大哭,众人无不伤感动容。

于成龙接着替他讲道:"当天夜里,雄大哥就独闯到他们村的地主家,用一双拳头,把地主打得头破血流身倒地,皮开颈折脑浆倾。然后寻访了一夜,到第二天上午,在三十里外的南凹村,找见那两个税吏。好一顿狂殴暴打,两个税吏眼珠迸裂,脑浆飞溅,命丧黄泉!"

方以智听罢,起身立定,双手端起酒盅:"兄弟真乃好汉一条!哥哥我敬你一杯。"说罢,先干为敬。

众人纷纷起身,举杯齐敬雄飞,把杯中的竹叶青酒一饮而尽。

雄飞抹一把泪,回到亭中抄起酒坛,仰起头来,"咕嘟"、"咕嘟"把剩下的小半坛酒一气喝干。

"多谢各位。我雄飞浑身是胆,我可不怕他们。如今母亲每天都和我在一起,那个该死的村子,我回去干啥?"说着,他把酒坛放下,探手从怀里取出个小铁罐儿,小心翼翼捧在手上。"这是我娘的骨灰,好端端一个大活人,一天福也没享过,临死前连我个面儿也没见上……就剩这么点儿了,唉……"

傅青竹情绪激动道:"这帮穷凶极恶之徒,朝廷让征一厘,他们恨不得榨出十两来!"说罢起身又取了一坛竹叶青酒,递给郑森。郑森把酒打开,给众人一一斟满。

雄飞嫌小盅不爽,取过个碗来,把里头的菜并在别的碟子,朝郑森道:"郑家兄弟,给哥哥我倒碗里吧,小盅喝酒,真费劲儿啊!"

众人听罢,哈哈大笑,气氛似无刚才那般悲怆凝重了。

傅青竹又道:"虽说雄飞兄弟犯下了人命官司,可谁也不敢过来拿人。"

方以智和朱之瑜不解,齐声问:"为何不敢?"

傅青竹大笑道:"这府县里头的衙役,又不是锦衣卫,功夫能有多好?!他们进公门当差,不过是为了混口饭吃,乘机捞些油水罢了!要是遇上个好欺负的主儿,兴许还积极些。要遇上雄飞这般凶神,谁敢当真?一分钱不多挣,还得搭上性命,哪个衙役那个捕快会如此愚不可及!朝廷有朝廷的政策,衙役有衙役的对策。州县之情况,历朝历代皆是如此。"

众人听了,恍然大悟。

傅青竹又补充道:"昨日雄飞开路,闯进汾阳城。衙门里的捕快们,全当没瞅见。不光汾阳是这样,整个山西都是这样。见雄飞,认不出来也就算了;认出来了,也都佯装不认识,生怕被暴揍一顿,烂了脑袋掉了眼珠子。哈哈哈,来来来,大家举起杯中酒,再干一盅。"

众人皆又举杯,一饮而尽。

众人畅饮甚欢,直到申末时分,方才作罢。待回到汾阳城中,已是深夜。众人在驿馆门前分别,各自回去休息……

前日傅青竹与郑森切磋过后,对郑森肃然起敬。今日天色刚亮,他便提来一提由其亲自烹饪之"头脑",送给郑森。

"头脑"为傅青竹所创,乃滋补养生之上品,原本是为自己母亲精心调制的。内含羊肉、羊髓、煨面、藕根、长山药、黄酒,另有黄芪和良姜两味中药,共是八种食材,故原名"八珍汤"。传入民间后,太原城里以"清和元"为代表的清真餐馆,将其称为"头脑"。根据中医理论,头脑只在早上食用,还得用韭菜做引子。太原人很喜欢这种美食,往往天还没亮,就到餐馆门前排队,美其名曰"赶头脑"。餐馆的桌子上放着腌韭菜,大家可以随意蘸着吃。

为了让郑森吃到最正宗的"头脑",傅青竹四更还不到便已起床。他亲自烹饪,精心调制,并赶在日出前,送到驿馆让郑森品尝。郑森感激不尽。

傅青竹却说:"小兄弟毋要客气,哥哥还有一事相求。"接着他将原委娓娓道来——

傅青竹精通医理药学,刻苦钻研医道。然中原大乱,物流隔断,来自南方和海外之药材奇缺。即便能找到一些,量也少得可怜,价格却贵得离谱。

中药自古讲究"道地性",好医用好药,好药佐好医。中医处方笺上,许多药名前都标有"川""云""广"等字样,若无正宗的道地药材,再好的医术也无能为力……

就以这"头脑"里所用的良姜为例。在头脑中,良姜乃关键药材,本用产自广东高州一带的"高良姜"。然而由于贸易断绝,高良姜不好买,太原城里所卖"头脑",几乎全用"炮姜"代替,无论是口感还是疗效,都大打折扣。今早傅青竹熬制"头脑",所用高良姜,还是三年前攒下的。原本稀松平常的中药材,变得异常昂贵。商路断绝之前,高良姜在山西的售价和炮姜无异,如今炮姜还是原来的价格,但高良姜的价格却已飞涨了近三十倍,且常常断货,即使花再多钱也难以买到……

高良姜尚且如此,其他药材更是紧缺,严重影响了为百姓治病。这些年,因为没有药或是药效不足而导致病人去世之例,比比皆是,不胜枚举。

傅青竹长吁短叹,对郑森千叮咛万嘱咐,帮他寻个药材北运的通道,把南方和海外之药材卖到北方来……

郑森听罢，不禁感慨，不想中原战乱，贻害竟如此严重，竟连事关百姓生命健康之药材，都变得如此紧缺！他郑重道："请先生放心，在下定当全力而为。"

　　还有一事，郑森早想向傅青竹打听，但一直不得机会，此时借机道："先生，我想打听个人，不知先生可知？"

　　傅青竹道："小兄弟请讲。"

　　郑森又道："在日本九州岛上的萨摩藩中，有个家族复姓汾阳。他们的祖上名叫郭国安，是旅日华侨。有人说他是福建人氏，但他自己却说祖籍山西，家乡就是汾阳。所以他就以汾阳为姓，按日本取名习惯，改叫汾阳光禹。"

　　傅青竹道："此人我只是听说过，详情还得根究着实，再告知于你。"

　　郑森道："劳烦先生了！"

　　傅青竹道："哪里哪里。自家兄弟，举手之劳，何足挂齿。"说罢起身告辞。

　　朱之瑜一直在侧，待傅青竹离开，悄悄告诉郑森："适才你打听之人，当问独孤大人。万历援朝战争时，郭国安是岛津义弘的参谋。他与锦衣卫有过联系，御马监那边，应该有记录。"

　　……

第二十五回　入贼都处处灾星
　　　　　　陷阴谋事事揪心

孤身求进事事艰，怀才难遇意辛酸。

宝驹何时见晴日？踏遍冰河觅银川。

——《昂首问天 何日晴明》

用过傅青竹亲自送来的头脑，李建泰一行便准备收拾北上。

临行之际，朱之瑜神色凝重道："李自成已从山里出来，眼下已翻过了伏牛山，横行豫西。尤其是南阳到襄阳那一截儿，危机四伏。咱们定要小心谨慎，若遭遇流匪，必将损失惨重。"

方以智道："依我之见，还是随我们一起进潼关、去西安，再由西安出发入川吧。"

朱之瑜道："关中平原入川通道多，无论取道汉中，还是取道蓝田，都比伏牛山这段安全。"说罢，望向李建泰。

李建泰道："也好。一路上兵荒马乱的，大家一起，互相有个照应。"

朱之瑜道："你们怎么走？走禹门口还是走风陵渡？"

方以智道："独孤大人已设计好路线，走风陵渡。他说韩城那边匪乱太甚，不安全。"

朱之瑜道："走潼关？看来还得路过河南。"

方以智道："仅在河南西北角绕一下，直接进潼关。"

李建泰一行决定经陕入川,西安乃必经之地,所以还得与李凤翔结伴而行。眼下,坐镇西安、总督陕西三边的,乃大名鼎鼎的洪承畴。对这位老乡,郑森慕名已久,期盼与之相见。

李凤翔依旧日上三竿才起床,慢慢悠悠收拾妥当。两队钦差从汾阳启程,结伴同行。

王辅臣统领的三百亲兵,一路护送李凤翔,直到风陵渡。再往前,就出了山西地界。王辅臣就此辞别,率兵折返大同。

风陵渡乃晋、陕、豫三省交通要冲,是黄河上最大的渡口。两队钦差从风陵渡过了黄河,经河南灵宝,往潼关而来。

独孤燕护卫着李凤翔,走在队伍前面。和李凤翔一道,实在是太憋屈,为了不拘形迹,方以智和李建泰、朱之瑜、郑森一起,遥遥跟在后面。

沿途赤地烽烟,枯骨遍野,官道两旁的树上,到处吊着尸体。腐肉早已被乌鸦啄食干净,只剩下白森森的骷髅。只几缕破布,在凄风中飘荡摇曳,骇悚恐怖,触目惊心!

郑森见此惨状,胸中愤懑惆怅,心里滴血不止,一首小令蓦然涌上心头,不禁脱口而出:"峰峦如聚,波涛如怒,山河表里潼关路。望西都,意踟蹰,伤心秦汉经行处,宫阙万间都做了土。兴,百姓苦;亡,百姓苦。"

李建泰此前从未听过这首小令,还以为是郑森即兴而作,连连夸赞其文思敏捷,情真意切。

郑森摇摇头,叹道:"禀李大人,此令并非我写,而是元朝一位汉族官员所作。"

朱之瑜博古通今,对这首小令的来龙去脉,最是清楚不过,他接口道:"此曲为元朝张养浩所作,名为《山坡羊·潼关怀古》。张养浩祖籍济南,是个汉人,在蒙元朝廷任职。元朝官员多是蒙古贵族,暴虐残忍,欺压百姓。他身居高位,为官清廉,爱民如子。天历二年(1329),关中大旱,饥民相食。张养浩临危受命,亲赴三秦大地赈灾救人,沿途耳闻百姓冤屈,目睹民间疾苦,感念朝代兴废。四个月间,他以《山坡羊》曲牌,写下的怀古之作,共七题九首,其中这首《潼关怀古》,最是情真意切,感人肺腑。它本应流传四海,然大明开国之后,却被禁止刊印。之所以禁止刊印,一则认为其乃蒙元时代作品,不宜推崇刊行;二则认为其过于写实,生恐此令煽动民怨,于朝廷不利。然而这首小令在海外却流传甚广,影响深远。张养浩本人呕心沥血,积劳成疾,完成此作数月后,就累死在西安任上。关中百姓,哀之如失父母。"

方以智听罢,长叹一声:"唉,眼下民间天灾战祸,朝廷动荡不平,与当年之情势何其相似?"众人听罢,心中不觉惆怅,良久不再言语,只埋了头继续赶路。

王辅臣率兵返回后,再无大队官军护卫左右。从风陵渡到潼关外,这一带连年混战不休,强盗出没,流匪横行,危险重重。一路上,郑森小心翼翼,丝毫不敢大意,生怕有什么闪失。直到潼关关城近在眼前,城上的守军,遥遥可见,这才安心落意,如同一块石头落地。李建泰也放下了心,给郑森及随行众人讲述起洪承畴的故事。

天启五年(1625),李建泰考中进士,被外放到浙江承宣布政使司,担任从六品理事。洪承畴当时正在浙江承宣布政使司为官,担任从四品左参议。二人同在杭州,一起共事过两年。崇祯皇帝登基后,洪承畴调离浙江,远赴陕西任职。适逢陕北农民大起义,洪承畴因剿匪卓有成效,为朝廷立下汗马功劳,声名鹊起。李建泰调回北京后,长期在兵部任职。对洪承畴之经历,自是相当熟悉。

却说洪承畴祖籍也是泉州府南安县,与郑森同县不同镇。洪承畴是英都镇人,郑森的父亲郑芝龙是石井镇人,两镇相距不远。

洪承畴出生于万历二十一年(1593),比郑芝龙大了整整十一岁。他幼年丧父,家境贫寒,十一岁便辍学回家,帮母亲做豆干养活全家。每日半夜起床,黎明之前就和母亲把豆干做好,上午到镇上沿街叫卖。

当年南安县有位名儒,名叫洪启胤。他在英都镇上开了一座私塾,名叫"水沟学馆"。洪承畴卖完豆干,就跑到水沟学馆的廊檐下偷听。洪启胤早已注意到此事,又听闻洪承畴是因家境清寒不得已才辍学,遂感慨系之,想要收他为徒,但得先试试他的才学。洪启胤平时最喜欢对对联,他指着讲桌上的砚台道:砚台长长,能赋诗文百篇。

洪承畴听了,不假思索,指着自己卖剩下的豆腐干道:豆腐方方,犹似玉印一章。

洪启胤听了很满意,当即又出一题:白豆腐,豆腐白,做人清正博学学李白。

洪承畴见先生以自己的豆腐为题,他便以先生的砚台做答,脱口而出:黑砚台,砚台黑,为官铁骨叮当当包黑。

洪启胤听了称心如意,微笑着捋须点头。他觉得这孩子不仅有天赋异禀,而且壮志凌云,当即去找洪承畴的母亲,劝她送孩子来自己的学馆读书,并承诺学费一分不取。就这样,洪承畴重返学堂。他不负众望,连中秀才和举人,并在二十四岁那年高中进士,以二甲第十七名之成绩入仕,在刑部历任主事、员外郎、郎中,后外放浙江,最后调往陕西,凭军功晋升为三边总督,成为朝廷颇为倚重之封疆大吏。洪承畴坚忍不拔,锲而不舍,终未辜负老师洪启胤对他"家驹千里,国石万钧"的期望。

听完李建泰的讲述,郑森对洪承畴更加钦佩,目盼心思与之相见。

说着说着,两队钦差已到关城下。洪承畴派来的一彪人马,早已在关外恭候。这彪人马约莫五六百人,个个身披铁甲,英武精悍。领头者名叫张勇,乃洪承畴帐下悍将,陕西咸宁人氏。他十四岁就从军入伍,精通骑射,战功卓著。故年纪尚不满三十岁,就已做到正三品参将。

张勇身后还有二位小将,一位名叫蔡九仪,二十岁出头,祖籍广东高要,是个从六品忠显校尉。他三年前考中武进士,和郑鸿逵、施琅二人同榜。此人恃才傲物,目空一切,因为得罪了主管分配的吏部官员,被分派到陕西,在洪承畴帐下听命。

另一位名叫赵良栋,银川人氏,刚满二十岁。他平日里在总督府当差,担任卫队副队长,保卫洪承畴安全。但他的编制却在都指挥使司衙门,官职为断事司副断事,品阶正七品。

迎接到两拨钦差后,天色已近黄昏。张勇就在潼关设宴,款待众人,守将白广恩做东。白广恩本是流寇,在陕北义军中赫赫有名。崇祯五年(1632)八月甲戌,洪承畴在甘泉大败农民军。白广恩投降,逐渐成为洪承畴嫡系悍将。

大家在潼关休整一夜，第二日早上，继续赶路。中午时分，已到达临潼。

临潼乃西安东大门，距西安东门不到七十里。众人赶路要紧，并未入城，而是沿着官道，从城北绕行。

城北小山坡上，有一处乱坟岗，被挖得乱七八糟。累累白骨，曝露在外；残棺断木，被焚成焦。此景象，李凤翔并未在意，李建泰却感到惊疑。他催马前行，追上张勇问道："这是谁家坟冢，怎的被如此糟践？"

张勇道："禀李大人，这是临潼刘家祖坟。"

李建泰道："临潼刘家？莫不是刘懋家祖坟？"

张勇道："正是刘懋家祖坟，他本人也葬在这里。"

李建泰道："何人这么歹毒？咱们国人，最讲究让逝者入土为安。这般掘坟盗墓，焚茔毁冢，就不怕断子绝孙吗？"

张勇道："唉，自然是刘大人的死对头！李自成手下那帮亡命之徒，东奔西窜，自个都有今儿没明儿，朝不保夕的，哪里还会去顾虑什么子呀孙呀的？"

"李自成和刘懋是死对头？"李建泰心中困惑，他一向反应慢，这二人缘何不共戴天？一时想不明白。

张勇却以为李建泰已洞悉原委，继续道："闯军中好多人，都对刘大人恨之入骨。恨不能食其肉寝其皮。"

李建泰尴尬万分，却又不好言明，只得嗯嗯应道。

还是方以智思维敏捷，他插话道："莫不是因当年驿站裁撤之事？"

张勇道："这位大人，您还真说对了，就是因为裁撤驿站那件事儿！"

李建泰此刻才恍然大悟，忙接过话头道："那是崇祯二年之事，刘懋时任兵科给事中。裁撤驿站就是他提议的！"

朱之瑜道："十一年前的李自成，还是个驿卒。他当差的地方，应该是银川驿。"

张勇转头道："您记性真好！我们陕西三边的流匪头头，好多都是驿卒出身。这些年来，打这儿经过的流匪，少说也有好几十拨！他们每来一次，就到刘家祖坟乱挖一气。您看看现在，刘家好好的一片祖坟，被他们挖成啥样儿了！"

张勇所言不错。这里原本林幽树谧，碑墓井然，如今碑断棺残，绿树成焦，惨不忍睹!

方以智道:"此事我先前只是听说,今日亲见,着实触目惊心:砸棺戮尸,挫骨成齑,詈辱泄愤!若非亡命之徒,谁会做出此等伤天害理之事!"

郑森正自错愕感慨,朱之瑜附在他耳朵上,轻声道:"裁撤驿站之事,远非这么简单!你如今在车驾司,全国驿站都归你们管。这次回京后,你抽空查查档案。"

郑森听他话中有话,默记于心。

绕过临潼,众人继续前行,日落前夕,终于抵达古都西安。

却说这西安城,乃是西北第一重镇,从西周开始,共有十三个王朝建都于此。如今的西安城,虽不及汉唐时那般气势恢宏,但规模依旧不小,光城门就有九座。

大家从北面的定远门进城,李凤翔一行被迎进总督府。方以智跟着李建泰一行,就在糖坊街上的驿馆下榻。

大家刚到驿馆,一个形容猥琐的男人就站在门口,发放白布手绢,上面用彩线绣着春宫图。

陪同方以智的两个御马监小番役,拿着手绢,按着上面标注的地址,跑去寻欢,却被十几个壮汉困在一所废弃的宅院里,遭遇了"扎火囤"。连美女影子都未见着,二人随身财物却被洗劫一空,还平白无故挨了顿揍。他俩好不容易脱身,跑回驿站,提刀赶来寻仇,哪里还寻得见人?

李建泰的一个小随从,则是在驿馆对面的小巷里,吃了一碗关中名小吃——西安凉皮。周围人听他是异乡口音,便张机设阱:这个小随从正吃着凉皮,忽然感觉脚边有个硬物,他侧头一瞥,见是一两纹银,抬头环顾四周,见食客们都自埋头吃饭,并未有人注意他。小随从心中窃喜,悄悄拾起纹银,不动声色继续吃饭。面皮吃完后,小随从正要离去,旁边突然窜出数人,其中一人一口咬定:刚才我在此就座时,丢了十两纹银。围观之人纷纷指证,都说亲眼看见小随从把地上的十两纹银拿走了。

"明明一两纹银,怎么就成了十两?"小随从百口莫辩,当真是哑巴吃黄连！不仅随身财物全被搜走，就连裤子都被这些人当了去！

方以智与朱之瑜都是头一次来西安。这里乃十三朝古都，地位神圣。二人心驰已久，决定结伴游逛。

方以智一脸坏笑，拍着朱之瑜肩头道："哎，舜水兄，听说西北的妹子狂野，兄弟请你潇洒潇洒去？"说着，露了露身上的银票。

朱之瑜听了一笑，未置可否。方以智见朱之瑜并未反对，拉上他就走。

西安最好的妓院，就在鼓楼附近，那里也是西安城里最繁华的地方。二人刚到鼓楼不久，北院门街才走了一半，方以智便已遭窃，不仅随身的银票被盗，连朝廷颁发的用来记载官员身份信息的象牙腰牌也被偷走。

短短一个时辰内，这么多人吃亏上当，先后跑回驿馆诉苦。大家纷纷感叹：不愧是大明"贼都"啊！果真名不虚传！

洪承畴把李凤翔迎进总督府，安顿好后，带着赵良栋，赶紧前来驿站看望李建泰。

洪承畴听李建泰转述了刚才众人遭遇，边拍大腿边道："唉，适才忙着接待李公公，忘了提醒你们：到了我们西安，你们最好不要外出，好在仅破费了些财物。实在万不得已，必须出门，一定要让总督府的亲兵全程护卫，出去后也不要轻易开口说话，免得让人听出你们是外地人。"

方以智道："治安如此混乱，衙门的捕快们就坐视不管吗？"

洪承畴无奈道："管？哼哼……靠州县衙门的捕快和衙役去管？"说到这儿，洪承畴摇了摇头："咳，这地方……"

方以智见洪承畴这副神态，吃惊道："这地方，这地方怎的了？"

赵良栋接过话头，气愤道："州县衙门里的捕快和衙役，早就和贼盗狼狈为奸了！贼盗们偷骗所得，大半都要上缴给这些捕快和衙役。更有甚者，有些贼盗团伙的头目，就是他们这些公人！官匪一家，蛇鼠一窝！明目张胆，坐地分赃！"赵良栋是宁夏人，西北口音很重。

方以智愤愤难平："如此嚣张，难道就不怕朝廷治罪法办吗？"

洪承畴道："咳！若是害怕，一个小小的陕西，全省人口尚不足五百万，怎会出了三百万刁民贼寇？眼下正逢千古不遇之大乱世道，半数以上的人都做

357

了强盗!"

赵良栋道:"这儿的人早把脑袋别在了裤腰带上!随时准备打家劫舍杀人放火,这种偷鸡摸狗的小事儿,在他们眼里算甚?"

洪承畴道:"我刚到此地,就主政臬司衙门。全省治安,都归我管。我那时见贼就抓,见匪就杀,一腔热血,总以为能治住贼乱匪患。可怎想,陕西和三边的贼匪,斩不尽,杀不绝!愈来愈猖獗!"

李建泰见洪承畴面色凝重,宽慰道:"亨九兄,看来你们已司空见惯、习以为常了!"

洪承畴道:"唉,括苍兄你也知道,陕西三边军务庞杂,战事不断。治安这方面,我们实在是分身乏术,无能为力了。"

不觉已至酉末时分,李建泰舟车劳顿,洪承畴见他哈欠连天,不便多言,起身告辞。

天启以来,西安号称"贼都",一是因陕西乃贼乱之源,天下流匪全出于此,而西安正是陕西首府;二是因西安城内贼盗成群,骗抢成风,故而得名。

方以智包裹失窃,胸中闷气郁结。方以智用的是兴隆钱庄的银票,兴隆钱庄分号众多,遍及天下。银票能在西安当地挂失,但补办新的银票,还必须回北京总号。

人算不如天算!本想请朱之瑜潇洒一回,岂料包裹被盗,银票丢失。方以智望着朱之瑜,无所适从。

朱之瑜倒是一脸洒脱,拍着方以智的肩膀,安慰道:"老弟,莫要愁眉苦脸,咱们这叫塞翁失马!若非银票失窃,你老弟这会子早把那银票兑成现银,挥霍在青楼妓院里了。此地人多眼杂,倘若哪个不省事的把咱们去花街柳巷之事捅出去,刊登在邸报上。你我二人,全得吃不了兜着走。到时候,免不了降级撤职,身败名裂。"

这个台阶给得及时,方以智脸上复现坏笑:"真不愧是我哥哥!走,窑子没逛成,咱们到后院泡澡去!"

说来也怪,正当方以智心中释然之际,驿卒急急来报:鼓楼那边有个人捎话过来,称捡到了方以智的东西,地址在北院门街西侧滇西古玩店。方以智和朱之瑜不知真假,心中忐忑,生怕上当。他二人觉着郑森心思缜密,武功又高强,故邀他一同前去。

三人从驿馆借了马车,在总督府四名亲兵的护卫下,朝鼓楼而来。不到一刻钟,就赶到北院门街,寻见那家古玩店。郑森先未进店,而是到对面茶店里,买了两块上好的青砖茶,用油纸和麻绳打包好,方才与二人走进古玩店。

这家店的掌柜,是一个中年男子,约莫三十几岁,很是谨慎,将方以智盘问了半天,方才把象牙腰牌还给他。

本以为失物会尽数而归,怎料却只找回象牙腰牌。方以智稍感失落,随便道了声谢,转身就要离去。郑森及时上前,将两块砖茶奉上,作为谢礼。夫妇二人推辞几次,见郑森执意相让,只好收下。

郑森借机打听了些情况。古玩店掌柜乃西安本地人,早年在云贵川一带经商,以贩卖茶叶为生,娶了个云南媳妇儿后,回老家定居,开了这家古玩店,顺带卖些滇西玉石和大理银器。据这个男子说,西安本地的居民,其实并不坏。虽然说话冲一些,外地人听不惯,但大多数人心地是善良的。这十几年来匪乱愈演愈烈,大量来自甘肃、宁夏、陕北的流民,源源不断涌进城来。西安城里的治安,因此每况愈下,最后竟然到了无法收拾之地步。堂堂十三朝古都,竟背上了"贼都"的恶名!

听完店主讲述,三人辞别,返回驿馆。

且说回到驿馆后,已近戌牌时分,方以智非要请大家泡澡,放松放松。

澡堂内,三人闲聊。

方以智道:"李凤翔乃陕西凤翔人,他争夺这个职位,为的是衣锦还乡,光宗耀祖。太监们这些个小心思,大家心知肚明。"

朱之瑜道:"获此任命之前,李凤翔乃司礼监随堂太监。当今圣上登基以来,随堂太监共设五人,位居掌印大太监和三位秉笔太监之下。"

方以智道:"这些随堂太监,就是皇上的跟班儿。若非外派监军,哪有什么实权?"

朱之瑜道："也是，随堂太监不像秉笔太监那般，精通文墨，能为皇上分忧。"

郑森又问："那东西两厂提督，是由何人担任？"

朱之瑜转头环顾窗棂，轻声道："嘘，御马监、御马监。"

方以智摆手道："无妨，进来时我已检查，除咱们三人外，再无旁人。"

朱之瑜道："那就好。万一隔墙有耳，可就大事不妙了。"

方以智朝郑森道："西厂复建不久，情况不明。以往两次设立，西厂提督全由御马监掌印大太监兼领。东厂提督，或由司礼监掌印太监兼领，或由三位秉笔大太监转任。今年二月，东厂提督曹化淳因其兄长去世，告假还乡。司礼监秉笔大太监王之心调入东厂，暂领提督一职。"

朱之瑜道："父母仙逝，回乡丁忧，乃人之常情。可身为东厂提督，因兄长去世，告假还乡，并不多见。"

方以智道："武清曹氏，甚是显赫，永乐时自南直隶淮安府北迁至天津卫。曹家世袭之职位，为'后军都督府'正一品左都督，此乃卫所军制最高武职。如今世袭这一职位的，是他的二哥曹化雨，数月前刚刚过世。"

郑森道："既如此显赫，那曹化淳为何净身为宦？"

朱之瑜道："曹化淳是家中幼子。当年曹家获罪，他受刑入宫，赎罪抵过。"

郑森道："所犯何事？竟得受宫刑抵罪？"

方以智道："详情不得而知！大内之事，都严格保密，外臣无论官职大小，多不得知。"

见郑森沉思，朱之瑜建议道："你若有机会，可问独孤大人，他定会知道。"

……

此时澡堂外头，确是有人监听。三人对话，悉数为其所闻。

此人正是独孤燕！

正如朱之瑜所言，大内人事，纷繁复杂，方以智和朱之瑜确实知之甚少。但身为锦衣卫从三品指挥同知兼领西厂督副，独孤燕对此一清二楚。

独孤燕今夜至此，乃是来找郑森，想带其拜访王承恩。

王承恩乃崇祯皇帝藩邸旧臣。崇祯登基之初，魏忠贤倒台，王承恩一度主持司礼监,炙手可热。后为高起潜暗算,被贬于陕西三边,成为洪承畴军中的监军大太监。

三人洗完澡出来,各自回房。独孤燕先他们一步,潜进郑森房间,坐在桌前等候。

郑森进得房间,并未感到意外,好似独孤燕前来乃意料之中。独孤燕说明来意,郑森欣然答应。二人遂出门,朝总督府而去……

洪承畴之职务,乃"三边总督"。

且说这"三边总督",最初称作"总督陕西三边军务",始设于大明弘治十年(1497)。明朝时行政区划与如今不同,西北地区的宁夏和甘肃,都由陕西省管辖。陕西省北部,沿边设有甘肃、宁夏、延绥三个军镇。各镇守军各自为政,互不协防,以致蒙古骑兵乘隙而入。故设立此职,统一部署三镇军务。

洪承畴执意让李建泰也住进总督府。李建泰却之不恭,便带着所有随从,住进总督府的客房里。

话说这三边总督府,原本并不在西安城中,而是在固原城内。每年春、夏、冬三个季节,三边总督都在固原办公;到了秋季,还得移防到长城边上的花马池,以便严密监视边境动态,严防蒙古人犯边。

明代中期以来,北元内乱不休,四分五裂,互相攻伐,内耗严重。蒙古各部对大明王朝的威胁,日渐变小。陕西三边总督肩上的担子,也变得越来越轻。原总督府驻地固原,位于西北边塞,自古就是苦寒之地。秋防驻地花马池更是个大盐池,就在毛乌素沙漠边儿上,成天大风扬尘,飞沙走石。这两个地方生活条件实在太过艰苦,历任总督们都不愿常在这不毛之地。若无战事,总督们都愿意待在西安城里享福。他们带着亲信随从,以各种理由,赖在古都。

到明朝末年,漠南蒙古四分五裂,内忧外困,自顾不暇。而陕北和关中的内乱却愈演愈烈。陕西三边总督的首要职责,也不再是防止塞北蒙古入侵,而是镇压境内的农民起义。因此,陕西三边总督府,就名正言顺搬进了省会西安。自此,三边总督便可坐镇古都,指挥全境军队。

却说一行人搬入总督府当晚,洪承畴就吩咐厨子,精心置办一桌酒席,邀请李建泰、方以智、朱之瑜、郑森四人参加。对洪承畴而言，李建泰是自己的老同事，方以智是故交方孔炤之子，朱之瑜乃大明宗室中罕见的人才，能和他们共聚一堂，着实机会难得。只是该不该让郑森出席，洪承畴斟酌再三。

郑森虽是大海盗之子，但毕竟考中了武进士，已入仕为官。这一路上，郑森一直陪在李建泰左右，护卫队伍安全。再说了，洪家和郑家都是泉州府安平县的，两家距离，也只有十几里。

洪承畴自从考中进士后，再未回过福建老家。郑芝龙从小漂泊海外，受招安后盘踞漳泉两府，从未离开过闽南。所以，洪承畴尽管听说过郑芝龙，可并未与其谋过面。洪承畴认为：究其本质，郑芝龙同眼下四处流窜的张献忠和李自成一样，都是造反作乱的流寇悍匪。只不过郑芝龙比较识时务，早早归顺了朝廷，且招安后一直比较消停，未给朝廷造成太多麻烦。

同在宦海，就得遵从官场规矩。当时官场上，官员无论现任职位高低，都极看重同乡情谊。老乡上门，避而不邀，于情于理说不过去。洪承畴最终决定：邀请郑森出席。

无监军太监在侧，五人如释重负，畅怀无比。洪承畴命下人们将一桌子菜转移至内堂，然后屏退左右，关上房门。这样大家可推心置腹，畅所欲言。即使针砭时政，纵论国是，亦无所顾忌。

李建泰笨嘴拙舌，方以智和朱之瑜却十分健谈。只要洪承畴把话题提出，二人便口若悬河，滔滔不绝。因此，多半时间，大家都是听方朱二人高谈阔论。郑森只是偶尔补充几句，虽言简意赅，却高屋建瓴，一针见血。洪承畴听了颇为惊讶，他万万没有料到，恶贯满盈的大海盗郑芝龙，竟有如此出类拔萃之子，见识如此非凡，见地如此高深，令洪承畴刮目相看。尤其是思想境界，郑森更是卓荦不群，超凡入圣，竟比方以智朱之瑜这等当世大才子，都更高一层，更胜一筹……

新官上任三把火！

上任伊始，李凤翔就想好好露一手，决定颁布一套新的剿匪方案，来彰显自己的"高超"水平。可问题是，就他肚子里那些墨水儿，哪能写得出来？他抓耳挠腮,冥思苦想了整整一天,也没憋出几个字儿来。正自懊恼,忽然想起:不是正好有兵部的人嘛?让他们代劳,最后签上我的大名儿,不就行了。想到此,李凤翔喜不自胜,赶紧派人把李建泰召来。

夜猫子进宅——无事不来。李建泰一听李凤翔有请,头疼不已。果不其然,只一小会儿工夫,就领了个苦差事。让兵部官员给他代劳,拟定剿匪方案,亏李凤翔想得出来!

这个差事接时容易交时难。李建泰苦不堪言,他心知这帮阉宦极难伺候,这中间不知又要生出多少事端来?

李建泰顾不上回自己房间,一头扎进郑森房中。他号称兵部大笔杆子,部里的公文,都由他最终审核。朱之瑜也在房中,自诩知兵,主动请缨。李建泰亲自执笔,朱之瑜和郑森在旁协助,忙了整整一夜……

次日拂晓,初稿终于拟好。望着墨迹未干的剿匪计划,李建泰长舒了一口气。他双手捧着卷轴,满心欢喜去找李凤翔交差,却不料竟被骂了个狗血喷头,灰头土脸返了回来。如此左来右去,折腾了整整一天,李凤翔仍不满意。三人苦不可言!真不知道这个李凤翔究竟要怎样?

到第六稿交上去,已是掌灯时分。李凤翔不仅仍不满意,竟还下令让李建泰带着参与起草之人,到他公廨汇报!

朱之瑜忍无可忍,使劲儿把笔往地上一甩,破口大骂:"这个死阉宦,斗大的字也识不得一筐!有能耐自己来写!"

骂归骂,朱之瑜还是和郑森一起,跟在李建泰后面,去往李凤翔公廨。

却说李凤翔之公廨,大得不可思议!面积竟是此前王承恩和洪承畴公廨总和的十几倍!

本来,王承恩要把自己的公廨腾出来给他,同样是监军大太监,这种安排既合情也合规。

但李凤翔进去转了一圈,鼻子怪哼几声,撂下一句:"你们都是吃屎的吗?不知道公公我是当今圣上钦点的监军,派来你们西北主持军政的吗?这样的鸟笼子,是人待的地儿吗?"说罢,拂袖而去,头也不回。

从王承恩那儿出来,李凤翔腆着肚皮,去找洪承畴,让他把公廨的事情弄好。

洪承畴满口答应,心想这是多大个事儿呀?不就是个公廨嘛,保准让李凤翔满意。他哪里会料到,就是这个小小的公廨问题,差点儿没把自个儿给折腾死。整整三日,身为堂堂三边总督的洪承畴,啥军政大事也顾不上,就忙着给李凤翔收拾公廨了。

洪承畴简直欲哭无泪,欲诉无门。

最可气的是,李凤翔洗垢求瘢,硬是鸡蛋里挑骨头!洪承畴咋做也不行,咋伺候也不对。不满意也就罢了,李凤翔嘴里还不干不净。饶得是洪承畴老成持重,再兼王承恩温言劝谏,才未起冲突。

最后,洪承畴和王承恩二人干脆把自己的公廨也全让了出来,另外还搭上了整个幕僚班子的办公用房,才让李凤翔勉强满意。

就这样,陕西三边总督府内两个最大的院落,全被李凤翔霸占了!原先容纳上百人共同办公的三十多间房子,如今只供着李凤翔和他的十几个随从。

望着新任监军李凤翔的偌大公廨和忙着安装牌匾的下人们,洪承畴如释重负。他从袖中取出汗巾,揩了揩额头,心中感慨:咳,小小官廨之事,就差点要了命。这个李凤翔,也太难伺候了!这今后的日子,可怎么熬呀?唉……

耳闻不如一见。为李凤翔腾置办公室一事,这几天闹得沸沸扬扬,人尽皆知。郑森和朱之瑜随李建泰来到李凤翔公廨,眼前景象,着实令人一惊。威严有是有了,只不过人气没了。偌大的两个院子,空空荡荡,冷冷清清,日落后乍走进来,不免叫人瘆得慌。

一进门,便看见李凤翔整个身体半仰在椅子里,双脚交叉着搭在桌子上;身上披的,不是太监官服,而是一件松松垮垮的睡袍。几个浓妆艳抹的歌姬,坐在其左边,吹着笛子,弹着琵琶。李凤翔压根儿就没有注意到三人进来,仍旧眯着眼睛,翘着兰花指,随着节拍,扭动着手腕,哼着小曲儿。

此刻,吴良辅神情严肃,直挺挺立在李凤翔的右边。他身着太监官服,装束严整,看到三人进来,俯身低言,报告李凤翔。

李凤翔慢慢抬起眼皮,稍稍挪了下身子,一脸不悦:"都来了?这次无大碍了吧?"

李建泰颤颤悠悠,双手把一沓稿纸呈上:"李公公,这是第七稿,您老再看看。"

李凤翔单手接过,只扫了几眼,就挼住稿纸朝李建泰晃荡:"这玩意儿也能交差？都夸你这个右侍郎文章写得好,我看全是扯淡！狗屁不通,好什么好？！"话音刚落,便将稿纸朝李建泰甩过去。

平心而论,李建泰性格虽然软弱,但公文却写得极好。他久在兵部,军事公文,写得尤为出色。兵部日常行文,都由他把关审核。其实这个剿匪方案,第一稿就没什么问题。本来是请李建泰帮忙,李凤翔却三番五次作践人家。

那个年代,不光是李凤翔这么做,在外监军的太监们,大多如此。这些阉宦文化程度不高,为了在文人面前显得自个儿有水平,就让执笔者改来改去！改到最后,用的往往还是第一次呈递的初稿！这是宦官监军制度衍生出来的一种陋习,在明朝末年十分盛行,影响极其恶劣。军中起草文书的小书吏们,甚至编了个顺口溜:"文章好不好？公公改一改！改了十几回,还是头一稿！"

李凤翔出身大内,自命不凡,更是把这种陋习发挥到极致！他早打定主意,要让李建泰改个十几遍！可李建泰却不知此中原委,还真以为是自己文章写得不行,一遍一遍认真修改……

李建泰被李凤翔骂得晕头转向,还没等回过神来,一沓稿纸就已扑面袭来,纷纷扬扬撒得满地都是。当着自己下属的面被太监如此作践,李建泰面红耳赤,羞愧难言,杵在那里不知所措。朱之瑜慌忙起身,弓着腰把散落的稿纸一一捡起。

郑森看着这一切,愤懑郁积。他双拳紧攥,手指关节咯咯作响:这个太监,一路上作恶多端,逼死了汾阳县令,糟蹋了无数民女……若非有独孤燕拦着,那天晚上就送他上西天了,哪里还轮得到他在这里撒野！朱之瑜见郑森面色有异,生怕将事情闹大,悄悄拽了拽郑森衣袖。

此时,李凤翔愈加狂妄,气焰更加嚣张:"捡什么捡？都是些没用的废纸。你们六部里全是饭桶,连个剿匪方案也写不了！"他陡然提高声调:"还不赶紧给我跪下！你们头上的乌纱帽,还想不想要了？"

李建泰和朱之瑜双腿一软,不由自主地跪了下去。郑森不仅不跪,反而昂

365

起头,挺起胸,理直气壮立在当地。

李凤翔只顾骂人,并未注意郑森。又骂了一阵儿,他终于累了,方才发觉郑森竟然没有下跪,惊奇道:"咦?你这小子,为什么不跪?"

郑森不卑不亢,朗声道:"男儿膝下有黄金!我郑森上跪天,下跪地,在人间跪拜的,是父母、师长和皇上!在下入仕不久,对朝廷的典章制度尚未知晓透彻,还望李公公赐教:咱们大明哪一部律法规定,朝廷命官要向内侍宦官下跪?公公倘能指出来,我郑森当即就跪!"声音慷慨雄浑,再皆辅以纯钢内力,震得人耳鼓嗡嗡作响。

李凤翔被噎得无言以对,指着郑森一个劲儿道:"你……你……你……"他眼见郑森双目似要迸出火来,心中不禁害怕。李凤翔今日本意,是要作践李建泰,压根没想到草拟方案之人中还有郑森。他心知郑森刚正不屈,武功高强,此时若起冲突,恐无法收场。

郑森又道:"在我们兵部,李大人公文作得最好。此方案是他亲自执笔所作,条理清晰,文辞凝练,李公公觉得有何不妥?请指正出来。指不出来,就休得作践!"

李凤翔气得七窍生烟,肝胆欲碎。自出京以来,他嚣张跋扈,说一不二,今夜却被郑森接连顶撞,却又无理反驳。他暗自盘算:"你小子等着,看老子怎么收拾你。"脸上却又假装平静,转头朝吴良辅道:"小吴子,你来写!公公我把想法说出来,你照着写就行!让他们见识见识,咱们大内司礼监的水平!你赶紧写好,北京那边儿,我打招呼,咱们的剿匪方案,要上邸报,登头条!"说罢让歌姬继续演奏,自己重新躺进太师椅里,再没瞧三人一眼。

吴良辅朝三人摆摆手,示意他们可以出去了。李建泰和朱之瑜站起身,轻声退出来。郑森昂着头,跟着二人走出来。

走出二门,来到前院僻静处,李建泰方才拭去满头汗水。堂堂兵部右侍郎,被阉宦如此作践,却敢怒不敢言,李建泰心中羞愤难耐。郑森道:"大人受辱至此,要不要在下?"说着做了个手势。

李建泰低声道:"嘘……耳目众多,切不可多言。"

郑森道:"咱们都是朝廷命官,李大人您更是兵部大员,为何要给他下跪？"

李建泰道："咳……这些大太监,都是些瘟神！朝臣和官员们,唯恐避之不及。若是得罪了他们,保不定会遭什么陷害！"

郑森听罢,良久无语。

朱之瑜见他不语,提醒道："这帮阉宦,心狠手辣,灭绝人性,最会暗箭伤人。平常我们都能躲则躲,能避就避。你今天顶撞了李凤翔,他必怀恨在心,定会寻机报复。这些天里,你定要当心！"

郑森道："该来的总会来！我只是不明,您贵为皇室宗亲,为何向太监下跪？"

朱之瑜道："唉……不怕官,就怕管！毕竟他是皇上跟前儿的人,能在御前说上话！要是说咱们几句坏话,咱们可吃不了兜着走！"

三人再不言语,郁郁返回住处。

回房后,郑森躺在床上,辗转反侧,思绪万千。

宴会之日,转瞬已至。

此饭局乃李凤翔提议。他祖籍陕西凤翔,小时候在西安生活,十二岁时便去北京当宦官。

李凤翔之所以不顾眼下兵荒马乱,执意让行政大员和统兵大将都赶来赴宴。这里头主要的原因有二：

首先,对李凤翔而言,他年少入宫,半生为宦;历经磨难,受尽屈辱。好不容易熬出了头,在知天命的年纪,苦尽甘来,衣锦还乡,巴不得让三秦父老都知道。像这类宴会,不仅得精心筹办,而且要办得热热闹闹,场面越大越好。

其次,李凤翔身负高起潜密令,要千方百计阻止王承恩回京。为确保暗杀成功,李凤翔按照事先谋划,在到达西安后,务必要设法组织一次宴会。借此机会,将执行任务之杀手和负责接应掩护之卧底,全部调入西安。宴席前夕,必定人来人往。杀手们可趁机混入总督府,现场确认王承恩的容貌和住址,掌握府内布局,设定进退路线,潜伏下来,伺机行动。

且说监军大太监换防,在崇祯年间,那可是大事儿。尤其是位列明军四大主力之首的西北"秦兵"调换监军大太监,更是惊天动地之事。虽说宴会是李凤翔执意要举办的,但洪承畴也并不反对。对洪承畴而言,迎接新任监军太监李凤翔只是个由头,为即将返回北京的老搭档王承恩践行,才是主要目的。

因此,看似一个小小的饭局,却惊动了整个西北官场。虽时值农历七月十五,乃民间最忌讳之"鬼节",一般人都不愿出门。但无论是陕西巡抚丁启睿、宁夏巡抚郑崇俭、甘肃巡抚吕大器这些独当一面的封疆大吏,还是陕西按察使汪乔年、骑兵统帅曹变蛟、潼关守将白广恩、固原总兵马科、延绥副总兵夏承德等这些西北官场的头面人物,都忙不迭赶来,生怕失了礼数。

只有二人例外。一个想来却来不了,一个能来却不想来。

一人乃洪承畴之副手孙传庭。此人与洪承畴一起创建了"秦兵",一年前清军大举入关,劫掠京畿,他率五万"秦兵"北上勤王,却遭兵部尚书杨嗣昌和大内总管高起潜暗害。他们以"行动迟缓,作战不利"这个莫须有的罪名,把孙传庭囚在北镇抚司的诏狱里。

一人乃跋扈将军贺人龙。此人虽是洪承畴一手培养起来的军官,如今却居功自傲,尾大不掉。他根本不把朝廷放在眼里,俨然拥兵自重,割据一方。前一阵子,杨嗣昌偏袒左良玉,将击败张献忠之首功算在左良玉头上,把本已许诺贺人龙的"平贼大将军"大印给了左良玉。贺人龙为此满腹怨怼,对朝廷之调遣,更加阳奉阴违。连新任监军大太监李凤翔召集之宴会,他竟也借故推脱,只打发高杰和邢氏前来,自己却仍在驻地大营中逍遥快活。

邢氏乃李自成前妻,高杰乃李自成副手,此二人关系暧昧。崇祯八年(1635)八月,邢氏伙同高杰,带着闯军九成以上的人马和家当,主动归顺了朝廷。

大家之所以重视本次宴会,是因早有传言:洪承畴即将北上,经略辽东!大家正好借此机会,送一送洪承畴,故而都将手头之事放下,快马加鞭,急急赶来。

洪承畴调赴辽东之事,乃崇祯皇帝钦定。崇祯皇帝也明白:西北这边离不了洪承畴。但眼下形势过于严峻,相较之下,东北战事更是迫在眉睫。崇祯皇帝认为：农民军再多，也不过一群乌合之众。而业已征服蒙古多部且对关内虎视眈眈之大清王朝，随时随刻都能派八旗劲旅翻越长城，威逼大明王朝之首都。

崇祯皇帝权衡再三，虽有顾此失彼之虞，但还是想让洪承畴离开陕西三边，去经略辽东，节制东北战场上的各路明军，主持抗清大局。圣旨都已拟好，只待西北兵团主帅选定，监军大太监到位，朝廷就会立即下诏，命洪承畴北上辽东督师。

对朝廷这个决定，洪承畴颇感踌躇。他深知此去辽东，必定凶多吉少。"辽东经略"听起来威风八面，风光无限；实则暗流涌动，危机四伏。洪承畴半生功名都建立在西北，建立在镇压农民起义军上。此前，他从未跟满洲八旗交过手，忧心当年袁崇焕之悲剧，会在自己身上重演。

辽东动乱，始自万历末年。从熊廷弼、王在晋……再到孙承宗、袁崇焕，历任督师，都不得善终。当年女真人将寡兵微，羽翼未丰，明军尚且连吃败仗。眼下满清国力雄厚，马壮粮足，二十万八旗劲旅天下无敌，明军更是取胜无望。再兼那大清侍卫处十分了得，不计其数的细作神出鬼没，无孔不入，令人防不胜防。

洪承畴不想自己半世英明，都毁在辽东前线。因此借故推托，辞不就任。

宴会定于七月十五中午举行。

这日上午，李成栋来到独孤燕住处，探望儿子李元胤。李元胤乃独孤燕手下锦衣卫，平素多在御马监（西厂）当差。此番独孤燕离京南下，李元胤全程跟随。

李成栋乃农民军降将，李自成旧部。五年前，他随邢氏和高杰一起归顺朝廷。朝廷对这些流寇首领放心不下，命他们将子嗣送往北京。李元胤就这样离开父亲，孤身入京。名为在锦衣卫当差，实则被扣为人质挟制其父。

李成栋和李元胤父子相见，窃窃私语。二人虽低声细语，但独孤燕明目达聪，析微察异：他们口音异乎不同！李成栋是宁夏人，满口西北话；李元胤说北方官话，口音中非但丝毫没有陕西味儿，反倒偶尔夹杂一些豫南方言。

就在此时,门卫前来禀报:骑兵统帅曹变蛟来访。独孤燕起身出门,将曹变蛟迎入中堂。

且说曹变蛟这日一大早就赶至西安,见过洪承畴后,便来拜访独孤燕。

曹变蛟也是大同人,和独孤燕一样,乃"大同帮"显赫要人。曹变蛟一直追随其叔父曹文诏,征战四方。曹氏叔侄虽是大同人,却起家于辽东。在明金(明清)战争中,曹文诏脱颖而出,成为"关宁军"主将。

崇祯四年,"关宁军"被一分为三:吴三桂、祖大寿、曹文诏各领一部。五年前,曹文诏战死,朝廷追誉其为"第一名将"。其所部兵马,归由曹变蛟统领。

如今曹变蛟手下骑兵,共有两万四千人,全由当年数千名关宁铁骑发展而来,乃"秦兵"之劲旅。曹变蛟朴实真诚、忠勇无双,又是根正苗红的将门之后,是洪承畴最为倚重之爱将。二人话语间,郑森来访。独孤燕向曹变蛟介绍:"这位乃新科武探花郑森,跟洪总督是同乡。"

曹变蛟抱拳行礼:"原来是郑家大公子,久仰久仰。"

独孤燕道:"郑森如今身在兵部,'关宁军'之事,还是你与他讲吧。"说罢转头朝郑森道:"曹将军乃关宁军元老,机会难得,有何不明,可向曹将军请教。"

任职兵部以来,郑森手头工作,三分之一都与"关宁军"有关。关宁军被肢解一事,始终是他心头一大疑窦。虽义父茅元仪当年在漳浦提及,自己那时尚幼,对此印象模糊。

此次出差路上,他问及独孤燕"关宁军"之事,不料中途被打断,之后便再无机会问询,故此事不了了之。

今天曹变蛟来访,独孤燕主动提起此事,郑森忙道:"多谢曹将军,还望赐教。"

听罢,曹变蛟心中稍有顾虑,遂望向独孤燕。

独孤燕道:"自己人,但讲无妨。不过隔墙有耳,还是到外面一说。"

曹变蛟道:"也好,还是您考虑周全。"

于是,三人在院中,边走边说……

崇祯三年（1630），北京被围。

崇祯皇帝发现：身为天子，居然调不动关宁军。尤其是在袁崇焕下狱之后，"关宁军"主将祖大寿居然擅自带着军队跑回辽东。朝廷屡次下令，让他回来抗击金军，但祖大寿皆抗旨不遵。到了最后，崇祯皇帝竟然还得请身在囹圄的袁崇焕写信给祖大寿。祖大寿一见袁崇焕亲笔信，立即统兵进入山海关。

关宁铁骑的确将勇兵强！短短数月间，"关宁军"不仅将皇太极率领的女真主力赶出了长城，还接连收复遵化、永平、滦州、迁安四城，一举击败后金头号悍将阿敏，把清朝留在关内的留守部队，统统赶回了东北。

此间种种，令崇祯皇帝惊心骇神，惴惴不安。北京之围刚解，他就迫不及待下令，将袁崇焕千刀万剐，凌迟处死；并在高起潜精心策划之下，将关宁军一分为三。

祖大寿统领数千人，去大凌河筑城；曹文诏统领三千铁骑，调入关内，镇压农民起义军。剩下数万主力，全由吴三桂指挥。

朝廷之所以让吴三桂统率"关宁军"主力，一则因他年纪尚轻，羽翼未丰，便于朝廷控制。二则因其父和家人，都被扣在北京为质，由不得他不听话。三则因吴氏父子皆是辽东名将，威望颇高，且吴家与祖家乃姻亲。

吴家乃卫所军户，祖籍江苏高邮，后调往辽东戍边。"关宁军"建军以来，恪守"以辽人守辽土"之原则。军中高级将领，全是祖籍辽地之人。吴三桂之父吴襄，尽管战功卓著，但始终不为辽籍将帅所认同。为跻身"关宁军"上层，在吴三桂十几岁时，吴襄又迎娶祖大寿家妹为妻。吴家与祖家结为姻亲，吴襄凭此成为"关宁军"主将。祖大寿与吴三桂虽无血缘关系，但二人平日里却以舅甥相称。让吴三桂统帅"关宁军"主力，既能镇得住局面，又能服得了众。

吴三桂今年才刚满三十岁，年纪不大，却是个人精儿。他有勇有谋，办事干练，无论是军政还是民政，都管理得井井有条。且此人八面玲珑，左右逢源，在官场见风使舵，混得风生水起。对大内总管高起潜，更是俯首称臣，唯其马首是瞻。

曹变蛟所言，独孤燕心知肚明。独孤燕深知：卢象升之死与高起潜脱不了干系。目前，吴三桂和高起潜走得如此之近，高起潜还不止一次敲打属下："吴三桂之事,皇上亲自过问,公公我直接负责,谁也不得插手!谁要是敢乱了规矩,把手伸进'关宁军'里头,小心半夜脑袋搬家。"

眼下之迹象,只能断定高起潜通过控制吴三桂,把持辽东军务,操纵"关宁军"。至于吴三桂是不是也暗中通敌?独孤燕不得而知。

郑森看着独孤燕,想他似有难言之隐,于是决定另找机会,询问询问。

中午转瞬即至,众人陆续入座。开席前,鼓乐齐鸣,歌舞升平。

李凤翔、王承恩、洪承畴、李建泰、丁启睿、郑崇俭、吕大器围坐在上首圆桌。

汪乔年、独孤燕、朱之瑜、方以智、郑森五人,坐西侧第一张长桌。

东厂陕西分部掌班鲍承中、领班金骧、御马监(西厂)陕西分部主管元勋、甘肃分部主管楼师古坐西侧第二张长桌;役长良咸佑立在鲍承中身后。

曹变蛟、白广恩、马科、夏承德、蔡九仪五人,坐东侧第一张长桌。

张勇、邢氏、高杰、李成栋坐东侧第二张长桌;还有两人相貌清奇,外形俊硕,并未入座,而是立在李成栋身后。

赵良栋和洪承畴三弟洪承畯一道,配合管家洪发,忙里照外,安排宴席。

坐在郑森正对面之人,乃是蔡九仪。蔡九仪考中进士后,被差拨到西安。蔡家乃广东高要首富,豪强地主。蔡九仪从小喜爱舞枪弄棒,他父亲重金聘请武林高手,教他习武。来到西安后,蔡九仪仗着家里有钱,又是正牌武进士,越发顾盼自雄,目中无人。他自恃武功高强、根本不服管教,成天不务正业,就知道比武斗殴、寻衅滋事。洪承畴为此头疼不已,却又无可奈何。

今年正月,郑森的四叔郑鸿逵又获提拔。此事传到西安,蔡九仪更是愤懑不平!恰逢郑森来到西安,他遂决定拿郑森开刀,出气解恨!

蔡九仪夜郎自大,在李凤翔面前大吹大擂,说自个儿武功盖世,天下无敌。

因前日顶撞之事,李凤翔对郑森怀恨在心,故借机生事,挑拨教唆。

有监军大太监撑腰,蔡九仪更加有恃无恐,天天嚷着要跟郑森比武。

今日宴会,乃是给李凤翔接风洗尘,李凤翔自然是主角。开席后不久,他就煽风点火,先是故意挖苦郑森:"都是武进士,功夫也不见得比人家高多少,凭什么你们姓郑的都在北京城里享清福,人家蔡提举就得来这儿喝西北风?说白了,还不是你们郑家更有钱!做了那么多年海盗,天天杀人放火,劫掠民船,得了多少金银财宝啊?"

然后又给蔡九仪火上浇油:"他奶奶的,蔡九仪,你个窝囊废,跟公公我吹牛皮的时候天花乱坠。到了正经时候,尿得跟泡尿似的!你要是真有种,就站出来和姓郑这小子比画比画!"

那蔡九仪狂妄自大,平日里嚣张惯了,哪里受得了这般激将?他脸涨得通红,忽地站起身来,单手在桌子上一按,已从桌后翻到大厅中央,撸起袖子,朝郑森骂骂咧咧道:"姓郑的,别以为你们闽南海盗人多势众,老子就不敢惹你?"

郑森抬眼望着蔡九仪,目光如炬。

蔡九仪见郑森看着自己,更是火冒三丈,嘴里不干不净骂道:"好你个小杂种,还敢瞪老子!老子今天就让你瞧瞧,什么叫徒有虚名,什么叫真才实学?"话音还未落,已拔刀在手,忽地朝郑森头顶砍落。

变起仓促,众人大惊失色!

长刀破风袭来,眼看就要血溅当场!

岂料,那刀却骤然顿在半空,一动也不动。

众人定睛望去,端详了半天,才瞧出些眉目。只见郑森依旧端坐桌前,气定神闲,左手抬起,只两个指头,就将刀刃夹住。

那蔡九仪使出全身力气,想把刀抽出。可那刀却如被精钢火钳夹住一般,纹丝不动。蔡九仪脸涨得猪肝似的,情状窘迫至极。

郑森实不愿在总督府惹事,尤其还是当着众人之面。纵使嚣张无礼,那蔡九仪也是洪承畴的手下,伤了他就等于给洪承畴难堪。想到此节,他抬起头来,温和道:"蔡兄,都是习武之人,大家点到为止,不必当真。"

此话本是好意,给蔡九仪个台阶下。如此输赢不分,给他留足了面子。

岂料那蔡九仪着实不识好歹!他竟恼羞成怒,蓦地腾出左手,又从腰间抽出一把匕首,朝郑森心口刺去!

大变猝然，厅内众人愕然失色！

好郑森！就在匕首刺向自己的一刹，心念骤闪："不是我郑森不给你面子，而是你蔡九仪不识抬举！"遂不再留情，不待匕首袭至，他右手成掌，后发先至，重重拍在蔡九仪胸口。

郑森这一掌凝聚三成内力，蔡九仪整个身子平平飞出，重重撞在立柱上，口吐鲜血，当场昏厥。

郑森转危为安，在场众人皆长吁一口气。蔡九仪被击中后从饭桌上凌空飞过，连个杯子都没碰倒！郑森内力之高强，出招之精准，着实匪夷所思，冠绝天下！

郑森赶紧走至厅堂中央，朝洪承畴赔礼谢罪。

偷鸡不成蚀把米。李凤翔本想借刀杀人，打郑森个半死。岂料情势逆转，自己寄予厚望之蔡九仪，武功竟与郑森天悬地隔，根本不是人家对手！

李凤翔不甘心，遂朝众人道："这么多练武的，谁能出来露几手，让公公我瞧瞧？"众人听罢，皆未应声。

见无人接茬，李凤翔恼羞成怒，肚子顶着桌沿，恨不得把身子探到桌子那边去，挥着手指着鲍承中破口大骂："你们东厂都是吃屎的吗？还有没有活人？"

鲍承中慌忙站起身来，脸涨得通红："公公教训的是。只是在下学艺不精，上场倒行，就是怕打不赢，给东厂丢人！"鲍承中乃大汉奸鲍承先之弟。鲍承先早已降清，可鲍承中还一直在东厂当差，成天提心吊胆，惶惶不可终日。

李凤翔扯起公鸭嗓子，噼里啪啦又是一顿臭骂："鲍承中，你他娘找死！你哥投靠鞑房都快二十年了！今儿你要是打不赢，老子回头就禀告皇上，说你小子通敌叛国！"

鲍承中一听此言，吓得魂飞魄散，两腿一软，瘫了下去。好在被身后的役长良咸佑一把扶住，才不致摔倒。

良咸佑将鲍承中扶起后，跨前数步，抢在大厅正中，左掌右拳，朝李凤翔躬身行礼道："秉公公大人，我们鲍掌班近来身体抱恙，在下愿替他比武。"

东厂特务们在陕西骄横跋扈,平日里欺人太甚,总督府上上下下对其皆心谤腹非。洪承畴今日有心借郑森之手压一压特务们的嚣张气焰,故而从旁附和道:"哎……李公公言之有理,打赢打不赢,先上场练练嘛。"

李凤翔压根没听出洪承畴言外之意,只道是洪承畴诚心巴结自己。他坐回椅子,理了理衣襟和袖子,抬头盯着大厅中央,将此人上下下大量一番:只见他身高七尺,相貌英俊,头戴小圆帽,着褐色长衫长裤,脚穿一双皂色长靴,一身东厂番役装束。只不过腰间没有胯刀,而是背负了两把玄色铁尺,稍显奇特。

"兴许真是个高手。"李凤翔心道,脸上总算露出一丝笑容,遂变了腔调:"公公我还以为你们东厂的人都死绝了呢?好小子,把名姓报上来。"

良咸佑道:"在下良咸佑,东厂西安分部役长。"

李凤翔问道:"姓梁,果真是梁山好汉,有血性!"

良咸佑答道:"禀公公大人,非梁山好汉之'梁',乃良心之'良'。陕西全省,仅咸阳西大街,有我们一家。"

听良咸佑这么一说,李凤翔一脸不高兴,讪讪道:"管他哪个良!能打架就行,甭他娘废话。"

良咸佑低头谢罪,随即转身面朝郑森,刷刷两声已将背负铁尺擎在双手,就朝郑森直扑而来!

且说这个良咸佑,武功自成一派,出招刚猛狠辣,身法灵动迅捷,尽显名家风范。他与郑森足足对了上百招,才觉内力不济,渐显败象。良咸佑自知取胜无望,便主动跳出圈子,抱拳认输。然后转身跪地,向李凤翔请罪。

良咸佑知难而退,虽败犹荣,赢得了在场众人的敬佩。李凤翔见他确已尽力,亦未怪罪于他。

局面再度僵持。

李凤翔仍不肯罢手,竟在众目睽睽之下,让李成栋身后那二人下场,和郑森比武。好端端一个宴会,在李凤翔的挑拨下,竟变成杀气腾腾的比武场!

此二人乃一对亲兄弟,他们之所以在今日之场合现身,乃因身负密令,重任在肩……

事发突然,兄弟二人想要抽身,已然不及。

吴良辅更是气得七窍生烟:这个李凤翔,小人得志,当真成事不足,败事有余!放着天大的秘务不干,反倒因一己私利,节外生枝。

李成栋猝不及防,他万万没有料到,李凤翔竟命假扮自己手下的侍卫处顶级杀手慕容辉和慕容超二人出场。李成栋心知:此时若让他们下场比武,势必引起对方警觉,很可能暴露二人身份,暗杀王承恩之计划可能遇阻。

但大庭广众之下,实难违命。若推托拒绝,反倒更会惹人怀疑,暴露身份。慕容兄弟毕竟乃习武之人,二人虽身居大清侍卫处高位,但仍不脱江湖习气。遇上强敌劲手,浑身痒痒,总想一决高下。慕容兄弟遂下场比武,合力围攻郑森……

一时间,大厅内刀光剑影,星流电掣!

这边郑森一人疾如劲风,快如闪电!

那边兄弟二人如鬼似魅,追风逐电!

三人身形飘忽之快,直把在场众人看得惊心动魄。

剧斗如此激烈,洪承畴生怕误伤观众,亲兵仆人们早把众人的桌椅搬起后移,围在大厅四周,给三人挪开地方。

厅内众人,包括那些久经沙场的将领,也从没看见过如此精彩之比武。李建泰、朱之瑜、方以智皆担心郑森安危。只有李凤翔一人,巴不得郑森死掉,一个劲儿地在旁怪叫。

洪承畴情知再打下去,势必闹出人命,起身大声吆喝:"住手,都给我住手!"可三人激斗正酣,势成胶着,生死存于一线,根本无法抽身。

李元胤跑到李成栋那里,跪求道:"爹,郑森哥是大英雄。您下令住手吧,千万别伤了他。"

李成栋鼻子哼了一声,置之不理。

关键时候,还是独孤燕有办法,他飞身纵入场中,截住二人中一人。如此一来,大家都是单打独斗,一对一较量……

郑森这边儿压力陡轻,可以集中精力对付另一人,三十招之内便即占了上风。

独孤燕也要强过对手,五十招过后,也已将自己的对手压制住。

眼见形势逆转,再比下去已无意义。李成栋终于跨前一步,高声道:"大家住手吧,都是自己人。切磋切磋就行,千万别伤了和气!"

兄弟二人均知取胜无望,听李成栋如此说,便都顺势罢斗,跳出场外,复又站回李成栋身后……

第二十六回　李监军丑态百出
　　　　　　洪总督老成谋国

世事艰险路难行，只手长刀恨不平。
何日扶摇九万里，尽扫彤云见真情。

——《忆三秦旧事》

话说比试完毕，亲兵仆人们又急忙把众人桌椅搬归原处。

独孤燕和郑森回到座位，二人相视而坐，疑云满腹：小小李成栋手下，怎会有此等高手？那兄弟二人，虽武功稍有差异，但无论哪位，都堪称当世绝顶高手。这二人武功路数稀奇古怪，看样子并非中原门派。

待酒阑宾散，独孤燕特意邀了郑森，带着御马监骨干回到住处。

郑森道："今日之事，恢诡谲怪，此中必有蹊跷。"

独孤燕点点头。

元勋道："照理说李成栋只是个小角色，身侧不该有此等高手。"此人乃锦衣卫世袭正六品百户，北魏皇族拓跋氏后人，是御马监陕西分部之主管。

楼师古道："非但如此，席上邢氏和高杰二人，似乎也都听他的。"此人亦为锦衣卫世袭正六品百户，鲜卑盖楼氏后代，现任御马监甘肃分部主管。

郑森向独孤燕问道："李成栋他们何时归降的？"

独孤燕道："已经五六年了。受降之时，御马监也派人到场监督。"说着转头对元勋道："当时可是你在场？"

元勋道："禀独孤大人，邢氏率众投降，时值崇祯八年秋，当时现场监督之人正是卑职。"

独孤燕问:"那你可曾见过此二人?"

"未曾见过!"元勋回答得斩钉截铁:"西北各路明军情况,我们都了如指掌。此二人之前绝不在李成栋军中。"

楼师古蓦然想起什么,接话道:"我在甘凉道驻守多年,倒是常听人说起:青海有一对兄弟复姓慕容,号称'催命双隼',不知可是他们?"

元勋听闻"催命双隼"四字,心中一凛,惊道:"哎呀,我们元家研究鲜卑族数百年,熟知慕容家族之历史。'催命双隼'是亲兄弟,乃吐谷浑王族后裔,从小师从名家,勤习武艺,勇冠西北。"

"慕容兄弟?"独孤燕不明就里:"他二人已失踪多年,缘何重现江湖?"

众人皆不知所以,沉默冥思。

独孤燕兀自在屋内踱来踱去,自言自语道:"李成栋不过是个参将,如此厉害角色,何以委身他之帐下?"

郑森眉头紧蹙,语气缓慢道:"莫非是要月黑杀人?"

郑森一语如醍醐灌顶,独孤燕恍然大悟:"大事不好,快随我来……"边说边从墙上取下寒冰神剑,往外飞奔。

众人紧随其后……候在门外的李元胤见长官出来,忙跟从左右。

果不出独孤燕所料!此时王承恩所居小院里,护卫亲兵正与三名杀手短兵相接,恶斗厮杀!

王承恩之卫队,由二十四名亲兵组成。他们都是军中挑选出来的好手,可与那三个蒙面杀手相比,简直判若云泥!才斗了不到一盏茶工夫,二十四名亲兵已或死或伤,横七竖八倒下一片。只剩下最后五人,裹血力战。他们身上均已负伤,血染半身,眼看就快撑不住了……

众人赶至小院外,大门已被朝里反锁,刀剑交锋之声和吆喝呼救之声交混阵阵传出,不绝于耳。生死关头,间不容发。独孤燕一声令下,大家起跳纵跃,翻墙入内。

三名杀手都是一身夜行装束,脸上蒙着黑布,只露着两只眼睛。

独孤燕拔剑在手,率先跃入阵中,截住一名蒙面杀手厮杀。郑森紧随其后,挺在护卫王承恩的亲兵前面,接过另一名蒙面杀手对阵。最后一名蒙面杀手,被元勋、楼师古、李元胤三人包围……

形势陡然逆转!独孤燕、郑森二人占据上风;元勋、楼师古、李元胤三人联手,勉强才和对手打成平手。郑森瞅准时机,踢飞了对手手持的单刀,正欲乘胜而上,擒拿对手,忽听身后独孤燕"啊"了一声。

郑森回头,只见独孤燕已撤出战斗,他右臂中刀,左手用力压住伤口,鲜血顺着右手指尖滴落在地……虽光线昏暗,但血滴还是依稀可见。

就在郑森分神刹那,与他对阵的蒙面人已从地上捡起单刀,复又冲了上来。那个蒙面杀手砍伤独孤燕后,又朝王承恩所在的正屋疾冲。仅剩的五名亲兵,都已负伤,虽拼死守在门口,可也无法抵挡蒙面杀手之凌厉攻势……

刚才踢飞对手单刀,本已胜券在握。怎料分神片刻,便即前功尽弃!此时,郑森又被对手纠缠,一时争斗不下,难以脱身!

郑森乜眼瞥向门口,只见又有三名亲兵中刀倒地,眼看蒙面人就要破门入内!郑森又瞥了一眼独孤燕,见他仍捂着伤口立在一边,看上去毫无出手之意。

郑森一边拼斗,一边琢磨:与独孤燕对阵之人,武功明显逊于独孤燕。以独孤燕之能耐,怎能落败?且还右臂受伤?独孤燕惯常右手持剑,如今右臂中刀,简直巧不可阶!

再回头瞥向这边儿,元勋、楼师古、李元胤三人围攻一人尚且吃力,根本无法抽身援助自己。一旦杀手闯进王承恩所在的正屋……

合刃之急,郑森当机立断。他故意卖个破绽,先撤出战阵,暂时摆脱对手。然后抽身纵跃,截住适才与独孤燕对阵之人……

孰料刚被他摆脱之人随即也飞纵而至,郑森以一敌二,拼得你死我活。

两个蒙面人刀法精熟,使将出来的虽都是杀招,但出招过急,以致守御不足。郑森调整心态,待拆到八十招后,已占据上风。

郑森内力浑厚,持刀格斗之际,将内力倾贯刀身。二人被压得胸闷气紧,脚下步履滞涩,移动迟缓。

眼见取胜无望，又听闻远处靴声橐橐，似有士兵奔驰而来。想是洪承畴已得知讯息，派遣军队赶来增援。

适才与郑森对阵之人一声呼哨，三人同时罢斗息战，奔向西墙根儿，翻墙逃遁。

郑森和楼师古、元勋正欲去追，却见独孤燕挡在前面，淡淡说了句："穷寇莫追！"众人虽心有不甘，但只得作罢。

洪承畴派来的近卫亲兵已经赶来，冲进小院。为首者正是赵良栋，他大步跨进正屋，单膝跪地，朝王承恩抱拳行礼道："属下护卫来迟，请公公治罪！"

王承恩挥挥手，语气和善道："何罪之有！院子里多人受伤，快快去搭救他们。"

赵良栋道："洪大人命令属下，请公公移步总督府后院。那里护卫森严，比您这儿安全！"

王承恩道："我毫发无损，毋用管我。"赵良栋听罢，不为所动，依然立在当地。他身负洪承畴嘱托，等待王承恩移步。

王承恩见状，眉头微皱，大声道："速速救助伤者！这些人常年护卫我左右，鞠躬尽瘁。今夜本已死伤惨重，若因耽搁救治，再添死伤，我唯你是问！"

见王承恩发怒，赵良栋不敢再违拗。当即谢罪告退，转身走出正房，招呼手下救助院子里的伤员！

郑森随独孤燕走进正屋，只见王承恩独坐几前，身后立着个小仆役。几上一只紫砂壶，数个紫砂杯。王承恩稳坐如山，一个人自斟自饮！他看上去若无其事，平静如常，仿佛刚才之恶斗厮杀全然未发生过。

郑森打心眼里佩服王承恩。虽说此人乃阉宦太监，可于大敌近前、生死存亡之际，却如此气定神闲，飘逸洒脱，实乃大家风范！

今晚之事，对旁人或许可暗度陈仓，瞒天过海。但郑森火眼金睛，明察秋毫。三名杀手武功再高，可毕竟寡不敌众。若非独孤燕故意放水，这三名刺客早已是阶下之囚……

令郑森不解的是，身为特务总管，独孤燕为何要放走敌人？难道都是他在暗中策划？既是如此，那为何蒙面人逃走后，独孤燕又面有异色……

挫败刺杀行动后，众人睡意全无。受洪承畴之邀，王承恩、独孤燕、郑森三人来到总督府后院的一间密室。

洪承畴之密室，装饰陈设都十分考究。屋里所有家具，都用上等红木制作。尤其是那张偌大的茶几，及其周围六把机凳，乃产自安南之老红木制成。老红木是北方叫法，在闽粤一带，富贵之人将这种木材称作红酸枝。

几面上，左侧一个巨大的圆形茶篦，青铜质地，镂空鎏金，应是唐宋古董。右侧竹木底座上，一套紫砂茶具，一个茶壶六个茶杯，皆产自江苏宜兴，乃紫砂极品。壶身杯身造型别致，古朴柔雅；其上图案栩栩如生，精巧绝伦，定是出自名家之手。若非精工细作，精雕细镂，万难如此。

靠墙的八股架上，摆设的都是瓷器和古玩。瓷器大都是历代名窑精品，古玩则以西周青铜器皿居多。

四人围几坐定：究竟何人要置王承恩于死地？幕后主谋，究竟是谁？

洪承畴道："特务之事，我不甚了了，还是独孤大人讲吧。"

独孤燕道："洪大人并非不知，而是不便言明。也罢，还是我说为好。以我之见，十有八九乃大内高公公所为。"

独孤燕又道："王公公资深望重，年高德劭。若非当年之事，眼下王公公必定还是大内总管！高起潜自是怕王公公回京，危及其位。"

事件之真相，果如独孤燕所料。

王承恩乃崇祯皇帝藩邸旧臣，论资历论威望，都在高起潜之上。当年大内互相倾轧，王承恩遭高起潜暗算，被排挤出京。崇祯皇帝是王承恩从小看大的，他自然而然认为王承恩堪托死生。或许是因他身为皇子，从小父爱缺失；也或许是因他久居藩邸，能交心人少之又少……崇祯皇帝与王承恩情同父子。人前，二人君臣有别、主仆分明；人后，二人无事不商、无话不说。

前年秋，十万清兵在多尔衮和岳托率领下，分兵两路，杀人放火，无恶不作，蹂躏了大半个中国，折腾了整整半年。对大明王朝而言，不仅损失了十几万军队和数百万人口，连孙承宗、卢象升、吴阿衡等中流砥柱，都战死沙场。

八旗军驱赶着掳掠到的数十万妇孺和牲口，大摇大摆北返班师，从从容容越过长城,扬长而去。六个月里,十万清军就在自己眼皮子底下,烧杀抢掠,来去自如。崇祯皇帝气得肺都炸了!

自打他登基以来,这已是清军第五次破边南侵了!崇祯百思不得其解:巍巍群山长城,道道雄关险隘,数十万戍边将士,怎就挡不住十万八旗军?

从登基那天起,此事就一直困扰着崇祯。他苦苦思索十三年,依然无解!

此番宣大总督卢象升孤军奋战、屈死沙场后,崇祯隐约感觉:主持大内并统领监军太监之高起潜,有严重的通敌嫌疑。

卢象升殉命疆场后,民间为他申冤的呼声此起彼伏,从未间断。一个月前,来自直隶四府的十几万黎民百姓,竟抬着他的尸体,来北京告御状。人们轮番跪在大明门外,为卢象升鸣冤。在高起潜的授意下,厂卫特务千方百计,阻挠打击告状百姓。不仅将带头几十人当众打死,还让数百冲得靠前者人间蒸发。剩下的百姓群龙无首,只得南归返乡。虽然这一事件被最终平息,但各种消息还是不胫而走。

那些出自"东林党"和"复社"之言官,拥有风闻奏事之特权。他们把种种风言雾语写成折子,呈递皇上。崇祯得知此事,遂不再信任高起潜,决定将王承恩重新召回到自己身边。而他即将交与王承恩之首要任务,就是秘密调查卢象升之死因,并以此为线索,按迹循踪,揭露高起潜通敌叛国之罪恶行径。

高起潜也隐隐察觉,近日来,崇祯皇帝对自己愈来愈不信任。尤其这番密调王承恩回京,竟连个风声都没向他透露。高起潜如临深渊,如履薄冰。一旦王承恩回京,自己势必受其挟制。因此他多次组织心腹密谋,不择手段阻其回京。

最后承接任务的,乃是大清侍卫处。为了确保行动成功,大清侍卫处共派遣五名顶级高手,分两组潜入大明腹地,抵达西北地区。

一组为慕容兄弟二人。哥哥叫慕容辉,在大清侍卫处中担任从二品散秩大臣;他内外兼修,一双黑风掌苦练了数十年,绰号"黑风虎",在"大清四十八虎"中排名第六。弟弟叫慕容超,在大清侍卫处中担任正三品头等侍卫;他轻功见长,绰号"追风虎",在"大清四十八虎"中排名第十五。

慕容兄弟从未在大明境内露过面,江湖上鲜有人能认出。正因为此,慕容兄弟假扮成李成栋之保镖,公然出现在宴会上。

另一组是宇文三兄弟,老大宇文道,是大清侍卫处正三品头等侍卫;老二宇文策和老三宇文檠是双胞胎,一个是正四品二等侍卫,一个是正四品侍卫领班。他们兄弟三人,在"大清四十八虎"中,排名分别是三十一、三十二、三十三,绰号分别是"修罗虎""伏魔虎""降妖虎"。他们投靠清廷之前,常年在江湖上走镖,熟人太多,所以不便公开露面。三人悄悄潜伏在西安,只待慕容辉之令,统一行动。

洪承畴道:"高起潜如此处心积虑,我想公公此番回京,圣上必定委以重任。"

王承恩面色堪忧,道:"唉……奉命回京,已是阻力重重。眼下监军太监,几乎都出自御马监,且大半都是高起潜之亲信。"

独孤燕道:"公公不必担忧。司礼监和御马监权势再大,也须倚重锦衣卫。锦衣卫世受皇恩,其中不乏正直之人,深明大义,精忠爱国。"

王承恩望着独孤燕,深知其不但武功高强,技艺绝伦;且心思缜密,精于谋划。他平日里缄口寡言,从不轻易表态。今日开口,必是深思熟虑,胸有成竹。王承恩遂道:"请独孤大人言明。"

独孤燕道:"高起潜的根基,不在司礼监,而在御马监。司礼监主'文',代天子草拟诏谕,审核阁票,与内阁对接,实为内廷'相府'。御马监主'武',掌管兵符火牌,提督京营禁兵,统领各路监军,实为内廷'将府'。那些把持禁军三大营和安插在全国各路军队的监军太监们,才是其根脉所在。"

独孤燕又道:"眼下为了提拔,也为了巴结高起潜,大家都争着调入司礼监,反倒忽略了御马监。高起潜此前所任御马监掌印太监,才是此中枢辖。公公只有高居此位,才能保社稷之安宁。"

王承恩道:"如此,何人能说服皇上?"

独孤燕道:"周皇后!"

"周皇后?我知你们厂卫本领非凡,尤其四大家族,更是神通广大。可此乃当今皇后,能受制于厂卫?"洪承畴满脸疑惑。

独孤燕缓缓道:"周皇后如今母仪天下,可先前呢?"

洪承畴和王承恩面面相觑……

原来明朝为防后宫干政,外戚作乱,洪武皇帝定下祖训:"凡天子、亲王之后、妃、宫嫔,慎选良家女,进者弗受。"因此,历任皇后妃嫔,多选自民间,当今周皇后自然也不例外。

周皇后本名玉凤,出身寒微。她父亲名叫周奎,天启六年(1626),带着妻女流落京师,在前门大街摆摊,算命为生,经常食不果腹。那时魏忠贤刚刚把持东厂,风头正劲,如日中天。独孤燕当时编在锦衣卫,可平日里却在东厂当差。监视亲贵百官,乃东厂职分所在。

万历三十八年(1610),朱由检之母刘氏怀孕刚满五个月,王承恩便领受东厂密令,潜伏进慈宁宫。

万历四十八年(1620),即泰昌元年,神宗和光宗两代天子先后去世,中间相隔不过月余。熹宗继位,次年改元天启。不久后,朱由检获封信王,移居宫外,住进了新建的王府。与此同时,曹化淳又被东厂派进信王府,安插在朱由检身边。

然而,就在曹化淳被派进信王府后不久,当时的东厂提督王安就被魏忠贤害死。此后数年,魏忠贤凭借和天启乳母客氏之龌龊关系,竟自命"九千岁",篡权乱政,祸国殃民。他操纵下之东厂,对王公亲贵和文武大臣的监视变本加厉。

作为天启皇帝的唯一胞弟,朱由检乃潜在之皇位继承人。他居住的信王府,自然也是监视的重中之重。而此前东厂派进信王府之人,无论王承恩还是曹化淳,都非魏忠贤嫡系。因此,他要另派心腹进入信王府。可是朱由检身边宦官已经够多,再派太监进去,自会让人生疑。

所以,他决定利用信王选妃的机会,从民间物色一位美貌少女,混入信王府。而此项任务,则最终落到了独孤燕头上。独孤燕在北京城里转了几圈,相中了随父摆摊算命的周玉凤,并将她们父女二人带回魏忠贤的哥哥魏钊府上,秘密安置在后院厢房。

魏钊时任从三品指挥同知,和正三品指挥使许显纯一道执掌锦衣卫。此后数月,周玉凤在魏钊府内接受严格训练。训练结束后,由魏忠贤暗中布置,哄着毫不知情的天启正宫张皇后出面,以嫂代母,为信王选妻。就这样,原本在北京城流浪的周玉凤,一跃成为朱由检之妻。

周玉凤嫁入信王府的次年,天启七年(1627)八月十一,熹宗暴毙于乾清宫。信王朱由检在王公亲贵和文武大臣的拥立下,继位登基,改元崇祯。此后数月,一举铲除阉党。凡与魏忠贤有瓜葛者,一经查明,立即处死。参与此事之人,除周氏父女和独孤燕外,都未能活下来。

独孤燕顿了顿,端起几上的茶杯,轻轻啜了一口,接着道:"魏忠贤机关算尽,却未料先帝英年早逝。这个秘密,如今只有我和周皇后父女知晓。"

王承恩和洪承畴听罢,顿时心领神会……

王承恩听独孤燕一番话,心中顿感宽慰,转头朝洪承畴道:"督师此去辽东,也须小心谨慎!"

洪承畴摇摇头,无奈道:"是吉是凶,皆是命数。老夫尽人事,从天命即可。"

独孤燕道:"秦兵将勇兵强,洪大人不必过虑。"洪承畴在陕西经略多年,带出来的这支军队,被世人称为"秦兵"。

洪承畴道:"秦兵得名于秦地。八百里秦川,尽是沃土良田。当年大秦以此为基,崛起于春秋,称雄于战国,乃历史必然。"

郑森又道:"大人久居秦地,对秦国历史之研究,定是颇有建树?"

洪承畴自谦道:"建树谈不上,倒是有一些敬陈管见。"

郑森道:"大人可否与我们一讲?"

洪承畴道:"治国必先治军。秦军,才是当年强秦之根本。"

独孤燕道:"洪大人所言甚是。战国七雄,最属秦军兵强马壮。"

洪承畴道:"商鞅变法之后,秦国以法家之术治国治军。严刑峻法,令行禁止。秦军之所以强大,老夫认为,无外乎军法严明、兵器先进。到陕西之后,你们对秦兵的装备,哪一种印象最深?"

独孤燕道:"弩!大明军队寻常都是用弓,用弩者甚少。锦衣卫中,也只有执行特殊任务者才用弩。像秦兵这般大规模列装硬弩,从未见过。"

郑森也道："西洋人用弩较多。回国以来，甚少见人用弩。兵部武库司清单上，远攻利器，只有弓箭和火铳，并没有弩。"

洪承畴道："秦兵最拿手之武器，便是各式硬弩。当年秦军之利器，也是这些硬弩。用弩比用弓要简单许多，故而训练一名弩手，三个月即可；而一名弓箭手出徒，至少需要三年。"

王承恩插了一句："这弩是我中华所创，还是引自外域？"

洪承畴道："以我所知，弩乃我中华首创，后传播四海。"

郑森道："在下还以为，弩是欧洲先有。"

独孤燕道："弩之传播外域，始于盛唐。高仙芝西征之际，从中华传至大食；唐末宋初，又由大食传到欧洲。"

郑森道："难怪欧洲人说，十字军东征时期，他们从阿拉伯人处学会了手持十字弓，不料却又是我天朝传至。"

原来，西洋人管弩叫作"十字弓"，据说是因盛行于"十字军东征"时期而得名。东征期间，大量欧洲骑士阵亡于"十字弓"利箭之下。在欧洲，骑士乃一社会阶层，他们效忠领主，以战争为业，维护封建统治。"十字弓"传入欧洲后，封建领主们对其深恶痛绝：一名骑士之培养，至少得十几年。而任何普通男女，只需训练数月，就能熟练用弩，凭此远射穿甲，狙杀骑士。弩这种兵器一旦普及，就会破坏统治秩序，动摇统治基础。所以各国纷纷颁布禁令，严禁用弩造弩。但禁令归禁令，民间制弩用弩之风，屡禁不止。有些小邦小领，为弥补军力之不足，甚至偷偷研制弩。

独孤燕道："确是。御马监案牍库资料有记：唐之重弩，称雄西域。宋之神臂弩，曾令女真人闻风丧胆。"

洪承畴道："完颜宗弼曾说，他当年南征，眼见宋军的兵器，最妙的就是神臂弩，其他都不足为惧。"他话锋一转，又道："然神臂弩虽天下无敌，但数量却寥寥无几。眼下秦兵之所以可大量用弩，全因我研究秦军战史，获知强弩量产之玄妙。"

原来，神臂弩之所以数量稀少，乃因其制作工艺繁杂，工期漫长。在手工制作的时代，批量生产难以实现。神臂弩纵使再强，也无法列装军队。产量过低之弊,直至南宋灭亡,都未解决。而两千年前之秦国,工艺技术皆不如两宋,却能批量制弩,此中奥妙,全在"标准"二字。

因标准统一,秦弩实现了零部件之量产,使生产效率大为提高。每张弩机的所有部件,皆有设计图板,由少府统一刻绘,汇编成册,派送至各地兵造所。图册对各类部件之规格、材质、尺寸,皆有规定,甚为精确。图板在手,工匠一目了然,皆照图制作,精准无虞。纵偶有偏差,也只在毫厘之间,无碍乎整体。每处兵造所,只做一类或数类部件。完工后,各类部件运回总所,组装成型。

言至此,洪承畴又道:"如此一来,我们秦兵算是实至名归了。一样靠标准实现了弓弩的量产,一样靠强弓硬弩称雄西北。"

郑森道:"都说秦兵骁勇善战,不知洪大人究竟是如何让秦兵成为劲旅的?"

洪承畴道:"老夫带兵多年,自知砥兵砺伍,治兵以信乃治军之关键。唯有如此,军队方能善战,战则必胜!"

郑森又道:"洪大人此去辽东,可是成竹在胸?"

洪承畴呷了一口茶,道:"近日,我研究以往战例发现,与满蒙铁骑交手,凡获胜之战例,几乎全靠防御。炮兵和火器,乃克敌制胜之关键。若想大获全胜,必须依坚城,重防御,凭火炮遏制对方攻势。"

王承恩道:"确是。当年宁远大捷,全赖红夷大炮!"

洪承畴道:"老夫深知,陕西农民军与东北八旗军天差地别。八旗军久历战阵,虽人数不多,但个个训练有素。一名八旗军,能抵三到五个农民军。且其以骑兵为主,个个精于骑射,能打善冲!若不借助火器,实难取胜。"

王承恩道:"蒙古军队当年横行天下,征服四海,靠的就是火器和骑射。若无火炮和手雷,攻城拔寨何以一帆风顺?"

郑森道:"西方城高堡固,若无火炮,蒙古骑兵纵使再强,也只能望城兴叹!"他顿了一顿,又道:"若不是蒙古人把咱们的火药带至欧洲,这些西番,也不致纵横大洋,称霸五洲。"

洪承畴道:"然本朝历代天子,忌惮火器之威力,严禁民间私造。近几十年来,火器制造、火药供应,都被大内控制,由公公们督造,工部也不得插手!"

独孤燕道:"咱们自己所造火器,质量差,射程近,还经常炸膛!近年来,辽东前线火炮故障频发,往往未炸死敌人,反倒将自己人送上西天。"

王承恩插了一句话:"唉,眼下的大内,公公们大多利令智昏,嗜财如命,兵器制造偷工减料,质量一蟹不如一蟹。"

独孤燕道:"在钢铁冶炼上做手脚,势必要炸膛。"

郑森道:"难怪兵部的人们老说,辽东前线的部队,有炮都不敢使!"

洪承畴道:"除钢铁冶炼外,他们在火药上也做了手脚。炮弹里装的并非火药,而是沙子和煤渣。就算命中目标,也无杀伤力啊!"

王承恩道:"我主管大内之时,前线部队就已怨声载道。送上前线之火药,极易受潮变质,打仗时经常点不着。"

洪承畴道:"还望公公回京之后,密切关注此事。"

独孤燕道:"辽东之凶险,既在战场之内,更在战场之外。"

洪承畴道:"请独孤大人言明!"

独孤燕道:"清廷间谍最擅鬼蜮伎俩!每逢大战,势必谣言四起,以致君臣猜忌,军心大乱,未战而先败矣!"

洪承畴道:"若无内奸策应,怎能掀起如此波澜?"

王承恩道:"咱们总督府地处关中,与盛京相距数千里之遥,他们都能闹出这么大动静!可见清廷对我大明之渗透,已至何等地步!"

独孤燕道:"二位大人所言甚是。间谍与汉奸内外勾结,其势之大,惊见骇闻。"

王承恩叹道:"唉,但凡北方夷狄觊觎中华,芸芸众生多望风使舵,随波逐流,内奸迭出,以致城池不攻自破,国土不战而失。故云攘外必须安内,除谍务先惩奸!"

众人又聊了许久,直到深夜,方才散去。

第二十七回　武当山前惩凶恶
　　　　　　千里单骑护巾帼

悲苦岁月崎岖路，遥望鸿鹄万里途。
日暮黄昏心不老，关山一骑任飞渡。

——《过武当山》

次日，李建泰一行向洪承畴、王承恩告别。

洪承畴道："从西安出发入川，自古多走汉中，从剑门关入川。可最近张献忠等部都在那一带活动。若非大军结伴而行，谁也不敢从那儿过去。"

朱之瑜道："《三国演义》中不是提过阴平小道吗？邓艾父子走阴平小道，直抵江油。"

王承恩道："阴平古道，得绕道甘肃，还得翻越摩天岭。从五胡乱华起，那一带都是少数民族的地盘。对汉人们而言，进得去，出不来。"

洪承畴道："三国以来，川陇交界一带，一直就是氐族聚居之地，'五胡乱华'时白马氐还在那里建过仇池国。尤其是摩天岭周围，地势险要不说，民风粗犷野蛮。十几个汉人过摩天岭，绝对九死一生！"

王承恩道："不是九死一生，定是有死无生！"

李建泰道："那怎么办？河南也不能走，汉中也不能走，究竟从哪里才能入川？"

洪承畴道："眼下只有一条路。从西安，走蓝田关，绕道郧阳府，从万源、达州一线入川！这一路上，都有咱们的驻军。险关隘口，都有重兵把守。虽得绕点路,但可趋吉避凶。"

……

李建泰、朱之瑜、郑森一行出了古都西安,往蓝田关方向走。一路上所见情景,跟曹操《蒿里行》里写的一模一样:白骨露于野,千里无鸡鸣。众人看着,皆揪心般痛苦难受。

过了蓝田关,进入秦岭腹地。这里群峦环绕,崇山峻岭。道路虽崎岖难行,但正如洪承畴和王承恩所言,沿途多有官军把守,虽偶尔也有小股流匪出没,但并无农民军主力活动,自是安全许多。

一行人快马疾行,才走了两日,就抵达郧阳府,武当山近在眼前。郑森想起此前智通大师嘱托:日后若路过武当,务必上山拜访灵虚道长。

入城之后,郑森将李建泰一行安顿住下,然后孤身出了郧阳城,纵马疾驰,望武当山而来。

郑森一口气奔出八九十里,到申牌时分,已入武当山地界。山路渐陡,林草渐密,却始终杳无人烟。他想找个当地人问路,却怎么也找寻不见。郑森无奈,只得循着山路,继续前行。又行了数里,忽见坐骑气喘吁吁,口吐白沫,方才意识到坐骑已狂奔半日,早已精疲力竭。此时又是上坡山路,自是难以为继!郑森下了马,牵着缰绳,一步步挨上山来。

这日天气阴沉,虽只申末时分,山道却已迷离恍惚。眼看薄暮冥冥,依旧不见路人,郑森不免有些忐忑。

他牵着坐骑,又走了小半个时辰,终于看见前面山坡上,隐隐有一片民房,想来定是村落无疑。郑森翻身上马,一阵疾行,转眼间便到了村外。只见村口立着一块石碑,石碑上刻着"倪家庄"三个大字。

郑森进了村子,却依然不见行人,四下里静得可怕,竟连声犬吠都没有,只偶尔有几声乌鸦的怪叫,听着让人瘆得慌。

郑森未再前行,随便挑了一户人家,把马拴在柴扉外一株古树上,转身叩门。岂料喊了半天,却始终无人答应。

此时天色尚未全黑,凄冷山风从耳边刮过,呜呜咽咽,让人不寒而栗。郑森轻推柴扉,谁知柴扉竟是虚掩。他左手扣住刀柄,踱进院内。眼前景象,简直惨绝人寰:只见地上一具男尸,半个头颅滚在一边。院子正中一个老妪,仰天躺在地上。她身上还伏着一个老汉,旁边一大摊黑血。

院子西南角落,一株古树的粗枝下,赫然吊着一具女尸。披头散发,一丝未挂,赤裸的身躯上,道道血痕清晰可辨,地下漫漫一摊黑血……旁边一个花布襁褓,竟被一杆花枪死死钉在树干之上。襁褓中的婴儿,双目白翻,肠肚外流……一家老小,面容狰狞,死状恐怖,显是生前遭受过莫大折磨。何等暴虐歹毒之徒竟如此荼毒百姓?简直丧尽天良!郑森又是悲愤,又是惊骇。他抽刀在手,走出小院,去其他农家查看。

怎想全村五六十户人家,情况大同小异,所见景象无不触目惊心,竟无一个活人!好端端一个小山村,到处是残缺的尸首,如同阎罗殿堂一般。杀人手段,极尽狠辣恶毒,惨无人道……

郑森自幼漂泊四海,大风大浪历经无数。可今日之惨状,却是头一遭遇见,令他痛心疾首。他仔细观察地上的血迹,用手指蘸起轻轻揉开。血迹尚未完全凝固,血色也还鲜艳。想来这些村民死去并不多时,定是乍逢大变,全村老幼都来不及招架,就被屠戮殆尽。地上另有许多脚印,杂乱斑驳,向村子西口延伸而去。

"凶手应该尚未走远!"郑森翻身上马,寻着足迹,奔下山来!

山风阵阵刮过耳畔,宛若夜叉山鬼尖声怪叫。郑森一口气奔出四五里,前方隐约传来刀兵之声。

郑森扬鞭策马,顷刻已至。只见悬崖下一片空地上,一位老道长被上百名官军围住,长枪硬弩,箭雨纷飞。老道长白眉善目,瘦高清奇,左手一柄拂尘,右手一把长剑,与官军厮杀得天昏地暗。身后崖壁上,黑乎乎一个洞口,洞中隐隐挤满了百姓,衣衫褴褛,或躺或卧……洞口外还有三五个人,皆被弓箭射中,倒在地上痛苦挣扎。

洞口旁还有一位老妇人,身形魁梧奇伟,一身戎装,右手拄着一件长兵器。她背靠着岩体坐在地上,显然已受重伤。那件兵器木杆铁头,似枪非枪,似戟非戟。

郑森见一帮官军围攻老道长和百姓,怒不可遏,当下策马,眨眼已赶至近前。他双手在马背上一按,凌空跃入圈中,将刀刃反转向上,当当当一阵声响,敲在当先十余人手腕上。只听得丁零当啷一阵乱响,十余件兵刃已散落在地。那些官军疼得哇哇乱叫,捂着手腕不住后退,其余众人纷纷住手。郑森昂首面向官军,厉声喝道:"你们堂堂官军,为何欺压百姓?"

只听得官军阵中传出一声怪笑,接着是一句粗口:"哪里冒出来的小鸡×?老子和兄弟们打打猎,杀杀人,管你他娘个蛋事?"

郑森定睛看去,只见官军阵前,当先二人,骑高头大马,一人面红似血,大眼浓眉,穿着正三品参将官服;一人高颧深目,白面黄须,身着正四品游击官服。回话之人,正是着游击官服之人。

郑森提高音调,又厉声问道:"那倪家庄一村百姓性命,也是你们所害?"

那游击鼻子一哼,一脸满不在乎,轻蔑道:"哼!就是老子杀的,你他妈管得着吗?毯大个黄毛杂种,活得不耐烦了吧?"

郑森强压住怒火,厉声道:"你是何人?身为朝廷命官,为何草菅人命,滥杀无辜?"

那游击官举起手中弓箭,嘴里仍不干不净,道:"××大个东西,也配问老子名号!看老子怎么拾掇你!"话音还未落定,只听得嗖的一声,一支羽箭已破空而出,朝郑森面门迅疾袭来。

郑森本想躲避,但他心念一闪,意识到自己躲开倒是容易,只是身后百姓恐要受伤。就在分神刹那,箭已袭至。郑森紧盯来箭,欲瞅准机会,用刀面将它格去。就在此时,一团白光在郑森眼前闪过,那支箭已不知去向。

郑森目光随着那团白光看去,原来是身旁老道长出手。他左手挥动拂尘,已将那箭卷了下来。郑森望着老道长,毕恭毕敬地朝老道长点点头。他已知眼前这位老道长,武功定是高深莫测。刚才他目不移晷,云屯席卷,绝对乃大家风范。

那老道长也朝郑森点点头,随即转过脸去,盯着地上那支被拂尘卷下来的黑红色羽箭观察片刻,仰天大笑数声后,傲雪凌霜道:"我道是谁?如此丧心病狂!原来是'射塌天'李万庆李大将军!这位想来定是江湖人称'闯塌天'的刘国能刘大将军了!"他声如洪钟,震耳欲聋,回音在山谷中久荡不绝。这老道长的内功竟如此精纯深厚！郑森更生敬佩。

郑森万万没有想到，眼前这两个手段毒辣杀人如麻的官军将领，竟是投诚不久的义军领袖，均位列赫赫有名的"十三家"。

回国以来，郑森时常听人讲起农民军之事，对义军大首领之名号，早已耳熟能详。犹如"十八芝"在台海一带无人不知无人不晓一样，这"十三家"的名头，在中原大地可谓声名显赫，人尽皆知。

与"十八芝"就是十八个结义兄弟不同，这"十三家"并非十三个人，而是十三支起义部队。其中的大小头目，多达七十二人，故有"十三家七十二营"之说。

此时郑森眼前这两个义军首领，一个唤作刘国能，因胆大鲁莽，天不怕地不怕，绰号"闯塌天"；另一个唤作李万庆，同李自成一样也是西夏皇族后裔，早先曾是明军下级官吏，因骑射功夫了得，绰号"射塌天"。李万庆所用的箭羽与众不同，乃是用人血染成，是故老道长一看那支被卷落在地的黑红色羽箭，就立马认定其身份。刘、李二人的名头和事迹，郑森在路上都听李建泰讲过，知他们在张献忠投降后不久，也被朝廷招安，所属部队全改编为官军。张献忠去年自谷城起兵，降而复叛，这二人却没有造反，仍然吃皇粮穿官服，所部就驻扎在襄阳府和郧阳府两地。

那二人身份乍被揭穿，惶恐不安。可未过多久，便恢复自然，哈哈哈狂笑不止。

刘国能盯着老道长，先开口道："老东西着实有两下子，念你年事已高，只要不管闲事，我们就放你一马。"说罢转头盯着郑森道："倒是这个黄毛小子，半路里横生出来，搞得老子没了心情！"

那李万庆双眼直勾勾盯着郑森，一脸狞笑："小崽子，老子今天告诉你，我们哥俩儿天不怕地不怕，上马为官，下马为匪，能吃皇粮就吃皇粮，吃不了皇粮就杀人越货。甭说崇祯那个狗皇帝，就是天王老子临凡，我们也扇他两个大嘴巴子，在他身上戳几个窟窿。你他妈的算个什么玩意儿？有种把名姓报上来。"

郑森把外面长袍一掀，露出里面的六品彪形武官补服，朗声道："我郑森堂堂七尺男儿,站不更名,坐不改姓,岂由得你们胡作非为!"

李万庆听罢,又是一阵狞笑,道:"好小子,你要是不亮明身份,老子我念你手段了得,兴许还能饶你一命。可你他妈非要亮明身份,那就休怪老子我心狠手辣,今儿个定要杀了你灭口。"说罢就要扬起手中军旗,下令手下官兵进攻。

刘国能手持马鞭,压住李万庆即将抬起的手臂,道:"咦!兵部六品主事?这小子莫不是新科的武探花?"

李万庆把令旗先放下,高声问道:"喂,姓郑的小崽子,你可是今年新科的武探花?"

郑森鼻子哼了一声,却不搭话。

刘国能压低了声音,对李万庆道:"我看不错,这小子确实有两下子!听说殿试一显身手,二百多斤的牛头铩使得如风车一般。"

李万庆吃了一惊,悄声道:"大哥你说的就是郑芝龙那个龟儿子吧,待我问他一问!"说罢回头朝郑森喊话:"喂,你可是那郑芝龙的小杂种?"

郑森怒不可遏,回骂道:"你嘴巴放干净些,小心我割了你舌头。"

李万庆不以为然,嘴里依然骂骂咧咧,兀自不停:"你老子郑芝龙,不过是个吃软饭的窝囊废,若不是抛弃了你们母子,入赘了大海盗颜思齐家,现在还不是在海上喝西北风的小伙计!能比我们兄弟强多少!你这小杂种,穿他妈一身官皮就忘了本了?老子告诉你,你他妈的骨子眼里也是做强盗的。只不过是海盗,听着比我们这草寇好听些罢了,哈哈哈……"

刘国能也不住冷笑,道:"我们草寇也是盗,你们海盗也是盗,一样是强盗,本质上没啥两样。不过我们是活不下去,为了讨口饭吃才造反的!而你们则是贪财逐利,为了钱杀人越货亡命天涯。要这么说来,你们这些做海盗的,更丧心病狂!"

郑森听他二人言语恶毒,虽然父亲郑芝龙也确如其所言。可辱父之耻,怎能忍受?霎时间怒从心头起,狠向胆边生,他紧紧握住手中单刀,急欲冲进敌人阵中。

此时那李万庆又高声道:"小的们,赶紧给老子冲啊!谁能宰了这老东西和小杂种,各赏白银三千两！郧阳城里的梦春楼,上好的娘们儿随便挑！"

成百上千的"官军"一听赏钱赏女人,都兴奋得哇哇怪叫,挥动兵器蜂拥而上。

郑森见此情景,回首朝老道长说了一句:"还请道长断后,保护乡民。待我主动出击,杀出一条血路来。"

老道长淡淡一笑,轻声道:"射人先射马,擒贼先擒王。"郑森心领神会,点了点头,然后回过头来,双目紧紧盯着刘国能和李万庆,眼中似要喷出火来。他凝聚内力,厉声喝道:"想活命的让开！"音量奇高无比,在山谷中回响不绝。已冲到近前的数十名官军被这声音震得双耳欲聋,头脑欲裂,不由自主地收住脚步,往后退却。

刘国能听了这声音,也不禁心惊胆战。可他毕竟久经沙场,心知自己作为主将,此刻丝毫不能露怯。他赶紧定住神,高声道:"光声音大有什么用！江湖上把你小子传得神乎其神,老子倒要看看,你是真有本事,还是徒有虚名。"话音刚落,一柄三十斤重的标枪就朝郑森飞掷过去。

好个郑森,临危不惧,眼疾手快,劈空一把接住来枪,顺势翻转枪头,呼的一声就反掷出去。如此一接一掷,只在瞬息之间,那刘国能怎反应得过来？只听得劲风一闪,标枪已袭至刘国能面前。他大惊失色,待要躲闪,可哪里还来得及？身子刚偏过一点点,标枪已穿胸而过。

那标枪在郑森反掷下,力道奇大。刺中刘国能后,势犹不减,竟将刘国能带着飞起,将他整个身体钉在马后一棵大树上,方才停住。

这刘国能饶是命大！就刚才这略微一闪,不偏不倚,恰到好处。郑森回掷而来的标枪,既没有刺穿心脏,也没刺穿肺叶,正好从心肺之间穿过,卡在肋骨和脊骨中间。刘国能被钉在树干上,脑袋耷拉在一边,胸口鲜血狂涌而出,丝毫动弹不得,亲军随从慌忙上前搭救。

众人光顾着看刘国能的惨状了,还没回过神来,郑森早擎刀在手,奋勇冲进"官军"阵中。他看着这些身负无数人命血债的恶徒,脑海中不时浮现倪家庄数百无辜村民的凄惨死状,不禁悲愤填膺,故下手决不留情,刀刀使出,都是致命杀招。眨眼间,他已刹翻三十几人,直逼李万庆马前。

李万庆见势不妙,心下大惊,急忙调转马头意欲逃走,可哪里还来得及!只见郑森左冲右突,早闪在李万庆马前,刷刷刷手起刀落,将他周遭的护卫亲军尽数剁翻。李万庆坐下战马受惊,陡然扬起前蹄,狂叫嘶鸣。郑森双足点地,腾空跃起,一把将李万庆从马背上揪了起来,朝隔壁一棵大树上掷去。李万庆虽然壮硕,却如纸鸢般飞向大树,卡在两根大枝杈中间。

此时郑森也已借着余势,跃上树干。他左手捏住李国庆下巴,右手一拳朝其脸上击去。只见李万庆霎时鼻青脸肿,脑袋歪在一边,嘴角血流不止。

眼见两位首领这般惨状,那些官军顿时惊慌失措,哪里还敢上前?纷纷后撤。

那老道长见郑森纵身冲入敌阵,立刻也反守为攻。只见他步履灵动,身形飘逸,长剑与拂尘同时挥舞,直往敌人要害处招呼,顷刻间便撂倒数十人。中招者非死即重伤,横七竖八躺倒一片。余下众人,只恨父母少生了一双腿脚,连滚带爬朝树林外落荒而逃。

这边儿,亲军护卫终于把刘国能从树上救了下来,但他们却不敢拔出枪头。因为此时一旦拔出,刘国能势必失血太多,性命难保。他们见郑森和老道长如此厉害,早已吓得魂飞魄散,七手八脚抬起刘国能,朝林外飞奔逃遁。

眼见"官军"抱头鼠窜,郑森正欲一刀结果了李万庆性命,然后再去追逃。忽见那老道长也跃上树杈,对他道:"小英雄且慢,把他交给秦将军发落吧。那些逃兵,毕竟不是罪魁祸首,就由他们去吧。"

郑森听罢,拎住李万庆后颈将他提起,随老道长从树上跳下,一起来到那位身材高大的女将军面前。

那女将军怒目圆睁,强忍住咳嗽,狠狠瞪着李万庆,厉声问道:"当年我饶你性命,今日你却为何恩将仇报?"

李万庆浑身抖得如筛糠一般,只一个劲儿磕头求饶:"女将军饶命……饶命……"

那女将军左手托着石壁缓缓站起,她神情肃穆,面色凝重,道:"我饶你性命,你可何曾饶过无辜百姓?那年我心存怜悯,竟放你这个狗东西一条生路,以致酿成大错。你贼心不死,匪性难改,今日若再饶你,我秦良玉怎么向百姓交代？怎么向朝廷交代？"说罢，右手挺起那件古怪的兵器，一伸一拽，李万庆已身首分离，尸体缓缓朝前扑倒。

郑森听罢，才知这为女将军，便是大明首屈一指的巾帼女杰——秦良玉。

秦良玉出生于四川忠州，乃当地苗族首领之女，从小孔勇尚武，自比南朝冼夫人与唐代平阳公主。今年，她已是六十七岁高龄，但仍未致仕，现担任四川副总兵。

秦良玉吃力地转过身来，对着二人道："多谢二位救命之恩。"说着就要俯身施礼。

郑森急忙上前将她扶住，道："老夫人莫要客气。大家行走江湖，路见不平，自当拔刀相助。"

秦良玉望着老道长，道："承蒙灵虚道长舍身相救，等老身养好伤，定亲自登门答谢！"

老道长问道："老夫人伤势如何？是否要随贫道上山医治。"

秦良玉道："只是些皮外伤，无甚大碍。"此时随行的苗医已赶到女将军身边，打开药匣，取出秘制苗药，为她治疗。

医治兵器创伤，苗医苗药最是拿手，老道长当即放心。

听到"灵虚"二字，郑森喜出望外。原来刚才和自己并肩御敌的老道长，正是武当掌门灵虚道长。他本打算上山拜访，不想竟在此偶遇。二人话语刚停，郑森立即上前，磕头礼拜道："灵虚道长在上，受小侄郑森一拜。"

灵虚道长将他扶起，笑容可掬道："刚才看你武功精纯，绝对的少林正宗，就知你定是智通大师的弟子无疑。我与你师父乃莫逆之交，不必多礼。"

武当山下一场恶战后，灵虚道长带着大家来到老营镇，把将秦良玉和百姓都安置好。然后来找郑森，一老一少，秉烛夜谈。

灵虚道长对郑森道："南洋郑森，以前多有耳闻。今日一见，当真名不虚传！"

郑森道："道长过奖了。行侠仗义，扶危救困，乃习武之人分内之事。"他略微停顿，感慨道："唉……未承想这郧阳一带，竟如此凶险。"

灵虚道长道："这里地处川楚陕豫四省交界,山高林密,自古绿林草莽,多在此出没！这十几年里,一直是农民军的藏身之处！"

郑森道："车厢峡之战,是否也发生在这一带？"

灵虚道长道："车厢峡就在西北方向,距此地不过百里。为防止流民作乱,本朝在郧阳一带设立监察专区,置巡抚统辖军政民政,卢象升就曾任郧阳巡抚！后来的五省总督陈奇瑜（山西保德人）,也坐镇在这郧阳府里指挥围剿！"

郑森道："原来如此。"

灵虚道长又道："官军一来,流民就往山里钻；官军一走,他们就又出来活动；不管谁主持围剿,都拿他们无可奈何！这一带山区,武当山最为有名！各路起义军的首领,闲来无事时,都喜欢上山走走！所以,贫道跟他们都很熟！"

灵虚道长继续道："前闯王高迎祥当年起兵之后,特意修书一封,遣人送上山来,请贫道下山,帮他们训练军队,共举义事。我下山来到高迎祥义军中,恰逢'荥阳大会',李万庆和刘国能也参加会议。虽对他二人相貌印象不深,但刘国能的人血红樱枪和李万庆的人血红羽箭,却让贫道记忆犹新。"

郑森一听灵虚道长亲身经历过"荥阳大会",忙追问道："那些起义军首领,究竟是英雄还是匪寇？"

灵虚道长长叹一声,道："这大大小小数十家起义军头领中,只有那李自成还算和善,张献忠、罗汝才、刘国能等人,全是亡命之徒,绝非成大事之人。他们反复无常,倒行逆施；暴虐成性,杀人如麻,视百姓黎民为草芥。手下尽是些鸡鸣狗盗、心术不正之辈。唉！善有善报,恶有恶报……"

郑森道："如此说来,李自成确是与众不同？"

灵虚道长道："当时的李自成,还不过是高迎祥手下的闯将！崇祯九年,高迎祥被孙传庭击毙！闯军的首领,才变成了李自成。杨嗣昌主持兵部后,提出'四正六隅,十面张网'之方略！此方案确实奏效:李自成被打得只剩下十七人,被迫躲进了这大山里头。"

郑森道："这么说,李自成就在附近？"

"这几年里,李自成一直就躲在郧阳府以北的大山里打游击。北至商洛山,南抵武当山,这方圆数百里的群山,都是农民军的活动范围。通过袭击地主,兼并小股土匪,闯军的实力日渐恢复。他悄悄离开商洛山,潜藏于武当山西麓的大川镇一带,以营子村和放马坪为中心,分散在十几个村落里!眼下咱们所在村庄,五个月前,还驻扎着闯军。"说到此,灵虚道长指了指他们当下所在之屋舍,道:"此屋,就是当时李自成之居室!"

郑森又问:"他们如今还在吗?"

灵虚道长道:"三个月前刚走!悄悄钻进了伏牛山,准备进入河南!今年中原大旱,在河南招募农民军,容易一些!他的第一个目标,应该是南阳。"

听到此,郑森若有所思道:"依道长之见,李自成可成大事否?!"

灵虚道长沉思片刻,道:"此事实难预料,贫道不敢妄断。其实我所虑者,乃是东北之满洲人!近年来,大明上下,官场腐败,科场昏暗,习武之人,难以步入仕途,只能在州县里,屈身皂隶衙役捕快,无名无分,收入微薄,养家糊口,尚自维艰。"

他顿了顿,又道:"但凡国之强盛,必定政治开明,科举公平,有志饱学之人,无论文武,都可以步入体制,精忠报国。"

听灵虚道长一番详述,郑森方知:武当一派,始于三丰真人,崛起于宋末元初,盛行于大明一朝。在武林中,武当与少林齐名,乃江湖两大中流砥柱。武当弟子中,出将入帅者,不胜枚举。可眼下国事颓废,政治昏暗,科举舞弊,真才实学之人,一生怀才难遇!想要出人头地,要么落草为寇,与朝廷为敌;要么投叛敌国,为夷狄效命。

如今大清王朝,内有范文程、宁完我这等汉族文臣,外有李永芳、鲍承先这等汉族武将,就连智通长老之师叔这般顶级高手,也甘当清廷鹰犬!万历末年至今二十余载,武林各派弟子,学成而无用武之地、被迫出关投奔清廷者,不计其数。武当本派门规尚严,弟子宁死不做汉奸。如有叛国者,同门共诛之。然武当开宗立派四百年来,学成而自立门户者,岂止成千上万?余脉旁系,怎可尽数?仅山东河南两省,出自太极和八卦两大流派的弟子,效命清廷编入汉军八旗者,便难以计数。

说罢,灵虚道长起身,望着窗外的残月,道:"夺中华江山者,必是这些女真人!华夏金瓯,又要失于夷狄了。"

二人又聊个会儿，各自休息。

第二日，秦良玉和灵虚道长、郑森在一起用早饭，原来秦良玉此番回重庆是要助阵围剿乱匪。眼下川鄂战乱四起，局势纷繁，杨嗣昌亲自督师前线，他连发数道军令，让秦良玉统帅"白杆神兵"，到成都平原助阵，会剿张献忠、罗汝才两支起义军。

"白杆兵"乃秦良玉母子统帅之军。之所以被称为"白杆兵"，是因为他们使用的兵器十分特别，是一种用白蜡杆为柄，枪头带有镰刀状的倒钩，枪尾带环的长矛，大致形状类似于《水浒传》中金枪将使用的钩镰枪。这种武器可刺、可挑、可砍、可拉，在冷兵器时代可谓功能齐全，用途多样。只不过"白杆枪"与"钩镰枪"相比，在尾部又增加了一种铁环。这种设计是为了更加适应云贵高原和四川盆地的山地作战，数十支白杆枪首尾相连，可以作为越岭攀岩的辅助工具。

"白杆兵"几乎全都来自苗族和土家族。他们身形敏捷，将勇兵强，尤其擅长山地攻防。在明朝末年，"白杆兵"之势头甚至超过"广西狼兵"，成为那个年代最著名之民族军队。崇祯时期，秦良玉母子带领"白杆兵"转战全国各地，在辽东战场和京师保卫战中血战浴血奋战，成为大明王朝之中流砥柱。

问清郑森情况后，秦良玉决定和他一起，先去郧阳城，然后再与李建泰一行结伴南下。灵虚道长要赶回武当山，秦良玉与灵虚道长道别后，回房收拾行李。

郑森则送灵虚道长到村口。路上，郑森向灵虚道长请教武当绝学与少林武学之异同。灵虚道长道："其实武当绝学，并不神奇，也未有不传之秘。天下武学，殊途同归。宋代以来，印刷技术发达，书籍众多。无论少林功夫还是武当功夫，其武学著作大都流传天下，习武之人，只要用心肯学，皆可得之。"

灵虚道长又道："少林武学，讲究无坚不摧，唯快不破！武当绝学，则讲究以柔克刚，以静制动！然二者根本，全在内功之修行！同样是一套少林长拳，普通少林僧俗弟子使之，仅能防身而已，克敌制胜尚显不足。而你使将出来，却威力无穷。"

灵虚道长继续道:"积跬步以致千里。欲攀武学之巅,只能戒骄戒躁,苦修内力。除此之外,别无他途。"

郑森点头称是,深以为然。

灵虚道长又朝郑森道:"你机缘巧合,又兼勤奋好学,武功修为之高,已当世罕见。然少林武功,刚猛雄宏有余,临阵时必须迎刃而上,遇强更强,方能克敌制胜。倘若力不如人,绝难取胜。终不能以柔克刚,以弱胜强。若能再习练武当绝学,做到刚柔并济,阴阳互补,定能独步武林。"

郑森道:"多谢道长提携。待晚辈回去问过师父,再向道长讨教。"

灵虚道长点点头,道:"你重情重义,且志在天下大事。他日若有缘分,或能再见。贫道此次下山过于仓促,身上只有一本《太极拳谱》,聊表寸心!"

郑森双手接过,感激不尽,直目送灵虚道长的背影完全隐入深山密林,方才作罢。转身上了马,护送秦良玉望郧阳而来……

第二十八回　羝羊触藩心彷徨
　　　　　　草堂闻谶梦徜徉

山高路远水潺潺,对月相思泪潸然。

饮马暂歇丹江口,梦回金陵醉花间。

——《忆崇祯十三年入川》

夜色凄凄,群星黯淡。

一牙残月,孤零零地挂在空中,在黑云晦雾侵蚀之下,凄楚无助。

武当山麓,老营镇外,乱坟岗上。到处是断树残枝,虬结百状的树根曝露在外,如鬼似怪……

路边的巨坑中,扔弃着许多棺材。过了许久,一口棺材的盖子动了几下,跌落一边。随后,一个黑影倏地从里面闪出。此人二十六七岁年纪,正是秦良玉的二女婿李栖凤。

李栖凤扑到隔壁的棺材上,从里面拽出个人来。这是个十几岁的少年,名叫孙思克,是李栖凤的随从书童。此人看似泛泛无奇,其真实身份却是睿亲王府带刀护卫,汉军正白旗。他奉命监视李栖凤,是冷僧机精心埋在李栖凤身边的暗探。李栖凤的一举一动,他都暗记在心,及时密奏。

出卖岳母后,李栖凤心如刀绞,备受煎熬。自打被派回大明,当了间谍,他就良心不安。以往是叶臣指挥,任务也很凶险,但心灵不受折磨。自从划归冷僧机领导后,所接任务,让他内心备受摧残,不断挑战亲情之底线、道德之极限。

他们二人本已走了小路,打算抄近道提前入川。小道两旁,死尸遍野。目睹眼前惨景,李栖凤精神恍惚,脑中全是岳母被害的情形。走到半道上,他终于忍不住了,调头就往武当山方向跑。孙思克无论怎么劝都无济于事,只得陪着他,一路小跑往老营镇而来。

从崇祯四年(1631)起,这一带就是各路官军和各路流匪交锋的主战场:双方混战不休,你争我夺,你死我活;各自的势力范围犬牙交错,你中有我,我中有你……

这条道上,大白天都有散兵游匪出没,更甭提这大晚上了。这不,二人还没到武当山下,就碰上一伙持刀的歹徒。也分不清是官兵还是流匪,反正人家抡起大刀就朝他们冲来。单论武功,李栖凤和孙思克都还有两下子。可对方人多势众,大半夜的跟一帮杀红眼的家伙打群架,吃亏的肯定是自己。

主仆二人对望一眼,转身就往林子里跑。一口气穿过了林子,来到一片乱坟岗前。

这片乱坟岗,其实是个惨烈的战场。

一年前,张献忠和罗汝才,就在这里伏击了明军主力。明军死伤惨重,撂下一万多具尸体,主将罗岱也被俘虏。

人骨惨白森森,鬼火凄蓝幽幽。人一动,鬼火就跟着动;人一跑,鬼火也跟着跑。

身后的追兵,举着火把,眼看就要追上来了,二人筋疲力尽,孙思克发现旁边有个大坑,坑中横七竖八全是棺材。他灵机一动,纵身跳下,掀起一个棺材盖就钻了进去:"公子,赶紧藏进棺材里。"李栖凤也跳进大坑,扯开一口棺材的侧壁,缩身钻了进去。

直到听见追兵的脚步声越来越远,二人才从棺材里爬了出来。

孙思克出来后,拍拍身上的尘土,心有余悸:"公子,您真的要这样?老夫人、夫人还有少爷,现在可还都在侍卫处手里。您要是不听他们的话,咱老李家几十口人,立马就身首异处了……"

李栖凤没有作声,举棋不定。

孙思克继续道:"您冷静冷静,好好想想,这都半夜了,咱们就算赶回武当山下,也无济于事。这一带如此凶险,刚才咱俩都差点丧命。这一来一回,时间都被耽搁了。咱们的任务,怕是要完不成了……"

李栖凤还是没有作声,犹豫难决。

"出发的时候,我买通看守,偷偷去水牢里看了一眼老夫人……她老人家腿上的肉,都烂掉了。还……还……还生了蛆……"孙思克不住地哽咽,再也说不下去了。

李栖凤站在寒风中,仰首望向夜空:那一牙残月,就如同自己一样,任由黑暗戏弄摆布,彷徨无助,凄然无望……

他长叹一声,步履蹒跚,朝四川方向走去。

秦良玉在武当山下遇袭,看似偶然,实则并非偶然,事情的真相,令人咋舌!

秦良玉本在襄阳,协助马祥麟守城。马祥麟乃秦良玉独子,朝廷敕封之"骠骑将军",母子二人现统帅"白杆兵"主力,驻守重镇襄阳。三天前,秦良玉接到杨嗣昌以兵部名义发来的调令,让她火速带兵,赶赴成都。秦良玉的二女婿李栖凤,此时也在襄阳。

李栖凤乃现任襄阳副总兵,他的父亲是原四川总兵李维新。李维新担任正二品四川总兵时期,秦良玉担任从二品四川副总兵。李维新的次子李栖凤,娶了秦良玉的二女儿马筱珊,两家因此结成儿女亲家。李栖凤读书不好,父亲为他捐了个贡生,平时留在军中,参赞机枢。后来李维新调任蓟镇总兵,携家挈领,移防燕山。

崇祯九年(1636)夏,清朝大军第四次入塞,蹂躏京畿,李维新战死于昌平。李栖凤和妻子被俘,夫妇二人被清军扣押在东北两年多。

崇祯十一年(1638),清军第五次入塞,分兵两路,左翼由多尔衮、豪格、阿巴泰统领,翻越青山口(位于今河北省迁安市东北)入塞;右翼由岳托、杜度统领,翻越墙子岭(位于今北京市密云县东北)入塞。

李栖凤充当向导,随左翼军,跟着豪格打头阵。清军进抵北京城下,李栖凤带着孙思克阵前逃脱,跑回北京城内。他本有严重的通敌嫌疑,但他们李家乃世袭卫所军官,世代居住在甘肃武威,为大明镇守西北边陲。在兵部尚书杨嗣昌的庇护下,李栖凤担任了军官,获得朝廷重用。

李家与杨家乃世交。杨嗣昌的父亲杨鹤,曾主政陕西三边多年。李栖凤的父亲李维新,长期在杨鹤手下为官,二人相处融洽,私交甚好。杨鹤获罪下狱后,李维新也被调离甘肃,先去四川,后赴蓟镇。

正因为这层关系,李栖凤投到杨嗣昌门下。在杨嗣昌庇护下,李栖凤非但没有获罪,反而成了逃出生天、荣归大明之英雄,而且还被授予正三品参将之职,安排在卢象升的天雄军中当差。去年(1639)春,卢象升在巨鹿被清军合围,李栖凤率领所部三千人临阵脱逃,跟在监军的大太监高起潜左右,眼睁睁看着清军围歼卢象升,见死不救。可怜一代名臣卢象升,最终战死沙场,含恨九泉。

就是这样一个大罪人,高起潜却对他青睐有加。战争结束后,李栖凤的职务不降反升,竟被任命为副总兵,调往襄阳,协助他的大兄哥马祥麟守城。

对清廷而言,把李栖凤调往襄阳,还有一层用意。这几年,包括李自成、张献忠、罗汝才、刘国能、李万庆在内的几乎绝大多数农民起义军,都被杨嗣昌提出的"四正八隅,十面埋伏"大网,包围在川陕鄂豫四省交界的山区。李栖凤在这一带活动,可以伺机与农民起义军联系,策反这些起义领袖,配合清军犯边入侵。尽量把明军主力拖在这里,使其陷入两线作战的境地,无法分兵北援,顾此失彼。

接到杨嗣昌调令后,秦良玉即刻启程。她深知襄阳守军本就不足,无法再分兵援川。遂决定只带数名随从,先回老家,在忠州、石柱(今属重庆)召集好部众,然后再赶赴成都。

马祥麟恐路上生变,遂让李栖凤护送。李栖凤也正好借此机会,去成都面见杨嗣昌,希望再提拔一级,回老家甘肃担任总兵。

岂料,出发前夜,李栖凤接到冷僧机密令——途中务必除掉秦良玉!

机不可失,时不再来!

此时在郧阳驻防的,是恶贯满盈的刘国能和李万庆所部。快到郧阳府时,李栖凤和孙思克二人合计,决定借机抽身并借刀杀人。于是,李栖凤去找秦良玉辞行,借口替她赴杨嗣昌大帐说明回老家调兵情况,先行一步,走小路赶赴成都平原。秦良玉光明磊落,当即应允,丝毫未对李栖凤起疑。

之后,孙思克乔装打扮,潜入郧阳城内,散布消息:"一支商队,满载金银珠宝,从襄阳出发,沿汉江西进,取道十堰、安康进入四川。雇主财大气粗,重金聘请镖师护送,明日下午将从武当山下经过。"

刘国能、李万庆得知这个消息后,欣喜若狂。他们以打猎为名出城,秘密布置,在半道上埋伏,袭击秦良玉……

话说李栖凤和孙思克二人,继续往四川方向走,悄悄进入张献忠的游击区。这里山高林密,土匪出没,山间小道如羊肠般曲曲折折。

氤氲中行了半日,终于来到一座小镇。二人翻出地图,看了半天,确定这里就是接头地点。

此时虽已晌午,但天色昏沉,阴冷湿寒。二人边走边看,到处是残椽断木,破坛烂罐……镇里空无一人,死气沉沉。直到穿过小镇,才在路边瞅见一个小饭馆,又脏又破的旗幡,挂在门口歪斜的木杆上,血红色的"饭"字,赫然映入眼帘。

二人实在走不动了,就从地上找了两条还算能用的板凳,在最靠外的一张桌子前坐定。

坐下才发现,垮塌的屋内,竟围坐着七八个人。这些人装束污秽,正围着一个大铁桶,山吃海喝。他们兵不像兵,民不像民,应是附近的农民起义军。但是不是张献忠派来的接头之人,此时还不能妄断。

李栖凤乜着眼,朝孙思克使个眼色。孙思克当即会意,缓缓转过头,瞟了那些人几眼,寻找接头暗号。

疾走半日,李栖凤早已饥肠辘辘,此时见人家手中都拿着硕大的骨头,兀自撕啃得起劲儿。他闻着肉香,不禁咽了口唾沫,没等孙思克回答,又问:"小猴子,你说他们吃的是什么肉?骨头那么大。"说着,又咽了一口馋涎。

此时,孙思克注意到那些人身后灶台边攒着三颗人头。那里原本是间厨房,但已经垮塌了。破败的土墙上晾着三张血淋淋的人皮,地上到处是被撕扯下来的衣物碎条,角落里还弃着一摊新鲜的肠肚内脏。

"杀人充军粮,人肉当伙食。"一般人觉得不可思议,但对张献忠手下这些个起义军来说,早就习以为常了。人骨人肉算什么,那是家常便饭!尤其是号称"八大王"的张献忠本人,最喜欢开剥活人。他经常宰俘虏,吃人心,而且亲自操刀,现剖现吃。

新鲜的人心,在张献忠看来,乃是大补!再配上一碗热乎乎的人血,那感觉,简直妙极了!日日有心啖有血嗜,真真赛过活神仙啊!

这些人今早刚一到这儿,就把镇上仅存的一家三口都砍死,开剥拾掇干净,用随军打水的铁桶,满满煮了一桶,啃得津津有味。

孙思克强忍着不让自己吐出来,好不容易从嘴角挤出两个字儿:"人肉。"

李栖凤一听"人肉"二字,一阵恶心,捂脯欲呕。

孙思克急忙把他拉到一边,李栖凤哇哇狂呕。那些人听见动静,转过头来大笑不止。

李栖凤好不容易止住了吐,再也不提"吃肉"了,悄声问孙思克:"看清楚了吗?是和咱们接头之人吗?"

孙思克点点头,小声道:"没问题。'亡命旗''索魂鞭''鬼头刀',三个暗号,全对上了。"

李栖凤惊魂未定,应声道:"以防万一,还是再对对切口吧。"

"好的。"孙思克低声应承,从桌下爬起来,走到路对面的大树下,拉开裤子就尿,边撒边高声道:"公子,这蜀道难,真是难于上青天啊!"

话音未落,一名壮汉忽地站起身来,用一口浓重的陕北腔高声道:"难他妈个蛋!老子就要踏平襄阳府,血洗锦官城!"

其他莽汉也纷纷起身,把手中的人骨往地上使劲儿一甩,刷刷刷抽出大刀,振臂高呼道:"踏平襄阳府,血洗锦官城。"

这十个字,正是出发前冷僧机传过来的切口,用于最终确认对方身份。李栖凤再无疑虑,赶紧招呼孙思克,随手将包裹"遗落"在板凳上……二人连滚带爬,朝着西北方向,"仓皇"逃窜!

那个壮汉,名叫张可望,乃张献忠四大养子之首。他大步上前,一脚把板凳踢得粉碎,顺势抄起包裹,仰天狂笑……

"哈哈哈哈"……

"哈哈哈哈"……

"哈哈哈哈"……

笑声狰狞可怖,惊飞了山鹞,吓飞了老鸹……

话说秦良玉伤势好转,和李建泰、郑森一行,结伴同行,继续赶路。

来到达州城外,大家决定分道而行。秦良玉一行回重庆,李建泰一行去往成都。

秦良玉猛然想起,这里是云南名将龙在田的防区。她提议大家先进城拜访一下龙在田,然后再分路而行。

李建泰和朱之瑜一则与龙在田不相识,二则自恃身份尊贵,于是推脱道:"我们在城外等候,让郑森陪您进城就行。"

秦良玉也不强求,带着郑森进城拜访龙在田。

龙在田乃是彝族人。他统帅的军队,总共有三万人,全部来自云南石屏。

龙家世居龙朋里,是当地世袭的小土司,本来没多少族人和部众。要不是明朝末年西南大乱,像龙在田这样的小土司,很难有出头之日,飞黄腾达更是无从谈起。

龙在田武功并不算高,但是心狠手辣,凶悍残忍。他带兵打仗,从不留活口,破寨则屠寨,破城则屠城,在云南着实打出了名堂。

天启元年(1621),震惊天下的"奢安之乱"爆发。短短数月,叛军席卷渝、贵、川三省。大明王朝设在西南各地的官署衙门尽丧皆失,委派到西南各地的流官胥吏被屠杀殆尽。

正是这次史无前例的大叛乱,给了龙在田横发逆起之机。就在以汉族军队为主体的大明军队节节败退之际,龙在田接受大明朝廷征召,率军平叛。他带着手下彝兵,从云南出发,一路向北打进了贵州,向自己的彝族同胞抡起了斧头,挥起了屠刀。

龙在田和他的云南彝兵实在剽悍,最后竟打到了水西的大本营。一举把这个在中国西南地区存在了一千多年、历史最悠久、实力最强劲、影响最巨大的世袭大土司,彻底剿灭,给大明朝廷立了头功。

还没顾上把砍刀上的血渍拭去,龙在田就又率部,马不停蹄渡过赤水河,一鼓作气突袭古蔺,与秦良玉统帅的苗族白杆兵一道,合围四川永宁宣慰司,把奢香夫人的娘家人,统统剿灭。

"奢安之乱"过后,龙在田名声大噪。他统帅的云南彝兵,与秦良玉统帅的白杆兵齐名,成为明朝末年举足轻重的主力部队。

郑森随秦良玉进城后,直奔龙在田所在官署。二人刚进大门,带路的亲兵就高声禀报:"石柱大土司秦良玉将军驾到。"

正当走到二门时,一个神色慌张、步履匆匆、一身千总装束的人,从西头小院里出来。他低着头穿过二门,不小心撞到了秦良玉肩膀,脑袋不由得向上抬了一下。就在这转瞬间,秦良玉瞥见了他的长相!

那个人拉低帽檐,加快脚步,很快就消失在大家的视线里。

秦良玉停下脚步,望着那人远去的背影,怔怔出神。

郑森问:"老夫人,有什么不对劲吗?"

秦良玉道:"刚才出去那人,看着很眼熟!"

郑森又问:"夫人认得他?"

秦良玉道:"似曾见过,可一时又想不起来!"她左思右想,仍未想起:"嗨!再说吧。"

他们继续前行,岂料龙在田也从西头小院走出:"嫂子大驾光临,兄弟有失远迎,失敬失敬。"

龙在田请二人进屋,让座看茶。秦良玉与龙在田聊了一会儿,生怕李建泰久等,遂起身告辞。

龙在田恭送二人,直至大门外。

刚转过街角,秦良玉朝郑森低声道:"我想起来了,刚才那人是艾能奇。"

"艾能奇是何人?"郑森问道。

"张献忠养子。"秦良玉多次参与围剿张献忠的战役。艾能奇面白无须,容貌清秀,在农民军中很显眼,秦良玉对他印象很深。只是今天,艾能奇一身官军千总装束,又是在龙在田的大院里,秦良玉未能立时想起。

这里可是龙在田的官署啊!郑森不免诧异:"嗯?张献忠之养子?"

秦良玉面色凝重,缓缓道:"早有传闻龙在田暗通张献忠,今日看来,并非空穴来风。"

秦良玉的判断不错,龙在田与张献忠勾结很深。张献忠此番派艾能奇前来,正是商讨如何通过龙在田的防区,顺利进军重庆……

张献忠再次造反后,席卷川北,震惊天下。杨嗣昌亲临成都,坐镇指挥。近半年来,各路官军逐步入川,步步为营,向川北推进。面对杨嗣昌重兵威胁,张献忠急于寻找新的巢穴。他的目光,早就盯上了重庆。

若要进军重庆,龙在田的防区,是必经之路。

张献忠的军队,向来以游击战见长。说聚就聚,三五天之内,就能聚齐数万人;说散就散,数万人马,顷刻间就全隐入群山之中。为了跳出包围圈,进军重庆,张献忠将部队化整为零,秘密潜入大巴山,眼下已全部抵达龙在田防区。

鉴于此,艾能奇出现在了龙在田的驻地。

原来龙在田和张献忠,暗地里早拜了把子。二人兄弟相称,勾肩搭背,恨不得穿一条裤子。

大明崇祯十一年(1638)五月,张献忠投降,被安置在谷城。龙在田的军队,就驻扎在谷城外围,奉命监视张献忠所部的一举一动。

龙在田和张献忠都是嗜杀成性、残忍暴虐之人,二人臭味相投,一见如故。两家往来频繁,你邀我请,或在谷城内的张献忠大堂,或是谷城外的龙在田大帐,喝得酩酊大醉,聊得天花乱坠!一来二去,首领亲如兄弟,各自手下之人,也自称兄道弟,打得火热异常!

张献忠"大大落落","出手阔绰",军中财宝,只要龙在田看上的,想拿哪件,就拿哪件!想拿多少,就拿多少!

龙在田也"义薄云天","肝胆相照",当时张献忠军中伤兵众多,疫病严重,但苦于官军封锁,药材奇缺。龙在田瞒着朝廷,把云南老家的名贵中草药,偷偷运进鄂北,送给张献忠!

这一年间,张献忠一直积蓄力量,意欲卷土重来。他与周边的李自成、罗汝才等部往来密切,通联频繁,龙在田都知道。但龙在田睁一只眼闭一只眼,佯装没看见,从未奏报朝廷。

张献忠"感恩图报","投桃报李"。重新造反后,他将收过自己贿赂之官员,及具体受贿金额,全都贴榜公布。借崇祯皇帝之手,除掉了几百名曾经对他围剿追杀的各级官员。但对龙在田,张献忠却只字未提。

在张献忠心里头,龙在田与他是兄弟。给龙在田送东西,那不是贿赂,是礼尚往来。再说了,人家龙在田也受之无愧,帮忙弄来多少珍贵药材啊。要不是这些珍贵的草药,自己手下的兄弟们,不知得死多少。

不过,龙在田还是受了池鱼之殃,被降级处分,责令回乡。但张献忠和罗汝才等人越闹越大,龙在田才走到达州,就又接到朝廷旨意,命他就地驻扎,确保川渝官道顺畅……

郑森听罢,若有所思,默默跟着秦良玉,出了达州城。

出城后,秦良玉和李建泰两支队伍分别前往重庆和成都。

话说这成都,乃四川省首府,别名锦官城。四川古称"蜀",自古以来,百姓家家户户种桑养蚕,丝织业一直都很发达。三国时期,蜀锦更是名扬天下,成为蜀汉政权的重要财源。而成都则是蜀锦最主要的产地,刘备在此设置锦官管理丝织业。因此,成都也得一别名——锦官城。

李建泰一行人进了成都,已是申牌时分,早过了午饭时间。到了位于城西的驿馆,大家凑合着吃了些茶饭,便匆匆安顿住下。

他们刚一进城,消息就传到了巡抚衙门。此刻四川巡抚邵捷春正在北京述职,三司衙门首脑,都在城外杨嗣昌的大帐里听候差遣。接待钦差之事,自然而然就落到了成都知府头上。

现任成都知府,名叫吴志衍。此人祖籍苏州府太仓县,乃"复社"骨干吴伟业之胞兄。他穿戴整齐,带了一班衙役赶至驿馆,叩见朝廷钦差。

大家寒暄片刻,已至申末时分。

眼见夕阳西挂,天色将晚。众人合计了一下:那督师大学士杨嗣昌虽住在城里,但白日里都在城外军营办公。若此时前去拜见,一则失礼,二则未必能见上人家。

眼下还有些时间,不如到附近古迹去转转。吴志衍想了一下:"这附近也没什么名胜,只有'杜甫草堂',也算不得什么好去处。"可在朱之瑜和郑森眼中,这杜甫草堂却是当今天下文人志士向往之圣地。二人一拍即合,决定赶在天黑之前,去草堂一游,寻访杜工部遗迹,凭吊古人。

吴志衍和朱之瑜在出仕之前就是好友,今日久别重逢,岂有不陪之理?李建泰年事最高,鞍马劳顿,困倦难耐,早早进客房休息去了。吴志衍安排手下衙役留在驿馆伺候,自己随朱之瑜和郑森二人一同前去,亲自导游。

那"杜甫草堂"位于西城门外,依浣花溪而建,三人步行不到一刻钟就已到达。朱之瑜和郑森二人信步畅游,吴志衍在旁讲解。

自杜甫离开成都后,原来的草堂便已废弃,几乎无迹可寻。如今的草堂,是著名词人韦庄重建的。黄巢血洗长安后,韦庄逃难到此,受王建所聘,担任前蜀宰相。他祖籍关中,世居长安,晚年却远离故土,客居蜀中。不久,朱温灭唐自立,中原梁晋争霸,关中战乱无休。韦庄已年过古稀,希望叶落归根。他日夜北望,却归乡无期,时常悲伤落泪。杜甫当年潦居草堂时的凄苦之作,时时在他心头萦绕,牵动思绪,挥之不去。他常常在草堂遗址独自徘徊,伤感流连,后来索性买下这处土地,在原址上复原草堂。

此后七百年间,草堂历经数次重修,其中本朝弘治十三年修缮最精,规模扩展至百亩。以工部祠为中轴,两侧配以回廊长亭,其间流水回环,小桥勾连,翠竹掩映,静谧幽深。而杜工部当年草堂旧址,则专建一凉亭,亭内立碑一座,上书"少陵草堂"四个大字。

郑森安步其间,遥想杜甫当年境遇:他客居此地,担任工部,此职在唐朝不过是依附于藩镇将领的卑微小官,与自己眼下之品阶差不多。生逢乱世,任你逸才旷世,到头来也落个颠沛流离、客死异乡之悲惨下场。郑森不禁触景生情,凭古伤怀:"安得广厦千万间,大庇天下寒士俱欢颜,风雨不动安如山。"说罢长叹一声。

此情此景,朱之瑜也黯然神伤,接口道:"呜呼!何时眼前突兀见此屋,吾庐独破受冻死亦足!"说罢也是一声长叹。

吴志衍也道:"可怜杜工部经纶满腹,却生逢乱世,半世漂泊。他潦倒终生,竟连妻儿都养活不起。自己最疼爱之幼子,竟被活活饿死!真是'朱门酒肉臭,路有冻死骨'啊!"

郑森道:"眼下天下大乱,达官显贵醉生梦死,平民百姓流离失所,与杜工部所处时代,何其相似!"

朱之瑜道:"贤弟所言极是。"他忽然想起什么,对吴志衍道:"我久在户部为官,长期在四川清吏司任上,对成都情况最是熟悉,却又困惑不解。这里地处平原,都江堰灌溉便利,造福千里,自古号称'天府之国',可财政上为何如此拮据?我查过档案,自万历三十年起,你们成都府就再没上交过一升米一文钱,不但连年亏空,而且逐年递增。我实在不明,你们守着偌大个宝地,为何捧着金碗讨饭吃?"

吴志衍一脸惊奇:"舜水兄身为宗室翘楚,当真看不出此中端倪?"

"还请吴大人明示。"朱之瑜回答。

吴志衍摇头叹息:"唉,舜水兄有所不知啊。这成都府乃是蜀王就藩之地。首任蜀王朱椿,是太祖洪武皇帝的第十一个儿子。历代蜀王世袭延续,到现任蜀王朱至澍,已经是第十三代了。二百七十年间,历代蜀王凭借宗室身份,不断蚕食蜀中土地。眼下依靠都江堰引水灌溉的十一州县,十分之七的农田,都被蜀王府侵占。大大小小的王庄,多达三千座!每天的'王膳'由各个王庄轮流供应,十年才能轮换一次!"

朱之瑜恍然大悟:"想不到藩王腐败,竟到如此地步。"

吴志衍接着道:"这还不算!蜀王府中的郡王、将军、中尉的禄米、杂项、差徭全由地方衙门供应。我成都知府衙门的岁入,不及蜀王府十分之一!连下属州县官吏的俸禄都发放不了,更何谈上交户部,支援朝廷呢?"

吴志衍所言非虚。宗室之弊,实乃大明祸乱之本。宗室成千上万,个个富可敌国。洪武年间,宗室只有五十八人;永乐末年,宗室人数也不过一百二十七人。到万历三十二年,宗室已达八万余人。至崇祯年间,更是超过十万!

全国田产,六成以上为朱姓宗室所据,且多为良田沃土。眼下,中原重地,九成以上土地,都在藩王宗室手中。河南诸王中,又以福王为最!福王聚敛无度,侵田占地,越府跨县。他巨胖无比,体重竟达三百六十斤!平时里走路都困难,全靠八名下人用轿抬着。骇人听闻,旷古绝今!

听罢,郑森和朱之瑜良久无语,喟然长叹。

大家正欲离开,郑森忽见有间房子孤立院中,屋门紧锁,暗牖空梁。透过门缝望去,里面黑魆魆、阴森森,遂转头向吴志衍问道:"咦?此屋为何上锁?"

吴志衍道:"这间屋子,早被蜀王府征用,当作灵堂,只有祭祀时才使用。蜀王府的人,平时也不来。里面放置之物,乃太祖洪武皇帝钦赐,钦命蜀王保管,不能随便扔弃!"

朱之瑜道:"既是皇帝赐予蜀王之物,为何不放置在蜀王府里?"

"唉,快甭提了,那物件太不吉利了!以前搁在蜀王府里,老是闹鬼,太过晦气。好不容易挨到太祖驾崩,蜀王府的人实在受不了,才移至此屋!"

郑森道:"究竟是何物件?如此招人厌弃?"

一阵阴风吹来,吴志衍嘘声道:"这东西?说出来吓你们一跳。那是蓝玉的人皮!"

二人听罢,朱之瑜不禁毛骨悚然,直感到背后冷风飕飕。

吴志衍继续道:"那可是咱们大明朝的头号开国元勋!功勋赫赫的大将军!竟被太祖洪武皇帝剥皮揎草,送到成都!"

朱之瑜一脸惊诧:"啊?他们不是儿女亲家吗!"

吴志衍道:"可不是嘛!蓝玉的女儿,就是当时的蜀王妃!"

那是历史上著名的"胡蓝党狱"……

明朝初建,天下初定,为了江山稳固,朱元璋专门制定《大诰》。给功臣们扣上谋反罪名,统统凌迟处死。仅蓝玉一案,就诛杀了一名公爵、两名伯爵、十三名侯爵,被牵连被处决的有一万五千余人!

蓝玉不想被千刀万剐,向朱元璋提出:"念在儿女亲家份上,就给我留个全尸吧!"

朱元璋虽然应承下了,但孰料他竟给锦衣卫下令:想办法剥下整张人皮,算是给蓝玉留个全尸。

一般剥皮,都是沿着脊柱开刀,才向两畔延伸。但这样破坏面太大,不符合朱元璋的要求。施刑的锦衣卫们绞尽脑汁,并向技术精湛的屠夫们请教,反复讨论几天后,终于想出个办法来……

这些锦衣卫把蓝玉整个身子埋在土里,只留个脑袋在外面,在头皮上划了一个小小的十字,不住地往里头灌水银!水银密度大,不断下沉,在皮肤和肌肉之间缓缓渗透!

据说当时蓝玉如万蚁噬体,万蛊噬心。但苦于身陷土中,动弹不得,求生不得,求死不能!到了最后,蓝玉的整个躯体,竟从皮里头爬了出来!血淋淋倒地而亡!

整张人皮,就这样被完整地剥了下来!整个剥皮过程中,蓝玉都还活着。活体时人的皮肤韧性很好,弹性很大,除了隐在头发中的十字切口被撑大一些外,其他地方都未破损!

朱元璋很满意,下令把这张人皮用茅草填充,从南京送到几千里外的成都府,交由蓝玉之女,也就是蜀王妃保管!

可怜那蜀王妃,娘家人被株连九族,诛戮殆尽,自己却还得以太祖儿媳的身份苟活于人世,天天望着父亲蓝玉的人皮草偶,以泪洗面,肝肠寸断……

听完这个故事,郑森沉默不语,朱之瑜感觉头皮发麻,脊背发凉……阴风呜咽,窗棂颤动,如鬼似魅,仿佛蓝玉的冤魂一直没有归天,在此哭诉朱元璋的暴虐无道和自己的凄惨不幸。

众人低着头,快步离开杜甫草堂。

回城路上,朱之瑜与郑森始终低头沉默。

吴志衍见二人心情沉郁,也不便多言,把他们送回驿馆后,自己就带人离开了……

晚饭时,四川道监察御史卫周胤来访。他也是山西曲沃人,跟李建泰是老乡,二人私交甚好。听说李建泰来成都,他便立即赶来驿站作陪。

卫家世居山西曲沃,是当地的名门望族,官员辈出。卫周胤的亲弟弟卫周祚,三年前也考中了文进士,在永平县当了两年推官,去年刚调回北京,在户部担任员外郎,与朱之瑜是同僚。

郑森早早离席,找驿卒问了地址,独自出门,望城北而去。

郑森今夜外出,乃是受独孤燕之托,为西厂办一件大事。

眼下流匪横行,西安至成都的通讯不畅。送信的邮差凶多吉少,常常性命难保。甚至还发生过张献忠擒杀邮差,利用截获的情报,冒充朝廷救兵、计夺城池的恶劣事件。

西厂总部与四川分部之间的联络也被切断,通讯不畅。多方情报显示,皇太极派来的清朝间谍,已潜入四川。倘若这些人与张献忠等人联络成功,大明王朝定遭灭顶之灾。独孤燕此行南下,除了确保李凤翔和王承恩工作顺利交接外,还要缉捕潜入中原试图与各路贼匪联系的清朝间谍。

可独孤燕深知,中原纷乱动荡,一路上流匪横行。王承恩手无缚鸡之力,眼下杀手环伺,危机四伏,如无自己在旁护卫,回京之路,必定险象环生,凶险重重。独孤燕思来想去,与搜捕清朝特务相比,护送王承恩安全回京,才是当务之急。

可他转念一想:自己无法分身南下,不是还有郑森嘛!这孩子武功盖世,行事谨慎,定能代我完成任务。于是,独孤燕护送王承恩回京之前,专程去驿站找郑森,递给他一块西厂总部令牌,托他传个口信:命西厂四川分部,秘密搜捕清朝间谍。

郑森欣然答应,今日刚到成都,就连夜为独孤燕送信。

话说西厂四川分部,就设在这省府成都,位于城北的同春里。同春里青楼汇聚,乃是这锦官城里有名的烟花之地。西厂分部设在这里一处朴素的四合院落内,十分隐蔽,平常人根本无法察觉。

西厂四川分部的统领,名叫阴剑平。此人祖籍南阳,是个四十出头的中年人。阴氏乃世袭望族,早在东汉时期,就是著名的外戚豪族。在南阳,除了唐王府,就属这阴家显赫,共拥良田三十万顷,富甲一方。

阴剑平从小娇生惯养,不学无术,凭着家里有钱,早早行贿高起潜,买了个锦衣卫身份，在御马监（西厂）当差。他文采稀疏，武功平平，就靠着银子打点得到位，早早外放成都，做了四川分部的统领。四川自古号称天府之国，极少战乱兵灾，尤其在这兵荒马乱的崇祯年间，能在四川分部做统领，谁不眼馋？在张献忠入川之前，这里始终安定太平，远离京城，悠哉乐哉。

那阴剑平在御马监（西厂）四川统领任上，整天游手好闲，吊儿郎当，天天泡在同春里的青楼酒肆里，醉生梦死，逍遥快活。郑森带着独孤燕给的西厂总部令牌，穿过大门，径直来到阴剑平卧房外。阴剑平竟未察觉，兀自搂着个美艳妇人在床上戏谑调情，阵阵淫声浪语传出房外，听得郑森恶心欲呕。

郑森无奈，高声道："西厂总部令牌在此，四川分部统领阴剑平接令。"

阴剑平在房中听见郑森喊话，兴致全无，依依不舍放下怀中女子，懒懒起身坐在床边，扯了件睡袍，松松垮垮披在肩上，满脸不悦走出卧房，来到前厅。

阴剑平看见郑森，眉头皱了一下，也不给郑森让座，兀自跷起二郎腿，仰在太师椅中。

郑森见此情景，痛首蹙额。他挺了挺胸脯，将手中令牌往他面前一推，道："我受独孤大人之托，传西厂口令：四川统领阴剑平，即刻在全省搜捕，务必将清廷间谍缉拿归案，不得有误。"

岂料那阴剑平见了总部令牌，竟还不起身接命，仍旧跷着个二郎腿，身子歪在一边，冷冷道："这差事我干不了，也不想干！你把我的话记下来，给独孤燕带回去！

"这些间谍从辽东入境，经直隶、河南、陕西一路南下，在东西厂和锦衣卫的眼皮子底下跑了这么远这么久，也未被抓住。等跑到四川来了，反倒让我追捕？倘若抓不到人，这责任难道让我来担？笑话！他独孤燕想得美，老子才没那么傻呢！

"再说了，我四川分部的番役，总共不足百人。都是当年西厂重建时，御马监划过来的老油条。放着监军的美差不干，让人家出生入死给他抓间谍去？谁愿意？

"眼下这四川也兵荒马乱的，全省一半州府都被贼匪所破。御马监原来设在各州各府的码头，也大半撤销。没有地方州府衙门的协助配合，我们到哪里去找人抓人?"

郑森听完这话,胸中闷气郁结。

此时那阴剑平又道:"这些间谍是在北方弄丢的,到现在也找不见抓不住,那是他独孤燕无能,跟我有鸟关系?叫我放着舒坦的日子不过,提着脑袋去给他卖命?回去告诉他,让我领命,门儿都没有!"

话不投机半句多!郑森心想:唉!如此之辈竟也配做西厂分部统领?他摇摇头,收起令牌,告辞而出……

驿馆客房有限,郑森和朱之瑜同住一屋。郑森回来时,朱之瑜已睡着。郑森简单洗漱,上床休息。

他不知道,朱之瑜正被噩梦缠绕。

一个无皮人形,血淋淋地过来找他索命……嘴里反复念叨着一句话:"我咒你们朱家江山,始于剥皮,亡于剥皮!"……

主要参考资料

（以版本时间为序）

1. 孟森.明清史讲义.北京:中华书局,1981.
2. 明清史国际学术论坛会秘书处论文组.明清史国际学术论坛会论文集.天津:天津人民出版社,1982.
3. 杜石然等.中国科学技术史.北京:科学出版社,1982.
4. 阮旻锡.海上见闻录定本.福建:福建人民出版社,1982.
5. 谭其骧主编.中国历史地图集.北京:中国地图出版社,1982.
6. 〔清〕计六奇.明季北略.北京:中华书局,1984.
7. 〔清〕计六奇.明季南略.北京:中华书局,1984.
8. 华书局影印.清实录.北京:中华书局,1986.
9. 中国第一历史档案馆.清初内国史院满文档案译编.北京:光明日报出版社,1989.
10. 李洵.下学集.北京:中国社会科学出版社,1995.
11. 王绳祖.国际关系史.北京:世界知识出版社,1995.
12. 南炳文.明清史蠡测.天津:天津教育出版社,1996.
13. 崔连仲.世界通史.北京:人民出版社,1997.
14. 叶渭渠.日本文明.北京:中国社会科学出版社,1999.

15. 张德泽.清代国家机关考略.北京:学苑出版社,2001.

16. 〔明〕谈迁.国榷.北京:中华书局,2006.

17. 齐世荣.世界史.北京:高等教育出版社,2006.

18. 林远辉,张应龙.新加坡马来西亚华侨史.广东:广东高等教育出版社,2008.

19. 黄滋生,何思兵.菲律宾华侨史.广东:广东高等教育出版社,2008.

20. 陈寅恪.柳如是别传.北京:生活·读书·新知三联书店,2009.

21. 巫乐华.海外华侨·南洋篇.北京:中国国际广播出版社,2010.

22. 秦义春.洪门.北京:中国社会出版社,2010.

23. 顾诚.南明史(上).北京:光明日报出版社,2011.

24. 顾诚.南明史(下).北京:光明日报出版社,2011.

25. 瞿同祖.清代地方政府.北京:法律出版社,2011.

26. 顾诚.明末农民战争史.北京:光明日报出版社,2012.

27. 顾诚.李岩质疑——明清易代史事探微.北京:光明日报出版社,2012.

28. 顾诚. 隐匿的疆土——卫所制度与明帝国. 北京:光明日报出版社,2012.

29. 顾诚. 明朝没有沈万三——顾诚文史札记. 北京:光明日报出版社,2012.

30. 〔澳〕米尔顿·奥斯本.东南亚史.北京:商务印书馆,2012.

31. 佟佳江.清史稿订误.北京:中华书局,2013.

32. 〔澳〕瑞德.东南亚的贸易时代:1450—1680年.北京:商务印书馆,2013.

33. 〔美〕约翰·惠特尼·霍尔.日本史.邓懿,周一良译.北京:商务印书馆,2013.

34. 〔清〕张廷玉等纂修.明史.北京:中华书局,2013.

35. 白寿彝总主编.中国通史(第二版).上海:上海人民出版,江西:江西教育出版社,2013.

36. 南炳文.明史学步文选.天津:天津古籍出版社,2014.

37. 〔清〕查继佐.明书(罪惟录).山东:齐鲁书社,2014.

38. 樊树志.晚明大变局.北京：中华书局,2015.

39. 赵尔巽等撰.清史稿.北京：中华书局,2015.

40. 柯春桥.世界军事简史.北京：解放军出版社,2015.

41. 佟加蒙.殖民统治时期的斯里兰卡.北京：社会科学文献出版社,2015.

42. 卜宪群总撰稿.中国通史.北京：华夏出版社,2016.

43. 钱海岳.南明史.北京：中华书局,2016.

44. 〔明〕张岱.夜航船.陕西：三秦出版社,2016.

45. 王忠翰点校.清史列传.北京：中华书局,2016.

46. 〔清〕余怀.板桥杂记.浙江：浙江古籍出版社,2017.

47. 〔美〕司徒琳.南明史 1644—1662.上海：上海人民出版社,2017.

48. 〔明〕刘若愚.酌中志.北京：北京出版社,2018.

49. 顾卫民.葡萄牙海洋帝国史(1415—1825).上海：上海社会科学院出版社,2018.

50. 〔美〕桑贾伊·苏拉马尼亚姆.葡萄牙帝国在亚洲(第二版).广西：广西师范大学出版社,2018.

"三晋百部长篇小说文库"书目

经典作品

- 李家庄的变迁·三里湾　　　　　赵树理
- 太行风云　　　　　　　　　　　刘　江
- 汾水长流　　　　　　　　　　　胡　正
- 草岚风雨　　　　　　　　　　　冈　夫
- 新　星　　　　　　　　　　　　柯云路
- 游　戏　　　　　　　　　　　　成　一
- 黑　雪　　　　　　　　　　　　哲　夫
- 世界正年轻　　　　　　　　　　高　岸
- 玉龙村记事　　　　　　　　　　马　烽
- 草　青　　　　　　　　　　　　吕　新

- 吕梁英雄传　　　　　　　　马　烽　西　戎
- 跋涉者　　　　　　　　　　　　焦祖尧
- 神主牌楼　　　　　　　　　　　张石山
- 咸阳宫（上、下卷）　　　　　　林　鹏
- 生死门　　　　　　　　　　　　晋原平
- 送　葬　　　　　　　　　　　　王西兰

- 白银谷（上、中、下卷）　　　　　　　成　一
- 北　腔　　　　　　　　　　　　　　　毛守仁
- 巅峰对决　　　　　　　　　　　　　　钟道新　钟小骏
- 母系氏家　　　　　　　　　　　　　　李骏虎
- 阮郎归　　　　　　　　　　　　　　　吕　新
- 裸　地　　　　　　　　　　　　　　　葛水平
- 甘家洼风景　　　　　　　　　　　　　王保忠
- 大清河帅　　　　　　　　　　　　　　王　华　王卓彦

- 总工程师和他的女儿　　　　　　　　　焦祖尧
- 特别提款权　　　　　　　　　　　　　钟道新
- 毒　吻　　　　　　　　　　　　　　　哲　夫
- 龙　族　　　　　　　　　　　　　　　孙　涛
- 五汉街　　　　　　　　　　　　　　　田澍中
- 大梦醒来迟　　　　　　　　　　　　　王东满
- 种　子　　　　　　　　　　　　　　　王祥夫
- 水旱码头　　　　　　　　　　　　　　刘维颖
- 野狐峪　　　　　　　　　　　　　　　彭　图
- 此生只为你　　　　　　　　　　　　　张雅茜

羊哭了　猪笑了　蚂蚁病了　　　　　　陈亚珍
草　莽　　　　　　　　　　　　　　　张不代
茶道青红　　　　　　　　　　　　　　成　一
国家干部　　　　　　　　　　　　　　张　平
抉　择　　　　　　　　　　　　　　　张　平
旧　址　　　　　　　　　　　　　　　李　锐
银城故事　　　　　　　　　　　　　　李　锐
无风之树　　　　　　　　　　　　　　李　锐

抚　摸	吕　新
天　猎	哲　夫
权力场	晋原平
米　谷	王祥夫
古塬苍茫	张行健
栎树的囚徒	蒋　韵
隐秘盛开	蒋　韵
奋斗期的爱情	李骏虎
婚姻之痒	李骏虎
苍黄尧天	乔忠延

原创作品

·一嘴泥土	浦　歌
·鲛　人	唐　晋
·江山无恙	信应亮
·复调婚姻	王旭东
·西望长安	冯　浩
·舜　瞳	刘志兆
·万里石塘	晓夜树梁

北岳风·中国原创长篇小说系列

·中国劳工	张行健
·中国丈夫	李晋瑞
·肥田粉	白占全

·柳暗花明	刘山人
·天上有太阳	杜　斌
·玉　香	曹向荣
·乡野里的粉桃花	舒　讯
·一个人的哈达图	阿　莲
·白岸闲人录	毛守仁
·回头峰	孟繁信
·龙岩岭	石　瑛
·阁老梦	常捍江
·羊凹岭	袁省梅
·米粮歌	加根深

（注：作品前加"·"标记的为已出版作品）